香港中小學中華經典詩文多媒體課程

音頻篇

賴慶芳、黃坤堯
招祥麒、曹順祥

——

撰文、主講

Sino United
Electronic Publishing Ltd.
聯合電子出版有限公司

香港中和出版有限公司
www.hkopenpage.com

顧問及編委

序一

「紙電聲影」線上線下學經典

　　經兩年的努力，由聯合電子出版有限公司策劃統籌、香港中和出版有限公司參與合作的《香港中小學中華經典詩文多媒體課程》（以下簡稱《多媒體課程》）成功上線，紙本書同步面世。

　　《多媒體課程》依託香港首個知識服務平台——「知書」App，提供聲音、視頻等形式的中文粵語導讀、導賞課程和講誦範本，打造中華優秀經典作品在線課程，並有機結合港澳地區中小學中文教材及考試內容，由一線優秀教師擔綱主講，指導由淺入深的學習方法，幫助學生掌握經典作品核心、重點的內容，學會熟練運用考試技巧，獲得豐富的中文知識和閱讀經典的能力。

　　《多媒體課程》以普及和傳承、培育經典文化基因為目標，以數字學習、有聲閱讀結合視頻短片的科技方式，幫助和促進青少年學會閱讀經典、運用經典，達到知識學習、情感認同、心靈成長的目的。

　　《多媒體課程》包括三個項目，既各自獨立又可配套組合：

1.《香港中小學中華經典詩文多媒體課程——音頻篇》（在線粵語有聲課程）

　　項目組有幸邀得吳宏一、單周堯、張雙慶、李家樹、鄧昭祺、周錫䪖六名教授擔任學術評核顧問。香港大學賴慶芳博士受邀主持編委會，精選出百篇傳世佳作；賴慶芳、黃坤堯、招祥麒、曹順祥四位名師撰文並親身錄播講解，從時代環境、思想情感、寫作技巧和人生體悟等多個角度解讀名篇精華，探尋哲思妙義。課程緊貼中小學課本和考試內容，幫助學生準確理解中文經典，鞏固知識點，提高中文學習成績。每篇講解後並附十道問答題，學生可以自測對錯，瞭解學習的效果和水平。同時，音頻課程亦貼合港澳和大灣區用戶，滿足學生、青年和一般公眾隨時隨地、輕鬆、持續「學經典」的需求。

2.《香港中小學中華經典詩文多媒體課程 —— 視頻篇》（在線粵語視頻課程）

視頻課程由香港中文科名師蒲葦先生選目並主講，涵括港澳中小學課程必學、公開考試必考的經典詩文一百篇。以真人講誦、同步字幕、影像特技的手法，創作、演繹出與香港中文教學結合的經典名篇導賞短片一百部，每部時長約五至六分鐘。短片以短小精悍、聲情並茂、適於朗讀為標準，藉助多媒體特效手段；粵語吟詠，精心錄製，配以雅樂和圖文，展現名作的吸引力和粵語獨有的聽覺磁力，使青少年和公眾愛上聆聽從而愛上閱讀，在聆聽和閱讀中領略中華經典的多重魅力，具有很強的感染力、親和力及易學易記的學習效果，亦適合一般讀者學習和欣賞中文經典作品。

3.《香港中小學中華經典詩文多媒體課程》配套紙書二冊（可掃碼聽音頻看短片）

作為線上學習的配套產品，二冊紙書收入線上音視頻課程的核心內容，精心編輯，同步出版。紙本書寬鬆悅目，延伸學習，每篇文字均配二維碼提供掃碼收聽或收看功能，相同內容的電子書亦同步在「知書」App 上線，從而形成了「紙電聲影」立體、新潮的閱讀學習新模式。這種融合傳統出版與互聯網平台的學習方式，希望能有效提升學生的學習能力和老師的教學效果。

總之，成為中小學中文學習線上線下結合的精品課程，是這套《多媒體課程》的目標。由於是初創和嘗試，目前的產品遠非完美，錯誤和缺陷在所難免，衷心期待讀者、用戶和行家的批評指正。

本書項目組
二零二一年六月

序二
經歷春秋寒暑

出版計劃之緣起

　　庚子陽春三月，聯合電子出版有限公司總經理（今為香港中和出版有限公司總經理及總編）陳鳴華先生與編輯陳朗詩女史親臨大學，講述出版中國古典文學導賞書籍的計劃，邀約筆者擔任主持及編委作者。出版社因應時代之變化，科技之騰飛，目睹教學之變異，學習邁向影視聲畫，故欲突破傳統紙本書籍之樊籬，推出有聲「知」書，遙應明朝顧憲成「風聲、雨聲、讀書聲，聲聲入耳」之名聯。

　　有聲書讀者以青少年對象為主，亦望能廣及總角孩童。為此，出版社希望以大學與中學教師為編委作者，篩選切合教學需求之經典詩文一百篇。由於乃大學與中學教師合作之項目，作者選擇亦嚴格。曾執教於香港中文大學之黃坤堯教授乃文字學專家，學識淵博而治學嚴謹，是指正文詞正音正讀不可或缺之人選。現任教育局課程發展顧問的招祥麒博士精通詩賦，既有豐富大專教學經驗，亦先後擔任兩間中學校長，對中文課程瞭如指掌。曹順祥老師能詩、能文、能誦，既是資深中學老師，亦曾於公立大學傳授中文教學法，對教育青少年之綱領法則可謂耳熟能詳。

　　編委作者團隊成立之後，隨即展開披星戴月的工作：與出版社開會商議、簽定合約、篩選百篇、撰寫樣章、諮詢顧問、審校文稿、錄製聲檔、審聽錄音等等。

學術顧問之評讚

　　是次出版社邀得六名教授擔任學術評核顧問：

　　一、台灣大學教授、香港中文大學講座教授、香港城市大學講座教授吳宏一教授

　　二、香港大學中文系前任系主任、現任能仁學院學術副校長單周堯教授

三、香港大學中文系前任教授李家樹教授

四、香港中文大學中文系前任教授張雙慶教授

五、香港大學中文系前任教授、現任香港珠海學院副校長鄧昭祺教授

六、香港大學中文系周錫䪖名譽副教授

樣章之撰寫，獲得一眾顧問教授的褒揚讚賞：一、「既能說明詞句涵義，又能分析詞中意境。既能言不煩，又能顧及讀者興趣。」二、「測驗用的選擇題，設計得很好。」三、「作者掌握了全賦的重點，清楚地指列出來，並能詳細深入分析……。表達的人生哲學，都可以娓娓道來，令讀者深領神會。」四、「（作者）學養深厚，行文莊重，往往引經據典」。五、「全文分析得詳盡細緻，語言清暢，不乏文采，適合青少年閱讀理解。」除此以外，還有「這是一篇很好的教材」、「作者的分析很有條理」等評語。顧問教授同時給予一點建議，如盡量用淺白字詞，讓年輕人較易理解。在此感謝各位顧問教授用心評核，給予寶貴的評核意見。

精益求精之追求

幾番會議之後，深感出版社禮賢下士，每遇較難解決之事，如撰文之上限字數、講論之時間等等，必定與編委作者商議。因應學生注意力有限，終以兩千字為基調、以廿分鐘講論為核心，惟可因應原文長短而微調；如〈前赤壁賦〉原文較長，賞析之文亦可稍為加長。各篇分析文章的內容以簡練為主，務求精論字詞，闡釋詩文要旨，講論趣味故事，吸引年輕學子之餘，引領讀者進入古典文學世界。

炎炎盛夏，四名作者專注廿五篇經典詩文之賞析撰寫，逾五六萬言必須在深秋之前完成，以合成百篇文稿，之後隨即展開錄音程序。由於未曾受過專業錄音訓練，錄音之時出現不少技術性問題。幸而，作者與出版社上下一心，疑難一一迎刃而解。

黃坤堯教授撰文神速妙麗，率先前往錄音室錄製講稿，更精心準備口語演講辭，讓書面語變成流暢口語。招祥麒博士自行錄製講稿，又嚴格剪輯，為出版社節省不少審校時間；曹順祥老師乃朗誦高手，最高紀錄能一天完成九篇錄製，令人驚訝。其時，筆者多次自行試錄而效果未如理想，又正值教研工作繁重之際，編輯鄭樂婷小姐帶備錄音儀器親臨協助錄音，令人欣喜。

百篇詩文完成錄音後，筆者與各編委作者立即展開互相審校、審聽程序。由於同一字有不同讀音，很多字詞有正讀、異讀（俗讀）之音。例如蘇東坡「一樽還酹江月」的「酹」字，俗讀「類」音，因其意而讀「賴」音；又如漢代古詩〈行行重行行〉的「重」字，人多讀「蟲」音，此處宜讀「頌」音。又如「哪」與「那」字之運用，古代鮮見「哪」字，多用「那」字，今兩字分工，意思各有不同。編委作者一致認為：作為教師，宜盡量讀正音而減少俗音。最終，每篇賞析文、每條問題、每個答案皆得四名編委作者審校、檢視、審聽，以此之長補彼之短、砥礪前行，然後彼此再次修訂文稿、補錄句子，力求精益求精。

高山流水之交流

所有文稿交付出版社前，筆者特請為人母親師長的姐姐賴慶英女史審校審聽一遍，在此為其晝夜偷空協助予以衷心致謝。文稿交付出版社後，據聞技術人員的製作工作日以繼夜，編輯的校對工作十分繁忙。錄音如快者減慢，慢者加快，字詞誤者刪剪，文稿與講稿不同者重錄，如斯往返數次，再配以柔和樂曲，除去雜音，成就一本有聲有樂的古典「聲書」和一冊通達網絡「聲書」的傳統紙本書籍。

古人云：「兄弟同心，其利斷金」，筆者則云：「上下齊心，價比黃金。」回想去歲至今，此書之出版經歷春秋寒暑，得出版社同仁與編委作者齊心協力，不辭勞苦而成。先有時任聯合電子出版有限公司總經理、現為香港中和出版有限公司總經理兼總編輯陳鳴華先生統籌策劃，竭力推動，多次往來商議；繼有聯合電子出版有限公司副總經理周晟先生鼎力支持，親自審視；前有編輯陳朗詩女史之協調，後有鄭樂婷女史之協力，加之音效技術員何德浚先生之勤奮製作，中和出版社編輯洪永起先生、莫匡堯先生及校對江蓉甫女士的辛勞校正，才成功讓有聲書、紙本書展示讀者眼前，弘揚千古以來的華夏經典。

冀盼各位師長父母、年少讀者能細味文章，傾聽空氣中的百篇講論，透過視覺與聽覺，來一個鍾子期與伯牙的交流。

賴慶芳
二零二一年六月廿二日撰於香江寓所

目　錄

先秦詩歌

詩經‧周南‧關雎

掃碼聽音頻

原文

關關雎鳩，在河之洲。窈窕淑女，君子好逑。

參差荇菜，左右流之。窈窕淑女，寤寐求之。

求之不得，寤寐思服。悠哉悠哉。輾轉反側。

參差荇菜，左右采之。窈窕淑女，琴瑟友之。

參差荇菜，左右芼之。窈窕淑女。鐘鼓樂之。

撰文：賴慶芳

本篇向大家講解的經典是《詩經‧周南‧關雎》，這是一首君子求淑女的詩歌。

你們對《詩經》認識多少？可有聽過孔子曾問少年人：為何不學習《詩經》呢？他説：「小子何莫學夫詩？詩，可以興，可以觀，可以群，可以怨。邇之事父，遠之事君；多識於鳥獸草木之名。」孔子 (前 551 – 前 479) 認為學習《詩經》可以培養聯想力，可以提高觀察力，可以鍛煉合群性，可以學會諷刺手法。近則可以侍奉父母，遠則可以事奉君主、在上者；還可多些認識知道鳥獸草木的名稱。

《詩經》名句頗多，有的是日常用語，例如〈蒹葭〉之篇有「所謂伊人，在水一方」。「伊人」就是「那人」之意，有學者認為我們現在玩的捉迷藏，廣東話叫「捉伊人」，該就是「捉那個人」的意思。我們若思念一個人，會説「一日不見如隔三秋」，也是源自《詩經》〈采葛〉篇「一日不見，如三秋兮」。我們互相學習之時，會説彼此「切磋」，還有「琢磨」、「嘉賓」、「悠悠我心」、「戰戰兢兢」等等字詞，這也是來自《詩經》。《詩經》名句頗多，多閱讀可增廣見聞，增加詞彙。孔子説「可以多識鳥獸草木之名」，這篇詩歌就能讓我們多認識花草樹木與鳥獸的名稱。

《詩經》有一百六十首詩採自十五個諸侯國——周南、召南、邶、鄘、鄭、衛、

王、檜、齊、魏、唐、秦、豳、陳、曹的民歌。詩歌反映百姓的生活狀況，讓在上者得知天下事。〈關雎〉是《詩經》第一首詩，被稱為「詩之始」，乃採自周南的民歌。

　　這是一首愛情戀歌，描寫癡情男子對意中人朝思暮想的執着追求。前人認為此詩乃表達在上者思慕賢才，一如君子追求淑女，若得賢士必定禮待之。《毛詩正義》說：「是以〈關雎〉樂得淑女以配君子，愛在進賢。不淫其色，哀窈窕、思賢才而無傷善之心焉。」認為此詩寫淑女以配君子，意在招攬賢才。全詩共分三章節，第一章四句，第二、三章各佔八句。

　　第一章「關關雎鳩……君子好逑」述善良美麗的女子是君子理想的配偶。詩歌以水鳥鳴叫聲起興——先言其他事物（水鳥）以引起所詠寫之詞（君子求淑女）。為何如此說呢？水鳥鳴叫聲與君子求淑女有何關係？「關關」乃象聲詞，模仿水鳥的鳴叫聲，但也有云「關關」是雌雄水鳥的和鳴聲。如斯，則暗合君子求淑女之意。

　　究竟「雎鳩」是甚麼鳥？「雎鳩」是一種水鳥，據說又名王雎，狀類鳧鷖。此鳥用情專一，生有特定配偶而不互相亂狎，時常並行同遊而不相狎玩。詩人聽到關關的雎鳩雌雄和鳴聲，於是聯想起窈窕淑女是君子的理想配偶。我們時常說「窈窕淑女」，究竟何謂「窈窕」？坊間很多人誤解「窈窕」為瘦的意思。宋代朱熹（1130－1200）《詩集傳》認為「窈窕」是「幽閒之意」，然而揚雄（前53－前18）《方言》仔細分析「窈窕」二字：「美心為窈，美狀為窕。」意思是美麗的內心為「窈」，美好的形貌為「窕」，故此可解作內心善良而外表美麗的淑女。

　　「好逑」二字不是坊間認為的「喜歡追求」之意；「好」乃形容詞，指美好的意思，「逑」指配偶。「好逑」兩字是指美好的配偶。在現代的婚宴，我們祝賀新郎娶得賢妻，會在祝賀帖寫上「好逑之喜」。此處的「君子」乃指有賢行品德之士，亦有認為是指賢明的君主。孔子《論語》就「君子」之義作了一詮釋：「君子惠而不費，勞而不怨，欲而不貪，泰而不驕，威而不猛。」大意是：賢君能給人民好處而不會大耗費，勞役人民而人民心甘情願不抱怨，達成自己的欲望而非貪吝，處於寬泰之時而不驕傲，有威嚴而不囂張傷及人物。孔子對君子的言行、品格作了冀盼式的詮釋；此詮釋既可應用於君王，亦可用於尋常百姓。

　　第二章「參差荇菜……輾轉反側」述君子求淑女的過程，因求之不得而日夜思念。

　　詩人再次運用「興」的手法，先言採摘荇菜，再言君子追求淑女。人們見到長

短不齊的荇菜，左右順着流水而採摘，一如君子遇見美好的淑女，睡着睡醒也想追求她。荇菜，據悉乃多年生水草，夏天開黃色花而嫩葉可食。其特點是根生水底，莖如釵股而上青下白，葉紫赤色圓徑寸餘，會浮在水面。九十年代香港男性曾以「我條菜」的俗言介紹自己的女友，與《詩經》以採摘荇菜喻君子追求淑女，似乎有一脈相承之處。

君子求淑女不是十分順利，因求之不得，故此睡時睡醒也常思念。《說文解字》：「寐覺而有言曰『寤』。……『寐』，臥也。」即醒後說話謂之「寤」；躺臥睡覺稱作「寐」，因此「寤寐」是指醒時及睡時。思念之情深，以至午夜難眠，於床上輾轉反側。「輾轉反側」一詞是廣東口語所說的「轆來轆去」。然而，此四字的每個字代表着不同的意思：「輾轉反側」中的「輾」是轉之半，即半轉；「轉」是轉之周，即周轉；「反」是轉之過，即反身；「側」是轉之留，即側身，足見中文字的博大精深。

第三章「參差荇菜……鐘鼓樂之」述君子成功求得淑女。

此章敘述君子用琴瑟以朋友之誼先向淑女表達友愛，再博得淑女歡心。詩人再以採摘長短不齊的荇菜起興，述君子彈琴鼓瑟向善良美麗的淑女示好。末段亦以參差不齊的荇菜，人們左右去採摘，述君子以鐘鼓樂聲換取淑女的歡笑。琴與瑟相似而有別。琴乃五弦或七弦樂器，而瑟則有二十五弦線。鐘、鼓乃分別用金屬、皮革製造的敲擊樂器。此篇除了多識鳥獸草木之名，亦讓我們多識樂器之名。

我將〈關雎〉改寫成白話詩如下：

雎鳩關關在歌唱，在那河中陸地上。美麗善良的女子，君子理想的配偶。
長長短短鮮荇菜，順流兩邊去採收。美麗善良的女子，朝朝暮暮想追求。
追求沒能如心願，日夜心頭在掛念。長夜漫漫的思念，翻來覆去難成眠。
長長短短鮮荇菜，兩旁左右去採摘。美麗善良的女子，彈琴鼓瑟表友愛。
長長短短鮮荇菜，兩邊仔細去挑選。美麗善良的女子，鐘鼓樂聲換笑臉。

就藝術而言，此詩展現了中文字的獨特精彩——

首先，此詩語彙豐富：詩人使用「流」、「采」、「芼」三字，三字全是採摘之意；但「流」是順着流水採摘，「采」是普通的採摘，而「芼」有擇選之意的採摘。又如詩歌之中運用了「求」、「友」、「樂」三字，表現出三種不同的追求情態：「求」是渴望

得到對方，而實未得；「友」是表示友善態度，能夠會面為友；「樂」以音樂取悅之，相信已得淑女，因為鐘鼓一般乃宴饗或婚宴場合使用。

其次，詩中運用雙聲疊韻、疊字作協韻，不論用粵語或普通話朗讀，皆是悅耳動聽。聲母相同的雙聲，如「參差」（粵語音 tsam1/tsi1；普通話音 cēn/cī），又如「輾轉」（粵語音 zin2/zyun2；普通話 zhǎn/zhuǎn）。而「窈窕」則是尾聲相同的疊韻（粵語音 miu5/tiu5；普通話音 yǎo/tiǎo），「關關」因乃疊字，自然是雙聲兼疊韻。雙聲、疊韻、疊字令詩歌朗讀起來時朗朗上口，韻律和諧悅耳，展現了詩人的藝術技巧。

其三，結構整齊、協韻協律。全文以四字一句、每句以上二字下二字的句式結構出現。詩歌又採用三組複沓句子：「參差荇菜……寤寐求之」只略為更改一二字，昔日方便歌唱、今日易於誦讀，增強作品感染力。詩歌的「洲」、「逑」、「流」、「求」皆協今時之「尤」韻。全文有六句以「之」一虛字作結——「流之」、「求之」、「采之」、「友之」、「芼之」、「樂之」，富有音律美。

孔子評：「〈關雎〉樂而不淫，哀而不傷。」〈關雎〉此詩喜樂而不淫蕩，悲哀而不傷痛。朱熹認為：「為此詩者，得其性情之正，聲氣之和也。」此詩的作者有溫柔敦厚的性情。這一首詩寫出了君子求淑女的三步曲：首先與淑女邂逅，思之不忘；其二與淑女為朋友，彼此交往；最後以鐘鼓樂之，娶得淑女。各位同學，你們可有從中得到一些啟發呢？

✎ 問答題

1. 孔子說《詩經》可以多識甚麼東西的名稱？

   A. 樂器　B. 鳥獸　C. 官職　D. 詩歌

2. 以下哪四字詞不是來自《詩經》？

   A. 泰而不驕　　B. 我有嘉賓

   C. 悠悠我心　　D. 戰戰兢兢

3. 關於〈關雎〉一詩，以下哪一項是不正確的？

   A. 被稱為「詩之始」

   B. 採自周南的民歌

   C. 以君子求淑女為主題

   D. 樂而淫，哀而傷

4. 揚雄《方言》怎樣解釋「窈窕」？

   A. 身材瘦削　　　　B. 幽閒之意

   C. 美麗善良的女子　D. 美心、美狀

5. 「輾轉反側」一詞中，哪一字有「轉之半」之意？

   A. 輾　B. 轉　C. 反　D. 側

6. 詩云「鐘鼓樂之」中的「之」字是指甚麼？

   A. 君子　B. 淑女　C. 樂器　D. 取悅

7. 以下哪一項是「寤寐」二字比較恰當的詮譯？

   A. 寐覺而有言　B. 醒後說話

   C. 躺臥睡覺　　D. 睡醒睡時

8. 以下哪一配對是錯誤的？

   A.「流」：順着流水採摘

   B.「采」：樹上採摘

   C.「芼」：有擇選之意的採摘

   D.「流、采、芼」：採摘

9. 以下哪一個詞是疊韻詞？

   A. 參差　B. 輾轉　C. 窈窕　D. 左右

10. 「君子好逑」一句中「好逑」的意思是？

    A. 理想配偶　B. 喜好追求

    C. 喜歡　　　D. 對象

答案：1B, 2A, 3D, 4D, 5A, 6B, 7D, 8B, 9C, 10A

詩經‧魏風‧陟岵

掃碼聽音頻

原文

陟彼岵兮，瞻望父兮。父曰：「嗟！予子行役，夙夜無已。上慎旃哉，猶來無止！」

陟彼屺兮，瞻望母兮。母曰：「嗟！予季行役，夙夜無寐。上慎旃哉，猶來無棄！」

陟彼岡兮，瞻望兄兮。兄曰：「嗟！予弟行役，夙夜必偕。上慎旃哉，猶來無死！」

撰文：招祥麒

本篇向大家講解的經典是《詩經‧國風‧魏風》的一篇作品〈陟岵〉。

愛好讀詩和寫詩的朋友，總喜歡「詩」這種體裁，能以最簡練的語言，表情達意。《詩‧大序》云：「詩者，志之所之也。在心為志，發言為詩。」說明詩就是情意的表現，當這種情意在心裏的時候，就是「志」，把情意用語言表達出來，那就叫做「詩」。如此，我們談詩的起源，可以追溯到自人類出現後，便有詩了。

當然，人人都會創作詩，但未必人人都能寫出好詩。那些好的作品，經口耳相傳保存下來，成為其他人學習的典範。

我國第一部好詩的總集，原稱《詩》，又稱《詩三百》，收錄從西周初至春秋中葉約五百年間共三百一十一首詩（其中六首僅存篇目）。《詩》在西漢時候被奉為儒家經典，開始叫做《詩經》。

《詩經》的內容分風、雅、頌三個部分。風，即國風，地方樂歌。包括周南、召南、邶、鄘、衛、王、鄭、齊、魏、唐、秦、陳、檜、曹、豳十五國風，共一百六十首。雅，包括大雅、小雅，是宮廷樂歌，共一百零五首。頌，包括周頌、魯頌、商頌，共四十首，是廟堂祭祀頌德的舞樂。

《詩經》大部分詩篇都以四言為句，以二拍為主，隔句用韻，以重章疊句的複沓結構，表現出強大的節奏感和音樂感。

　　現在我們賞析的〈陟岵〉這首詩，是《魏風》七首詩中的第四首。這首詩前面有幾句說話，我們叫做「詩序」，交待了這首詩的主旨和寫作背景。詩序這樣寫：「〈陟岵〉，孝子行役，思念父母也。國迫而數侵削，役乎大國，父母兄弟離散，而作是詩也。」意思就是說，一個孝子在行役的時候，想起父母。由於魏國細小，處於幾個大國之間，經常受到壓迫侵略，又被大國所差遣。詩人被徵召服役，與父母兄弟離散，有感而作這首詩。

　　全首詩共分三章，每章的結構相同，當中只換了幾個字。這種叫做「重章疊句」式的手法，在《詩經》中是常見的。

　　詩的首章頭兩句：「陟彼岵兮，瞻望父兮」，寫征人登上草木繁茂的高山，向老父所在的故鄉眺望。征人的心情是沉重的，離鄉日久，有家歸不得，想起在家時父親的教誨。忽然間，彷彿聽到父親的聲音：「嗟！予子行役，夙夜無已。上慎旃哉，猶來無止！」征人的父親一聲嗟歎，充滿掛念兒子之情，他理解兒子在遠方服役，早晚操勞沒法好好休息；但國家既有需要，也就無話可說，只有寄語兒子保重身體，並盼望早些回家，不要在戰場滯留！詩人沒有寫父親的個性，但父親的愛子之情，在他的說話中已充分表現出來了。

　　詩的第二章，「陟彼屺兮，瞻望母兮」，征人攀上草木不生的高山，向母親所在的故鄉眺望。這時，征人的心情更加沉重了，想起母親往日對自己的關懷愛惜，此時不能侍奉左右，實在無比歉疚。忽然間，彷彿聽到母親的聲音：「嗟！予季行役，夙夜無寐。上慎旃哉，猶來無棄！」母親因記掛小兒子而嗟歎，心疼他在遠方服役，早晚辛勞沒法好好睡覺，「上慎旃哉，猶來無棄」，母親寄語小兒子小心保重身體，盼望早些回家，不要將娘親棄下！本章寫征人想念的人物，由父親轉到母親，母親的說話，也都是征人自己想像的，但從他想像母親的語調中，讀者應該可以感受母子之情是多麼親厚。

　　詩的最後一章，「陟彼岡兮，瞻望兄兮」，征人登上高低起伏的山崗，向長兄所在的故鄉眺望。詩人想到兄弟同心，在故鄉互敬互愛的情境。忽然間，彷彿聽到長兄的聲音：「嗟！予弟行役，夙夜必偕。上慎旃哉，猶來無死！」長兄歎息小弟在遠方服役，勸勉他早晚必定與部伍偕行，不要離隊，小心保重身體，並盼望早些回家，不要戰死沙場！詩中沒有交代長兄為甚麼不需服役，也許是由於父母俱年老，兩兄弟只被

選一人服役，也許是長兄服役而歸，小弟又接着出發。長兄了解部伍偕行的重要，既是軍紀，也是安全所繫，所以有「夙夜必偕」的寄語。「猶來無死」四字，感情直率而無所隱，也道盡征人服役在外，客死異鄉的悲哀。

通篇三章，迴環往復，令人產生一唱三歎的感覺。詩中不直接敘述征人思歸，而專寫想像中家人對己的思念掛牽。在荒山野嶺，了無人煙的環境裏，征人舉目凝望，彷彿看到故鄉親人熟悉的面容，聽到他們一聲聲的叮嚀，一句句的呼喚，愈發激起滿腔的思歸之情。這種手法是從對方設筆，以家人思念自己來寫自己思念家人，以不言自己的思念表達出極為思念的效果。詩中明寫老父、老母以及長兄對征人困頓境遇的同情和焦慮，暗中訴説服役在外、日夜奔波的異常勞苦，字裏行間委婉地流露征人厭戰，極想回家的愁懷怨氣，這可謂欲隱而顯，欲淡而濃，直可撼動讀者的心魄，使人蕩氣迴腸。加上章法的複沓迴環，倍增本詩的沉鬱悽切，讀起來，不自覺地產生一種憂傷難遣的情懷。清代學者方玉潤（1811－1883）在他的《詩經原始》中評論説：「筆以曲而愈達，情以婉而愈深。」當我們一讀再讀三讀這首詩，便會愈加感受詩人的情致了。

今天，年青人面對國家的騰飛，自然沒有經歷像〈陟岵〉作者經歷的戰爭之苦。但年青人到外地遊學或工作的情況也很普遍。離鄉別井，獨個兒生活，不管過得充實不充實，當夜闌人靜，或登高望遠的時候，會不懷念故鄉，懷念父母親人嗎？那時候，當細聲朗誦三千年前〈陟岵〉這首詩，自會產生莫大的共鳴。

✎ 問答題

1. 〈陟岵〉一詩，是《詩經》十五國風中哪一國的詩歌？

   A. 衛　B. 鄭　C. 魏　D. 秦

2. 「國迫而數侵削」的「數」是甚麼意思？

   A. 屢次　B. 受到　C. 計算　D. 小數

3. 〈詩序〉稱〈陟岵〉一詩是「孝子」所作。下面各項，何者不是反映孝子的行為？

   A. 詩人在行役過程中，備極艱辛，仍不時思念父母及兄長。

   B. 詩人在戰場上，沒有因為思家而逃跑。

   C. 詩人體念親恩，處處從對方設想。

   D. 詩人曾離家出走，所以母親說：「猶來無棄。」

4. 〈陟岵〉一詩分三章，每一章只換了幾個字。下面各項，哪個不是正確的描述？

   A. 這種手法，能增強詩歌的節奏感和音樂感。

   B. 利用重章疊句法，較容易舉一反三，完成創作。

   C. 歌唱或誦讀時，形成一種迴環往復的美感，給人一種委婉的韻味。

   D. 這種手法對深化主題和意境，以致於渲染氣氛、強化感情都有幫助。

5. 詩人思念父、母、兄長，為甚麼要登上高山之上？試指出最正確的答案。

   A. 詩人在行役中夙夜辛勞，根本無暇思親。

   B. 詩人在征途上翻山越嶺，偶爾登上山頂，望遠而觸情，產生思親之念。

   C. 詩人獲准在稍休時，登山遊玩，忽發奇想，於是以藝術手法刻畫心情。

   D. 詩人接到家中來信，知道父母兄長掛念自己，於是登高抒懷。

6. 「予子行役」的「予」，與下面哪一個字相同？

   A. 如　B. 余　C. 愚　D. 與

7. 「夙夜無已」的「已」是甚麼意思？

   A. 自己　B. 定時　C. 停止　D. 完成

8. 「夙夜無寐」的「無寐」是甚麼意思？

   A. 失眠　　B. 沒有床蓆

   C. 不能睡覺　D. 未能發夢

9. 「猶來無棄」的「無棄」是甚麼意思？

   A. 不要自我放棄　B. 不要放棄兵役

   C. 不要棄械投降　D. 不要拋棄母親

10. 下列各項，何者不是本詩的寫作特色？

   A. 不用韻，自然無拘束

   B. 從對方設筆，增強婉曲的效果

   C. 通過人物說話，親切而有力

   D. 重章疊句，產生迴環往復的效果

答案：1C، 2A، 3D، 4B، 5B، 6B، 7C، 8C، 9D، 10A

詩經·魏風·碩鼠

掃碼聽音頻

📖 原文

碩鼠碩鼠，無食我黍。三歲貫女，莫我肯顧。

逝將去女，適彼樂土。樂土樂土，爰得我所。（魚部）

碩鼠碩鼠，無食我麥。三歲貫女，莫我肯德。

逝將去女，適彼樂國。樂國樂國，爰得我直。（之部）

碩鼠碩鼠，無食我苗。三歲貫女，莫我肯勞。

逝將去女，適彼樂郊。樂郊樂郊，誰之永號？（宵部）

📖 撰文：黃坤堯

本篇向大家講解的經典是周代《詩經·魏風》的〈碩鼠〉。

〈碩鼠〉出於《魏風》。周初封同姓於魏。周惠王十六年（公元前 661），晉獻公滅魏。魏在今山西省運城市芮城縣，北以中條山為界，南邊為黃河及三門峽水庫，與潼關相望。土地乾涸，民生貧困，風俗儉樸。《詩經·碩鼠》富有幽默感，面對苛捐雜稅，負擔沉重，卻期望遠走高飛，追尋人間樂土。從一首歌曲中唱出人民的心聲。

〈碩鼠〉分三章，協韻的韻部不同，可是意義相近，採用並列結構，反覆歌唱。首章「碩」，訓大也，碩鼠即大老鼠、大田鼠。「黍」是有黏性的黃米。首四句用比的手法，以碩鼠比喻貪婪的統治者。三歲表示很長的時間，並非實數。「貫」有二讀，石經作「宦」，根據《魯詩》的版本，意為臣隸，引申有事奉、供養之意。或讀為「慣」，嬌生慣養，放縱欲望。「女」即汝字，指統治者。「莫我肯顧」乃傳統的文言句式，「莫」，代詞，沒有一個人，而「我」字則賓語前置，按照現代的表達方式，當為「莫肯顧我」，沒有一個人理我。

「逝」，往也，發語詞。「去」，離開，表示訣別之意。「適」，到達，就是尋找一個幸福快樂的地方。「爰」，乃、就，句首語氣詞。「所」，處所。

如果明白了第一章，其他二章字句相近，只是變換不同的名物，改變韻部，意義完全一樣，寫作方法比較簡單，也很容易明白。這樣〈碩鼠〉就由第一章的「無食我黍」，過渡為第二章的「無食我麥」，再改為第三章的「無食我苗」。「麥」為麥子，「苗」訓為禾苗、嘉穀，意即稻米。如果要解為「連剛長出來的禾苗都吃掉了，今年還有收成嗎？」按字面來說，未嘗不可，可是「苗」在意義上跟「黍」、「麥」不能對等，有些空泛的感覺。「德」，感恩、感激。「勞」，慰勞、安慰。跟前句一樣，「莫我肯德」即「莫肯德我」，「莫我肯勞」就是「莫肯勞我」，指沒有一個人感激我，安慰我。「樂國」、「樂郊」，都是樂土。「直」，通「值」，獲得合理的報酬；或訓為道也、宜也，解為得其所宜。「永號」之「號」讀平聲，意為長歎哀嚎。「誰之永號」解「這是誰在失望哀哭呢？」三章的末句層層推進，最後連樂郊都見不到。在這個貪婪的社會裏，貧富懸殊，究竟怎樣才能找到公平公正的人間樂土、樂國和樂郊呢？

讀過了〈碩鼠〉三章，大家會發現，這三章的字句是對等的、平行的，句式相似，意義幾乎一樣。為甚麼會這樣呢？這是因為《詩經》採用「重章疊韻」的方式，反覆表達相近的意義，加強感覺，聲情迴盪。有些作品只是變換一兩個字，就可以構成新的一章。而且變換的字往往就是韻腳所在，讀起來另有感覺，這比反覆重唱同一段的歌詞為好。因此〈碩鼠〉三章只是變換了「黍」「麥」「苗」、「顧」「德」「勞」、「土」「國」「郊」、「所」「直」「號」這四組字句，總共十二個字。這三章協韻不同，第一章協上古音魚部上去聲，第二章協之部入聲，第三章協宵部平聲。

此外〈碩鼠〉三章中，每一章的第一句「碩鼠碩鼠」，第三句「三歲貫女」，第五句「逝將去女」都是重複的，同協魚部，格式固定。嚴格來說，可能句句押韻，甚至還有句中韻。例如每一章的第七句「樂土樂土」、「樂國樂國」、「樂郊樂郊」，採用疊詞重唱，悲歌促節，也很巧妙。歌詞的章節融入樂曲的旋律當中，反覆唱詠，節奏多姿，富於變化，而這也是古人創作的高明所在，令人佩服。

漢代《詩經》的傳授有魯詩、齊詩、韓詩三家，文本及解釋互有不同。毛詩後出，傳習者多，前面的三家就逐漸消亡了。例如第七句「樂土樂土」、「樂國樂國」、「樂郊樂郊」，其實這只是毛詩所見的版本。《韓詩外傳》分別引用〈碩鼠〉三章的末四句，

其中第七句作「適彼樂土」（出現了兩次）、「適彼樂國」、「適彼樂郊」，都是重複第六句，而不用句中韻，跟毛詩的版本不同。哪一種版本比較好呢？詩意相差不大，但毛詩第七句的疊詞表現活潑，顯出創意，大家都樂意接受了。

　　至於〈碩鼠〉三章的主旨，諸家的解釋亦互有不同。《毛詩序》云：「〈碩鼠〉，刺重斂也。國人刺其君重斂，蠶食於民，不修其政，貪而畏人，若大鼠也。」這樣的比喻是十分貼切生動的，斥責政治制度的敗壞，渴望追求人間淨土，讀詩的人都能明白。可是王符（83－170）《潛夫論‧班祿篇》云：「履畝稅而〈碩鼠〉作。」採用齊詩的觀點，反對稅制改革。桓寬《鹽鐵論‧取下篇》則云：「周之末涂，德惠塞而耆（嗜）欲眾，君奢侈而上求多，民困於下，殆於公事，是以有履畝之稅，〈碩鼠〉之詩是也。」這是魯詩的說法，國君貪欲太多，民生困乏。可見齊、魯二家都認為跟「履畝稅」有關。案《左傳‧宣公十五年》云：「初稅畝者，非公之去公田，而履畝十取一也。」「非」字有斥責之意。杜預（222－285）注：「公田之法，十取其一。今又履其餘畝，復十收其一。」意謂農民除了義務耕種公田之外，還要在私田部分繳納十分之一的實物，變相是加稅了。魯國在公元前 594 年施行「初稅畝」的政令，姬姓的魏國早已滅亡。齊、魯二家「履畝稅」之說並不可靠。《呂氏春秋‧舉難》稱甯戚「飯牛居車下，望桓公而悲，擊牛角疾歌」，高誘注：「歌〈碩鼠〉也。」齊桓公卒於公元前 643 年，〈碩鼠〉已經出現，可能比較合理。

✎ 問答題

1. 「無食我黍」，甚麼是「黍」？
   A. 黃米　B. 玉蜀黍　C. 馬鈴薯　D. 黍稷

2. 「無食我苗」，甚麼是「苗」？
   A. 豆苗　B. 菜苗　C. 嘉穀　D. 麥穗

3. 「三歲貫女」，甚麼是「貫」？
   A. 貫通　B. 籍貫　C. 貫串　D. 宦也

4. 「莫我肯顧」，解釋「莫」的詞性。
   A. 代詞　B. 否定詞　C. 名詞　D. 副詞

5. 「逝將去女」，何謂「去」？
   A. 前往　B. 排除　C. 除去　D. 離開

6. 「適彼樂土」，指出「適」的詞性。
   A. 名詞　B. 動詞　C. 形容詞　D. 代詞

7. 「爰得我所」，指出「爰」字的現代語譯。
   A. 這麼　B. 支援　C. 將會　D. 於是

8. 「誰之永號」，指出「之」字的詞性。
   A. 動詞　B. 介詞　C. 助詞　D. 連詞

9. 現在〈碩鼠〉一詩讀的是哪一家的版本？
   A. 毛詩　B. 齊詩　C. 魯詩　D. 韓詩

10. 指出〈碩鼠〉一詩的主旨。
    A. 尋訪夢幻樂園　　B. 滅鼠運動
    C. 給人民一條活路　D. 移民組曲

答案：1A, 2C, 3D, 4A, 5D, 6B, 7D, 8C, 9A, 10C

詩經 · 秦風 · 蒹葭

掃碼聽音頻

📖 原文

蒹葭蒼蒼，白露為霜。所謂伊人，在水一方，溯洄從之，道阻且長。溯游從之，宛在水中央。

蒹葭萋萋，白露未晞。所謂伊人，在水之湄。溯洄從之，道阻且躋。溯游從之，宛在水中坻。

蒹葭采采，白露未已。所謂伊人，在水之涘。溯洄從之，道阻且右。溯游從之，宛在水中沚。

📖 撰文：招祥麒

本篇向大家講解的經典是《詩經 · 國風 · 秦風》的一首情詩〈蒹葭〉。

十五國風的《秦風》，收錄了十首作品，大都是東周時代陝西關中到甘肅東南部一帶的民歌。秦地僻處西陲，與戎、狄雜居，環境促使秦人崇尚勇武。因此，《秦風》的詩，多反映秦地勇武好鬥、粗獷質樸的民風，例如：〈駟驖〉描寫秦襄公（約前833－前766）田獵盛況；〈黃鳥〉是諷刺秦穆公（前683－前621）以人殉葬，悲惋三良的輓詩；〈無衣〉更是一首激昂慷慨、同仇敵愾的戰歌。

〈蒹葭〉是十首秦詩的第四首，與第七首〈晨風〉，透發淒婉纏綿、超逸瀟灑的情致而別具特色，清代學者方玉潤（1811－1883）在他的《詩經原始》評說：「此詩在《秦風》中，氣味絕不相類。以好戰樂鬥之邦，忽遇高超遠舉之作，可謂鶴立雞群，翛然自異者矣。」

關於〈蒹葭〉的內容，眾說紛紜，有說是諷刺秦襄公的，有說是渴求賢人的，近代學者多說是一首情歌。

諷刺秦襄公的說法也許當初是有依據的，可惜沒有留存下來，所以被後人質疑。

渴求賢人的說法自然是將詩人追尋的「伊人」比喻為「賢人」，這可能是對的，但要讀者多加想像。至於說是一首情歌，是就詩論詩，從民歌的角度切入，這當然未必真能直尋詩人的原意。

其實，留存下來的「詩說」，由當時的政治趨向、社會風氣、學術思潮或文化傳統牽動衍生而來。如漢人以詩說教，妄生美刺，說此詩是刺秦襄公的；宋人反對漢人不徹底，有時也在說教；到清代姚際恆（1647－1715？）、方玉潤二人開始以詩論詩，說此詩是渴求賢人的；五四以後，更進一步，說《國風》所錄大多是民間情歌，都是在一定的歷史背景之下才產生出來的說法。

我講本詩，就以它作為情歌來看待。詩分三章，每章八句，句式和結構都相同。詩的第二和第三章，都是在第一章的基礎上換了少許字，這種重章疊句的複沓手法，讓歌唱的人迴環往復，引發一唱三歎的共鳴。這種手法對後世歌曲的創作，影響極大。

詩篇的第一章，開頭以寫景起興：「蒹葭蒼蒼，白露為霜。」兩句點明時間、地點和景物：在深秋的破曉時分，晚間凝結的霜露依然，眼前盡是青蒼的蘆葦。詩人在此蒼涼幽緲的氛圍與色調下，感時撫景，興起吟懷，懷念在遠水一方的意中人。「所謂伊人，在水一方」，詩人沒有正面描寫所懷之人的形象和風度，只是寫二人相距遙遠，給讀者留下無限的想像空間。詩人對意中人的企慕，隨之化為行動上的追求，「溯洄從之，道阻且長。溯游從之，宛在水中央」，詩人沿着河逆流而上，道路難行，崎嶇而漫長，又順流而下，意中人彷彿在水中的一方，若隱若現，若有若無，可望而不可即。而詩人眼前最真切的，就只有蒹葭蒼蒼，秋水茫茫！空靈的秋思與惆悵茫然的懷想，互為激盪，構成獨特而感人的意境。

第二章承接首章，由首章的「陽部韻」轉為「脂微合韻」，主要在一、二、四、六、八句的韻腳換了幾個字。「蒹葭萋萋，白露未晞」，「萋萋」，茂盛貌；「晞」，曬乾的意思。地點、景物不變，時間上稍稍遞進。詩一開始時，詩人只看到白露成霜，此刻太陽也許出來了，熱力融化霜露，但露水仍停留在蘆葦葉上。「所謂伊人，在水之湄」，「湄」，水和草交接處，指岸邊；詩人想像「伊人」原在水的遠方，此刻在「水之湄」。詩人要尋找「伊人」，「溯洄從之，道阻且躋。溯游從之，宛在水中坻」，「道路且躋」的「躋」，升也，這裏因協韻，讀作「基」。詩人逆流而上，由於道路險阻，地勢漸高而陡（躋），找不到；又再順流而下，「伊人」彷彿在遠方水中高地（坻），

若隱若現，若有若無，可望而不可及。

　　進入第三章，詩人轉用「之部韻」，又換了幾個字。「蒹葭采采，白露未已」，「采采」（因協韻，讀作「始始」），也是茂盛的樣子；「已」，止，這裏作「乾」解。詩人看到茂盛的蘆葦，時間上儘管推移了一些，可是葉上的露水仍未全乾。詩人接着寫：「所謂伊人，在水之涘。」「涘」（音嗣，因協韻，讀上聲「似」），指水邊。詩人的意中人在水的另一邊。詩人努力尋找，「溯洄從之，道阻且右。溯游從之，宛在水中沚」，逆流而上，道路是曲折迂迴的。「右」（因協韻，讀作「以」），鄭玄（127－200）解釋：「右者，言其迂迴也。」順流而下，意中人彷彿在遠方的水中洲（沚）上，若隱若現，若有若無，可望而不可即。

　　前人曾評論讀完詩的第一章，興味已足，接下只是餘音而已。但讀者的情感，卻在這「餘音」縈繞中，發生接二連三的共鳴。

　　詩中的「伊人」，詩人由始至終都沒有向讀者揭開神秘的面紗，然而讀完這首詩，「伊人」之美的形象卻是非常清晰的，原因是甚麼呢？詩人描寫「伊人」的形像，沒有像《衞風・碩人》那樣的「手如柔荑，膚如凝脂」，「巧笑倩兮，美目盼兮」，甚至於服飾是否華美，是否佩戴「蛾兒雪柳黃金縷」〔辛棄疾（1140－1207）《青玉案・元夕》〕等都沒有。「伊人」的美，詩人一方面通過蒹葭露白、秋水澄明的景致映襯出來，又通過詩人自己上下求索的執着烘托出來。最終，詩人因阻隔而見不到「伊人」，讀者便不能循着詩人找到「伊人」後而一窺究竟。「伊人」的美，就只能在不確定之下生出無限的想像。但由於「伊人」的存在，竟使詩人獲得了生命中前行的勇氣和堅守的動力，在孤獨的人生路途上找到了最有價值的依附和寄託。於是在水一方的「伊人」，成了詩人精神寄託與心靈安慰的地方，在那裏生命得到了昇華，釋放出最精彩最光華的魅力與價值。至於「伊人」究竟是男是女，已沒有多大關係，詩中只是為人們留下了一種朦朧美感的詩意和熱切的愛戀。

　　總言之，〈蒹葭〉這首詩，寫景是多麼色彩明麗，抒情是多麼委婉曲折，通過對特定情境和時空條件下客觀景物的描寫，達到了情景互相融合、互起襯托，以至於產生渾然不可分的藝術境界。

✎ 問答題

1. 〈蒹葭〉一詩，是《詩經》十五國風中哪一國的詩歌？

    A. 衛　B. 鄭　C. 魏　D. 秦

2. 〈蒹葭〉一詩分三章，每一章只換了幾個字。下面各項，哪個不是正確的描述？

    A. 這種手法，能增強詩歌的節奏感和音樂感。

    B. 利用重章疊句法，較容易舉一反三，完成創作。

    C. 歌唱或誦讀時，形成一種迴環往復的美感，給人一種委婉的韻味。

    D. 這種手法對深化主題和意境，以致於渲染氣氛、強化感情都有幫助。

3. 「白露為霜」的「為」是甚麼意思？

    A. 成　B. 做　C. 是　D. 和

4. 「所謂伊人」的「伊」與下面哪字相通？

    A. 依　B. 女　C. 那　D. 這

5. 「溯洄從之」的意思是甚麼？

    A. 順流而下　B. 逆流而上
    C. 順逆隨之　D. 徘徊不前

6. 「溯游從之」是意思是甚麼？

    A. 順流而下　B. 逆流而上
    C. 順逆隨之　D. 徘徊不前

7. 「道阻且長」，指出「且」的詞性。

    A. 助詞　B. 動詞　C. 副詞　D. 連詞

8. 「蒹葭采采」的「采采」意思是甚麼？

    A. 採了又採　B. 色彩鮮豔
    C. 形象鮮明　D. 美好茂盛

9. 詩人尋找想念的人，結果怎樣？

    A. 伊人在水中央　B. 伊人在水中坻
    C. 伊人在水中沚　D. 伊人不知在哪裏

10. 下列各項，何者不是本詩的寫作特色？

    A. 不用韻，自然無拘束

    B. 善用疊字，增強表達效果

    C. 情景融合，感情含蓄

    D. 重章疊句，產生迴環往復的效果

答案：1D, 2B, 3A, 4C, 5B, 6A, 7D, 8D, 9D, 10A

詩經‧小雅‧蓼莪

掃碼聽音頻

📖 原文

蓼蓼者莪，匪莪伊蒿。哀哀父母，生我劬勞！

蓼蓼者莪，匪莪伊蔚。哀哀父母，生我勞瘁！

瓶之罄矣，維罍之恥。鮮民之生，不如死之久矣！

無父何怙？無母何恃？出則銜恤，入則靡至。

父兮生我，母兮鞠我。拊我畜我，長我育我，

顧我復我，出入腹我。欲報之德，昊天罔極！

南山烈烈，飄風發發。民莫不穀，我獨何害？

南山律律，飄風弗弗。民莫不穀，我獨不卒。

📖 撰文：賴慶芳

　　本篇向大家講解的經典是先秦時代《詩經‧蓼莪》這篇敘述父母恩情的詩歌。

　　關於這首詩，可先說一個有趣的故事給你們知道。《晉書》記載三國魏至晉初有一名博學多能的孝子，名叫王裒（？－311，字偉元），其父王儀（？－252）因直言司馬昭（211-265）之非而被殺。晉朝早期定都西面的洛陽，自此王裒不曾向西而坐，以示不臣服於晉代朝廷。王裒隱居教學授業，朝廷多次徵召他，授予官職，他也拒絕不接受。他築廬於父母墓穴側，日夜常至墓地跪拜問安，不時攀扶柏樹悲傷號哭，眼淚掉落樹身，柏樹也為之枯萎。其母親天生怕雷電，母親逝世後，每次行雷，他總會趕到墓前說：「裒在此。」王裒教導學生之時，每讀此詩至「哀哀父母，生我劬勞」一句，未曾不多次哭泣落淚，門生及聽講學生於是決定放棄讀〈蓼莪〉此篇詩，以免令老師悲傷過度。元朝著名詩人楊維楨（1296－1370）亦因王裒的孝義而稱他為「王蓼莪」，

正是用這首詩歌的名稱。

詩的第一章「蓼蓼者莪，匪莪伊蒿。哀哀父母，生我劬勞！」藉蓼蒿起興，述說自己的不孝及父母養育子女的勞瘁。

首章第一句以「蓼蓼」形容植物高大的樣子。詩人以長得高大的莪（蓼蒿）作比喻，指自己不是（匪）莪（蓼蒿），而是蒿（青蒿），表示自己長大後辜負父母期望，充滿自責之意。「哀哀」猶可憐可歎之意。「劬勞」，即辛苦勞累；劬，音渠。問題是：為何莪（蓼蒿）代表孝順兒子而蒿（青蒿）代表不孝順呢？答案稍後揭曉。

詩的第二章「蓼蓼者莪，匪莪伊蔚。哀哀父母，生我勞瘁！」採用《詩經》常用的複沓手法，重複第一章的詩句，只更改幾字。

詩人再次述說自己的不孝，不是莪（蓼蒿）而是蔚（牡蒿），父母養育自己十分辛勞，以致勞累成疾。第二章的「勞瘁」比首章的「劬勞」更深層次，暗示父母病倒，為下章述父母病亡埋下伏線。

第三章「瓶之罄矣，維罍之恥。鮮民之生，不如死之久矣！」為父母病亡而感到悲哀，詩人斥責自己沒有好好孝養父母，仿如瓶之空虛缺乏是大容器罍的恥辱。

「罍」是古代一種青銅器，盛酒或水，體積較瓶為大。「維」有「是、應是」之意；「罄」是「盡、空」之意。「鮮民」是指失去父母的孤兒。詩人比喻自己無力贍養父母，使父母缺衣少食，嚐盡艱辛且病亡，是兒子的羞恥；而失去父母的人活着，不如早點死了較好。此章極度表現詩人的悲傷，認為父母不在，自己活着也無意義，不如早點死了。

第四章「無父何怙？無母何恃？出則銜恤，入則靡至。」悲訴痛失父母時的狀況。沒有父親可以依靠誰？沒有母親可以憑藉誰？出門時銜着悲酸淚，入門則仿如沒有家一樣。「怙」依靠之意。何怙，依靠誰呢？「恃」意思類同「怙」。「銜恤」，懷着憂傷。「靡至」即「無至」之意，如未歸家一樣，沒有着落。因此詩句之故，後世人稱喪父為「失怙」，喪母為「失恃」，是一種文雅的說法。

第五章「父兮生我，母兮鞠我。拊我畜我，長我育我，顧我復我，出入腹我。欲報之德，昊天罔極！」訴說父母的養育深恩，也是最精彩的一章。

「鞠」即鞠育、鞠養、養育之意。「畜」通心部的「慉」，本指喜愛，此處指養育。「顧我復我」中的「復」字，借為覆蓋的「覆」字，是庇護的意思。「出入腹我」的「腹」

字指摟抱在懷裏。詩人哀訴父親生育他，母親撫育他，予以成長及教育、照顧及蔭護，出入時懷抱他；父母恩德如蒼天般廣闊無邊。「昊天」即蒼天，詩人以青天比喻父母的恩情深重。「罔極」乃無極無窮之意，比喻父母生養撫育之恩，其大如蒼天般「無窮無盡」，可惜如今沒法回報。

最後一章「南山烈烈，飄風發發。民莫不穀，我獨何害？南山律律，飄風弗弗。民莫不穀，我獨不卒。」闡述詩人不得終養父母之悲痛。

「南山」一般指終南山（在陝西省西安市南），人們於慶賀長輩生辰時會祝願對方「壽比南山」。但此處疑泛指南面山嶺，疑乃詩人行役時所見。「烈烈、律律」分別指山嶺的高大險峻、突兀高聳的樣子。詩人運用象聲詞，以「發發、弗弗」描述大風嘯嘯的聲音。詩人悲傷人人沒有不贍養父母的，質問上天：為何唯獨我竟遭此不幸？「害」指失去父母。「不卒」不得終養父母，即養育父母至終老。

這首詩我在十多年前教學生，已經將此詩譯成以下的白話文──

高高大大的蘿蒿，不是蘿蒿是青蒿。想起父母就傷心，生我養我太辛勞。
高高大大的蘿蒿，不是蘿蒿是牡蒿。想起父母就傷心，生我養我實操勞。
瓶子空空沒有水，應是水罍的羞恥。成了孤兒還活着，不如老早就死去。
沒有父親誰可依？沒有母親誰可靠？出門含着悲酸淚，入門無處安身軀。
父親呀你生養我，母親呀你哺育我。你撫養我哺育我，你成長我教育我。
你照顧我庇護我，出出入入掛念我。如今想把恩德報，蒼天偏偏不讓我。
南山巍巍不可攀，狂風颯颯地颳起。人們皆可養父母，為何我獨蒙受難？
南山峨峨不可登，狂風蕭蕭地颳起。人們皆可養父母，我卻不可把心盡。

就這首詩的主旨，有三種說法，現在一一說明。

主旨一，孝子哀傷不能終養父母，藉此諷刺幽王。《毛詩序》認為：此詩是諷刺周幽王之說，因人民勞苦行役在外，不得終養父母。鄭玄（127－200）則說：詩的作者是不能終養父母的人，其雙親病亡之時，詩人其時在役所，不得見父母。宋代朱熹《詩集傳》：「人民勞苦，孝子不得終養而作此詩。」

主旨二，孝子傷痛不能終養父母，非諷刺周幽王。

清代學者方玉潤（1811－1883）認為：「孝子痛不得終養也。此詩為千古孝思絕作，

盡人能識。」不該牽涉人民勞苦諷刺周幽王之説，因這令詩歌意思變得牽強，情感亦失真。

現代學者王靜芝（1916－2002）提出：詩人只是自傷不得奉養雙親，以報養育之恩，與周幽王無關係。王靜芝提出詩中有「民莫不穀」之語，顯示其他人的父母皆在，非人人喪失父母或流離失所。由此可見，此詩純乃詩人一人遭遇，非關邦國大事，又怎能説是諷刺周幽王？他又説：「此詩發於至情，足見父母子女間之天性，哀感動人。若以為刺詩則盡失其情，而詩意索然矣。」

主旨三，純粹孝子不能終養之説。

孔穎達（574－648）注解：「親病將亡，不得扶侍左右，孝子之恨，最在此時。」清代學者姚際恆（1647－？）亦説：「孝子之情，感傷痛極，千古為昭。」詩中不涉及行役或諷刺之事，純是孝子不能終養父母的遺憾——父母病亡而不能在旁侍奉，內心悲傷至極。

就藝術特質而言，賦、比、興乃《詩經》的獨有手法，三者可見於此詩。

朱熹（1130－1200）説：「鋪陳其事而直言之」是賦的手法，即直接鋪敍陳述，第五章詳細描寫父母的養育之恩，是賦的直接鋪敍陳述手法。

朱熹又云：「以彼物比此物。」是比喻手法。起首曾問大家：何以詩人以「蒿」（青蒿）、「蔚」（牡蒿）來比喻自己的不孝，又説自己不是「莪」（蘿蒿）呢？這裏揭曉答案。李時珍（1518－1593）《本草綱目》：「莪蒿根叢生，俗謂之抱娘蒿是也。」因為蒿與蔚皆散生植物，不能抱娘而生，作者以兩者喻己之不孝——不能在父母身旁侍奉；「莪」乃抱根而生，終生不離母體，如孝子般能時常侍奉左右。

朱熹再説：「先言他物以引起所詠之詞」是興的手法。詩中起首兩章及末章皆運用「興」的手法。詩人以「莪」、「蒿」、「蔚」起興，敍述父母養育子女的辛勞。末章則以「南山」「飄風」行役所見之景起興，訴説自己家遭不幸，父母病亡而不能終養之悲痛。

全詩結構嚴謹，僅一句六字，其餘三十一句皆四字。詩中對偶、排比、複疊字比比皆是，如「蓼蓼」、「哀哀」、「烈烈」、「發發」、「律律」、「弗弗」，令詩歌朗讀起來更加鏗鏘悦耳。詩歌的押韻亦加強了朗讀的美感，如第一章「蒿、勞」乃古韻豪部，第二章「蔚、瘁」乃古韻物部等等。

詩人在悲痛之中寫此詩歌，希望各位閱讀之後，明白父母的辛勞，好好孝順父母。

🖊 問答題

1. 誰有「王蓼莪」之稱？
   A. 王裒　B. 楊維楨　C. 王靜芝　D. 朱熹

2. 王儀被誰人所殺？
   A. 司馬懿　B. 司馬昭
   C. 司馬炎　D. 司馬睿

3. 以下哪一項是「莪」的別稱？
   A. 抱娘蒿　B. 青蒿　C. 蔚　D. 牡蒿

4. 詩人以莪（蘿蒿）比喻孝子，因為甚麼？
   A. 散生　B. 根叢生　C. 王裒　D. 李時珍

5. 「蔚」是指以下哪一種植物？
   A. 蘿蒿　B. 莪　C. 牡蒿　D. 青蒿

6. 《詩經》的「賦」是以下哪一種手法？
   A. 複沓用詞
   B. 以彼物比此物
   C. 鋪陳其事直言之
   D. 先言他物以引起所詠之詞

7. 以下哪組詩句不是運用「興」的手法？
   A. 蓼蓼者莪，匪莪伊蒿。哀哀父母，生我劬勞！
   B. 無父何怙？無母何恃？出則銜恤，入則靡至。
   C. 蓼蓼者莪，匪莪伊蔚。哀哀父母，生我勞瘁！
   D. 南山烈烈，飄風發發。民莫不穀，我獨何害？

8. 《毛詩序》認為此詩是諷刺誰？
   A. 周文王　B. 周幽王
   C. 周武王　D. 周厲王

9. 誰讚賞此詩為「千古孝思絕作」？
   A. 鄭玄　B. 朱熹　C. 姚際恆　D. 方玉潤

10. 以下哪一項不是父母的恩德？
    A. 拊我畜我　B. 長我育我
    C. 出入腹我　D. 我獨不卒

答案：1A, 2B, 3A, 4B, 5C, 6C, 7B, 8B, 9D, 10D

屈原　涉江

掃碼聽音頻

📑 原文

余幼好此奇服兮，年既老而不衰。

帶長鋏之陸離兮，冠切雲之崔嵬。（微部）

被明月兮佩寶璐。（鐸部）世溷濁而莫余知兮，吾方高馳而不顧。

駕青虯兮驂白螭，吾與重華遊兮瑤之圃。（魚部）

登崑崙兮食玉英。與天地兮同壽，與日月兮同光。

哀南夷之莫吾知兮，旦余濟乎江湘。（陽部）

乘鄂渚而反顧兮，欸秋冬之緒風。

步余馬兮山皋，邸余車兮方林。（侵部）

乘舲船余上沅兮，齊吳榜以擊汰。

船容與而不進兮，淹回水而疑滯。（月部）

朝發枉陼兮，夕宿辰陽。

苟余心其端直兮，雖僻遠之何傷。（陽部）

入漵浦余儃佪兮，迷不知吾所如。

深林杳以冥冥兮，猿狖之所居。（魚部）

山峻高以蔽日兮，下幽晦以多雨。

霰雪紛其無垠兮，雲霏霏而承宇。（魚部）

哀吾生之無樂兮，幽獨處乎山中。

吾不能變心以從俗兮，固將愁苦而終窮。（中部）

接輿髡首兮，桑扈臝行。（陽部）忠不必用兮，賢不必以。

伍子逢殃兮，比干菹醢。（之部）

與前世而皆然兮，吾又何怨乎今之人。

余將董道而不豫兮，固將重昏而終身。（真部）

亂曰：鸞鳥鳳皇，日以遠兮。

燕雀烏鵲，巢堂壇兮。（元部）

露申辛夷，死林薄兮。

腥臊並御，芳不得薄兮。（鐸部）

陰陽易位，時不當兮。

懷信侘傺，忽乎吾將行兮。（陽部）

📖 撰文：黃坤堯

本篇向大家講解的經典是戰國時代楚國屈原的〈涉江〉。

《楚辭》泛指楚國人的辭賦，以屈原（前 339？－前 278）作品為主。

屈原名平，生於丹陽（湖北省宜昌市秭歸縣），戰國時楚國的王族。屈原輔助楚懷王，議論國事，應對賓客，起草憲令，推行變法；支持合縱抗秦的政策，並兩度出使齊國，深得懷王的信任。可惜得罪權貴，遭受小人的讒言，懷王二十五年（公元前 304）被放逐到漢北，即漢水上游一帶的山區。頃襄王繼位，又再放逐到江南。屈原徘徊沅湘之間，作〈九歌〉、〈九章〉以明志。其後郢都（湖北省荊州市江陵縣）陷落，屈原自投汨羅江而死。著〈離騷〉、〈天問〉等。

屈原第二次放逐在楚頃襄王元年（公元前 298）。〈涉江〉是〈九章〉中的第二篇。主要敘述作者由漢水涉長江，過洞庭湖，溯沅水而到達漵浦（湖南省懷化市漵浦縣）的經歷。

〈涉江〉的語言奇麗，色彩斑斕，屈原將他心中的一腔幽憤，藉日月天地、山川草木宣洩出來，其中雜有神話傳說及歷代聖賢的故事，幽詭神秘，想入非非，令人眼花繚亂。

〈涉江〉分五段。楚騷作品多用「兮」字，句子拖長語氣。〈涉江〉的韻律結構比

較整齊，多以四句為一組，偶句協韻，換韻頻密，設有十四組韻部。其中第五句「被明月兮佩寶璐」是單句，非協韻的句子，但與其後四句合看，也可以看作上古音魚鐸通協之例，五句一組，結構上有些突兀。又第十句「登崑崙兮食玉英」也是單句，跟後續的四句同協陽部，可是五句一組，也有突兀的感覺。或者我們可以將「被明月兮佩寶璐」一句移在「登崑崙兮食玉英」之前，剛好合成第九、十兩句，對仗工整，語意相連，把屈原最美好的形象呈現出來。這樣六句一組，讀起來也很順暢。如果感覺不好，大家可以維持原來的文本安排。此外第四段「接輿髡首兮，桑扈贏行」看來該協陽部的，可是沒有跟他相應協韻的語句；如果說「行」、「殃」隔句相協，恐怕有些勉強。又第四段只有兩組半的字句，缺少一韻，或有缺文，只能存疑了。

〈涉江〉首段列出三組畫面。作者出場四句，即以「奇服」顯出楚國貴族昂揚的民族精神，佩帶長劍，「陸離」喻參差錯綜、光彩斑爛貌，頭戴切雲冠，高聳入雲，看來有些誇張。這是屈原的自畫像。

跟着「世溷濁而莫余知兮」四句，作者感慨整個世界是非不分，沒有人明白自己；只好放開懷抱，遠走高飛。駕馭着青龍，以白龍作驂，在車子的兩旁並排而走，作者想像與舜帝同遊於琅玕金玉的瑤圃神山之中。刻劃遊仙的美好畫面。

第三組五句，如果將前面第五句「被明月兮佩寶璐」移到這裏，則為六句。在背曰「被」，通作「披」。「寶璐」是美玉，「明月」是夜光珠，屈原說明自己佩珠戴玉，比喻才德兼備。跟着「登崑崙兮食玉英」，作者登上崑崙山，服食珍貴的玉英神草，飄飄欲仙。與天地日月一起進入永恆，光芒萬丈。可是這些奇想，南夷之人是不會明白的，指出自己接受現實，渡過長江、走進湘水，準備出發了。「南夷」指古代民族，相當於現在的苗族、侗族、土家族。

第二段分三組情節。首先走的是陸路。「乘」，登上。作者登高回望故國郢都，鄂渚在今湖北武昌城區西的長江沙洲，靠近黃鶴樓。「欸」，同「唉」，歎息，感受到秋冬寒風的凜烈。拉着馬兒在山間慢步吃草，而我就在樹林旁邊歇息。「方林」或指現在常德市一帶。

第二組改走水路，作者渡過了長江、洞庭湖，朝着沅江，逆流而上，坐船出發。「舲船」是有門窗的船，「吳榜」指大槳。「汰」，水波。「容與」解緩慢，「回水」指漩渦。士卒齊舉大槳衝波搶險，在沅江的激流中不斷打轉。

第三組來到了懷化市一帶。早上從枉陼出發，晚上到了辰陽。枉陼在瀘溪縣，辰陽在辰溪縣，距離不遠。「苟余心其端直兮，雖僻遠之何傷」，他深信自己清白正直，並不畏懼僻遠的異鄉，專寫自己的心路歷程。

第三段亦分三組。首先作者到了溆浦，這是第二次流放的目的地。「儃佪」，徘徊、遲疑之意。屈原感到困惑，不知道自己身在何方。原來眼前只是一片茂密的森林，也是猿猴的聚居地。跟着描寫周圍山高蔽日，陰暗多雨，霰雪紛飛，整天雲霧繚繞屋宇。第三組想起自己一生都沒有快樂過，強調會在山中幽獨終老。「吾不能變心以從俗兮，固將愁苦而終窮」，這是本文的主題所在，面對惡劣的環境，永遠都會堅持原則，不會出賣靈魂。

第四段只有兩組半情節，首先列舉前人故事，楚狂接輿剃光了頭髮，桑扈赤身露體。這裏可能缺了兩句，沒有交待細節。「忠不必用兮，賢不必以」，「以」，用也。屈原明白忠心與賢能都是沒用的，伍子胥（前 559－前 484）建議吳王伐越，結果獲賜劍自殺；比干勸諫紂王，最後被挖心剁成肉醬。屈原通過歷史證明古人今人遭遇相似，不敢怨君。「余將董道而不豫兮，固將重昏而終身」，君昏俗暗，心煩意亂，只能選擇終身履行正道，堅持節操。

第五段「亂曰」，歌曲的尾聲。鳳凰飛走了，鴉雀滿堂。「堂壇」指寬敞明亮的宮室，現在都被小人佔據了。其次香臭不分，進退失據。「露申」，瑞香花；「辛夷」，香樹；「林薄」指叢林；「腥臊」，臭惡；「御」，進用；「薄」，依附、靠近。其三說芳香的沒人欣賞，是非不分，不遇明時。「懷信侘傺，忽乎吾將行兮」，「侘傺」喻悵惘失意；「忽」指精神恍惚。賢人君子遭遇不測，只能被放逐到遠方去了。

✎ 問答題

1. 屈原〈涉江〉中所涉的是甚麼江？
   A. 長江　B. 漢水　C. 湘江　D. 沅江

2. 「帶長鋏之陸離兮」，指出連綿詞「陸離」的構詞特點。
   A. 雙聲
   B. 疊韻
   C. 雙聲疊韻
   D. 非雙聲疊韻

3. 「冠切雲之崔嵬」，指出連綿詞「崔嵬」的構詞特點。
   A. 雙聲
   B. 疊韻
   C. 雙聲疊韻
   D. 非雙聲疊韻

4. 「吾方高馳而不顧」，屈原「高馳」要上哪兒去？
   A. 瑤之圃　B. 崑崙　C. 溆浦　D. 鄂渚

5. 「被明月兮佩寶璐」，何謂「明月」？
   A. 月亮　B. 繡有月亮圖案的衣服
   C. 釵鈿　D. 夜光珠

6. 「哀南夷之莫吾知兮」，何謂「南夷」？
   A. 南方的蠻夷　B. 武夷山
   C. 南越王　　　D. 越族

7. 「入溆浦余儃佪兮，迷不知吾所如」，反映作者出了甚麼問題？
   A. 迷路，走錯了地方
   B. 心理狀態
   C. 沒有出路
   D. 健康不好

8. 「燕雀烏鵲，巢堂壇兮」，指出「巢」字在句子中的詞性。
   A. 名詞　B. 動詞　C. 形容詞　D. 副詞

9. 「固將重昏而終身」，何謂「重昏」？
   A. 第二次結婚　　B. 第二個黃昏
   C. 內心更為煩亂　D. 愛上了黃昏美景

10. 何謂「亂曰」？
    A. 胡說八道　B. 歌曲大合奏
    C. 添煩添亂　D. 煞尾

答案：1D, 2A, 3B, 4A, 5D, 6A, 7B, 8B, 9C, 10D

第二章

先秦散文

論語・論仁

掃碼聽音頻

原文

1. 子曰：「不仁者，不可以久處約，不可以長處樂。仁者安仁，知者利仁。」（〈里仁〉第四）

2. 子曰：「富與貴，是人之所欲也；不以其道得之，不處也。貧與賤，是人之所惡也；不以其道得之，不去也。君子去仁，惡乎成名？君子無終食之間違仁，造次必於是，顛沛必於是。」（〈里仁〉第四）

3. 顏淵問仁。子曰：「克己復禮為仁。一日克己復禮，天下歸仁焉。為仁由己，而由人乎哉？」

   顏淵曰：「請問其目。」子曰：「非禮勿視，非禮勿聽，非禮勿言，非禮勿動。」

   顏淵曰：「回雖不敏，請事斯語矣。」（〈顏淵〉第十二）

4. 子曰：「志士仁人，無求生以害仁，有殺身以成仁。」（〈衛靈公〉第十五）

撰文：招祥麒

本篇向大家講解的經典是《論語》中有關「論仁」的四章書。

《論語》全書 15917 字，是研究孔子（前 551－前 479）和儒家思想最精粹最可靠的典籍。「仁」字在書中出現 109 次，在孔子的思想體系中佔有極重要的位置。

本篇〈論仁〉，只從《論語》二十篇中選出其中四章，讓我們略略窺見孔子對「仁」的看法。

第一章書出自〈里仁〉第四：

子曰：「不仁者，不可以久處約，不可以長處樂。仁者安仁，知者利仁。」

「子」，是對孔子的尊稱。孔子先強調不仁的人，不可以久居貧困，也不能長處富

貴。我們反過來説，如果是仁人，面對任何情況，都能處之泰然：久居貧窮，不會變易其志，久居富貴，依然好禮不倦。

孔子接着説的「仁者安仁，知者利仁」，較難明白。在《論語》中，能夠與「仁者」相近的，就是「知者」，當然兩者依然有差別。因為「仁者」能夠「安仁」，而「知者」只能「利仁」。所謂安仁，是指在實踐仁德上，無所為而為，是先天有一種不容自己的心，而非受任何他力引誘、推動的。所謂「利仁」，是指能利用環境的協助，以便於行仁。例如「里仁為美。擇不處仁，焉得知？」原來選擇居所是要選擇附近有仁者的地方，不然，就不算「知」了。知者為甚麼這樣做呢，就是希望親近仁者，以利自己實踐仁德時帶來幫助。

通過上面解説，我們對本章的大意應可了然明白。孔子希望人能夠保存本來就在心中的「仁」，而不受外在環境影響。孔子指出：不仁之人，受到私欲的蒙蔽，迷失本心，假如處於貧賤窮困的時候，或許在短時間內還能忍受，時間一久，終被窮困所迫，把持不住，做出苟且放蕩偷盜等行為；又如處於富貴安樂的生活，短時間內還可矯飾自持，時間一久，必然流於放縱，驕奢淫逸。只有仁者，內心純乎天理，與仁為一，不需勉強自己，而能安於行仁，無須任何外力所推動；至於知者，真正聰穎的人，內心雖然未能即時與仁德合而為一，但知道行仁的好處，懂得通過有利的方法，使自己能夠實踐仁。

以上講完了第一章書，現在講第二章書。這章同樣出自〈里仁〉第四：

子曰：「富與貴，是人之所欲也；不以其道得之，不處也。貧與賤，是人之所惡也；不以其道得之，不去也。君子去仁，惡乎成名？君子無終食之間違仁，造次必於是，顛沛必於是。」

這章書是孔子談及君子行仁的情況。這裏的「君子」，不是階級上與「小人」相對的上位者，而是指有道德修養的人。對於「富有、尊貴」和「貧困、低賤」，前者無人不希冀，後者無人不厭惡，君子也一樣。然而，君子對於不以正當方法而獲取的富貴，是不會接受的；對於以不正當方法而脫離的貧賤，是不會離去的。君子一旦離開了仁德，又怎能成為「君子」之名呢？君子連一頓飯的時間都不違離仁德，緊迫的時候一定會這樣做，困頓的時候也一定會這樣做。

請留意，「不以其道得之，不去也」和「君子去仁」的「去」，都不讀上聲「許」，應讀去聲「離去」的「去」。這兩個「去」字，與下文「違仁」的「違」，意思是相同的。

第二章書講完了，以下繼續講第三章書。這章書出自〈顏淵〉第十二：

顏淵問仁。子曰：「克己復禮為仁。一日克己復禮，天下歸仁焉。為仁由己，而由人乎哉？」

顏淵曰：「請問其目。」子曰：「非禮勿視，非禮勿聽，非禮勿言，非禮勿動。」顏淵曰：「回雖不敏，請事斯語矣。」

顏回（前 521－前 481），字子淵，是孔子七十二弟子之首。他向孔子詢問甚麼是「仁」。以顏子的聰慧，平日受孔子的教誨，不可能不理解「仁」的意思。他其實是向孔子問到仁的本體，以便在生活中實踐。孔子回應「克己復禮」就是仁。簡單來說，能夠戰勝個人的欲望，回復天理，就是仁。人有五官百體，每一個器官都有自己的欲望，希望達到以滿足自己的需要。例如我們的眼睛，都想看到「美」的東西，如果不加節制，後果嚴重；又如我們的耳朵，都喜歡聽讚美的說話，如果不加節制，後果堪虞。「克己」，就是要戰勝這種「私欲」，使自己的生活完全與「禮」（天理）相合。

「一日克己復禮，天下歸仁焉」，當我們一旦能「克己復禮」，天下皆被納入於自己仁德之內，即是渾然與物同體，即是仁自身的全體呈露。「天下歸仁」，是人在自己生命之內所開闢出的內在世界。而人之所以能開闢出如此一個內在世界，是因為在人的生命之中，本來就已具備。所以孔子接着便說「為仁由己，而由人乎哉」，實踐仁完全由自己決定，而非由他人使然的。

顏子追問實踐仁的細目，孔子即提出由最根本的「視」、「聽」、「言」、「動」開始：「非禮勿視，非禮勿聽，非禮勿言，非禮勿動。」不合禮的不要看，不合禮的不要聽，不合禮的不要說，不合禮的不要動。顏子聽後，表示自己雖然不夠聰敏，對孔子的說話自當努力去做。

以上講完了第三章書，最後講第四章書。這章書出自〈衛靈公〉第十五：

子曰：「志士仁人，無求生以害仁，有殺身以成仁。」

孔子說的「志士仁人」的「志士」，是指能夠堅守道義的人，有學者認為是「知士」

(具智慧的人)，與「仁人」相對。這類人當義理與生命不可兩全的時候，斷不肯苟且偷生以損害自己的仁德，寧可捨棄生命也要保存「仁」。我們不妨將這章書與《孟子‧魚我所欲也》章對讀，自有更深的體會。歷史上如文天祥（1236－1283）及其〈正氣歌〉裏所歌頌的十二位人物，都是孔子這句話最佳的注腳。

　　讀完以上所講的四章書，我們應可大略理解孔子對「仁」的看法。我歸納一下：其一，仁者不論是居於貧窮，或是處於快樂，都能長久持守，而不會迷失本心；其二，仁者在富貴、貧賤、取捨之間，以至於終食、造次、顛沛的時刻，不論何時何地，都不會違離「仁道」；其三，仁者不會因為求生而害仁，甚至能夠殺生成仁。而修養仁德的方法，仁者會克制個人的私欲，遵從天理，務使在視、聽、言、動四方面皆合於禮。

✎ **問答題**

1. 下列對《論語》的描述，哪一項不正確？
   A.《論語》是研究孔子思想體系的重要著作
   B.《論語》是孔子的親身著述
   C.《論語》是孔子的學生在孔子死後整理出來的著述
   D.《論語》對後世的影響極大

2. 如果將孔子心目中最高的道德境界以一個字作為代表，這個字是哪個？
   A. 孝　B. 忠　C. 仁　D. 義

3. 「不可以久處約」的「約」是甚麼意思？
   A. 窮困　B. 契約　C. 約束　D. 富貴

4. 「知者利仁」的意思是甚麼？
   A. 知道哪些事對仁德有幫助
   B. 有智慧的人能夠利用環境的協助，來實踐仁德
   C. 有知識的人對仁德的推廣有利
   D. 智慧相等於利仁

5. 「是人之所惡也」和「惡乎成名」兩個「惡」字分別的意義是甚麼？
   A. 禍害；厭惡　B. 厭惡；禍害
   C. 怎麼；厭惡　D. 厭惡；怎麼

6. 「君子無終食之間違仁」的「違」意思是甚麼？
   A. 背叛　B. 反對　C. 逃避　D. 離開

7. 「克己復禮」最正確的解釋是甚麼？
   A. 約束自己要有禮貌
   B. 限制已有的自由，使符合禮（天理）的要求
   C. 改正錯誤，恢復禮（天理）的標準
   D. 戰勝自己的私欲，使生活與禮（天理）相合

8. 「請問其目」的「目」是甚麼意思？
   A. 目的　B. 眼睛　C. 要目　D. 頭目

9. 「有殺身以成仁」的「殺身」是甚麼意思？
   A. 自殘身體　B. 犧牲性命
   C. 捐助器官　D. 謀財害命

10. 下列各項，何者不是「仁」的表現？
    A. 無論貧窮與富貴，都不會迷失本心
    B. 不論何時何地，都不會違離仁道
    C. 能克制個人的私欲，遵從天理
    D. 視、聽、言、動四方面都有目的

論語·論孝

掃碼聽音頻

📃 原文

1. 孟懿子問孝。子曰:「無違。」

　樊遲御,子告之曰:「孟孫問孝於我,我對曰,無違。」

　樊遲曰:「何謂也?」子曰:「生事之以禮;死葬之以禮,祭之以禮。」(〈為政〉第二)

2. 子游問孝。子曰:「今之孝者,是謂能養。至於犬馬,皆能有養;不敬,何以別乎!」(〈為政〉第二)

3. 子曰:「事父母幾諫,見志不從,又敬不違,勞而不怨。」(〈里仁〉第四)

4. 子曰:「父母之年,不可不知也。一則以喜,一則以懼。」(〈里仁〉第四)

📖 撰文·招祥麒

本篇向大家講解的經典是《論語》中有關「論孝」的四章書。

《論語》一書,是研究孔子(前 551－前 479)和儒家思想最精粹最可靠的典籍。在《論語》中涉及春秋時代的名詞和觀念,幾乎都由孔子一生的努力,而賦以深化、純化的內涵。

本篇自《論語》選出四章書,探討孔子對「孝」的看法。

「孝」,屬於會意字,商周金文中已出現,從字型的結構看,像一個孩子攙扶老人,有「孝順」之意。《說文》:「孝,善事父母者。從老省,從子,子承老也。」解釋得很清楚。

「孝」,在《論語》中出現了十九次,出現的次數比不上「仁」、「禮」、「善」、「信」、「義」、「敬」等字,這可能是在孔門中師生或學生之間討論較少的緣故,但「孝」的觀念,絕對是孔子心目中非常重視的。

本篇所選的第一章書，出自〈為政〉第二：

孟懿子問孝。子曰：「無違。」

樊遲御，子告之曰：「孟孫問孝於我，我對曰，無違。」

樊遲曰：「何謂也？」子曰：「生事之以禮；死葬之以禮，祭之以禮。」

本章旨在説明「孝」必以「禮」為本。「孟懿子問孝。子曰：『無違。』」孟懿子（？－前 481），即魯大夫仲孫何忌，仲孫是其氏，何忌是其名；孟，庶長也，嫡長則稱伯；懿，諡號。孟懿子的父親孟僖子（？－前 518）臨終時，要求兒子拜孔子為師。孔子之於孟懿子，亦師亦友。某一天，他向孔子詢問甚麼是孝的問題，孔子以「無違」二字回應。「無違」，指「不違背」，王夫之（1619－1692）《四書箋解》云：「『無違』須含一『禮』字在內。」依王夫之的意思，「無違」，是指不違背禮。孟懿子聽罷孔子的説話後沒有追問。

孔子不久出門，剛好樊遲（前 515－？）負責駕車。樊遲是孔門中的年青學生，少於孔子三十六歲，叫樊須（字子遲，齊人），孔子知道他與孟懿子有往來，欲藉其口轉告孟懿子，希望孟懿子明白「無違」的真義。孔子告訴樊遲：「孟孫問孝於我，我對曰，無違。」孟孫，就是指仲孫何忌。樊遲不同於孟懿子，有疑必問：「何謂（無違）也？」孔子回答説：「生事之以禮；死葬之以禮，祭之以禮。」為人子者盡孝，根據《孝經‧紀孝行》所載：「子曰：『孝子之事親也，居則致其敬，養則致其樂，病則致其憂，喪則致其哀，祭則致其嚴。五者備矣，然後能事親。』」「居則致其敬，養則致其樂，病則致其憂」，是孝子在父母生前該做的；「喪則致其哀」，是父母死，舉行喪葬時該做的；「祭則致其嚴」，是父母死後拜祭時該做的。然而本章論孝，孔子卻強調一個「禮」字。孟懿子是從政的人士，大孝事君，如果沒有禮，恐怕造就不少僭越篡奪的行為，孔子提出以禮作為標準論孝，其實是有深意的。

第一章書講完，接着講第二章書。這章書同樣出自〈為政〉第二：

子游問孝。子曰：「今之孝者，是謂能養。至於犬馬，皆能有養；不敬，何以別乎！」

這章書旨在説明為人子者，當以敬親為孝。孔子的弟子子游（前 506－前 443），

姓言名偃，一次向孔子詢問行孝的問題。孔子回應説：「今之孝者，是謂能養。至於犬馬，皆能有養；不敬，何以別乎！」孔子指當今所謂孝順，就是能供養父母就行了，但是家裏的狗和馬，一樣受到飼養；供養父母如果心中不存敬意，那與養育狗、馬有甚麼分別？

請大家留意，這章書出現兩次「養」字，前一個「養」字，解「供養」，指對父母的飲食供奉。陸德明（約 555？－627）《經典釋文》音「羊尚反」，陽去聲，音「讓」。後一個「養」字，育也，針對犬和馬來説的，後世有「犬馬養人」和「人養犬馬」二種解釋。朱熹《論語集注》採用後説：「犬馬待人而食，亦若養然，言人畜犬馬，皆能有以養之。」這一「養」字，《廣韻》餘兩切，音「氧」，以示供養上與尊輩的分別。

第二章書講完，接着講第三章書。第三章出自〈里仁〉第四：

子曰：「事父母幾諫，見志不從，又敬不違，勞而不怨。」

這章書旨在説明孝子勸諫父母之道。「幾」，微也，「幾諫」，微言奉勸，即下氣怡色柔聲以勸諫。另一説法，「幾」，指初見端倪，孝子與父母相處，父母有過失，當初露端倪時即予勸諫。「見志不從」，亦有兩説，一指孝子微諫之志，父母不受規勸；一指父母之志，不肯聽從。「又敬不違，勞而不怨」，父母暫不聽從孝子勸諫，孝子當更敬愛父母，不違初心（或指不違父母），雖操心甚勞，「勞」，憂也，憂心自己的誠意未能感動父母，絕不有一絲毫怨懟之心。

第三章書講完了，最後講第四章書。這章書也出自〈里仁〉第四：

子曰：「父母之年，不可不知也。一則以喜，一則以懼。」

這章書旨在教人時刻關心父母的健康，及時盡孝。「父母之年，不可不知也。」「知」，這裏指記憶。父母的年齡，不可不記得。為甚麼呢？因為「一則以喜，一則以懼」。一方面為父母能享高壽而感到歡喜，一方面為父母日漸衰老而感到憂懼。能夠如此，則孝子侍奉父母，自然能處處關顧，不敢有任何閃失。

《韓詩外傳》卷九有一段話：「孔子行，聞哭聲甚悲。孔子曰：『驅驅！前有賢者。』至，則皋魚也，被褐擁鐮，哭於道傍。孔子辟車與之言，曰：『子非有喪，何哭之悲也？』皋魚曰：『吾失之三矣。少而學，遊諸侯，以後吾親，失之一也；高尚吾志，間

吾事君，失之二也；與友厚而小絕之，失之三也。樹欲靜而風不止，子欲養而親不待也。往而不可追者，年也；去而不可得見者，親也。吾請從此辭矣。』立槁而死。孔子曰：『弟子誡之，足以識矣。』於是門人辭歸而養親者十有三人。」孔子聽完皋魚（生卒年不詳）的一番話，深受感動，「樹欲靜而風不止，子欲養而親不待也」，作為人子，有自己的志向和追求，在一直向前衝的時候，卻忘記父母在堂，乏人照顧。一旦翻然醒悟，欲盡孝道時而親已不在，此千古孝子之痛，卻在現實生活中不斷重現。

　　總結所講四章書的內容，我們對「孝」的觀念應該清晰了。

　　侍奉父母，態度上要心懷敬重；表現上要不違於禮，父母在生時、過世時、喪葬時，都應以「禮」作衡量的標準。我們對父母生活細節，必關愛有加；父母萬一有過，須微言規勸，不忘恭敬，雖憂而不怨。

　　以上的「孝順」條件和方法，年青人請時刻緊記，坐言起行。

✎　**問答題**

1. 下列對《論語》的描述，哪一項最正確？
   A.《論語》，是研究孔子思想體系的重要著作
   B.《論語》是孔子親身著述的
   C.《論語》是孔子和他的學生共同著述的
   D.《論語》是研究孔子生平的重要史料

2. 《說文》:「孝，善事父母者」的「事」字的意義是甚麼？
   A. 事情　B. 好事　C. 侍奉　D. 從事

3. 孟懿子問孝。子曰:「無違。」「無違」的意思是甚麼？
   A. 不要離開父母　B. 無須離開父母
   C. 不要違背禮教　D. 不要違背法律

4. 「是謂能養」的「養」意思是甚麼？
   A. 飼養　B. 生養　C. 長養　D. 供養

5. 孔子認為奉養父母和飼養犬馬不同之處是甚麼？
   A. 能讓父母豐衣足食
   B. 對父母不離敬愛的心
   C. 能使犬馬成為父母的寵物
   D. 沒有不同

6. 「事父母幾諫」的「幾」意思是甚麼？
   A. 幾次、多次　B. 稀少、沒有
   C. 隨時、隨地　D. 輕微、婉轉

7. 「勞而不怨」的「勞」意思是甚麼？
   A. 勤勞　B. 努力　C. 憂心　D. 嘮叨

8. 「父母之年」是指甚麼？
   A. 父母的年齡　　　B. 父母出生年份
   C. 父母結婚的年份　D. 父母生孩子的年份

9. 「不可不知也」的「知」意思是甚麼？
   A. 知道　B. 明白　C. 查考　D. 記得

10. 下列各項，何者不是「行孝」的表現？
    A. 態度上要心懷敬重
    B. 表現上要不違於禮
    C. 父母萬一有過，須即時制止
    D. 對父母生活細節，必關愛有加

答案 : 1A, 2C, 3C, 4D, 5B, 6D, 7C, 8A, 9D, 10C

論語・論君子

掃碼聽音頻

📖 原文

1. 子曰：「君子不重則不威；學則不固。主忠信。無友不如己者。過則勿憚改。」（〈學而〉第一）

2. 子曰：「君子坦蕩蕩，小人長戚戚。」（〈述而〉第七）

3. 司馬牛問君子。子曰：「君子不憂不懼。」曰：「不憂不懼，斯謂之君子矣乎？」子曰：「內省不疚，夫何憂何懼？」（〈顏淵〉第十二）

4. 子曰：「君子成人之美，不成人之惡。小人反是。」（〈顏淵〉第十二）

5. 子曰：「君子恥其言而過其行。」（〈憲問〉第十四）

6. 子曰：「君子義以為質，禮以行之，孫以出之，信以成之。君子哉！」（〈衛靈公〉第十五）

7. 子曰：「君子病無能焉，不病人之不己知也。」（〈衛靈公〉第十五）

8. 子曰：「君子求諸己，小人求諸人。」（〈衛靈公〉第十五）

📖 撰文：招祥麒

　　本篇向大家講解的經典是《論語》中有關「論君子」的八章書。

　　《論語》一書，是研究孔子（前 551－前 479）和儒家思想最精粹最可靠的典籍。在《論語》中涉及春秋時代的名詞和觀念，幾乎都由孔子一生的努力，而賦以深化、純化的內涵。

　　《論語》中出現「君子」一百零九次。孔子打破了西周以來社會上、政治上的階級限制，把傳統的階級上的君子、小人之分，轉化為品德上的君子、小人之分，因而使君子、小人，可由一個人的努力而決定，使君子成為每個人努力向上的標誌。

本篇自《論語》選出八章書，讓我們認識一下孔子對「君子」的看法。

第一章書出自〈學而〉第一：

> 子曰：「君子不重則不威；學則不固。主忠信。無友不如己者。過則勿憚改。」

「君子不重則不威」，君子要敦重、厚重，否則便沒有威嚴。這一點，歷來沒有異議。「學則不固」卻出現兩種說法，邢昺（932－1010）《論語注疏》云：「學則不固者，其說有二：孔安國曰：『固，蔽也。』言君子當須敦重，若不敦重，則無威嚴；又當學先王之道，以致博聞強識，則不固蔽也。一曰『固』謂堅固，言人不能敦重，既無威嚴，學又不能堅固識其道理也。」依此，前人對「固」的解釋有二，一是「蔽固」，連上文，指君子如果不厚重，就沒有威嚴，但通過學習，就不會蔽固了；二是「堅固」，連上文，指君子不厚重，就沒有威嚴，如此，所學習而得的，都不堅實。朱熹（1130－1200）則主後說。「主忠信」，以忠信為主；忠以不貳，信以不欺，行事待人，必須如此，因為人無忠信，便容易作惡多端了。「無友不如己者」，朋友相交，互為影響，不如己，自然無益而有損。「有過勿憚改」，人有過失，很多時自己不會察覺，就算察覺，也容易因循而不改，所以當聽到他人勸諫，或自我覺醒，不可稍存畏難之心，馬上改過。能如此，方稱得上為君子。

講完第一章書，以下再講第二章書。第二章書出自〈述而〉第七：

> 子曰：「君子坦蕩蕩，小人長戚戚。」

「坦蕩蕩」，平而寬廣；「長戚戚」，多憂慮。孔子以君子、小人對比，說明兩者心貌的不同。我們要分出哪些人是君子，哪些人是小人？往內，要看其心術；往外，要觀其氣象。君子循着天理而行，心中無所掛慮，生活上隨遇而安，不愧不怍，自然寬舒自得，所以說「坦蕩蕩」。小人則心存僥倖，長被私欲影響，自然患得患失，心神不寧，陷入思慮愁苦的境地，所以說「長戚戚」。

第二章書講完了，接着講第三章。這章書出自〈顏淵〉第十二：

> 司馬牛問君子。子曰：「君子不憂不懼。」曰：「不憂不懼，斯謂之君子矣乎？」子曰：「內省不疚，夫何憂何懼？」

司馬牛（生卒年不詳），宋國人，是孔子弟子。司馬牛的哥哥叫司馬桓魋（生卒年不詳），是宋國的大司馬，有意謀害宋景公（？－前453，子姓，宋氏），子牛深恐哥哥弒君，則天下人得而誅之，若謀反失敗，也必召來滅族之禍，所以既憂國，也憂兄，不知如何是好。這次他問孔子怎樣算是君子，孔子以「君子不憂不懼」回應。司馬牛心有疑惑，追問：「不憂不懼，就可以稱做君子了嗎？」孔子可能也聽聞子牛的處境，便藉機勸勉和鼓勵：「內省不疚，夫何憂何懼？」「疚」，病也。君子之心，光明正大，無愧無怍，經過自我反省，也無一絲的疚病足以連累己心，縱然發生意外的事，依然按天理而行。這樣，又何憂懼之有？

第三章書講完了，接着講第四章書。這章書同樣出自〈顏淵〉第十二：

子曰：「君子成人之美，不成人之惡。小人反是。」

孔子在此說明君子和小人用心的不同。「成」，朱熹《論語集注》說：「成者，誘掖獎勸以成其事也。」君子處世，見他人之美與自己相合，所以施以誘勸獎掖，務使其人之美更進一步；至於見人之惡與自己相違背，自然不希望對方滋蔓而出以規勸，務使其惡遏止消失。小人則與君子相反，見人之美則妒忌，處處阻遏；見人之惡，則迎合包容，推波助瀾。因此，在上位者用人，在下位者選舉，得一君子與誤得小人，結果是相去甚遠的。

第四章書講完了，接着講第五章書。這章書出自〈憲問〉第十四：

子曰：「君子恥其言而過其行。」

在這章書，孔子以君子言過其行為恥辱，勉人言行相副。說話出於口，易放難收，所以君子必慎言；行動做事，重在實踐，稍有怠惰，便難成功，所以君子務求敏行。說到做到，自然最理想；說到而做不到，此君子引以為恥！

第五章書講完了，接着講第六章書。這章書出自〈衛靈公〉第十五：

子曰：「君子義以為質，禮以行之，孫以出之，信以成之。君子哉！」

在這章書，孔子強調「君子義以為質」，朱熹《論語集注》說：「義者制事之本，故以為質榦。」義，是做所有事的本質，君子須堅守把握。至於如何將「義」實踐

出來，孔子提出三點：以禮去行義，以謙遜表現義，以誠信成就義。能夠以「禮」、「孫」、「信」三者來發揚「義」的本質，才是真正的君子！再講，孔子的話出現了兩次「君子」，第一次出現「君子」時，給讀者的印象是虛而不實的，經過接下來就君子的內涵和表現的描述後，第二次出現「君子」時，讀者對「君子」便有了質而實的感覺。從修辭的角度言，固然是用了「反覆」的修辭手法，但其中包含的文化意義，不可不知！

第六章書講完了，接着講第七章書。這章書同樣出自〈衛靈公〉第十五：

子曰：「君子病無能焉，不病人之不己知也。」

孔子說話中的「病」，作動詞用，患也，憂慮的意思。君子所憂慮的，是自己沒有能力，不會憂慮其他人不知道自己的能力。君子有自知之明，倘若自己有能力而一般人不知，賢德的人會知，就算賢德的人一時不知，後世自然會知，所以有能而無人知，對君子而言，是不以為患的。

第七章書講完了，最後講第八章。這一章同樣出自〈衛靈公〉第十五：

子曰：「君子求諸己，小人求諸人。」

這章書論君子、小人的人品。「求」，這裏訓為「責」。君子凡事反省，有過必先自責而後改，小人則凡事推卸責任，有事則諉過於人。

選錄的《論語》八章書講完了。我作簡單歸納一下。孔子論君子的說話，可從三方面了解君子的表現和修養：

在處事方面，君子會莊重認真，知錯能改，言行一致；在待人方面，君子會結交良友，樂成人之美，出言謙遜，表現誠實；在內心方面，君子會坦蕩舒泰，不憂不懼，堅守禮義，並時加反省，嚴以律己。

前人談《論語》的好處，是讀得一章，便得益一章，讀得一句，便得益一句。希望大家學以致用，做一個堂堂正正的君子。

✎ 問答題

1. 在孔子之前，下列哪一項不是「君子」和「小人」的描述？
   A. 君子是指統治階層，小人是指被統治階層
   B. 君子是指上層社會的人，小人是指下層社會的人
   C. 君子是指成年人，小人是指未成年的人
   D. 君子是指士大夫，小人是指老百姓

2. 「君子不重則不威」的「重」，意思是甚麼？
   A. 體重　B. 重要　C. 重覆　D. 厚重

3. 不列哪一項，不是「君子坦蕩蕩，小人長戚戚」的修辭手法？
   A. 對比　B. 擬物　C. 對偶　D. 疊字

4. 「夫何憂何懼」的「夫」，屬哪一種詞性？
   A. 名詞　B. 動詞　C. 代詞　D. 助詞

5. 「君子成人之美」的「之」，屬哪一種詞性？
   A. 動詞　B. 介詞　C. 代詞　D. 助詞

6. 「過則勿憚改」和「君子恥其言而過其行」兩句，其中的「過」字分別的意思是甚麼？
   A. 過錯，超過　B. 度過，經過
   C. 過去，轉移　D. 拜訪，忍受

7. 「孫以出之」的「孫」，讀音是甚麼？
   A. 酸　B. 係　C. 遜　D. 損

8. 「君子病無能焉」中的「焉」，其詞性和讀音是甚麼？
   A. 形容詞，音言　B. 助詞，音煙
   C. 形容詞，音煙　D. 助詞，音言

9. 「君子求諸己」的「求」，是甚麼意思？
   A. 請求　B. 爭取　C. 責求　D. 邀請

10. 下列各項，何者不是「君子」的表現？
    A. 知錯能改　B. 言行一致
    C. 不憂不懼　D. 以己律人

答案：1C, 2D, 3B, 4D, 5D, 6A, 7C, 8D, 9C, 10D

孟子・寡人之於國也

掃碼聽音頻

📖 原文

梁惠王曰：「寡人之於國也，盡心焉耳矣。河內凶，則移其民於河東，移其粟於河內；河東凶亦然。察鄰國之政，無如寡人之用心者。鄰國之民不加少，寡人之民不加多，何也？」

孟子對曰：「王好戰，請以戰喻。填然鼓之，兵刃既接，棄甲曳兵而走，或百步而後止，或五十步而後止，以五十步笑百步，則何如？」

曰：「不可。直不百步耳，是亦走也。」

曰：「王如知此，則無望民之多於鄰國也。

不違農時，穀不可勝食也；數罟不入洿池，魚鱉不可勝食也；斧斤以時入山林，材木不可勝用也。穀與魚鱉不可勝食，材木不可勝用，是使民養生喪死無憾也。養生喪死無憾，王道之始也。

五畝之宅，樹之以桑，五十者可以衣帛矣；雞豚狗彘之畜，無失其時，七十者可以食肉矣；百畝之田，勿奪其時，數口之家，可以無飢矣；謹庠序之教，申之以孝悌之義，頒白者不負戴於道路矣。七十者衣帛食肉，黎民不飢不寒，然而不王者，未之有也！

狗彘食人食而不知檢，塗有餓莩而不知發。人死，則曰：『非我也，歲也。』是何異於刺人而殺之，曰：『非我也，兵也。』王無罪歲，斯天下之民至焉。」

📖 撰文・曹順祥

本篇向大家講解的經典是先秦時代孟子（前 372－前 289）的〈寡人之於國也〉。

現代社會重視溝通，口才是成功的基石。誰不想能言善辯？誰不想在講台上雄辯

滔滔？事實上，不少名人的「論辯技巧」，都從來自《孟子》一書，而〈寡人之於國也〉正是孟子文章的典範。想提升口語才藝的朋友，萬勿錯過！

孟子〈寡人之於國也〉是一篇「論為政之道」的文章，出自《孟子·梁惠王》上篇。孟子遊說梁惠王，論述「仁政」的具體內容，提出的主張是：君主積極地「為民制產」是為政首要的任務，這才是稱王天下的根本。

這個故事從梁惠王的一番肺腑之言開始。梁惠王說：「寡人之於國也，盡心焉耳矣。」意思是：「我對於國家，真是費盡心力了。」「寡人」即寡德之人，是君主的自稱的謙詞。

文章第一部分，即第一段。梁惠王首先說明自己對國家「盡心」，內容可見於兩點：一是「移民就食」，即是如果河內發生饑荒，他會把人民由河內移到河東；另一方面是「移食濟民」，會把河東的部分糧食去救濟河內的災民。同時表明，如果河東饑荒，他也會這樣做。由此，他補充說自己曾「考察鄰國的政治，沒有一個國家能像我這樣替百姓打算的」。但事實告訴他：「那些國家的百姓未因此而減少，我國的百姓並不因此加多。」梁惠王表示不明白是甚麼原因！

文章第二部分，即第二至四段，孟子分析「民不加多」的原因。善於論辯的孟子，立刻解答梁惠王提出「民不加多」的疑問。

孟子回答：「大王喜歡戰爭，請讓我用戰爭來打個比喻。當戰鼓響起，槍尖刀劍正在交鋒，有的士兵丟棄了盔甲，拖着兵器逃跑；當中有的士兵跑了一百步停下來，有的則跑了五十步就停下了。跑了五十步的士兵取笑那些跑了一百步的士兵，你認為這樣可以嗎？」梁惠王：「不行，只不過沒有跑夠一百步罷了，這也是逃跑呀。」孟子回答說：「大王如果懂得這個道理，就不要奢望你的百姓會比鄰國多了。」

孟子在這裏用了「類比論證」手法，寓意是：梁惠王的「小恩小惠」，未能真正地體恤民生疾苦，卻滿以為自己已經「盡心」！其實跟鄰國國君沒有明顯的分別。

同時，不要小看這個簡短的「故事」，當中蘊藏着極為精彩的說話技巧。

首先，這是「因勢利導」的手法。由於梁惠王「好戰」，因此孟子「投其所好」來吸引他，令他有興趣聽下去。其次，善用「戰爭」作比喻。孟子以士兵逃走的例子作比喻，比單純說教有力得多，抽象的哲理變得具體。最後是善用「設問」。孟子表面上並未直接回答梁惠王的問題，反而提出新的「問題」，而這個新的「問題」，正好用

來引導梁惠王深切反省。

這則經典寓言，就是著名的「五十步笑百步」。為何孟子要用「寓言」引入？

第一，以寓言引入，容易引起對方的注意力，引起聆聽者的興趣。第二，梁惠王以為自己已經把國家管理得很好，孟子並不同意，但又不宜直斥其非，於是借用寓言來揭示當中的「道理」，暗中指出梁惠王的不當之處。第三，就寓言的內容，孟子要梁惠王回答，梁惠王不虞有詐，直接表達了意見。由於「五十步笑百步」這個寓言，正好與梁惠王的處境雷同。如此，梁惠王的回答等於間接承認了自己的治國手法，與鄰國相比，只是程度不同，本質上並無任何分別。依此，梁惠王自誇已經「盡心」的論點，便完全無法成立。

由此可見，孟子針對梁惠王希望更多的人民歸附自己，而孟子充分掌握梁惠王這種心理，進而巧妙地引導他施行「仁政」。

文章第三部分，即第五至六段。闡述了仁政的具體內容，即是能夠令人民增加的根本措施。這部分，孟子才堂堂正正地提出其「行王道，施仁政」政治主張，包括：照顧人民生活、為民制產和注意教育。

第五段是談「王道之始」，孟子提出如何照顧人民的生活：在耕種收穫的季節，不要妨礙農作生產，穀物便吃不完；禁止將細密的漁網放入水塘湖泊裏捕魚，魚類便會吃不完；在適當的季節讓人民進入山林砍伐，木材便用不盡。穀物和魚鱉吃不完，木材用不盡，百姓對於生養死葬便沒有甚麼不滿了。百姓對於生養死葬便沒有甚麼不滿，這便是「王道」的開始。

第六段是談「王道之成」。即人口增加的根本措施，即「仁政」的具體內容。

孟子首先提出「為民制產」：在五畝大的宅院中，種植桑樹，五十歲以上的人便可以穿絲帛的衣服了；雞隻豬狗等家畜，不錯失繁殖的機會，七十歲以上的人便可以吃肉食了；百畝的耕地，不要妨礙種植的時機，擁有幾口人的家庭便不會挨餓了。接着，孟子提出了「教育」的看法：重視學校的教育，反覆地教導百姓孝順父母、敬重兄長，頭髮斑白的老人便不必在路上搬運物品了。七十歲以上的老人可以穿着絲帛的衣服，有肉可以吃，一般人不用挨餓受凍。假如這樣也無法使天下百姓歸服的，那是從來不曾有過的事情！

文章第四部分，即第七段。孟子批評當世的統治者藉詞推卸責任，並指出只有承

擔責任，國家才能興盛！

　　如果富貴人家的豬狗吃着人吃的食物，卻不懂得節制；路上有餓死的人，卻不懂得開倉賑濟；人民餓死了，卻推卸責任，認為只是年歲收成不好。孟子認為這和用刀殺人，卻說「人不是我殺的，是刀殺的」並沒有甚麼不同。因此，孟子認為作為君王，不要怪罪年歲收成不好，暗示着應從根本的政治改革入手。如此，天下各地的人便會來投奔了。這裏以人死於兇殺，與死於饑荒的情況作比較，是用了「類比論證」的手法。

　　綜合而言，本文指出政權的存亡得失，在於「民心」。而「民心」的去留，在乎國君是否推行「仁政」。結構上，以戰爭作比喻，通過「五十步笑百步」的故事，「因勢利導」，啟發梁惠王的思考，並逐步帶出自己「行仁政」的觀點。

　　眾所周知，孟子文章以氣勢著稱，本文最能體現這個特點。例如第五段「不違農時，穀不可勝食也；數罟不入洿池，魚鱉不可勝食也；斧斤以時入山林，材木不可勝用也。」一連三個「……不可……也」。這種排比的寫法，令文章充滿氣勢，加強了文章的節奏感，令論辯的力量倍增。

　　內容上，這裏提出了發展生產的三種措施，以及採取這些措施所產生的效果，給人以吃不完、用不盡的感覺，亦深化了主題，增加文章的說服力。接着又用「穀與魚鱉不可勝食，材木不可勝用」來作小結，並以這個小結為前提，再推論出「王道之始也」這個新的結論。最終，成功地把「增加人民」的問題與「推行王道」二者緊密聯繫起來。孟子的論辯精闢，邏輯結構嚴密，令人折服！

　　由此可見，要成功遊說一位「好戰」的君王，絕非易事！學習「口語才藝」，絕對不是空中樓閣，只要多跟孟子這樣的論辯高手學習，成功指日可待！

✎ 問答題

1. 「穀與魚鱉不可勝食，材木不可勝用，是使
民養生喪死無憾也。養生喪死無憾，王道
之始也。」用了甚麼修辭手法？
A. 對偶　B. 頂真　C. 對比　D. 排比

2. 「不違農時，穀不可勝食也；數罟不入洿
池，魚鱉不可勝食也；斧斤以時入山林，
材木不可勝用也。」用了甚麼修辭手法？
A. 對偶　B. 對比　C. 排比　D. 比喻

3. 文章第一段孟子陳述「五十步笑百步」的
故事，用了哪一種論證手法？
A. 引用論證　B. 類比論證
C. 對比論證　D. 因果論證

4. 文章第七段，孟子以人死於兇殺，與死於
饑荒的情況作比較，用了哪一種論證手
法？
A. 比喻論證　B. 類比論證
C. 對比論證　D. 因果論證

5. 以下哪一項並非孟子「仁政」的內容？
A. 照顧人民生活　B. 注重為民制產
C. 注意發展教育　D. 重視改善環境

6. 以下哪一項並非本篇的遊説技巧？
A. 因勢利導　B. 動之以情
C. 善用比喻　D. 善用設問

7. 梁惠王説他對國家「盡心」，內容是甚麼？
1 移民就食　2 移民富國
3 移食濟民　4 移食強兵
A. 1、2　B. 2、3　C. 1、3　D. 2、4

8. 孟子提出「五十步笑百步」這個寓言，用
意是甚麼？
1 引起梁惠王的注意
2 引用寓言作比喻
3 迫使梁惠王自下結論
4 引導梁惠王推行仁政
A. 1、2、3　B. 2、3、4
C. 1、2、4　D. 1、3、4

9. 綜合全文，梁惠王在「治國」上有何問題？
1 未能根治問題　2 受人蒙蔽
3 好戰　　　　　4 欠缺長遠計劃
A. 1、2、3　B. 2、3、4
C. 1、2、4　D. 1、3、4

10. 在孟子心目中，梁惠王是個怎樣的君主？
1 自以為是　2 有心富國
3 愛好和平　4 殘暴不仁
A. 1、3　B. 2、4　C. 1、2　D. 3、4

答案：1B, 2C, 3B, 4B, 5D, 6B, 7C, 8A, 9D, 10C

孟子·論四端

掃碼聽音頻

📑 原文

孟子曰：「人皆有不忍人之心。先王有不忍人之心，斯有不忍人之政矣。以不忍人之心，行不忍人之政，治天下可運之掌上。

「所以謂人皆有不忍人之心者，今人乍見孺子將入於井，皆有怵惕惻隱之心；非所以內交於孺子之父母也，非所以要譽於鄉黨朋友也，非惡其聲而然也。

「由是觀之，無惻隱之心，非人也；無羞惡之心，非人也；無辭讓之心，非人也；無是非之心，非人也。惻隱之心，仁之端也；羞惡之心，義之端也；辭讓之心，禮之端也；是非之心，智之端也。人之有是四端也，猶其有四體也。有是四端而自謂不能者，自賊者也；謂其君不能者，賊其君者也。

「凡有四端於我者，知皆擴而充之矣，若火之始然，泉之始達。苟能充之，足以保四海；苟不充之，不足以事父母。」

📖 撰文：黃坤堯

本篇向大家講解的經典是戰國時代《孟子》中的〈論四端〉。

甚麼是四端呢？端，緒也，開端，萌芽。四端指惻隱之心、羞惡之心、辭讓之心、是非之心，人性的基因裏面都有這四種特質，可以發展成為仁、義、禮、智的四種德性。本文多用排比句式，排山倒海，以理服人，顯出充沛的氣勢。同時也可以檢驗良知善性，變化氣質，推行王道政治，兼善天下。

孟子（前約 372－前 289），名軻，字子輿。鄒（今山東濟寧市鄒縣）人。受業於子思（孔伋，前 483－前 402）的門人，歷遊齊、宋、滕、魏諸國。公元前 326 年，滕文公即位，崇尚孟子之學，施行善政，民生安穩。公元前 320 年，孟子見梁惠王，義利之辯，話不投機，見完就走。次年孟子任齊宣王的客卿，極力推銷仁政，可是齊宣

王自有盤算，根本聽不進去。公元前 312 年，孟子失意而歸，退下來跟公孫丑、萬章等學生討論學術，解答疑難，寫成《孟子》七篇。後世尊為亞聖。朱熹（1130－1200）把《孟子》編入《四書》之中，成為儒家正統的經典，學者入門必讀之書。

《孟子》〈論四端〉章全是孟子自己的說話，一口氣說完，連他的弟子也沒有插嘴或發問的機會。本文大概可以分為四段，論證嚴密，就像抽絲剝繭似的，把道理說明白。首段孟子提出「不忍人之心」的概念，就是不忍心別人受害，也可以說是憐憫心、同情心、善心，看不同程度而定，這是人性本來就充分具有的，不假外求。對於古代的明君來說，關愛人民，自然也不願意看到人民受苦，所以施政方面就要減輕人民的負擔。秉持這份善心，從而確立了不忍心別人受害的政治理念，那麼要治平天下，易如反掌，意謂掌握在自己的手上，可以輕輕鬆鬆的，運作自如。

第二段孟子追尋「不忍人之心」的源頭，他舉例說：假如我們突然看到有小孩掉到井裏，都會感覺恐懼及傷痛。為甚麼會有這種心理反應呢？這不是為了要跟小孩的父母交朋友，不是為了博取鄰里朋友的點讚，當然也不是為了害怕自己落得殘忍的惡名，怕壞了名聲才會有這種心痛的反應。

第三段孟子進一步作出推論說：如果沒有這種憐憫傷痛的心，不算是人；犯事不覺得羞愧，不肯拒絕罪惡的心，不算是人；不懂得謙卑禮讓的心，不算是人；不懂得分辨對錯好壞的心，不算是人。為甚麼會有這個規定？這是因為憐憫傷痛的惻隱之心是仁道的發端，對違法感到羞愧的羞惡之心是義理的開端，謙卑禮讓的辭讓之心是禮法的端緒，分辨對錯好壞的是非之心是智慧的表現。所以說啊，人具備了這四種德性，就好像身體上的雙手雙腳，四肢靈活。有了四肢手腳而自認不會做事，沒有作為，這就是自暴自棄，殘害本性。如果說國君不能行善，這就是危害國君，禍國殃民了。這一段明確指出四端惻隱之心、羞惡之心、辭讓之心、是非之心是人性共有的基因，而仁、義、禮、智更是每個人共有的德性，連國君都不例外，嚮往善道。

第四段論證四端是人人具有的本性，一旦明白了，就該擴而充之，發揚光大，就像火種剛剛燃燒起來，泉水剛剛噴出之時，會愈來愈壯觀的。心中的善端如果日益壯大，就能夠保護國民，安定四海。如果不能夠把握這些善端，日漸萎縮，以至慢慢消失，就連事奉父母，希望一家安穩的過日子，看來都辦不到了。

在這一篇文章中，孟子不斷反覆論證「四端」的重要性，並由此而探索孟子的人

性論說，認識孟子的基本思想。第一，人性就是本性、善性，也是一種與生俱來的基因，就像種子的萌發一樣，具有巨大的能量，在適合的條件下滋長，難以抗拒。這點跟《大學》「在明明德」的理念，基本相同。第二，孟子論證人性的存在是在一種完全不受干擾的狀態下萌發的，例如「今人乍見孺子將入於井」，其中「乍」字就是指突發事件，防不勝防，如果你感到痛心，感到震驚，那就證明了善性本來就存在的，馬上湧現出來，不由自主，看來也是「初心」的表現，完全泯除了利害的考慮，這就是人道精神。當然，看到小孩落井，你也可以拒絕同情，無動於衷的，那就表示你已經麻木不仁，把善良的本性掩蓋了。此外，孟子又用「火之始然」、「泉之始達」來論證初心萌發的階段，兩個「始」字的功能跟「乍」字完全一樣，都是自然流露的。不過，善性雖然是本有的，但也要經歷後天不斷的努力，「擴而充之」，才能發揮善性的功效，成己成人，修身平天下。如果甚麼都不做，人性也會慢慢地泯滅，一事無成。第三，「四端」只是論證存在的基本因素，如果真正要成為一個人，他必須要修成仁、義、禮、智這四種德性，通過個人的行為表現出來，甚至更要通過「保四海」、「事父母」等不同程度的事功來鑑定人性的功效。貢獻的範圍愈大，服務的對象愈多，「齊家」、「治國」、「平天下」應該是處於不同檔次的表現。一個人在善性的驅動下，服務社群，能夠交出一張亮麗成績表，這才可以稱之為成功，謂之完人，看來孟子的觀點還是切實可行的，並非虛言。同學們，我們在甚麼時候可以發現自己的「四端」，有沒有惻隱之心、羞惡之心、辭讓之心、是非之心呢？有沒有通過人性的考驗，做出善行呢？其實，只要懂得要求自己做好，就是開始點燃善性的火花了。

✎　問答題

1. 何謂「不忍人之心」？
   A. 忍痛　B. 痛心有人受害
   C. 忍耐　D. 克苦耐勞

2. 在「治天下可運之掌上」句中，解釋「之」字的詞性。
   A. 虛詞　B. 代詞　C. 動詞　D. 助詞

3. 在「所以謂人皆有不忍人之心者」句中，解釋「所以」的詞性或詞義。
   A. 原因　B. 用來　C. 連詞　D. 所作所為

4. 何謂「惻隱之心」？
   A. 愛心　B. 良心　C. 傷心　D. 痛心

5. 解釋「要譽」一詞中「要」的讀音。
   A. 平聲　B. 上聲　C. 去聲　D. 入聲

6. 在「非惡其聲而然也」句中，「惡」字怎麼唸？
   A. 平聲　B. 上聲　C. 去聲　D. 入聲

7. 何謂「四體」？
   A. 手手腳腳　B. 頭部、身軀、手、腳
   C. 眼耳口鼻　D. 仁義禮智

8. 在「賊其君者也」句中，何謂「賊」？
   A. 盜賊　B. 奸臣賊子　C. 傷害　D. 毀滅

9. 在「若火之始然」句中，解釋「然」的詞義。
   A. 果然　B. 燃燒　C. 然而　D. 所以然

10. 何謂「四海」？
    A. 渤海、黃海、東海、南海
    B. 太平洋、大西洋、印度洋、北冰洋
    C. 東海、南海、西海、北海
    D. 上海、定海、青海、南海

答案：1B, 2B, 3A, 4D, 5A, 6C, 7A, 8C, 9B, 10C

孟子·齊人有一妻一妾

掃碼聽音頻

📄 原文

　　齊人有一妻一妾而處室者，其良人出，則必饜酒肉而後反。其妻問所與飲食者，則盡富貴也。其妻告其妾曰：「良人出，則必饜酒肉而後反；問其與飲食者，盡富貴也，而未嘗有顯者來，吾將瞯良人之所之也。」

　　蚤起，施從良人之所之，遍國中無與立談者。卒之東郭墦間，之祭者，乞其餘；不足，又顧而之他——此其為饜足之道也。

　　其妻歸，告其妾，曰：「良人者，所仰望而終身也，今若此！」與其妾訕其良人，而相泣於中庭，而良人未之知也，施施從外來，驕其妻妾。

　　由君子觀之，則人之所以求富貴利達者，其妻妾不羞也，而不相泣者，幾希矣！

📖 撰文：曹順祥

　　本篇向大家講解的經典是先秦時代《孟子》中的〈齊人有一妻一妾〉。

　　你知道甚麼是小說嗎？小說有哪些特徵？中國第一篇小說的作者是誰？這牽涉到小說的定義問題。

　　眾所周知，「小說」的基本元素包括：人物、情節和環境。以〈齊人有一妻一妾〉為例：人物，包括齊人及一妻一妾；情節，主要是齊人乞討食物，但炫耀自己與富人友好，終被妻妾發現；環境，即齊人家中、城中街道、城郭墳墓三個地方。因此，〈齊人有一妻一妾〉的確具有中國古代小說的雛型。由於它附於《孟子·離婁下》第三十三章之中，並非獨立成篇，因此歷來把它歸類為「寓言」。一般的寓言篇幅較短，人物形象或性格不甚鮮明，而〈齊人有一妻一妾〉不僅有完整的故事情節，而且人物性格鮮明，形象豐滿。

　　內容講述齊人為了滿足口腹之欲，竟然到墓地乞討酒菜，還不知羞恥地在妻妾面

前撒謊，誇耀自己與富貴人家吃飯交往。孟子借用寓言故事說理，抽象的思想依託在故事情節之中，使說理更深刻，具有更豐富的藝術感染力。

孟子（前 372－前 289），名軻，字子輿。父名激，母仇氏，本魯公族孟孫之後。後遷居鄒地，故《史記·孟荀列傳》說他是鄒人。是孔子孫子子思的再傳弟子。

孟子幼年父親就去世了，全靠母親撫養長大。中國社會上一直流傳有「孟母三遷」和「斷機教子」的美談。孟子學成以後，以孔子的繼承者自任，招收弟子，遊歷列國，宣揚「仁政」、「王道」的主張。他到過齊、宋、魯、滕、梁等國，見過梁惠王、齊宣王等君主。雖然受到了尊敬跟禮遇，可是因為思想不合當時潮流，沒有得到重用。只有滕文公曾經試圖推行他的政治主張，可是滕是一個朝不保夕的弱小的國家，故最終未能全面性實施孟子的主張。

孟子晚年回鄉講學，和他的弟子萬章、公孫丑等，從事著書的工作，寫成了《孟子》七篇。它的篇目是：梁惠王、公孫丑、滕文公、離婁、萬章、告子以及盡心。由於每篇的分量很多，又分成上、下兩篇，因此全書共有十四卷，孟子的言論和事跡差不多都保存在這七篇之中。

〈齊人有一妻一妾〉分為四個部分。

第一部分：「齊人有一妻一妾而處室者」至「吾將瞷良人之所之也。」

此段的大意是：齊國有個人和一妻一妾共同生活。丈夫每次外出，必定吃飽喝足才回家，妻子問跟他一起吃飯的都是些甚麼人，齊人便對妻子說，都是有錢有地位的人。妻子便對妾說：「丈夫每次外出，總是酒醉飯飽才回家；問是誰跟他在一起吃喝，他總說自己與有錢有地位的人共膳，可是，卻從未有顯貴體面的人到家裏來。」於是，妻子決定跟蹤丈夫，暗中看他到底去甚麼地方。

此段在內容上，剪裁出色，詳略得當。第一段寫「良人出」至「盡富貴也」一節，不厭其煩地重複一遍，目的是為了突出這一情節。而在第二次敘寫時，刻意加上了「而未嘗有顯者來」一句，點出了可疑的關鍵之處，從而順理成章地引出下文的「瞷」良人。同時，「良人出」至「盡富貴也」的重複，又為下文故事的發展，造成了鮮明的對比。下文第二段的「乞其餘」與第一段「盡富貴也」的謊言，恰好相反。而「饜酒肉而後反」的虛假情態，與「施施從外來，驕其妻妾」無恥行為，又是配合得那麼天衣無縫。

第二部分:「蚤起」至「此其為饜足之道也。」

此段的大意是:第二天清早起來,妻子便拐彎抹角地跟蹤丈夫。走遍整個都城,都沒有人停下來和丈夫打招呼交談。最後,丈夫到了東門城外的墳墓中間,丈夫才向那些掃墓的人乞討殘羹剩飯。不夠的話,又四下裏看看,到別的掃墓人那裏再繼續乞討,直至吃飽。原來這就是他天天酒醉飯飽的方法。

文章一步一步揭示齊人的醜態。承上而來,齊人對妻子誇口,樹立起一個完美的丈夫形象;故事通過妻子的懷疑、妻妾的商量、妻子決定尋找真相,步步推進。因此,此段敘述妻子追蹤丈夫,終於揭露了齊人的真面目。

第三部分:「其妻歸」至「驕其妻妾。」

此段的大意是:妻子回去,把看到的一切告訴了妾。於是,妻子說:「丈夫,是我們指望依靠過一輩子的人。現在卻是這個樣子!」妻妾二人在院子裏大罵,並在庭中哭泣。有趣的是,此時齊人仍懵然不知的,還得意洋洋地從外面回來,回家後像平時一樣,依然向妻妾誇耀自己與顯貴富有的朋友交往。由此產生了鮮明的諷刺效果!

當齊人妻子把事情的經過「告其妾」時,並沒有把她所「窺視」的全部過程重說一遍,只用了「今若此」三字。要注意,這個「此」字已包括了從「蚤起」以下一段共四十四字的內容!由此可見作者在文章的詳略安排,以至用字煉句的功力,均非同小可。「與其妾訕其良人,而相泣於中庭」一句尤其精彩,一個「訕」、一個「泣」,絕無多餘的筆墨,卻已包含千言萬語。至於「訕」的內容和「泣」的原因,根本無須交代,交給讀者去思考吧,更有餘音裊裊的效果!

人物性格方面,本部分通過敘述妻妾二人在庭院中嘲罵齊人,一起相對哭泣;加上二人不屑齊人的品格行為,而且為自己的終身所託非人而哭泣不絕,由此反映出妻妾二人正直、高尚的品格。

相反地,無恥的齊人正得意洋洋地從外面回來,在妻妾面前自我吹噓!由於故事中的齊人,其真相被揭穿後,仍然懵然不知,依然繼續以無盡的謊言自吹自擂。由此充分突出他貪慕虛榮,不知羞恥的個性。因此,這段通過人物形象的對比,充分反映出齊人和妻妾二人的性格特點。

第四部分:「由君子觀之」至「幾希矣!」

這是最後一段,點出寓意及作者發表議論,諷刺追求富貴利祿而不擇手段的人。

此段的大意是：以君子的眼光來看這件事，一般人用來營求升官發財、飛黃騰達的手段，能讓妻妾看到，卻不感到羞恥而相對痛哭的，真是世間是罕見的了！

在字裏行間，可以見出作者對齊人鄙夷的態度，齊人為了物質享受而寡廉鮮恥的行為，已經深深地刻印在二千年來無數讀者的心中。

一直以來，孟子作為智者、學者的形象深入民心，讀者無不折服於那氣勢充沛、感情強烈、筆帶鋒芒、雄辯滔滔的語言風格。令人意想不到的是，孟子說故事的本領竟也如此出色，更在不經意間成了我國古代小說的出色作者。

✎ 問答題

1. 「其妻問與飲食者，則盡富貴也」在文中的作用是甚麼？

   A. 呼應　B. 對比　C. 懸念　D. 反襯

2. 「問其與飲食者，盡富貴也，而未嘗有顯者來」在文中的作用是甚麼？

   A. 點題　B. 伏筆　C. 照應　D. 過渡

3. 在結構上，「吾將瞷良人之所之也」在文中的作用是甚麼？

   A. 開門見山　B. 承上啟下
   C. 首尾呼應　D. 總結上文

4. 「施施從外來，驕其妻妾」在文中的作用是甚麼？

   A. 誇張　B. 幽默　C. 諷刺　D. 反語

5. 以下是對〈齊人有一妻一妾〉內容藝術的賞析，哪一項是錯誤的？

   A. 辛辣諷刺那些不顧廉恥禮義，以卑鄙無恥的手段追求富貴顯達的人。

   B. 齊人前往墳地求乞祭祀剩餘的食物，歸家時又在妻妾面前自吹自擂。

   C. 妻子便拐彎抹角地跟蹤丈夫，城中的富貴者都不願與齊人站着說話。

   D. 本篇通過誇張荒誕故事情節，形成風趣幽默、寓意深刻的藝術效果。

6. 「吾將瞷良人之所之也」的「瞷」是甚麼意思？

   A. 斜視　B. 凝視　C. 窺視　D. 俯視

7. 「與其妾訕其良人」的「訕」是甚麼意思？

   A. 評論　B. 勸告　C. 讚揚　D. 嘲諷

8. 「卒之東郭墦間」的「卒」是甚麼意思？

   A. 突然　B. 最後　C. 完畢　D. 死亡

9. 「吾將瞷良人之所之也」的「良人」是甚麼意思？

   A. 賢良的人　　B. 婦人稱自己的丈夫
   C. 妻子的別稱　D. 漢代的官名

10. 第二段先寫齊人「乞其餘」，再寫齊人「驕其妻妾」，是甚麼手法？

    A. 比喻　B. 對比　C. 誇張　D. 映襯

老子・信言不美

掃碼聽音頻

📄 原文

信言不美，美言不信。善者不辯，辯者不善。知者不博，博者不知。

聖人不積，既以為人己愈有，既以與人己愈多。

天之道，利而不害；聖人之道，為而不爭。

📖 撰文：黃坤堯

本篇向大家講解的經典是春秋時代老子的〈信言不美〉。

中華文化主要是由儒、道兩家構成，儒家的孔子（前 551－前 479）可以說是萬世師表，而道家的老子（前約 571－前 472 ？）更是中華民族的智者，也是最偉大的思想家。現在我們就一起學習老子的一些觀點和看法。

老子，姓老名聃，可能出生時耳朵比較大，所以就取了這個古怪的名字。他是春秋時代南方楚國苦縣厲鄉曲仁里（河南省周口市鹿邑縣）人。做過東周王朝守藏室的官員，掌管圖書文獻。據說孔子十七歲的時候，在魯國遇見老子，向他問禮。後來孔子去了洛陽，再向老子討教。老子建議孔子戒除身上「驕氣與多欲，態色與淫志」，否定驕傲和貪念，保持冷靜與知足，虛心學習，大智若愚。孔子認為老子像龍，不容易捉摸。後來東周王朝內亂，老子離開了洛陽，據說西過流沙，不知道去了哪裏。著有《道德經》五千餘言。《史記・太史公自序》說：「老子無為自化，清靜自正。」指出老子學說重視身心修養，擺脫欲念的誘惑，不要求有任何的表現。東漢末年，張道陵（34－156）將老子奉為道教教主，聲稱太上老君降臨蜀漢，而《道德經》亦成為道教徒修仙、修真的必讀經典，轉化為民間信仰和本土宗教。歷史上老子的傳說很多，往往都很神化。又說老聃就是李耳，只是後人的附會，假的。可是唐高宗、唐玄宗都把老子認作唐朝皇室的祖宗，冊為聖祖大道玄元皇帝，跟唐高祖、太宗、高宗、中宗、睿

宗五位皇帝同祀。天寶八載（749），杜甫（712－770）遊覽洛陽太微宮，看到吳道子（680？－758？）繪畫的《五聖圖》，寫下〈冬日洛城北謁玄元皇帝廟〉五言排律一首，詩云：「仙李盤根大，猗蘭奕葉光。世家遺舊史，道德付今王。」認為老子家族繁衍，而他的道德之學很快也會實踐的。

《道德經》兩卷，上篇《道經》三十七章，下篇《德經》四十四章，合共八十一章。1973年在湖南長沙馬王堆漢墓出土甲、乙兩種的帛書《老子》，卻是《德經》在前，《道經》在後，上下兩卷編排不同。《道德經》講論修身、治國、用兵、養生之道，關心政治社會的議題。此外老子又建立宇宙論的體系，認為宇宙的本源是「道」，化生天地萬物。「道德」連稱，說的就是道理、天理。道法自然，道是德的本體，德是道的作用，道體必須通過功能才會呈現出來。老子〈信言不美〉在第八十一章，也是全書最後的一章，分為五句，探討對立統一的觀念，說明做人處事的道理，啟迪智慧。

首句「信言不美，美言不信」。「言」指語言、引申為政令，這是本章主要的課題。「信」訓為真也，實也，淳也；「美」訓為文飾，雕琢，華麗；「信」和「美」充滿對立的色彩。質實的政令不會華美，虛飾的政令並不靠譜。通過質實與華美的選擇，揭出社會的真假面相。劉勰（465？－521？）《文心雕龍‧情采》云：「老子疾偽，故稱美言不信。」厭惡虛偽，完全沒有妥協餘地。

次句「善者不辯，辯者不善」。「善」指尚德者，「辯」即辯解，能言善辯。尚德者不必辯解，要解釋的恐怕都未盡完善了。真心做好工作，順其自然，不必任何的花言巧語。帛書《老子》將次句移於「知者不博，博者不知」之後，而且改作「善者不多，多者不善」，「多」訓稱讚、厚重、貪求之意，尚德者不以財貨為重，貪多者難免敗德，嚴辨是非，不能貪多，這也說得過去。

第三句「知者不博，博者不知」。「知」訓知德者，順應自然，不必賣弄淵博。而賣弄博識的人，捨本逐末，顯然也就缺乏真知卓見了。

第四句「聖人不積，既以為人己愈有，既以與人己愈多。」「積」指積累、積蓄，引申則有積滯不通之意。「為」，給予。「不積」謂虛而無有，聖人不求名位財貨，樂於助人，無所負累，自然安樂。「既」，盡也；「多」，豐盈。盡量幫助別人，無欲無求，心安理得，活得精彩，得到他人的支持。就像日月之光，用都用不完。

結句「天之道，利而不害；聖人之道，為而不爭。」帛書本沒有「聖」字，就作

「人之道」，跟「天之道」對仗整齊。「利」，賴也，依賴；「害」，阻礙。天道順勢而行，沒有任何阻礙。聖人善體天道，予人方便，也就無爭了。「利」與「害」，「為」與「爭」，自然是對立統一的概念，退一步海闊天空，也就留下了更寬廣的合作空間。

《老子》第八十一章啟發另一種的思考模式。顯示道德的力量，發出功能，源源不絕，日用無窮。在一個講求攻伐、掠奪，展示力量的春秋時代，強弱懸殊，強者佔有資源，弱者注定要被犧牲的。可是在這一章中，老子運用樸素的辯證觀點，考察社會現象，講求合作關係。前面三句可以合成一段，其中「信言不美」、「善者不辯（多）」、「知者不博」為一組，旨在求真，求善，求知，合成一個完美的組合，回歸理性。至於「美言不信」、「辯（多）者不善」、「博者不知」一組，處於完美的對立面，也就是殘缺的世界，講求浮誇，取巧，自欺欺人。通過對立，讀者自然會認識兩者的價值判斷不同，懂得選擇了。

此外，老子又建議聖人重視奉獻精神，主動付出，支援弱勢社群。又發揚「為而不爭」的主張，壓抑戰爭手段，講求協作關係，互贏互利。建立一個完美的世界，可能就是我們現在所期待的和平共處的地球村了。老子提煉心靈的純度，可是天道幽渺難測，現在很多地方還都處於一種紛擾、動盪、不穩定的環境中，我們只能表現深切的想像和關懷。

✎ 問答題

1. 在「信言不美，美言不信」句中，「信」的含義是甚麼？
   A. 信仰　B. 信實、質樸
   C. 信息　D. 信件

2. 何謂「美言」？
   A. 美好的謊言　B. 悅耳動聽的說話
   C. 審美觀點　　D. 稱讚對方的說話

3. 在「善者不辯」句中，何謂「辯」？
   A. 辯解　　　B. 爭論
   C. 溫馨提示　D. 有說服力的話語

4. 怎樣可以成為一位「知者」？
   A. 學識廣博　B. 努力學習
   C. 順應自然　D. 聰明人

5. 在「聖人不積」句中，何謂「積」？
   A. 積滯不通　B. 貯藏糧食
   C. 囤積居奇　D. 積蓄儲備

6. 甚麼是「天之道」？
   A. 神道思想　B. 天上的道路
   C. 天人合一　D. 自然之道

7. 何謂「人之道」？
   A. 做人原則　B. 人道精神
   C. 履行善道　D. 上進之路

8. 在「為而不爭」句中，「為」的訓解是甚麼？
   A. 為甚麼不努力爭取？
   B. 有所為有所不為
   C. 付出施與
   D. 努力工作，有了作為

9. 在「善者不多」句中，何謂「多」？
   A. 劫富濟貧　B. 貪求財富
   C. 很多地方　D. 多多益善

10. 歷史上的「老子」是指哪一個人？
    A. 李耳　B. 老萊子　C. 老聃　D. 太史儋

答案：1B、2B、3A、4C、5A、6D、7A、8C、9B、10C

列子・伯牙善鼓琴

掃碼聽音頻

📖 原文

伯牙善鼓琴，鍾子期善聽。伯牙鼓琴，志在登高山，鍾子期曰：「善哉，峨峨兮若泰山！」志在流水，鍾子期曰：「善哉，洋洋兮若江河！」伯牙所念，鍾子期必得之。

伯牙遊於泰山之陰，卒逢暴雨，止於巖下，心悲，乃援琴而鼓之。初為〈霖雨〉之操，更造〈崩山〉之音。曲每奏，鍾子期輒窮其趣。伯牙乃舍琴而歎曰：「善哉，善哉，子之聽夫志，想像猶吾心也。吾於何逃聲哉？」

📖 撰文：賴慶芳

本篇向大家講解的經典是戰國時代《列子》的〈伯牙善鼓琴〉。

《列子》又名《沖虛經》、《沖虛真經》、《沖虛至德真經》，被唐代列為四大道家經典之一。

傳聞的作者列禦寇，生卒年不詳，有云他大概生於公元前 450 至前 375 年之間。據說他居於鄭國的圃田（今鄭州市中牟縣）四十年而無人認識。

《漢書・藝文志》云《列子》有八卷，估計於公元前四百年左右刊行，但今已失傳。現存《列子》八卷，疑為後世學者整理道家之作而成，記述不少著名寓言故事，如〈愚公移山〉、〈杞人憂天〉等，亦有神話傳說，如〈列姑射山神人〉、〈夸父追日〉。

〈伯牙善鼓琴〉（又名〈高山流水〉）選自《列子・湯問篇》，可以分成兩段而論。

第一段由首句「伯牙善鼓琴」至「鍾子期必得之」，講述伯牙善於彈奏古琴，鍾子期則善於聆聽樂曲。「鼓琴」的「鼓」字作動詞，是彈奏的意思。當伯牙彈琴之時，心裏懷着攀登高山的意念，鍾子期讚美說：「美善啊，巍巍峨峨如泰山般雄奇！」「哉」及「兮」二字皆助語詞，仿如今之「呀」、「啊」。當伯牙再彈而心裏想着流水之時，鍾子期又讚賞：「美善啊，洋洋灑灑如若大江河般壯闊！」大凡是伯牙心中所想所念，

鍾子期必定能夠領會。

第一段主要闡述伯牙的「善鼓琴」與鍾子期的「善聽」，揭示鍾子期能知伯牙心中所想。伯牙心想着高山時，彈出來的曲調令人仿似看到巍峨高聳的泰山，足見他琴藝的高超卓越。泰山位處山東省中部、泰安市北面，又稱岱山，被稱為五嶽之首。鍾子期因為善於辨識琴音，一聽而知琴者心中所想，立刻將琴音轉化成描述——好像泰山般高聳雄奇。伯牙心懷壯闊的江河時，透過琴聲展現江河之美，鍾子期一聽便能將琴聲呈現的江河，用文字準確描述出來。兩人透過音樂，在精神層面交流互通。

伯牙是誰？

伯牙亦叫伯雅，高誘（？－212）注《呂氏春秋·本味》：「伯，姓；牙，名，或作雅。」荀子（前 313－前 235）〈勸學〉有「伯牙鼓琴而六馬仰秣」之句，述伯牙彈琴之時，十分動聽，連六匹吃着草的馬也停下來，舉頭傾聽。唐代楊倞（約 778－820 在世）注：「伯牙，古之善鼓琴者，亦不知何代人。」只能確定他乃春秋時期著名琴師。

據漢代蔡邕（133－192）《琴操·水仙操》所述，伯牙曾學琴於著名琴師成連先生，三年不成功。後隨成連至東海蓬萊山，欲拜見師祖方子春而被獨留山中，伯牙聞海水澎湃的聲音，山林杳寂，心有所感，於是撫琴而歌。從此琴藝大進，終成天下妙手。琴曲〈水仙操〉、〈高山流水〉相傳是他的作品。

鍾子期是誰？

鍾子期（前 413－前 354）是春秋時期楚國人，是伯牙的知心朋友。據宋代鄧名世（生卒年不詳）《古今姓氏書辯證》所述：「楚有鍾氏久矣，昭王樂尹鍾建乃儀之後，而子期又建之孫。」「樂尹」即掌樂大夫——掌管音樂的官員。鍾子期先祖叫鍾儀（約前 601－前 584 在世），祖父鍾建（生卒年不詳）是楚昭王的樂尹，由此可知鍾子期善於聽琴，或乃自幼受家庭薰陶所致。坊間有人認為鍾子期名徽，字子期，然有待進一步考證。

第二段由「伯牙遊於泰山之陰」至結句「吾於何逃聲哉？」

伯牙在泰山北面遊玩，忽然遇上突然而來的暴雨，於巖石之下的山洞躲避。「卒」通「猝」，乃突然、忽然之意。他心裏有一點兒感傷，於是取琴來彈。「援」是拿、執、持、引用的意思。起初，他彈奏一首〈霖雨〉琴曲，以表現滂沱大雨的連綿，再彈一首〈崩山〉音韻，以展示山嶺崩塌的狀況。每一首曲彈奏完之後，鍾子期總能盡知箇

中的意趣。古代的「舍」字與今「捨」字相通，這裏是指伯牙停止、中止彈琴。伯牙於是捨棄彈奏而感慨說：「美善啊，美善啊，你聽到我的心志，你想像到的猶如我心裏想展現的。我又如何能藏匿自己的心聲呢？」

第二段帶出三點：一、伯牙與鍾子期是感情深厚的朋友，故此二人才會同遊泰山，同避雨於泰山巖洞之下，一個彈琴一個聽曲，透過琴音增進彼此之間的友誼。二、伯牙的善鼓琴已達至環境與精神的結合。他於泰山彈奏〈霖雨〉，是因應連綿大雨，將突然而至的大雨透過琴音淒美地呈現。他又恐怕大雨會令山嶺崩塌，故心中有憂傷，而彈奏了〈崩山〉一曲。後世因此有人相信這兩首樂曲乃伯牙所創。三、鍾子期的善聽已達至能閱讀伯牙心聲的地步。大凡伯牙彈琴時心裏想着的事物，鍾子期總能盡知其意旨——「輒窮其趣」，不但知道伯牙所彈之物，亦能知伯牙心中所想，故此伯牙感慨地說：「想像猶吾心。」二人已經到達心靈互通的境界。

鍾子期是伯牙的知音——不但欣賞其彈奏的樂曲，更知他心中所思所感。現在我們以「知音」專指與自己心靈互通的朋友，也指在特定範疇的精神層面，對自己心中所思所感能透徹理解的人。

就本文的藝術特色，明顯的有兩點：

其一，作者用字精煉簡潔，僅僅一百三十多字便表現了兩個不同層次的「善鼓琴」、「善聽」。

其二，作者透過人物對話栩栩如生地將人物的形象呈現。鍾子期說：「善哉，峨峨兮若泰山」、「善哉，洋洋兮若江河」兩句表現鍾子期對伯牙的高度讚賞。伯牙說：「善哉，善哉，子之聽夫志，想像猶吾心也。吾於何逃聲哉？」則顯示伯牙對鍾子期的高度讚賞，讚賞他能透過琴音聽出自己的心志，想像到他心中所想，令他無法隱藏自己的心思。

《呂氏春秋‧本味》亦有記載此故事，記述之字詞略有少許不同。例如鍾子期的讚美詞是：「善哉乎鼓琴，巍巍乎若太（泰）山」、「善哉乎鼓琴，湯湯乎若流水」。《韓詩外傳》卷九亦有相類記載，但補充說：「鍾子期死，伯牙擗琴絕弦，終身不復鼓琴，以為世無足與鼓琴也。」伯牙彈琴而琴聲高妙，鍾子期是其知音人。鍾子期病死之後，伯牙十分悲傷，感歎世間再沒有知音，沒人值得他彈琴了，結果破琴絕弦，終身不再彈琴。唐代錢起〈美楊侍御清文見示〉有詩云：「伯牙道喪來，弦絕無人續。」

後世以「伯牙琴」作為「痛悼知音」或「知音難遇」的典故。唐代羅隱（833—

910)〈重過隨州憶故兵部李侍郎思知因抒長句〉云:「莊周高論伯牙琴,閒夜思量淚滿襟。」因為這高山流水的故事,後世比喻知音朋友為「高山流水」,而知音人之間的深厚友情,我稱為「高山流水之情」。與此同時,也有以此比喻為卓越的琴技、琴音,如明朝楊慎(1488－1559)〈蘭亭令〉:「此乃高山流水之操,伯牙復生,不能出其右矣。」

✏ **問答題**

1. 以下哪一項不是《列子》一書別名？

　 A.《沖虛經》　　　B.《沖虛真經》

　 C.《沖虛至德真經》 D.《列子真經》

2. 相傳《列子》的作者列禦寇是何人？

　 A. 戰國時代鄭國人　B. 戰國時代楚國人

　 C. 戰國時代齊國人　D. 戰國時代晉國人

3. 〈伯牙善鼓琴〉一文選自《列子》哪一篇章？

　 A. 天瑞　B. 湯問　C. 說符　D. 黃帝

4. 據漢代蔡邕《琴操》所述，伯牙曾跟誰學琴而三年未成？

　 A. 方子春　B. 鍾子期　C. 仲尼　D. 成連

5. 據文中所述，以下哪一項有關伯牙的描述是不正確的？

　 A. 伯牙又稱作伯雅

　 B. 其琴聲能令吃草的六匹馬仰起頭來傾聽

　 C. 春秋時代楚國人

　 D. 相傳他創作了〈水仙操〉、〈高山流水〉兩首琴曲。

6. 文中「吾於何逃聲哉」一句意思是甚麼？

　 A. 我如何逃避你的聲討啊。

　 B. 我如何能隱藏自己的心聲啊。

　 C. 我於何時能隱藏琴聲啊。

　 D. 我又如何能逃避自己的心聲。

7. 據宋代鄧名世《古今姓氏書辯證》所述，鍾子期乃誰人孫兒？

　 A. 鍾儀　B. 鍾健　C. 鍾繇　D. 鍾會

8. 鍾子期之善聽或乃受家庭薰陶而成，其祖父曾擔任甚麼職位？

　 A. 楚昭王樂尹　B. 楚莊王樂工

　 C. 楚懷王樂師　D. 以上三項皆不是

9. 以下哪一項不是文中第二段傳達的訊息？

　 A. 伯牙與鍾子期是感情深厚的朋友

　 B. 二人遊泰山是為彈琴聽曲

　 C. 伯牙善於鼓琴已達至環境與精神的結合

　 D. 鍾子期善聽已達至能閱讀彈者心聲的地步

10. 後世以「伯牙琴」代表甚麼意思？

　 A. 痛悼知音　B. 擅長彈琴

　 C. 友情深厚　D. 琴器矜貴

答案：1D, 2A, 3B, 4D, 5C, 6B, 7B, 8A, 9B, 10A

莊子‧逍遙遊

掃碼聽音頻

📄 原文（節錄）

　　惠子謂莊子曰：「魏王貽我大瓠之種，我樹之成而實五石；以盛水漿，其堅不能自舉也。剖之以為瓢，則瓠落無所容。非不呺然大也，吾為其無用而掊之。」莊子曰：「夫子固拙於用大矣。宋人有善為不龜手之藥者，世世以洴澼絖為事。客聞之，請買其方百金。聚族而謀曰：『我世世為洴澼絖，不過數金。今一朝而鬻技百金，請與之。』客得之，以說吳王。越有難，吳王使之將。冬與越人水戰，大敗越人，裂地而封之。能不龜手一也；或以封，或不免於洴澼絖，則所用之異也。今子有五石之瓠，何不慮以為大樽而浮乎江湖，而憂其瓠落無所容？則夫子猶有蓬之心也夫！」

　　惠子謂莊子曰：「吾有大樹，人謂之樗。其大本擁腫而不中繩墨，其小枝卷曲而不中規矩，立之塗，匠者不顧。今子之言，大而無用，眾所同去也。」莊子曰：「子獨不見狸狌乎？卑身而伏，以候敖者，東西跳梁，不辟高下，中於機辟，死於罔罟。今夫斄牛，其大若垂天之雲，此能為大矣，而不能執鼠。今子有大樹，患其無用，何不樹之於無何有之鄉，廣莫之野，彷徨乎無為其側，逍遙乎寢臥其下？不夭斤斧，物無害者。無所可用，安所困苦哉？」

📖 撰文：黃坤堯

　　本篇向大家講解的經典是戰國時代《莊子》中的〈逍遙遊〉。

　　由於篇幅比較長，現在我們選讀文章最後的兩段。這兩段都是莊子跟惠施（前約380−前305？）的對話，首先他們探討「有用無用」的問題，其次再辨析「大而無用」的觀點。其實只要改換思考角度，也就產生不同的功效了。文章反映了莊子的智慧，幫助讀者了解逍遙的真義。那麼，甚麼叫逍遙呢？根據《莊子》書中的解釋，「逍遙，無為也」（〈讓王〉）、「心意自得」（〈天運〉）。而陸德明（555−627）的訓解則是「閒

放不拘，怡適自得」，簡單來說就是追求心靈的自由，跟莊子的認知還是完全符合的。

　　莊子（前約 369－前 286？），名周，字子休。戰國時代宋國蒙（河南省商丘市）人，曾經在家鄉做過漆園吏。跟梁惠王、齊宣王處於同一個時代。楚威王很欣賞他，請他當丞相，可是莊子不受拘束，自然拒絕了。莊子家裏很窮，住在簡陋的巷子裏，靠編織草鞋維持生活。莊子生平的情況記載不多，看來是自由自在的，富有想像力，文章也寫得漂亮，天馬行空，撲朔迷離，可以說是難得一見的奇才，歷代的讀書人沒有不欽佩莊子的。《莊子》三十三篇，彙集莊子本人及道家學派的相關文獻，滲入不同的觀點，相反相成，自成一家之言。

　　〈逍遙遊〉是《莊子》內篇的首篇，也是全書入門的第一篇，可謂重中之重，值得先讀。這一篇分為六段：第一段鯤化為鵬，說明小大之辯。第二段列子御風而行，解釋「至人無己，神人無功，聖人無名」，表示忘掉一切，不求功，不求名的道理。第三段堯讓天下於許由，堅持「予無所用天下為」的想法，就是連治理天下都嫌麻煩。第四段嚮往遠方姑射山的神人，不願意「以物為事」，精神專一，不要將世俗的事物放在心上。現在咱們不管前面四段，只說後面兩段。莊子與惠施為友，惠施做官，莊子不想當官，他們時常爭論。所以就在「逍遙」的命題下，申明自己的立場。

　　第一個論題是「有用無用」。惠施跟莊子說：「梁惠王送我葫蘆瓜的種子，我種出了容量五石的大葫蘆瓜。惠施想用這葫蘆瓜當桶子盛水，可是硬度不夠，裝不下水。於是就把它切開來當瓢兒，用來舀水，可是瓢兒太大，連大水缸都放不進去。葫蘆瓜大得沒用，只好敲破它。」莊子說：「先生不懂得掌控大件的東西。宋國有人發明防止皮膚凍裂的神藥，世代都靠它用來從事漂洗捶打絲絮的工作。有人想用一百金來買他們的秘方。於是跟族人商量：『我們世代從事漂打絲絮的工作，只能賺得幾斤金子；現在賣了秘方馬上就可以賺到一百金，看來還是挺划算的。』那個人買了秘方，就用它去遊說吳王。越國要開戰，攻打吳國，吳王派他當主帥，冬天跟越人打水戰，打垮了越人，得到封地的獎賞。同是一種防止皮膚凍裂的神藥，有人用來換取封地，有人只用來漂打絲絮，功能自然不同了。現在您種出了五石大的葫蘆瓜，為甚麼不用作浮水的腰壺，浮江渡湖，反而擔心大得沒用，可能先生的心已被雜草蓬蒿堵住了，老是想不通啊！」聽到這個比喻，惠施本來想批評莊子想入非非，並不踏實，枉費才情，得物無所用。結果莊子批評惠施只能看到眼前的小利，卻不會把握機會，換取更大的效

益。用得其所，才是真用。同學們，第一場的辯論比賽究竟是誰贏呢？

好了，現在輪到第二場的比賽，他們兩人更進一步辯論「大而無用」的議題。惠施先說：「我有一棵大樹，大家都說是樗樹。樹身臃腫，奇形怪狀，樹幹長出瘤子，打不上墨線，難以算計；加上枝條扭曲，不依尺寸，圓規方矩都派不上用場。種在大路上，連木匠都瞧不上它。活在這個時代啊，先生的言論，大而無當，跟世界嚴重脫節，看來沒人會相信您的話了。」莊子回應說：「您沒見過野貓、黃鼠狼嗎？匿藏埋伏，等待老鼠獵物。跳來跳去，不管高低。結果掉落陷阱，困死於網羅中。現在犛牛身軀龐大，就像天上飄落大片的雲彩。牠是夠大了，可是抓不了老鼠。現在您種的大樹呀，擔心種出來沒用，那為甚麼不種在荒涼寂寥的鄉郊，或是遼遠廣闊的曠野，隨意在大樹的周邊走動，也可以很舒服的在樹下睡一大覺。沒有人砍樹，不會受到傷害，就說是沒用吧，那又怎麼會有煩惱呢？」惠施是一個現實主義者，凡是他眼中認為沒用的、落伍的都該被淘汰。其實他就是要罵莊子，對社會毫無貢獻，浪費了米飯，該死。可是莊子也不客氣，大樹本來就該種在廣漠無垠的曠野，無欲無求，自得其樂，這才是真正的享受，何必局限在一塊小地方中委屈自我。莊子說的「無何有之鄉」大概意指南方炎熱的荒野，而「廣莫之野」則是北方苦寒之地，沒有生命的存在，其實卻是恍惚迷離、闊大渺茫的人間淨土。社會上到處都是陷阱，爭權奪利，爾虞我詐，工於心計，你想抓獵物，說不定你卻成了別人的獵物。莊子就是要守住自我的方寸之地，不能讓煩惱佔據生活。在繁華的人世中減少欲望，做自己喜歡的事，這才是真正的逍遙自在，重新發現自我。同學們，您們認為第二個議題誰說得比較動聽呢？

通過這兩段課文，我們大概可以學會把握物品的屬性，發揮它最大的作用。至於達至逍遙的境界，探求心靈的自由，可有甚麼東西值得交換嗎？

✎　**問答題**

1. 在「魏王貽我大瓠之種」句中，解釋「貽」
   的詞性。
   A. 動詞　B. 名詞　C. 形容詞　D. 介詞

2. 「石」指的是哪一種計量單位？
   A. 長度　B. 重量　C. 容量　D. 時間

3. 「不龜手之藥」功效顯著，「龜」字該怎樣
   解釋？
   A. 烏龜　B. 龜裂　C. 龜蛋　D. 龜鶴延年

4. 在「不中繩墨」句中，「中」字怎樣讀？
   A. 中間，陰平　B. 正道，陽平
   C. 腫脹，上聲　D. 符合，去聲

5. 所謂「不中規矩」，「規矩」指甚麼？
   A. 禮義廉恥　　　B. 基本禮貌
   C. 度量衡的工具　D. 國家法律

6. 在「眾所同去也」句中，甚麼叫「去」呢？
   A. 前往　B. 離開　C. 排除　D. 除非

7. 「彷徨乎無為其側」句中，何謂「彷徨」？
   A. 吶喊與徬徨　　B. 翱翔
   C. 害怕　　　　　D. 左右逢源

8. 「逍遙乎寢臥其下」，莊子「逍遙」的真義
   怎樣理解？
   A. 追求絕對自由　　　　B. 快樂每一天
   C. 吃喝玩樂，享受人生　D. 寄沉痛於悠閒

9. 在「患其無用」句中，「患」字該怎樣理
   解？
   A. 患病　　　　B. 擔心
   C. 生於憂患　　D. 遭遇患難

10. 莊子生活的地方現在主要在哪兒？
    A. 河南　B. 湖南　C. 山東　D. 河北

答案：1A, 2C, 3B, 4D, 5C, 6C, 7B, 8D, 9B, 10A

莊子‧東施效顰

掃碼聽音頻

📑 原文

西施病心而顰其里，其里之醜人見而美之，歸亦捧心而顰其里。其里之富人見之，堅閉門而不出；貧人見之，挈妻子而去之走。彼知顰美而不知顰之所以美。

📖 撰文：賴慶芳

本篇向大家講解的經典是戰國時期《莊子》中的〈東施效顰〉。

莊子約生於公元前 369 年，而卒於前 286 年左右，姓莊名周，戰國時代宋國蒙（今河南省商丘）人。莊子是老子思想的承傳者，也是道家的代表人物，故後世稱二人為「老莊」。

《莊子》一書又稱為《南華經》。北宋王溥（922－982）《唐會要》記載：「天寶元年二月二十二日敕文。追贈莊子南華真人。所著書為《南華真經》。」天寶元年，正是公元 742 年。此書現存三十三篇，包括著名篇章〈齊物論〉、〈逍遙遊〉、〈德充符〉等。據聞內篇確定是莊子所撰，其餘或乃其門生或後學增補。

此文選摘自《莊子‧天運第十四》，以歷史故事講述道理。

西施身體有少許毛病──患有心絞痛，痛時會雙眉緊皺。「顰」就是皺眉的意思。「里」指人們聚居之地，近同今之「村、鄉」。先秦時代以五家為一鄰，五鄰為一里，即廿五家為一里。西施因心絞痛會在鄉里面前皺起眉頭來。

村裏的醜女見她皺眉的樣子，覺得異常美麗好看。「美之」的「美」字乃作動詞，意思是「認為……很美」，「之」指西施皺眉的樣子。於是，醜女返歸後亦學着西施捧着心胸緊皺雙眉。「亦」字是「也」之意，指效法西施的皺眉。結果，鄉里的富貴人家見到醜女如此狀態，留在家中閉門不出外。「堅」字在此可作緊緊、牢牢的意思。貧窮的人看見醜女如此模樣，領着妻兒趕忙避開她而行。「挈」字本指「用手提着」，此處

指「拉着、領着」妻子兒女。

作者因而感歎：醜女只知皺眉之美態，而不知皺眉為何會美麗好看。

西施是誰？

學者相信西施乃西村姓施的一名美女，名叫施夷光（約活躍於前 500－前 473），亦有人認為「施」乃姑娘之意，而「西施」即「西村的姑娘」；而「東施」即「東村的姑娘」。可以肯定的是，西施乃越國諸暨苧蘿一村莊（今杭州一帶）的女子。

清代徐震（約 1771 年在世）《美人譜》評說：歷來令人思慕的美人有廿六位，首三位乃西子、毛嬙及夷光。學者傾向相信西子即夷光，即是首三位令人傾慕的美人之中有兩位被西施佔了。

《慎子》云：「毛嬙、西施，天下之至姣也。」指出先秦時期，以毛嬙及西施為天下最美豔的女子。西施的美貌令其命運變得不平凡，她在被選中之前，純粹是一名浣紗女，曾於土城山邊浣紗。據說土城山山邊有一塊石，就是西施當年浣紗的石塊。《吳越春秋》記載勾踐（？－前 465）令使者於國內尋找美女，在苧蘿山賣柴維生家庭覓得美人西施；使者為她訂製羅裳錦織，教她言行舉止，三年後學成獻給吳王夫差（？－前 473）。西施以美色迷惑吳王夫差，為越國復國大計而自我犧牲。她的高尚情操，為歷朝史家稱讚。

西施之美豔，據云只合天上有，非人間所能覓；人人見之驚魂動心，視為神女、神人。晉代王嘉（？－390）《拾遺記》記載：越國有兩名美女，一名夷光（西施），一名修明（鄭旦，？－前 473），以獻於吳王夫差。吳王珍而重之，以華美的椒花宮殿安置二人，又以一串串細珍珠為垂簾；而向內偷望的人沒有不為二人的美貌而動心消魂的，都說她們是神仙。

吳王因為受美色迷惑，疏懶於國家政事。及至越國士兵攻入城門，才抱着兩名美人逃入吳苑——即長洲苑，今江蘇吳縣西南。《拾遺記》補充說：越軍攻陷吳國，見西施與鄭旦兩位美人立於竹樹之下，皆以為是神女（現代稱作女神），只管望而不敢侵犯。不論是吳國或越國人，皆視西施為神人仙女。

西施之美傾國傾城，她與鄭旦竟令叱咤風雲的吳王夫差不愛江山愛美人。西施在吳國之時，得吳王夫差萬般寵幸。據《孟子注疏》所記，每次西施入市集，百姓若想一睹她的美貌，先要付一文錢。西施之美，是美得令人願意付錢看；即使她的圖像也

令人賞心悅目，漢代王符（83－170）《潛夫論》亦云：「圖西施、毛嬙，可悅於心。」兩位美人的畫像可令人賞心悅目。

然而，凡事有兩面，西施之美令她名留青史，但亦令她年輕命喪。《墨子》卷一說：西施之所以被沉殺於江裏，是因為她長得太過美豔所致。坊間有順口溜說：「西施死時四十四，四十四時西施死」，令人相信西施約亡於中年四十歲之後。文學及戲曲更有不少美麗的傳說：西施與越國士大夫范蠡（前 536－前 448）隱居避世，泛舟五湖。事實是西施完成使命後，還是美豔無比之時，就被越王殺害了。我推算她死時只有廿六七歲左右（詳見《中國千古美人物》或《美人》一書）。對古人而言，她是美豔的少婦；對現代人而言，她是一名青春女子。

本文的重點在於闡析以下兩點——

其一，不能盲目模仿，模仿別人之時要了解自己的特質與別人之異，一如醜人盲目模仿西施反而會適得其反。

其二，要了解事物的根源，非只知其表面——如醜人只看到西施皺眉之美，不知她皺眉而令人覺得美的源由。根源是因為西施本身很美，不論她做任何常人認為難看的表情，都會令人感到賞心悅目。

然而，此文也讓我們反思自己會否像富人、貧者般行徑？面對樣子醜陋的人，我們是否要如此走避不及或是緊閉門戶不見？這樣會否太傷人自尊心？在現代社會，有些人樣子不好看，但心地善良、為人正直、樂於助人；有些人樣子好看，卻心懷邪念，故此不能純以外貌美醜判斷他人，也不要像文中的貧者或富者見貌醜的人而避之則吉，不相往來。東施雖然醜陋笨拙，但貧者富者的反應實在太過，值得我們反思。

就藝術特點而言，此短篇故事有三點特色：

一、文章短小精悍，明顯分作三個層次。層次一述傾城美人西施皺眉而醜人效法；層次二述醜人效法皺眉後，富人、貧者的反應；層次三評論醜人之愚笨。

二、用局部反映全部之筆法描繪西施的美，以其皺眉這一動作顯其美，美得令人效法。正常人皺眉是不好看的，西施的美豔是連心痛時緊皺雙眉亦漂亮動人。反之，醜女本身已長得不好看，再皺眉則更難看了。

三、運用誇張手法描述人們對醜女皺眉的反應。同鄉里之富人見到醜女嚇得緊閉大門，貧人見到醜女則拉着妻子走避。

　　《莊子》此文以幽默誇張的手法，描述了醜人學習西施皺眉的後果，也啟迪後世不能盲目模仿別人，要先了解自己的特點，學習該學習的事物；盲目模仿明星的行為或追仿偶像的衣著，可謂是另類「東施效顰」，只會招來笑柄。

✎ **問答題**

1. 莊子是哪一家的代表人物？
   A. 道家　B. 法家　C. 儒家　D. 墨家

2. 《莊子》一書又稱甚麼？
   A.《唐會要》　B.《潛夫論》
   C.《拾遺記》　D.《南華經》

3. 「矉其里」一句中「矉」的意思是甚麼？
   A. 回望　B. 皺眉　C. 搔頭　D. 躬身

4. 「里」在先秦時期代表多少戶人家？
   A. 十戶　　　B. 十五戶
   C. 二十戶　　D. 二十五戶

5. 西施是春秋時期哪一國人？
   A. 秦國　B. 越國　C. 吳國　D. 楚國

6. 據《孟子注疏》所記，西施入市集，人們要怎樣才能看一看她？
   A. 舉頭張望　B. 攀石登樹
   C. 付一文錢　D. 穿着整齊

7. 「挈妻子而去之走」一句的「挈」字是甚麼意思？
   A. 推着　B. 提起　C. 拉着　D. 勸求

8. 據文中所述，醜人在模仿西施之時犯了甚麼錯誤？
   A. 只知西施皺眉很美
   B. 不知她皺眉美麗的原因
   C. 只知模仿西施皺眉
   D. 不知模仿的方法

9. 以下哪一項不是本文的藝術特點？
   A. 短小精悍的篇幅　B. 以小見大之筆法
   C. 誇張的描述手法　D. 運用語典及事典

10. 本文給予後人甚麼啟示？
    A. 要了解事物的表面而模仿
    B. 不要盲目模仿，否則適得其反
    C. 要了解模仿的對象
    D. 與富者貧者一樣避開醜人

答案：1A, 2D, 3B, 4D, 5B, 6C, 7C, 8B, 9D, 10B

荀子·勸學

掃碼聽音頻

📄 原文（節錄）

　　君子曰：學不可以已。青，取之於藍而青於藍；冰，水為之，而寒於水。木直中繩，輮以為輪，其曲中規，雖有槁暴，不復挺者，輮使之然也。故木受繩則直，金就礪則利，君子博學而日參省乎己，則知明而行無過矣。故不登高山，不知天之高也；不臨深溪，不知地之厚也；不聞先王之遺言，不知學問之大也。干、越、夷、貉之子，生而同聲，長而異俗，教使之然也。詩曰：「嗟爾君子，無恆安息。靖共爾位，好是正直。神之聽之，介爾景福。」神莫大於化道，福莫長於無禍。

　　吾嘗終日而思矣，不如須臾之所學也。吾嘗跂而望矣，不如登高之博見也。登高而招，臂非加長也，而見者遠；順風而呼，聲非加疾也，而聞者彰。假輿馬者，非利足也，而致千里；假舟楫者，非能水也，而絕江河。君子生非異也，善假於物也。

　　南方有鳥焉，名曰蒙鳩，以羽為巢，而編之以髮，繫之葦苕，風至苕折，卵破子死。巢非不完也，所繫者然也。西方有木焉，名曰射干，莖長四寸，生於高山之上，而臨百仞之淵，木莖非能長也，所立者然也。蓬生麻中，不扶而直；白沙在涅，與之俱黑。蘭槐之根，是為芷，其漸之滫，君子不近，庶人不服。其質非不美也，所漸者然也。故君子居必擇鄉，遊必就士，所以防邪辟而近中正也。

　　物類之起，必有所始。榮辱之來，必象其德。肉腐出蟲，魚［一版本作木］枯生蠹。怠慢忘身，禍災乃作。強自取柱，柔自取束。邪穢在身，怨之所構。施薪若一，火就燥也，平地若一，水就濕也。草木疇生，禽獸群焉，物各從其類也。是故質的張而弓矢至焉，林木茂而斧斤至焉，樹成蔭而眾鳥息焉。醯酸而蚋聚焉。故言有招禍也，行有招辱也，君子慎其所立乎！

　　積土成山，風雨興焉；積水成淵，蛟龍生焉；積善成德，而神明自得，聖心備焉。故不積跬步無以致千里；不積小流，無以成江海。騏驥一躍，不能十步；駑馬十駕，功

在不舍。鍥而舍之，朽木不折；鍥而不舍，金石可鏤。螾無爪牙之利，筋骨之強，上食埃土，下飲黃泉，用心一也。蟹八跪而二螯，非蛇蟺之穴無可寄託者，用心躁也。

📖 撰文：賴慶芳

本篇向大家講解的經典是戰國時代荀子的〈勸學〉，從文章學習讀書方法及待人處事之道。

荀子（約生於前 313－前 235）名況，字卿，戰國時代儒家學者。後世因避漢宣帝（劉詢，前 91－前 48）之名諱，而稱他作孫卿。他提倡性惡論，後發展為法家派。荀子年五十始遊學齊國，齊襄王（？－前 265）稱之為「最為老師」，曾三次任祭酒一職。至楚國，春申君（前 314？－前 238）任他為蘭陵令；春申君亡後，此職令亦廢。荀子曾經入秦國，稱秦近「治之至」；又到趙國與臨武君議兵，但他終老於楚。荀子有兩個著名的弟子——韓非（約前 281－前 233）及李斯（約前 284－前 208），皆聞名天下的才子能士，更是法家的代表人物。荀子乃儒家學者，因其弟子的關係，人們誤以為他是法家學說的倡導者。事實上，荀子注重社會秩序，反對神怪之說，重視人們的品德修養。他認為人生來就有欲望，若欲望不為滿足，爭鬥便容易衍生，故此荀子認為人「性本惡」，須以聖賢禮法教化，化性起偽，使人有品德操守。

第一段：荀子說明學習的益處及重要性。

首先，荀子借用君子之言，帶出學習是十分重要的，故此不可以停止。他列舉了很多日常生活能見的例子，以說明學習的益處，如靛青是從藍草中提煉出來的，卻比藍草的色彩更優勝；冰是由水凝結而成的，卻比水更加寒冷。他又指出學習能令人改變，如木材的筆直符合木匠的墨線，但用火燻會使它彎曲成輪狀，彎曲程度完全合乎圓規的標準。「輮」即「煣」，是用微火燻烤木料使它彎曲。經過火燻之後，即使再將它曬乾也不會變回筆直。因此荀子說：木材按墨線砍削會筆直，金屬刀劍在磨刀石磨過就會鋒利。君子若能廣博學習，每天檢視省察（反省視察）自己的行為舉止，則會智慧日益明睿而行為沒有過錯。

所謂「墨繩」是古人用來測量木材標準的方法。據聞是用繩子繫物，在繩上塗墨，再將繩拿起，重物會垂直而下；然後放在牆或木旁，若木與繩平行，可證其筆直，否

則要再砍削弄直。「日參省」出自《論語‧學而篇》：「曾子曰：『吾日三省吾身。為人謀，而不忠乎？與朋友交，而不信乎？傳，不習乎？』」曾子（曾參，前 505－前 432）每日都會多次反省自己：為人做事謀劃，是否有不忠於人的地方？與朋友交往，是否有不守信諾之處？傳授學生知識，是否有不複習的地方？

其次，作者述學習令人改變，令人增長智慧，以達致無禍的人生。荀子舉例說：若不登上高山，不會知天有多高，不親臨深谷，不會知地有多厚；沒有聽過先王的遺言，不會知學問有多博大。吳國、越國、夷族和貉族的人，出生時的啼哭聲是相同的，長大後習俗卻不同，是教育令人們改變。作者以《詩經‧小雅‧小明》之例說明：君子不要常常耽於安逸，要敬慎自己的職位，努力盡自己的本分，愛好正直的道理。這樣神靈就會察覺聽到，協助人們獲得更大的幸福。「靖共爾位」的「爾」字即「你」的意思，意思是：恭敬你的身份職位。「介爾景福」的「景福」是大福的意思。香港有「景福珠寶行」，其意亦如此。

荀子認為：最大的智慧莫過透徹了解學問，而人最大的幸福莫過於沒有任何災禍。此處的「干」同「邗」，是古國名，位處今江蘇揚州東北，春秋時被吳國所滅而成為吳邑，故文中借指吳國。「越」是周代諸侯國名，後來用作浙江省東部的別稱。「夷」泛指古代居住在東部的民族。「貉」通「貊」，古代泛指居住在東北部的民族。

第二段：荀子說明學習要付諸行動，善於利用他物。

荀子先以自己之生活經驗為例，說出學習要付諸行動，借助外物有助學習更大的效益。他說：我曾經整天思考，不及用一刻學習所獲的多；我曾經舉踵而望，不及登上高處看到的寬廣遙遠。此段的「須臾」，即「一刻」之意；「跂」字，通「企」，即踮起腳後跟。他以人的日常生活為例，指出人若登上高處而招手，手臂沒有加長，而遠處的人也能看見；人若順着風勢呼喊，聲音沒有加大，遠處的人能清楚的聽到。他又點出：借助車馬的人，腿沒有跑得快，能到達千里之外；借助船槳的人，水性不一定好，卻能橫渡江河。他總結出：有品德的君子，天生不是殊異，只是善於借助外物而已。「君子生非異」的「生」字，有學者認為通「性」，指「君子的本性品質不是殊異」。那麼君子假借甚麼外物呢？君子假借的外物是賢師益友，以提升自己的品德修養。

第三段荀子以正反例子印證：人必須謹慎結交朋友，以免近墨者黑。

荀子以大自然的鳥獸為例，指出南方有一種鳥名叫蒙鳩——蒙鳩即鷦鷯，用羽毛造巢，以草編織起來，連繫在蘆葦枝條上，風吹來，蘆葦枝條便折斷，卵破而幼鳥摔死。這不是鳥巢不完美，而是它依附的東西造成這悲傷結局。荀子又列舉大自然的植物：西方有一種草藥名叫射干，莖長只有四寸，生長在高山上，面對百丈深淵，不是因為它的莖能增長，而是它生長的地方使它免受於水浸之禍。在周朝，八尺為一仞，故百仞即八百尺之深，此處泛指淵之深。

又例如：蓬草生長在大麻當中，它不用扶持而能長得筆直。白沙混雜在黑泥之中，會與黑土一般變烏黑，不復再白。香草蘭槐的根叫「白芷」，本身清香有藥用價值，但若用臭水浸泡它，君子不願接近，百姓也不願服用。「漸」（音尖），浸泡之意；「滫」則指污穢臭水。不是白芷的本質不美好，而是它被髒水浸泡過的結果。荀子以這些動植物例子說明：君子定居時必定要選擇美好的地方，外出必定要與有知識之士往來，防止邪惡雜念的侵擾，而接近中正正直。「遊必就士」的「士」字在古代專指有官階地位的知識分子，此處則泛指有品德的人。

第四段：荀子以反面例子說明言行之招辱，必慎重自己的言行舉止。

荀子以萬物說明人之禍辱乃自行招至，故此必須慎重自己的言行：萬物品類的興起，一定有其根據；榮耀和屈辱的招來，必定與品德相稱；好似肉腐爛後會生蛆蟲，魚枯爛後會生蛀蟲。此處的「魚」字，一版本作「木」，因木枯爛而生蠹這種蛀蟲。一個人若因為怠慢疏忽忘記切身利害，災禍就容易發生。就好像堅硬的東西自然被人拿來造木柱，柔軟的東西自然被人用來捆縛東西。注意這段「強自取柱」一句的「柱」字，學者認為乃「祝」字之誤，「祝」乃折斷、斷絕之意，如「祝髮」就是指斷髮的意思。《公羊傳·哀公十四年》記載：子路死時，孔子感傷悲歎：「噫，天祝予！」意思是：「唉！蒼天斷絕我呀！」如此的話，此句則可解：強硬則自取斷絕；而「柔自取束」一句則可解作：太過軟弱則自取束縛。此兩句可指人們的個性，人若過於剛強或柔軟，在工作及生活上，自然會受到不同的挫敗或束縛。

作者又說：一個人身上如有邪惡污穢的行為，怨恨就積結在他身上。堆放柴枝看起來一樣，火總是先燒乾燥的；平坦的土地看起來一樣，水卻向潮濕的地方流去。草樹叢生，飛鳥野獸同類聚居一起，萬物總是隨從同類事物。所以，只要箭靶豎立起來，弓箭就會射來。「質」指「箭靶」，「的」字指「中心」。

若果森林樹木生長得茂盛，斧頭就會砍伐而至。樹林形成了林蔭，許多鳥就會在這裏棲息；醋變壞變質後，蚋蟲就會聚生其上。「醯」指醋。「蚋」即蚊蚋蟲，俗稱「黑蠅」。這好像人們的言語，有時會招來災禍，行為不慎會招來羞辱，君子必須慎重自己的立身言行。2012 年新加坡曾有一名留學生在網上失言，不但要公開道歉，還險些失去學籍。校方在紀律聆訊後，取消他期末獎學金，勒令他做社會服務令。

第五段：荀子以地理現象及動物例子說明學習要積少成多，鍥而不捨，專心一致。

荀子以大自然的構成解說學問積少成多的道理：泥土堆積成高山，風雨便會興起；積聚水流成深淵，蛟龍便在這裏生長。為何積土會興風雨？荀子沒說明，但此兩句已隱含地理學科知識：因海水及陸地或高低地面的溫度差異令空氣流動，空氣由一處移向另一處形成風，遇山阻而空氣上升，空氣中的水份因積聚而成雲，雲積累而成的水點太多太重而落下成雨。為何積水成淵會有蛟龍生長？古人相信一池滿三千六百條魚，就有蛟龍來管治；故水深魚多，蛟龍自然出現。

人又如何呢？荀子認為：人累積善行，能形成美好的品德，自然獲得超絕的智慧，靈通的聖人心亦會具備。反之，人若不從半步開始累積，不能到達千里之外的地方；若不匯聚細小的水流，無法形成江河大海。「跬步」的「跬」字乃指人行走時兩腳之間的距離；古代一舉足為一跬，兩舉足為一步。「跬步」等於現在所說的「一步」，古人視之為半步，古代的「一步」則等於如今之兩步。千里馬跳躍一次，不能達十步之遙，劣馬若拉着馬車走十天，亦能走得很遠，劣馬的成功在於沒有放棄。「騏驥」是駿馬、千里馬的總稱。古人以長度計算，一步是六尺，十步即六十尺。「駕」本指馬匹拉着一輛車輿稱之為「駕」，此處疑指馬匹拉車輿走一天的路程為「一駕」。相對地，人們若雕刻東西而放棄，則連腐朽的木頭也不能折斷；若雕刻東西而絕不放棄，則連堅硬的金屬石塊也能雕鏤。古代「舍」與現代的「捨」字意思相同，人們只要不放棄就能成功。

荀子又以大自然的動物行狀，說明成功要專心一致。他舉例蚯蚓（同螾）無鋒利的爪牙，無強硬的筋骨，上能鑽入泥土吃塵土，下能到地底喝泉水，是用心專一的結果。螃蟹雖有八隻足及兩隻鉗（螯），若沒有蛇鱔的洞穴，牠便沒有安身之處，因為用心急躁不專一的結果。

〈勸學〉這篇文章大量使用譬喻、引喻、對比、排比、對偶、層遞與頂真，教導人

們讀書的成功之法。我歸納成「荀子教我們的讀書方法」:

第一,付諸行動:若我們天天想着增加知識,不如用短時間去學習,獲得的將會更多。

第二,積少成多:累積泥土成高山可以興風雨,知識亦要一點一滴地累積起來。

第三,鍥而不捨:只要不放棄,最堅硬的金屬石頭也能成功雕刻。讀書也一樣,永不放棄,才會有成就。

第四,專心一致:蚯蚓因專心一致練習鑽鑿,能在泥土中鑽出鑽入,蟹有八腳二鉗而不專心一致地學習掘洞造屋。讀書是要專心一致,才會獲得成效。

第五,借助外物:懂得乘坐車馬的人,才能到達千里之外。君子讀書也要懂得借助「外物」——賢師益友。

〈勸學〉一文教導我們的不僅是讀書方法,也教我們做人處事的道理,細心閱讀,可以受用一生。

✎ 問答題

1. 荀子以「青、取之於藍而青於藍」作譬喻，想傳達甚麼訊息？

   A. 學習不可停止　B. 學習的益處

   C. 植物的用途　　D. 青色比藍色更吸引

2. 荀子認為「干、越、夷、貉之子，生而同聲，長而異俗」是甚麼做成的？

   A. 教育　B. 環境　C. 風俗　D. 民族

3. 荀子說「終日而思矣，不如須臾之所學」，是想說明甚麼學習道理？

   A. 學習要終日思考　　B. 學習要付諸行動

   C. 一刻學習不如無學　D. 自己的學習方法

4. 文中「君子生非異也，善假於物也」一句的「物」是指甚麼？

   A. 輿馬　　B. 舟楫

   C. 外在件　D. 賢師益友

5. 蒙鳩鳥以羽為巢，編之以草，何以會造成「卵破子死」，原因是甚麼？

   A. 鳥巢築得不堅固

   B. 大自然災害所致

   C. 所依附的物不堅固所致

   D. 鳥巢被大風吹倒

6. 蘭槐之根——白芷何以令「君子不近，庶人不服」？

   A. 白芷質不美　B. 君子不喜好

   C. 沾染了臭水　D. 蘭槐之根有毒

7. 以下哪一項不是荀子以射干、麻、白沙及蘭槐之根說明的道理？

   A. 君子居必就鄉

   B. 君子遊必就士

   C. 近朱者赤、近墨者黑

   D. 大自然適者生存

8. 「質的張而弓矢至」一句中「質的」二字是指甚麼？

   A. 本質的意思　B. 木質製的弓

   C. 箭靶的中心　D. 茂密的樹林

9. 以下哪一項不是荀子藉「肉腐出蟲，魚枯生蠹」說明的道理？

   A. 人的榮辱必相稱其品德

   B. 人的言語可招來禍患

   C. 君子不必謹慎其言行

   D. 人的行為可招致羞辱

10. 以下哪一項不是本文所述的成功之道？

    A. 積小成多　B. 神明自得

    C. 鍥而不捨　D. 用心專一

左傳・曹劌論戰

掃碼聽音頻

📖 原文

十年春，齊師伐我，公將戰。曹劌請見。其鄉人曰：「肉食者謀之，又何間焉？」劌曰：「肉食者鄙，未能遠謀。」

乃入見。問：「何以戰？」公曰：「衣食所安，弗敢專也，必以分人。」對曰：「小惠未徧，民弗從也。」公曰：「犧牲玉帛，弗敢加也，必以信。」對曰：「小信未孚，神弗福也。」公曰：「小大之獄，雖不能察，必以情。」對曰：「忠之屬也。可以一戰。戰，則請從。」公與之乘。

戰於長勺。公將鼓之，劌曰：「未可。」齊人三鼓，劌曰：「可矣。」齊師敗績。公將馳之，劌曰：「未可。」下視其轍，登軾而望之，曰：「可矣。」遂逐齊師。

既克，公問其故。對曰：「夫戰，勇氣也。一鼓作，再而衰，三而竭。彼竭我盈，故克之。夫大國，難測也，懼有伏焉。吾視其轍亂，望其旗靡，故逐之。」

📖 撰文：曹順祥

本篇向大家講解的經典是先秦時代《左傳》的〈曹劌論戰〉。

蒲松齡（1640－1715）〈自勉聯〉說：「有志者、事竟成，破釜沉舟，百二秦關終屬楚；苦心人、天不負，臥薪嘗膽，三千越甲可吞吳。」上聯寫在巨鹿之戰，項羽破釜沉舟，寫下了「以少勝多」的戰爭傳奇。可惜，當時戰術如何？後人無從知曉。但春秋時的「齊魯長勺之戰」，同樣「以少勝多」，卻生動準確地記載着戰爭成敗的關鍵，至今仍為人津津樂道！

〈曹劌論戰〉，即「齊魯長勺之戰」，出自《左傳》。時間是魯莊公十年春天，地點是魯國的長勺，人物包括曹劌、魯莊公、鄉人、齊軍、魯軍。曹劌（生卒年不詳），大約活躍於公元前 7 世紀，春秋時魯國大夫，著名的軍事理論家。

《左傳》的作者左丘明（生卒年不詳），姓丘，名明。春秋末期魯國（今山東省）人。因其先祖曾任楚國的左史官，故在姓前添「左」字，故稱左史官丘明先生，世稱「左丘明」，後為魯國太史。晚年雙目失明，為《左傳》和《國語》的作者。兩書記錄了不少西周、春秋的重要史事。《左傳》為解釋另一歷史著作《春秋》的作品，戰國時期成為儒家學派的經典之一。左丘明又與孔子一起「如周，觀書於周史」，故熟悉諸國史事，並深刻理解孔子思想。

《左傳》善於描述戰爭，能在簡明的敘述中交代戰爭前因後果，找出勝敗興衰的根源；又善於通過細節刻畫來表現歷史人物個性。

本文的故事發生在春秋時期的魯國。魯國當時國力弱小，強大的齊軍舉兵來犯，魯莊公只有勉力迎戰。曹劌協助莊公臨陣指揮，憑藉其卓越的軍事才能，終於以弱勝強，擊敗了強大的齊軍。

文章的題目是〈曹劌論戰〉，按內容可劃分為四部分。

第一部分，記敘齊國攻打魯國，魯國正準備應戰。曹劌知道後，請求面見魯莊公。

從「十年春，齊師伐我」至「肉食者鄙，未能遠謀。」此部分的大意是說：魯莊公十年的春天，齊國軍隊攻打魯國，魯莊公將要應戰。曹劌請求進見魯莊公。他的同鄉說：「當權者會謀劃這件事，你又為甚麼要參與呢？」曹劌說：「當權者見識淺陋，未能深謀遠慮。」

鄉人面對齊國入侵自己國家，「肉食者謀之，又何閒焉？」一句，充分突出鄉人漠不關心的態度，甚至勸曹劌不要多管閒事。相反地，曹劌不但沒有理會鄉人的說話，而且敢於挺身而出，表現出捨我其誰的勇氣膽色。不只如此，作者再進一步藉曹劌的口，指出當朝士大夫見識淺陋，眼光短淺，未能深謀遠慮，所以決意挺身而出，直接向魯莊公進言。這裏運用了「襯托」的寫作手法。

第二部分，敘述曹劌與魯莊公討論迎戰齊軍所憑藉的條件。

從「乃入見。問：『何以戰？』」至「公與之乘。」此部分的大意是說：於是入宮去見莊公。曹劌問莊公：「你憑藉甚麼條件應戰？」莊公說：「衣服和食物這些生活必需品，我不敢獨自享用，一定會把它分給別人。」曹劌回答：「這種小小的恩惠未能遍及百姓，百姓是不會聽從您的。」莊公說：「祭祀用的牛羊、玉器和絲織品，我從來不敢虛報誇大，必定按照實情稟告。」曹劌回答：「小小的信實未能獲得神明信任，神明

是不會賜福保佑您的。」莊公說:「大大小小的訴訟案件,即使未能仔細查察,但必定按照實情來處理。」曹劌說:「這是盡力做好國君本分的表現,可以憑藉這一點去迎戰。如果應戰,請允許我跟從。」魯莊公和曹劌同乘一輛戰車。

首先,魯莊公把衣食分給別人,曹劌認為只能惠及身邊的親信和大臣,未能使一般百姓受惠;其次,魯莊公把祭祀所用的牛羊、玉器和絲織品,按照實情稟告,不敢虛報誇大,也只是小小的誠信,因此曹劌認為未必能獲得神明的保佑。綜合而言,曹劌認為魯莊公提出的首兩個條件,都不足以支持魯國迎戰齊國。

最後,魯莊公提出「小大之獄,雖不能察,必以情。」對於這個條件,曹劌認為仔細查察,按照實情來處理大小訴訟,當百姓的紛爭得到公平的裁決,國君自然可以取得民心。這一方面彰顯國君已盡力做好本分,即使齊國入侵,魯國迎戰也必然獲得百姓的全力支持。

第三部分,敘述兩軍交戰的經過和戰爭結果。

從「戰於長勺」至「遂逐齊師。」此部分的大意是說:在長勺和齊軍交戰。莊公將要擊鼓進軍,曹劌說:「不可以。」(等到) 齊國的軍隊三次擊鼓進軍,曹劌說:「可以 (追擊齊軍) 了。」齊軍大敗。莊公正要下令追擊齊軍,曹劌說:「不可以。」曹劌走下馬車,查看齊軍敗走時戰車輾出的痕跡,然後登上戰車,扶着車前的橫木眺望齊軍,說:「可以 (追擊齊軍) 了。」於是追擊齊軍。

「齊魯長勺之戰」在歷史上是「以弱勝強」的典範。我們且看看在此戰爭中,軍師曹劌到底有何神機妙算?

面對強大的齊國軍隊,曹劌首先不敢輕舉妄動,靜待時機。時機就是當齊軍三次擊鼓進軍之後,才指示魯軍擊鼓,並一鼓作氣,戰勝了齊軍。出奇的是,善於敘事的《左傳》,並沒有對這場戰爭作非常細緻的描繪,而只是簡單地用「未可」和「可矣」,由曹劌的兩個極其扼要的四字,概括了戰爭的「經過」。這樣「詳寫」魯軍擊鼓進兵和追逐敗走的齊軍,而「略寫」兩軍交戰的經過,可令戰前和戰後的「論戰」部分更為突出。

此部分簡述曹劌指揮魯軍進行反攻,從追擊和最後取得勝利的過程,充分顯示曹劌的軍事指揮才能,也為下文「分析取勝原因」埋下了「伏筆」。

第四部分,記述曹劌向魯莊公分析戰勝齊國的原因。

從「既克，公問其故」至「故逐之。」此部分的大意是說：戰勝後，魯莊公詢問箇中原因。曹劌回答說：「作戰靠的是勇氣，第一次擊鼓能振作士兵的勇氣，第二次（擊鼓）勇氣就減弱了，到第三次（擊鼓）勇氣就會竭盡了。當敵方的勇氣竭盡，而我方的勇氣正盛，所以戰勝了齊軍。齊國這樣的大國，難以預測其戰略，所以（我）擔心有埋伏。當我看見他們戰車輾過的痕跡混亂，看見他們的軍旗紛紛倒下了，所以下令追擊他們。」

此部分「論述」取勝的原因，突出曹劌善於把握機會，謹慎而又果斷的戰術思想。

時至今日，「彼竭我盈，故克之」以及「一鼓作氣」，這種「此消彼長」的戰術，早已成為作戰的經典理論。在戰場上兵不厭詐，小心謹慎方為上策：「夫大國難測也，懼有伏焉。吾視其轍亂，望其旗靡，故逐之」，更充分體現了曹劌謹慎處事的態度。

人物形象方面，曹劌兩次表示「未可」、「可矣」一段，顯示曹劌是個從容自信、耿直敢言的人，人物的個性非常鮮明。曹劌面對困難，沒有急躁輕率，善於審察敵情，把握時機；事後又為莊公精確地總結了致勝原因，利用「彼竭我盈」的策略克敵制勝。他的精細機警、指揮若定，足為身處險境者借鑒。而曹劌能根據具體情況，隨機應變，制定合適對策，終於化險為夷，也成為應對危機的典範！

在謀篇佈局上，文中對於曹劌表示「未可」、「可矣」的原因，初時並未說明，而在後文以「補敘」的方式交代。一方面，固然由於當時戰爭形勢危急，無法深入交談。另一方面，在後文才補充曹劌阻止莊公進攻的原因，可以營造緊張的氣氛，並突出了本文「論戰」的主題。

綜合而言，「戰前論戰」，充分體現了曹劌的「以民為本」的基本戰略思想，而「戰後論戰」則體現了他的戰術策略。全文三百多字，敘事清楚，而詳略得當。人物對話準確、生動，性格鮮明，絕無多餘的字詞，難怪是膾炙人口的名篇。

看來，從〈曹劌論戰〉之中，我們所獲得的諸多啟示，早已從戰爭、戰術，提升至歷史、文化和哲學的高層次了！難怪孔子和司馬遷都對《左傳》推崇備至！

✎ 問答題

1. 「小惠未徧」中「徧」的意思是甚麼？
   A. 不在中間　B. 普及
   C. 不全面　　D. 從頭到尾經歷一次

2. 「犧牲玉帛」中「犧牲」的意思是甚麼？
   A. 捨棄一方的利益　B. 為堅持信仰而死
   C. 祭祀時用的家畜　D. 泛指家中的財物

3. 「既克，公問其故」中「克」的意思是甚麼？
   A. 能夠　B. 嚴格限定　C. 消化　D. 戰勝

4. 本文的戰爭地點在哪裏？
   A. 齊國的長勺　B. 齊國的長平
   C. 魯國的長勺　D. 魯國的長平

5. 本文戰爭發生的時間為？
   A. 魯桓公十年春天　B. 魯莊公十年春天
   C. 魯成公十年春天　D. 魯哀公十年春天

6. 文中哪個人物對齊國的入侵表現得漠不關心？
   A. 鄉人　B. 曹劌　C. 莊公　D. 肉食者

7. 本文用哪種人稱來敘述？
   A. 第一人稱　B. 第二人稱
   C. 第三人稱　D. 沒有人稱

8. 對於本文的描述，以下哪些是正確的？
   1 詳寫曹劌戰前與莊公討論魯國的應戰條件
   2 略寫曹劌求見魯莊公的經過
   3 詳寫曹劌向魯莊公分析戰勝齊國的原因
   4 略寫兩軍交戰的經過
   A. 1、2、3　B. 2、3、4
   C. 1、2、4　D. 以上皆是

9. 對於本文的描述，以下哪些並不正確？
   1 魯莊公獲神明保佑，且虛心納諫
   2 曹劌深謀遠慮，為國家出謀獻策
   3 士大夫見識淺陋，眼光短淺
   4 鄉人挺身而出，充滿愛國熱忱
   A. 1、2　B. 2、3　C. 3、4　D. 1、4

10. 本文第 1 段，作者提及鄉人面對齊國進攻的反應，有何作用？
    A. 對比　B. 誇張　C. 襯托　D. 借代

答案：1B, 2C, 3D, 4C, 5B, 6A, 7C, 8D, 9D, 10C

戰國策・蘇秦約縱

掃碼聽音頻

原文

說秦王書十上而說不行。黑貂之裘敝，黃金百斤盡，資用乏絕，去秦而歸。羸縢履蹻，負書擔橐，形容枯槁，面目犁黑，狀有愧色。歸至家，妻不下絍，嫂不為炊，父母不與言。蘇秦喟然歎曰：「妻不以我為夫，嫂不以我為叔，父母不以我為子，是皆秦之罪也！」乃夜發書，陳篋數十，得太公《陰符》之謀，伏而誦之，簡練以為揣摩。讀書欲睡，引錐自刺其股，血流至足，曰：「安有說人主，不能出其金玉錦繡，取卿相之尊者乎！」

期年，揣摩成，曰：「此真可以說當世之君矣。」於是乃摩燕烏集闕，見說趙王於華屋之下，抵掌而談。趙王大悅，封為武安君，受相印。革車百乘，錦繡千純，白璧百雙，黃金萬鎰，以隨其後。約從散橫，以抑強秦。故蘇秦相於趙而關不通。

當此之時，天下之大，萬民之眾，王侯之威，謀臣之權，皆欲決蘇秦之策。不費斗糧，未煩一兵，未戰一士，未絕一弦，未折一矢，諸侯相親，賢於兄弟。夫賢人在而天下服，一人用而天下從。故曰：「式於政，不式於勇；式於廊廟之內，不式於四境之外。」當秦之隆，黃金萬鎰為用，轉轂連騎，炫熿於道，山東之國，從風而服，使趙大重。且夫蘇秦特窮巷掘門，桑戶棬樞之士耳。伏軾撙銜，橫歷天下，廷說諸侯之主，杜左右之口，天下莫之能伉。

將說楚王，路過洛陽，父母聞之，清宮除道，張樂設飲，郊迎三十里。妻側目而視，傾耳而聽。嫂蛇行匍伏，四拜自跪而謝。蘇秦曰：「嫂，何前倨而後卑也。」嫂曰：「以季子之位尊而多金。」蘇秦曰：「嗟乎！貧窮則父母不子，富貴則親戚畏懼。人生世上，勢位富貴，蓋可忽乎哉！」

撰文：黃坤堯

本篇向大家講解的經典是戰國時代《戰國策》中的〈蘇秦約縱〉。

《戰國策》輯錄戰國時代遊士的謀略和言論，以及諸國文獻，綜合成書。本文載於《秦策》一。

蘇秦（？—前 284），字季子，東周洛陽人。與張儀（？—前 309）同出於鬼谷子門下，世稱縱橫家。蘇秦入關遊說秦惠文王，始獻連橫之策，攻打六國。秦王以為羽毛未豐，不為所動。失意而歸，發憤苦讀。周顯王三十六年（公元前 333），蘇秦遊說六國，結成合縱同盟以抗秦，為縱約長，秦兵不敢闖函谷關者十五年。秦使張儀復倡連橫之說，分化齊、楚，脅誘韓、趙、魏。周赧王二年（公元前 313），楚、齊絕交，縱約乃解。縱橫家之流沒有明確的立場，利用權術，縱橫捭闔，只要有買主，自然就有賣家了。權術就是用來出賣的，但求賣得一個好的價錢。

〈蘇秦約縱〉分為四段。首段蘇秦遊說秦王失敗，貂裘穿破了，黃金百斤化為烏有，旅費耗盡，只能回去了。「羸縢履蹻，負書擔橐」描寫蘇秦的落拓形象，「羸」為裹束，「縢」即綁腿；「履」為穿着，「蹻」即草鞋。背負書箱，挑起行李，身體乾枯，面目黧黑，抬不起頭來。妻子沒有離開織布機去看他，大嫂沒有為他備飯，連父母都不願意跟他說話。蘇秦深受委屈，認為一切都基於自己沒有出息。可是他並沒有放棄自己，當晚就打開書箱，翻出太公的《陰符經》來，專學謀略。伏案讀書，「簡練以為揣摩」，揭示讀書方法，選擇重點，反覆練習，「揣」是度量，「摩」是研究，意謂推敲時事。打瞌睡的時候，還拿着錐子刺痛大腿，血一直流到腳下。蘇秦對自己說：「要說服國君，怎麼能不靠真材實學，就可以取得卿相的高位呢？」第一段寫蘇秦從失敗的教訓中重新爬起來，連家人都瞧不起他，通過認真學習，要把自己「金玉錦繡」的本質揭示出來，獻給人主。

讀了一年書，獲益良多，信心滿滿的。蘇秦說：「我現在夠條件說服當代的國君了。」於是走近「燕烏集闕」的地方，「摩」，迫也，靠近；「闕」，門樓，或解像燕子、烏鴉的飛集城門。在華麗的宮殿裏謁見趙王，講論天下大勢，擊掌歡談，十分快意。趙王封蘇秦為武安君，委託國事，交付相印。同時又賞給蘇秦大量的資源，有兵車、錦繡、玉璧、黃金等，跟在後面，源源不絕，由蘇秦支配使用。又「純」，束也、匹也；「鎰」，二十四兩，古代的計量單位，意謂大灑金錢，出手闊綽。結果六國合縱成功，組成同盟團體，扼守函谷關，秦兵寸步難進。第二段說明蘇秦的策略運用得宜，使六國享受十五年的太平。合縱之利是明顯不過的。

　　第三段講論六國合縱之策的妙處。當時全天下的百姓、王侯、謀臣等，全部聽從蘇秦的指揮。幾乎沒有動用任何糧食、兵卒、將士、弓箭等，諸侯之間相親相愛，兄弟同心。大概是賢能在位，天下歸心；一人任事，天下聽從。可以說：「採用政治手段，不必動用武力；要在朝堂上規劃妥當，不必在國境外耀武揚威。」而蘇秦也有黃金萬鎰可供支配使用，轉運物資財富，車馬相接，在路上奔馳，威風耀眼。山東各國合作互惠，而趙國的地位更大大提升了。其實蘇秦只是窮苦的讀書人出身，「窮巷掘門，桑戶棬樞」，住在陋巷之中，「掘」，窟也，鑿牆穿洞以為門。以桑木為門板，彎木為轉軸開關，住所簡陋。「伏軾撙銜」，「軾」是車前橫木，「撙銜」是以手按住馬勒口，操控馬韁。蘇秦坐上馬車，周遊列國，遊說諸侯。「杜」，塞也，舌戰朝廷重臣，「伉」，抗衡，看來天下也沒有人敢跟他抗衡了。

　　這一段誇讚蘇秦的成就，十分威武，充滿理想化的色彩，好像各國諸侯都聽從指揮，同心合作，沒有鈎心鬥角。如果真的這麼好，後來張儀的連橫之策就完全沒有機會出場了。「伏軾撙銜，橫歷天下，廷說諸侯之主，杜左右之口，天下莫之能伉。」其實這只是文章寫作上的片面之辭，專門凸顯蘇秦最高的成就，以作下文鋪墊。

　　第四段呼應首章蘇秦落難歸家的冷落情節，寫出人心的勢利變化，讀來令人寒心。有一次蘇秦要去見楚王，路過洛陽，儀仗隨行，自然具有領導人的氣派和場面。蘇秦父母聽到消息，知道兒子要回洛陽，「清宮除道，張樂設飲，郊迎三十里」，打掃房屋，清理道路，陳設宴席，還到城外三十里的地方去迎接他，場面熱鬧。要知道蘇秦的父母本來也是窮人出身的，可能現已脫貧致富，住上豪宅了。「妻側目而視，傾耳而聽」，妻子不敢面對蘇秦，顯得內疚。至於大嫂的表現更為誇張，「嫂蛇行匍伏，四拜自跪而謝」，爬在地上，左閃右避，拜了四拜，長跪請罪。看來大官回家，還是高人一等的。蘇秦問大嫂，「為甚麼當日如此傲慢，而今日就卑躬屈膝？」大嫂的回應更加直接，「因為你地位尊貴，季子多金。」蘇秦說：「唉，貧窮的時候父母不把你看作兒子，貴顯之後連親友都怕了你。人生在世，權勢、地位、財富、尊榮，又怎能忽視呢？」看來蘇秦就以「勢位富貴」作為人生的最高指標，「貴」，或作「厚」，這段話把當年在家中的一腔怨氣，全部發洩出來。這是一段充滿戲劇性的情節安排，榮歸故里，也許內心會感覺痛快。可是蘇秦竟以標榜眼前的成就為榮，以為得意，可能失之狹隘。而本文亦以此收結，對於蘇秦的批評，自然是意在言外了。

✎ 問答題

1. 「簡練以為揣摩」，何謂「簡練」？
   A. 簡擇熟練　B. 簡單練習
   C. 精簡學習　D. 閱讀竹簡

2. 「陳篋數十」，解釋「陳」的詞義。
   A. 陳國　B. 陳舊　C. 陳述　D. 陳列

3. 「安有說人主」，解釋「安」的詞義。
   A. 安慰　B. 怎麼　C. 安全　D. 安心

4. 「式於政，不式於勇」，解釋「式」的詞義。
   A. 法式　B. 格式　C. 用也　D. 儀式

5. 「炫熿於道」，解釋「炫熿」的詞義。
   A. 光輝照耀　B. 車速很快
   C. 天地玄黃　D. 眼花繚亂

6. 「且夫蘇秦特窮巷掘門，桑戶棬樞之士耳」，解釋「特」的詞義。
   A. 特別　B. 只是　C. 特殊　D. 獨立特行

7. 「且夫蘇秦特窮巷掘門，桑戶棬樞之士耳」何謂「棬樞」？
   A. 卷曲，具有辯才
   B. 縱橫家之流
   C. 樞紐，指重要人物
   D. 以曲木為轉軸開關

8. 「天下莫之能伉」，解釋「伉」的詞義。
   A. 抵抗　B. 抗戰　C. 抗衡　D. 反抗

9. 「妻側目而視，側耳而聽」，妻子為何要側目側耳？
   A. 害羞
   B. 表示恭敬用心
   C. 不敢面對蘇秦
   D. 看不清楚，聽不清楚

10. 「貧窮則父母不子」，指出「子」字的詞性。
    A. 名詞　B. 動詞　C. 形容詞　D. 代詞

答案：1A, 2D, 3B, 4C, 5A, 6B, 7D, 8C, 9C, 10B

戰國策・鄒忌諷齊王納諫

掃碼聽音頻

📃 原文

鄒忌脩八尺有餘，身體昳麗。朝服衣冠窺鏡，謂其妻曰：「我孰與城北徐公美？」其妻曰：「君美甚，徐公何能及君也！」城北徐公，齊國之美麗者也。忌不自信，而復問其妾曰：「吾孰與徐公美？」妾曰：「徐公何能及君也？」旦日，客從外來，與坐談，問之：「吾與徐公孰美？」客曰：「徐公不若君之美也！」

明日，徐公來。孰視之，自以為不如；窺鏡而自視，又弗如遠甚。暮寢而思之曰：「吾妻之美我者，私我也；妾之美我者，畏我也；客之美我者，欲有求於我也。」

於是入朝見威王曰：「臣誠知不如徐公美。臣之妻私臣，臣之妾畏臣，臣之客欲有求於臣，皆以美於徐公。今齊地方千里，百二十城，宮婦左右，莫不私王；朝廷之臣，莫不畏王；四境之內，莫不有求於王。由此觀之，王之蔽甚矣。」王曰：「善。」乃下令：「群臣吏民，能面刺寡人之過者，受上賞。上書諫寡人者，受中賞。能謗議於市朝，聞寡人之耳者，受下賞。」

令初下，群臣進諫，門庭若市。數月之後，時時而間進。期年之後，雖欲言，無可進者。燕、趙、韓、魏聞之，皆朝於齊。此所謂戰勝於朝廷。

📖 撰文：黃坤堯

本篇向大家講解的經典是戰國時代《戰國策》中的〈鄒忌諷齊王納諫〉。這是一篇充滿機智的文章，談笑用兵，若不費力，也很風趣。而成語「門庭若市」就出於這篇文章，究竟鄒忌葫蘆裏賣的是甚麼藥呢？

〈鄒忌諷齊王納諫〉是一篇幽默小品。鄒忌，戰國齊人。擅長鼓琴，儀容俊美。齊威王二十一年（公元前 336），鄒忌以鼓琴見齊威王，獲委任為齊相。推行政治改革，選拔人才，促進經濟發展，強化軍事力量，齊國大治。齊威王（前 378－前 320），姓

田，名叫因齊，在位三十七年（前 356－前 320）。

鄒忌是一個美男子，照鏡自賞，聽到妻妾及友人不斷的讚美，推波助瀾，認為自己就是天下最美的人，自然陶醉樂在其中，甚至信以為真了。有一天鄒忌遇到了齊國著名的美男子徐公，才揭出真相，相映成拙，自歎不如，原來他一輩子都被自己及別人蒙騙了。這本來只是一則無中生有的小故事，但作者卻用這個小故事來勸諫齊威王，叫他不要被宮婦左右及朝廷大臣所蒙蔽，聽信身邊奉承的假話，而是要廣開言路，吸納各方面的意見，改善施政。於是齊國大治，諸侯來朝，使齊國在政治上的表現優於其他國家，這就是本文所提出的「戰勝於朝廷」的基本理念，一切先要由朝廷的內政做起。

〈鄒忌諷齊王納諫〉分四段：首段寫鄒忌自以為完美，「鄒忌脩八尺有餘，身體昳麗」，「脩」，長也，這裏指他有八尺的身高。「昳」，日側也，寫鄒忌就像黃昏時候豔光四射。「朝服衣冠窺鏡」，「朝」，當指大清早，穿好衣服，戴上帽子。照着鏡子，流露自賞之情。為了證明自己容顏俊美，他先問妻子，跟臨淄（山東省淄博市）城北的徐公比較，哪一個更漂亮啊？他的妻子自然說丈夫最美了。跟着再問小妾，回答也是說徐公遠遠比不上丈夫美。「旦日」，指上午的時候，有朋友來看他，他問起同樣的話題，而朋友的答案都是說他最俊美的。可見妻、妾、朋友意見一致附和，都說他最美，遠勝於城北徐公。

次段寫第二天，徐公來訪。鄒忌見到了徐公，「孰視之」，指睜大眼睛看清楚。除了認真審視徐公之美，還對着鏡子照來照去，到晚上想通了，確信徐公比自己俊美。「吾妻之美我者，私我也；妾之美我者，畏我也；客之美我者，欲有求於我也。」他思前想後，終於悟出了道理，妻、妾、朋友說的都是假話，大家各有所圖謀，別有用心。

第三段鄒忌以自己受騙的經驗作現身說法，以為是偉大的發現，還誇大其事，借題發揮，振振有辭的告訴齊威王，「王之蔽甚矣」，「蔽」指偏見、蒙蔽，要提防身邊的人，很多都說假話。而齊威王也欣然接納諫言，馬上下令群臣吏民，「能面刺寡人之過者」、「上書諫寡人者」、「能謗議於市朝，聞寡人之耳者」，可以循不同途徑，將批評的意見傳送過來，各有不同等級的獎賞。

第四段齊威王納諫，初期「門庭若市」，一片熱鬧，就是動員全國進諫，議論朝政，改善施政，而齊國臣民也勇於表達意見。過了幾個月，「時時而間進」，表示有時

要隔一段日子才收到意見。一年後，「雖欲言，無可進者」，看來大家有話說盡，以至無話可說，整個國家都沒有反對的意見。結果燕、趙、韓、魏諸國來朝取經，而齊國也一躍而成為當時的強國了。結論「此所謂戰勝於朝廷」，表現一個充滿朝氣的政府，廣納民意，完善管治制度，相對來說就能打贏其他國家。

鄒忌將兩個看起來完全沒有關係的話題放在一起，一是審美，一是治國，竟然生出微妙的化學作用。原來不聽假話，就不會被蒙騙；忠言逆耳，卻可以自我糾正。一切由朝廷自身做起，帶出治國的理念。愛美是人的天性，而在政治制度上追求完美，理念也完全是一致的，沒有衝突。

〈鄒忌諷齊王納諫〉文句平易淺白，幾乎不用翻譯，大家都能看得明白。可見文言和白話同出一源，只是更為精煉而已。本文多用重複句法，不厭其煩的一問再問，一答再答，一看再看，一想再想，目的就是渲染氣氛，造成輿論效果。表現了一種謹慎驗證的處事態度。

戰國時代人才濟濟，冒出很多名嘴。鄒忌不是謀臣，也沒有戰功，他只是一位表演者，竟然用一則虛擬的故事遊說齊威王納諫稱霸，富有戲劇效果，引人發笑。這可以說明戰國時代列強爭霸，講究權變和謀略，才智勇武之士，乘時崛起，出謀獻策，縱橫捭闔，辭鋒犀利，這是一個人才角力的時代，自由發揮，各有精彩的言論和行動，戰國就是一個可供大家盡情傾力演出的大舞台。

〈鄒忌諷齊王納諫〉出現兩次的「窺鏡」情節，寫作技巧各有不同。首段窺鏡情節，作者採用修辭上錯綜的技巧。三問三答，句式的變換花樣百出，各不相同，分別為「我孰與城北徐公美？」、「吾孰與徐公美？」、「吾與徐公孰美？」大家都一致公認鄒忌的形貌贏了城北徐公，是齊國的美男子，而回應的語調「君美甚，徐公何能及君也！」、「徐公何能及君也？」、「徐公不若君之美也！」亦互有同異，錯綜複雜。

次段用了映襯手法。鄒忌見過徐公之後，窺鏡自視，於是經歷日夜三重奏的審視和反覆叩問，證明自己受騙。前後相互映襯，增強了可信程度。此外擅用誇張手法也寫出了戲劇的張力，採用很多種的修辭技巧，搖曳多姿，也是一篇充滿機智和風趣的文章，值得細讀，耐人尋味。

✎ 問答題

1. 「我孰與城北徐公美」，解釋「孰」的語義。
   A. 哪一個　B. 誰人　C. 熟悉　D. 成熟

2. 「吾妻之美我者，私我也」，解釋「私」的語義。
   A. 私有化　B. 親愛，偏愛
   C. 自私　　D. 私隱

3. 「王之蔽甚矣」，解釋「蔽」的語義。
   A. 隱蔽　B. 缺陷
   C. 弱點　D. 偏見，閉塞

4. 「鄒忌脩八尺有餘」，解釋「脩」的語義。
   A. 修身　B. 健碩　C. 修長　D. 修理

5. 「孰視之」，何謂「孰」？
   A. 熟習　B. 專注　C. 哪一個　D. 誰人

6. 「能面刺寡人之過者」，何謂「刺」？
   A. 諷刺　B. 刺殺
   C. 刺激　D. 指出、指責

7. 「朝服衣冠窺鏡」，解釋「服」的語義。
   A. 穿着　B. 衣服　C. 服從　D. 官服

8. 「時時而間進」，解釋「間」的語義。
   A. 間中，隔一陣子　B. 中間
   C. 空間　　　　　　D. 時間

9. 「能謗議於市朝，聞寡人之耳者」，解釋「聞」的語義。
   A. 聽聞　　B. 聞到氣味
   C. 被我聽到　D. 進入

10. 「期年之後」，何謂「期年」？
    A. 一年　B. 十年　C. 期待過年　D. 約會

戰國策・墨子止楚勿攻宋

掃碼聽音頻

📑 原文

公輸般為楚設機，將以攻宋。墨子聞之，百舍重繭，往見公輸般，謂之曰：「吾自宋聞子。吾欲藉子殺王。」公輸般曰：「吾義固不殺王。」墨子曰：「聞公為雲梯，將以攻宋。宋何罪之有？義不殺王而攻國，是不殺少而殺眾。敢問攻宋何義也？」公輸般服焉，請見之王。

墨子見楚王曰：「今有人於此，舍其文軒，鄰有弊輿而欲竊之；舍其錦繡，鄰有短褐而欲竊之；舍其粱肉，鄰有糟糠而欲竊之。此為何若人也？」王曰：「必為有竊疾矣。」

墨子曰：「荊之地方五千里，宋方五百里，此猶文軒之與弊輿也。荊有雲夢，犀兕麋鹿盈之，江漢魚鱉黿鼉為天下饒，宋所謂無雉兔鮒魚者也，此猶粱肉之與糟糠也。荊有長松、文梓、楩、枏、豫樟，宋無長木，此猶錦繡之與短褐也。惡以王吏之攻宋，為與此同類也。」王曰：「善哉！請無攻宋。」

📖 撰文：曹順祥

本篇向大家講解的經典是出自《戰國策》的〈墨子止楚勿攻宋〉。

誰不想成為最佳辯論員？在擂台上雄辯滔滔，詞鋒銳利，瞬間讓對手俯首稱降！其實，春秋、戰國，是個不折不扣的「辯論」時代，而辯論的勝負，是以生命為代價的！這是個百家爭鳴的時代，可謂前無古人，至今仍為世人津津樂道！

墨子（約前 468－367）名翟，魯國（今山東省曲阜縣）人，春秋戰國時著名思想家，創立墨家學派。《墨子》一書，今存五十三篇，是墨子的弟子和後學對墨子思想的彙編。《墨子》語言簡樸，不講究文采，而注重邏輯，說服力極強。墨家是先秦諸子一個重要派別，主張修身、尚賢、非攻、節用、薄葬和兼愛等。「兼愛」說，即提倡人們應無親疏貴賤，互相親愛。又提倡簡樸節儉，反對繁文縟節；提倡勤勞刻苦，反對逸

樂聲色等。

墨子身處戰爭頻繁的時代，當時諸侯國互相攻伐，生產遭嚴重破壞，下層人民生活困苦。「折骨為炊，易子而食」，令人慘不忍睹！墨子為解救大眾的苦難，故提出一系列的學說思想。

本文出自《戰國策》。收錄戰國時代策士的說辭和史臣的記載，總共三十三篇。曾名為《國策》、《國事》、《短長》、《事語》、《長書》、《修書》等，西漢時，劉向考訂整理，才定名為《戰國策》。它按國別分類，計有東周一、西周一、秦五、齊六、楚四、趙四、魏四、韓三、燕三、宋、衛合為一、中山一。全書都是獨立的單篇，沒有完整的系統和體例。

大約公元前 440 年，楚國聘請了當時著名的工匠魯班，製造攻城的雲梯等器械，準備攻打宋國。這時才不過廿九歲的墨子聽到消息後，非常着急，一面安排大弟子禽滑釐率領三百名弟子，幫助宋國守城；另一方面親自前往楚國，勸阻楚王發動戰爭。你們認為，單憑三寸不爛之舌的墨子，最終成功了嗎？

文章第一段，先指出公輸般為楚國製造攻城的雲梯，預備用來攻打宋國。於是，墨子不辭艱辛，步行萬里，腳底磨起了厚繭，前往楚國去見公輸般。接着，敘述墨子和公輸般的對話。大意是：

墨子對公輸般說：「我從宋國聽聞先生的大名。我想借助你的力量去殺人。」公輸般回答：「我是講道義的人，絕不會殺人。」墨子便說：「聽說你製造了雲梯，用來攻打宋國。宋國有甚麼罪呢？你聲稱講道義，不殺人，卻要攻打宋國，這分明是不殺少數人而殺多數人啊。請問：攻打宋國是甚麼道義？」結果，公輸般被墨子說服了，墨子請他為自己引見楚王。

此段是文章的引子，既突出了人物的性格，也表現了墨子的論辯技巧。墨子指出公輸般協助楚王攻打宋國是不義之事，而公輸般的言論又確實是自相矛盾，無法辯駁，故公輸般不得不折服，並引領墨子拜見楚王。

由此，文章自然進入第二段。此段主要敘述墨子與楚王之間的對話，大意是這樣的：

墨子見到楚王，說道：「如今這裏有人捨棄華美的彩車不坐，看到鄰國有破爛的車子，便想去偷竊；捨去錦繡衣裳不穿，看見鄰國有粗布短衣，便想去竊取；捨棄家裏

白米、精肉等美食，看見鄰國粗劣的酒糟、米糠，便想去盜竊。你認為這是個怎麼樣的人呢？」楚王回答説：「這個人必定患有偷竊的癖好了。」

墨子舉出「某人」三種不合常理行為，令楚王認為此人是偷竊病者。同時，墨子善用排比的修辭手法，增強語言的表現力和氣勢，又加強了文章的説服力和感染力。楚王萬萬想不到，這表面上看似簡單的幾個「問題」，已經為下文的辯論埋下了精彩的伏筆！

由此，文章進入第三段。墨子接着説：

「荊楚的土地，縱橫五千里，宋國不過五百里，這猶如同以華美的車子與破爛的車子相比。荊楚有雲夢澤，那裏到處是犀牛和麋鹿；長江和漢水的魚鱉、大黿和鱷魚，也是天下間最豐裕的了。反觀宋國，卻是連野雞、兔子、鯽魚都沒有，這猶如同以白米、精肉等的美食，跟酒糟、米糠來相比一樣！楚國有高大的松樹，長滿斑紋的梓樹，以及黃梗木、楠木、樟樹等名貴樹種，而宋國卻沒有大樹，這就如同用錦繡衣裳和短衣粗布相比一樣！」

據此，墨子推演出一個非常精彩的結論：我認為楚王你去攻打宋國，與患有竊癖者差不多。終於，好戰的楚王也不得不説：「説得好！我決定不攻打宋國了。」

此段的重點是：墨子提出物產富庶的楚國，卻想攻打貧窮落後的宋國，就如同偷竊病者的行為，終於成功遊説楚王放棄攻打宋國。

本篇通過墨子成功遊説公輸般和楚王放棄攻宋一事，帶出墨家強國不應欺侮弱國，富者不應欺侮貧者的「非攻」思想。

這文章本身就是非常動人的故事。墨子冒着生命危險前往楚國，制止了一場一觸即發的大戰，終於挽救了無數人民的生命。充分反映出墨家的犧牲精神，而墨子身體力行，也完全貫徹了他「兼愛」和「非攻」的主張。

此外，通過墨子義正詞嚴地譴責楚王，揭示楚國攻打宋國乃「不義」之戰，深刻地表現了墨子的勇敢和機智，和反對戰爭的思想。

本文的辯論技巧出色，共中包括「演繹法」和「類比論證」。文中首先運用了「演繹法」，它包括前提、引伸和結論三部分。

一、前提：殺人是不義的；戰爭會殺人，公輸般幫楚王攻打宋國也是殺人。

二、引伸：殺一個人固然是不義的，公輸般幫忙攻宋只會殺更多的人，因此更加不義。

三、結論：攻打宋國是不義的。

在與楚王的對話中，墨子運用了「類比論證」的方法。「類比論證」利用事物之間性質相同或相似的特點，從已知的事物，推演或證明另一事物。本文中，墨子先讓楚王肯定地説出「此人」必定有竊疾，而推演出楚王自己欲攻打宋國的行動，無異於「有竊疾」的人偷竊鄰居的物件。墨子藉此指出：楚王攻打宋國絕對是不義、貪婪的行為，故墨子終於成功説服了楚王。由此也充分地演示了墨子超卓的論辯技巧。

墨子身體力行，不畏強權，以生命為代價阻止了一場慘酷的戰爭。各位同學對於「辯論」的價值和意義，是否又有了更深刻的體會？

✎　**問答題**

1. 「吾義固不殺王」中「固」是甚麼意思？
   A. 鄙陋　B. 結實　C. 堅決　D. 原來

2. 「荊有雲夢，犀兕麋鹿盈之」中「盈」是甚麼意思？
   A. 多餘　B. 充滿　C. 滿足　D. 溢出

3. 「請無攻宋」中「無」是甚麼意思？
   A. 荒蕪　B. 沒有　C. 不要　D. 間隙

4. 根據墨子與楚王的對話，墨子運用了哪一種論證方法？
   A. 比喻論證　B. 對比論證
   C. 類比論證　D. 因果論證

5. 以下哪一項是本文的主旨？
   A. 弱國不應害怕強國
   B. 強國不應欺侮弱國
   C. 弱國和強國應並肩作戰
   D. 弱國和強國是友好之邦

6. 「今有人於此，舍其文軒，鄰有弊輿而欲竊之；舍其錦繡，鄰有短褐而欲竊之；舍其粱肉，鄰有糟糠而欲竊之。」是甚麼修辭手法？
   A. 對偶　B. 對比　C. 排比　D. 擬人

7. 承上題，運用這修辭手法可以產生甚麼作用？
   1 能增強語言的表現力和氣勢
   2 使好的顯得更好，壞的顯得更壞
   3 加強文章的說服力和感染力
   4 能高度概括所要表達的內容
   A. 1、2　B. 2、3　C. 1、3　D. 3、4

8. 本篇反映了哪一個先秦學派的學說思想？
   A. 儒家　B. 道家　C. 墨家　D. 法家

9. 承上題，本篇體現了上述學派的哪種思想？
   A. 非禮　B. 非樂　C. 非命　D. 非攻

10. 本篇還可體現墨子哪種思想？
    A. 仁愛　B. 博愛　C. 友愛　D. 兼愛

答案：1C, 2B, 3C, 4C, 5B, 6C, 7C, 8C, 9D, 10D

韓非　老馬識途

掃碼聽音頻

原文

　　管仲、隰朋從桓公伐孤竹。春往冬反，迷惑失道。管仲曰：「老馬之智可用也。」乃放老馬而隨之，遂得道。行山中，無水。隰朋曰：「蟻冬居山之陽，夏居山之陰，蟻壤寸而仞有水。」乃掘地，遂得水。以管仲之聖，而隰朋之智，至其所不知，不難師於老馬與蟻，今人不知以其愚心而師聖人之智，不亦過乎？

撰文：賴慶芳

　　本篇向大家講解的經典是戰國末年韓非的〈老馬識途〉，揭示向有經驗的人學習。

　　韓非（約前 281－前 233）是韓國的公子，雖然天生有口吃，卻富有才學，可惜得不到韓王的重用。為韓國之安危而出使秦國，又受同門師兄李斯（約前 284－前 208）的妒忌，以致命喪於秦。（有關韓非的生平，詳見下一篇〈曾子殺豬〉賞析。）韓非流傳至今的作品有《韓非子》五十五篇，超過十萬言。其中有不少名作，為人廣傳而成寓言故事，此篇便是其中一例。〈老馬識途〉出自《韓非子・說林上》，而今用此作褒義詞，比喻有經驗的人對情況比較熟悉了解，容易將事情做好；「識途老馬」則是泛指經驗豐富而有歷練的人。

　　韓非撰寫的這個故事，講述春秋時期齊國宰相管仲（前 725 ？－前 645）、隰朋（？－前 645）跟隨齊桓公（前 716－前 643）出征，向老馬及螞蟻學習，以救軍隊免於迷路及渴死。故事按內容結構而言，可分成三個小節。

　　第一個小節述齊桓公出征後迷失道，管仲放老馬先行而尋得原路。

　　齊桓公領軍攻打孤竹國的時候，因春天前往而冬天返歸，景物完全不同，於是在回程路上迷失大道。管仲認為老馬的智慧可以用。於是，他們放老馬自由行走，他們跟在後面，終於尋回返歸的大路。「春往冬反」的「反」字通現代的「返」，即是返歸

的意思。

「孤竹」是甚麼地方？「孤竹」又作「觚竹」，是春秋時期一國名稱，據聞始於殷商宗室的旁支──墨胎氏，如第七任國君是墨胎竹猷（父丁，生卒年不詳）。因殷商南下中原，孤竹氏逐漸開始脫離而獨立。孤竹國位處今河北省盧龍縣、遼寧省朝陽縣一帶。據悉鼎盛時期的版圖西至灤河（今山東省境內），北達青龍縣，東至錦西，南達渤海。

第二小節述隰朋因應蟻窩的存在而尋得水源。

齊桓公等人行至山嶺之中，沒有水源。隰朋說：螞蟻在冬天會居住於山坡向陽的地方，夏天則會居於山坡向陰的地方，螞蟻土窩若高一寸的話，下面一仞地方就有水源。他們按着隰朋所說，找到蟻窩而向下掘，果然獲得水源。

此處的「山之陽」是指山的南面，「山之陰」是指山的北面。螞蟻也很聰明，冬天天氣冷，故找向太陽較溫暖的南面築土窩；夏天天氣熱，故找向陰涼快的北面居住。「蟻壤寸而仞有水」一句中的「蟻壤」是指蟻窩。此句有的版本沒有「仞」字。「仞」是甚麼意思？「仞」是古代的度量衡的單位，一般以八尺為一仞，亦有七尺、五尺六寸及四尺之說。「遂」是終於之意。

第三小節是韓非的評論，以示今人應該向聖人學習。

韓非因應管仲及隰朋的事跡而評論：以管仲的聖明以及隰朋的智慧，遇到他們不知道的情況，亦不免向老馬及螞蟻學習，現代人不曉得以他們愚昧的心智而學習聖人的智慧，不是錯誤得太過了嗎？「不難師於老馬與蟻」「而師聖人之智」二句的「師」字作動詞用，是學習的意思。「不難」是不以為難、願意的意思。

這則故事可給後世讀者三個啟示：

一、遇到不知如何解決的事情，應該請教有經驗的人，如管仲請老馬帶路、隰朋向螞蟻學習尋找水源一樣。二、人們只要細心觀察，其實可以向大自然動物學習生存之道。三、第三個啟示相信也是韓非想帶出的重要訊息：古代聖賢亦向被人奴役的馬匹請教，向備受忽視的微賤螞蟻請益，何況平常的人們？不恥下問、虛心學習是獲得聖明之心及明睿之智的法則！

韓非為何如此說？我推斷是因為他富有才華，一直不為韓王所用，以故事間接勸諫。韓國國運衰弱，大可能是韓王不重用人才、不向人請益造成。

　　韓非在這則故事中提及幾個歷史人物，他們是誰？以下逐一簡述。

　　一、桓公，乃齊國國君，姓姜名小白，是齊襄公的弟弟，因齊襄公無道而被迫流亡至莒（今山東莒縣）。公元前 685 年襄公被殺後，姜小白返回齊國成為國君，以管仲為宰相，成為春秋五霸之首。然而，齊桓公在位四十二年，在管仲死後，怠慢疏忽政事，開始寵信奸佞之臣，以致霸業漸衰。

　　二、管仲名叫夷吾，字仲。管仲是齊國潁上人，起初為公子糾（？－前 685）辦事，後來被齊桓公封為宰相，輔助齊國強兵，尊崇周室王朝，成春秋五霸之一。齊桓公尊他為「仲父」，後世視他為法家之祖，世稱「管子」。

　　三、齊國大夫隰朋，與管仲同期，輔助齊桓公成就春秋霸業。

　　為何齊桓公會攻打孤竹國？或可追溯至周惠王十三年（公元前 664），山戎攻打燕國，燕國向齊國求援，齊桓公出兵攻打山戎，順道斬殺孤竹君。四年後，齊桓公聯合燕國再次攻打孤竹，管仲亦有同行，孤竹國敗潰。

　　因為這則故事，後世出現不少相關字詞，如「老馬知道」、「老馬識途」、「識途老馬」專指有經驗的人，知道情況而較容易將工作做好。

　　唐代杜甫（712－770）〈觀安西兵過赴關中待命〉其二云：「老馬夜知道」，指老馬在夜晚亦知道路。明朝盧象昇（1600－1639）〈與少司成吳葵庵書畫〉其八云：「蓋某於封疆軍旅之事，閱歷有年，雖係駑駘，猶然識途老馬」，形容自己對邊疆軍事的了解，謙稱自己雖然是劣質馬匹，卻富有經驗。余邵魚（生卒年不詳）、馮夢龍（1574－1646）著長篇歷史小說《東周列國志》第廿一回描述管仲用數匹老馬尋回大路：

> 管仲見山谷險惡，絕無人行，急教尋路出去。……桓公心下早已着忙。管仲進曰：「臣聞老馬識途……觀其所往而隨之，宜可得路也。」

　　清代申甫（1370 年舉人）於七月一日賦詩句云：「老馬衝泥自識塗。」記與朋友聚會論詩畫之事。錢謙益（1582－1644）〈高念祖懷寓堂詩序〉：「（高）念祖以余老馬識塗，出其行卷，以求一言。」記述高念祖以詩文向他初次求教之事。文康《兒女英雄傳》第十三回：「既承你以我為識途老馬，我卻有無多的幾句話，恐你不信。」

　　各位同學，希望你們在遇到疑難之時，也不恥下問，向識途老馬請教。

✎ 問答題

1. 《韓非子》一書有多少篇文章？
   A. 五十一　 B. 五十三
   C. 五十五　 D. 五十七

2. 本文出自《韓非子》哪一篇文章的節錄？
   A. 説林上　 B. 説林下
   C. 説難　　 D. 外儲説左上

3. 「春往冬反」一句的意思是甚麼？
   A. 春天走了冬天來臨
   B. 春天前往冬天反覆
   C. 春天往來冬天反駁
   D. 春天前往冬天回來

4. 以下哪一項關於「孤竹」是不正確的？
   A. 孤竹是春秋時期一個國的名稱
   B. 孤竹第六任國君是墨胎竹猷
   C. 孤竹位處今河北省、遼寧省一帶
   D. 孤竹是始殷商宗室的旁支

5. 以下哪一項不是文中有關螞蟻的描述？
   A. 冬天居山之陽　 B. 夏天居山之陰
   C. 蟻壤高一寸　　 D. 蟻窩中有水源

6. 以下哪一項不是「蟻壤寸而仞有水」的「仞」字可能代表的尺寸？
   A. 四尺　 B. 五尺　 C. 八尺　 D. 七尺

7. 齊桓公是誰的弟弟？
   A. 姜小白　 B. 公子糾
   C. 齊襄公　 D. 隰朋

8. 以下哪一項關於管仲的陳述是不正確的？
   A. 他是齊桓公宰相
   B. 世人稱他做「管子」
   C. 管仲字夷吾
   D. 他被齊桓公尊為「仲父」

9. 以下哪一項不是本文故事而衍生的四字成語？
   A. 老馬知道　 B. 老馬識途
   C. 識途老馬　 D. 老驥伏櫪

10. 以下哪一項不是此故事帶給後世的啟示？
    A. 遇疑難向有經驗的人請教
    B. 大自然動物教人生存之道
    C. 做人不恥下問、虛心學習
    D. 迷路時可請老馬帶路、螞蟻掘井

答案：1C, 2A, 3D, 4C, 5D, 6A, 7C, 8C, 9D, 10D

韓非　曾子殺豬

掃碼聽音頻

📖 原文

　　曾子之妻之市，其子隨之而泣。其母曰：「女還，顧反為女殺彘。」妻適市來，曾子欲捕彘殺之，妻止之曰：「特與嬰兒戲耳。」曾子曰：「嬰兒非與戲也。嬰兒非有知也，待父母而學者也，聽父母之教。今子欺之，是教子欺也。母欺子，子而不信其母，非以成教也。」遂烹彘也。

📖 撰文：賴慶芳

　　本篇向大家講解的經典是戰國末年韓非的〈曾子殺豬〉，以看誠信的重要。

　　韓非（約前 281－前 233）乃韓國公子，與李斯（前 284－前 208）皆是荀子（前 313－前 235）學生。據《史記》所述，韓非有口吃之病，並不能說會道，卻善於著書，著書十餘萬字，篇章包括〈孤憤〉、〈五蠹〉、〈內外儲〉、〈說林〉、〈說難〉等，皆千古名作；例如〈說難〉就是分析遊說君主的各種困難。他的作品流傳至秦國，秦始皇讀到〈孤憤〉、〈五蠹〉的文章，十分欣賞，歎息道：「嗟乎，寡人得見此人，與之遊，死不恨矣！」意思是：「唉，我若得見此人，與他交往，死而無遺憾！」李斯告訴秦王，此乃韓非的作品。

　　韓非見到韓國的國勢日漸衰弱，數次寫書諫勸韓王（姬安，？－前 226），韓王卻沒有聽，也不任用韓非。其時秦國攻打韓國甚急，韓王才派遣韓非出使秦國。秦王（秦始皇嬴政，前 259－前 210）十分喜歡他，卻未加以重用。李斯自愧才華不如韓非，韓非入秦國後，李斯害怕他會受重用，危害自己的地位，故此與姚賈（前 3 世紀）以讒言謀害韓非。他們在秦王面前說：韓非是韓國的公子，而秦王欲吞併諸侯各國，韓非在人情上始終會為韓國而不為秦國。若秦王讓他留在秦國而不用，時間久了而放歸，會是一種禍患，不如誅殺之。

秦始皇因此將他囚禁而欲治罪。李斯派人送毒藥，迫令他自殺。韓非欲自行辯解而不得見秦王。秦始皇後悔治韓非之罪，派人赦免他，卻已經遲了。司馬遷（前145？－前86？）為韓非而感傷説：「余獨悲韓子為〈説難〉而不能自脱耳！」韓非寫了著名的〈説難〉一文，力陳遊説君主之難，自己卻擺脱不了被害的命運。

這文章選自《韓非子‧外儲説》，講述春秋末魯國人曾參（前505？－前435？）教子的故事。曾子，名參，是孔子的學生，深得孔子器重，也是著名的孝子。

韓非透過文章闡述兑現承諾的重要，也展示曾子教育兒女的方法，文中採用七個「之」字，每個皆有不同的意思，足見韓非精要的用字遣詞。

故事可以分成三個小節。第一小節述曾子妻哄兒子不要跟去市集的承諾。

曾子的妻子要去市集，年幼的兒子哭着要跟隨她去。妻子勸兒子回去，答應由市集回來後，為他殺豬煮食：你回去，我回家來，為你殺豬（劏豬）。

首句「曾子之妻之市」出現兩個「之」字。第一個「之」字是助詞「的」的意思，第二個「之」字作動詞用，是「前往、去」的意思。次句「其子隨之而泣」出現第三個「之」字，代指「她」——曾參妻子。而「女還，顧反為女殺彘」兩個「女」字，通「汝」，是「你」的意思。「顧反」的「顧」字本來是指人回頭看、回首望，而「反」字通「返」字，此處則是指「轉頭返來、一會兒回來」。「彘」是指豬，許慎（58－148）《説文解字》云：「彘，豕也。」《商君書‧兵守》就有一句説云：「老弱之軍，使牧牛馬羊彘。」以老弱士兵從事牧牛馬及豬羊。

第二小節述妻子回來後阻止曾子殺豬因由。

妻子由市集回來。曾子想捕捉豬隻而劏殺，妻子阻止他説：只不過是對幼兒説的戲言而已。

「妻適市來」的「適」字作副詞是「剛才、剛巧」，作動詞則是「至、到、往」的意思，此處是指妻子「剛去了市集回來」。「曾子欲捕彘殺之，妻止之」出現全文第四及第五個「之」字，「殺之」的「之」字是代詞，代指豬；「止之」的「之」也是代詞，指的是曾子。「特與嬰兒戲耳」的「特」字可解作「只不過、僅是」。「嬰兒」一詞古今的定義似有少許不同，現代泛指一周歲以下的寶寶，還未太懂走路。但曾子的兒子已懂得哭着要跟母親去市集，又知道豬肉是甚麼東西，可見該有二三歲或以上，但對母親還是很依賴的時期。

第三小節是曾子要妻子信守承諾的原因。

曾子解釋：幼兒不可與他開玩笑。幼兒純真無知，向父母學習，聽父母的教導。若果今日你欺騙他，就是教兒子日後欺騙他人。曾子又說：母親欺騙兒子，兒子不信任母親，不是教育孩子的妥當方法。於是，曾子為兒子殺豬烹煮。豬乃貧窮人家最寶貴之牲畜，曾子寧願犧牲寶貴豬隻也要兌現妻子的承諾，讓父母在兒子面前建立言而有信的形象，身體力行教育兒子做人要有誠信。

「聽父母之教」、「今子欺之」兩句出現第六及第七個字「之」字，前者是助詞「的」意思，後者是代詞，指兒子。韓非用字十分精簡，不但有七個「之」字，還有八個「子」字。八個「子」字亦有三個不同意思，可見古代文言的魅力——

一、「曾子之妻」、「曾子欲捕彘」、「曾子曰」三個「子」字是對曾參的敬稱，如我們稱「孔子」、「荀子」、「韓非子」一樣。

二、「其子隨之」「教子欺也」「母欺子」「子而不信」四個「子」是「兒子」的意思，此處專指曾參的兒子。

三、「今子欺之」的「子」是「你」的意思，指曾參妻子。

韓非這篇文章主要有三大特點：甲、文詞簡約；乙、人物形象鮮明；丙、善用對話。

甲、文詞簡約各例已列舉在上，在此不重複。

乙、作者生動描述了曾子一家人的不同特質，塑造鮮明的形象：

曾參兒子的純真可愛——哭着要跟媽媽去市集。市集多東西看，小孩子感到新奇好玩，又可以跟在媽媽身旁，自然哭着想同去。

曾參妻子的圓潤狡點——因為市集人多而雜，帶着小孩子買菜或辦事會十分不方便。何況兒子年幼，需要大人照顧，走路也不會快，來回所需時間較長，因而以殺豬哄兒子留在家中。回來見丈夫殺家中之重要豬隻而阻止，認為對小孩子之言不必那麼認真。既然已從市集回來，說過的話可以不算數。

曾子恪守承諾的堅持——曾子認為兒子無知，以父母為學習對象，父母不能說了不算數，必須信守承諾；否則兒子日後不會信任母親，此非教育下一代的法則。

丙、韓非以活潑的對話表現日常生活，再以對話傳達教育孩子的哲理。母子之間的互動，夫妻之間教育兒子的對話，使文章富有生活氣息，歷久不衰。在家庭裏，父

母教育小孩子，不可言而無信。既諾之則行之，承諾了就必須執行，才能在小孩心目中建立可靠可信的形象。孩子會以父母之言行作為榜樣，成為言而有信之人，才是教育的目的。誠信是一個社會不可或缺的元素。父母教育兒子如是，男女之間的交往亦如是，職場工作自然如是，而管理一個城鎮及地區，誠信更不可或缺。有此元素，人與人之間才會互相信賴，人際關係才會更緊密，社會得以更美好發展。在上者若有誠信，在下者可以安心工作，愉快生活，人人安居樂業。

✎ **問答題**

1. 以下哪一篇作品不是韓非撰寫的？
   A.〈孤憤〉　B.〈五蠹〉
   C.〈説難〉　D.〈説苑〉

2. 李斯與誰以讒言殺害韓非？
   A. 韓王　B. 姚賈　C. 秦始皇　D. 曾子

3. 以下哪一項關於曾子的陳述是不對的？
   A. 曾子恪守承諾
   B. 曾子即曾參
   C. 曾子是春秋時期魯國人
   D. 曾子是荀子學生

4. 文中「曾子欲捕彘殺之」一句的「彘」是指甚麼動物？
   A. 馬　B. 牛　C. 豬　D. 羊

5. 文中述曾子妻「之市」，「之」字是甚麼意思？
   A. 的　B. 前往、去　C. 回來　D. 曾子妻

6. 「女還」的「女」字在古代與以下哪一個字相通？
   A. 你　B. 子　C. 汝　D. 我

7. 以下哪一項不是曾子殺豬的原因？
   A. 因幼兒無知，會向父母學習。
   B. 若欺騙兒子，是教他日後欺騙人。
   C. 想讓兒子有豬肉吃。
   D. 為免兒子日後不信任母親。

8. 「今子欺之」的「子」是指誰人？
   A. 曾子　B. 孔子　C. 曾參妻　D. 兒子

9. 以下哪一項不是曾子的教育方法？
   A. 父母不可欺騙兒子　B. 父母信守承諾
   C. 父母以身作則　　　D. 父母要多哄兒子

10. 以下哪一項不是本文的特點？
    A. 大量運用比喻　　B. 精簡易明文詞
    C. 生動活潑的對話　D. 鮮明的人物形象

答案：1D, 2B, 3D, 4C, 5B, 6C, 7C, 8C, 9D, 10A

韓非　宋人酤酒

掃碼聽音頻

📄 原文

宋人有酤酒者，升概甚平，遇客甚謹，為酒甚美，縣幟甚高，然而不售，酒酸。怪其故，問其所知閭長者楊倩。倩曰：「汝狗猛邪！」曰：「狗猛，則酒何故而不售？」曰：「人畏焉。或令孺子懷錢挈壺甕而往酤，而狗迓而齕之，此酒所以酸而不售也。」

夫國亦有狗。有道之士，懷其術而欲以明萬乘之主，大臣為猛狗，迓而齕之，此人主之所以蔽脅，而有道之士所以不用也。

故桓公問管仲曰：「治國最奚患？」對曰：「最患社鼠矣。」公曰：「何患社鼠哉？」對曰：「君亦見夫為社者乎？樹木而塗之，鼠穿其間，掘穴託其中，燻之則恐焚木，灌之則恐塗阤，此社鼠之所以不得也。今人君之左右，出則為勢重而收利於民，入則比周而蔽惡於君；內間主之情以告外，外內為重，諸臣百吏以為富。吏不誅則亂法，誅之則君不安，據而有之，此亦國之社鼠也。」

故人臣執柄而擅禁，明為己者必利，而不為己者必害，此亦猛狗也。夫大臣為猛狗，而齕有道之士矣！左右又為社鼠而間主之情矣！人主不覺如此，主焉得無壅，國焉得無亡乎！

📖 撰文：曹順祥

本篇向大家講解的經典是先秦時代韓非的〈宋人酤酒〉。

大家不妨猜一猜：店主人的酒賣不出去，跟人君統治之術，兩者有何關係？聰明的讀者，也許做夢也想不到，這則經典的寓言故事，竟然預示着一位智者最終死亡的原因。

〈宋人酤酒〉出自戰國末期《韓非子‧外儲說右上》。韓非（約前 281－前 233），戰國末韓國人。卒於秦王嬴政十四年（前 233 年）。本為韓國公子，與李斯同為荀況的

弟子，擅長刑名法術之學，雖然口吃，不善言辯，而長於著述。韓非見韓國削弱，屢次進諫言，卻不受重用，憤而退居，著〈孤憤〉、〈五蠹〉、〈説難〉等十餘萬言。秦王嬴政見其書，大為欣賞，便急於攻打韓國，迫使韓王派遣韓非入秦。韓非抵秦後，卻不受重用，反為李斯讒害，死於獄中。

　　法家有重勢、重術、重法三派。韓非認為勢、術、法三者不可偏廢，遂兼容並蓄，形成嚴密的思想體系，為法家集大成者。韓非的文章結構嚴密，議論透闢，辭鋒犀利，善於運用寓言故事以説明事理，是後世議論文章的典範。韓非死後，後人將其文章編輯成《韓非子》一書，共五十五篇。

　　本文由「賣酒」的平常事情，推論出「治國」的高深道理。對於人君統治之術不能實行的原因，作出了非常精闢獨到的分析。

　　第一段的大意是説：宋國有個賣酒的人，賣酒很公平，「升概甚平」中的「升」，是量酒器；「概」，是刮平斗斛的器具。此句指賣酒時量酒十分準確，即買賣公平。「遇客甚謹」，是指接待顧客時很殷勤、很恭謹。釀製的酒也很好喝，賣酒的標幟掛得很高很顯眼。按照常理，這樣的店，應該是門庭若市、供不應求的。可是，「然而不售，酒酸。」酒就是賣不出去，酒都發酸了。通過這樣的矛盾，自然而然地引出「狗猛」這個原因。

　　此人感到十分奇怪，於是去問他所熟悉的鄰居——年長的楊倩。楊倩説：「你家的狗很兇猛吧？」賣酒的説：「狗雖兇猛，為甚麼酒就賣不出去呢？」楊倩説：「人們害怕它呀！有人讓小孩帶着錢、提着酒壺去買酒，狗立刻迎面撲上來咬他。也許這就是你的酒變酸了也賣不出去的原因啊！」第一段説明了：雖然酒好、斤兩足，但因狗猛卻導致酒酸而賣不出去。

　　第二段的大意是：國家也有猛狗。那些滿有才能的人，身懷治國之術，希望能開導「萬乘之主」，即大國的君主。「乘」，古指兵車，四馬一車為一乘，萬乘代指大國。而君主身邊的大臣，就像惡狗那樣迎面撲來咬人。「齕」，是咬的意思。文章指出，這就是君主被蒙蔽和挾制的原因，也是有本領的人得不到任用的緣故。第二段分析有道之士不被重用的原因。

　　以上兩段，是文章的第一部分。作者用猛狗來比喻那些殘害忠良、阻擋忠諫的佞臣、權奸。指出「執柄而擅禁」的大臣就是國家的猛狗。由於這些人，具有治國之才

的人，最終不被重用，十分可惜！由於這些小人蒙蔽了君主，使君主無法接近進獻忠言的賢臣，聽不到治國的良策。因此，韓非認為：國家之昌盛，必先清君側、除惡狗。

文章的第二部分，即文章的第三、四段。

第三段藉桓公問管仲引入。將人主之左右權臣比作「社鼠」，並説明其禍之烈。

大意是：因此齊桓公問管仲治理國家最擔心甚麼。管仲回答説，最擔心的是社壇的老鼠。管仲為桓公解説箇中原因：「君王也看見那社神嗎？立起木頭，再給它塗抹上泥灰，老鼠卻穿行在中間，挖洞穴、藏身在裏面。假如用火燻烤，生怕燒毀了木頭；假如用水澆灌，又怕毀壞了塗泥。」管仲由此指出，這就是社壇的老鼠不能殺滅的緣故。

試想想，當時人們辛辛苦苦地建立社廟，社廟卻成了老鼠的安樂窩，人們卻拿它毫無辦法。這種主觀願望與實際結果的矛盾，通過了對比，説明了社鼠之可惡！

藉着這第二個故事，管仲繼而補充説明：「現在君王身邊的人，他們在朝廷之外，為求獲得威勢重權，便從百姓中搜刮財富；他們在朝廷之內，就彼此相互勾結，在君主面前隱瞞自己的惡行。在朝廷內的奸人，窺探君王的心思，並傳遞消息給朝廷外的權臣。於是，無論在內、在外，均造成他們權重於一時，朝廷眾多官吏都認為這樣的人是富有權勢的。這樣的官吏如不誅滅，就會擾亂法度；誅滅了他們，君王又不能安逸。這些人依靠了國君得以保持權勢地位，這樣的人，無疑就是國家的社壇老鼠啊！」

第三段，説明人君左右親信朋黨對國家的危害甚大。社鼠託庇於社廟，即祭祀土地神的地方。由於當時的人極為尊崇祭祀，因此社鼠一直未被捉拿。這正如人君的左右親信，得到君主的信任和保護，一直以來安然無恙，文章認為這些人就是「國之社鼠」。

第四段指出：國君唯有剷除奸臣，方能避免主壅國亡之禍。此段大意是：國君的臣子因此而掌握大權，進而能行專擅或頒發禁令，那些確實能為己用的，必定使他得利；那些不能為己用的，必定加以陷害，這就是國家的猛狗。當那權臣成了猛狗，竟來咬有才能的士人！而君王身邊的奸人，又成了社鼠來窺探君王的情況！國君還是不能察覺，像這樣，國君怎能不被蒙蔽？國家又怎能不滅亡呢？

此段精闢地分析，指明了這則寓言的深刻含義，也令全文的兩個部分緊密聯繫起來。由此可見韓非子運用寓言説理，簡短概括、具體可感、生動鮮明、善用對比，技巧已經非常純熟。

綜合而言，本文通過兩個故事，從內、外兩個方面進行立論：「猛狗」即擅權的

「大臣」,「社鼠」即人君所倚仗的「親信」。這些人充分利用自己本身的地位和權勢,不斷謀取私利;國家所有的法令,對他們而言,竟然起不了任何作用。而這就是人君統治國家之術最終無法有效地執行的原因了。

以下分析本文的寫作特色。

首先,在結構上,全文以「宋人酤酒」和「桓公問管仲社鼠」兩個小故事組成。同時說明一個問題的兩個方面,互相補充,內容上又層層遞進。這有別於一般寓言,以一個故事說明一個道理的做法,也見出作者的技巧和心思。

本篇結構上,運用了敘議結合、夾敘夾議的手法。由形象的敘述開始,分別以「夫國亦有狗」、「此亦國之社鼠也」,表達具有針對性的「議論」。例如第三段「此亦國之社鼠也」一句,點明了「類比」的對象,把前面對社鼠的「敘述」,跟後面的「國之社鼠」的「議論」聯繫起來,文章完整嚴密,說理深刻透徹。

其次,善用生動形象的比喻說明道理。「猛狗」與「社鼠」本來是生活中尋常的事物。作者觀察深刻,經過提煉和加工,賦予深刻的含義。選擇的形象,並非一般的狗和鼠,而是「猛狗」和「社鼠」。「猛狗」長相兇狠,「社鼠」則有恃無恐。「猛狗」會傷害那些不聽從於自己的人,與那些危害國家的權臣相同;而可惡的「社鼠」,不但會躲於神社中,又連群結隊,跟權臣恃着特權,結黨營私,也沒有甚麼不同。本文通過具體的情節,可感的形象,生動的比喻,引起讀者的思考和聯想,把原本深奧的道理變得簡單易明,引起讀者的共鳴。

再者,本篇選詞用字準確、精煉。「迓而齕之」四字,把猛狗張牙舞爪的兇相,生動而簡煉地表現出來。「掘穴託其中」五字,既寫出了社鼠居於社廟的情形,也顯示了社廟對它的保護作用。一個「託」字,也為「燻之」、「灌之」都不行,作了鋪墊。這樣,故事中人物的形象才更真實、更生動。

在作法上,韓非以「猛狗」借喻權臣,一針見血,效果極佳。文中認為君主應以法治國,並掌握權勢,避免權臣亂政。由於權臣妒忌賢才,如果權臣勢力過大,難免會成為國家之禍患。國家的權臣,正如酒館中的猛狗,有識之士都被嚇跑了。由於酒館長年累月無人光顧,以致酒慢慢變酸。情況就像國家沒有良臣治理,導致朝政荒廢。

最後,結合韓非的生平經歷來分析。韓非曾多次上書韓王,卻屢遭「猛狗」所齕,故一直未獲韓王採納其治國的方略。其後,秦王嬴政讀了《韓非子》,欲見其人,不惜

發兵攻打韓國，想藉此逼韓王派遣韓非西入秦國。

　　幾番周折，韓非終於來到了秦國，可是，沒想到竟招來了更大的「猛狗」——昔日的同窗李斯。李斯因為妒忌韓非的不世才華，也自知才能遠遠比不上韓非。於是向秦王進讒言，最終逼使韓非在獄中服毒自殺。

　　讀完這篇文章，各位不妨再回過頭來看看。韓非一生的波折，不正是這則寓言的最佳注腳麼？

✎　**問答題**

1. 第一段中，「不售」的意思是甚麼？
   A. 不想售賣　　　B. 賣不出去
   C. 賣不到好價錢　D. 等待好價才出售

2. 第一段「狗迓而齕之」中「齕」是甚麼意思？
   A. 踢　B. 迎　C. 咬　D. 逃

3. 「宋人有酤酒者，升概甚平，遇客甚謹，為酒甚美，縣幟甚高。」用了甚麼修辭手法？
   A. 比喻　B. 排比　C. 對偶　D. 誇張

4. 承上題，這與下文「酒酸」的結果來看，用了甚麼寫作手法？
   A. 襯托　B. 對比　C. 誇張　D. 呼應

5. 文中的「猛狗」與那些危害國家的權臣相同，用了甚麼修辭手法？
   A. 借代　B. 明喻　C. 暗喻　D. 借喻

6. 第三段「此亦國之社鼠也」一句，把前面對社鼠的「敘述」，跟後面的「議論」聯繫起來，這裏用了甚麼說理手法？
   A. 對比　B. 類比　C. 比喻　D. 歸納

7. 承上題，文中的「國之社鼠」是指甚麼人？
   A. 國家的權臣佞臣　B. 國家的重臣忠臣
   C. 人君的左右親信　D. 人君的親戚朋友

8. 人們辛辛苦苦地建立社廟，社廟卻成了老鼠的安樂窩，突出了主觀願望與實際結果的矛盾，用了甚麼寫作手法？
   A. 誇張　B. 比喻　C. 對比　D. 呼應

9. 以下哪一項並非本篇運用寓言的特色？
   A. 簡短概括　B. 具體可感
   C. 生動鮮明　D. 借古諷今

10. 綜合而言，本篇的議論技巧有甚麼特點？
    1 下筆立論　2 類比推理
    3 比喻説理　4 夾敘夾議
    A. 1、2、3　B. 2、3、4
    C. 1、2、4　D. 1、3、4

答案：1B, 2C, 3B, 4B, 5D, 6B, 7C, 8C, 9D, 10B

中庸（二章）

掃碼聽音頻

📖 原文

第一章

天命之謂性，率性之謂道，修道之謂教。

道也者，不可須臾離也，可離，非道也。是故君子戒慎乎其所不睹，恐懼乎其所不聞。莫見乎隱，莫顯乎微。故君子慎其獨也。

喜怒哀樂之未發，謂之中。發而皆中節，謂之和。中也者，天下之大本也。和也者，天下之達道也。致中和，天地位焉，萬物育焉。

第十四章

君子素其位而行，不願乎其外。素富貴，行乎富貴。素貧賤，行乎貧賤。素夷狄，行乎夷狄。素患難，行乎患難。君子無入而不自得焉。

在上位不陵下，在下位不援上。正己而不求於人，則無怨。上不怨天，下不尤人。故君子居易以俟命，小人行險以徼幸。

子曰：「射有似乎君子，失諸正鵠，反求諸其身。」

📖 撰文：黃坤堯

本篇向大家講解的經典是戰國時代《中庸》二章。

《中庸》講述孔門傳授的心法，發揮儒家的心性修養，構築完整的思想體系。在這兩章課文中，分別隱含了「君子慎獨」、「中和位育」、「怨天尤人」、「反求諸身」等理念，融入日常生活之中，影響深遠。

《禮記》四十九篇，《中庸》原是《禮記》第三十一篇，相傳是子思（孔伋，前

438－前 402）所作，傳授於孟子（孟軻，前 372－前 289），成為儒家的經典教材，也是講述人生修養境界的道德哲學專著。南宋朱熹（1130－1200）把《大學》、《中庸》從《禮記》中抽出，釐定為三十三章，跟《論語》、《孟子》合刊，編為《四書》，奉為儒家正統的經典，與《五經》具有同等重要的地位。

《中庸》第一章開宗明義，用排比句確立「性」、「道」、「教」三項命題。首句「天命之謂性」，「性」指本性，是人生本有的，不假外求；而「天命」就是自然的稟賦，不牽涉宗教意義的神，只有形而上意義的本體。次句「率性之謂道」，「率性」指順着本性去實現的，「道」就是道理、規律、路向。第三句「修道之謂教」，「修」指培養、整理，「教」指教化，修習道理使本性得以實現的，可以稱為教化。綜合來說，本性、道理、教化都是自然稟賦通過修習呈現出來的不同面相，可以稱之為「性」，稱之為「道」，稱之為「教」，早已融入生命之中，跟我們結為一體，同在同存。

跟着作者解釋「道」是任何時間都不能離棄的，能夠短暫不遵循的已經說不上是「道」了。「君子」指有德之人，在沒有人見到的地方，必然會警惕謹慎；在沒有人聽到的地方，也要驚恐畏懼。沒有任何隱密的意念是不會洩漏的，也沒有任何微細的心思是不會顯露的，所以有德之人在獨處的時候更加要小心謹慎，不要犯錯。換一句現代的話說，就是沒有永遠的秘密，一念之間，做了壞事，必然會受到良心的譴責。失去了天理、道理，人還有他的本性嗎？這一段主要辨明「慎獨」的道理，一個人胡思亂想，怕的就是走火入魔，可以不小心嗎？

然後，作者發揮「中和」的精義。甚麼叫「中」呢？指本性至正無偏的心靈境界，喜怒哀樂的情緒還沒有出現的冷靜狀態。甚麼叫「和」呢？情緒的表現有理有節，恰如其分，形成調和無礙的心靈境界，表現暢通感覺。至正無偏的心靈境界顯出萬有的本性，也就是根源所在；調和無礙的心靈境界顯出萬事的本質，也就是通達道理。所以能夠達成「中」「和」和合的境界，顯出自然的本位，萬物化育流行，生生不息。其實這些努力都是通過人的本性呈現道體，而中和的手段則是「修道之謂教」的具體作用。必須恆久保持中和的狀態，不偏不倚，這就是中庸之道了。

《中庸》第十四章談論安分守己，不怨天，不尤人，反求諸身的道理。首段的「素」，解素來，從來，就是安於其位的意思。君子指有德之人，必然會守着自己本來的位分來行事，不會做出位的事。富貴也好，貧賤也好，野蠻也好，落難也好，無論

處於任何的環境，都是悠然自得，做好自己的角色，盡自己的本分，過平常的日子。

第二段説地位高的，不要欺負下面的人；地位低的，也不必攀附上面的人。只要自己的行為端正，不要苛求別人，那就沒有怨氣。不要埋怨上天，也不必責怪別人。有道的君子就會用他的平常心面對問題，靜觀命運的發展。缺德的小人就是喜歡冒險，希望贏得偶然的幸運，獲取成功。這裏「俟」解等待，「徼」解求也。告訴我們最好保持心靈的平靜，不要急躁，很多事情也急不來的，盡了力就好，不是嗎？

第三段引用孔子教導學生怎樣把握射箭的技巧，「射箭的規矩就像一位有道的君子，射不中箭靶的紅心，那就只能回過頭來，要求自己改進了。」技不如人，也不是一時三刻馬上就能做好，必須保持長期的訓練，熟能生巧，才有成功的希望。

同學們，通過《中庸》這兩章作品，傳授孔門的心法。那麼，甚麼是心法呢？心法就是一些平常做人的道理，例如人性，就是天性；人道，其實也通於天道。甚麼叫真假對錯呢？人同此心，心同此理，我想同學的心中必然會明白的，也懂得判斷，大家只要説真話，心中有數，顯出教養，也就是「修道之謂教」的準確意義了。至於「慎獨」的工夫，多做正當的事，對自己負責，不要自欺欺人，這很難做到嗎？其他控制情緒，不偏不倚，安於其位，不要老是埋怨上天不公，朋友不好，這些都是老生常談諄諄告誡的話語，談不上創見，但我們又能做到多少呢？其他「中和位育」，「反求諸己」，展示活潑流行的大生命，就是要求表現做人的真誠，嚴格要求自己做好本分，向自己問責，培養自強不息的內在精神生命力，尋覓真正的自我，《中庸》的精義就在這裏。

✎　**問答題**

1. 怎樣理解《中庸》的「天性」？
   A. 上天賦予的獨特條件
   B. 神的創造
   C. 性本善
   D. 自然的稟賦

2. 「率性」的「率」怎樣解釋？
   A. 遵循　B. 輕率　C. 任性　D. 率領

3. 解釋「須臾」的現代意義。
   A. 必須　B. 須要
   C. 善也　D. 俄頃，片刻

4. 「中節」的「中」，該怎樣唸？
   A. 平聲　B. 上聲　C. 去聲　D. 入聲

5. 解釋「天地位焉」的「位」的語義？
   A. 上天安排的地位
   B. 位置
   C. 排位
   D. 在這裏

6. 在「君子素其位而行」句中，解釋「素」的語義。
   A. 樸素　B. 處在　C. 沒有顏色　D. 因素

7. 在「在上位不陵下」句中，甚麼是「陵」？
   A. 同「凌」，凌虐，欺壓　B. 丘陵
   C. 陵寢　　　　　　　　　D. 冷待

8. 在「在下位不援上」句中，何謂「援」？
   A. 援助，幫助　B. 攀附，巴結
   C. 結識，相識　D. 和諧，同情

9. 下面那一項是「正己」的確解？
   A. 尋找真正的自我　B. 端正自我
   C. 正式發現自己　　D. 肯定自己

10. 怎樣理解「失諸正鵠」的「諸」字？
    A. 很多
    B. 失去
    C.「之於」的合音
    D. 諸侯

大學・大學之道

掃碼聽音頻

📄 原文

大學之道，在明明德，在新民，在止於至善。

知止而後有定，定而後能靜，靜而後能安，安而後能慮，慮而後能得。物有本末，事有終始，知所先後，則近道矣。

古之欲明明德於天下者，先治其國。欲治其國者，先齊其家。欲齊其家者，先脩其身。欲脩其身者，先正其心。欲正其心者，先誠其意。欲誠其意者，先致其知。致知在格物。

物格而後知至，知至而後意誠，意誠而後心正，心正而後身脩，身脩而後家齊，家齊而後國治，國治而後天下平。

自天子以至於庶人，壹是皆以脩身為本。其本亂而末治者否矣。其所厚者薄，而其所薄者厚，未之有也。此謂知本，此謂知之至也。

📖 撰文：黃坤堯

本篇向大家講解的經典是戰國時代《大學》中的〈大學之道〉。

《大學》進德修業，這是人生的大學問，而大學階段也是人生成長期中最關鍵的時刻。

《大學》原是《禮記》第四十二篇，相傳是曾子（曾參，前 505－前 432）所作，也有人認為首章是孔子（前 551－前 479）原來的講話，由弟子記錄，後來再加上訓解，成為儒家的經典教材。南宋朱熹（1130－1200）把《大學》從《禮記》中抽出，調整章節次序，編為一經十傳，訂為「初學入德之門」。

甚麼是大學呢？《大學》討論的都是大人之學，這是相對於小人之學（小學）說的。小學學習六藝，以禮、樂、射、御、書、數為主要教材，使學生能掌握生活知

識、禮儀技藝、應對進退、語言文字等，可見小學屬於基礎培訓，待人接物，顯出教養。而大學則是貴族子弟的品德教育，強調理想人格。特別重視個人及群體的德性修養，以及齊家治國之道，培養管治人才。跟現代大學偏重專業訓練，看來是有所不同了。

　　本文論述「大學之道」，所謂「道」，既指道路，也隱含道理的意思，明白展示生命的大道理，做一個負責任，肯承擔，成就自己，成就他人，達至圓滿境界，甚至上升為培訓領導人的層次。

　　本文分為五段。第一段訂出大學之道的「在明明德，在新民，在止於至善」的三綱領，「在」是在於，設定必要的條件。首先，「明明德」是清晰確立自我自覺明朗的德性，第一個「明」在字是動詞，彰顯義，第二個「明」字是形容詞，明亮義。「明明」疊用，動靜相加，猛烈發出思想的強光，令人眼前一亮，肯定要做的工作，不能浪費生命。「新民」原作「親民」，朱熹改訂為「新民」。「親民」意謂親愛民眾，而「新民」更積極發揚愛人的精神，影響生命，促進革新，使他人也做一個明德講理的人。至於「止於至善」，就是成己成人，共同努力，創出完美和諧的世界，成就圓滿的天地。「至善」就是每一個人自覺認為最好的成果。

　　第二段是培訓過程，從自覺出發，調教人性。作者提出「知止」、「定」、「靜」、「安」、「慮」、「得」六種心靈狀態，構成思想的防線，渡過險阻難關。「知止」確定方向，也是明白了解最後的目標所在。「定」解為堅定不移，假如遇到反覆挫折，那就看每個人的定力了，有了信念就無所畏懼。「靜」解心不妄動，不受外物的影響，有信心的話自可處之泰然，遇到困難不致張惶失措，保持清醒的頭腦。「安」指隨遇而安，安於目前所處的環境，明白條件的限制，小心應對，步步為營。「慮」解為精思詳密，深入分析，維持良好的局面，導人向善。「得」就是得其所止，靠近目標、歸宿，明白事理，圓融朗照，獲得成功的喜悅。經過這六級考驗，也是六層的修煉工夫，心智成熟，培養足夠的定力，自能應付萬變紛紜的世態。然後作者總結經驗說：「物有本末，事有終始，知所先後，則近道矣。」分析天下物象，有的屬於根本問題，有些屬於技術細節。修煉工夫有開端的啟動，也有終結的完成。準確把握哪些該先做的、哪些可以晚做的。朝着目標進發，接近正當的方向。所謂「大學之道」，就是我們所要走的路了。

　　第三段提出「八條目」：指「平天下」、「治國」、「齊家」、「脩身」、「正心」、「誠意」、「致知」、「格物」的修養工夫，「脩」，今作「修」，意義相同。專門培養國家社會的管治人才，目標是天下之人都能「明德」，也是普渡眾生的宏願。這裏探討「知所先後」的問題。如果期望天下人都認同「明德新民」的理念，那麼在位者先要治理好自己的國家，大家公平有序。進一步更要先管理好自己的家族，讓族人和睦共存。先培養好自己的德性，逐步完成個人的品德、行為及內心修養。「正心」指心靈不受干擾，保持靈明的狀態，不要波動，惹來煩惱。「誠意」謂意念純正，沒有絲毫作偽，以真誠待人，不能造假欺騙自己。「先致其知」擴充自覺能力，明辨是非善惡，防止內心有時會被利害蒙蔽，做出錯誤的判斷。「致知」就是要呈現本心，也可以說是初心、赤子之心。想要擴充自覺能力，最好的工夫在於「格物」，努力作出正當的行為，顯出道德實踐的精義，維持正確的方向，人生沒有太多的犯錯空間。

　　第四段將「八條目」掉過來說，這是「事有終始」的問題。例如上文「治國」動賓結構，「治」為嘗試詞，訓開端；後者「國治」主謂結構，「治」為成就詞，解終結。「物格而後知至」，由行為端正開始，自覺能力得以提升，然後達至「意誠」、「心正」、「身脩」、「家齊」、「國治」、「天下平」的境界，八項成果逐步顯現。如果人人能夠做好自己，理性相待，互相尊重，不致弄虛作假，這不就是天下太平的願景嗎？

　　第五段要求上至掌權的天子，下至平民百姓，人人都以「脩身」作為德性修養的標準，討論「物有本末」的問題。走上正道，不要橫生枝節。該用力的地方薄弱，該避開的地方又過於着意，千萬不要這樣做。只要了解「脩身為本」，也就明白末二句「此謂知本，此謂知之至也」的意義。朱熹以「物格」代「知本」，或有錯誤。

　　同學們，〈大學之道〉就是要我們從自己的日常生活做起，端正行為，誠意正心。治國平天下是很遠大的理想，不見得馬上就能辦到，但管好自己呢？行嗎？

✎ **問答題**

1. 下面哪一項不在「三綱領」之內。
   A. 明明德　B. 新民
   C. 平天下　D. 止於至善

2. 哪一位傳說是《大學》的作者？
   A. 朱熹　B. 曾子　C. 孟子　D. 子思

3. 何謂「格物」？
   A. 研究物理　B. 正物
   C. 天工開物　D. 計算價格

4. 何謂「致知」？
   A. 求知　　　B. 獲取新知
   C. 增進知識　D. 擴充自覺能力

5. 何謂「意誠」？
   A. 提出最好的意見　B. 意念真誠
   C. 一種潛意識　　　D. 發揮創意

6. 何謂「正心」？
   A. 心靈澄澈　B. 心靈波動
   C. 正確思考　D. 心胸廣闊

7. 指出「家齊」的語法結構。
   A. 主謂詞組　B. 動賓詞組
   C. 偏正詞組　D. 聯合詞組

8. 「知本」之「本」有甚麼具體的內涵嗎？
   A. 誠意　B. 道　C. 修身　D. 正心

9. 在「事有終始」句中，「終」的目標指向甚麼？
   A. 平天下　B. 天下平　C. 道　D. 知本

10. 「治國」之「治」，傳統該怎麼讀？
    A. 平聲　B. 去聲　C. 上聲　D. 入聲

漢魏六朝詩歌

漢樂府・陌上桑

掃碼聽音頻

原文

日出東南隅，照我秦氏樓。秦氏有好女，自名為羅敷。

羅敷喜蠶桑，採桑城南隅。青絲為籠繫，桂枝為籠鈎。

頭上倭墮髻，耳中明月珠。緗綺為下裙，紫綺為上襦。

行者見羅敷，下擔捋髭鬚。少年見羅敷，脫帽著帩頭。

耕者忘其犁，鋤者忘其鋤。來歸相怨怒，但坐觀羅敷。

使君從南來，五馬立踟躕。使君遣吏往，問是誰家姝？

秦氏有好女，自名為羅敷。羅敷年幾何？

二十尚不足，十五頗有餘。使君謝羅敷：寧可共載不？

羅敷前置詞：使君一何愚！使君自有婦，羅敷自有夫。

東方千餘騎，夫婿居上頭。何用識夫婿？白馬從驪駒；

青絲繫馬尾，黃金絡馬頭；腰中鹿盧劍，可值千萬餘。

十五府小吏，二十朝大夫，三十侍中郎，四十專城居。

為人潔白皙，鬑鬑頗有鬚。盈盈公府步，冉冉府中趨。

坐中數千人，皆言夫婿殊。

撰文：賴慶芳

本篇向大家講解的是漢代樂府詩〈陌上桑〉。

〈陌上桑〉作者不詳，南朝梁・沈約（441－513）《宋書》題名為〈豔歌羅敷行〉；南北朝《玉臺新詠》則題為〈日出東南隅行〉。〈陌上桑〉之名見錄於北宋郭茂倩（1041－

1099)《樂府詩集・相和歌辭》。

　　傳說此詩乃秦羅敷所作,《樂府詩集》引崔豹（約259－307在世）《古今注》云:
〈陌上桑〉出自秦氏女子。秦氏名羅敷,是邯鄲人,夫婿是同邑人王仁（生卒年不詳）。
王仁成為趙王家令──掌管家中事務;羅敷往陌上採桑,趙王登台見到她而心生喜
歡,因置酒欲奪取她。羅敷巧妙彈奏箏,作〈陌上桑〉一歌以表明心跡,趙王才終止
奪納之念。

　　然而,《古今注》所述的「趙王」與詩中提及的「使君」身份殊異;「家令」與詩
中羅敷說夫婿是「侍中郎」亦殊異。《樂府解題》說:「羅敷採桑,為使君所邀,盛誇
其夫為侍中郎以拒之。」

　　這首樂府詩可劃分為四個部分。第一部分是由「日出東南隅」至「紫綺為上襦」,
介紹羅敷的家世背景及衣着打扮。

　　第一部分仔細交代羅敷的家世及外表,也讓人們了解漢代的衣着時尚:太陽在東
南邊升起之時,照耀在秦氏家的樓上──估計秦氏家在東南方向。秦氏家有一個美好
的女子,自我取名為羅敷。羅敷善於養蠶採桑,常常在城南邊採桑。她的採桑籃有青
絲籠繫,還有桂樹枝造成的籠鈎。

　　羅敷頭上梳着倭墮髻,耳朵戴着明月珠。「明月珠」又稱「夜光珠」、「夜明珠」,
因珠身晶瑩光亮如明月,故此而得名,屬珍貴寶物。「倭墮髻」又稱作「墮馬髻」,是
東漢時期流行的婦女髮髻款式,以髮髻梳起後傾倒一邊,狀如馬匹倒墮狀態。據《後
漢書・梁冀傳》所述,似乃梁冀（98－159）妻子美豔的孫壽（?－159）創製。「緗綺」
的「緗」字是指淺黃色的絲織品;「綺」字則指織有斜紋的絲織品。她下身穿着淺黃色
有斜紋的絲織裙,上身穿着紫色有斜紋的短衣。「襦」是指短襖。由羅敷的衣着打扮來
看,她是一個衣着及打扮時尚的貴族少婦。

　　漢代詩人往往以名貴首飾及華美的衣裙,烘托女主人翁的美豔容貌。美麗的羅
敷來自秦家,從其倭墮髻、明月耳珠、緗綺裙及紫綺襦的衣飾,襯托她令人驚豔的美
貌,亦足見其家庭背景良好。值得注意的是,羅敷穿戴華麗的衣服、名貴的珠寶首
飾:「耳中明月珠;緗綺為下裙,紫綺為上襦」,顯其見其身份的高貴。儘管家世不
凡,羅敷還是勤奮不息,依舊每日採桑養蠶。

　　第二部分則由「行者見羅敷」至「但坐觀羅敷」,側寫羅敷的美豔動人。

羅敷的美可見於人們的反應：在途行人看見羅敷，立刻放下擔挑捋撫鬍鬚，整理儀容。少年看見羅敷，脫下頭上帽而綁上頭巾。「帩頭」，即帕頭，是古代男子用作束髮的頭巾，亦指包束頭髮的紗巾。年少的男子，自然希望羅敷見到他們斯文儒雅的儀表及面容，讓她留下美好印象。耕種的人忘記了手上的犁耙，鋤地的人忘記了手中的鋤頭。返歸之後互相埋怨生怒，只為了看羅敷而耽擱了工作。

〈陌上桑〉塑造美麗的女子秦羅敷。羅敷的美豔，令人一見難忘。她令行者、少年、耕者及鋤者皆忘其工作，失魂落魄，只顧着凝視她，是美得不能不望的美人。這種間接詠寫手法——以男性的反應曲折描述羅敷的美豔，為後世描繪美女開創先河。事實上，羅敷的容貌比較含糊，詩中沒有仔細刻劃她的容貌，只描繪她局部的衣飾，再藉旁觀者的反應以顯其美。

這一段主角是羅敷，但行者、少年、耕者、鋤者反映漢代百姓的生活。行人挑擔做買賣或運送貨品，少年除帽綁頭巾，可見其時的男性穿戴。其餘是耕種的、鋤地的，主要從事農業活動。

第三部分則由「使君從南來」至「寧可共載不？」，記錄南來太守對羅敷的注意及同行邀請。

詩人以對話方式記錄使君與屬下及羅敷的對話。「使君」是漢代人們對州郡長官（如太守、刺史）的稱呼。太守從南面而來，五匹馬站着徘徊不前，太守派官吏前往查問是誰家美麗的女子？太守獲得的回覆是：秦氏家有美好的女子，自我命名為羅敷。太守再問：羅敷今年幾多歲？回答：二十歲不足，十五歲則超過了。太守於是問羅敷：願意一起共同乘車同遊嗎？

「太守謝羅敷」中的「謝」字，一般指「感謝」如「多謝」，或「辭別」如「辭謝」；此處則指「詢問、問候」之意。羅敷正值最富魅力的年華：二十尚未足，十五頗有餘，年齡介乎十六至十九歲之數。羅敷年輕貌美，故為太守看中，問她是否願意與自己同車而行。若同車而行，則是答應跟隨太守了。

第四部分則由「羅敷前置詞」至「皆言夫婿殊」，是羅敷的回覆——拒絕太守的邀請，力斥太守的愚昧，極讚夫婿的殊異。

羅敷上前回答：太守怎麼一時糊塗愚昧？太守自是有妻子，羅敷亦自有夫婿。東方來了千餘騎兵，我夫婿居於最前方。怎樣知道誰是我夫婿？那個騎着白馬後面跟着

騎黑馬的侍從。「驪駒」本指純黑色馬匹，亦泛指馬匹。白馬的馬尾綁着青絲帶，馬頭籠絡着黃金裝飾，腰中佩帶着鹿盧劍。「鹿盧劍」亦作「轆轤劍」，劍的特點是劍柄用絲縧纏繞起來，外形似井上汲水時用來吊着水桶的轆轤槁桿。鹿盧劍是歷代秦王的寶劍，是王權的象徵，據說又有「秦王劍」之稱。這把劍價值千萬餘錢。他十五歲已是官府小吏，二十歲成為朝廷大夫，三十歲成為可出入禁中（天子所居之宮苑）皇帝寵信的近身侍臣，四十歲已負責一城事務。他為人淨潔白皙。「鬑鬑」本指鬚鬢疏長，此處指其夫婿留有修長清疏的美髯鬚。在公府之中步履輕盈而有威嚴，在官衙之中做事不疾不徐。席座之上有幾千人，都説我夫婿殊異出眾。

羅敷在此段表示對夫婿的忠貞，不受名利引誘，斥責太守的調戲，又拒絕太守同車而行的要求，顯示自己忠愛丈夫之心。羅敷貞潔不受誘惑，堅貞不動搖，在漢朝及後世皆獲得高度讚賞。

從〈陌上桑〉這首詩，可見漢朝審視美人的條件：一是具美麗的容貌和吸引人的外表。二是青春年少，年紀介乎十五至二十之間，如美豔的羅敷是十五綽綽有餘而二十則不足，年齡介乎十六至十九之間。三是擁有高尚的品德及貞潔的情操，如羅敷家境富裕，依然勤奮工作；又嚴斥太守的追求，不受名利誘惑。

然而，漢代人們雖然喜愛美麗的女子，但更重視女子美好的品德，特別欣賞有高尚品德和貞潔情操的女子，拒絕使君引誘的羅敷，獲世人高度讚賞，以詩歌記述其貞節之行。羅敷作為已婚美少婦，除了有美麗的容貌以外，亦有美好的品格：勤奮刻苦、恭敬溫順。樂府詩寫的美女大多已婚，可能因此對克守婦道的要求比較嚴謹。漢代貞烈的女子，皆獲得歷代文人的激賞和歌頌。

✎ **問答題**

1. 以下哪一項是〈陌上桑〉的別名？
   A. 樂府詩集　B. 日出東南隅行
   C. 相和歌辭　D. 玉臺新詠

2. 據崔豹《古今注》所述，以下哪一項不是關於羅敷的記錄？
   A. 羅敷是邯鄲人
   B. 夫婿叫王仁
   C. 王仁是趙王侍衛
   D. 羅敷作〈陌上桑〉表明心跡

3. 詩云羅敷「頭上倭墮髻」，她頭上梳着的「倭墮髻」又叫作甚麼？
   A. 高椎髻　B. 雙螺髻
   C. 回心髻　D. 墮馬髻

4. 詩又云羅敷「緗綺為下裙」，「緗綺」兩字是甚麼意思？
   A. 織有斜紋的絲織品
   B. 淺黃色有斜紋的絲織品
   C. 淺黃色的絲織品
   D. 織有斜紋的紫色短衣

5. 「少年見羅敷，脫帽著帩頭」中的「帩頭」是指甚麼？
   A. 束髮　B. 頭巾　C. 帽子　D. 包頭

6. 「太守謝羅敷」中的「謝」字，是指甚麼意思？
   A. 多謝　B. 辭別　C. 感謝　D. 詢問

7. 以下哪一項關於羅敷的年齡是不正確的？
   A. 已足二十歲　B. 超過十五歲
   C. 未夠二十歲　D. 介乎十六至十九之間

8. 羅敷云她夫婿「白馬從驪駒」，全句是甚麼意思？
   A. 她夫婿騎黑馬，隨從騎白馬
   B. 她夫婿騎黑馬而跟着的隨從拉着白馬
   C. 她夫婿騎白馬而跟着的隨從騎黑馬
   D. 她夫婿騎白馬而隨從拉着黑馬

9. 羅敷夫婿身上佩帶「鹿盧劍」，此劍的名字因何而得？
   A. 因為此劍是歷代秦王的寶劍
   B. 因為此劍是王權的象徵
   C. 因為此劍外形如井上的轆轤
   D. 因為此劍又叫秦王劍

10. 以下哪一項不是羅敷在〈陌上桑〉中展現的品質？
    A. 忠愛夫婿　B. 貞潔不二
    C. 勤奮克苦　D. 貪慕衣飾

答案：1B, 2C, 3D, 4B, 5B, 6C, 7A, 8C, 9C, 10D

古詩十九首·行行重行行

掃碼聽音頻

📖 原文

　　行行重行行，與君生別離。相去萬餘里，各在天一涯。道路阻且長，會面安可知。胡馬依北風，越鳥巢南枝。相去日已遠，衣帶日已緩。浮雲蔽白日，遊子不顧返。思君令人老，歲月忽已晚。棄捐勿復道，努力加餐飯。

📖 撰文：招祥麒

　　本篇向大家講解的經典是漢代《古詩十九首》的其中一首詩〈行行重行行〉。

　　《古詩十九首》是漢代無名氏文人所寫的一組五言詩，不是由一個人所作，也不是一時間的作品。據文獻所述，其中一些詩是枚乘（？－前140）、傅毅（？－90）、蔡邕（133－192）、曹植（192－232）的作品。這些五言詩，在魏晉以後被稱為「古詩」。南朝梁代蕭統（501－531）因各篇風格相近，便將它們合在一起，收入《文選》，題名為《古詩十九首》，後人便一直沿用這個名稱。

　　《古詩十九首》大多寫夫妻、朋友間的離愁別緒和讀書人仕途失意的感慨悲哀，在一定程度上反映了當時社會的動盪不安，其中也有人生無常的感歎和宣揚及時行樂的思想。在藝術上，《古詩十九首》情真意切，語言樸素自然，言近旨遠，語短情長，代表了當時文人五言詩的最高成就。

　　〈行行重行行〉為《古詩十九首》的第一首。歷來對這首詩的主題有不同說法：一說是「逐臣之辭」；一說是「棄婦之詩」。從詩的內容看，無疑是棄婦自言的說話，如果以詩中的「思婦」比喻「賢臣」，思婦遭到拋棄，比喻賢臣被放逐，本無不可，詩句中的喻意，讀者類通後參詳，亦不難理解。我以下所講的，是以棄婦詩的角度作賞析。

　　古詩不同於後世出現的律、絕近體詩，押韻方面比較自由，既可押平聲韻，也可押仄聲韻，可以一韻到底，也可中途轉韻。一般而言，情隨韻轉，意逐情生，換韻處

同時即感情內蘊的轉折、變換處，所以多可以用來把握全篇的脈絡層次。〈行行重行行〉整首詩共十六句，可分兩解：前八句押平聲韻（離、涯、知、枝）為第一解；後八句轉押仄聲韻（遠、緩、返、晚、飯）為第二解。

先說第一解「行行重行行」至「越鳥巢南枝」八句。寫棄婦追述與丈夫離別的情狀。首句「行行重行行」，用了四個「行」字，表示「行而不止」，愈走愈遠的意思。婦人與丈夫空間的相距愈大，自然生出「生別離」的感慨。「生別離」，是用了《楚辭·九歌·少司命》「悲莫悲兮生別離」的語意，所以「生別離」是暗示「悲莫悲」的。「生」與「死」相對而言，「死別」之痛，強而短，「生別」之痛，久而傷。「相去萬餘里」，呼應首句，既行而不止，結果兩夫妻竟至相隔萬餘里，各在天的一方。「涯」，《廣韻》入五支部，魚羈切，音「宜」。夫婦分離，各處天的一方，由於路阻且長，於是發出「會面安可知」的感歎。「胡馬依北風，越鳥巢南枝」兩句以比興手法寫出，一說出自《韓詩外傳》：「『代馬依北風，飛鳥棲故巢』，皆不忘本之謂也。」另一說出自《吳越春秋》：「『胡馬依北風而立，越燕望海日而熙』，同類相親之意也。」綜合前人分析，這兩句的意義有三：一是緊承「各在天一涯」，表明夫妻相隔，北者自北，南者自南，永無相見之期；二是表明「胡馬」、「越鳥」等都有所依託，暗示丈夫是自己唯一的依託；三指「胡馬」依戀「北風」而不思南，「越鳥」「巢南枝」而不思北，物猶如此，則丈夫自應「不忘本」、要「同類相親」，及早歸來。

第二解是接着的八句：由「相去日已遠」到尾，申訴現在相思之苦。思婦盼望丈夫及早歸來，可是丈夫卻遲遲未見返。「相去日已遠」是寫時間的久遠，與第一解的「各在天一涯」的空間距離，恰恰相對，距離既遠，時間亦久，自然加重婦人的思念和哀怨，結果她的「衣帶日已緩」，「緩」，指寬鬆，這個字非常妙，婦人的苦處，是在漫長日子的「漸」而消瘦的。為甚麼丈夫這麼久還不回來？「浮雲蔽白日，遊子不顧返」，「遊子」，指離鄉在外求學或仕宦的人，這裏指婦人的丈夫。「白日」以喻「丈夫」，「浮雲」則比喻圍繞丈夫身邊的人，蒙蔽他，影響他，而這，便是丈夫「不顧返」的原因。究竟在棄婦的丈夫身邊的人是誰，詩中沒有交代，可能是一些「豬朋狗友」，也可能是「新歡」，詩人讓讀者自己揣摩了。「思君令人老」，呼應「衣帶日已緩」，這裏的「老」字，是心境上的「老」，而非年齡，指消瘦的體貌和憂傷的心情。婦人見不到丈夫，平日的歡聲笑語和天真爛漫頓然消失，自然是「老」了。「歲月忽已晚」，指

一年將盡，或指歲月如流，年華已逝，婦人的青春經不起歲月的消磨，更何況憂傷相隨。這裏的「忽」字，帶出苦處的「頓」，與前面「日已緩」的「漸」相對，讀之令人陡然驚心。最後兩句：「棄捐勿復道，努力加餐飯」，「棄」和「捐」意義相同，「棄捐」，即拋棄、丟下的意思。「勿復道」，不要再說。「棄捐勿復道」，歷來有兩種說法，一是指「既然已被丈夫拋棄，也就不必再說了」，一是指「（上面所說的話）都丟開，不再說了」。「努力加餐飯」，也有兩種說法，一說是「自己保重，努力加餐」，另一說是「希望丈夫保重，努力加餐」。張玉穀（清人，生卒年不詳）《古詩十九首賞析》說：「不恨己之棄捐，惟願彼之強飯。」棄婦對自己被丈夫拋棄不產生怨恨之情，反而希望對方努力加餐，從《古詩十九首》繼承《國風》傳統「溫柔敦厚」的特色而言，張氏的說法，雖是一家之言，似可取信。

〈行行重行行〉一詩雖是寫個人別離之情，棄捐之苦，但從中反映東漢時代政治動盪不安的情況，無數人面對生離死別的社會現實。詩以「情真、景真、事真、意真」（陳繹曾〔元人，生卒年不詳〕《詩譜》語）為特色，以最單純樸素的語言，通過一些意思相近的複沓句子，例如「相去萬餘里」、「道路阻且長」、「相去日已遠」等反覆地加深情感的表達。在直敍鋪陳賦寫之間，又加入「比興」手法，以「胡馬」、「越鳥」、「白日」、「浮雲」等比喻，意在言外，逗人深思。而最可貴的，整首詩怨而不怒，保存忠厚之意，發揚《詩經》溫柔敦厚「詩教」的精神，足以善化心靈，優化中華民族的特質。

✎ **問答題**

1. 下面有關《古詩十九首》的描述，何者不正確？

   A.《古詩十九首》是一組五言詩

   B.「古詩十九首」之名，最早見於昭明太子蕭統的《文選》

   C.《古詩十九首》多寫夫妻、朋友間的離愁別緒與文人失意的感慨

   D.《古詩十九首》是東漢末年一位無名詩人的作品

2. 〈行行重行行〉的主題有不同說法，何者可以接受？

   1 遊子之辭　2 棄婦之辭

   3 逐臣之辭　4 君主之辭

   A. 1、2　B. 1、3　C. 2、3　D. 2、4

3. 「行行重行行」表達的是甚麼意思？

   A. 徘徊不前　B. 反反覆覆

   C. 愈行愈遠　D. 腳步很重

4. 「胡馬依北風，越鳥巢南枝」兩句，運用了哪些修辭手法？

   1 對偶　2 借代　3 比喻　4 摹狀

   A. 1、2　B. 2、3　C. 3、4　D. 1、3

5. 「相去萬餘里」和「相去日已遠」都出現「相去」二字，各有不同的意義嗎？

   A. 沒有不同，詩人隨意抒寫

   B. 前者指距離之遠，後者指時間之久

   C. 是用反覆手法，後者有加強語氣的作用

   D. 前後呼應，組織上更見細密

6. 「衣帶日已緩」的意思是甚麼？

   A. 因洗滌過多，衣帶的組織鬆了

   B. 注重清潔，每天更換衣帶

   C. 因體貌消瘦，衣帶也寬了

   D. 以衣帶緩，來比喻日子過得慢

7. 「思君令人老」的「老」字，有甚麼意思？

   A. 年齡增長

   B. 額頭的縐紋出現

   C. 身心憔悴，感到衰老

   D. 是反話，指年輕

8. 「歲月忽已晚」的「忽」字，表達怎樣的情緒？

   A. 喜悅　B. 慚愧　C. 悠閒　D. 驚疑

9. 「努力加餐飯」的「努力」二字有何含意？

   A. 加倍用力吃飯，幫助消化

   B. 飢餓太久，盡力吃多些飯

   C. 為了增肥，盡量吃飯

   D. 為了健康，勉力加餐

10. 下列各項，何者不是本詩的寫作特色？

    A. 一韻到底，有一氣呵成的效果

    B. 成功運用比興手法，意在言外，逗人深思

    C. 通過相近的複沓句子，加深情感的表達

    D. 怨而不怒，發揚傳統詩教

答案：1D, 2C, 3C, 4D, 5B, 6C, 7C, 8D, 9D, 10A

曹操　短歌行

掃碼聽音頻

📖 原文

對酒當歌，人生幾何！譬如朝露，去日苦多。慨當以慷，憂思難忘。何以解憂？唯有杜康。青青子衿，悠悠我心。但為君故，沉吟至今。呦呦鹿鳴，食野之苹。我有嘉賓，鼓瑟吹笙。明明如月，何時可掇？憂從中來，不可斷絕。越陌度阡，枉用相存。契闊談讌，心念舊恩。月明星稀，烏鵲南飛。繞樹三匝，何枝可依？山不厭高，海不厭深。周公吐哺，天下歸心。

📖 撰文：招祥麒

本篇向大家講解的經典是東漢末年曹操（155－220）的一首四言詩〈短歌行〉。

中國詩歌發展的歷程上，由漢代五言詩興起以後，像《詩經》的四言詩已少人學習，就算有所製作，多是質實無文，可讀性不高。像曹操及稍後到東晉陶潛（352？－427）的四言詩，算是異軍突起了。

曹操，字孟德，小名阿瞞，東漢末年沛國譙（今安徽省亳州市）人，是著名的軍事家、政治家，建安時代的代表詩人之一。曹操出身於宦官家庭，他的父親曹嵩（？－193）為桓帝（劉志，132－168）時大宦官曹騰（100－159）的養子。曹操二十歲時被鄉里舉孝廉為郎。初平三年（192）任兗州牧，收編敗降的農民軍三十萬，號稱「青州兵」，增強了稱霸中原的實力。此後逐步打敗北方的勢力，並挾持獻帝（劉協，181－234）以發號施令。建安十三年（208）成為丞相，同年在赤壁之戰中受到挫敗，形成與劉備（161－223）、孫權（182－252）鼎足天下的局面。雖然還致力於統一全國，但至死也未能實現。他的兒子曹丕（187－226）代漢稱帝後，追尊他為「魏武帝」。

曹操的作品大多散佚，明代張溥（1602－1641）輯《漢魏六朝百三家集》，中有《魏武帝集》一卷。

現存曹操的詩有二十首，都是樂府詩。內容頗為豐富，風格蒼勁悲涼。有反映戰亂和民生疾苦的〈蒿里行〉，有反映個人政治抱負的〈短歌行〉，有寫景的〈觀滄海〉和抒情的〈龜雖壽〉等。

〈短歌行〉是漢樂府的舊題，屬於《相和歌·平調曲》，原是樂曲的名稱。這樂曲究竟怎樣唱法，現在當然不曉得。但樂府《相和歌·平調曲》除了〈短歌行〉，還有〈長歌行〉。有學者認為〈長歌行〉和〈短歌行〉是因為篇幅或歌聲長短不同而形成了曲辭風格和情感的差異。但事實是否真的如此，學界仍有不同的說法。

原始的〈短歌行〉樂曲的歌辭，已經失傳了，現在所能見到最早的〈短歌行〉，就只有曹操利用此舊題擬作的兩首，我分享的是第一首。

全篇歌辭三十二句，分為八章，每章四句。大家從韻腳的轉換已可分別出來。從內容上分析，每兩章一解，分作四解。

先講第一解前八句，寫功業未成的苦悶。「對酒當歌，人生幾何」，宴會中，作者表示對着美酒（粵語至今有「對（讀陰上聲）酒」一詞，意謂帶點瘋狂地喝酒），應當放歌，原因是人生苦短，須及時行樂。人生的短暫就如「朝露」一樣，太陽出來了，便一下子蒸發乾淨，想到此，作者不期然產生「去日苦多」之歎。失去的日子太多了，意味着年紀漸老、來日不多了，可是作者的理想未竟全功，即使是慷慨高歌也無法排遣心中的憂思，那只好借酒澆愁了。「唯有杜康」的「杜康」是人名，相傳是古代最早釀造酒的人，所以後世以「杜康」來借代「酒」。

接着的八句，由「青青子衿」至「鼓瑟吹笙」是第二解。有了前面的鋪墊，作者切入主題了，他之前的借酒澆愁，決不是無病呻吟，而是他了解未能成功的最大原因，是身邊沒有足夠的賢才。所以這八句重點寫思慕賢才。「青青子衿，悠悠我心」兩句，是引用《詩經·鄭風·子衿》的句子，而〈子衿〉詩跟着的兩句是「縱我不往，子寧不嗣音？」曹操說「青青子衿，悠悠我心」，固然是表達對「賢才」的思慕，但其實隱含了「縱我不往，子寧不嗣音」的意思，因為曹操求才，事實上不可能一個一個地去尋找，所以，他便用這種含蓄的方法向賢才呼籲：「就算我沒有去找你們，你們為甚麼不主動來投靠呢？」可是，曹操思慕的賢才不曾來，他只有發出「但為君故，沉吟至今」之歎了。「呦呦鹿鳴，食野之苹。我有嘉賓，鼓瑟吹笙」，全用《詩經·小雅·鹿鳴》成句。〈鹿鳴〉，《毛詩·序》說是「燕群臣嘉賓也」，可見〈鹿鳴〉並不是一般

宴會的雅樂，而有可能是周文王（姬昌，前1125－前1056）以燕禮饗群臣時所奏的樂章，曹操暗以周文王自比，視賢才為自己的嘉賓，必以彈瑟吹笙，快意相邀；一旦賢才來歸，也必賓主投契，歡樂無窮。

進入第三解，「明明如月」至「心念舊恩」八句。重點寫賢才難得。「明明如月」，作者運用比興的手法，將人才喻為天上的明月，「何時可掇」，甚麼時候才能把明月摘取下來，意即在甚麼時候可以將賢才延攬過來。明月既不可摘取，即賢才也未能延攬。因此，作者便「憂從中來，不可斷絕」。「越陌度阡，枉用相存。契闊談宴，心念舊恩。」寫作者的想像和期待：穿過田間交錯的小路，遠方的賓客屈駕前來問候。久別重逢，談心宴飲，賓主都傾訴着往時的思念。「契闊」，多理解為偏義複詞，其義為「契」，「契闊談宴」，指與情投意合的賢才聚在一起，談心宴飲。

最後八句「月明星稀」到尾為第四解，揭示本詩的主旨。「月明星稀，烏鵲南飛」，作者以「烏鵲」比喻賢才，「南飛」，指由於中原大亂，北方人口以至大量賢才南遷。「繞樹三匝，何枝可依？」這是對賢才的呼喚，南飛的烏鵲繞樹多遍而找不到可依靠的樹枝棲息，作者暗示「我枝可依」的意思。作者高聲呼喚賢才們不要猶豫，趕快來歸：高山不嫌棄寸土寸石才會越堆愈高，大海不拒絕涓涓細流才能日見深廣。我像周公（姬旦，？－前1105，周文王之子、周武王之弟）一樣禮賢下士，希望天下的賢士都來投奔我。「周公吐哺」出自《史記・魯周公世家》，據說周公為了接納賢才，曾「一沐三捉髮，一飯三吐哺，起以待士，猶恐失天下之賢人」。周公為了接待天下之士，有時洗一次頭，吃一頓飯，都曾中斷數次。即使這樣，他還擔心在延攬賢士上有所疏漏。作者在詩中運用這個典故，目的在突顯求賢若渴的心情。

總言之，曹操〈短歌行〉這首詩，慨歎時光易逝，渴望招納賢才，幫助自己建功立業，可視為一首求賢歌，精神上與他的「求才三令」如出一轍。

在寫作手法上，〈短歌行〉四字一句，讀來琅琅上口，立意深遠，情悲而壯，加上善用比興，使情與景融合無間，而用典貼切，令詩意含而不蓄，耐人尋味。無怪乎很多文學家、小說家將〈短歌行〉演繹加工，推波助瀾，使其成為千古以來家傳戶曉的作品。

年青朋友，你有過當領袖的夢想嗎？要當領袖，個人的努力固然重要，懂得用人卻是成功的關鍵。可是，假如身邊沒人幫助，你能不興起像〈短歌行〉的感情嗎？

✎ 問答題

1. 〈短歌行〉的作者是：
   A. 蔡邕　B. 曹操　C. 曹植　D. 王粲

2. 詩中的「杜康」借代為：
   A. 甄　B. 米飯　C. 酒　D. 烏鴉

3. 詩中有直接引用《詩經》的句子。下列哪一項不是《詩經》的原句？
   A. 青青子衿，悠悠我心
   B. 但為君故，沉吟至今
   C. 呦呦鹿鳴，食野之苹
   D. 我有嘉賓，鼓瑟吹笙

4. 「明明如月，何時可掇」是用了哪些修辭手法？
   　1 借代　2 疊字　3 比喻　4 反問
   A. 1、2　B. 2、3　C. 2、4　D. 3、4

5. 「越陌度阡」的「陌」意思是甚麼？
   A. 南北向的田間道路
   B. 東西向的田間道路
   C. 陌生人
   D. 城市

6. 「枉用相存」的「存」意思是甚麼？
   A. 保存　B. 存在　C. 問候　D. 寄託

7. 「契闊談宴」的「契闊」是甚麼意思？
   A. 契合和闊別　B. 會合的地點很寬敞
   C. 久別重逢　　D. 餞別

8. 「周公吐哺，天下歸心」是用了哪種修辭手法？
   A. 用典　B. 借代　C. 設問　D. 擬人

9. 〈短歌行〉一詩的主旨是甚麼？
   A. 感覺人生苦短，不覺憂從中來
   B. 慨歎功業未成，因而借酒澆愁
   C. 悲戚親朋離散，苦於不得相見
   D. 渴望賢才來歸，冀能建功立業

10. 下列哪一項不是〈短歌行〉的寫作特色？
    A. 四句一轉韻，韻轉意轉
    B. 善用比興手法，情景融合無間
    C. 用典貼切，詩意婉轉含蓄
    D. 以四字為句，創四言詩的先河

答案：1B, 2C, 3B, 4B, 5B, 6C, 7C, 8A, 9D, 10D

王粲　七哀詩二首其一

掃碼聽音頻

📖 原文

西京亂無象，豺虎方遘患。復棄中國去，委身適荊蠻。親戚對我悲，朋友相追攀。出門無所見，白骨蔽平原。路有飢婦人，抱子棄草間。顧聞號泣聲，揮涕獨不還。「未知身死處，何能兩相完？」驅馬棄之去，不忍聽此言。南登霸陵岸，回首望長安。悟彼下泉人，喟然傷心肝！

📖 撰文：招祥麒

　　本篇向大家講解的經典是號稱「建安七子」之首王粲（177－217）的名作〈七哀詩〉。

　　王粲，是建安時代的重要作家。字仲宣，山陽高平（今山東鄒縣西南）人，少有異才，深得當時文學家蔡邕（133－192）的賞識。漢獻帝（劉協，181－234）初平元年（190）春，董卓（？－192）挾持獻帝由洛陽遷都長安，三年，王粲避難，遠走荊州，依附刺史劉表（142－208）。十五年後歸依曹操（155－220），擔任丞相掾的職務，賜爵關內侯。他的詩賦成就很高，在「建安七子」中應當排行第一，在文學史上與曹植（192－232）並稱「曹王」。

　　「七哀」是樂府詩題，吳兢（670－749）《樂府古題要解》說是「起於漢末」，其實就是王粲、曹植等建安文人新創。根據《六臣注文選》呂向（？－742）云：「七哀，謂痛而哀、義而哀、感而哀、怨而哀、耳目聞見而哀、口歎而哀、鼻酸而哀也。」「七哀」，表示哀痛之深且廣。這種說法，近乎望文生義，有此牽強，近人有說「七哀」與音樂有關，在此不加詳細討論。王粲寫〈七哀詩〉共三首，現在選講的，是最有名的第一首。

　　獻帝初平三年，司徒王允（137－192）以中郎將呂布（？－199）為內應刺殺太師董卓。董卓部將李傕（？－198）、郭汜（？－197）等乘機作亂，率兵合圍長安，城陷，

李傕等縱兵劫掠，又大開殺戒，百官吏民戰死者萬餘人。

全詩可分三解，從「西京亂無象」到「朋友相追攀」六句為第一解，寫告別長安遠赴荊州避亂的情狀。詩人落筆即寫當時長安動亂的情況和原因，點明題中的「哀」字。「西京亂無象」，「西京」，指長安，「亂無象」，語出《左傳》「國亂無象」，意謂「亂」到了極點；「豺虎方遘患」說明「亂無象」的原因。「豺虎」，用以比喻製造禍端的李傕、郭汜等人。他們圍攻長安，殺人無數。「復棄中國去，委身適荊蠻」兩句，交代避難的去向。「復棄」的「復」，反映作者不忍的複雜情感，他於初平元年從洛陽遷長安，此時又從長安遠去荊州；一個「復」字包含了兩次因社會動亂的流離。「中國」，用「全部」借代「部分」的修辭法，原指全國之地，借指洛陽、長安一帶的中原地區。作者要忍棄現有的居住地，「委身」（寄身）前往（適）荊州，由於荊州文化相對中原落後，所以作者以「荊蠻」稱之。

在不幸的時代與環境，作者是相對幸運的，至少他還有避難的盤川，他的親戚朋友因沒有錢或其他原因，只能作為送別者。在生離死別之際，「對我悲」與「相追攀」那種依依不捨之情，飽含對當時長安動亂情景與親戚朋友身處險境的憂慮和悲哀。

詩的第二解由「出門無所見」至「何能兩相完」共八句，寫作者路上的所見所聞。「出門無所見，白骨蔽平原」，作者用了誇張的聚焦手法，寫出兵亂中景況。城廓荒穢、百業蕭條、人民流離，都應是觸目所能看見的，但作者卻說「無所見」，而他看見的，是令人怵目驚心的白骨蔽野。這兩句所做成的迫力，重重的壓着讀者心靈，而更令讀者透不過氣的，是作者描寫路上所見的，絕不應發生的事卻發生了。「路有飢婦人，抱子棄草間」，那位飢餓的婦人將在抱的嬰孩拋棄在草叢間；「顧聞號泣聲，揮涕獨不還」，「顧聞」，說明婦人拋棄嬰孩之後的猶疑和不忍，離開時頻頻回顧。這時，嬰孩下意識感到母親離開，大聲號泣。大家試想，假如你是那位母親，你會忍心繼續前行而不回頭嗎？太多的例子可以證明母愛的偉大，母親寧願自己身死，也要保護子女周全。然而，作者看到的那位婦人，竟是「揮涕獨不還」，不錯，婦人是哀傷的，否則她不會「揮涕」，但事實是，她偏偏沒有回去，還自言自語說：「未知身死處，何能兩相完？」母親在逃難的路上拋下嬰孩，不在大宅門口，而在草叢間，放在大宅門口的嬰孩還有被有錢人收養的一線生機，放在野外的草叢間，或者被經過的飢餓災民烹煮而食，或被豺狼虎豹啖食。嬰孩的結果都是一樣——死。那飢餓的婦人是應該知道

的，但她卻在求生的本能下拋下孩子，人情中最難割捨的慈母棄子竟就在作者眼前發生，那麼，在死亡相繼的戰亂中，尚有甚麼慘酷的事情不會發生呢？作者將這典型的例子寫下來，告訴讀者，軍閥爭鬥帶給百姓的苦難是如斯深重！

詩的最後六句是第三解。「驅馬棄之去，不忍聽此言」兩句承上起下，王粲目睹飢婦棄子的慘狀，又聽到如此悲憤的控訴，再也不忍看下去、聽下去了。於是驅馬離去。「南登霸陵岸，回首望長安」二句，寫作者登上霸陵的高處，回過頭，遠望即將離別的長安，離別親戚朋友。他可能在想，此一去荊州，可能再無北返之日，但大家會問：為甚麼作者不速速上路，而要走上霸陵高處呢？霸陵，是漢文帝劉恆（前 203－前 157）的陵墓，文帝是西漢初期的賢君，在位期間，與民休息，使國家走向繁榮昌盛。長安乃西漢首都，作者站在霸陵高處，回望長安，必有一種撫今追昔的懷古傷今之情，面對現實的亂局，追思西漢的文景盛世。作者會想，葬在九泉之下的文帝，如果見到現在國家兵荒馬亂、人民流亡的情景，必定會喟然傷心的。當然，漢文帝已死，已無所謂「喟然傷心肝」了，而真正傷心的，是作者本人。文帝在世而大治，他的子孫獻帝，卻被脅持而無所作為，一念及此，作者能不愴然而涕下？「悟彼下泉人」的「下泉人」，也可解為寫〈下泉〉詩的作者。〈下泉〉，是《詩經・曹風》的篇名，《毛詩・序》云：「〈下泉〉，思治也，曹人……思明王賢伯也。」如此，王粲登臨霸陵高處興感抒懷，感悟〈下泉〉詩人的思治心情，想到文帝，想到獻帝，能不喟然心傷？

總言之，〈七哀詩〉語言樸實，感情深厚，虛處概括有力，實處形象鮮明，具有強大的感染力。整首詩，意味深長，含情婉曲，耐人咀嚼。我每讀〈七哀詩〉，想到世間疾苦，都情動不已，甚且眼泛淚光，久久不能平伏。

✎ 問答題

1. 下列哪位作家被稱為「建安七子」之一？
   A. 曹操　B. 王粲　C. 曹植　D. 阮籍

2. 王粲〈七哀詩〉的寫作背景是怎樣？
   A. 犬戎入侵，京師被佔領
   B. 黃巾軍勢如破竹，震動京師
   C. 李傕、郭汜等乘亂攻陷京師
   D. 安祿山叛變，破潼關，直闖京師

3. 「西京亂無象」的「西京」指哪裏？
   A. 洛陽　B. 荊州　C. 成都　D. 長安

4. 「豺虎方遘患」運用了哪種修辭手法？
   A. 比喻　B. 借代　C. 象徵　D. 擬人

5. 「委身適荊蠻」的「適」的詞性是甚麼？
   A. 形容詞　B. 副詞　C. 名詞　D. 動詞

6. 「白骨蔽平原」運用了哪種修辭手法？
   A. 比喻　B. 借代　C. 擬人　D. 誇張

7. 為甚麼王粲登上霸陵的高處？
   A. 前路受阻，想繞道而行
   B. 約了朋友話別
   C. 緬懷漢文帝
   D. 遙望長安的景色

8. 下面各項，何者可作為「下泉人」的解釋？
   1《詩經》〈下泉〉詩的作者
   2 葬在黃泉下的人
   3「下泉」這地方的人
   4 飲用下流的泉水的人
   A. 1、2　B. 2、3　C. 2、4　D. 1、4

9. 「喟然傷心肝」句中的「喟然」作何解釋？
   A. 明顯地　　　B. 歎氣的樣子
   C. 痛哭的樣子　D. 不自覺地

10. 下列哪一項不是〈七哀詩〉的寫作特色？
    A. 語言樸實，虛實得宜
    B. 寫婦人棄子的事，作為百姓苦難的典型
    C. 仄韻轉平韻，讀來鏗鏘悅耳
    D. 悲時哀亂，寄意含蓄

答案：1B, 2C, 3D, 4A, 5D, 6D, 7C, 8A, 9B, 10C

曹植　贈白馬王彪（並序）

掃碼聽音頻

📄 原文

　　黃初四年五月，白馬王、任城王與余俱朝京師，會節氣。到洛陽，任城王薨。至七月，與白馬王還國。後有司以二王歸藩，道路宜異宿止，意毒恨之。蓋以大別在數日，是用自剖，與王辭焉，憤而成篇。

　　謁帝承明廬，逝將歸舊疆。清晨發皇邑，日夕過首陽。伊洛廣且深，欲濟川無梁。泛舟越洪濤，怨彼東路長。顧瞻戀城闕，引領情內傷。

　　太谷何寥廓，山樹鬱蒼蒼。霖雨泥我塗，流潦浩縱橫。中逵絕無軌，改轍登高岡。修坂造雲日，我馬玄以黃。

　　玄黃猶能進，我思鬱以紆。鬱紆將何念？親愛在離居。本圖相與偕，中更不克俱。鴟梟鳴衡軛，豺狼當路衢。蒼蠅間白黑，讒巧令親疏。欲還絕無蹊，攬轡止踟躕。

　　踟躕亦何留？相思無終極。秋風發微涼，寒蟬鳴我側。原野何蕭條，白日忽西匿。歸鳥赴喬林，翩翩厲羽翼。孤獸走索群，銜草不遑食。感物傷我懷，撫心長太息。

　　太息將何為？天命與我違。奈何念同生，一往形不歸。孤魂翔故域，靈柩寄京師。存者忽復過，亡歿身自衰。人生處一世，去若朝露晞。年在桑榆間，影響不能追。自顧非金石，咄唶令心悲。

　　心悲動我神，棄置莫復陳。丈夫志四海，萬里猶比鄰。恩愛苟不虧，在遠分日親。何必同衾幬，然後展殷勤。憂思成疾疢，無乃兒女仁！倉卒骨肉情，能不懷苦辛。

　　苦辛何慮思？天命信可疑。虛無求列仙，松子久吾欺。變故在斯須，百年誰能持？離別永無會，執手將何時？王其愛玉體，俱享黃髮期。收淚即長路，援筆從此辭。

📖 撰文：招祥麒

本篇向大家講解的經典是建安時代曹植（192－232）的名篇〈贈白馬王彪〉（並序）。

曹植，沛國譙人。字子建，是曹操（155－220）與武宣皇后卞氏（161－230）所生的第三子，曹丕（187－226）的同母弟。十歲時已能誦讀詩書辭賦數十萬言，十九歲寫過〈銅雀台賦〉。次年封平原侯。曹操原本很寵愛他，有意立他為太子，因而引起曹丕的嫉妒，對他多方構陷中傷，加上他「任性而行，不自雕勵，飲酒不節」，終致失寵。曹丕即位後，他屢受迫害，幾次被貶爵移封。曹丕死，曹叡（206－239）繼位，他曾多次上書，希望能有報效國家的機會，但都未能如願。最後在困頓苦悶中死去，年僅四十一歲。

曹植的詩，大致分前後兩期，以曹丕即位那年為分界。前期作品主要表現他建功立業的政治抱負，作品如〈白馬篇〉、〈名都篇〉等；後期作品，則以抒發受壓抑的憤懣與憂讒畏譏的情感，作品如〈贈白馬王彪〉、〈七哀詩〉、〈泰山梁甫吟〉等。今存《曹子建集》十卷。

漢獻帝延康元年（220），曹丕代漢自立，建立魏國，改元黃初，對曹植常懷猜忌，並施以多方的迫害，先殺掉他的黨羽，又一再改換他的封地，嚴加監視。這首詩作於黃初四年（223）。根據詩前的序，這年五月，曹植和白馬王曹彪（195－251）、任城王曹彰（189－223）同到洛陽朝會。六月，曹彰得急病暴死。七月初，曹植和曹彪回封地，本來打算同路而行，但是朝廷派出監國使者強迫他們分道。曹植悲憤不已，便寫了這首詩贈給曹彪。

全詩共分七章，第一章寫離別京都依戀之情。開頭一句帶過返回封地的原因是到洛陽謁見皇帝。然後交代自己清晨離開皇都，日落時經過首陽山的旅程。而將重點放在面對伊水和洛水的情景描寫上。該年六月因霖雨而導致伊洛氾濫，水大難渡，沒有橋樑，這是寫實，但也暗寓比興，聯繫下文「泛舟越洪濤」來看，可知「欲濟川無梁」暗喻自己想歸於朝廷，可是此時與朝廷之間的聯繫斷絕，因而生發「怨彼東路長」之感。詩人此去越走越遠，引頸回望之時，心中無限傷情。這裏表達的戀闕之情，離開皇都愈遠，就意味着詩人渴望在政治上有所作為的希望愈是渺茫。

第二章寫中途遇雨，流潦縱橫的景況。太谷空茫遼闊，山林鬱鬱蒼蒼。秋天霖雨連綿，道路泥濘不堪，到處流水縱橫。大路已看不到車道，只好改道登上高岡。漫長

的山坡直上雲天，連馬都走得疲乏不堪。這一段以陸路的艱險為重點，在章法上和第一章以水路為重點正好形成對照，申發了「怨彼東路長」的意思：歸藩的道路不僅漫長，而且極其艱辛，正像曹植今後的人生道路一樣難行。

　　第三章寫被迫將與曹彪宿止異路的悲憤心情。「玄黃猶能進」一句與上一章末句「我馬玄以黃」頂針連接，在句法上與「我思鬱以紆」形成遞進關係，使詩人內心積鬱的痛苦更甚於人馬登高涉險。接着以一句自問，直接回答積鬱的原因在於和親愛兄弟之間的分離。本來期望能一起歸藩，中途卻不能再同道。「鴟梟鳴衡軛，豺狼當路衢」兩句，將阻隔兄弟之情的小人比作車轅上的鴟梟和攔路的豺狼，正切合詩人行旅趕路的實景。而「蒼蠅間白黑」，喻小人顛倒是非，則是用《詩經·小雅·青蠅》典故，點明兄弟分隔，就是因為那些讒巧小人，又切合《青蠅》原詩中離間兄弟的意思。詩人明知是曹丕的意旨，痛罵「鴟梟」、「豺狼」、「蒼蠅」，意在言外，可稱甚妙。詩人想到回京已經絕無蹊徑可通，只能停下來攬着彎頭在路上徘徊，感情又回落到抑鬱的低點。

　　第四章寫初秋原野蕭條，觸景傷心的情狀。詩人以「踟躕」二字與上一章末句頂針，感歎踟躕無益，不能滯留，但相思永遠沒有盡頭。在低落的情緒中，詩人看到秋原日暮、鳥獸歸群的景象，更加傷感。這一段景物描寫句句含有寓意：「秋風發微涼，寒蟬鳴我側」，正是夏秋之交的光景，蟬聲哀切酸嘶，似乎在為詩人哀鳴，同時秋蟬餐風飲露，品性高潔，常被古人引用比喻自己的清白，因此這兩句寫景中包含兩層寓意。日暮時群鳥振翅急急飛還喬林，孤獸慌張地尋找同伴，連口銜的青草都顧不上吃。這些原野蕭條的景象正如詩人自己落寞的心境，而歸林的群鳥反襯出那隻失群的孤獸，又正是詩人自己孤獨處境的寫照。這就難免感物傷懷，撫心長歎了。

　　第五章由感物傷懷轉到對曹彰暴死京城的傷悼。以「太息」與上一章頂針承接，痛悼曹彰，悲歎人生無常，使感情再次推向高潮。詩人追問為甚麼天命與自己相悖，為甚麼自己的同胞兄弟一去不歸？只有他的孤魂回到故土，而靈柩卻只能寄託在京師。由此感歎生者倏忽過世，隨着逐漸老朽而形消身滅。人生一世就像朝露被曬乾一樣迅速。轉眼之間就像日在桑榆，已到暮年。光陰如影如聲，快得無法追趕。詩人從死者的突然消失聯想到自己同樣不能像金石一樣堅固，不由發出了無奈的嗟歎。這一章將死者和生者聯繫在一起悲悼，可以想見哀歎背後的言外之意：以詩人的險惡處

境，如此短促的人生不但談不上舒展抱負，剩下的光陰也只能在被迫害中度過。寫到這裏，詩人能不發出「咄唶令心悲」的感喟？

第六章強作寬解之辭，並安慰曹彪。詩人在極度悲痛之餘，卻反過來安慰白馬王彪，使感情再度轉折，暫時拋開悲傷。「丈夫志四海，萬里猶比鄰」，只要保持恩愛不變，愈是遠離愈是親近，何必要同宿同起，才能表達彼此殷勤的情意呢？倘若憂思成疾，豈不是太像小兒女嗎？這些話說得非常豁達。但是在強作曠達的自我寬慰之後，詩人隨即又忍不住轉為悲哀的自問：倉卒之間離別的骨肉之情，能不讓人痛苦？本章表露的複雜感情，時而曠達，時而哀戚，既抑壓，又曲折，值得讀者細細品味。

第七章寫與曹彪訣別的祝福。詩人走投無路，使他質疑天命，否定神仙，他深深明白這次與曹彪的生離就是死別，不會再有重逢執手的一天。因此唯一可以安慰的是希望對方保重身體，彼此活到老，「俱享黃髮期」。畢竟，詩人在惡勢力面前終究是軟弱無力的，只好「收淚即長路」，聽從命運的擺佈了。

這首詩向來被稱為曹植的代表作品之一，藝術成就特高。在內容上，將兄弟的分道賦予生離死別的深刻意義，在去國歸藩的路上的所見所感，始終以曹丕迫害兄弟的事實為脈絡，焦點集中；在情感抒發上，時而激揚流轉，時而悲咽徘徊，或比興寓託，或情景交融，或直抒胸臆，或掩抑低回，種種情狀，都在「悲」和「憤」二字交疊而出；在結構組織上，全詩效法《詩經·大雅·文王》，由七章組成，章與章之間用頂針格使每章首句接住上一章末句蟬聯而下（第一、二章之間例外），形成一種既層次分明又蟬聯一體的結構，大大加強沉鬱頓挫、如泣如訴的抒情效果；在修辭手法上，大量運用比喻、烘托、陪襯等手法，以加強感人的效果。通篇憤恨曹丕不顧兄弟之情已經寫到十分，但始終沒有點破，既是避免招禍，也是傳統詩法的傳承。

✎ 問答題

1. 建安時代的詩人中，所謂「三祖陳王」的「陳王」指誰？
   A. 曹操　B. 曹丕　C. 曹植　D. 曹叡

2. 〈贈白馬王彪〉是一首五言古詩，這種體裁有哪些特點？
   1 以五言為句，不限句數
   2 可押平韻或仄韻，可一韻到底，也可中途轉韻
   3 句法自由，不拘限對仗
   4 不分平仄，沒有格律限制
   A. 只有 1、2、3　B. 只有 1、2、4
   C. 只有 1、3、4　D. 以上皆是

3. 「修坂造雲日」的「造」，讀音和意義是甚麼？
   A. 音「做」，倉卒　B. 音「做」，建設
   C. 音「醋」，到達　D. 音「醋」，探訪

4. 「中更不克俱」的「更」意思是甚麼？
   A. 更加　B. 經歷　C. 改變　D. 更鼓

5. 「鴟梟鳴衡軛，豺狼當路衢」兩句，用了哪些修辭手法？
   1 擬人　2 對偶　3 借代　4 比喻
   A. 1、2　B. 1、3　C. 2、3　D. 2、4

6. 「人生處一世，去若朝露晞。年在桑榆間，影響不能追」表達的意思是甚麼？
   A. 世事難料　B. 仕途險惡
   C. 知己難得　D. 年華易逝

7. 「松子久吾欺」是用倒裝手法寫成，原句應是如何？
   A. 松子欺吾久　B. 吾欺松子久
   C. 松子吾久欺　D. 欺吾松子久

8. 整首詩所提及的親人包括哪幾位？
   1 曹操　2 曹丕　3 曹彰　4 曹彪
   A. 1、2、3　B. 2、3、4
   C. 1、3、4　D. 1、2、4

9. 下列哪一項不是曹植在本詩表現的感情？
   A. 痛恨小人離間，報國無門
   B. 保持恩愛不變，在遠日親
   C. 歎息人生無常，生命短促
   D. 痛悼已逝情人，恩愛難續

10. 下列哪一項不是〈贈白馬王彪〉的寫作特色？
    A. 結構嚴謹，章法別具特色
    B. 善用比興、用典、對偶等修辭手法
    C. 感情表達，隱晦難測
    D. 韻轉意轉，手法高超

陶淵明　歸去來辭（並序）

掃碼聽音頻

📖 原文

　　余家貧，耕植不足以自給。幼稚盈室，缾無儲粟，生生所資，未見其術。親故多勸余為長吏，脫然有懷，求之靡途。會有四方之事，諸侯以惠愛為德；家叔以余貧苦，遂見用於小邑。於時風波未靜，心憚遠役。彭澤去家百里，公田之利，足以為酒，故便求之。

　　及少日，眷然有歸與之情。何則？質性自然，非矯厲所得；飢凍雖切，違己交病。嘗從人事，皆口腹自役。於是悵然慷慨，深愧平生之志。猶望一稔，當斂裳宵逝。尋程氏妹喪於武昌，情在駿奔，自免去職。仲秋至冬，在官八十餘日。因事順心命篇，曰〈歸去來兮〉。乙巳歲十一月也。

　　歸去來兮，田園將蕪胡不歸！既自以心為形役，奚惆悵而獨悲？悟已往之不諫，知來者之可追。實迷途其未遠，覺今是而昨非。舟遙遙以輕颺，風飄飄而吹衣。問征夫以前路，恨晨光之熹微。

　　乃瞻衡宇，載欣載奔。僮僕歡迎，稚子候門。三徑就荒，松菊猶存。攜幼入室，有酒盈樽。引壺觴以自酌，眄庭柯以怡顏。倚南窗以寄傲，審容膝之易安。

　　園日涉以成趣，門雖設而常關。策扶老以流憩，時矯首而遐觀。雲無心以出岫，鳥倦飛而知還。景翳翳以將入，撫孤松而盤桓。

　　歸去來兮，請息交以絕遊。世與我而相違，復駕言兮焉求！悅親戚之情話，樂琴書以消憂。農人告余以春及，將有事於西疇。或命巾車，或棹孤舟。既窈窕以尋壑，亦崎嶇而經丘。木欣欣以向榮，泉涓涓而始流。善萬物之得時，感吾生之行休。

　　已矣乎，寓形宇內復幾時！曷不委心任去留，胡為乎遑遑欲何之？富貴非吾願，帝鄉不可期。懷良辰以孤往，或植杖而耘耔。登東皋以舒嘯，臨清流而賦詩。聊乘化以歸盡，樂夫天命復奚疑！

📖 **撰文：曹順祥**

本篇向大家講解的經典是東晉時期陶淵明的〈歸去來辭〉（並序）。

年輕人是否應該追求理想，不應向現實低頭？

現代社會生活壓力甚大，不少人為生計所迫，早將年輕時的一切理想拋諸腦後。如果一個人活到了四十一歲，仍然能為了堅持人生理想而奮鬥，就不得不讓人刮目相看了！下面講述的，就是寧願飢寒交迫，也不願意違背自己本性的一個活生生的經典例子。

陶淵明（約 365－427），東晉潯陽柴桑（今江西省九江市）人。名潛，字元亮，號五柳先生，私諡「靖節」，世稱靖節先生。東晉末至南朝宋初期詩人、文學家、辭賦家、散文家。曾任江州祭酒、建威參軍、鎮軍參軍、彭澤縣令等職。他是中國第一位田園詩人，是田園詩派的開創者，被稱為「古今隱逸詩人之宗」。作品有〈飲酒〉〈歸園田居〉〈桃花源記〉〈五柳先生傳〉〈歸去來辭〉〈桃花源詩〉等。

陶潛思想複雜，既有積極進取的一面，也有潔身自好、遠離時局的一面。關於本篇的寫作背景，在陶潛歸隱的前兩年（403），晉室被江州刺史桓玄所篡奪，當時的時局動盪，政治黑暗。東晉安帝義熙元年（405），當時作者四十一歲，在江西彭澤做縣令，僅八十多天便聲稱不願「為五斗米折腰」，結束了時隱時仕、身不由己的生活，終老田園。

本篇結構上，分為「序」和「辭」兩部分。「序」的部分，說明詩人「出仕」和「歸隱田園」的原因。而正文「辭」又可分為兩部分：第一部分寫詩人對出仕的悔恨、辭官後愉快的心情，以及歸隱田園的樂趣。第二部分寫詩人歸田以後的安排。

本篇在文體上很有特色，「序」以散文寫作，不講究對偶，不需要押韻；「辭」是韻文，屬於辭賦體，句式以四言、六言為主，多用偶句，講求押韻。內容上，本篇敘述詩人歸田園後的輕鬆愉快的心情和田園生活樂趣，抒發了對官場黑暗的厭惡之情，並流露出「樂天知命」的思想。

「序」的部分，即文章的第一段和第二段。敘述陶潛出仕的原因和經過，以及本文的寫作原因，並敘述陶潛棄官的原因和經過。這裏分別交代了「任官的原因」和「辭官的原因」。

首先，關於任官的原因。作者敘述了出仕的原因，包括家貧，孩子眾多，家無儲

糧，加上親友勸告，叔父引薦，以及彭澤縣離家鄉不遠，「公田之利」可以換酒喝等。其次，關於辭官的原因。據作者自己的解釋，官場生活充滿束縛，而作者本性熱愛自然，矯揉造作的官場生活完全違背了他的心志。

「辭」的部分，即文章的第三段至第六段。主要分為四個方面。

首先自述棄官歸隱的心情，是迷途知返的覺悟。作者悔悟以往的錯誤，慶幸目前作出正確的選擇。其次是抒述回家後的愉悅之情及田園生活的樂趣。作者大量運用「四言」的句式，表達返家時的歡悅心情，流露出田園生活的閒適之情。再者，寫歸隱後的生活，以及歸隱的決心。作者以「歸去來兮」抒發內心的渴望，表達拒絕與俗世交往的決心。最後，表明自己的人生態度及田園終老的心志。由於作者無意於功名利祿，也不甘與世俗同流合污，更不期望求仙或飛天，並肯定地表達了「順乎自然」的堅定心志。

內容上有一點值得注意，有人認為本篇第四段，陶淵明既說「請息交以絕遊」，後面又說「悅親戚之情話」，兩者是否「自相矛盾」？假如通讀全文，讀者不難發現，「息交絕遊」所指的，應是指世俗之人，尤其是官場中的人物。而家鄉的親友，以及田園生活中的人際交往，似乎從來未有停止。大家可以同時參看陶淵明的〈歸園田居〉三首，自然會有更深刻的體會。

以下就本篇的內容、結構和作法稍作分析。

古來文章，從內容上看，無非事、景、情、理四項，事和景是「實」，情和理是「虛」。實者較易於把握，而虛者則非高手不易為之。陶淵明的詩賦，常常是事、景、情、理均能自然流露，達到情景契合、情理交融的境界！以本篇為例，處處揭示出熱愛自然、樂天知命的人生哲理。篇中「歸去來兮」一句，反覆詠歎，表達強烈情感，而迴環起伏，充滿語言美，並彰顯了本篇的主題。

結構上，前後呼應。序文提及自己「深愧平生之志」，卻並未解釋自己的「志向」。直到「辭」的末段，才申述自己的志向是「懷良辰以孤往，或植杖而耘耔。登東皋以舒嘯，臨清流而賦詩。」順應自然，不慕富貴，樂天知命地度過餘生。與序文所說的「平生之志」遙相呼應。

作法上，寓情於景、情景交融的運用是本篇最大的特色。前人評論陶淵明，無論是他的詩，還是這篇辭賦，不管是情與理，還是形與神，作者都善於通過客觀的、外

在的景物，表達詩人主觀的、內在的情感。例如「雲無心以出岫，鳥倦飛而知還」一句，表示對官場生活的厭倦，表達再也無心出仕的心志，並寄寓了作者回歸自然、怡然自樂的心境。再者，「舟搖搖以輕颺，風飄飄而吹衣」一句，一方面是歸家途中所見的真實情景，也寄寓離開黑暗官場，以及回歸田園的愉快心境。此外，「景翳翳以將入，撫孤松而盤桓」也讓人不禁聯想到，當時東晉的國勢日危，陶淵明不過一介書生，既無力挽救，只好堅守志節，讀到這裏，真令人不勝感慨！本篇所寫的「物境」就是作者的「心境」，妙在自然契合，毫無斧鑿的痕跡。

本篇也善用「敘事抒情」手法。「乃瞻衡宇，載欣載奔」抒發初返家中時的喜悅之情。「策扶老以流憩，時矯首而遐觀」抒發歸隱田園後的閒適心情。

本篇善用象徵手法，「辭」的部分為讀者提供了無盡的想像空間。文中的「松」、「菊」、「雲」、「鳥」，難道不是詩人高潔品格的象徵麼？如果聯繫陶淵明的生平，應當不難發現，「松菊猶存」似乎象徵了作者如松菊一般的高潔品格；尤其是菊花，詩人在《飲酒‧其五》中寫道：「採菊東籬下，悠然見南山。」前人認為是陶淵明最出色的詩句，既是對於隱居生活的概括，也表現出超脫俗世的人生態度。本篇中「雲無心以出岫，鳥倦飛而知還」一句，也不得不讓人想起《飲酒‧其五》中的名句：「山氣日夕佳，飛鳥相與還」，充分表達了詩人恬淡自如的心境，以及對適性自然的田園生活的嚮往。

修辭方面，「既窈窕以尋壑，亦崎嶇而經丘。木欣欣以向榮，泉涓涓而始流」對偶工整。其中的「窈窕」對「崎嶇」更是「雙聲」對「疊韻」。「欣欣」和「涓涓」是疊字，生動傳神地呈現出林木生長、泉水流動的形貌。此外，「木欣欣以向榮」寫草木具有「欣喜」的情感，是把自己終於得以回歸田園的主觀感情，投射到本來無情的草木之上，是擬人的手法。

風格上，本篇描繪的是田園風光和閒適恬靜的生活，因此詩人選擇以樸素的語言、白描的手法，表達淡泊的心境，難怪前人推許陶淵明是「古今隱逸之宗」。

讀畢全文，對於陶淵明的心境，你能體會多少？「質性自然，非矯厲所得」，違背自己的本性，難免身心都痛苦萬分！生活在一千多年後的今天，我們怎樣才能無愧於「平生之志」？確實值得我們深思！

✎ 問答題

1. 以下哪些是詩人出任彭澤縣令的原因？
   1 家貧，加上孩子眾多
   2 作者家中沒甚麼存糧
   3 親友勸告，叔父引薦
   4 彭澤縣離家鄉並不遠
   5 公田之利可以換酒喝
   6 希望改善百姓的困苦
   A. 1、2、3、4、5　B. 2、3、4、5、6
   C. 1、3、5、6　D. 1、2、3、4、6

2. 以下哪一項不是文中「序」的作用？
   A. 説明《歸去來辭》的寫作背景
   B. 深化《歸去來辭》的思想感情
   C. 説明《歸去來辭》的寫作緣起
   D. 補充《歸去來辭》的一些內容

3. 文中以甚麼象徵作者高潔的品格？
   1 松　2 菊　3 雲　4 鳥
   A. 1、2　B. 2、3　C. 3、4　D. 1、4

4. 「雲無心以出岫，鳥倦飛而知還」一句，有何寄意？
   A. 表達了作者對自由自在生活的嚮往
   B. 表達了作者對無憂無慮生活的厭倦
   C. 表達了作者對大自然的熱切期待
   D. 表達了作者對社會和戰亂的憂傷

5. 以下哪一項最適合形容本篇的藝術風格？
   A. 沉鬱蒼涼　B. 慷慨豪邁
   C. 恬淡自然　D. 含蓄蘊藉

6. 「舟搖搖以輕颺，風飄飄而吹衣」一句，以下哪一項是描述錯誤？
   A. 寄寓離開黑暗官場的心境
   B. 寄寓回歸田園的愉快心境
   C. 寄寓一家團聚的歡樂情懷
   D. 歸家途中所見的真實情景

7. 以下哪一項不符合本文內容？
   A. 作者不想追求功名利祿
   B. 作者不指望求仙和飛天
   C. 作者不想與鄰人經常來往
   D. 作者不想與世俗同流合污

8. 以下對本篇的描述，何者與事實不符？
   A. 閒適的心境　B. 樸素的語言
   C. 白描的手法　D. 誇張的描寫

9. 本篇運用了哪種句式，表達詩人返家時的喜悦之情？
   A. 四言句式　B. 五言句式
   C. 六言句式　D. 七言句式

10. 詩中多次出現「歸去來兮」一語，藉以抒發哪種感情？
    1 詩人渴望歸隱田園的心志
    2 詩人渴望為國家出謀畫策
    3 詩人表示息交絕遊的決心
    4 詩人拒絕與昔日同僚共聚
    A. 1、2　B. 2、3　C. 1、3　D. 2、4

答案：1A, 2B, 3A, 4A, 5C, 6C, 7C, 8D, 9A, 10C

陶淵明　歸園田居（選三首）

掃碼聽音頻

原文

其一

少無適俗韻，性本愛丘山。誤落塵網中，一去三十年。

羈鳥戀舊林，池魚思故淵。開荒南野際，守拙歸園田。

方宅十餘畝，草屋八九間。榆柳蔭後簷，桃李羅堂前。

曖曖遠人村，依依墟里煙。狗吠深巷中，雞鳴桑樹顛。

戶庭無塵雜，虛室有餘閒。久在樊籠裏，復得返自然。

其二

野外罕人事，窮巷寡輪鞅。白日掩荊扉，虛室絕塵想。

時復墟曲中，披草共來往，相見無雜言，但道桑麻長。

桑麻日已長，我土日已廣；常恐霜霰至，零落同草莽。

其三

種豆南山下，草盛豆苗稀。

晨興理荒穢，帶月荷鋤歸。

道狹草木長，夕露沾我衣。

衣沾不足惜，但使願無違。

📖 撰文：曹順祥

本篇向大家講解的經典是東晉時代陶淵明的名作〈歸園田居〉中的三首。

武俠小説和電影裏，有隱居深山的武林高手，現實中到底有沒有這種人？我國魏晉時期，隱居不仕、遁匿山林曾經是一種特有的社會風氣。在漫長的古代社會裏，有些人不願意跟官場中人同流合污，最終萌生了隱居避世的想法……

陶淵明（約 365－427），東晉潯陽柴桑（今江西省九江市）人。名潛，字元亮，號五柳先生，私謚「靖節」，世稱靖節先生。東晉末至南朝宋初期詩人、文學家、辭賦家、散文家。曾任江州祭酒、建威參軍、鎮軍參軍、彭澤縣令等職，最末一次出仕為彭澤縣令，八十多天便棄職而去，從此歸隱田園。他是中國第一位田園詩人，是田園詩派的開創者。被稱為「古今隱逸詩人之宗」。作品有〈飲酒〉、〈歸園田居〉、〈桃花源記〉、〈五柳先生傳〉、〈歸去來辭〉、〈桃花源詩〉等。

東晉安帝義熙元年（405），陶淵明在江西彭澤做縣令，僅八十多天便聲稱不願「為五斗米折腰」，結束了時隱時仕、身不由己的生活，終老田園。歸來後作〈歸園田居〉詩五首，描繪田園風光、農村生活的簡樸美好，抒發愉悦之情。

〈歸園田居〉共五首，本文限於篇幅，只談論其中三首，已能大體見出詩人隱居田園的心志。

我們先講解〈歸園田居〉（其一）。第一層次，首八句，從「少無適俗韻」至「守拙歸園田」。自述本性熱愛自然，與官場生活格格不入。故為保持個人的品格，選擇回歸園田生活。

第二層次，中間八句，「方宅十餘畝」至「雞鳴桑樹顛」。細緻地描繪了恬靜閒適的田園生活景象。

第三層次，最後四句，「戶庭無塵雜」至「復得返自然」。寫田園寧靜的生活環境，突出詩人悠然自得的情趣，以及回歸自然的喜悦之情。

此詩從事、景、情三方面來分類。所記之「事」，首先是由於陶淵明自己本性熱愛自然，卻誤入塵世名利網中，一去三十年，故最終毅然決定歸隱田園之中。然後是歸隱田園之後，遠離俗務，享受清閒生活的情趣。

所寫之「景」，就是居室環境的所見所聞，包括住處四周圍十多畝土地上，建了八九間草屋。屋後的簷篷給榆樹、柳樹遮蔽了，桃樹和李樹種在屋前面。但見遠處若

隱若現的村落，以及村落人家的炊煙飄動。深巷中狗吠不絕，桑樹上正雞啼不已。

至於所抒之「情」，就是自己終於脫離俗世塵網的牽絆，樂於回歸自然的喜悅之情。有不少評論者認為，「三十年」可以理解為是「十三年」的誤寫。因為作者從太元十八年（393）初次入仕，出任江州祭酒，直到棄官，共十二年。詩作於棄官的第二年，正好十三年。這只是一種說法。可是，詩歌的語言表達方式畢竟與散文不同，作者約生於 365 年，棄官歸隱時是 405 年，約四十年。本文認為，詩中的「三十年」只是約數，即數十年的意思。這樣，不是更能強烈地表達出「誤落塵網」的悔恨心情麼？

然後，我們講解〈歸園田居〉（其二）。第一層次，開頭四句，從正面寫田園生活安靜樸素的一面。由於身處野外，故能罕見人世俗事；由於住進了陋巷，故能免於世俗應酬。「輪鞅」在此借代車馬，在這裏是指與世俗人的交往。詩人離開了官場，選擇身處野外，而且住進了陋巷。因此，白天在柴門緊閉的陋室之中閒坐，「荊扉」指簡陋的門，暗示生活的簡樸。同時彷彿在告訴我們：曾經「誤落塵網」的自己，已經把塵世的一切喧囂，世俗的一切想念都摒棄了。詩人分別用「野外」、「窮巷」、「荊扉」、「虛室」，反覆強調鄉居簡陋，生活清苦，藉此暗示自己守拙歸田、安貧樂道的心志。

第二層次，「時復墟曲中，披草共來往，相見無雜言，但道桑麻長。」這四句寫田園生活「動態」的一面。

詩人經常涉足偏僻村落，撥開野草叢莽，在田間來來往往。農夫之間，見面自然不談世俗之事，話題總離不開田園桑麻的生長情況。但見田園桑麻漸漸長高，自己開墾的土地也漸增漸廣。

此處寫自己與純樸的農人披草來往。假如與〈歸園田居〉（其一）比較，應能明白這種人與人的交往，與昔日的官場應酬截然不同。談論桑麻生長的情況，跟詩人昔日在官場中所厭惡的「雜言」，真不可同日而語！昔日的人事，與今天的人事，不同之處還在於沒有機心。與充滿了狡詐虛偽的官場比較，田園生活的可貴，在於純樸的鄉鄰關係。這是通過以人物的「行動」來寫出鄉居生活內在的「平靜」。

第三層次，「桑麻日已長，我土日已廣；常恐霜霰至，零落同草莽。」

田園生活中，眼看農作物一天天長大，辛勤地開闢荒土，面積愈來愈廣闊。這是令人喜悅的一面。同時，田園生活跟城市不同之處，還在於受天氣因素的影響甚大，詩人經常擔心霜雪驟降，莊稼如同草莽一樣凋零殆盡。假如不幸遇上這樣的情景，自

已過去一切的努力，將會毀於一旦。這又是令人充滿憂慮的一面！這一喜一憂，正說明詩人已經完全投入了田園生活之中，顯然已經甘心情願地接受這一切一切。這四句，重點寫作者在田園生活中內心真切的感受。

最後，我們講解〈歸園田居〉（其三）。種豆於南山之下，可是草盛而苗稀，這是極平常的話，像農夫之間的一席閒談。如此平淡的起筆，給人以真實而親切的感受。如果聯繫第一首〈歸園田居·少無適俗韻〉來看，「開荒南野際」便可以解釋為：由於南山的農田是新開墾的荒地，那麼，「草盛豆苗稀」的結果也就合情合理、不足為怪了。

從「晨興理荒穢」到「帶月荷鋤歸」，說明詩人已經從早到晚，整整幹了一整天的粗活。也由於是新開墾的土地，所以道路依然狹隘，草木長得甚高。晚上，草葉凝結着露珠，也沾濕了自己的衣裳。蘇東坡對此詩的評語：「以夕露沾衣，可見違其所願者多矣。」其實，衣服即使沾濕了，原本是沒有甚麼值得可惜的，可是，該如何理解下一句「但使願無違」中的「願」？詩人是希望農作物能生長茂盛？是盼望桑麻快長，田土更廣嗎？還是藉着「歸園田居」這決定，希望能一直保持個性品格的完整？盼望一直堅持自己的人生理想？……這些，作者當然沒有明說，只能留給千百年來的讀者去細細思量吧！

下面以第一首為主，並整體談談〈歸園田居〉三首的寫作特色。

〈歸園田居〉三首最能體現陶詩語言樸實的特色。詩人用清新樸素的語言、明白曉暢的口語，既沒有艱深的典故，也沒有華麗繽紛的詞藻，呈現在讀者眼前的，卻是活生生的田園生活畫卷。

〈歸園田居〉第一首，在層次上，除第五六句是對故園的回憶外，其餘均按照時間先後順序，先寫辭官歸田，再寫田園景物，最後寫重返自然懷抱的愉快心境。

結構上，首四句「少無適俗韻，性本愛丘山。誤落塵網中，一去三十年」；末四句以「戶庭無塵雜，虛室有餘閒。久在樊籠裏，復得返自然」相照應。「虛室」扣「俗韻」，「樊籠」扣「塵網」，「久」扣「三十年」，「返自然」扣「愛丘山」。這是點睛之筆，「首尾呼應」的寫作方法，集中表現了詩人的志向和對現實的不滿，結構嚴謹。

內容上，詩人一方面悔恨出仕，另一方面卻嚮往歸隱。既寫出了歸隱田園的原因，也為其後各首描述鄉村生活的內容作了鋪墊，出仕的抑鬱苦悶與歸田的輕鬆歡

愉，形成了極為強烈的對比。

　　景物描寫方面，本詩先介紹住宅四周，再介紹草屋，然後房屋前後的榆柳桃李；近寫之後，再遠寫黃昏村落的景色。同時，寫景上，先寫靜景，再以「狗吠深巷」、「雞鳴樹顛」的動景作襯托。這是「以動襯靜」的寫法，層次井然有序。

　　修辭方法上，詩人被拘禁在狹小空間，恰似「羈鳥」、「池魚」；污濁的官場生活就像「塵網」、「樊籠」，這裏用的是「借喻」的修辭手法。「狗吠深巷中，雞鳴桑樹顛」兩句，狗吠雞鳴之外，沒有多少人聲，藉以「反襯」出山村中的寧靜。

　　綜合而言，前人認為陶詩善用淺易的文字、平緩的語調，表達極為深刻的思想。在這一組詩中，詩人躬耕田畝，輕描淡寫，卻飽含了無盡的詩意。「種豆南山下」，語言質樸，近乎口語；「帶月荷鋤歸」，如詩似畫，意境優美！

　　總之，詩人通過描繪農村景物，以「羈鳥」、「池魚」自喻，抒發真摯的情懷。詩人熱愛淳樸自由的鄉間生活，拒絕虛偽醜陋的官場生活。詩中情景交融，語言樸實無華，對仗工整自然。讀完這一組詩，腦際依然飄盪着田園生活輕快的歌聲；眼前就是一幅又一幅令人難忘的田園景物圖。

　　不難理解，置身這樣無欲無求的大自然景物之中，像陶淵明這樣的讀書人，終於尋得自己真正安身立命之所。如想進一步了解詩人的志向抱負，請不要錯過詩人的另一篇佳作〈歸去來辭〉（並序），當會有更深的啟發。

✎ **問答題**

1. 「少無適俗韻」中「適」的意思是甚麼？
   A. 舒服　B. 偶然　C. 適應　D. 前往

2. 「開荒南野際」中「際」的意思是甚麼？
   A. 時候　B. 邊沿　C. 機會　D. 遭遇

3. 「桃李羅堂前」中「羅」的意思是甚麼？
   A. 搜集　B. 捕捉　C. 網子　D. 排列

4. 陶淵明〈歸園田居〉詩總共有多少首？
   A. 三首　B. 四首　C. 五首　D. 六首

5. 〈歸園田居〉屬於以下哪一種詩體？
   A. 五言古詩　B. 五言絕詩
   C. 五言律詩　D. 五言雜詩

6. 對於〈歸園田居〉的描述，以下哪一項不正確？
   A. 語言樸素自然
   B. 感情真率
   C. 以農村生活入詩
   D. 隱含兼善天下的志向

7. 對於〈歸園田居〉的描述，以下哪一項不正確？
   A. 描寫寧靜、閒適、質樸的田園生活
   B. 直接表達出自己對官場生活的厭惡
   C. 表達了對大自然的喜悅和無限嚮往
   D. 認為回歸田園才符合自己真率的個性

8. 〈歸園田居‧其一〉「久在樊籠裏，復得返自然」一句，在結構上有何好處？
   A. 開門見山　B. 承上啟下
   C. 首尾呼應　D. 前後呼應

9. 「羈鳥戀舊林，池魚思故淵。」用了甚麼修辭手法？
   　1 對比　2 對偶　3 借喻　4 借代
   A. 1、2　B. 2、3　C. 3、4　D. 1、4

10. 「少無適俗韻，性本愛丘山。」用了甚麼修辭手法？
    A. 對比　B. 擬人　C. 借喻　D. 借代

答案：1C, 2B, 3D, 4C, 5A, 6D, 7B, 8C, 9B, 10D

第四章

漢魏六朝散文

褚少孫　西門豹治鄴

掃碼聽音頻

原文

　　魏文侯時，西門豹為鄴令。豹往到鄴，會長老，問之民所疾苦。長老曰：「苦為河伯娶婦，以故貧。」豹問其故，對曰：「鄴三老、廷掾常歲賦斂百姓，收取其錢得數百萬，用其二三十萬為河伯娶婦，與祝巫共分其餘錢持歸。當其時，巫行視小家女好者，云是當為河伯婦，即娉取。洗沐之，為治新繒綺縠衣，閒居齋戒，為治齋宮河上，張緹絳帷，女居其中。為具牛酒飯食，十餘日。共粉飾之，如嫁女床席，令女居其上，浮之河中。始浮，行數十里乃沒。其人家有好女者，恐大巫祝為河伯取之，以故多持女遠逃亡。以故城中益空無人，又困貧，所從來久遠矣。民人俗語曰，『即不為河伯娶婦，水來漂沒，溺其人民』云。」西門豹曰：「至為河伯娶婦時，願三老、巫祝、父老送女河上，幸來告語之，吾亦往送女。」皆曰：「諾。」

　　至其時，西門豹往會之河上。三老、官屬、豪長者、里父老皆會，以人民往觀之者三二千人。其巫，老女子也，已年七十。從弟子女十人所，皆衣繒單衣，立大巫後。西門豹曰：「呼河伯婦來，視其好醜。」即將女出帷中，來至前。豹視之，顧謂三老、巫祝、父老曰：「是女子不好，煩大巫嫗為入報河伯，得更求好女，後日送之。」即使吏卒共抱大巫嫗投之河中。有頃，曰：「巫嫗何久也？弟子趣之！」復以弟子一人投河中。有頃，曰：「弟子何久也？復使一人趣之！」復投一弟子河中。凡投三弟子。西門豹曰：「巫嫗、弟子，是女子也，不能白事，煩三老為入白之。」復投三老河中。西門豹簪筆磬折，向河立待良久。長老、吏、旁觀者皆驚恐。西門豹顧曰：「巫嫗、三老不來還，奈之何？」欲復使廷掾與豪長者一人入趣之。皆叩頭，叩頭且破，額血流地，色如死灰。西門豹曰：「諾。且留待之須臾。」須臾，豹曰：「廷掾起矣。狀河伯留客之久。若皆罷去歸矣。」鄴吏民大驚恐，從是以後，不敢復言為河伯娶婦。

　　西門豹即發民鑿十二渠，引河水灌民田，田皆溉。當其時，民治渠少煩苦，不欲

也。豹曰：「民可以樂成，不可與慮始。今父老子弟雖患苦我，然百歲後期令父老子孫思我言。」至今皆得水利，民人以給足富。

📖 撰文：曹順祥

本篇向大家講解的經典是漢代褚少孫的〈西門豹治鄴〉。

21 世紀是個科學時代，而迷信害人的事件仍時有所聞。何況二千多年前的古代？本文正是記載一件因迷信而殺人，令人慘不忍睹的真事！

西門豹（生卒年不詳），中國戰國時代魏國安邑（今山西夏縣）人。魏文侯時，受翟璜推薦擔任鄴令。西門豹一生最著名的功績是破除「河伯娶婦」的陋習，又帶領民眾開鑿了十二條運河，引河水灌溉民田。

〈西門豹治鄴〉選自《史記‧滑稽列傳》，作者褚少孫（生卒年不詳），西漢經學家，潁川人，西漢中後期時做過博士。據《漢書》的記載，司馬遷死後，《史記》在流傳過程中散失了十篇，僅存目錄。褚少孫做了補充、修葺的工作。

《韓非子》、《史記‧滑稽列傳》、《論衡》、《戰國策》、《淮南子》、《說苑》等書都曾記載西門豹的事跡。褚少孫補〈滑稽列傳〉，稱其「名聞天下，澤流後世」。

故事大約發生於魏文侯（？－前 396）二十五年（前 400）。主要是講述西門豹來到鄴地當官，描述了西門豹如何懲處邪惡，為民除害，重點記敘了怎樣破除迷信的過程。

文章的第一部分，敘述西門豹上任鄴縣令，問長老當地有何民生疾苦，得知當地百姓苦於「河伯娶婦」的習俗。而鄴縣的老百姓每年都要花費巨款去為河神娶妻，致使當地民窮財盡。因此，那些有女兒的家庭，大多逃亡他方，令鄴縣窮上加窮。

當地的長老說：「每年三老、廷掾與巫祝，搜刮民錢數百萬，只用其中的二三十萬，作為河伯娶婦的費用，其餘就中飽私囊，全部落入了他們的口袋裏。當時，巫祝遍訪每戶人家，但凡有幾分姿色的女子，即說『此女當為河伯夫人』，即強行安排娉娶之禮。巫祝首先為女子沐浴更衣，安排於河邊齋宮居住。當擇好良辰吉日，將床及女子一起漂浮於河中，漂流幾十里就沉沒了。地方上傳言說：『如果不為河伯娶親，河水就會令當地氾濫成災。』因此，很多人家都帶着女兒逃亡到遠處去，所以城裏愈來愈

空。」聽畢，西門豹說：「到河伯娶親的日子，希望你來告訴我，我也要去送親。」

聰明的讀者當然不會不知道，這只是個充滿迷信的大騙局。可是，從鄴縣的老百姓角度來看，他們似乎都不知這是個不折不扣的騙局！

從本文「即不為河伯娶婦，水來漂沒，溺其人民」這句話，明顯可以看出，當地老百姓對於「假如不為河伯娶婦，即會帶來水患」這種極其荒謬的說法，竟然是深信不疑的！

此時，讀者只能寄望於西門豹，希望藉這位新上任的縣令，可以移風易俗！但事實是否如此？西門豹竟然沒有即時拆穿這個騙局，而是任由這「風俗」繼續下去，這無疑是讓人有點失望的！

文章的第二部分，接着敘述「河伯娶親」的當天，西門豹到河邊赴會。三老、官吏、地方領袖、里長、父老都到了，圍觀的有幾千人。主持的是個老巫婆，她有女弟子十人，跟隨在後面。

當西門豹看了「河伯新婦」的樣子後，回頭對三老、巫婆及父老說：「這個女子不漂亮，麻煩大巫婆去河裏報告河伯，我們要再找更美的女子，後天送來。」並要巫祝親自到河伯住處稟報寬限獻女的時日，便命人將大巫婆拋入河中。後來，西門豹又說：「大巫婆為甚麼去這麼久不回來，派個弟子去催她。」又投一個弟子入河。不久又說：「怎麼這個弟子也一去這麼久？」於是西門豹又下令再派一名弟子去催她。前後總共投了三個弟子。西門豹說：「這些人都是女子，一定是事情說不清楚。麻煩三老前去說明。」又把三老投下河。此時，西門豹仍恭恭敬敬地站在河邊等候。過了很久，旁觀的人愈來愈害怕。

此時，西門豹回頭說：「巫婆、三老都不回報。怎麼辦？」正要派廷掾（即縣令的屬吏）和另一個豪富前去催促。兩人卻立刻跪下叩頭，叩得頭破血流，臉如死灰。西門豹說：「好吧好吧，那就再等一會兒。」不久，西門豹才說：「廷掾起來吧，河伯不娶親了。」於是，鄴縣官民都非常恐懼，從此不敢再提河伯娶親一事。而殘害人命的陋習「河伯娶婦」，終於從此消失。

文章的第三部分，記述西門豹接着徵發老百姓開鑿了十二條渠道，引漳水入渠，灌溉了農田。那個時候，因為一直要開挖渠道，老百姓有點厭煩，所以就不太願意幹這些事情。西門豹說：「現在的百姓會因為我而受苦受難，但是以後的子孫卻能享受

我們今天辛苦付出的成果。」直到現在，鄴縣都能享受到水利，老百姓生活過的十分豐裕。

綜合而言，文章在尾段交代了西門豹在鄴開渠灌田，表面上看，與「河伯娶婦」一事沒有明顯的關係。但事實上，老百姓花費大量金錢為河伯娶婦，目的無非是想安撫河神，使河道不會經常氾濫，才讓那些鼓吹迷信的人有機可乘，令百姓受苦。現在，西門豹通過開渠灌田，使河道通暢，才是真真正正地把「問題」解決了！只要百姓從此不必為河道氾濫而擔驚受怕，自然就不會重提「河伯娶婦」一事了。

結構上，本文分為兩個層次，一是破除「河伯娶婦」迷信，一是敘述修渠一事。在破除「河伯娶婦」迷信一事上，處處反映出西門豹憂民愛民的精神，西門豹用「請君入甕」的方法，巧妙地處置了巫婆及斂財的三老等人，見出他的智慧與勇氣，可謂大快人心！在敘述修渠一事上，西門豹沒有遷就百姓愚昧落後的意識，而敢於堅持修渠的遠見，充分展示其辦事的果斷和魄力！

作法上，本文敘事簡潔，情節緊湊，詳寫西門豹在「河伯娶婦」現場的鬥爭經過，突出了人物的性格；興修水利一事則寫得比較簡略。人物形象方面，通過百姓的愚昧，巫婆及三老的虛偽貪財，襯托出西門豹的機智、勇敢。

本文人物描寫非常生動，如「皆叩頭，叩頭且破，額血流地，色如死灰」，把廷掾與豪長者的恐懼描寫得栩栩如生。又通過大量人物語言與行動描寫，突出西門豹的鮮明形象。文末「西門豹即發民鑿十二渠，引河水灌民田，田皆溉」和首段説「城中益空無人，又困貧」產生明顯的對比，突出了西門豹的成功管治。

通過西門豹的整頓治理，原本人煙稀少、土地荒蕪的鄴縣逐漸繁華起來。西門豹死後，鄴縣的老百姓先後建造了「西門豹廟」和「投巫池」。宋、明、清三個朝代還陸續建了碑碣。直到現在，還有一條渠叫「西門豹渠」。難道這不是二千四百多年來人民對他的崇敬和懷念之情的最佳體現嗎？也不得不佩服西門豹的高瞻遠矚！而「民可以樂成，不可與慮始」一句，道出了多少為官者的良苦用心。難怪司馬遷在《史記》中高度讚揚西門豹，説他是「賢大夫」，西門豹實在是當之無愧！

二千多年過去了，西門豹尊重事實，破除迷信的形象依然活在我們心中，由此可見，一個人對社會所做出的貢獻，歷史自然會給予最公正的評價！

✎ **問答題**

1. 下列句子中詞語的解釋，哪一個不正確？
   A. 豹往到鄴，會長老。會：會集
   B. 弟子趣之。趣：催促
   C. 煩三老為入白之。白：告訴
   D. 凡投三弟子。凡：平常

2. 下列對文意的理解，哪一項不正確？
   A. 西門豹任鄴縣令，會集德高望重的人，查詢當地老百姓痛苦的事情。
   B. 西門豹將女巫及弟子多人投入河中，從此大家不敢提河伯娶婦一事。
   C. 西門豹通過開挖十二條渠道，引河水灌溉農田，老百姓都積極響應。
   D. 本文記述西門豹破除迷信和興修水利二事，刻畫其機智勇敢的形象。

3. 下列對原文的寫作特色的描述，哪一項不正確？
   A. 文章大量運用人物對話展開情節，充分表現了西門豹的聰明才智。
   B. 文末記西門豹鑿渠引河水灌民田和首段構成對比，突出其管治成功。
   C. 本文在寫作上詳略分明，鬥智除害寫得簡略，興修水利則比較詳細。
   D. 本文在結構上分為兩個層次，一是破除迷信，一是敘述修渠一事。

4. 聯繫全文，想想西門豹在「破除迷信」一事上有何過人之處？
   1 安排周密　2 喬裝打扮
   3 假戲真做　4 講究策略
   A. 1、2、3　B. 2、3、4
   C. 1、2、4　D. 1、3、4

5. 你覺得西門豹是個怎樣的人？
   1 足智多謀　2 講究策略
   3 相信科學　4 執於迷信
   A. 1、2、3　B. 2、3、4
   C. 1、2、4　D. 1、3、4

6. 以下哪一項不符合本文的內容？
   A. 展開調查，弄清真相
   B. 尊重事實，破除迷信
   C. 懲治惡人，公平審訊
   D. 開鑿渠道，澆灌農田

7. 「皆叩頭，叩頭且破，額血流地，色如死灰。」運用了下面哪種寫作手法？
   1 語言描寫　2 行動描寫
   3 心理描寫　4 肖像描寫
   A. 1、2　B. 2、3　C. 3、4　D. 2、4

8. 「有頃，曰：『弟子何久也？復使一人趣之！』復投一弟子河中。」運用了下面哪種寫作手法？
   1 語言描寫　2 行動描寫
   3 心理描寫　4 肖像描寫
   A. 1、2　B. 2、3　C. 3、4　D. 2、4

9. 本文出自哪一本歷史書？
   A.《左傳》　B.《史記》
   C.《漢書》　D.《三國志》

10. 本文最後一段，先記述「民治渠少煩苦，不欲也」，再指出「至今皆得水利，民人以給足富」。這裏用了甚麼寫作手法？
    A. 對比　B. 誇張　C. 抑揚　D. 諷刺

答案：1D, 2C, 3C, 4D, 5A, 6C, 7D, 8A, 9B, 10A

王羲之 蘭亭集序

掃碼聽音頻

📄 原文

永和九年，歲在癸丑，暮春之初，會於會稽山陰之蘭亭，修禊事也。群賢畢至，少長咸集。此地有崇山峻嶺，茂林修竹，又有清流激湍，映帶左右。引以為流觴曲水，列坐其次；雖無絲竹管絃之盛，一觴一詠，亦足以暢敘幽情。

是日也，天朗氣清，惠風和暢，仰觀宇宙之大，俯察品類之盛，所以遊目騁懷，足以極視聽之娛，信可樂也。

夫人之相與，俯仰一世，或取諸懷抱，晤言一室之內；或因寄所託，放浪形骸之外。雖趣舍萬殊，靜躁不同，當其欣於所遇，暫得於己，快然自足，不知老之將至。及其所之既倦，情隨事遷，感慨繫之矣。向之所欣，俛仰之間，已為陳跡，猶不能不以之興懷；況修短隨化，終期於盡。古人云：「死生亦大矣。」豈不痛哉！

每覽昔人興感之由，若合一契，未嘗不臨文嗟悼，不能喻之於懷。固知一死生為虛誕，齊彭殤為妄作。後之視今，亦猶今之視昔，悲夫！故列敘時人，錄其所述，雖世殊事異，所以興懷，其致一也。後之覽者，亦將有感於斯文。

📖 撰文：賴慶芳

本篇向大家講解的經典是王羲之的〈蘭亭集序〉。

你們知道王羲之的故事嗎？王羲之（303－361），字逸少，定居會稽山陰（今浙江省紹興），是大臣王導（276-339）的侄兒；他官至右軍將軍、會稽內史，後世稱之為「王右軍」。王羲之精於書法，行、草、楷皆精，有「書聖」之稱。有關王羲之的生平故事甚多，皆令人津津樂道。

第一個故事是王羲之被選為女婿。太尉郗鑑（269－339）欲選女婿，派門生到王家遍觀子弟。王家各少爺聽聞選婿使者至，皆作準備，獨王羲之在東床坦腹進食，仿

若罔聞。門生告訴郗鑑，郗鑑説：「此人正是佳婿啊！」之後將女兒嫁給他。現在，人稱美好女婿做「東床快婿」。

第二個故事是有關王羲之對鵝的鍾愛。《晉書》記載會稽姥姥養了一隻善鳴叫的鵝，王羲之攜同親友前往觀看。姥姥聽聞王羲之到來，烹煮了鵝等候招待他，王羲之因鵝死而整天歎息。

第三個故事是山陰一名道士飼養了好鵝，王羲之甚是喜歡，求對方賣給他。道士説：「你若替我抄寫《道德經》，我將全部鵝送你。」王羲之欣然答應。寫完後，籠鵝而歸。

〈蘭亭集序〉寫於永和九年（353）暮春，王羲之與謝安（320－385）、孫綽（314－371）、王彬之（生卒年不詳）、郗曇（320－361）、王蘊（330－384）等四十一名賢士，在會稽境內的蘭亭舉行文人聚會。他們坐於河邊，飲酒賦詩，共成卅七首，彙集成《蘭亭詩集》，由王羲之寫序，故此稱為〈蘭亭集序〉，這篇序文有「天下第一行書」之稱。《晉書》稱賞他的書法風格：「飄若游雲，矯若驚龍。」唐太宗（李世民，598－649）極度推崇王羲之，不僅廣收王氏書法，且親自為《晉書·王羲之傳》撰寫贊辭。

此文共分四段，有起、承、轉、合之格局。

第一段是起：交代聚會的時、地、人及原因。時間是晉穆帝永和九年三月上旬已日，即三月三日。地點是會稽山陰的蘭亭。原因是為了修「禊」。「禊」乃古代一種藉以清除污穢不祥的祭祀儀式，後來加入宴飲、作詩等項目。首段敘述群賢的活動及四周清幽的環境：有高峻的山嶺、茂密的樹林、修長的竹子，又有清澈的溪水、急奔的波流，環映在亭兩邊。他們將流水引來作為漂送酒杯的彎曲水道，按長幼次序坐於水道旁邊，在各種樂器伴奏之下，一邊飲酒一邊賦詩，舒展幽深的情懷。古代文人雅士會將酒杯放在溪水上面，任它隨着彎彎曲曲的溪水漂流，漂到誰面前，誰便取而飲之，這種飲酒方式叫「流觴」。

第二段是承：承接首段而來，作者敘述了聚會的天氣及樂趣。那日天氣良好，作者抬頭仰望宇宙的浩大，低頭俯視萬物種類的繁多，眼睛可以隨意觀賞，心神自由奔馳，盡情享受視聽的樂趣。文章提到「宇宙」一詞，究竟甚麼是「宇宙」？上下四方稱作「宇」，即東南西北無窮的空間；古往今來稱為「宙」，即古今無盡的時間。

王羲之為何會感到快樂滿足？

王羲之的快樂是由外在環境、活動及內心滿足而產生的，我綜合出五個原因：一、聚會之日天氣晴朗，好風和暖舒暢，令人心情愉快。二、蘭亭四周環境優美，有高山、茂林、修竹、清流環繞左右，令人賞心悅目。三、相識的賢士聚集一起，不論年少年長，樂也融融。四、彼此列坐彎曲水道旁，飲酒賦詩，可以歡暢表達內心情感。五、在會稽蘭亭一帶，作者仰觀浩瀚的宇宙，俯察繁盛的萬物，心神自由馳騁，感覺海闊天空，心靈愉悅滿足。

第三段是轉：內容由聚會的四周環境、人物活動的描述轉為人生議題，筆調亦由輕鬆愉快轉為低沉傷感。王羲之想到人生的幾個議題：首先，人與人之間的相處，轉眼間就一世。其次，人的個性不同：有的盡訴心懷抱負，在一室之內與人相聚對談；有的將情懷寄託於可憑藉的事物上，放縱於身外的大自然世界。作者提及的「放浪形骸」有甚麼例子呢？在魏末晉初，「竹林七賢」是著名放浪形骸的人物。他們隱居不仕，或好酒如命，或行為怪誕——有與豬同飲，有裸行家中，有命僕人帶鋤而行，準備隨時一死可以挖坑而葬。雖然人的取捨有差異，動靜好惡各不同，但面對時間的流逝是同樣的。「靜躁」此處指安靜、躁動的個性。當人們為周遭境況感到喜悅，暫時自我得意、覺得快樂滿足的時候，不知道老年快將到來。

王羲之在這段提出人們產生感慨的源由——對所追求的目標感到厭倦，心情隨着事物的變化而改變，感慨也因此產生。過去，人們感到喜悅的事情轉眼之間變成陳年舊事，對這種變化，人尚且不能不因而興起感懷，更何況人生壽命長短，總得隨着自然規律變化，而最後都要走向死亡。作者因此感覺悲痛，也認同古人之言：「死生亦大矣」——生死可謂重大的事情。那個古人是誰？「死生亦大矣」一句其實出自《莊子·德充符》，是莊子記錄孔子的話。死與生都是人生大事，說這話的古人正是孔子。

原本因聚會而感到快樂愉悅的作者，為何會傷感呢？

我由此段整理出五個王羲之感傷的原因：

一、人生在世十分短暫，在俯仰之間便過了——人生苦短。

二、當人為自己的遭遇感到喜悅，感到快樂滿足之時，不知衰老快要到來——所謂快樂不知時日過，時光匆匆消逝，歲月不留人。

三、儘管人的志向不一樣，動靜好惡不同，但值得高興之事也會在轉眼間成為陳年舊跡，令人唏噓不已——縱是喜樂也會化作煙塵。

四、對自己追求的目標終有一天會感到厭倦，昔日喜好之人、事、物，今日可能已改變——因為心情隨着事物的變化而改變，感慨隨之而來。

五、不管人的壽命長短，總有一天結束——人終會化作塵土，非人力所能改變。

最後一段是合：總結前文所述的人生議題，記述撰寫此序文的目的。王羲之指出：觀看前人興起感慨的原因，發現與自己產生感慨的因由像符契那樣吻合，沒有不對着這些文章而嗟歎，他心裏的情懷亦不能紓解。因此，他認為將生與死視為一樣，把長壽與短命視作等同，是荒誕的說法、虛妄的主張。生與死是大事，怎會等同？他撰寫此序文後，相信後世人看他那時代的人，猶如他那時代人看古人一樣，都會興起感慨的情懷。作者因此逐一記錄當時參加蘭亭聚會的人，抄錄他們的詩篇。他認為：即使時世改變，事情不同，詩文引發感觸的原因是一樣。後世的讀者，亦會對此文有所感慨。事實一如作者推測，現在我們每次看此文章，難免心生慨歎。

生死相同、長壽短命一樣，究竟是誰的理論？

王羲之序文中「一死生」「齊彭殤」的「一」字乃指一樣，「齊」字則指等同。

這兩字皆作動詞用，意思即是：將生死看作一樣，將長壽及短命視作等同。「彭」是指傳説中的長壽者彭祖，據聞他有八百歲命；「殤」則指夭折，未成年之前死亡。此理論源於《莊子·齊物論》。莊子認為：沒有比早夭折歸天的人更長壽的了，彭祖活八百年也算是短命夭折了。王羲之斥責此説為虛誕、妄作。你同意作者的説法嗎？你認為生死相同嗎？

最後，我們探討一下王羲之「列敘時人」「錄其所述」的原因。

我認為從文章可以得出幾個原因：

一、人的壽命終會有盡之日，故此列敘當時出席之賢士，記錄他們的作品，在人逝世之後，作品可以流傳後世。

二、人們感到欣喜之時，短暫的人生瞬間變成陳跡，故此列敘是日之樂事，縱使成為陳年舊跡亦留下印記。

三、死與生為大事，古人、今人及後世人，他們興懷的原因如符契般吻合，故列敘時人作品，即使賢士已不在，也可以讓後世讀者產生共鳴。

✎　**問答題**

1. 以下哪一項可作為「蘭亭集序」一題目的
   表面意思？
   A. 在蘭亭聚集的序言
   B. 記錄蘭亭聚集情況
   C. 蘭亭詩集的序言
   D. 記錄群賢在蘭亭的活動

2. 〈蘭亭集序〉有以下哪一項稱譽？
   A. 天下第一楷書　　B. 天下第一行書
   C. 天下第一草書　　D. 天下第一隸書

3. 王羲之喜好鵝，以下哪一項不是他的故
   事？
   A. 攜同親友前往觀看鵝
   B. 因鵝死而整天歎息
   C. 與道士爭買鵝
   D. 為求鵝而抄寫道德經

4. 作者與賢士敘於蘭亭是為了修「禊」之事，
   「禊」是指甚麼事情？
   A. 宴飲作詩　　B. 清除污穢不祥的祭祀
   C. 遊山玩水　　D. 列坐河道旁飲酒

5. 文中提及「流觴曲水」，它的意思是甚麼？
   A. 會流動的酒杯放彎曲水道
   B. 會流動的酒杯放於叫曲水的河道
   C. 流放酒杯於名叫曲水的河道
   D. 流放酒杯於彎曲水道

6. 以下哪一項不是王羲之在蘭亭聚集之樂？
   A. 四周環境優美，有高山流水、茂林修竹
   B. 能俯察繁盛的萬物，心神自由馳騁
   C. 賢士聚集一起，不論長幼樂也融融
   D. 人與人的相與，俯仰之間就一世

7. 「仰觀宇宙之大」一句中「宇宙」一詞的原
   意是甚麼？
   A. 天空白雲　　　B. 銀河星宿
   C. 大自然萬物　　D. 上下四方與古往今來

8. 王羲之在文中提及「一死生」，此「一」字
   是甚麼意思？
   A. 數字一　　　B. 一起
   C. 看成一樣　　D. 一生

9. 文中述及王羲之頓生感慨，哪一項不是其
   原因？
   A. 人生苦短，在俯仰之間便過了
   B. 為己之遭遇而感到高興，卻不知老之將
      至
   C. 人的志向不一樣，動靜好惡不同
   D. 不管壽命長短，總有一天終結

10. 據說彭祖有多少歲壽命？
    A. 八十歲　　B. 八百歲
    C. 八千歲　　D. 八萬歲

答案：1C, 2B, 3C, 4B, 5D, 6D, 7D, 8C, 9C, 10B

干寶　羽衣女

掃碼聽音頻

📑 原文

豫章新喻縣男子，見田中有六七女，皆衣毛衣，不知是鳥。匍匐往，得其一女所解毛衣，取藏之。即往就諸鳥。諸鳥各飛去，一鳥獨不得去。男子取以為婦，生三女。其母後使女問父，知衣在積稻下，得之，衣而飛去。後復以迎三女，女亦得飛去。

📖 撰文：賴慶芳

本篇向大家講解的經典是晉代干寶（約 285－336）《搜神記》中一個有趣的故事──〈羽衣女〉。

首先介紹作者及這本最早的志怪小說總集。

據《晉書》所記，干寶，字令升，大約活於西晉太康中至穆帝永和年間（約 285－336），曾領編國史，著《晉紀》而為人稱作「良史」。他搜集了許多神鬼怪異、靈異夢卜、妖精怪物、歷史傳說等古今怪異故事，編寫成《搜神記》。創作的原因除了因為受當時社會風氣的影響，是要為證明世上有鬼神的存在。

他之所以撰寫《搜神記》，是有感而作。他父親亡故時，母親將其父生前寵婢推入墓中。其後十餘年，母親亡故，兄弟開啟父墓以合葬，結果發現婢女伏在棺上未死，將她帶回家，幾日後蘇醒。又據《晉書》所記，干寶的兄長亡故數日而復生，訴說各項鬼神事情，仿如造夢而醒，不知自己曾死。干寶心有所感，因此搜集古今神靈鬼異、人物變化，合編成三十卷《搜神記》。

書中較優秀的故事主要分為三類：一、古代歷史傳說──頌揚了忠義烈士、貞潔義行；二是人鬼相戀故事──表現鬼魂對愛情的渴望與執着，對意中人的關顧眷戀；三、為民除害的事跡──展示英勇忠義的人犧牲自己，為百姓消除禍害及災難，謀求安逸和福祉。本篇故事載於《搜神記》卷十四，此卷主要述說奇異怪誕的事情，包括

人類化為動物，動物與人結成夫妻，生育下一代，亦有述寫動物以人為母之異事。

這篇〈羽衣女〉故事十分短小，記述男子因偷去羽毛衣，得鳥兒變的少女為妻子的奇異故事。

故事以傳記之法敘述，以人物的言行為脈絡，大體可以分成三個小節。

第一小節由首句至「取藏之」，敘述男子見少女而盜其衣。

豫章一名男子，見田裏有六七個少女，偷得其中一女子脫下的羽毛衣，再接近她們。豫章是古郡，秦末楚漢時期設置，治所在今江西省南昌市；新喻乃古縣，故城在今江西新喻縣南。「匍匐」是身軀貼近地面而手足並用的爬行，朱熹注《詩經‧大雅‧生民》曾云：「匍匐，手足並行也。」此二字生動描述了男子不光彩的偷竊行徑。

第二小節由「即往就諸鳥」至「生三女」，述男子藏衣娶得少女，生育女兒。

「就諸鳥」是指湊近、靠近一眾鳥兒的意思。一眾少女披上自己的羽衣，化作鳥兒各自飛走了，只剩下一個女子失掉羽衣飛不走，男子因而娶她為妻。「取」乃娶之意，但女子是無可奈何，無可選擇餘地嫁給他。羽衣女與男子婚姻生活似乎愜意，還生育了三個女兒。

第三節由「其母後使女問父」至「女亦得飛去」，述羽衣女尋得舊衣，與女兒飛走。

羽衣女與男子的婚姻表面看起來很愜意，但她一直在尋找羽衣，暴露她多年內心的苦澀。她令女兒問夫婿羽衣收藏之處。女兒自不知羽衣的重要性，女兒問其父，其父無防備之心，吐露真言亦較容易。女兒得知羽衣藏在堆積的稻穀之下，自然轉告其母。男子藏羽衣於「積稻下」，可見他的聰明之處，因為「稻」非貴重之物，不惹人注意；禾稻面積大，不易尋得。

羽衣女終於得回己之衣服，立刻穿上飛走了。她如此急走的原因，是因為曾經受過男人藏衣之苦。待安定後，她再回來帶走三個女兒。「女亦得飛去」一句可見羽衣女有備而來，女兒之前未能跟着同走，是她走得快速，且女兒為人身，或不能飛。為此，羽衣女再次回來，或許帶了三件羽衣來，讓三個女兒一起飛走。羽衣女明顯對男子沒有情感，即使相處多年，又生了三個女兒，仍然拋下男子，回到自己的世界去。

作者沒有記錄男子的反應，也沒有述説羽衣女與三個女兒的去向，卻耐人尋味，惹人遐想。文中展示了羽衣女有自己的世界，昔年與她同行的六七名少女，皆非屬於人類的世界。作者沒有交代她們是神仙，還是妖精，但從男子想娶她為妻一事，可見

少女的吸引力。

　　此故事給了我們一點愛情的啟示：以不恰當的手法或非法手段爭奪回來的伴侶，不會獲得對方的一顆心，得其人而不得其心，結果還是悲涼的。情況如故事中的男子，他偷了女子羽衣，暗藏多年而不肯告訴妻子，結果妻子尋得羽衣便立刻飛走。男女之間的愛情是建築在雙方意願之上，需要互相尊重、彼此坦誠相待，更不可有欺壓與隱瞞。

　　〈羽衣女〉有幾點藝術特色：一、故事精簡完整——篇幅短小而結構完整，情節曲折而內容豐富，開拓了短篇小說的體制。二、細節描寫——注重細節描寫，以推進故事的發展，如描述男子匍匐偷竊羽衣的狀況，為羽衣女後來尋得羽衣而飛走留下了伏筆。細節描寫出色，可媲美後世優秀之小說。三、用字遣詞簡樸——在如此短小的篇幅之中，作者述寫故事之時，重複用數量詞「六七女」、「一女」、「一鳥」、「三女」，又重複三次運用「飛去」，令文章變得簡單易讀，增加了一點童話色彩，適合少年閱讀。

　　宋人洪鄒《豫章職方乘》有記述與此相類的故事：「嘗有年少見美女七人，脫彩衣岸側，浴於池中，年少戲藏其一。諸女浴畢，就衣化白鶴去。獨失衣女留，隨至年少家，為夫婦，約以三年。還其衣，亦飛去。故又名浴仙池。」明顯是受干寶小說的影響。

　　據聞德國格林童話〈六天鵝〉、〈十二兄弟〉，丹麥安徒生童話〈野天鵝〉，是著名巴蕾舞劇《天鵝湖》的原型。故事說一個王子在湖邊發現由天鵝變成的美麗女子，得知原來她為邪惡的巫師施了魔咒，變作雪白的天鵝，只能在晚間變回人。天鵝必須獲得王子真心的愛護，魔咒才可解除，卻被邪惡的黑天鵝從中作梗，白天鵝幾乎傷心欲絕至死，最後經歷磨煉而有情人終成眷屬。

　　然而，中國晉朝早有鳥兒變為少女的故事，且比西方還要早一千多年，內容與《天鵝湖》十分相近：首先，同是由鳥變為人；其次，男子偷看少女；其三，欲娶對方為妻。〈羽衣女〉所述的是女子披上羽衣後化為鳥而飛走；西方童話則反過來敘述：人們要編製破除魔法的衣服，才能讓天鵝變回人類。究竟是中西文化的巧合？還是中國古代故事輾轉流傳至西方？有待日後的考查。

✎ **問答題**

1. 干寶撰寫《搜神記》的動機是甚麼？
   A. 為影響社會的風氣
   B. 為證明鬼神的存在
   C. 為父親婢女平反
   D. 為兄長不死而慶賀

2. 作者干寶因著《晉紀》被人稱作甚麼？
   A. 良史　B. 小説家　C. 太史　D. 評論家

3. 以下哪一項不是屬於《搜神記》優秀作品的系列？
   A. 古代歷史傳説　　B. 人鬼相戀故事
   C. 為民除害的事跡　D. 鬼魂報復故事

4. 干寶見證以下哪二人死而復生？
   A. 父親、母親　B. 兄長、弟弟
   C. 婢女、僕人　D. 兄長、婢女

5. 以下哪一項不是《搜神記》卷十四的內容？
   A. 人類化為動物　B. 動物與人結成夫妻
   C. 動物以人為母　D. 人類飼養動物

6. 文中「匍匐」二字的意思是甚麼？
   A. 手足並用爬行　B. 躺臥地上
   C. 藏身草地　　　D. 身軀蹲着而行

7. 〈羽衣女〉中的男子將羽衣收藏在哪裏？
   A. 床底下　B. 積放稻穀之處
   C. 衣櫃中　D. 積放米糧的大缸

8. 羽衣女透過甚麼方法得知羽衣的收藏地方？
   A. 女兒替她找到　B. 女兒問父親
   C. 自己意外尋得　D. 男子告訴她

9. 以下哪一童話故事不是《天鵝湖》的原型？
   A. 六天鵝　B. 十二兄弟
   C. 灰姑娘　D. 野天鵝

10. 以下哪一項不是〈羽衣女〉的藝術特色？
    A. 故事精簡完整　B. 注重細節描寫
    C. 韻文白話夾雜　D. 用字遣詞簡樸

干寶 黃衣童子

掃碼聽音頻

📑 原文

　　漢時弘農楊寶，年九歲時，至華陰山北，見一黃雀為鴟梟所搏，墜於樹下，為螻蟻所困。寶見，湣之，取歸置巾箱中，食以黃花。百餘日，毛羽成，朝去，暮還。一夕三更，寶讀書未臥，有黃衣童子，向寶再拜曰：「我西王母使者，使蓬萊，不慎，為鴟梟所搏。君仁愛見拯，實感盛德。」乃以白環四枚與寶曰：「令君子孫潔白，位登三事，當如此環。」

📖 撰文：賴慶芳

　　本篇向大家講解的經典是干寶（約 285 − 336）《搜神記》中一個報恩的故事——〈黃衣童子〉。

　　〈黃衣童子〉是一個雀鳥報恩的故事，又名〈黃雀報恩〉，取自晉代志怪小説——干寶《搜神記》第二十卷。此卷主要敘述人類救助珍禽異獸而獲得美好回報，如〈病龍求醫〉述病龍化成老人求醫，病癒後降雨報恩；〈義犬救主〉述犬主人醉倒草地被火圍攻，義犬濕身救火致死；〈蟻王報恩〉述螞蟻變成黑衣人，協助恩人逃獄；〈隋侯珠〉述隋國國君令人替受重傷的大蛇敷藥包紮，大蛇感恩送來一顆大明珠；而這篇〈黃衣童子〉則述少年救助受傷黃雀而獲贈白玉環。

　　故事來源可追溯至三國魏曹植〈野田黃雀行〉一詩：「高樹多悲風，海水揚其波。利劍不在掌，結友何須多。不見籬間雀，見鷂自投羅。羅家得雀喜，少年見雀悲。拔劍捎羅網，黃雀得飛飛。飛飛摩蒼天，來下謝少年。」

　　詩歌記述黃雀因鷂鷹來捕，嚇至投進羅網之中，幸得少年拔劍破網相救，黃雀重獲自由，飛上天空後再飛下來多謝少年。

　　〈黃衣童子〉富有神仙志怪色彩，述黃雀化為黃衣童子報恩，弘揚善有善報的主

旨，歌頌善良仁慈的百姓。故事記述九歲的楊寶（約 1 世紀）因善心救助黃雀而獲得四枚白玉環，情節結構主要分成兩個部分：第一部分述楊寶救黃雀的經過，第二部分述黃雀贈送玉環以報。

作者干寶因為是史家，故此以傳記形式敘述故事，清楚交代人物籍貫、時、地、人、事。

時間是楊寶九歲之時，確實日期則不知。因楊寶的生卒年不詳。地點是華陰。「華陰」即是春秋晉國設的陰晉邑，秦惠文王（前 356－前 311）改名為寧秦，漢高祖（前 256？－前 195）再改曰華陰，有在華山之陰之意，治所在今陝西華陰縣東南。人物是孩童楊寶。楊寶是弘農人，而弘農是漢時設置的郡，治所在今河南靈寶縣南四十里。事情是黃雀被鴟梟撲擊受傷，墜落樹下受螞蟻圍困。楊寶憐憫牠，將牠帶返家，放置在儲放頭巾的小箱裏，用黃花餵飼牠。「鴟梟」，亦作「鴟鴞」，以有害昆蟲、老鼠等為食，古人卻常用牠們比喻貪污奸惡之人。黃雀受照顧一百多天，羽毛長成，每天早上飛出去，傍晚飛回來。黃雀似乎有靈性，早出晚歸眷戀小恩人，為其後化為黃衣童子埋下伏線。

第二部分富有童話色彩。黃雀變身黃衣童子，向楊寶致謝及表明身份。

故事篇幅短小，作者卻以長篇獨白交代源由及推動情節發展。黃衣童子向楊寶再作揖行禮說：「我是西王母的使者，出使蓬萊仙山，不小心被鴟梟撲擊受傷。因你的仁慈愛護而獲得拯救，實在感激你的大德。」特送上四枚白玉環作祝福：「讓你的子孫品行潔白純正，官職登升三事之位，就像這玉環一樣。」交代了黃衣童子的身份、受伏擊的原因，也推進情節——楊寶一家受祝福會得榮耀，且代代相傳。

「三事」即三公，古代朝廷三種最高官銜的合稱。顏師古（581－645）注《漢書》：「三事，三公之位，謂丞相也。」西漢時期以丞相（大司徒）、太尉（大司馬）、御史大夫（大司空）為三公，東漢則以太尉、司徒、司空為三公，屬宰相之職。作者透過故事揭示楊寶對萬物的仁慈愛護，弘揚善有善報之旨。

事實上，據《後漢書》〈楊震傳〉所載，楊寶之子孫位登三公的，共有四人，如黃衣使者送贈的四枚玉環之數——

一、楊寶之子楊震（54－124）於永寧元年（120）為司徒；延光二年（123）為太尉。當楊震亡故時，在舉行葬禮前十多日更「有大鳥高丈餘，集震喪前，俯仰悲鳴，淚下

霑地，葬畢，乃飛去」。

二、楊寶之孫、楊震之子楊秉（92－165）於建熹五年（162）成為太尉。楊秉品性廉潔，既不好酒，亦不好色，夫人雖早亡，他不再娶妻。延熹八年（165）卒亡，獲賜帝王陪陵。

三、楊寶曾孫、楊秉之子楊賜（？－185）在熹平二年（173）為司空，後拜光祿大夫。熹平五年（176）為司徒。同年冬天更晉拜為太尉，死後諡號「文烈侯」。

四、楊寶玄孫、楊賜之子楊彪（142－225）在中平六年（189）為司空。同年冬天為司徒。建安四年（199）拜為太常。三國魏文帝（曹丕187－226）登位，想以楊彪為太尉。楊彪辭謝，仍獲授光祿大夫，備受重視，卒於家，年八十四。《後漢書》評：「自震至彪，四世太尉，德業相繼，與袁氏俱為東京名族。」

楊彪之子楊修（175－219），因聰明受嫉妒，被曹操（155－220）藉雞肋之事殺死。楊寶後人連續四代，位居三公之位，符合四環之數。可惜富有才華的楊修，因太聰明而被殺。

〈黃衣童子〉影響後世的文學創作。如南梁吳均（469－520）《續齊諧記》有相同的記載，只增補了楊震之死而大鳥降臨悲鳴一節：「弘農楊寶，性慈愛。……寶之孝大聞天下，名位日隆。子震，震生秉，秉生彪，四世名公。及震葬時，有大鳥降，人皆謂真孝招也。」楊寶是慈愛的人，四代為公；楊震下葬，有大鳥飛下，可見一家四代品行高潔。又如《全唐詩》卷八六八收錄了李豫（726－779）一首〈夢黃衣童子歌〉，但今存只有兩句：「中五之德方峨峨，胡胡呼呼何奈何。」似描述山川風景。「中五」疑指五行中的土，因古時五方配五行——金、木、水、火、土，以中央屬土，故有此稱謂。「胡胡、呼呼」皆象聲詞，多形容風聲。

此故事教導我們日常行善積德，必有善報。

✎ 問答題

1. 〈黃衣童子〉又名甚麼？

   A.〈黃雀報恩〉　B.〈黃衣使者〉

   C.〈黃雀童子〉　D.〈童子報恩〉

2. 〈野田黃雀行〉一詩是誰人的作品？

   A. 曹植　B. 曹丕　C. 曹操　D. 干寶

3. 以下哪一個不是動物報恩的故事？

   A. 義犬救主　B. 蟻王報恩

   C. 隋侯珠　　D. 猿母哀子

4. 「湣之」二字可以解作甚麼意思？

   A. 懷抱牠　B. 撲擊牠

   C. 泯滅牠　D. 憐憫牠

5. 「鴟鵂」，亦作「鴟鵂」，以下列哪一項為糧食？

   A. 害蟲老鼠　B. 青草野花

   C. 樹木果實　D. 田野穀物

6. 就「三事」的意思，以下哪一項不正確？

   A. 即三公之意

   B. 等同宰相、丞相之職

   C. 東漢時僅指司空之職

   D. 西漢則指大司徒、大司馬、大司空

7. 黃衣童子送楊寶多少枚白玉環？

   A. 一枚　B. 二枚　C. 三枚　D. 四枚

8. 楊寶後代誰人沒有位列三公之位？

   A. 楊震　B. 楊秉　C. 楊修　D. 楊賜

9. 據《續齊諧記》所記，楊震下葬時有何異象？

   A. 大鳥飛上藍天　B. 大鳥降下悲鳴

   C. 眾鳥環繞而飛　D. 眾鳥降下悲鳴

10. 後世有哪一首詩疑受本故事影響而創作？

   A.《大風歌》　　B.〈夢黃衣童子歌〉

   C.〈夢黃雀歌〉　D.〈野田黃雀行〉

陶淵明　桃花源記

掃碼聽音頻

📖 原文

晉太元中，武陵人捕魚為業。緣溪行，忘路之遠近。忽逢桃花林，夾岸數百步，中無雜樹，芳草鮮美，落英繽紛，漁人甚異之。復前行，欲窮其林。

林盡水源，便得一山，山有小口，彷彿若有光。便舍船，從口入。初極狹，才通人。復行數十步，豁然開朗，土地平曠，屋舍儼然，有良田、美池、桑、竹之屬，阡陌交通，雞犬相聞。其中往來種作，男女衣著，悉如外人。黃髮、垂髫，並怡然自樂。

見漁人，乃大驚，問所從來。具答之。便要還家，設酒、殺雞，作食。村中聞有此人，咸來問訊。自云：先世避秦時亂，率妻子邑人來此絕境，不復出焉；遂與外人間隔。問今是何世，乃不知有漢，無論魏、晉。此人一一為具言所聞，皆歎惋。餘人各復延至其家，皆出酒食。停數日，辭去。此中人語云：「不足為外人道也。」

既出，得其船，便扶向路，處處誌之。及郡下。詣太守，說如此。太守即遣人隨其往，尋向所誌，遂迷，不復得路。南陽劉子驥，高尚士也，聞之，欣然規往，未果，尋病終，後遂無問津者。

📖 撰文：曹順祥

本篇向大家講解的經典是東晉時代陶淵明的名作《桃花源記》。

從前，一位探險家誤登南美洲的一個小島。島上不但燈火輝煌，而且家家戶戶門前都有美麗的花園。每個街區設有公共飯堂，人們不但可以在那兒飲食，而且都是免費的。人們每天都可以到倉庫領取生活所需，卻從來沒有人會多領物品。

這是英國人湯瑪斯‧摩爾（Thomas More，1478－1535）於 1516 年出版《烏托邦》一書的部分內容。原來，早在一千多年以前，陶淵明已經寫出了《桃花源記》，因此不少人把《桃花源記》理解為「理想國」。

陶淵明（365－427），名潛，字淵明，又字元亮，號五柳先生，私謚「靖節」，東晉末期南朝宋初期詩人、辭賦家、散文家。東晉潯陽柴桑（今江西九江）人。曾做過幾年小官，後辭官回家，從此隱居，田園生活是陶淵明詩的主要題材，作品有《飲酒》、《歸園田居》、《桃花源記》、《五柳先生傳》、《歸去來辭》等。

跟不少知識分子一樣，年輕時的陶淵明曾有過「大濟蒼生」的抱負。可是，活在東晉和劉宋王朝交替的時代，國君荒淫，王朝腐敗，軍閥混戰，賦稅繁重，國家瀕臨崩潰，人民慘遭剝削，社會動亂不安。陶淵明的人生理想根本無法實現！

陶淵明家境敗落，身為寒門之士，性格耿直，既不願屈膝折腰，也不肯攀附權貴。因此，在義熙元年（405），辭去了上任僅八十一天的彭澤縣令，決定歸隱田園。元熙二年（420），劉裕先廢晉恭帝，次年用毒酒將其殺害。即使早已經「歸園田居」，「猛志固常在」的陶淵明終於寫作了這千古名篇——《桃花源記》，文中描繪出一個寧靜而和平、平等而安樂的社會。

第一段寫漁人發現桃花源的時間、經過，以及沿途所見的景色。

漁人沿着溪水前行，忘記路途的遠近，忽然見到桃花林。此處運用順敘法，以漁人的行蹤作為敘事線索。

第二段寫漁人在桃花源中的所見所聞，呈現出一片與世無爭的樂土。

桃花林的盡頭是水源，看見一個小山洞。穿過小山洞，發現了桃花源。先後描述土地、屋舍、良田、美池、桑竹、阡陌，雞鳴犬吠，見聞歷歷在目。然後由遠至近，先寫景物，後寫人物，描述桃源中人往來種作、衣着裝束，以及怡然自樂的生活，勾勒出田園生活的理想圖景。

第三段重點敘述漁人和山裏人接觸和交往的情形。

主要有三個重點，分別是：（一）桃花源中人備酒殺雞，熱情款待；（二）漁人告訴桃花源中人外界的情況；（三）桃花源中人叮囑漁人，千萬不要向外張揚。

此段中間，從「自云」至「無論魏、晉」一段，明顯突出了桃花源中是沒有戰亂的，而桃花源中人從秦朝避亂而來。試想想，在這五六百年間，外面的世界有多少戰爭、多少災難？又有多少生離死別、多少生靈塗炭？從文中「便要還家，設酒、殺雞，作食。村中聞有此人，咸來問訊」，「各復延至其家，皆出酒食」，桃花源中人真誠待人、友善慷慨、熱情好客，由此見出桃花源民風淳樸。由於桃花源中人不想和平安樂

的生活被破壞，故村民說：「不必向外人提起這裏的情況」。

第四段敘述漁人離開桃花源後的事情。

主要有四個部分：（一）漁人離開時，沿途留下了記號；（二）回到郡城後，漁人把桃花源中的經歷告訴太守；（三）太守派人前往尋找桃花源，但以失敗告終；（四）從此以後，再沒有人能找到桃花源。此段似乎暗示着，桃花源是個虛無縹緲的地方，在當時的現實社會是不可能找到的。

本文運用了小說筆法，以捕漁人的經歷作為線索，展開一個只有三百多字的小故事。文章開頭，已具體交代了「故事」的時代、漁人的籍貫，讓讀者似乎確信真有其事，從而自然而然地進入故事預設的情節之中。當讀者打破了心理距離的隔膜，從現實世界慢慢置身於如幻似虛的桃花源中，作品的感染力因而大增。可是當漁人返尋所誌，卻迷了路，不得不退回到殘酷的現實世界時，心中自然充滿無限依戀。文末巧妙地補上一筆，敘述南陽劉子驥規往不果，如果連高尚之士尚且找不到桃花源，一眾凡夫俗子又可以往何處尋找？於是，全文在餘音裊裊之中結束，卻留下了不少疑問。

結構上，本文運用了順敘法，以漁人的行蹤和遭遇作為全文的線索，條理清晰，敘述了溪行捕魚、桃源仙境、重尋迷路三段故事。技巧上，全篇採用寫實手法。由於認為「桃花源」的不存在，故前人認為本文是「虛景實寫」，是作者刻意營造真實感，讓讀者相信實有其人、真有其事，從而突出主旨。

文中用「忘」、「忽逢」、「甚異」、「欲窮」四個前後承續的詞語，生動地描述漁人的心理活動。「忘」字寫其專注於捕魚，故不知路程遠近。「忽逢」與「甚異」互相照應，敘漁人意外發現桃花源，通過其驚異的神情，從而突出桃花林的絕色美景。這裏運用了「間接描寫」手法。

此外，本文語言準確精煉。例如開頭十九個字，即交代了故事發生的時間、人物和開端。第二段約一百一十字，即概括了桃花源的景、物、人、事。「具答之」三字，概括了漁人的全部答話；「詣太守說如此」，「如此」二字已概括了桃花源中的一切見聞經歷。

桃花源的開而復閉，漁人的得而復失，是陶淵明刻意留下的千古之謎嗎？值得思考的是：桃花源中人，只是一群避難的人，不過普通的平民百姓而已！他們享有的和平安樂、寧靜幸福，無非是通過自己的努力而獲得。桃花源裏既沒有長生不老，也沒

有金銀財寶，有的只是人的天性、淳樸與善良，如此而已！可是，相對於當時動盪不安、民不聊生的東晉、劉宋社會而言，這一切一切，竟然又是那麼難能可貴！

因此，桃花源絕非陶淵明自己的「空想」。在東晉社會而言，或者可以算是「理想」；而在 21 世紀的今天，應該是非常「合理」的吧！一千六百年過去了，假如今天仍然把「桃花源」理解為「烏托邦」、「理想國」，陶淵明如果知道，不知道會有何感受呢？

✎　問答題

1. 「男女衣著，悉如外人」的「悉」是甚麼意思？
   A. 熟悉　B. 知悉　C. 全部　D. 詳盡

2. 「餘人各復延至其家，皆出酒食」的「延」是甚麼意思？
   A. 推遲　B. 邀請　C. 拖延　D. 延續

3. 「詣太守，說如此」句中的「詣」是甚麼意思？
   A. 前往　B. 請教　C. 造詣　D. 拜訪

4. 本文運用了哪一種記敘的人稱？
   A. 第一人稱　B. 第二人稱
   C. 第三人稱　D. 全知觀點

5. 本文運用了哪種敘事方法？
   A. 倒敘法　B. 順敘法
   C. 插敘法　D. 補敘法

6. 「黃髮垂髫」是甚麼修辭手法？
   A. 比喻　B. 擬人　C. 借代　D. 誇張

7. 漁人進入桃花源後所見的景物，寫作順序如何？
   A. 中景→近景→遠景
   B. 遠景→中景→近景
   C. 近景→中景→遠景
   D. 遠景→近景→中景

8. 從桃花源村民招待漁人的情形，可見村民：
   1 疏離冷漠　2 純樸敦厚
   3 友善真誠　4 熱情好客
   A. 1、2、3　B. 2、3、4
   C. 1、3、4　D. 1、2、4

9. 你認為桃花源中人為甚麼「皆歎惋」？
   A. 因為桃花源人民生活艱難、朝不保夕
   B. 因為桃花源社會連年災荒、官吏貪污
   C. 因為外面世界朝代的更迭、動盪不安
   D. 因為外面世界充滿了暴力、不得溫飽

10. 漁人離開時在沿路留下記號，可見出他：
    A. 不守諾言　B. 心思細密
    C. 重視友情　D. 知恩圖報

答案：1C, 2B, 3D, 4C, 5B, 6C, 7B, 8B, 9C, 10A

劉義慶　謝太傅寒雪日內集

掃碼聽音頻

📄 原文

　　謝太傅寒雪日內集，與兒女講論文義。俄而雪驟，公欣然曰：「白雪紛紛何所似？」兄子胡兒曰：「撒鹽空中差可擬。」兄女曰：「未若柳絮因風起。」公大笑樂。即公大兄無奕女，左將軍王凝之妻也。

📖 撰文：賴慶芳

　　本篇向大家講解的經典是南朝劉義慶〈謝太傅寒雪日內集〉。

　　劉義慶（403－444）是南朝宋武帝劉裕（363－422）的姪兒，承世襲而封為臨川王，亦曾擔任荊州刺史、江州刺史職位。他所撰的《世說新語》記述上自後漢、下至東晉的軼事、趣聞、瑣語。據悉原書有八卷，劉孝標（462－521）續寫至十卷，可惜沒有流傳下來。

　　本文所述乃晉代望族謝氏家的生活趣事，此趣事令謝道韞（349？－409？）千古留名，成為晉代最有名氣的才女。

　　劉義慶以精練簡潔的筆法，精要淺白的文辭，栩栩如生地記錄了謝氏家族在冬日的生活趣事——年輕子姪的文采比試。文中只有幾個詞需要留意，「兒女」泛指子姪輩，古人除了自己的孩子，亦多視兄弟之孩兒為兒女，視堂兄弟姐妹為兄弟姐妹。「差可擬」是差不多可作比擬、可作比喻；「未若」即「未及得上、不及」之意；而「因風起」即因風吹而飄飛起來。

　　此則趣事是這樣的：謝太傅寒雪之日在家中聚集，與後輩姪兒姪女談論文章的義理。一會兒白雪驟然飄下，謝太傅興致勃勃地問各人：「白雪紛飛像甚麼呢？」其兄長的兒子胡兒便回答：「將鹽撒向空中的情況差不多可比擬了。」其兄女兒回答：「這不及柳絮因風吹而飄飛的狀態。」太傅開心大笑起來。她正是太傅長兄謝無奕（309－

358）的女兒，左將軍王凝之（334？－399）的妻子謝道韞了。

在這篇短小的記錄之中，我們可以探討幾個有趣的問題──謝太傅、胡兒、謝道韞是誰？

首先，謝太傅是誰？謝太傅就是謝安（320－385），字安石，父親謝裒（282－346）曾任太常卿。謝安四歲時，已被讚譽為：「風神秀徹。」他因戰功而晉封太保之職，負責十五州軍事。劉義慶以「公」尊稱他，是因為他死後獲追封為郡公。據《晉書》卷七十九所記，謝安卒亡時六十六歲，皇帝贈他「朝服一具、衣一襲、錢百萬、布千匹、蠟五百斤」。因「太傅」之封銜，故此作者以此稱之。這好像現代人叫擔任經理或總裁一職的人為某某經理或某某總裁一樣。古代的「公」一稱謂是對男性的敬稱，但謝安曾獲封為「郡公」，有「公」的爵位。謝安入葬之時，皇帝念及他平定苻堅（338－385）有功，追封他為「廬陵郡公」。

其次，胡兒是誰？胡兒是謝安兄長的兒子。據劉孝標注析所述：「胡兒，謝朗小字也。」胡兒即是謝朗（338－361）的小名，該是他在家族中的暱稱。按《續晉陽秋》所記，謝朗字長度，是謝安第二個兄長謝據（318－351）的長子，他的文采很好，在謝家聲名僅次於謝玄，官職做到東陽太守。

其三，謝道韞又是誰？謝道韞疑生於公元349年而卒於409年，東晉陳郡陽夏（今河南省太康）人，是名門望族的才女。作者說是「無奕女」，因謝奕字無奕。《太平御覽》則說是：「奕之女」。謝道韞的父親是安西將軍謝奕，是謝安長兄的女兒。她不但是將軍女兒，更是著名書法家王羲之（303－361）的媳婦。她的夫婿正是王羲之的次子王凝之。王羲之有七個兒子，知名的有五人，其中一人就是第二個兒子王凝之。由此可見謝道韞不但生於望族，亦嫁入名門。

《晉書》卷九十六讚賞她：「安西將軍奕之女也。聰識有才辯。」謝道韞名中的「韞」字粵語該讀「蘊」音，是「蘊藏、蘊含」之意；故推斷其「道韞」之名有「大道蘊藏」之意。據說她本有《謝道韞集》二卷作品，今已失傳。

為何文中稱王凝之為「左將軍」？

據《王氏譜》所述：王凝之字叔平，是王羲之第二個兒子。他歷任江州刺史、左將軍、會稽內史。因他信奉五斗米道，沒有防備盜賊孫恩（？－402）等人進城，終被殺而卒於會稽。後世人稱他為「左將軍」而不稱「會稽內史」，或許是避諱他在任內被

殺之事。

　　謝朗與謝道韞的較量，誰勝誰負？兩者提出的比擬，孰優孰劣？

　　謝道韞的堂兄弟謝朗以「撒鹽空中」比喻驟然而下的飛雪。雖然以鹽比喻白雪，盡得其白色，但以手抓鹽撒向空中，由下而上始終不及空中自然飄飛的柳絮。何況以手撒鹽比喻白雪飄飛，始終有點大煞風景。謝道韞以「柳絮因風起」描述了冬日白雪紛飛的輕盈之貌，十分傳神之餘，富有美感。柳絮的白亦如雪之白，柳絮的飄下亦如白雪的降下，以大自然之物比喻大自然之氣象，比擬精彩而貼切。謝安的大笑已反映他的意向——謝道韞以女子之身猶勝其堂兄弟。

　　後世人多注意她用作比喻之物——因風而起的柳絮，很少留意「未若」二字。此二字揭示謝道韞的自信，顯見魏晉女子鮮有的坦率流露巾幗更勝鬚眉之氣。

　　謝道韞因為此比喻而得「詠絮才」之聲名。據聞由宋代王應麟（1223－1296）開始創作的啟蒙教材《三字經》，亦有讚賞謝道韞。《三字經》說：「蔡文姬，能辨琴。謝道韞，能詠吟。」不但將她與漢代蔡文姬（蔡琰，177？－249？）相提並論，更讚賞她能夠吟詠詩歌。

　　謝太傅是有學問之人，又是朝中大臣，故謝氏家族上下對他敬重有加，謝道韞想在叔父面前表現自己，顯示對他的敬重。此不讓鬚眉之爭，亦見於後來她嫁給王凝之後，為小叔王獻之（344－386）解圍，在清議之中辯勝一眾賓客的事上。

　　《世說新語》的影響深遠，後世史家及文士皆摘錄其作品。以此文為例，它不但見於宋時已見的《三字經》，早至唐代的文士亦受其影響。房玄齡（579－648）等人在撰寫《晉書》時，就將本文的精要全錄寫下來——

　　又嘗內集，俄而雪驟下，[謝]安曰：「何所似也？」安兄子朗曰：「撒鹽空中差可擬。」道韞曰：「未若柳絮因風起。」安大悅。

　　劉義慶《世說新語》記錄了很多趣人趣事，作品或富教育意義或能啟迪人生，實在值得年輕人閱讀。

✎　問答題

1. 劉義慶是哪一朝代的人？
   A. 南朝宋　B. 南朝齊
   C. 南朝梁　D. 宋朝

2. 《世說新語》記述哪段時期的軼聞趣事？
   A. 由後漢至東晉　B. 由東漢至西晉
   C. 晉代　　　　　D. 南北朝時代

3. 謝太傅是誰？
   A. 謝道韞　B. 謝安　C. 謝奕　D. 謝朗

4. 以下哪一個不是謝安曾獲封的名銜？
   A. 太保　B. 太傅　C. 郡公　D. 宰相

5. 以下哪一項有關「胡兒」的描述有誤？
   A. 謝朗的小名　B. 謝安侄兒
   C. 謝據長子　　D. 謝道韞表兄弟

6. 謝道韞是誰的女兒？
   A. 太傅謝安　　　B. 謝太傅兄長謝據
   C. 安西將軍謝奕　D. 謝太傅弟弟

7. 以下哪一項有關謝道韞的描述是不正確的？
   A. 詠絮才　B. 聰識有才辯
   C. 能辨琴　D. 能詠吟

8. 文中所述的「左將軍」是誰？
   A. 王羲之　B. 王獻之　C. 王凝之　D. 謝玄

9. 謝道韞將驟然而下的白雪比作甚麼東西？
   A. 空中撒鹽　B. 柳絮因風而起
   C. 風吹柳條　D. 楊花飄飛

10. 此文精要摘錄於哪一本史書？
    A.《漢書》　　B.《史記》
    C.《三國志》　D.《晉書》

酈道元　三峽

掃碼聽音頻

📑 原文

　　自三峽七百里中，兩岸連山，略無闕處。重巖疊嶂，隱天蔽日。自非亭午夜分，不見曦月。

　　至於夏水襄陵，沿溯阻絕。或王命急宣，有時朝發白帝，暮到江陵，其間千二百里，雖乘奔御風，不以疾也。

　　春冬之時，則素湍綠潭，迴清倒影。絕巘多生怪柏，懸泉瀑布，飛漱其間，清榮峻茂，良多趣味。

　　每至晴初霜旦，林寒澗肅，常有高猿長嘯，屬引悽異，空谷傳響，哀轉久絕。故漁者歌曰：「巴東三峽巫峽長，猿鳴三聲淚沾裳！」

📖 撰文：黃坤堯

　　本篇向大家講解的經典是北魏酈道元《水經注》的〈三峽〉。希望跟大家分享三峽的沿路風光，穿越不同的季節，回到古典的年代，欣賞美麗的三峽。

　　本文選自《水經注》卷三十四〈江水注〉。泛舟長江之上，或仰觀，或俯視，飽覽山水的四時變化，動態靜境，音響色澤，無不奔流筆底，想像傳神，雄奇瑰麗，搖曳自然，給讀者以美的享受。文章簡煉明潔，駢散兼行，音調和諧，寫出詩意。

　　酈道元（466/472？－527），字善長，北魏涿鹿（河北省張家口市懷來縣）人。青州刺史酈範（428－489）之子，繼承父親爵位，封永寧伯。孝文帝太和十八年（494）由平城（山西省大同市）遷都洛陽，酈道元任尚書郎，隨從高祖北巡，到達陰山一帶。宣武帝延昌四年（515）任東荊州（河南省焦作市泌陽市）刺史，以威猛刻峻免官。後任河南（河南省洛陽市東北）尹、御史中尉、關右大使等。為人耿介正直，糾彈官吏過失，執法公正嚴厲，為權貴所忌恨。孝明帝孝昌三年（527），雍州刺史蕭寶夤（485－

530）謀反，酈道元率軍平定亂事，在陰盤驛亭（陝西省西安市臨潼區）被叛軍殺害。酈道元好學，歷覽群書，博採文獻所載山川景物、風土人情、歷史掌故、神話傳說，結合實地考察，撰注《水經注》四十卷。語言精煉，雋永傳神。

　　長江三峽西起重慶市奉節縣的白帝城，東至湖北省宜昌市的南津關，全程 193 公里。《水經注·三峽》指長江流經瞿塘峽、巫峽和西陵峽的三大峽谷，河道狹窄，江流湍急。本文多寫巫峽的景色，從巫山到巴東縣官渡口，長 45 公里，橫跨兩個省市，尤為秀麗多姿。

　　《水經注·三峽》分四段。首段指出三峽全長七百里，專指三大峽谷地帶，按現代的標準計算，則為 119 公里。三峽兩岸都是高山，沒有空缺中斷的地方。周圍都是屏障般的山峰，現在最迷人的當然是神女峰了，這是大家的打卡位，爭着拍照。如果不在中午或午夜時分，日月當空，光影直射，根本看不到太陽和月亮。這一段是從仰觀的角度來看，反映水與天的高度，全都被山嶺阻擋了。

　　第二段寫夏天的水勢，水位上升，下行和上行的航道都被阻隔，舟楫不通。如果遇上朝廷政令，必須加急傳達，「有時朝發白帝，暮到江陵，其間千二百里，雖乘奔御風，不以疾也」，看來騎馬、乘風，都不夠坐船的快。這一段專寫速度，凸顯水流湍急。後來李白（701－762）的詩〈早發白帝城〉中的一句：「朝辭白帝彩雲間，千里江陵一日還」，就是從這裏得到啟發，寫出這句千古的名句。

　　第三段靜觀春冬之際的優美景色。天氣清寒，有時看到白色的激流，碧綠的潭水，澄澈的清波，高山的倒影。高聳的山巒長着姿態奇特的柏樹，倒掛的泉水原來就是瀑布，飛流直下，竟然沖刷出「清榮峻茂」的大千境界，周圍山高草長，清新茂盛，欣欣向榮，令人眼前一亮，久久不能忘懷。

　　第四段專寫靜寂中的猿啼。在秋天晴朗的早上，樹林間一片淒冷，溪澗寂寥。忽然傳來山中猿猴的叫聲，淒涼怪異，相互和應，連綿不斷。迴盪於幽谷之中，很久才能消散。這裏的漁夫就是這樣唱的，「巴東三峽巫峽長，猿鳴三聲淚沾裳」，融景入情，我們能不被這些猿猴的悲鳴感動嗎？其後，歷代文人一寫到巫峽，猿鳴的景色馬上就會從視像的畫面中彈了出來。李白「兩岸猿聲啼不住，輕舟已過萬重山」，整首詩都是借用《水經注·三峽》的意象，化為己出，變成原創作品，不露抄襲行跡，自然厲害。杜甫（712－770）「聽猿實下三聲淚」（〈秋興八首〉之二），高適（704－765）「巫

峽啼猿數行淚」(〈送李少府貶峽中王少府貶長沙〉),不約而同都引用「猿鳴」的意象,化為詩人的悲涼感覺。「猿鳴」早已成為三峽的「專利品牌」。看來我們都得趕一趟三峽的專列,看猴子去。

《水經注‧三峽》每一段都能突出重要的景點,各有不同的寫照,豐富立體的感覺,寫出原始的三峽風情。這是一篇優美的小品,山水有靈,洋溢着濃郁的詩意,令人愛不釋手。

說到這裏,我忍不住要說出來,其實酈道元並沒有去過三峽,文中所寫的都不是親見的景色,而是引用其他早期的文獻。《水經注》書中最後提到的年代是北魏延昌四年(515),假設延後十年,大約成書於正光五年(524)左右。在〈三峽〉一文中,酈道元首先抄錄了宋臨川王侍郎盛弘之的《荊州記》三卷,元嘉十四年(437)撰。跟本文第一、二、四段的字句完全相同,僅缺第三段「春冬之時」。(載《太平御覽》卷五十三《地部十八‧峽》)其中只有四個異文,例如「唯三峽七百里中」句,「唯」作「自」;「沿泝阻絕」句,「泝」作「溯」;「不為疾也」句,「為」作「以」;「屬引淒異」句,「淒」作「悽」;很多都是異體字,重要的幾乎都沒有改動。可見《水經注‧三峽》只是引用盛弘之的《荊州記》,除了第三段之外,並非原創作品。此外東晉袁山松(?－401)〈宜都記〉曰:「自西陵泝江西北行三十里,入峽口。其山行周迴隱映,如絕復通,高山重嶂,非日中夜半,不見日月也。」〔見於唐歐陽詢(557－641)撰《藝文類聚》卷六《地部‧峽》〕,這是袁山松由西陵峽西上巫峽所見的景色,跟酈道元所寫的「重巖疊嶂,隱天蔽日。自非亭午夜分,不見曦月」也很接近,年代更早了。

美文往往都有再生的能力,在歷史中變身,奪胎換骨,幻出姿采,令人應接不暇,值得學習。

✎ **問答題**

1. 「自三峽七百里中」，「七百里」相當於現在
多少公里？
A. 77 公里　　B. 193 公里
C. 119 公里　D. 45 公里

2. 「自非亭午夜分」句中，何謂「亭午」？
A. 正午　B. 上午　C. 下午　D. 午夜

3. 「不見曦月」句中，何謂「曦」？
A. 晨曦　B. 彩霞　C. 曦微　D. 陽光

4. 「沿溯阻絕」句中，何謂「沿」？
A. 順流而下　B. 逆流而上
C. 順流逆流　D. 順水推舟

5. 「有時朝發白帝」句中，何謂「白帝」？
A. 五帝之一　B. 奉節縣城
C. 四川省　　D. 重慶市

6. 《荊州記》的作者是誰？
A. 酈道元　B. 歐陽詢
C. 盛弘之　D. 袁山松

7. 「則素湍綠潭」句中，何謂「湍」？
A. 急流　B. 瀑布　C. 池塘　D. 清波

8. 「絕巘多生怪柏」句中，何謂「絕巘」？
A. 懸棺　　　　B. 蝙蝠洞
C. 空蕩的山谷　D. 高聳的山峰

9. 「清榮峻茂」句中，何謂「峻茂」？
A. 水清樹榮　B. 山高草茂
C. 花草繁茂　D. 清新茂盛

10. 「每至晴初霜旦」句中，指出「每至」的
詞類。
A. 連詞　B. 副詞　C. 介詞　D. 助詞

答案：1C, 2A, 3D, 4A, 5B, 6C, 7A, 8D, 9B, 10C

第五章

唐代詩歌

張若虛　春江花月夜

掃碼聽音頻

📑 原文

春江潮水連海平，海上明月共潮生。灩灩隨波千萬里，何處春江無月明！江流宛轉繞芳甸，月照花林皆似霰。空裏流霜不覺飛，汀上白沙看不見。江天一色無纖塵，皎皎空中孤月輪。江畔何人初見月？江月何年初照人？人生代代無窮已，江月年年望相似。不知江月待何人，但見長江送流水。

白雲一片去悠悠，青楓浦上不勝愁。誰家今夜扁舟子？何處相思明月樓？可憐樓上月徘徊，應照離人妝鏡臺。玉戶簾中卷不去，擣衣砧上拂還來。此時相望不相聞，願逐月華流照君。鴻雁長飛光不度，魚龍潛躍水成文。昨夜閒潭夢落花，可憐春半不還家。江水流春去欲盡，江潭落月復西斜。斜月沉沉藏海霧，碣石瀟湘無限路。不知乘月幾人歸，落月搖情滿江樹。

📖 撰文：招祥麒

本篇向大家講解的經典是初唐張若虛的一首名作〈春江花月夜〉。

張若虛（約 660 – 720 之間），揚州（治所在今江蘇省揚州市）人。曾任兗州兵曹。唐中宗（李顯，656 – 710）時，與賀知章（659？ – 744？）、張旭（685？ – 759？）、包融（695？ – 764？）等，以「文詞俊秀」著名，並稱「吳中四士」。他的詩多散佚，《全唐詩》僅收錄二首。

〈春江花月夜〉是樂府《清商曲·吳聲歌》舊題，創始於陳後主（陳叔寶，553 – 604）。陳後主和宮中女學士及朝臣唱和，〈春江花月夜〉與〈玉樹後庭花〉是其中最豔麗的曲調。現存〈春江花月夜〉的歌辭，最早有隋煬帝（楊廣，568 – 618）所作二首五言詩，作品停留在俗豔淺薄的吟風弄月。張若虛這首詩卻完全不同，他不僅寫了春江月夜的迷人景色與哲理探究，更在這景色氛圍中抒寫和渲染了民間離別相思的愁苦，

把遊子的人生感慨和思婦的春閨寂寞，表現得有情有態，真實可感。

全詩可分兩部分。第一部分十六句，分兩層，由描寫春江花月夜的景色始，而以融情入理結。

第一層由開頭「春江潮水連海平」至「汀上白沙看不見」八句，寫明月照耀下的江水、花林景色。「春江潮水連海平」兩句，以綺麗壯闊的景色說起，寫長江下游水面寬闊，春潮高漲，江海不分和新月初升的景象；「海上明月共潮生」，詩人不說「海上明月共潮升」，而用了一個「生」字代替「升」，將尋常客觀的景象加入了詩人的感受，彷彿「月」和「潮」都有了生命。「灩灩隨波千萬里」兩句，寫在波濤蕩漾下的月光景色；「灩灩」是水波閃動的樣子，在詩人的想像裏，月光隨着流波，水到那裏，月就到那裏，一下子，千萬里的春江，處處都灑滿月的光輝。「江流宛轉繞芳甸」四句，是春江月夜景色的特寫，「月照花林皆似霰」是寫花林，月下的花朵瑩潔如雪珠，充滿奇幻之美；花林在甚麼地方呢？在「江流宛轉」的芳郊，這是把江、花、月三者扣連一起的畫面；「空裏流霜不覺飛」，寫空中，是抬頭所見，月明的春夜怎會有「空裏流霜」？那是詩人的錯覺和感受，細看而知不是「霜」，自然不覺其飛了；「汀上白沙看不見」，寫地面，是低頭所見，「汀上白沙」為甚麼「看不見」？這是因為月光白如霜，詩人這時看到的是一片「白」，也就淆亂視覺上的「沙」了。

第二層由「江天一色無纖塵」到「但見長江送流水」八句，寫面對江水月色所產生的人生短暫的體悟。「江天一色無纖塵，皎皎空中孤月輪」兩句，寫月色水光的明淨景象，「孤」字下得非常精妙，它在靜態的描寫中，勾畫出一種幽深、孤獨、寂寥的環境，引出對人生哲理的探求。「江畔何人初見月？江月何年初照人」兩句，詩人連續提出兩問，通過「人」見「月」，「月」照「人」，讓人隨詩人探索宇宙的起源、人類的初始。「人生代代無窮已，江月年年望相似」，着眼於生命的有限與無限，大自然的永恆不變，詩人就從眼前的江月得到啟示，將人生易逝的感喟，暫時得以消解。「不知江月待何人，但見長江送流水」兩句，皎皎江月等待何人，詩人又怎會知道？可能是他，也可能是任何人；他低頭凝思，只看見長江不斷的輸送流水。天上的月，地上的流水，中間有了詩人的連繫，而形成天地人並列為三的畫面，實在惹人深思。

詩的第二部分由「白雲一片去悠悠」到尾二十句，寫扁舟遊子、閨樓思婦的離愁別恨。詩人從哲理的探究，轉寫人情人事。「白雲一片去悠悠，青楓浦上不勝愁」兩

句，詩人寫出了夫婦離別的情景；「青楓」，是春天的形象，「浦」，渡口，是婦人送別丈夫之處，望雲漸遠，離愁無限。「誰家今夜扁舟子？何處相思明月樓」兩句互文見義，遊子在江上扁舟，婦人在樓中望月，互相思念，這種情況，不只一家，不只一處，事實上，也不只一時，今天夫婦離別互相思念的，何嘗沒有？「可憐樓上月徘徊」以下四句專寫思婦。思婦對着明月照到的妝台，不能成眠，想要用簾捲去月光，但簾可捲而月光依然；思婦意欲擣衣，卻誤認砧上月光是霜，想要拂拭，結果是「拂還來」。「此時相望不相聞」四句，一筆雙寫，既是「思婦」，也是「遊子」，二人相思不能相見，相望不能相聞，只能寄託月光遙寄相思之情；「鴻雁」、「魚龍」本可為信使，傳書遞簡，可是鴻雁卻穿越不過月光，魚龍只能在水底「潛躍」。「光不度」、「水成文」暗示音訊難通。魚雁不能傳遞消息，則相思之苦，自然更加深重。「昨夜閒潭夢落花」四句，從春殘月落寫思婦對丈夫的懷念。妻子在夢中見到花落閒潭，忽然醒覺春已過半，可是丈夫仍未歸家；江水流，春欲盡，落月西斜，都增加了思婦的哀惋。詩的最後四句收結，「斜月沉沉藏海霧，碣石瀟湘無限路」兩句，斜月隱沒於海霧，而相隔天南地北的人不知凡幾；詩歌到此，讓讀者心情沉重，無以形容之際，詩人卻補上「不知乘月幾人歸，落月搖情滿江樹」兩句，寫出遊子連夜回家，落月殘輝也為之搖情，灑滿江樹。詩人寫盡人間別離的苦痛後，為讀者留下了愛侶會合團聚的希望，並以明月有情，為千千萬萬離別者賦予同情和厚愛作結，運筆如此，難怪聞一多（1899－1946）稱譽本詩為「詩中之詩」了。

這首詩以春、江、花、月、夜為背景，而以「月」為主體，從月升起，以月落結，其間以海、潮、波、流、汀、沙、浦、潭、霰、霜、雲、樓、妝台、簾、砧、魚、雁、霧、樹等等眾多的景物陪襯烘托，又將遊子、思婦種種細膩的感情，通過環環緊扣、連綿不斷的組織起來，造成了柔和靜謐的詩境，這種詩境以綿邈深摯的情感貫串起來，而取得和諧統一的藝術高境界。

詩歌每四句一換韻，韻律宛轉悠揚。整首詩，就像將九首絕句組合，產生此起彼落的效果。詩人以清麗的筆調描寫景物，並融入人生哲理。句法上又採用了一些頂針連環句式，如「春江潮水連海平，海上明月共潮生」、「江月何年初照人？人生代代無窮已」、「何處相思明月樓？可憐樓上月徘徊」、「江潭落月復西斜。斜月沉沉藏海霧」等，營造出纏綿不斷、情味無窮的效果。

✎　問答題

1. 張若虛與下列哪三人合稱「吳中四士」？

   1 賀知章　2 張九齡　3 張旭　4 包融

   A. 1、2、3　B. 1、2、4

   C. 1、3、4　D. 2、3、4

2. 下列哪一項不是正確的描寫？

   A. 〈春江花月夜〉是樂府《清商曲‧吳聲歌》舊題。

   B. 現存最早的〈春江花月夜〉是陳後主的作品。

   C. 楊廣有二首〈春江花月夜〉五言的作品。

   D. 《全唐詩》中，僅存張若虛一首詩，就是〈春江花月夜〉。

3. 「江流宛轉繞芳甸」的「甸」，粵音讀甚麼？

   A. 電　B. 田　C. 顛　D. 勾

4. 「空裏流霜不覺飛」，為甚麼「不覺飛」？

   A. 因為詩人陶醉於美好的景色中，忽略了流霜飛動的微細動作。

   B. 因為流霜只會飄而不會飛。

   C. 因為流霜只是詩人的錯覺，既非流霜，自然不覺其飛了。

   D. 因為流霜只是喻體，詩人若寫其飛，便不真實了。

5. 下列哪組詩句最能表出詩歌對哲理的探究？

   A. 灩灩隨波千萬里，何處春江無月明。

   B. 空裏流霜不覺飛，汀上白沙看不見。

   C. 人生代代無窮已，江月年年望相似。

   D. 不知乘月幾人歸，落月搖情滿江樹。

6. 「可憐樓上月徘徊，應照離人妝鏡臺」兩句用了哪種修辭手法寫成？

   A. 對比　B. 擬人　C. 借代　D. 對偶

7. 「此時相望不相聞」句中的「相望」，是指甚麼？

   A. 思婦望着天上的明月。

   B. 遊子望着天上的明月。

   C. 思婦與遊子同時望月。

   D. 鴻雁與魚龍同時望月。

8. 下列哪些句子是用對偶修辭手法寫成？

   1 江流宛轉繞芳甸，月照花林皆似霰。

   2 白雲一片去悠悠，青楓浦上不勝愁。

   3 玉戶簾中卷不去，擣衣砧上拂還來。

   4 鴻雁長飛光不度，魚龍潛躍水成文。

   A. 1、2　B. 2、3　C. 3、4　D. 1、4

9. 如果用一個詞語形容〈春江花月夜〉，你覺得哪個詞最適合？

   A. 豐富　B. 豐腴　C. 豐盛　D. 豐足

10. 下列哪一項不是〈春江花月夜〉的寫作特色？

    A. 詩境營造，藝術高超。

    B. 語言清麗，修辭多樣。

    C. 融入哲理，情感深摯。

    D. 融化經典，點鐵成金。

答案：1C, 2D, 3A, 4C, 5C, 6B, 7C, 8C, 9B, 10D

張九齡　望月懷遠

掃碼聽音頻

📑 原文

海上生明月，天涯共此時。

情人怨遙夜，竟夕起相思。

滅燭憐光滿，披衣覺露滋。

不堪盈手贈，還寢夢佳期。

📖 撰文：招祥麒

本篇向大家講解的經典是初唐詩人張九齡（678－740）的一首名作〈望月懷遠〉。

張九齡，字子壽，韶州曲江（今廣東省韶關市西）人。廿九歲擢進士，開始了仕宦生涯。先後任秘書省校書郎、左拾遺、中書舍人等京職。四十九歲時出為洪州刺史。五十四歲還京任秘書少監，二年後被擢為中書令，成為初唐最後一位賢相。他有膽識、有遠見、忠耿盡職，秉公守則，直言敢諫，選賢任能，不徇私枉法，不趨炎附勢，敢與惡勢力作鬥爭，為「開元之治」作出了積極的貢獻。後因受到權奸李林甫誹謗，貶為荊州長史。六十三歲病逝於韶州曲江故居。著有《曲江集》。

張九齡的詩，以和雅清淡著稱，寓意深遠，對掃除唐初所沿習的六朝綺靡詩風，貢獻尤大。被譽為「嶺南第一人」。

這首五言律詩〈望月懷遠〉，是張九齡作於開元二十五年（737）遭貶荊州以後。詩中通過對月夜懷念親人的形象刻畫，表達了作者對親人的深沉懷念的誠摯之情，婉轉地反映了詩人遭貶後孤獨冷漠的處境和悲涼痛苦的情懷。

詩一開頭即直接點明望月懷遠。「海上生明月」，以白描手法，從大處落筆，讓我們彷彿看到一輪明月從海平面上慢慢升起、海天相接的曠闊遼遠境界。張若虛《春江花月夜》首兩句「春江潮水連海平，海上明月共潮生」，也描寫類似的景像，相較

之下，張若虛的句子以生動見長，張九齡的句子以樸素自然見優。「天涯共此時」，化用謝莊（421－466）〈月賦〉的「美人邁兮音塵闕，隔千里兮共明月」而來，詩人對着明月，悠然想到自己所思念而在遠方的人也同時望月，彼此相隔異地，在此時共此明月，互相思念。上句一個「月」字，既是離人聯繫的紐帶，也領起全詩；下句一個「共」字，在詩法上相當重要，一筆雙寫，將遙遠的兩地牽合在共同點上，既引出下面三、四句寫「情人」望月的情態，也伏下五、六句寫「自己」的情狀。

　　三、四句頷聯「情人怨遙夜，竟夕起相思」，承「懷遠」而寫。詩人先不寫自己怎樣想念親人，卻從對方設想，寫「情人」怨恨夜長，整夜相思不寐。杜甫（712－770）〈月夜〉的「今夜鄜州月，閨中只獨看」也同此筆墨。詩人愈寫「情人」的「怨」，就愈能表達自己真摯深厚的思情。「夜」的時間長短固定，不會因人熟睡而變短、失眠而變長，但人卻因思緒不寧而致長夜難眠。詩人將主觀感情的「怨」，表現在客觀情境上，由「竟夕相思」而「怨恨」秋夜漫漫，相思也愈見深重。律詩的頷聯是要求工整對偶的，這兩句流水相對，對中有散，一讀而下，自然流動，益見空靈蘊藉的詩意。

　　五、六句頸聯「滅燭憐光滿，披衣覺露滋」，詩人從寫「情人」返回寫自己在中宵接近清曉時分的情狀。詩人原先是從室內窗前看見月的，皓月當空，光亮灑滿了房間，他本想滅燭而睡，無奈月光使他思念之情愈來愈深，以致睡意全消，於是索性披衣出門，漫步在庭院之中以排遣愁思，不知時間過了多久，只覺得夜露越發滋生濃重。詩人憐月光滿室，感夜露濕衣，突出了他的懷遠深情和激烈的內心活動。「憐」、「滿」、「覺」、「滋」四字，寫人寫月，曲盡其妙。「憐」除了憐愛月光，也是憐愛「情人」；「滿」，由光起而滿室，「覺」，由不覺而覺，都表示時間之長；「滋」，由久立於外，露水之滋使人感到寒意滋、思遠之情亦滋。這兩句頸聯，對仗極為工整細緻，而且一氣貫注，格調高古。

　　結尾二句「不堪盈手贈，還寢夢佳期」，上句化用陶弘景（456－536）〈詔問山中何所有賦詩以答〉「山中何所有，嶺上多白雲。只可自怡悅，不堪持寄君」和陸機（261－303）〈擬明月何皎皎〉「照之有餘輝，攬之不盈手」而得。詩人情不自禁想抓一把月光贈給遠方的「情人」。月光「盈手」，實在想像奇特，但卻反映詩人的情真意切；說「不堪」，正正說明「盈手贈」之不可能。不錯，月光是無從相贈的，但卻可寄託親密的情思。詩人渴望與「情人」相會，現實既不可得，那就只好寄託於夢境了；詩人

希望作一個好夢，實現相會「佳期」的心願。然而說到底，夢境中也許見到對方，但醒來如何？詩人沒有交待，那無非是更深的迷離和悵惘！兩句表露出非常曲折的情感發展，詩人寫來卻自然渾成，沒有轉折的痕跡。大家手筆，於此可見。

望月懷人，由《詩經》以來，歷代詩人不乏佳作，構思與表現手法各不相同，但多以託物詠懷，或婉轉附物。張九齡的這首〈望月懷遠〉能千古傳誦，自然別具特色。全詩以明月起興，以明月終篇，始終成為詩人抒情的脈絡，一句一轉，一氣呵成；從望月寫到懷人，從滅燭寫到披衣，由室內寫到室外，從月升寫到月沉，由相思寫到入夢，由景入情，情景相生，創造了清麗而悠遠的意境。

孫琴安（1949－？）在《唐五律詩精評》中評說：「此詩之佳雖不在骨力，然清空一氣，明潤如玉，一片秀色，無半點雜質，既得六朝五言雋永之味，又具唐人五律體段。」完全說出本詩的特色。綜言之，全詩層次井然，首尾照應，承轉圓熟，結構嚴謹。語言質樸無華，有似樂府民歌，運用白描手法，如訴家常，親切感人，這種自然清淡，蘊藉有致的風格，一掃六朝綺豔浮靡的陋習，給初唐的詩壇拂來一縷春風，甚至影響到了後來山水詩派的形成。

✎　**問答題**

1. 〈望月懷遠〉是一首五言律詩，這種體裁有哪些要求？
   1 五字一句，共八句四十字
   2 第一、二句和七、八句需要對仗
   3 押平聲韻，須一韻到底
   4 有平仄格律限制
   A. 1、2、3　B. 1、2、4
   C. 1、3、4　D. 2、3、4

2. 「海上生明月，天涯共此時」營造的意境怎樣？
   A. 浪漫風流　B. 逸趣橫生
   C. 高華宏闊　D. 深幽孤峭

3. 「天涯共此時」的「共」在詩法上有何作用？
   1 將相隔兩地的人牽合在一起
   2 呼應上句「海」和「月」兩者
   3 引出第三和第四句寫「情人」
   4 伏下第五和第六句寫「自己」
   A. 1、2、3　B. 1、2、4
   C. 2、3、4　D. 1、3、4

4. 下列哪一項不是「情人怨遙夜，竟夕起相思」兩句的特色？
   A. 從對方設想，寫「情人」對己的思念
   B. 將主觀的感情表現在客觀的情景上
   C. 兩句相對，意義上卻如流水般，一往直下
   D. 由景生情，融情入理

5. 「情人怨遙夜」的「怨」，怨的是甚麼？
   A. 埋怨遠方的人，不早回來
   B. 埋怨長夜漫漫，未能入睡
   C. 埋怨相思無了期
   D. 埋怨無人相伴

6. 「竟夕起相思」的「竟」的詞性和詞義是甚麼？
   A. 名詞，境地　B. 動詞，追究
   C. 形容詞，整　D. 副詞，終於

7. 下列哪一項不是「滅燭憐光滿，披衣覺露滋」兩句的特色？
   A. 對仗工整，用字細緻
   B. 「滅燭」、「披衣」四字，寫人寫月，曲盡其妙
   C. 一氣貫注，格調高古
   D. 兩句專寫詩人自己

8. 下列哪些是「不堪盈手贈，還寢夢佳期」兩句的特色？
   1 想像奇特，情真意切
   2 情感轉折，不露痕跡
   3 化用前人詩句，妥貼自然
   4 用字精煉，對仗工整
   A. 1、2、3　B. 1、2、4
   C. 2、3、4　D. 1、3、4

9. 「還寢夢佳期」的「夢」是甚麼詞性？
   A. 名詞　B. 動詞　C. 形容詞　D. 副詞

10. 下列哪一項不是〈望月懷遠〉的寫作特色？
    A. 結構嚴謹，承轉圓熟
    B. 語言質樸，蘊藉有致
    C. 想像奇特，情真意切
    D. 託物寄情，綺豔浮靡

王維　山居秋暝

掃碼聽音頻

📑 原文

空山新雨後，天氣晚來秋。

明月松間照，清泉石上流。

竹喧歸浣女，蓮動下漁舟。

隨意春芳歇，王孫自可留。

📖 撰文：招祥麒

　　本篇向大家講解的經典是唐代大詩人王維（701－761）的一首五言律詩〈山居秋暝〉。

　　王維，字摩詰。祖籍太原祁州（今山西祁縣），從他父親處廉（生卒年不詳）開始，遷居蒲州（今山西永濟縣），遂為河東人。年青時有才名，開元九年（721）二十一歲時中進士，任太樂丞，隨即因為署中伶人舞黃獅子犯禁，受了牽連而貶官濟州。曾在淇上、嵩山一帶隱居，開元二十二年（734 年），任右拾遺。曾出使涼州。天寶年間，在終南山和輞川閒居。安史之亂後，篤志奉佛。官至尚書右丞。他在繪畫、音樂、詩歌等方面都有很高造詣，山水田園詩的成就尤其突出。著有《王右丞集》二十八卷。

　　王維的詩善寫靜中之趣，五言尤勝。性既好佛，又工繪畫，所以他的詩亦兼具禪理和畫意。蘇軾（1037－1101）曾説：「味摩詰之詩，詩中有畫；觀摩詰之畫，畫中有詩。」

　　〈山居秋暝〉是王維居於終南山輞川時所寫，「山居」就是他所住的「輞川別墅」，王維晚年在此處過着半官半隱的生活。詩中描寫了清新、秀美的秋晚山景，表現出大自然空曠、幽靜、安閒、恬適之美，亦寫出詩人對山中恬淡生活的喜愛。

此詩描寫秋天傍晚雨後的山村風景，是一首五言律詩。

首兩句「空山新雨後，天氣晚來秋」，以清麗的筆調描寫了初秋山村雨後青蔥涼爽的自然景色。「空山」的「空」字，這裏帶有佛教的影響，從佛教的教義來講，「空」作為世界萬象的本質，並不是空無一物，其根本的含義是去除執着的「無我」，它認為萬事萬物都是因緣和合所生，並無實有的自性。「空山」，並非空無一物、空無一人，只不過是寫人在山中，沒有塵心俗慮，沒有妄念與執着，這就是使山所以為空山的真正含義。就在這一片空山之中，剛下過一場雨，又正是傍晚秋涼的天氣。這兩句點明了「山居秋暝」的詩題，也為下面兩聯寫景、寫人作了鋪墊。

三、四句頷聯「明月松間照，清泉石上流」，以概括的筆墨描繪山中夜景，很能見出作為詩人兼畫家的王維在構圖取景方面的功力。由於「雨後」天晴，山上松林間露出一輪皎潔的明月，也由於「雨後」泉水量增加，溪水在石頭上潺潺流過，詩人選取山間秋暮最有特徵的景物，準確地傳達心中清新暢快的感受。這一聯的成功之處，在於用最簡單的構圖，概括了山中秋夜的主要特徵，「明月」在上而靜，「清泉」在下而動，這樣光影、上下、靜動的對比，構成鮮明完整的畫面，突出了清朗爽淨的基調。因此成為王維的名句，而且經常被後世的山水畫家用來題畫。

五、六句頸聯「竹喧歸浣女，蓮動下漁舟」，在頷聯勾畫的背景上再作一些動態的、富有生趣的描寫。「竹喧歸浣女」從岸上寫，與「清泉」句暗中相扣，這句就聽覺落筆，因聽到竹林裏傳來的喧鬧聲，再點出一群嘻嘻哈哈洗衣歸來的女子，是聞聲而見人；雖然只用五個字，但竹林的深密，山村女子的活潑天真和無拘無束的性情，都烘托出來了；「歸」字又與第二句「天氣晚來秋」的「晚」字相呼應。如果說「竹喧歸浣女」是從陸上、聲音的聽覺上寫，則「蓮動下漁舟」是從水裏、影像視覺上落筆：詩人見到河邊的蓮葉搖曳蕩出唱晚漁舟。這兩句從句子結構和捕捉動態方面別具特色：先聞竹喧，而後再聽出那是洗衣女的嬉笑聲；先見蓮動，而後才看到漁舟從上流而下。這種按照心理感覺順序構句的方式，把先聽到的或看到的放在句子開頭，然後把分辨清楚的景物放在句子的後部，可以不露痕跡地將詩人的審美心態融入景物描寫之中，表達也更加曲折有致。而且，如果沒有這種熱鬧的動景相映襯，前兩聯相對靜態的描繪就過於冷清平淡了。有了這一聯繪聲繪色的名句，全詩便在豐富的色彩和聲響的交織中顯現出自然而多樣的美態。

　　七、八句「隨意春芳歇，王孫自可留」直抒胸臆。詩人在前六句把山間的秋夜寫得那樣優美，實際上反映了他對當時官場生活的厭倦和對隱居生活的喜愛。「隨意」即自然而然地；「春芳」指春天的芳草。這兩句說任憑春天的芳草自然凋謝，秋色仍然很美，王孫自可留在山中，不必歸去。這是反用楚辭〈招隱士〉中「王孫遊兮不歸，春草生兮萋萋」、「王孫兮歸來，山中兮不可以久留」等句的意思。典故的原意是寫山裏的環境寂寞可怕，不能久留，要招那裏的隱士回家。所以說春草已經生得很茂盛了，王孫為甚麼還不歸來？春天往往被看作表現歲月更替、思念遠人的最好季節，現在詩人是見秋色而希望隱居，足見山中美景是令人多麼留戀。常見的典故經詩人如此活用，便覺得格外新鮮。

　　這首詩僅僅四十字，短小精悍，寫來形象鮮明，色彩豐富，字句毫不着力而自見凝煉，充滿着詩情畫意之美，的確是詩中有畫，景中有聲，靜中有動，使意境顯得既清幽又活潑，既恬靜又充滿生機，有歡快和熱烈的氣氛，有生活的樂趣。詩人表面上只是用接近白描的「賦」的手法寫景抒情，實際上通篇寓有比興。這月下青松和石上清泉，這生活在翠竹青蓮中的純樸、勤勞、安詳、歡樂的人們，構成了一個自然美和心靈美融為一體的人間純美天地，體現出詩人所追求的理想境界。

　　閱讀和欣賞這類一派空靈，清新疏淡的作品，就如品一杯清茶，需靜觀其色，細賞其味，然後深杯到熱腸，心靈也得到雅化。

✎ 問答題

1. 〈山居秋暝〉是一首五言律詩，這種體裁有哪些要求？
   - ① 五字一句，共八句四十字
   - ② 頷聯、頸聯需要對仗
   - ③ 押平聲韻，容許中途轉韻
   - ④ 有平仄格律限制
   - A. 1、2、3　B. 1、2、4
   - C. 1、3、4　D. 2、3、4

2. 下列哪項是本詩的寫作背景？
   - A. 初秋傍晚雨後的山間
   - B. 深秋傍晚雨後的山間
   - C. 初秋深夜雨中的山間
   - D. 深秋傍晚雨中的山間

3. 「空山新雨後」的「空山」是指甚麼？
   - A. 了無人跡的山　B. 空無一物的山
   - C. 空靈靜寂的山　D. 如在空中的山

4. 「空山新雨後」的「新」意思是甚麼？
   - A. 初次　B. 清新　C. 剛剛　D. 更新

5. 「明月松間照，清泉石上流」的優點在哪？
   - ① 能概括山中秋夜景物的特徵
   - ② 用字精煉，苦心經營
   - ③ 對仗工整
   - ④ 光影、上下、靜動對比鮮明
   - A. 1、2、3　B. 1、2、4
   - C. 2、3、4　D. 1、3、4

6. 「竹喧歸浣女，蓮動下漁舟」兩句，除對仗工整外，還用了哪種修辭手法？
   - A. 倒裝　B. 比喻　C. 借代　D. 比擬

7. 「隨意春芳歇」的「歇」意思是甚麼？
   - A. 休息　B. 停止　C. 凋零　D. 盡頭

8. 「王孫自可留」句中的「自可留」是甚麼意思？
   - A. 自然可以久留於山中
   - B. 自然可以欣賞當前的美景
   - C. 自然可以重溫春日的芳草
   - D. 自然可以留意山中的景物和人事

9. 整首詩所抒發的情感有哪些？
   - ① 喜愛自然　② 樂意隱居
   - ③ 懷念親人　④ 厭倦官場
   - A. 1、2、3　B. 2、3、4
   - C. 1、3、4　D. 1、2、4

10. 下列哪一項不是〈山居秋暝〉的寫作特色？
    - A. 想像雄奇，富浪漫色彩
    - B. 詩境清新疏淡
    - C. 寫景如畫，靜中有動
    - D. 描繪山水，寄寓理想

李白　月下獨酌

掃碼聽音頻

📑 原文

花間一壺酒，獨酌無相親。

舉杯邀明月，對影成三人。

月既不解飲，影徒隨我身。

暫伴月將影，行樂須及春。

我歌月徘徊，我舞影零亂。

醒時同交歡，醉後各分散。

永結無情遊，相期邈雲漢。

📖 撰文：賴慶芳

本篇向大家講解的經典是唐代李白（701－762）的〈月下獨酌〉，我們從詩歌看李白的浪漫與想像。

李白一生富有才華學識，卻不為朝廷重用，懷才不遇的心情可想而知。他廿四五歲辭親遠遊，仗劍出蜀。天寶年間任供奉翰林，在宮廷為唐玄宗（685－762）寫作詩文。因遭權貴高力士（690－762）等人讒毀，僅一年即離開長安。

天寶十四年（755），安史之亂中，李白正在宣城（今屬安徽）、廬山一帶隱居。翌年成為永王李璘（720－757？）幕僚，李璘觸怒唐肅宗（711－762）被殺後，李白因而繫潯陽（今江西九江）獄，以「附逆」罪名遠謫夜郎（今貴州桐梓一帶）。中途遇赦東還，時年五十九。

兩年後得知太尉李光弼（708－764）率大軍出鎮臨淮，討伐安史叛軍，準備從軍殺敵，半路因病折回。寶應元年（762）秋天一病不起，卒於族叔當塗（今屬安徽）縣

令李陽冰寓所，葬於龍山。元和十二年（817），宣歙觀察使范傳正（794 年進士）根據李白生前志在青山的遺願，將其墓遷至青山。

〈月下獨酌〉這首五言古詩正好反映李白在人生上的孤獨，估計此詩是李白在天寶三年（744）寫的，其時他受小人毀謗，心情鬱悶而寫下四首〈月下獨酌〉，此乃第一首。詩歌述李白透過邀請明月和自己的身影共飲，表達內心的孤寂。

一般學者會將此詩分成五個部分：（1）首兩句寫詩人獨酌無友；（2）三四句寫詩人邀月對飲；（3）五六句述月不會飲而影隨身；（4）第七至十二句述詩人與月影共樂及醉後各散；（5）末兩句述再約無情遊。然而，按照詩歌的內容主旨，我認為可以劃分成三個部分——

第一部分首四句：「花間一壺酒，獨酌無相親。舉杯邀明月，對影成三人。」述詩人獨酌而邀月影共飲。

李白在月下花叢之中獨處，無人同飲，感覺孤獨。因為孤獨，舉頭看見明月，明月的光亮使詩人感覺一點安慰，故此邀請明月同飲；在明月之下，詩人看見自己的影子，視之為朋友，同邀而飲，故「對影成三人」。詩歌的構思十分奇特。詩人「月下獨酌」構成一個我、月、影境界；他呼喚明月、影子來作伴，將我、月、影往復描寫——由我無人伴飲，而邀請明月與影子：由我而月，由月而影。

第二部分第五至十句：「月既不解飲，影徒隨我身。暫伴月將影，行樂須及春。我歌月徘徊，我舞影零亂。」寫詩人與月影共樂的情況。

詩人視物為人，與明月、影子「三人」聚在一起，及時行樂。詩人說：儘管明月與影子陪伴在身旁，明月始終不會飲酒，影子也不會飲，徒然跟隨我身旁。明月、影子兩者皆不會飲，始終無人共飲、共聚、共談，詩人復生孤獨之感。然而，詩人認為行樂必須及時。「春」指的是一年之始，亦指青春的美好時光，此處指行樂須及時。明月與身影皆不懂飲酒，姑且與我一同行樂，以不負青春良辰。

詩人以擬人法述寫，賦予死物人的活動能力、思想、情感，能令描述之物變得生動有趣，增加藝術吸引力。「月既不解飲」，以月為人，云其不會飲；「我歌月徘徊」，以人之來回踱步，述月之大自然物理移動。因為行樂須及時，詩人盡情飲酒為樂，與此同時又高歌一曲。他高唱之時，月亮好像因歌聲而在身邊徘徊；他跳舞之時，身邊的影子一起舞動，舞動之時影子也變得凌亂。作者由無人共飲的孤獨，因月影而得自

解，邀請月影共飲；又在月影的陪伴之下既歌且舞，得以忘掉內心的鬱悶。

　　第三部分末四句：「醒時同交歡，醉後各分散。永結無情遊，相期邈雲漢。」由酒醒同歡，寫至酒醉各散，再而想到相約再聚——相約在天上銀河星宿之間。

　　李白在未醉而醒之時，與明月、身影兩者交往同歡，共同行樂，得以一刻忘記內心的孤寂。然而，詩人以「永結無情遊，相期邈雲漢」兩句作結，述自己酒醉之後，明月悄悄離去，影子亦消散，各自散去，詩人復生孤獨之感，期望與明月、影子再約無情共遊。「雲漢」一詞源自《詩經·大雅·雲漢》，指銀河——天上恆久的星帶。「邈」乃遙遠之意。明月與影子本身皆沒有情感，只有詩人自身懷情。詩人心甘情願與月、影永遠締結沒有情感交流的共遊，相約在遙遠的天際銀河，顯見詩人的浪漫想像與濃厚情懷。

　　〈月下獨酌〉除了形象化地抒發李白的孤寂之外，亦表現了他對酒與月的鍾愛。學者陳習傑認為：酒與月是李白一生半刻不離的最忠實伴侶，是詩人精神世界的永恆知己，也是他的詩歌頻繁光顧的常客。無論詩人身在何處、人在何方，總留下美酒與明月淋漓盡致的酣暢作品。通過膾炙人口的詩句，李白營造了一種獨特浪漫又帶點悲涼的境界。這首詩就是將酒與月情結發揮至極致的作品。

　　此詩富有李白獨特的藝術特色，現講述如下：

　　一、構思奇特。詩人由「我」轉向月，再由「我」而述寫影。詩人因飲酒而想到邀約月影，由邀約月影而想到及時行樂；由及時行樂而即興歌舞，再由即興歌舞而述寫三者同歡。清代孫洙（1711－1778，蘅塘退士）《新編新解唐詩三百首》引詩評說：「一人獨飲，先出月，後出影，寫得如許熱鬧。物我無情，一經有情人相遇，便生樂趣。」指出詩人只是月下獨酌，偏偏幻化出熱鬧的三人，而月與影為伴的說法，更顯見詩人的孤獨。孫氏又引詩評高度讚賞李白才華：「太白天才曠達」。

　　近代學者傅庚生（1910－1984）說：「花間有酒，獨酌無親；雖則無親，邀月與影，乃如三人；雖如三人，月不解飲，影徒隨身；雖不解飲，聊可為伴……。此詩一步一轉，愈轉愈奇，雖奇而不離其宗。」學者認為只有李白這「青蓮奇才」才能做到，即使苦煉苦修也不能學得。

　　二、想像力豐富。詩人視月為人，視月為友，故此說與明月、影子「對影成三人」。詩人將自己的獨飲、獨賞月、獨見身影，化為與月、影邀約共舞、同歡同樂，醉

後各自散去。事實上，此乃詩人浪漫的想像，由始至終他一人獨飲，明月東升西沉，影子只是詩人站在月下的光暗投影，月沉而影亦消散。

三、語言清新簡潔。清代乾隆皇帝（1711－1799）敕編的《唐宋詩醇》評：「千古奇趣，從眼前得之。爾時情景雖復潦倒，終不勝其曠達。」李白那時的情況其實很孤獨潦倒，卻十分曠達。沈德潛（1673－1769）《唐詩別裁》讚賞李白此詩近乎天籟之音，非常人能學：「脫口而出，純乎天籟。此種詩人不易學。」

四、巧妙轉韻：古詩沒有特定的句子要求，也不講求對仗。句數亦沒有規定要求八句或四句，可以用單數句子。因押韻自由，此詩巧用兩個部韻——第一句至第八句押平聲真韻：親、人、身、春；第九句至第十四句押仄聲翰韻：亂、散、漢。詩人轉韻之時，正值全詩之意旨所在——「行樂須及春」，末句「相期邈雲漢」則是全詩總結，詩人以韻律展示全詩之重點。詩人若能與月影共聚於星河天際，意味他其時於凡間亦已消散。

這首詩運用獨特的聯想，將獨自飲酒化為三人對飲，將孤寂的獨處化為熱鬧的聚會，將詩人站立的有限空間擴至無限的星河天際，不但顯見李白豐富的想像力，更見其浪漫的情懷。李白詩歌對後世影響深遠，歷代著名詩人在不同程度上亦受他影響。

各位同學，從這首詩可以見到李白奇特的想像力，以一人的孤寂幻化成三人的聚會。希望你們遇到人生孤獨之時，也能有李白這般自我開解的想像力。

✎　問答題

1. 李白曾為誰人的幕僚？
   A. 永王李璘　B. 唐玄宗
   C. 李光弼　　D. 李陽冰

2. 學者認為〈月下獨酌〉可分成五個部分，以下哪一項不是其中之一？
   A. 寫詩人獨酌無友　　B. 寫邀月對飲
   C. 述月會飲而影隨身　D. 再約無情遊

3. 本詩述詩人月下獨酌，偏偏幻化出三人，以下哪一項不正確？
   A. 可見詩人的浪漫
   B. 呈現詩人豐富的想像力
   C. 可見詩人精神不振
   D. 顯見詩人的孤寂

4. 以下哪一項不是「雲漢」一詞的意思？
   A. 銀河　B. 天上恆久的星帶
   C. 星河　D. 遙遠

5. 以下哪一詩句不見我、月、影「三人」？
   A. 舉杯邀明月，對影成三人
   B. 月既不解飲，影徒隨我身
   C. 我歌月徘徊，我舞影零亂
   D. 永結無情遊，相期邈雲漢

6. 李白月下飲酒，對影成三人，事實上有多少人在場？
   A. 無人　B. 李白自己一人
   C. 二人　D. 三人

7. 以下哪一項不是此詩的藝術特點？
   A. 清新奇特　B. 想像豐富
   C. 巧妙轉韻　D. 構思嚴密

8. 李白在此詩使用了哪兩個韻部？
   A. 真、翰　B. 親、人
   C. 亂、散　D. 身、春

9. 誰人以詩評讚賞李白「天才曠達」？
   A. 蘅塘退士　B. 傅庚生
   C. 乾隆皇帝　D. 沈德潛

10. 誰高度讚賞李白這首詩近乎天籟之音？
    A. 高啟　　B. 楊維楨
    C. 沈德潛　D. 屈大均

答案：1A, 2C, 3C, 4D, 5D, 6B, 7A, 8A, 9A, 10C

李白　送友人

掃碼聽音頻

📑 原文

> 青山橫北郭，白水繞東城，
>
> 此地一為別，孤蓬萬里征；
>
> 浮雲遊子意，落日故人情，
>
> 揮手自茲去，蕭蕭班馬鳴。

📖 撰文：賴慶芳

本篇向大家講解的經典是唐代李白（701－762）〈送友人〉，從簡單的詩歌看詩人的不簡單。

李白，字太白，號青蓮居士，又號「謫仙」。李白的詩歌有不少名句，如〈將進酒〉：「人生得意須盡歡」、「天生我材必有用」幾近人人能背誦一二句。這首〈送友人〉更是人們傳誦的好詩。

李白是中國最著名的詩人，關於他的故鄉祖籍有四地之爭：一乃吉爾吉斯境內的托克馬克市。李白祖先來自碎葉城，故此吉爾吉斯文化信息部部長拉耶夫於 2008 年對中國媒體表示，唐朝最偉大的詩人李白的出生地在其國。二是湖北安陸，李白曾在安州安陸郡（郡治在今湖北省安陸縣）的壽山隱居。三乃四川綿陽江油市。有學者認為李白生於綿州昌隆青蓮鄉，族叔李陽冰亦在彼處任縣令，更為李白卒亡之處。四為甘肅秦安，李白〈贈張相鎬〉詩云：「家本隴西人，先為漢邊將。」學者認為「漢邊將」乃指漢代名將李廣（？－前 119），而李廣乃隴西成紀人。評論者認為今甘肅天水秦安縣，於秦代屬隴西郡，漢代屬天水郡。學者多傾向第四個說法，相信李白的故里是甘肅秦安。

杜甫（721－770）〈飲中八仙歌〉：「李白斗酒詩百篇，長安市上酒家眠。天子呼

來不上船，自稱臣是酒中仙。」表現李白狂放不羈、不阿權貴的性格。李白走遍大江南北，為詩歌提供豐富題材，其詩與杜甫的詩皆為唐代之冠，享譽甚隆，二人並稱「李杜」。唐人所編的李白集，沒有流傳下來。北宋有《李太白文集》三十卷，共計九百九十多首詩，後世稱李白為「詩仙」。李白還有若干詞作，《尊前集》收錄十二首，《花庵絕妙詞選》則著錄七首。

〈送友人〉乃一首送別詩，屬五言律詩，簡稱「五律」。詩人策馬辭行，與友人道別，情意深重。

首聯：第一、二句「青山橫北郭，白水繞東城」，意謂青翠的山巒橫臥在北面的城郭，澄白的流水環繞着東面的城池。詩人點出告別地點是北郭——北面的外城，四周環繞着水流；詩人借寫景襯托離情。李白與友人並肩緩轡，不覺已至城外，依然不捨得分離。城外環境是青翠的山巒橫臥在城郭的北面，澄白的流水繞着城東流動。首聯已有工整對偶：「青山」對「白水」是色彩及自然景物互對；「橫」對「繞」是動詞互對；「北郭」對「東城」是方向及建築物互對。

頷聯：第三、四句「此地一為別，孤蓬萬里征」，意謂你我二人一旦在此處分別之後，就像飛蓬一般隨風飄飛萬里了。此聯點明詩歌題旨是送別，寫離情。詩人運用生動的比喻，以「孤蓬」比喻孤身上路的遊子，仿如孤獨而飛的蓬草。以孤蓬象徵飄泊，強化淒涼氣氛，流露詩人無奈感傷。此處一別後，離人像蓬草那樣隨風飄飛，到萬里之外去了，表達對友人飄泊生涯的深切關懷。孤蓬即飛蓬，枯後根易折而隨風飄飛。元人楊齊賢集注《李太白詩文集》：「孤蓬，草也，無根而隨風飄轉者，自喻客遊也。」詩人用「孤蓬」暗喻孤身上路的遊子，其前路遙遙，如萬里長征。

頸聯：第五、六句「浮雲遊子意，落日故人情」，意思是遊子行蹤仿如浮雲般居無定所，朋友的離去如落日般不可挽留。兩句情景交融，寫出作者依依不捨的惜別之情。詩人用「浮雲」比喻居無定的狀態，暗示人生變幻無常，用「落日」象徵朋友間的離別無可改變。天空一抹白雲隨風飄浮，象徵友人行蹤不定，飄泊東西南北；遠處一輪紅日將墜，夕陽西下時分，詩人與友人特別傷感彼此的分離。「浮雲」對「落日」是動態的大自然景物互對；「遊子」對「故人」是人物的互對；「情」與「意」則是抽象情感的互對，「浮雲」之飄浮不定與「遊子」互相融合；「落日」紅日將西沉而成過去，含「故」之意，與「故人」一詞相融合。兩人的友情深厚，因此送別至夕陽時分

仍然依依不捨，不願離開。但「落日」印證不得不揮手告別的事實，彼此的友誼好像快將被黑夜吞噬，增添幾分離愁別緒，讓人愁腸百結。

尾聯：第七、八句「揮手自茲去，蕭蕭班馬鳴」，述李白與友人二人在此揮手告別而各奔前程，離群的馬因為孤寂而蕭蕭地鳴。「蕭蕭」乃馬叫聲的象聲詞；「班」字，從玉部，有「分開」的意思。「班馬」，指「分別」、「分道揚鑣」的馬，即離群的馬。《說文解字》：「班：分瑞玉，從玨刀。」意思就是用刀把「瑞玉」分割開來。「班」字本指「分割」，後來引申為「分離」、「分別」。此意思之「班」字，在現代漢語中極少用，古語中則偶爾能見。若果將「班馬」誤寫成「斑馬」，則成有斑紋的馬了。詩人與友人在馬上揮手告別，遊子騎着馬匹奔的萬里征途，詩人拉馬黯然掉頭回城，各奔方向。馬亦似懂人情世故，蕭蕭長鳴，表達惜別之情。兩馬亦要分離，故長鳴不捨。

為何說此詩看似平凡卻能反映李白之不凡呢？

其一，諸多限制之下卻平白如話——此乃五言律詩，共八句，每句五個字，詩句平仄、對仗和押韻都有限制，要求第二、四、六、八句押韻，首句可押或不押韻，全詩不可轉韻，必須一韻到底。在如此多限制之下，詩人寫來卻平白如話，渾然天成。

其二，象徵及誇飾手法——李白豐富的想像力尤其見於「浮雲遊子意，落日故人情」兩句。前者以浮雲之飄浮不定，象徵居無定所、渺無方向的遊子心，人生的變幻無常，後者以落日美麗而短暫的情景，象徵與朋友之間的離情無可改變，彼此只有依依不捨地分手。李白時常以奇特的想像描述抽象的情感，除了此詩，還有〈聞王昌齡左遷龍標遙有此寄〉：「我寄愁心與明月，隨風直到夜郎西」，以明月作郵差，將憂愁之心化作郵包，以清風作航班，直飛夜郎西邊。詩歌又用誇張手法，如「孤蓬萬里征」誇飾遊子之前路如萬里之長征。此誇飾手法李白常用，其詩〈秋浦歌〉有「白髮三千丈，離（一版本作緣）愁似箇長」之句。豐富的想像力與誇張的手法形成浪漫的筆調，是李白詩歌特有的色彩。

其三，清新簡潔的語言——李白詩歌被譽為「清水出芙蓉，天然去雕飾」。語言直率自然，音節和諧流暢，渾然天成，不假雕飾。此詩之「此地一為別」、「青山橫北郭，白水繞東城」「揮手自茲去，蕭蕭班馬鳴」平白如話。杜甫〈春日憶李白〉詩稱譽李白詩「清新」、「俊逸」，由此可見一斑。

其四，李白用典出神入化，短短一首五言詩，竟用了多個典故，顯見李白淵博的

學問。「蕭蕭班馬鳴」一句指離群的馬蕭蕭而鳴，原句出自《詩經·車攻》「蕭蕭馬鳴」，指馬的蕭蕭叫聲。「浮雲遊子意」一句可謂重構漢代《古詩十九首·行行重行行》「浮雲蔽白日，遊子不顧反」。「揮手」則源自晉朝劉琨（270－317）《扶風歌》：「揮手長相謝」。「孤蓬」則乃隨風飄轉的蓬草，常比喻飄泊無定的孤客，源自鮑照（414－466）〈蕪城賦〉：「孤蓬自振，驚砂坐飛。」除此之外，詩中「故人」一詞，多少令人想起王維（？－761）〈送元二使安西〉一詩：「勸君更盡一杯酒，西出陽關無故人。」

此詩除了在國內廣泛流傳，在海外亦有不少譯本，英文譯本如陶友白（Witter Bynner，1881－1968）所譯作品，能將李白全詩之意道出，頗得詩歌的神髓。

✎ 問答題

1. 李白的故里有四地之爭，哪一處是學者傾向相信的？
   A. 吉爾吉斯托克馬克市
   B. 湖北安陸
   C. 四川綿陽江油市
   D. 甘肅天水秦安縣

2. 〈送友人〉的詩體格式是甚麼？
   A. 五言絕詩　B. 五言律詩
   C. 七言絕詩　D. 七言律詩

3. 首聯「青山橫北郭，白水繞東城」中的「青山」與「白水」是哪一項的互對？
   A. 方向及建築物互對
   B. 色彩及自然景物互對
   C. 動詞互對
   D. 形容詞互對

4. 楊齊賢說「無根而隨風飄轉者」所指的是甚麼？
   A. 野草　B. 春風　C. 孤蓬　D. 遊子

5. 以下哪一項就「孤蓬萬里征」的解說不正確？
   A.「孤蓬」即飛蓬
   B.「萬里征」指遊子萬里征戰
   C. 以孤蓬隨風飄轉比喻遊子
   D. 遊子孤身上路，前路遙遙

6. 詩中哪一聯句點出送別的時間是黃昏？
   A. 首聯：青山橫北郭，白水繞東城
   B. 頷聯：此地一為別，孤蓬萬里征
   C. 頸聯：浮雲遊子意，落日故人情
   D. 尾聯：揮手自茲去，蕭蕭班馬鳴

7. 以下哪一項不是「浮雲遊子意，落日故人情」的象徵意義？
   A. 浮雲之飄浮不定，象徵遊子居無定所
   B. 渺無方向的遊子前路茫茫
   C. 落日象徵離情的無法挽回
   D. 朋友之間的友情無可挽回，人生變幻無常

8. 「蕭蕭班馬鳴」的「班」字是甚麼意思？
   A. 斑紋　B. 一種馬的名稱
   C. 瑞玉　D. 分離

9. 李白善用典故，「浮雲遊子意」一句源於以下哪一項？
   A.《詩經．車攻》
   B.《古詩十九首．行行重行行》
   C. 劉琨〈扶風歌〉
   D. 鮑照〈蕪城賦〉

10. 以下哪一項不是〈送友人〉的藝術特色？
    A. 豐富的想像及誇飾的手法
    B. 清新簡潔的語言
    C. 先言他物以引起所詠之詞的興手法
    D. 用典出神入化

答案：1D, 2B, 3B, 4C, 5B, 6C, 7D, 8D, 9B, 10C

李白　宣州謝朓樓餞別校書叔雲

掃碼聽音頻

📄 原文

　　棄我去者，昨日之日不可留。亂我心者，今日之日多煩憂。長風萬里送秋雁，對此可以酣高樓。蓬萊文章建安骨，中間小謝又清發。俱懷逸興壯思飛，欲上青天覽明月。抽刀斷水水更流，舉杯銷愁愁更愁。人生在世不稱意，明朝散髮弄扁舟。

📖 撰文：曹順祥

　　本篇向大家講解的經典是唐代李白的古詩〈宣州謝朓樓餞別校書叔雲〉。

　　辛棄疾（1140－1207）詞《賀新郎》說：「歎人生，不如意事，十常八九。」常人遇到失意事，難免長嗟短歎、灰心喪志。你可知大詩人遇上挫折，跟常人有何不同？

　　李白於天寶元年任職翰林院，兩年後因被讒毀離開朝廷，內心憤慨，到處漫遊。天寶十二年（753）秋天，李白來到宣州（今安徽省宣城縣）。他的一位官為校書（校書是唐代官名，校書郎的簡稱。掌管朝廷的圖書整理工作）的族叔李雲將要離去，他為李雲餞別而寫成此詩。謝朓樓，又稱謝公樓，也稱北樓。相傳為南朝齊的山水詩人謝朓（464－499）任宣城太守時所建。李白同情李雲的遭遇，也因自己的懷才不遇而感慨萬千。因此，本詩有別於一般的送別詩，既寫出了詩人的懷才不遇、壯志難酬，同時也表達了對個人理想的追尋！

　　李白要送行的李雲（生卒年不詳），又名李華，是當時著名的散文家，曾任秘書省校書郎，負責校對圖書。李白稱他為族叔，但並非族親關係。公元752年（天寶十一年）任監察御史。獨孤及《檢校尚書吏部員外郎趙郡李公中集序》中記載：「（天寶）十一載拜監察御史。會權臣竊柄，貪猾當路，公入司方書，出按二千石，持斧所向，列郡為肅。」可見李雲為官的剛直不阿、清正而不畏權貴。

　　詩的開篇，「棄我去者，昨日之日不可留。亂我心者，今日之日多煩憂。」意謂：

丟棄我離開的，昨天的日子不能夠挽留；攪亂我心緒的，今天的日子有無盡煩憂。這個充滿力量的開篇，如天風海雨，破空而來。詩人似乎有滿腔悲憤，積鬱心中，必吐之而後快！昨日之日，無非就是過去的一切日子，而今日之日，自然就是目前的處境了。「長風萬里送秋雁，對此可以酣高樓」，萬里秋風，送來南飛的大雁，面對這種壯闊的景象，詩人認為應該在高樓上酣暢地飲酒。至此，才真正「點題」，即在謝朓樓餞別。以上是詩意的第一層。

第二層，「蓬萊文章建安骨，中間小謝又清發。」寫餞別的地方和餞別的人。族叔李雲啊，你的文章如建安風骨那樣剛健，而我自己的詩，像南齊謝朓的詩那樣清新秀發。蓬萊，是傳說中的海中仙山，藏有仙家典籍。唐人多以蓬萊山、蓬萊閣指秘書省，李雲任秘書省校書郎，故用「蓬萊文章」借指李雲的文章。這是從校書叔雲的一方落筆，稱讚李雲校書蓬萊，文章有建安風骨！「建安風骨」指漢末建安年間，以曹操（155－220）三父子和建安七子詩文辭情慷慨的創作風格為代表的文學風格。

至於「中間小謝」句，是從李白自己一方落筆。「中間」大概是指從建安到唐代之間的南朝。小謝是南朝齊詩人謝朓，後人將他和謝靈運（385－433）並列，稱為「小謝」、「大謝」，李白向來十分欣賞謝朓，在此用以自喻。

李白和李雲，同樣有驚人的文才，現在高樓對飲，自是豪情萬丈。「俱懷逸興壯思飛，欲上青天覽明月」是承上而來，無疑是將自己與對方的心境連成一氣！詩人絕不滿足於像一般人在高樓望月，而至於要飛上青天去攬取明月了。這無疑可理解為詩人沉醉於志得意滿之中，欲竭力追求自己崇高的人生理想。

可是，詩人顯然尚未全醉！難道不知道飛上青天去攬取明月是絕不可能的事嗎？當飄飛的思緒返回當下的現實境況，詩人也不得不承認，現實是如此殘酷。因此，詩意也隨之一轉——由極度志氣昂揚，變成極度哀愁。

謝朓樓前有宛溪水，四時川流不息，詩人藉眼前之景，抒心中之情。「抽刀斷水水更流，舉杯銷愁愁更愁」，從志得意滿地欲上青天攬月，到抽刀斷水而水更流，就像舉杯飲酒想消除憂愁，卻只有更加憂愁。「人生在世不稱意，明朝散髮弄扁舟」，眼前的李雲，和自己同樣是懷才不遇，彼此都是「在世不稱意」的。活在人生世上，如果不符合心志，明天何妨就學春秋時的范蠡「乘扁舟浮於江湖」？（見《史記‧貨殖列傳》）散髮即不束冠、不當官的意思，形容行為狂放不羈，在此也似乎隱含避世隱居的意思。

本詩在結構上，從昨日、今日寫到「明朝」。既然昨日不可留、今日多煩憂，自然寄望於未來。可是，從「人生在世不稱意，明朝散髮弄扁舟」來看，詩人似乎對未來也不甚樂觀吧！

縱觀首四句寫「時間」，寫自己的人生，從昔日到今日，皆為煩憂所困。「長風」二句遠望，寫「空間」，晴空萬里送別「秋雁」，這是何等豪爽的長風啊！可以想見，詩人多想這長風能一下子吹走自己無盡的煩憂！「蓬萊」四句，寫「人物」，即李雲和自己。「抽刀」二句俯瞰，再寫「空間」，並借景抒情，由情入理。全篇是「時間」——「空間」——「人物」——「空間」，結構嚴謹。

本詩用散文化的筆法，以淋漓盡致的情感，營造自然奔放的氣勢。內容跳躍轉折，感情跌宕起伏，處處顯出詩人內心世界的騷動和不安。「長風」二句和「俱懷」二句，是何等高昂而樂觀？「抽刀」二句，又是何等苦悶而倔強？全詩以新穎角度切入，以寫愁緒抒發憤懣開頭，格調悲涼，卻似慷慨高歌；雖有無限苦悶，卻始終沉鬱奔放。

由此可見，儘管李白在精神上長期經受着苦悶的重壓，但並沒有因此放棄對理想世界的追求。本詩在選詞用字上，寧取繁瑣，不說「昨日不可留，今日多煩憂」，偏要說「昨日之日、今日之日」，如果高聲朗讀，自能體會詩人這種彷徨踟躕、不勝唏噓的感慨！「抽刀斷水水更流，舉杯銷愁愁更愁」十四個字之中，「水」字出現兩次，「愁」字出現三次，也讓人有紛擾不安的感受。儘管如此，詩人自始至終，仍然貫注一股豪邁慷慨的胸襟氣度。「棄我去者，……。亂我心者，……。」整首詩給人的感覺，絕不是沉鬱絕望，而是憂憤苦悶之中，顯現出詩人豪邁雄放的氣概。李白不愧「詩仙」之名，難怪大詩人賀知章（約 659－約 744）也譽之為「謫仙人」了。

✎ **問答題**

1. 本篇的文體是甚麼？
   A. 古詩　B. 絕詩　C. 律詩　D. 宋詩

2. 「中間小謝又清發」，「小謝」是誰？
   A. 謝安　B. 謝朓　C. 謝石　D. 謝靈運

3. 「蓬萊文章建安骨」，詩中「蓬萊」是指？
   A. 當時的宮殿名　B. 藏書的秘書省
   C. 仙人居住之地　D. 山東省地方名

4. 以下哪一項是此詩的主題？
   A. 離別相思　B. 餞別抒懷
   C. 羈旅悲怨　D. 去國懷鄉

5. 以下哪兩項是此詩的抒情手法？
   1 直接抒情　2 借物抒情
   3 借景抒情　4 借事抒情
   A. 1、3　B. 2、3　C. 3、4　D. 1、4

6. 詩題《宣州謝朓樓餞別校書叔雲》，「校書」
   是甚麼意思？
   1 到各地蒐集書籍
   2 古時學校的書記
   3 「校書郎」的簡稱
   4 掌校理典籍的官員
   A. 1、2　B. 2、3　C. 3、4　D. 1、4

7. 以下對本詩內容和主旨的描述，何者不正
   確？
   A. 以蓬萊文章比李雲，以謝朓之清發自喻
   B. 借送別對方，惜其生不逢時
   C. 表達了對民生困苦的痛心疾首
   D. 慨歎理想與現實的矛盾和無奈

8. 為甚麼詩人要舉杯飲酒？
   A. 為李雲遠行而踐別
   B. 為久別重逢而慶祝
   C. 想消除心中的憂愁
   D. 想借酒意創作詩文

9. 「抽刀斷水水更流，舉杯銷愁愁更愁」，二
   句有何精妙之處？
   1 語言豪放自然　2 詩風婉約細膩
   3 風格浪漫誇張　4 比喻貼切生動
   A. 1、2、3　B. 2、3、4
   C. 1、2、4　D. 1、3、4

10. 「蓬萊文章建安骨」，「建安」是甚麼意
    思？
    A. 漢代國家名稱　B. 漢代王帝名稱
    C. 漢末建安年間　D. 漢末建安一地

李白　將進酒

掃碼聽音頻

📑 原文

　　君不見，黃河之水天上來，奔流到海不復回。君不見，高堂明鏡悲白髮，朝如青絲暮成雪。

　　人生得意須盡歡，莫使金樽空對月。天生我材必有用，千金散盡還復來。烹羊宰牛且為樂，會須一飲三百杯。岑夫子，丹丘生，將進酒，杯莫停。

　　與君歌一曲，請君為我傾耳聽。鐘鼓饌玉不足貴，但願長醉不用醒。古來聖賢皆寂寞，唯有飲者留其名。陳王昔時宴平樂，斗酒十千恣歡謔。主人何為言少錢，徑須沽取對君酌。五花馬，千金裘，呼兒將出換美酒，與爾同銷萬古愁。

📖 撰文：曹順祥

　　本篇向大家講解的經典是唐代李白的古詩〈將進酒〉。

　　古往今來，慨歎青春易逝、人生苦短，應及時行樂的詩文，早已汗牛充棟。為何李白的〈將進酒〉，一千三百年來依然為人津津樂道，幾乎入選所有重要的詩詞選本，甚至成為學生必讀的作品？

　　〈將進酒〉的寫作時間大約是唐代天寶十一載（752），此時李白仕途失意，離開了首都長安，漫遊天下。距詩人被唐玄宗「賜金放還」已達八年之久。李白跟岑勳曾多次應邀到嵩山（今河南登封市）元丹丘家裏做客。其中一次與好友開懷暢飲後，詩人寫下了這首流傳千古名篇。本詩藉與好友飲酒作樂，縱情高歌，對自己的人生際遇充滿感慨。本詩表面上灑脫、豪邁，實際上隱含着悲涼的心境和寂寞的情懷。〈將進酒〉按詩意可以分為三層：

　　第一層：「君不見，黃河之水天上來，奔流到海不復回。君不見，高堂明鏡悲白髮，朝如青絲暮成雪。」大意是說：你難道看不見那黃河之水從天上奔騰而來，波濤

翻滾直奔東海，再也沒有回來？你難道看不見年邁的父母，對着明鏡感歎白髮，年輕時滿頭青絲，到如今，已是一片雪白！

此段以黃河的永恆，反襯人生的短暫；以黃河之水一去不復返、頭髮的「朝如青絲暮成雪」，比喻人生苦短，藉以寄託時光易逝、青春不再的悲哀！如聯繫李白的生平，當明白詩人歎息的，是華年虛擲，未能建功立業。這兩組長句是作者滿腔抑鬱，在無法壓抑之下噴薄而出，並由此引出下面各種複雜的情緒。

第二層：從「人生得意須盡歡」至「將進酒，杯莫停。」大意是說：人生得意之時，應當縱情歡樂，不要讓這金樽無酒、空對明月。每個人都必然擁有自己獨特的價值，即使散盡黃金千兩，也還能夠再來。我們烹羊宰牛作樂，痛飲三百杯也不為多！岑夫子和丹丘生啊，快來喝酒吧！不要停下來。

作者既未因懷才不遇而抑鬱苦悶，也不為金錢所役使，反而充滿自信，認為行樂應及時，縱酒且盡歡！如聯繫李白生平，詩人一直胸懷大志，卻功業未成。當明白「得意」的日子不多，故遇上岑夫子、丹丘生等知己好友，明白應盡情歡樂，把苦惱煩悶暫時拋開。

這裏人生得意「須」盡歡，是正面肯定並強調盡歡的必要；再通過「莫」使金樽「空」對月，構成雙重否定，以加重對痛飲盡歡的熱切渴望，情感非常強烈！而痛飲盡歡的目的，並不是借酒澆愁，而是執着地對人生的充分肯定：「天生我材必有用，千金散盡還復來。」即使時不我予，功業未成，但滿腹經綸的詩人，具有豪邁的性格，乃至於要烹羊宰牛、痛飲三百杯來盡情歡樂！

至此，作者已完全突破了首段的人生傷感，充滿自信地痛飲盡歡。「岑夫子，丹丘生，將進酒，杯莫停」數句，從詩的結構來看，是承上啟下。既緊扣「將進酒」這個題目，寫席間勸酒的口吻，同時藉酒酣之際，詩人的激情無法遏止，故於下面部分盡情傾訴心中的鬱悶！

第三層：從「與君歌一曲」至「與爾同銷萬古愁。」大意是：讓我為你們高歌一曲，請你們傾耳細聽：豪華生活有何值得珍貴？只希望醉生夢死而不願清醒。自古以來，聖賢莫不是孤獨寂寞，只有那懂得喝酒的人才能夠千古留名。陳思王曹植（192－232）當年宴設平樂觀，斗酒十千，賓主盡情歡樂。主人為何說錢不多？只管買酒一起痛飲。那些名貴的五花良馬、昂貴的千金狐裘，把小兒喊出來，都拿去換美酒吧。讓

我們一起消除這無窮無盡的萬古長愁！

　　詩人不重視錢財，不惜將名貴寶物拿來換取美酒，寧願痛飲高歌以求一醉。既蔑視世俗的功名富貴，也流露出懷才不遇的憤懣之情。社會上普遍重視的「鐘鼓饌玉」，即富貴榮華，李白全然否定了！「古來聖賢皆寂寞，唯有飲者留其名」，「聖賢」與「飲者」對舉，抑彼而揚此。不得不讓人思考：為何「聖賢」竟及不上「飲者」？而「聖賢」寂寞的原因為何？答案可謂不言而喻了！

　　詩人用三國時魏國陳王曹植的典故，表達了懷才不遇的悲憤。為何李白在古今芸芸「飲者」當中，選中了陳思王曹植？曹植曾在平樂觀與賓客對飲，美酒一斗，價值十千。八斗之才的曹植，竟備受猜忌冷落，高才而不獲用，有志而不能伸，這難道不是李白的寫照？而山居作客的李白，竟反客為主，一言一行，幾乎以「主人」自居：「主人何為言少錢，徑須沽取對君酌。五花馬，千金裘，呼兒將出換美酒。」此處結合末句「與爾同銷萬古愁」，既呼應了開頭的白髮之「悲」，也表現了李白的狂放之情。從個人的懷才不遇，甚至把古往今來的賢愚不分，也幾乎囊括其中了。如此說來，當作者說這是「萬古」之「愁」，也就變得合情合理了。

　　細心的讀者不難發現，李白彷彿就是那「天上來」的黃河，李白彷彿就是那「奔流到海不復回」的黃河！這洶湧澎湃、一去不回的黃河，不就是李白的人生寫照麼？大詩人、書法家賀知章（約 659－約 744）曾稱李白為「天上謫仙人」，所以，李白不就是從「天上來」的嗎？

　　面對社會扼殺人才，李白說「天生我材必有用」，充分肯定「人材」的價值；面對庸俗的社會，李白說「鐘鼓饌玉不足貴」，徹底否定了權勢和富貴。鐘鼓，原為樂器，這裏借代為音樂。李白抱有經國濟世之才，卻有志難伸，內心鬱悶憤慨之情，可以想見！故詩中以「古來聖賢皆寂寞」來自我開解。

　　也許，沒有洶湧澎湃的豪情壯志、沒有橫空出世的才華，絕不可能有這樣的自信！只有不願墨守成規、睥睨權勢富貴，敢於與傳統割席的大詩人李白，才能有這樣的胸懷！

　　如果刪去了「君不見」，變成「黃河之水天上來，奔流到海不復回。高堂明鏡悲白髮，朝如青絲暮成雪」。表面上，內容並沒有太大的改變，但實際上，加了兩次「君不見」，效果就不可同一而語。

　　「君不見」就是「你難道看不見」，它是個反問句。誰能有這樣的自信與豪情？這勢不可擋的力量，支撐它的是才華，是歷練，更是膽識、胸襟與氣度！只有太白之才，才能支撐起整首充滿豪情壯志的詩篇。

　　句法上，〈將進酒〉是一首樂府詩，句式以七言為主，雜以三言、五言和十言。長短不一的句子，句式參差錯落，起伏轉折，富節奏感，正好配合作者複雜多變的感情變化。

　　寫作手法上，〈將進酒〉在誇張手法的運用上非常突出。「君不見高堂明鏡悲白髮，朝如青絲暮成雪」，寫朝暮之間頭髮由黑變白，極言時間（人生）的短促；頭髮在朝暮之間的轉變，也構成了強烈的對比。將人生苦短、青春易逝刻畫得入木三分，容易產生共鳴！此外，千百年來，那「一飲三百杯」的豪情，那「斗酒十千」的酒量，讀之者無不拍案叫絕！

　　可是，細細想來，李白何嘗不是那「空對月」的金樽？李白又何嘗沒有「古來聖賢」的坎坷際遇？

✎ **問答題**

1. 以下何者是本詩的內容特色？
　　1 悲憤　2 豪邁　3 頹唐　4 閒適
　　A. 1、2　B. 2、3　C. 3、4　D. 1、4

2. 以下何者是《將進酒》的主要內容？
　　1 人生短促　2 國愁家恨
　　3 閒適安逸　4 及時行樂
　　A. 1、2　B. 2、3　C. 3、4　D. 1、4

3. 「與爾同銷萬古愁」與詩的開端有何聯繫？
　　A. 破題　B. 呼應　C. 過渡　D. 總結

4. 本詩主要採用了哪種寫作手法來抒發情感，並展現了詩人狂放的個性？
　　A. 映襯　B. 誇張　C. 對比　D. 反諷

5. 岑夫子、丹丘生與李白是甚麼關係？
　　A. 親人　B. 朋友　C. 同僚　D. 同學

6. 陳王昔時宴平樂，陳王是誰？
　　A. 曹劌　B. 曹操　C. 曹丕　D. 曹植

7. 以下何者是「朝如青絲暮成雪」的意思？
　　A. 時間流逝之快速　B. 社會變化之巨大
　　C. 環境轉變之速度　D. 人事更替之頻繁

8. 「陳王昔時宴平樂，斗酒十千恣歡謔」，用了甚麼修辭手法？
　　A. 比喻　B. 映襯　C. 對比　D. 用典

9. 「君不見，黃河之水天上來，奔流到海不復回。君不見，高堂明鏡悲白髮，朝如青絲暮成雪。」用了甚麼修辭手法？
　　1 對偶　2 比喻　3 反襯　4 呼告
　　A. 1、2　B. 2、3　C. 3、4　D. 1、4

10. 「鐘鼓饌玉不足貴」用了甚麼修辭手法？
　　A. 用典　B. 呼告　C. 借代　D. 誇張

答案：1A, 2D, 3B, 4B, 5B, 6D, 7A, 8D, 9B, 10C

岑參　白雪歌送武判官歸京

掃碼聽音頻

📄 原文

北風捲地白草折。胡天八月即飛雪。

忽如一夜春風來。千樹萬樹梨花開。

散入珠簾濕羅幕。狐裘不暖錦衾薄。

將軍角弓不得控。都護鐵衣冷猶著。

瀚海闌干百丈冰。愁雲黲淡萬里凝。

中軍置酒飲歸客。胡琴琵琶與羌笛。

紛紛暮雪下轅門。風掣紅旗凍不翻。

輪台東門送君去。去時雪滿天山路。山迴路轉不見君，雪上空留馬行處。

📖 撰文：黃坤堯

本篇向大家講解的經典是唐代岑參的〈白雪歌送武判官歸京〉。

題目很長，主要表達了兩方面的內容：一是在白雪中放歌，二是為幕府中的同事送行。當時剛下了一場雪，給詩人創造了一回夢幻，「忽如一夜春風來，千樹萬樹梨花開」，白雪紛飛，好像梨花盛放，使宴會別開生面，令人想像出神，自然也是充滿震撼的畫面。

岑參（715－770），祖籍南陽（河南省南陽市），生於仙州（河南省平頂山市葉縣），早歲孤貧，刻苦力學。天寶三載（744）以第二名舉進士，獲授右內率府兵曹參軍，職位卑微，鬱鬱不得志。天寶八載冬至十載春（749－751），第一次出塞，投軍從戎，擔任安西四鎮節度使高仙芝（？－756）幕府書記，治所在龜茲（新疆阿克蘇地區庫車

縣），與府主不合，失意而歸。天寶十三載（754），岑參得封常清（690－756）表奏為安西北庭節度判官，治所在庭州（新疆吉木薩爾縣北）。第二次出塞，足跡幾乎遍及天山南北，胸襟開朗，心情振奮。軍旅生活使岑參詩深染瑰麗壯闊的邊塞風光，摹寫大漠、瀚海、火山、熱海等，大氣磅礴，意象雄奇。肅宗至德二載（757）的春夏之間東歸，回到鳳翔（陝西省寶雞市鳳翔縣），授右補闕，轉起居舍人、虢州（河南省三門峽市盧氏縣）刺史等，官至嘉州（四川省樂山市）刺史，卒於成都，終年五十六歲。

岑參〈白雪歌送武判官歸京〉作於天寶十四載（755）。這是一首七言古詩，全詩十八句。大概可以分為兩段。第一段前八句「白雪歌」。起二句「北風捲地白草折，胡天八月即飛雪」協屑韻，北風勁吹，捲起遍地的沙石，白草似莠而細，無芒，乾熟時正白色，專給牛馬吃的。據說草性堅韌，可是經霜轉脆，加上風勢暴烈，難免也會吹斷了。一股逼人的氣勢，突襲而來。胡天，也就是西域的天空，天氣轉寒，八月飛雪，即以眼前的邊地風光入題。

第三、四句「忽如一夜春風來，千樹萬樹梨花開」協灰韻，用明喻的方式，好像經歷了一夜春風的吹拂之後，竟然開滿了大片潔白的梨花林，摹寫雪景，令人眼前一亮。作者把雪花化成優美的想像，在絕域苦寒之中生出一絲的喜悅和希望。想像是詩人特有的專利，同時也表現了詩人偉大的創造力，從無到有，化腐朽為神奇，感情澎湃，不受羈勒。

跟着四句「散入珠簾濕羅幕，狐裘不暖錦衾薄。將軍角弓不得控，都護鐵衣冷猶著」協藥韻，分寫在苦寒天氣下的生活片斷。雪片吹入室內，比較暖和，很容易就溶為水滴，沾濕了窗簾和帳幕。穿着皮草毛裘，蓋上錦緞被子，也是挺冷的。「角弓」就是飾以獸角的雕弓。「鐵衣」，鎧甲。「猶著」，還是要穿上。有些版本作「難著」，解難以穿上，失之平淡。將軍冷到拉不開角弓，都護還是要穿上那些不夠暖和的鎧甲，有些誇張，但也合乎我們的想像，都是實在而又具體的經驗，武判官讀到了，自然心領神會。方東樹（1772－1851）評：「忽如六句奇才奇氣奇情逸發，令人心神一快」。對中原的讀者來說，這些都是奇景，平常不容易看到，自然擊節點讚了。

第二段是送行情節。「瀚海闌干百丈冰，愁雲慘淡萬里凝」協蒸韻。「瀚海」指沙漠，或指輪台附近的準噶爾盆地。維吾爾語稱山中險臨深谷，謂之瀚海，或為音譯詞語。「闌干」意為縱橫，周圍凝結了百丈厚冰，愁雲慘淡，暮色幽暗，有換意作用，引

出下文。

　　跟着「中軍置酒飲歸客，胡琴琵琶與羌笛」入聲陌錫通協。「中軍」是主帥的帳營，設宴餞行，演奏各式樂器，紛亂嘈雜，說不定還有美人帳下的歌舞表演，渲染着強烈的塞外風情。「飲歸客」謂請歸客飲酒，「飲」字宜依傳統讀去聲（飲，yìn；jem 3），跟上聲的「飲」，音義不同，否則會誤以為把賓客飲下去了。

　　「紛紛暮雪下轅門。風掣紅旗凍不翻」協元韻。古時軍旅住宿，會將兩架兵車的轅木倒立相對，謂之轅門。這裏是借代用法，表示軍營之門。黃昏時分，轅門暮雪，颳起大風，風吹紅旗，扯也扯不動，好像凍僵了，釀造凝滯消沉的氣氛，而武判官出發的時間也到了。

　　末四句切題送行，「輪台東門送君去，去時雪滿天山路。山迴路轉不見君，雪上空留馬行處」，去聲御遇通協。岑參指出送行的地點就在輪台東門。輪台地名多見，主要有漢輪台和唐輪台，兩地距離很遠。漢輪台在南方，靠近庫車。唐輪台在烏魯木齊市南郊的烏拉泊，靠近庭州，現在是古城遺址，亂石縱橫。岑參〈走馬川行奉送出師西征〉直寫當地景色：「輪台九月風夜吼，一川碎石大如斗，隨風滿地石亂走」，或可參考。岑參送別武判官的地方，顯然就在烏魯木齊附近。當時天山路上堆滿了冰雪，山路迂曲，對方很快就走出了詩人的視界之外，看不見了，只留下了馬蹄的腳印。送行之作，有聲有色，佇立蒼茫，點到為止，也給大家留下無限的想像空間。這也有點像李白「孤帆遠影碧空盡，唯見長江天際流」（〈送孟浩然之廣陵〉）之作，構思相近，出自同一機杼，同時也帶出了依依不捨的思念。

　　這一首詩分協屑、灰、藥、蒸、陌錫、元、御遇七韻，仄平相間，轉換頻繁，不斷變換場景。有些兩句換韻的，節奏短促，分別表現風狂雪暴、輕柔舒緩、愁雲慘淡、歌樂雜作、凝滯苦澀等不同的場景。有些四句換韻的，摹寫苦寒情節、東門送別，多了舒緩的空間，發揮出更佳效果。

✎ **問答題**

1. 「胡天八月即飛雪」，詩中的「胡天」具體指甚麼地方？
   A. 車師　B. 龜茲　C. 瀚海　D. 輪台

2. 「忽如一夜春風來」，這句用了甚麼樣的修辭手法？
   A. 借代　B. 明喻　C. 象徵　D. 誇張

3. 「千樹萬樹梨花開」，梨花是甚麼顏色的？
   A. 白色　B. 紅色　C. 藍色　D. 灰色

4. 「都護鐵衣冷猶著」，何謂「猶著」？
   A. 難以穿上　B. 好好穿上
   C. 還要穿上　D. 還沒有穿上

5. 「瀚海闌干百丈冰」，解釋「闌干」的詞意？
   A. 建築物
   B. 圍欄
   C. 牛羊住宿的地方
   D. 縱橫

6. 「中軍置酒飲歸客」，怎樣解釋「飲歸客」？
   A. 請歸客飲宴
   B. 歸客把酒飲下去了
   C. 逼歸客飲宴
   D. 歸客請大家飲酒，吃散水餅

7. 「紛紛暮雪下轅門」，何謂「轅門」？
   A. 戰車佈陣　B. 軍營之門
   C. 軍旅帳幕　D. 輪台東門

8. 「風掣紅旗凍不翻」，解釋「翻」的詞義。
   A. 翻轉過來　B. 舒展飄拂
   C. 風繼續吹　D. 倒過來

9. 〈白雪歌送武判官歸京〉換了幾個韻部？
   A. 一韻到底　B. 平仄換韻
   C. 五個　　　D. 七個

10. 說明「千樹萬樹梨花開」的寫作手法。
    A. 寫實之作　B. 摹寫景色
    C. 想像之作　D. 象徵技巧

杜甫 兵車行

掃碼聽音頻

原文

車轔轔，馬蕭蕭。行人弓箭各在腰。耶孃妻子走相送，塵埃不見咸陽橋。牽衣頓足攔道哭，哭聲直上干雲霄。

道旁過者問行人。行人但云點行頻。

或從十五北防河，便至四十西營田。去時里正與裹頭，歸來頭白還戍邊。

邊庭流血成海水。武皇開邊意未已。君不聞漢家山東二百州，千村萬落生荊杞。

縱有健婦把鋤犂。禾生隴畝無東西。況復秦兵耐苦戰，被驅不異犬與雞。

長者雖有問。役夫敢申恨。

且如今年冬，未休關西卒。縣官急索租，租稅從何出？

信知生男惡，反是生女好。生女猶得嫁比鄰，生男埋沒隨百草。

君不見，青海頭。古來白骨無人收。新鬼煩冤舊鬼哭，天陰雨濕聲啾啾。

撰文：黃坤堯

本篇向大家講解的經典是唐代杜甫的〈兵車行〉。

杜甫（712－770）說：「信知生男惡，反是生女好。」而白居易（772－846）〈長恨歌〉則說：「遂令天下父母心，不重生男重生女。」為甚麼唐代的父母都喜歡生女孩呢？原來這都是唐玄宗（685－762）天寶年間的怪現象，楊玉環（719－756）當了深受皇帝寵愛的貴妃，光耀門庭，大家自然都希望生下寶貝女兒，一沾光寵。可是同一個時期，杜甫眼中所見的老百姓也都寧願生女兒，只是怕生男孩要打仗，免不了送死，而女孩可以嫁給鄰居，保存性命。原來同一個生女的願望，貧富兩極的想法完全不同，而盛世的社會也就變得千瘡百孔了。

　　〈兵車行〉屬於杜甫開創的新題樂府，敘寫時事，批評社會，反映現實內容，傳達人民的心聲，希望政府官員能聽到看到。〈兵車行〉語文淺白，直書所見，沒用太多的典故，一讀就懂。詩中杜甫以「長者」的身份出現，像是從記者的角度，向街上的「行人」、「役夫」打探消息。當時全方位徵兵，農村家破人亡，籠罩在死亡的氣氛當中，鬼哭神號，十分慘烈。

　　唐玄宗好大喜功，而邊將亦貪功冒進，南征北伐，挑起戰爭，所以戰死者多。史載天寶八載（749），皇上命哥舒翰（699－757）率兵六萬三千，攻克吐蕃的石堡城（青海省西寧市湟源縣西南），唐士卒死者數萬。天寶九載（750）十二月，王難得（？－763）擊吐蕃，克五城，拔樹敦城（青海省海南藏族自治州共和縣）。天寶十載（751）夏，鮮于仲通（693－755）討南詔蠻（雲南省）大敗，死六萬人。高仙芝（？－756）征大食（阿拉伯），敗於怛羅斯（帕米爾高原以西、吉爾吉斯與哈薩克斯坦相鄰的塔拉茲地區）戰役，三萬人死亡略盡。秋安祿山（703－757）征契丹，至土護真河（內蒙古赤峰市寧城縣附近老哈河），六萬人全軍覆歿，獨與部下二十位戰士騎馬遁歸。十一載（752）春，安祿山發蕃漢兵二十萬擊契丹。六月，雲南太守李宓（？－752）又發兵七萬自交趾（越南）擊南詔，士卒很多都感染疫疾死去，而李宓亦戰死於大和城北（雲南省大理市）。總計四年來攻打吐蕃、南詔、大食、契丹等國，動員士卒 483000 人以上，大部分人陣亡，能夠活命回來的並不多。

　　天寶十一載，杜甫四十一歲，往來京洛之間，耳聞目睹，有感於民生疾苦，作〈兵車行〉，斥責朝廷長期以來黷武開邊，不斷徵兵，禍及孩子及老人，具有「詩史」的典型意義。

　　〈兵車行〉是歌行體作品，以七言句為主，雜用三言及五言句；換韻頻繁，每韻各二句、四句，或六句，創出不同的畫面，推動情節的發展。這首詩大致可以按韻式分為九段。

　　首段「車轔轔，馬蕭蕭。行人弓箭各在腰」，蕭韻六句，開場就是一幅震撼的畫面。車馬倥傯，軍務繁忙，男人帶着弓箭出征，父母妻子在咸陽橋相送，哭聲震天，聲情活現。《資治通鑑》載天寶十載夏：「楊國忠遣御史分道捕人，連枷送詣軍所。舊制：百姓有勳者免徵役。時調兵既多，國忠奏先取高勳。於是行者愁怨，父母妻子送之，所在哭聲震野。」剛好與詩中所寫的情況吻合，說不定歷史可能還是取材於杜甫

詩中，相互參考。

第二段「道旁過者問行人。行人但云點行頻」，協真韻二句，杜甫以過路人的身份出現，向「行人」打聽消息，反映人民的觀點。「點行」，即按戶籍編造之軍書點名強行拉夫，「頻」是頻繁不斷，徵兵的次數很多。

第三段「或從十五北防河，便至四十西營田」，協先韻四句，是行人對徵兵制度的補充說明。天寶二年（743），令民十八歲以上為中男，二十三歲成丁。按唐初的租庸調法，丁男每年服役二十日，若不役，可用絹折庸，連正役不得超過五十日。十五歲僅為小男，過去不用服役。可是有些人從十五歲就被徵調往河西，防範吐蕃。一直到了四十歲，還要負責「營田」，即屯田工作，兼顧農務和邊防。「里正」指里長，用黑布三尺為征夫裹頭；有些年長的服役過了，還會再被徵調前往戍邊。此段反映徵兵制度混亂，連老幼都不肯放過。

第四段協紙韻四句，反映傷亡慘重，流血不止，原因在於「武皇開邊」的野心。而華山以東二百十七州的村落，也全都荒廢了，見證農村破產。

第五段協齊韻四句，指出鄉村只有健婦留守，可是東西阡陌不分，耕植不善。關中的兵員勇敢善戰，而所得的待遇雞犬不如。「驅」指驅策、役使。指責主帥暴戾，士卒痛苦無助。反映人民的心聲，誰可知道？

第六段五言二句，去聲問、願通協，表示役夫說得激動以後，稍為緩和語氣。面對「長者」杜甫，不敢訴苦。

第七段五言四句，協入聲質韻，役夫顯出激動的樣子，列舉證據，指出事實所在。「且如今年冬，未休關西卒」，「今年」，也就是近年，不斷徵兵，沒有停過。如果要落實情節，亦可指天寶十一載十二月，王難得再征吐蕃，很快又得徵兵了。已屬後事，杜甫不可能預知，可是戰禍不斷，也叫人著急了。「縣官急索租，租稅從何出」，「縣官」指天子，種田缺乏勞動力，又怎能交稅呢？

第八段五言、七言各二句，協皓韻，發出感慨。當時大家認為生女嫁到附近的村莊，還可以活命；生男戰死沙場，與草木同腐。

第九段結語四句，協尤韻，指出青海湖是唐軍與吐蕃相爭的主戰場，冤魂不息，新鬼舊鬼，哭聲不斷，在天陰雨濕的時候，更為淒厲。

〈兵車行〉由第三段到結尾都是行人的敘述，杜甫以詩筆點染，摹寫兵慌馬亂的場

面，參照時局，報導徵兵事件，帶出觀點和批評。這是嚴肅的時代課題，也是「詩史」的代表作。

✎ 問答題

1. 「塵埃不見咸陽橋」，為甚麼？
   A. 咸陽橋很乾淨，沒有空氣污染
   B. 霧霾十分嚴重
   C. 沙塵滾滾，遮蔽咸陽橋
   D. 咸陽橋日久失修倒下了

2. 「哭聲直上干雲霄」，何謂「干」？
   A. 干擾　B. 乾淨　C. 干涉　D. 抵達

3. 「或從十五北防河」，按照唐代的丁制，「十五」屬於哪一類男人？
   A. 黃口小兒　B. 小男　C. 中男　D. 丁男

4. 「便至四十西營田」，何謂「營田」？
   A. 兵農合一　B. 買賣田地
   C. 務農種田　D. 耕種田地

5. 「行人但云點行頻」，何謂「點行」？
   A. 點將　　　B. 點兵
   C. 組團出發　D. 怎麼行

6. 「武皇開邊意未已」，「武皇」用了甚麼修辭格？
   A. 借代　B. 比喻　C. 象徵　D. 諷諭

7. 「君不聞漢家山東二百州」，「山東」指甚麼山？
   A. 泰山　B. 恆山　C. 嵩山　D. 華山

8. 「況復秦兵耐苦戰」，「秦兵」指現在的哪一省？
   A. 山西　B. 河南　C. 陝西　D. 甘肅

9. 「縣官急索租」，何謂「縣官」？
   A. 縣長　B. 市長　C. 省長　D. 天子

10. 「生女猶得嫁比鄰」，何謂「比」？
    A. 嫁給　B. 附近　C. 比較　D. 比例

杜甫　登樓

掃碼聽音頻

📑 原文

花近高樓傷客心，萬方多難此登臨。

錦江春色來天地，玉壘浮雲變古今。

北極朝廷終不改，西山寇盜莫相侵。

可憐後主還祠廟，日暮聊為梁甫吟。

📖 撰文：賴慶芳

本篇向大家講解的經典是唐代杜甫的〈登樓〉，從此詩審視杜甫的心志。

由於此詩述及杜甫的心懷，我們先說一說他與此詩相關的生平事跡。

杜甫（712－770）七歲學詩，十五歲有詩名。開元十九年（731），杜甫十九歲，開始遊歷神州大地。二十三歲時回洛陽應考進士，落第後再次漫遊大江南北。開元二十九年（741），杜甫築居於洛陽附近首陽山下。天寶三載（744），與李白相遇，共遊齊魯，談詩論文，結下深厚友誼。公元 746 年至 755 年之間，杜甫為求官職而居於長安。

至德元年（756），安祿山（703－757）叛變，杜甫在鄜州聞唐肅宗（711－762）即位靈武，北投肅宗，獲任左拾遺。次年，因受朝廷新舊臣子爭鬥影響，外調為華州司功參軍（據悉此職在唐代的府稱「功曹參軍」，在州則稱「司功參軍」，在縣叫作「司功佐」）。與長安永別，之後杜甫輾轉至成都。唐代宗廣德二年（764），劍南節度使嚴武（726－765）舉薦杜甫為節度參謀、檢校工部員外郎，出任幾個月就返回草堂。公元 765 年嚴武病亡，杜甫領家人乘舟東下，居無定所，於大曆五年卒於湘江的舟中，終年五十九 。公元 813 年，由其孫杜嗣業（780－？）移葬洛陽首陽山下。

〈登樓〉大約寫於唐代宗廣德二年春天，杜甫客居四川成都已踏入第五年。全詩除

了對仗工整之外，有幾字用得精妙。你知道是哪些字嗎？

首聯第一、二句：「花近高樓傷客心，萬方多難此登臨。」提挈全詩，以寫景抒情為出發點，點出題旨。

春日繁花盛開環繞高樓，讓詩人這異鄉之客分外傷心；國家萬方多災多難之時，他滿懷愁緒於此處登上高樓，感時賦詩。杜甫詩成之前一年，即公元 763 年正月，朝廷平定安史之亂，收復河南、河北失地。同年十月，吐蕃攻入長安，唐代宗（李豫，727－779）逃離京城奔往陝州，得知郭子儀（698－781）收復京城。但公元 763 年底，吐蕃攻破四川北部松州、維州、保州等地，再佔取劍南、西山等州郡。「萬方多難」既指吐蕃入侵，亦指宦官專權、藩鎮割據，內外困迫，以致朝廷日益衰敗。詩人登樓的時候正值春天，繁花觸目，卻令他黯然神傷。花開得燦爛，反而令他這旅居四川的客人傷感。眼前高樓無邊春色，卻想到國家多災多難，心情分外悲傷。

頷聯第三、四句：「錦江春色來天地，玉壘浮雲變古今。」描述登上高樓所見之景色。

詩人遠眺錦江的流水，在美好的春日，彷彿從天際迎面而來到大地，而玉壘山上的白雲飄浮，由古至今變幻莫測；玉壘山的浮雲變幻莫測，正如古今的歷史人物風雲變幻一樣。「錦江」源頭出於灌縣，流經成都而流入岷江。據悉錦江又名「濯錦江」，也有人認為濯錦江即浣花溪，是岷江的支流，也是杜甫曾居之處，杜甫草堂正臨近江邊。「玉壘」，即玉壘山，又稱九頂山，在今四川茂縣。此聯巧用兩個動詞，一「來」不但將錦江與天地連接起來，更將平靜的江水寫活了，江水浩浩蕩蕩帶着春色而來，春色來自天地之間。一「變」字既傳神描述玉壘山上浮雲的變幻萬千，又將古今變幻莫測的歷史巧妙連接起來；玉壘山上的浮雲變幻無窮，古今歷史亦然。

頸聯第五、六句：「北極朝廷終不改，西山寇盜莫相侵。」論天下狀況，亦寄寓個人願望。

杜甫登上高樓見山河美景，發出豪壯之語，指大唐朝廷氣象如北極星般不可動搖，西面山嶺的寇賊不要再作徒勞的侵擾。「終不改」是說吐蕃攻陷京城，唐代宗李豫復辟一事，明言大唐帝國氣運穩固不變。「西山寇盜」直指吐蕃。吐蕃盤據西方高地。「莫相侵」是對覬覦中原的吐蕃而言，莫徒勞無功再次來侵擾。

「北極朝廷終不改」一句中的「北極星」有何象徵意義？北極星在天空不動，以

示唐代國運不受動搖；北極星居天上北方正中，象徵大唐政權才是居中的正統。港大榮休教授陳耀南説：「唐室正統，如北極星之群倫仰望。」

結聯（尾聯）末兩句：「可憐後主還祠廟，日暮聊為梁甫吟。」詠懷古跡之餘，有諷喻昏庸君主，寄託個人情懷之意。

杜甫在四川踏足三國時代的蜀漢國土，他感歎蜀漢後主如斯昏庸，還有後人立祠廟祭祀，日暮時分，詩人姑且學諸葛亮吟誦〈梁甫吟〉。「可憐」與「還」字揭示詩人對誤國君主的輕蔑、諷刺。「後主」乃指蜀漢劉禪（207－271）——昭烈帝劉備（161－223）的兒子。據聞他因寵信宦官以致亡國。李白也有用此「可憐」之詞，意思卻有點不同；其〈清平調〉「借問漢宮誰得似，可憐飛燕倚新妝」，「可憐」是可愛的意思，與杜甫形容後主迥然不同。

蜀漢先主劉備祠廟在成都錦官城外，西有諸葛亮武侯祠，東邊有後主祠。詩人佇立高樓之上，徘徊沉思良久，直至日暮時分。在暮色之中依稀可見劉禪祠廟，想到昏庸的亡國君主竟也與武侯一樣獲後人拜祭供奉，日暮時分只有自己作〈梁甫吟〉。「聊」字，表達了無可奈何的傷感，與首句「此登臨」三字和應：眼見國家多災多難的傷心客無法作出貢獻。

結聯詩句可有深意？

學者認為杜甫是以劉禪比喻唐代宗李豫，李豫重用宦官程元振（？－764）、魚朝恩（722－770），造成朝政敗壞，吐蕃入侵，自身蒙塵受難。此情況仿如劉禪寵信宦官黃皓（約 223－263 年在世）而亡國一樣。唯一不同的是，昔日愚弱之蜀漢君主劉禪，身邊有諸葛亮般的賢臣；今日朝廷衰敗，唐代宗身邊卻沒有如諸葛亮般的賢臣。陳耀南教授《讀杜詩》評：「昔時蜀主愚弱，尚有祠廟；今唐勢雖衰，仍為中國之主。孔明出山前喜誦〈梁甫吟〉，今但歎無此人在位，澄清天下耳！」

〈登樓〉一詩有幾點藝術特色：

一、對仗工整。此詩頷聯「錦江春色來天地，玉壘浮雲變古今」是正對——上下兩句對偶句，所用的互對字詞，反映同類、相近的事物及概念，表達的意念亦相同。此聯上下句寫的同類事物——錦江、玉壘山的大自然景色，反映的是相同的概念——四川景色秀美變幻。頸聯「北極朝廷終不改，西山寇盜莫相侵」則是流水對——上下兩句是對仗句子，意思互相連貫，兩句要一起閱讀，才得知完整意思。上句述朝廷之

國運如北極星般穩固，下句則呼籲西山寇盜不要侵擾國土。

二、用字精煉。除了頷聯的「來」、「變」二字千錘百煉之外；「北極朝廷終不改」一「終」字，表示「始終、終久」，流露詩人內心的慶幸與祝福——慶幸朝廷政權不動搖，祝願大唐政權穩固，也對己國充滿信心，流露了濃厚的愛國情懷。「西山寇盜莫相侵」一「莫」字，有讓寇盜聞而卻步的語言威力，表達對吐蕃入侵的憤怒，暗示寇盜不可得逞的侵擾，表達強烈的愛國情懷。

三、巧用典故。杜甫末句巧用了諸葛亮誦撰〈梁甫吟〉一典故。諸葛亮乃蜀漢宰相，既配合詩中提及的後主劉禪，又與詩中所述之四川背景相和應，同時藉此表達自己的心願。究竟〈梁甫吟〉是甚麼詩？

諸葛亮（181－234）撰〈梁甫吟〉詩悼念春秋時代齊國三名勇士：公孫接、田開疆、古冶子。三人勇武過人，武功能移走齊國都城，才學能通曉天地間道理，是文武雙全的人。然而，齊景公二十年（前528）三人被宰相晏嬰（？－前500）讒言所害——以三人分二桃之計，致使三人自殺。有學者認為諸葛亮以此同情被害的三名勇士，勸人君莫聽信讒言。杜甫或許藉此希望唐代君王代宗莫聽信小人之讒言。

清代學者沈德潛（1673－1769）《唐詩別裁》卷十三云：「氣象雄偉，籠蓋宇宙，此杜詩之最上者。」又清代學者浦起龍（1679－1762）《讀杜心解》卷四云：「聲宏勢闊，自然傑作。」杜甫詩被稱為「詩史」，用詩體寫歷史，反映現實之餘，表達個人情感。今存北宋王洙（997－1057）整理而得的杜詩1405首、雜著廿九篇，合輯而成二十卷的《杜工部集》。

✎　**問答題**

1. 杜甫〈登樓〉一詩大概寫於何年？
   A. 公元 761 年　B. 公元 762 年
   C. 公元 763 年　D. 公元 764 年

2. 首句「花近高樓傷客心」的「客」字是指誰？
   A. 唐代宗　B. 郭子儀　C. 杜甫　D. 嚴武

3. 以下哪一項不是唐代「萬方多難」的事件之一？
   A. 吐蕃入侵　B. 宦官專權
   C. 藩鎮割據　D. 朝廷衰敗

4. 就對偶句「錦江春色來天地，玉壘浮雲變古今」，以下哪一項是正確的？
   A. 流水對　B. 反對
   C. 正對　　D. 以上三項皆不是

5. 就「北極朝廷終不改」一句，以下哪一項不正確？
   A. 北極乃指北極星
   B. 朝廷政權穩固
   C. 唐室朝廷是正統
   D. 象徵朝廷如北極星般閃亮

6. 「西山寇盜莫相侵」一句中的「西山寇盜」是指甚麼？
   A. 西山　B. 西山出現的盜賊
   C. 吐蕃　D. 吐蕃出現的盜賊

7. 「可憐後主還祠廟」中「可憐」二字包含以下各意思，哪一項例外？
   A. 可愛
   B. 可悲
   C. 值得憐憫的
   D. 可歎

8. 詩中提及的〈梁甫吟〉是誰的作品？
   A. 劉備　B. 劉憚　C. 諸葛亮　D. 杜甫

9. 「北極朝廷終不改」一「終」字流露了詩人的心懷，除了哪一項？
   A. 慶幸朝廷不動搖
   B. 祝願大唐政權不變
   C. 對朝廷充滿信心
   D. 感傷朝廷受小人操控

10. 現代學者認為杜甫用劉禪比喻誰？
   A. 唐玄宗李隆基　B. 唐肅宗李亨
   C. 唐代宗李豫　　D. 以上三者皆不是

杜甫 客至

掃碼聽音頻

📄 原文

舍南舍北皆春水，但見群鷗日日來。

花徑不曾緣客掃，蓬門今始為君開。

盤飧市遠無兼味，樽酒家貧只舊醅。

肯與鄰翁相對飲，隔籬呼取盡餘杯。

（原注：喜崔明府相過）

📖 撰文：賴慶芳

本篇向大家講解的經典是唐代杜甫的〈客至〉，從詩歌看杜甫的點滴生活狀況。

杜甫（712－770），字子美，後世譽為「詩聖」。祖籍襄陽（今屬湖北），生於河南鞏縣。在長安時，曾居城南少陵附近，自稱「少陵野老」；居成都時，被薦為節度參謀、檢校工部員外郎，後世稱為「杜少陵、杜工部。」

祖父杜審言（約 645－708）乃盛唐著名詩人，官膳部員外郎；父親杜閒（682－741），曾任兗州（山東省縣名）司馬、奉天縣令。或許因為祖父、父親為官的關係，天寶五年至十四年（746－755），杜甫居長安十年，為求官職。天寶六年（747），唐玄宗詔才學之士到京城應試就選，杜甫亦參加。由於李林甫（683－753）破壞，無人被選用。天寶十年（751），杜甫進獻三篇〈大禮賦〉，得唐玄宗讚賞，命宰相考核其文，等待分配官職，可惜始終無下文。杜甫不斷以詩投贈權貴，冀望得推薦，後獲右衛率府冑曹參軍一職，據說是一個看守兵器甲冑、庫府鎖匙的小官。

乾元二年（759），杜甫對政治感到失望，立秋後棄官，輾轉至成都。上元元年（760）得友人幫助，在城西浣花溪築草堂而居。杜甫在草堂居近四年，寫下二百四十多首詩篇。此詩描述的背景就是草堂。昔日草堂已不存，現存的「杜甫草堂」乃後人

為紀念杜甫而建的園林，面積約三百畝，有梅園、楠林，而翠竹、溪流、小橋交錯，別具詩情畫意。

〈客至〉乃七言律詩，內容屬紀事類別。詩歌敘述了唐代隱逸者充滿生活氣息的畫面，表現詩人坦率的個性和宴客的喜悅，也展示主客之間真摯的友情。全詩描寫細膩，充滿人情味，富生活情趣。

首聯第一二句：「舍南舍北皆春水，但見群鷗日日來。」述四周環境，暗寓客人到訪前的愉快心情。

屋前屋後皆環繞着春水，只見成群鷗鳥天天飛過來。從戶外之景，點明客人來訪的時間是春天，地點是草堂，客人來訪前作者的開心愉快。那一年該是公元 761 年。「舍」是指臨江近水的成都草堂，四周環境乃綠水繚繞、春意蕩漾，明麗可愛。「皆」字暗示春江水勢漲溢，予人江波浩渺、茫茫一片之感。「群鷗」是水邊隱士的友伴，「日日來」表示四周境環清幽僻靜，無人打擾，為詩人的生活增添隱逸色彩。「但見」二字有弦外之音，暗指除了群鷗以外，無任何訪客；詩人以寓情於景之法，表現詩人於閒逸江村生活裏的寂寞心懷。

頷聯第三四句：「花徑不曾緣客掃，蓬門今始為君開。」寫灑掃迎客，詩人筆觸轉向庭院，點明題旨——客至。

詩人採用主客對談的口吻，描畫賓主相見前的愉快心情：花徑因為客少而沒打掃，柴門今天首次為你而打開。上句長滿蓬草的庭院小路，還沒有因為迎客而打掃過；下句云一向緊閉的家門，今天才第一次為你打開；上下兩句乃工整的對偶。「蓬門」乃蓬草編織而成的門，是寒士之門。香港俗語有「木門對木門，竹門對竹門」之句，以木門為貴，竹門次之，蓬門為寒微。

詩人在寂寞之中，期待客人到臨，因客人到訪而喜出望外。客人是誰？原注有「喜崔明府相過」之句，客人姓崔，不知名字，估計乃杜甫母親崔氏家族的親戚。唐人稱縣令為「明府」。崔明府（生卒年不詳），即崔姓縣令。「相過」即路過此地而來訪的意思。此聯暗示杜甫的草堂客人不常至，詩人亦不輕易延請客人。今日「君」崔明府到來，詩人又特地為他打掃花徑，開啟家門，顯見兩人友情深厚之餘，亦見詩人的愉快心情，為下面的熱情款待埋下伏線。清代學者楊倫（1747－1830）《杜詩鏡銓》評：「四句言無客至，亦不輕延客也。」

　　頸聯第五六句：「盤飧市遠無兼味，樽酒家貧只舊醅。」記招待客人，詩人着墨描寫延客就餐、頻頻勸飲的情景。

　　前句說因遠離市集，盤中菜餚比較單一，「無兼味」無兩種或以上的菜餚，意思是只得一種食物一種味道，暗指飯菜不豐富。「盤飧」本指夕食之飯菜，後來引伸為「熟食」。後句述因家貧只有陳年濁酒——詩人因為清貧，買不起好酒，只能用自家釀製的陳年舊酒招待客人。「舊醅」是指沒過濾的濁酒，自非美酒。《杜詩鏡銓》解說：「醅，酒未漉也。」此聯上下兩句不但對偶工整，字裏行間充滿了款曲相融的歡樂氣氛。詩歌揭示作者竭誠盡意款待客人的盛情、力不從心令酒菜欠豐盛之歉意、以及賓主兩人坦誠相待的深厚情誼。

　　尾聯第七八句：「肯與鄰翁相對飲，隔籬呼取盡餘杯。」詩人呼鄰居同飲，將席間歡樂氣氛推向高潮。

　　杜甫與客人愈飲愈高興，問客人：若你肯與鄰舍老翁對飲，（我）隔着籬笆呼喚他過來乾杯。崔明府同意，詩人隨即呼喚鄰翁到來一起暢飲。末兩句將客至的歡樂，延伸至鄰居，讓隔籬老翁也一同感受詩人因客人到訪的歡樂。唐詩一直應用於現代社會，我們日常生活中說「隔籬屋」或「隔籬」就是指鄰居或鄰座之人。

　　這首詩平白如話，淺易而明，卻展示了杜甫的學識廣博。詩中用典不留痕跡，在短短五十六字中運用了最少六個典故——如「花徑」出自南北朝庾信（513－581）：「花徑日相攜」。「蓬門」出自丘巨源（約 457－484 年在世）：「蓬門長自寂」。「盤飧」出自《左傳》：「乃饋盤飧」。「兼味」源自潘岳（247－300）：「重珍兼味」。「家貧」出自《莊子》記錄：「（顏）回之家貧，不飲酒，不茹葷者數月矣。」可以反映杜甫的相同狀況。「隔籬」字出自《抱朴子》：「或隔籬而不授。」在淺白的詩歌之中，竟然字字有出處。

　　詩歌首聯採用了「興」的手法，以群鷗之日日來，引出客人之快將到訪。領聯則採用了互文見意，以下句「蓬門今始為君開」補足上句「花徑不曾緣客掃」之意，同時形成對話式的口吻敍述。

　　這首詩衍生出兩個值得思考的問題：

　　首先，杜甫的家境如何？

　　杜甫在詩中反映生活是清寒貧困的。他所居的是草堂「舍」，大門乃蓬草編製的「蓬門」，屬寒士之家。居所遠離市集「市遠」，四周所見僅是春水與鷗鳥，十分寂靜。

詩人招待客人吃的，僅是單一味道的菜餚——無兼味的熟食「盤飧」，所飲的酒也是自釀的濁酒「舊醅」，飲食清簡，顯見其貧困。為此，杜甫於詩中明言己之「家貧」。

其次，從此首詩如何得見杜甫與客人的關係？

杜甫對崔明府之情誼亦可從各聯詩句中得見：一、杜甫對友人到訪是熱切期待，每日期盼，可是只見鷗鳥飛來。二、從來不輕易延請客人，今次特意為迎接客人而打掃花徑及打開門扉，十分期待客人的到訪。三、詩人坦白告訴客人自己家貧，所吃的只是單一的飯菜，不怕客人取笑或嫌棄，只有彼此感情深厚，才會如此坦率。四、主人甚至願意將自己的鄰居介紹給客人認識，足見主客之間的要好感情。而客人不嫌棄杜甫家貧、所居偏遠而特地來訪，可見他對杜甫的重視。

各位同學，招待客人只要有心，客人也會感受得到，而真摯的友情並不是建築在物質之上。

✎ **問答題**

1. 以下哪一項不是杜甫的稱呼？
   A. 杜子美　　B. 杜少陵
   C. 杜工部　　D. 杜審言

2. 「但見群鷗日日來」一句中「但見」二字暗示甚麼弦外之音？
   A. 詩人喜觀群鷗天天到訪
   B. 群鷗以外，無任何訪客
   C. 詩人對江村生活感到滿足愉快
   D. 客人快將到訪

3. 「蓬門今始為君開」一句中的「蓬門」可見杜甫家境如何？
   A. 富有　　B. 富足　　C. 小康　　D. 清貧

4. 原注「喜崔明府相過」中的「崔明府」是指誰？
   A. 杜甫母親崔氏　　B. 崔姓縣令
   C. 姓崔字明府　　　D. 叫崔明府的縣令

5. 「盤飧市遠無兼味」中「盤飧」一詞是指以下哪一項熟食？
   A. 早飯　　B. 午餐
   C. 夕食　　D. 以上三項皆不是

6. 據詩中所述，杜甫招待客人是哪一季節？
   A. 春天　　B. 夏日　　C. 秋季　　D. 寒冬

7. 「樽酒家貧只舊醅」中的「醅」字是指甚麼？
   A. 陳年舊酒　　　　B. 新釀的酒
   C. 未經過濾的酒　　D. 未經發酵的酒

8. 〈客至〉一詩裏哪兩句採用了互文見義之法？
   A. 舍南舍北皆春水，但見群鷗日日來。
   B. 花徑不曾緣客掃，蓬門今始為君開。
   C. 盤飧市遠無兼味，樽酒家貧只舊醅。
   D. 肯與鄰翁相對飲，隔籬呼取盡餘杯。

9. 就杜甫與客人的關係，以下哪一項不太正確？
   A. 詩人與客感情深厚　　B. 他們可能是親戚
   C. 主客喜歡飲酒　　　　D. 二人關係良好

10. 全詩運用了幾多典故？
    A. 3 個　　B. 4 個　　C. 5 個　　D. 6 個或以上

答案：1D, 2B, 3D, 4B, 5C, 6A, 7C, 8B, 9C, 10D

杜甫　茅屋為秋風所破歌

掃碼聽音頻

📑 原文

八月秋高風怒號。卷我屋上三重茅。茅飛渡江灑江郊。高者掛罥長林梢。下者飄轉沉塘坳。

南村群童欺我老無力。忍能對面為盜賊。公然抱茅入竹去，唇焦口燥呼不得！歸來倚杖自歎息。俄頃風定雲墨色。秋天漠漠向昏黑。

布衾多年冷似鐵。嬌兒惡臥踏裏裂。床頭屋漏無乾處，雨腳如麻未斷絕。自經喪亂少睡眠，長夜沾濕何由徹？

安得廣廈千萬間。大庇天下寒士俱歡顏。風雨不動安如山！

嗚呼何時眼前突兀見此屋。吾廬獨破受凍死亦足。

📖 撰文：黃坤堯

本篇向大家講解的經典是唐代杜甫的〈茅屋為秋風所破歌〉。

詩中「安得廣廈千萬間，大庇天下寒士俱歡顏」已是膾炙人口的名句，而買樓安居更是人生最大的目標，希望早日實現。

詩題中的茅屋，現在叫杜甫草堂，成都著名的旅遊景點。肅宗乾元二年（759）十二月底，杜甫帶着家人翻山越嶺，來到成都，寓居城西七里的草堂寺。後來在城西三里的浣花溪畔覓得地基，得親友資助，營建草堂。上元元年（760）暮春，草堂初建落成，喜得安身之所。杜甫（712－770）〈堂成〉「背郭堂成蔭白茅，緣江路熟俯青郊」、〈卜居〉「浣花溪水水西頭，主人為卜林塘幽」二詩描寫草堂周邊的環境，〈茅屋為秋風所破歌〉周圍就是這樣的景色。

杜甫在草堂中過了一段安定的日子，可是到了上元二年（761）的秋天，風雨漫天，草堂前面相傳二百年的楠樹被連根拔起，〈楠樹為風雨所拔歎〉說「我有新詩何處

吟，草堂自此無顏色」，失去楠樹的遮蔭和保護，杜甫住得並不安心。不久連他的茅屋也被秋風摧毀，禍不單行。

〈茅屋為秋風所破歌〉是七言古詩，雜有九言句、十一言句。協豪肴、職、屑、刪、屋沃五韻，詩意的結構配合換韻安排，可以分為五段。

首段「八月秋高風怒號。卷我屋上三重茅。茅飛渡江灑江郊。高者掛罥長林梢。下者飄轉沉塘坳」五句，句句用韻，其中「號」讀平聲，意為呼叫，狂風勁吹。豪肴通協，表現悲苦的感覺。八月秋高氣爽，忽然狂風勁吹，烏雲密佈，鬼哭神號，顯得詭異。很快就將草堂屋頂上的三層茅草吹走了。茅草飛得很遠，越過了浣花溪，灑到遠郊去了。三句一氣呵成，而「茅」字連珠相貫，扣得很緊。跟着茅草隨風四散，或高或低。「罥」解為纏繞、掛礙，「林梢」指樹梢，「塘坳」指積水的窪地及池塘。茅草飛得高的掛在樹梢上，而掉下來的就沉入窪地或池塘之中。杜甫面對突如其來的自然災害，顯得無奈。

第二段「南村群童欺我老無力。忍能對面為盜賊。公然抱茅入竹去，唇焦口燥呼不得！歸來倚杖自歎息。俄頃風定雲墨色。秋天漠漠向昏黑」七句，協入聲職韻，《廣韻》讀音都帶 -k 韻尾，現代粵語的讀音亦帶 -k 韻尾，顯出急風驟雨的感覺，心情激動。為甚麼呢？原來南村的野孩子竟然欺負杜甫年老無力，做出盜賊的行為，把茅草搶走，抱入竹林裏去，無論杜甫怎樣的大聲呼喊，都不能阻止野孩子的搶掠行為。跟着三句一氣而下，杜甫沉浸在一片幽暗的暮色當中，寫出絕望的氣氛。他回到破落的家中，搖頭歎息。沒多久風停了，雲層染成漆黑，而天空也暗下來了。此三句風雲變色，作者以昏黑的天氣渲染內心的絕望的感覺，具有象徵意義。

第三段「布衾多年冷似鐵。嬌兒惡臥踏裏裂。床頭屋漏無乾處，雨腳如麻未斷絕。自經喪亂少睡眠，長夜沾濕何由徹」六句，協入聲屑韻，《廣韻》讀音都帶 -t 韻尾，現代粵語的讀音亦帶 -t 韻尾，杜甫再用入聲，卻又換了不同的韻部，韻尾 -k、-t 不同，顯出欲斷還連的感覺。在這一段中，杜甫摹寫當晚在破屋中輾轉反側，未能入睡。布料的被子用了多年，又硬又冷，不能夠保暖；而孩子睡姿反覆，亂滾亂蹬，一伸腿就將被子撐破了。床頭屋漏，雨水點點滴滴的倒下來，周圍沒有乾爽的地方，整夜都沒有停雨。晚上睡不着，杜甫回想自從動亂以來，不斷的逃難，一直睡得很少；漫漫長夜怎能捱到天亮呢？「徹」解徹曉、達旦，引申就是思考光明的出路。

　　第四段「安得廣廈千萬間。大庇天下寒士俱歡顏。風雨不動安如山」三句，協平聲刪韻，顯出激昂高亢的情緒，同時也是「徹」的醒悟，他看到了光明的出路了。這時候，杜甫丟棄了個人小我的想法，思考天下蒼生的問題。現在人民都在顛沛流離之中，大家都需要有安居的房子，所以詩人忽發奇想，期望有千萬間的房子出現，保護天下貧窮的讀書人，大家一起開心過日子。最好的更是免受動亂的牽連，安穩如山。末句「風雨不動安如山」語帶雙關，除了秋天的風雨之外，其實也是時代的風雨。這是杜甫在困境中的思想出路，以大愛關懷的形式，惠及天下蒼生。

　　第五段「嗚呼何時眼前突兀見此屋。吾廬獨破受凍死亦足」結尾兩句，用了較長的十一言句、九言句，創造奇跡出現的畫面。而入聲屋沃通協，簡勁突兀，短促有力，表現了堅決的意志。杜甫為了達成千萬間廣廈的弘願，情願犧牲個人的破房子，甚至以自己凍死作等值交換，表現推己及人的理念，展示高尚的人道精神。詩中「見」字讀作出現之現，將個人的理想化成永恆的畫面。

　　杜甫〈茅屋為秋風所破歌〉是一首長歌，多用長句，內容廣泛，描寫多姿，要言不煩，轉接靈活，而換韻也帶出強烈的感情色彩。此詩刻劃不同的場面，例如茅草隨風飛揚，飛向遠郊，高高低低的，就很壯觀了。頑童掠奪茅草，隔着溪水無法制止，欺負老人家，籠罩在暗黑的天色當中，令人欲哭無淚。至於屋漏更兼連夜雨，小孩連舊被子都踢破了，更是陷入重重絕境當中。忽然靈光一閃，詩人泯除了個人的得失，渴望為天下蒼生達成安居的願望，也就將個人的苦難轉化為光明的動力。杜甫「廣廈千萬間」的願望雖然沒有出現，但杜甫的思想卻光照萬代，成為執政者的工作指標，興建公共房屋，安定民生，安居樂業。

✎ 問答題

1. 「八月秋高風怒號」，解釋「號」的意義。
   A. 號碼　B. 編號　C. 號叫　D. 號哭

2. 「高者掛罥長林梢」，何謂「掛罥」？
   A. 飛上枝頭　B. 掛鈎
   C. 掛念　　　D. 展示

3. 「下者飄轉沉塘坳」，何謂「坳」？
   A. 山坳　B. 窪地
   C. 河流　D. 浣花溪上

4. 「忍能對面為盜賊」，何謂「對面」？
   A. 面對　B. 對抗　C. 對付　D. 對方

5. 「秋天漠漠向昏黑」，這一句表示甚麼時刻？
   A. 秋天的黃昏暮色四合
   B. 秋天的下午天色暗淡
   C. 秋天的深夜一片漆黑
   D. 秋天的晚上準備睡覺

6. 「嬌兒惡臥踏裏裂」，解釋句中「惡」字的詞義。
   A. 厭惡　B. 兇惡　C. 好惡　D. 惡劣

7. 「自經喪亂少睡眠」，何謂「喪亂」？
   A. 國家滅亡　B. 家破人亡
   C. 安史之亂　D. 喪家之犬

8. 「長夜沾濕何由徹」，解釋「徹」的意義。
   A. 徹曉　B. 徹底　C. 撤離　D. 明白

9. 「風雨不動安如山」，何謂「安」？
   A. 安樂　B. 平安　C. 安全　D. 安居

10. 「嗚呼何時眼前突兀見此屋」，解釋「見」的意義。
    A. 相見　B. 出現　C. 見識　D. 看見

張繼　楓橋夜泊

掃碼聽音頻

📄 原文

月落烏啼霜滿天。江楓漁火對愁眠。

姑蘇城外寒山寺，夜半鐘聲到客船。

📖 撰文：黃坤堯

本篇向大家講解的經典是唐代張繼的〈楓橋夜泊〉。

這是一首千古名作，寫景抒情，意象優美，加以夜色迷離，令人神往。日本人特別喜歡這一首詩，還選入了小學課本，欣賞詩中寧靜安詳的境界。據說當年拾得和尚去了日本，建立拾得寺；而鑑真（688－763）和尚東渡，也帶去了整套的聽鐘典儀。所以除夕聽鐘是日本人最受重視的新年活動，近年更專程組團來寒山寺聽鐘，尋覓心靈淨土。

張繼（？－779？），字懿孫，襄州（湖北省襄樊市）人，祖籍南陽（河南省南陽市）。父祖均為詞章大家。早年仗劍去國，辭親遠友，去過兗州、河間、洛陽、長安。天寶十二載（753）進士及第，跟皇甫曾訂交。安史亂後，避地江南，到過潤州、無錫、蘇州、會稽、桐廬等地，結識顧況（725－814）、皇甫冉（716－769）。肅宗上元二年（761）在蘇州，目睹劉展（？－761）叛亂後蘇州殘破的慘象。代宗大曆四、五年間（769－770），在武昌任職。大曆末（779）在洪州（江西省南昌市）任鹽鐵判官，兼領「檢校祠部員外郎」之銜。不久，與妻子相繼死於洪州。身後蕭條，無力歸葬故里。劉長卿（726？－786？）有〈哭張員外繼〉一詩送行。現存張繼詩四十七首，其中雜有其他人的作品，經考證後約得三十七首。

〈楓橋夜泊〉撰於肅宗至德年間（756－758），張繼客遊蘇州時所作。此詩最早見於高仲武《中興間氣集》，德宗初年（780）成書，選錄中唐肅宗、代宗安史亂後

二十六家的作品。其中張繼有〈送鄒判官往陳留〉、〈夜宿松江〉、〈感懷〉三首,論云:「員外累代詞伯,積襲弓裘。其於為文,不雕自飾。及爾登第,秀發當時。詩體清迴,有道者風。」評點他的詩作,敘事說理,比興深刻。〈夜宿松江〉就是〈楓橋夜泊〉,題目不同,內文完全一致。松江即吳淞江,作者夜泊於松江上游,靠近蘇州遠郊的河段。楓橋位於蘇州市閶門外九里的楓橋鎮,創建於唐代,原稱封橋,宋仁宗嘉祐二年(1057)正名為楓橋。橋上題詩甚多。清咸豐十年(1860)毀於戰火,同治六年(1867)重建為單拱石橋。現在楓橋跨越運河楓橋灣,南面就是寒山寺。無論題作松江或楓橋,都在姑蘇城外,張繼靠岸夜宿,還沒有進城。大概早期題作〈夜宿松江〉,距離寒山寺較遠;《文苑英華》訂作〈楓橋夜泊〉,詩名更大,流傳更廣。

張繼〈楓橋夜泊〉詩中有畫,鐘聲迴盪,這是很用心佈置的一幅畫面,以眼前景取勝,優美淒清,融入靜觀的禪境當中。首句「月落烏啼霜滿天」,月落在甚麼時間呢?月出月落每天不同。在北半球來說,農曆初七上弦月,月出約中午十二點半,月落在午夜,也就是詩中所提到的「夜半」時刻。這首詩寫的是初七前後的夜色。烏鴉夜裏棲息於林間,日落後不叫,清晨時分偶然會發出一兩聲「啊」的孤鳴,並不好聽。「霜滿天」代表秋夜水氣遇冷結霜的現象,張繼從江邊往上看,江楓上的繁霜好像就跟夜空連在一起了。這一句包含秋夜眼看的「月落」,耳聽的「烏啼」,以至感受「霜滿天」中所透出的寒意,三者合起來,豐富畫面的立體感覺。

次句「江楓漁火對愁眠」承接上文,內外照應。船外看到江邊的楓樹透着暗紅,點綴荒寒的夜色;漁夫還在辛勤工作,利用火光吸引魚群追趕。象徵微弱閃爍的光影。可是作者思緒萬千,未能安睡,反映內心的波動。前兩句即以秋夜的五種景象來襯托心中的愁緒。

第三句「姑蘇城外寒山寺」換意,點出作者處身的地方。寒山寺在楓橋西一里,距離詩人的船隻很近;如果在松江,能聽到鐘聲的,可能也不遠。

寒山寺位於蘇州市姑蘇區。始建於梁代天監年間,初名妙利普明塔院。寒山寺屬於禪宗臨濟宗。相傳唐貞觀年間高僧寒山、拾得曾在此住持。唐玄宗時希遷禪師(700－790)在此創建伽藍,題額曰「寒山寺」。張繼詩中所見的就是這座寺院。宋代叫普明禪院,南宋高宗紹興年間稱楓橋寺。清咸豐十年毀於戰火。光緒三十一年(1905)重建。

末句「夜半鐘聲到客船」，夜半相當於現在晚上十二時左右，宣示新一天的來臨。作者躺在船上，荒寒的遠山間傳來寺院隱約的梵鐘，在靜夜中迴盪，淨化心靈，發人深省。特別是在一個憂思失眠的晚上，內心的煩惱洗滌乾淨，寫出安詳的感覺。此刻詩意通於禪境，通體明亮，化解愁緒。尤其是這一霎的鐘聲，出人意表，打動萬千讀者的心靈。

歐陽修（1007－1072）曾經提出半夜鐘的問題，認為「三更不是打鐘時」，引發宋代詩話的熱烈討論。其實唐詩中亦多見半夜鐘的詩句，例如「定知別後宮中伴，遙聽緱山半夜鐘」（于鵠）、「新秋松影下，半夜鐘聲後」（白居易）、「悠然逆旅頻回首，無復松窗半夜鐘」（溫庭筠）等，可見並非孤例。又據葉夢得（1077－1148）所見，「吳中山寺，實以夜半打鐘」，其他例證尚多。可證當年張繼真的被寒山寺的鐘聲所感動，自是寫實之作，並非虛構。

張繼詩中所詠古鐘早已失傳，據說明嘉靖年間流往日本，可是遍尋不獲。1914年，日本山田潤籌款鑄了一口仿唐式青銅乳頭鐘，送還給寒山寺，懸掛於大殿右側，有機會大家可以去看看，發思古之幽情，發揮想像空間。

現在日本寺院在除夕的子夜，也就是新年開始的時候，敲鐘一百零八下，讓人消除煩惱，過濾心中的雜質，迎接新生命。北京戒台寺元旦子夜撞鐘祈福；南京棲霞古寺也有撞鐘，寓意於消除煩惱，和樂吉祥。

✎ 問答題

1. 「夜半鐘聲到客船」，「夜半」相當於現在幾點鐘？
   A. 凌晨一時　　B. 子夜十一時、十二時
   C. 三時　　　　D. 晚上十時

2. 「夜半鐘聲到客船」，怎樣理解詩中「到客船」的語義？
   A. 客船到岸了　B. 上船了
   C. 下船了　　　D. 飄到船上

3. 「月落烏啼霜滿天」，何謂「霜滿天」？
   A. 滿天星斗
   B. 天空白茫茫一片
   C. 從船上看到樹葉結霜了
   D. 霜雪漫天

4. 詩中夜半所見的「月落」，大概該指農曆的哪一天？
   A. 初三眉月　　B. 初七上弦月
   C. 十五圓月　　D. 二十一日下弦月

5. 「江楓漁火對愁眠」，究竟詩中作者「愁」的是甚麼呢？
   A. 時局動盪　　B. 江湖漂泊
   C. 功名富貴　　D. 無端煩惱

6. 「寒山寺」的名字在甚麼時候出現？
   A. 梁代天監年間　B. 唐代貞觀年間
   C. 唐玄宗年代　　D. 南宋高宗紹興年間

7. 寒山寺在哪裏？
   A. 蘇州　B. 南京　C. 上海　D. 無錫

8. 現在寒山寺的寺鐘是哪裏來的？
   A. 從唐代流傳下來　B. 明代重鑄
   C. 清末新鑄　　　　D. 日本鑄造

9. 〈楓橋夜泊〉屬於哪一種詩體？
   A. 七言絕句　B. 七言排律
   C. 七言律詩　D. 七言樂府

10. 張繼〈楓橋夜泊〉在唐詩中屬於哪一個時代的作品？
    A. 初唐　B. 盛唐　C. 中唐　D. 晚唐

答案：1B, 2D, 3C, 4B, 5D, 6C, 7A, 8D, 9A, 10C

白居易　燕詩

掃碼聽音頻

📖 原文

叟有愛子，背叟逃去，叟甚悲念之。叟少年時，亦嘗如是。故作〈燕詩〉以諭之矣。

梁上有雙燕，翩翩雄與雌。銜泥兩椽間，一巢生四兒。四兒日夜長，索食聲孜孜。青蟲不易捕，黃口無飽期。嘴爪雖欲敝，心力不知疲。須臾十來往，猶恐巢中飢。辛勤三十日，母瘦雛漸肥。喃喃教言語，一一刷毛衣。一旦羽翼成，引上庭樹枝；舉翅不回顧，隨風四散飛。雌雄空中鳴，聲盡呼不歸；卻入空巢裏，啁啾終夜悲。燕燕爾勿悲！爾當反自思：思爾為雛日，高飛背母時。當時父母念，今日爾應知。

📖 撰文：招祥麒

本篇向大家講解的經典是唐代大詩人白居易（772－846）的勸孝作品——〈燕詩〉。

燕子，是一種常見的候鳥，經常在人家的屋內或屋簷下用泥築巢居住。由《詩經·邶風·燕燕》以來，很多騷人墨客都以燕子為題材，抒情達意。白居易這首〈燕詩〉，藉對燕子的觀察、描寫，寄託道理，可以說是一首「寓言詩」。

白居易，字樂天，號香山居士，又號醉吟先生，祖籍山西太原，到其曾祖父時遷居下邽（今陝西渭南縣）。他出生於河南新鄭，是中唐時代偉大的現實主義詩人。

白居易二十九歲中進士，任翰林學士、左拾遺，唐憲宗元和十年（815）貶江州司馬，後任杭州刺史、蘇州刺史、太子賓客分司東都、太子少傅等職，以刑部尚書致仕。晚年寓居洛陽的香山，終年七十五歲。有《白氏長慶集》傳世。

白居易與元稹（779－831）共同宣導新樂府運動，二人潔身自好，以青松翠竹自勉。二人針砭時弊，互相唱和，很受當時人推崇，合稱他們為「元白」。

白居易主張「文章合為時而著，詩歌合為事而作」，並身體力行，寫了大量詩歌，

題材廣泛，形式多樣，語言平易通俗，尤其是古體詩，意到筆隨，毫無雕琢拼湊的痕跡。有「詩魔」和「詩王」之稱。今存詩近三千首，代表作有〈長恨歌〉、〈賣炭翁〉、〈琵琶行〉等。

本詩的題目又作「燕詩示劉叟」，前有一小序：「叟有愛子，背叟逃去，叟甚悲念之。叟少年時，亦嘗如是。故作〈燕詩〉以諭之矣。」説明這首詩的寫作背景。白居易遇到一姓劉的老翁，因愛子離家逃去，悲痛思念，不能自已。白居易聽到劉本人少年時亦是逃離父母而去，詩人於是作此詩，以作曉諭。據學者考證，這首詩大概寫於唐憲宗元和二年（807）至元和六年（811）之間。

詩歌一開始，只用了短短的四句：「梁上有雙燕，翩翩雄與雌。銜泥兩椽間，一巢生四兒」，生動地描述了一對燕子的幸福景象。「翩翩」，輕快飛行的樣子，從這兩字，即可感受到兩隻一雌一雄的燕子那種無拘無束、自由自在的情景。牠們懷着興奮的心情，銜着泥土，在屋樑的橫木上，築起愛巢。「一巢生四兒」，勾勒出一幅美滿家庭生活的畫面。

接着的八句：「四兒日夜長，索食聲孜孜。青蟲不易捕，黃口無飽期。嘴爪雖欲敝，心力不知疲。須臾十來往，猶恐巢中飢」，敘述了雙燕辛勞撫育幼燕的經過，深刻地反映了父母養育之恩的偉大。兩隻燕子對子女的愛是無私的。四隻雛燕日夜成長，求食的叫聲吱吱喳喳不住。青蟲不容易抓到，黃口小燕似乎從來沒吃飽。雙燕用爪抓，用嘴銜，儘管氣力用盡，也不知疲倦。不一會兒往返十來轉，還怕餓着窩裏的兒女。

接下四句：「辛勤三十日，母瘦雛漸肥。喃喃教言語，一一刷毛衣」，反映父母愛心的偉大。「母瘦」，當然也包括「父瘦」，牠們為了養育雛燕，經過不辭勞苦的「三十日」，眼見雛燕長肥了。雙燕為了幫助雛燕迎接未來，「喃喃教言語，一一刷毛衣」。大家可以想像，父母教導與照顧子女的時候，那種溫柔的目光、輕巧的動作，表現出無限的愛憐。這時候的天倫之樂，能不令人嚮往和羨慕？

跟着四句：「一旦羽翼成，引上庭樹枝；舉翅不回顧，隨風四散飛」，詩人筆鋒一轉，描寫出冷酷的現實，小燕仗着羽翼已成，竟然在學習飛翔的期間，引上了庭院裏的樹枝，就此再不回頭，隨着風兒向四方飛散。小燕的舉動是令父母感到錯愕和驚慌的，我們讀詩讀到這裏，也應感到錯愕和驚慌，不禁會問：為甚麼會這樣？

　　詩人並沒有回答為甚麼小燕「四散飛」，筆鋒卻指向雌雄雙燕：「雌雄空中鳴，聲盡呼不歸；卻入空巢裏，啁啾終夜悲」，兩燕在空中鳴叫，大聲呼喚，聲也嘶了，力也竭了，而牠們的子女，卻喚不回來。牠們只好回到空空洞洞的巢窩裏面，悲鳴不已，通宵不斷！

　　從詩歌的寫法上，詩人可以就此結束，營造「言盡意不盡，言盡意無窮」的效果，讓讀者自己「補白」和「思索」。可是，詩人心內有一種不吐不快的語言，最終以六句收結：「燕燕爾勿悲！爾當反自思：思爾為雛日，高飛背母時。當時父母念，今日爾應知。」詩人安慰燕子不要悲傷，應當反思年幼時是不是也曾那樣殘忍的傷害最疼愛自己的父母。當然，燕子聽不懂人話，詩人要告訴的，是劉叟，詩人告誡他，他年輕時拋棄父母，那時父母多麼掛念，今天自己應有體驗！當然，劉叟既已失去兒子，詩人再這麼一說，看似有點涼薄，但詩人的目的，是用以警世，讓其他讀者自我警惕和反省。

　　〈燕詩〉這首詩，白居易將它歸入「諷諭」類，旨在以燕喻人。藉雙燕的遭遇諷勸那些不顧父母痛苦而獨自遠走高飛的人們。強調：想要子女對自己盡孝，自己就應先帶頭對父母盡孝。

　　這首詩，內容充實，語言通俗流暢，用生動而簡潔的文字，寥寥幾句，已把雙燕的築巢、孵卵、哺雛、教飛等過程勾畫，使人感覺如在目前。其中適當地運用修辭手法，如摹聲的「索食聲孜孜」，借代的「黃口無飽期」，對比的「母瘦雛漸肥」，對偶的「喃喃教言語，一一刷毛衣」等等，都是值得學習的。

　　在現今社會，子女長成而離開父母的，確實非常普遍。我們理解，很多時是迫於現實的。如子女升學讀書，工作關係，甚而男婚女嫁另組新家庭，離開老家，離開父母，有時是迫不得已的。但我們盡孝之心，卻不能以此為藉口。利用視像電話，同樣可以關心父母，晨昏定省的。

✎ **問答題**

1. 〈燕詩〉的作者是誰？
   A. 李白　B. 杜甫　C. 白居易　D. 李商隱

2. 〈燕詩〉是一首古詩。下列哪些是古詩的特色？
   1 沒有句數限制　2 沒有平仄限制
   3 沒有對偶限制　4 必須一韻到底
   A. 1、2、3　B. 2、3、4
   C. 1、3、4　D. 2、3、4

3. 「翩翩雄與雌」的「翩翩」意思是甚麼？
   A. 飛來飛去　　B. 輕快地飛
   C. 飛得很好看　D. 看來很瀟脱

4. 「黃口無飽期」運用了哪種修辭手法？
   A. 比喻　B. 借代　C. 摹色　D. 擬人

5. 「嘴爪雖欲敝，心力不知疲」運用了哪種修辭手法？
   A. 比喻　B. 對偶　C. 擬物　D. 誇張

6. 「母瘦雛漸肥」運用了哪種修辭手法？
   A. 比喻　B. 誇張　C. 擬人　D. 對比

7. 「一一刷毛衣」的「一一」意思是甚麼？
   A. 小心地　B. 逐一
   C. 一齊　　D. 刷毛衣時發出的聲音

8. 下列哪些是擬聲詞？
   1 翩翩　2 喃喃　3 啁啾　4 燕燕
   A. 1、2　B. 2、3　C. 2、4　D. 1、4

9. 「今日爾應知」的「爾」，與下面哪字相通？
   A. 汝　B. 余　C. 此　D. 已

10. 下列哪一項不是〈燕詩〉的寫作特色？
   A. 用生動而簡潔的文字，勾畫雙燕情態，使人感覺如在目前
   B. 善用摹聲、借代、對比、對偶等修辭手法
   C. 用典貼切，使詩意婉轉含蓄
   D. 以燕喻人，內容充實

答案：1C, 2A, 3B, 4B, 5B, 6D, 7B, 8B, 9A, 10C

白居易　長恨歌

掃碼聽音頻

📄 原文

漢皇重色思傾國。御宇多年求不得。楊家有女初長成，養在深閨人未識。天生麗質難自棄，一朝選在君王側。回眸一笑百媚生，六宮粉黛無顏色。

春寒賜浴華清池。溫泉水滑洗凝脂。侍兒扶起嬌無力，始是新承恩澤時。

雲鬢花顏金步搖。芙蓉帳暖度春宵。春宵苦短日高起，從此君王不早朝。

承歡侍宴無閒暇。春從春遊夜專夜。

後宮佳麗三千人。三千寵愛在一身。金屋妝成嬌侍夜，玉樓宴罷醉和春。

姊妹弟兄皆列土。可憐光彩生門戶。遂令天下父母心，不重生男重生女。

驪宮高處入青雲。仙樂風飄處處聞。

緩歌慢舞凝絲竹。盡日君王看不足。漁陽鼙鼓動地來，驚破霓裳羽衣曲。

九重城闕煙塵生。千乘萬騎西南行。

翠華搖搖行復止。西出都門百餘里。六軍不發無奈何，宛轉蛾眉馬前死。

花鈿委地無人收。翠翹金雀玉搔頭。君王掩面救不得，回看血淚相和流。

黃埃散漫風蕭索。雲棧縈紆登劍閣。峨嵋山下少人行，旌旗無光日色薄。

蜀江水碧蜀山青。聖主朝朝暮暮情。行宮見月傷心色，夜雨聞鈴腸斷聲。

天旋日轉迴龍馭。到此躊躇不能去。馬嵬坡下泥土中，不見玉顏空死處。

君臣相顧盡沾衣。東望都門信馬歸。

歸來池苑皆依舊。太液芙蓉未央柳。

253

芙蓉如面柳如眉。對此如何不淚垂。春風桃李花開日，秋雨梧桐葉落時。

西宮南內多秋草。落葉滿階紅不掃。梨園弟子白髮新，椒房阿監青娥老。

夕殿螢飛思悄然。孤燈挑盡未成眠。遲遲鐘鼓初長夜，耿耿星河欲曙天。

鴛鴦瓦冷霜華重。翡翠衾寒誰與共。悠悠生死別經年，魂魄不曾來入夢。

臨邛道士鴻都客。能以精誠致魂魄。為感君王展轉思，遂教方士殷勤覓。

排空馭氣奔如電。升天入地求之遍。上窮碧落下黃泉，兩處茫茫皆不見。

忽聞海上有仙山。山在虛無縹緲間。

樓閣玲瓏五雲起。其中綽約多仙子。中有一人字太真，雪膚花貌參差是。

金闕西廂叩玉扃。轉教小玉報雙成。聞道漢家天子使，九華帳裏夢魂驚。

攬衣推枕起徘徊。珠箔銀屏迤邐開。雲鬢半偏新睡覺，花冠不整下堂來。

風吹仙袂飄飄舉。猶似霓裳羽衣舞。玉容寂寞淚闌干，梨花一枝春帶雨。

含情凝睇謝君王。一別音容兩渺茫。昭陽殿裏恩愛絕，蓬萊宮中日月長。

回頭下望人寰處。不見長安見塵霧。唯將舊物表深情，鈿合金釵寄將去。

釵留一股合一扇。釵擘黃金合分鈿。但教心似金鈿堅，天上人間會相見。

臨別殷勤重寄詞。詞中有誓兩心知。七月七日長生殿，夜半無人私語時。在天願作比翼鳥，在地願為連理枝。天長地久有時盡，此恨綿綿無絕期。

📖 **撰文：黃坤堯**

本篇向大家講解的經典是唐代白居易（772－846）的〈長恨歌〉。

這是一首家喻戶曉的名作，也是淒美動人的愛情詩篇。〈長恨歌〉是一首七古敘事長篇，由很多首的七絕、七律組成，兼用古句和律句，平仄轉韻，悅耳動聽，風情宛轉，搖曳多姿。

〈長恨歌〉主要寫唐玄宗（685－762）跟楊貴妃（720－775）的愛情故事，加上安祿山（703－757）作亂，攻入長安，天子逃難到四川，老百姓顛沛流離，而故事就是在

這麼一個時局動盪的大背景下展開的，情節繁複，曲折動人。大唐天子為了傾國傾城的女子而丟失了天下，受到天下人的責難。那麼，白居易究竟是怎樣看待這段愛情，怎樣塑造這個故事的呢？說實在話，在〈長恨歌〉中，白居易完全不管國家興亡，也沒有批評皇上犯錯，反而配合當時的民間傳說及神話故事，一心一意全情投入地營造天上人間永恆的愛情夢幻，美得不得了。

憲宗元和元年（806）冬天十二月，白居易三十五歲。他由校書郎調到盩厔（陝西省西安市周至縣）當縣尉。有一天，他跟當地的朋友陳鴻、王質夫同訪仙遊寺，應邀而作〈長恨歌〉，並以陳鴻的〈長恨歌傳〉作為序文。〈長恨歌傳〉屬於「傳奇」文，相當於現代的歷史小說，虛實互見。臨尾還加上一段議論，「意者，不但感其事，亦欲懲尤物，窒亂階，垂於將來也。」意在警告世人，紅顏禍水，必須堵塞女禍的根源。可是白居易並沒有聽他的，避開了說教意味，只寫純粹的愛情觸動，「天長地久有時盡，此恨綿綿無絕期」，在絕美的氛圍中，顯出人生的局限和無奈。

〈長恨歌〉一百二十句，全是七言詩句。換韻三十一次，具有分段意義，表現不同的情節。詩中的韻式安排比較特別，頭尾兩段八句一韻，篇幅較長，分別描寫前因、後果，首尾兼顧，呈現李、楊獨有的二人世界。首段「漢皇重色思傾國」揭出「重色」的主題，盛世的君主就是要追聲逐色，渴望美好。而選妃情節也必須經過長期的努力才能找到，天生麗質，佳偶天成。末段寫兩人七月七日在長生殿中的誓言，兩情相悅，超越死生愛恨，長相廝守。所謂「恨」，就是要在完美中添加一點遺憾，死生相許，亦真亦幻，充實愛情的感覺，長在長存。

有些二句一韻的，共有六段，展示場景安排及特寫鏡頭，都是詩中精彩華美的意象。例如「承歡侍宴無閒暇，春從春遊夜專夜」，既寫楊妃寵冠後宮，亦刻畫二人世界的濃情蜜意，愛情專一。「驪宮高處入青雲，仙樂風飄處處聞」二句，寫驪山華清宮的神仙眷屬，享盡人間的清福。「九重城闕煙塵生，千乘萬騎西南行」二句轉換畫面，變亂突起，連皇帝都要逃亡了。「君臣相顧盡沾衣，東望都門信馬歸」寫唐玄宗重過馬嵬坡，拜祭楊妃，死生契闊，愴念舊情。「歸來池苑皆依舊，太液芙蓉未央柳」二句，唐玄宗孤獨回宮，以「芙蓉楊柳」映襯當年「承歡侍宴」的畫面，樂盡悲來，內心未能平復，而思念之情亦與日俱增了。「忽聞海上有仙山，山在虛無縹緲間」精誠所至，終於傳來海上仙山的好消息了，二句亦有意映襯當年「仙樂風飄」的畫面，此情可待，

疑真疑幻。這六段剛好都能帶出詩中的關鍵時刻，勾勒重點，富有象徵意義。

其他七言四句的共有二十三段，就像普通的七言絕句，或協平韻，或協仄韻，說明故事的發展，展示完整的畫面，詩句淺白，琅琅上口，血肉停勻，形神完備。當然也是〈長恨歌〉的骨幹組合，有待逐段細讀欣賞了。

〈長恨歌〉屬於長篇體制，一氣呵成。為了講解方便，我們大概可以將這首詩分為四組片段。第一組由選妃情節開始，跟着華清池中賜浴承恩，「侍兒扶起嬌無力」，顯得婀娜多姿，銷魂蝕骨。然後春宵苦短，三千寵愛，連兄弟姊妹都得到了封賞，光大門楣，「遂令天下父母心，不重生男重生女」，寫楊妃擅寵，同時也是全民仰望的女神。可是臨尾二句「漁陽鼙鼓動地來，驚破霓裳羽衣曲」，大戰一觸即發，猝不及防。很快一切的空中樓閣都要由天上掉下來。

第二組七絕四句，寫皇帝倉惶離開京師，六軍不發，認為紅顏禍水，必須處死楊妃，「君王掩面救不得」，形勢逼人，只能無奈地接受悲劇的安排。到了四川，唐玄宗日夕悼念楊妃，感情真摯。

第三組平亂回京，唐玄宗路過馬嵬坡拜祭楊妃，君臣相顧流淚，很多人對皇上與楊妃的感情還是認同的，深表同情。回京後時移勢易，唐玄宗屈居於冷宮之中，西宮南內，孤燈寂寞，可是對楊妃還是思念不已，「悠悠生死別經年，魂魄不曾來入夢」，期望在夢中相遇，看來也是君王唯一的奢望了。

第四組託臨邛道士訪求楊妃的下落，可是上天下地，根本就沒有她的消息。然而精誠所至，金石為開，終於在海上仙山中發現楊妃的身影。跟着就是楊妃的深情表白，「昭陽殿裏恩愛絕，蓬萊宮中日月長」，她會在蓬萊仙山中，期待與君王有緣再聚。為了證明身份，楊妃取出了「鈿合金釵」作為證物，分出一半送給皇上。然後還重申當日在長生殿上的承諾，守住兩人共同的秘密，不為人知。這是一首永恆的愛情頌歌，生可以死，死可以復生，愛情偉大，連國家興亡都不屑一顧了。

〈長恨歌〉並非歷史的真實，而是出於白居易的個人想像，生死相隨，愛得轟烈。同時讀者也要明白，歷史上的唐玄宗絕不是用情專一的人，而他們也並非一般的癡男怨女。如果讀者喜歡〈長恨歌〉，也只能說是白居易的成功創作，無中生有。

✎　問答題

1. 首句「漢皇重色思傾國」，為甚麼一開場就
提到「漢皇」？
   A. 據實直書
   B. 修辭的借代手法，含蓄蘊藉，意在言外
   C. 漢、唐都建都於長安，可以相互借代
   D. 春秋筆法，譴責重色的君主

2. 根據詩意，楊貴妃入宮之前具有甚麼身
份？
   A. 壽王李瑁妃
   B. 時妃衣道士服，號曰太真，小字玉奴
   C. 閨中少婦不知愁
   D. 待字閨中

3. 「漁陽鼙鼓動地來」，「漁陽」今在哪裏？
   A. 北京市　　B. 天津市
   C. 上海市　　D. 重慶市

4. 在「可憐光彩生門戶」句中，「可憐」有甚
麼意思？
   A. 值得憐憫　B. 同情　C. 可羨　D. 可惜

5. 「翠華搖搖行復止」，何謂「翠華」？
   A. 蒼翠美麗的山色
   B. 皇帝住宿的行宮
   C. 皇帝的車蓋和旌旗
   D. 翠華樹下

6. 「馬嵬坡下泥土中，不見玉顏空死處」，白
居易想宣示甚麼訊息？
   A. 看不見楊貴妃，只看到她葬身之所
   B. 楊貴妃沒死，沒有屍體
   C. 楊貴妃去了日本
   D. 楊貴妃升仙去了

7. 「七月七日長生殿」，長生殿在甚麼地方？
   A. 即飛霜殿，寢殿
   B. 集仙台，拜祭牛郎織女的齋宮
   C. 長安大明宮
   D. 在華清宮裏造長生殿，名為集靈台以祀神

8. 在「釵擘黃金合分鈿」句中，指出「鈿」
字正確的讀音。
   A. 陰平　B. 陽平　C. 上聲　D. 去聲

9. 在「玉容寂寞淚闌干」句中，何謂「闌
干」？
   A. 亭子上的圍欄
   B. 縱橫貌
   C. 眼淚阻攔不住，都流下來了
   D. 眼淚流乾了

10. 在「臨別殷勤重寄詞」句中，怎樣解釋
「重」字的意義？
   A. 重要　B. 很重　C. 還要　D. 重複

白居易　賣炭翁

掃碼聽音頻

📄 原文

賣炭翁。伐薪燒炭南山中。

滿面塵灰煙火色。兩鬢蒼蒼十指黑。賣炭得錢何所營，身上衣裳口中食。

可憐身上衣正單。心憂炭賤願天寒。

夜來城外一尺雪。曉駕炭車輾冰轍。牛困人飢日已高，市南門外泥中歇。

翩翩兩騎來是誰？黃衣使者白衫兒。

手把文書口稱敕。回車叱牛牽向北。一車炭，千餘斤，宮使驅將惜不得。半匹紅紗一丈綾，繫向牛頭充炭直。

📖 撰文：黃坤堯

本篇向大家講解的經典是唐代白居易的〈賣炭翁〉。

這是一首七言古詩，也是一篇報告文學，反映唐代「宮市」的陰暗面，這不單是不公平的交易，甚至還是宦官公然掠奪老百姓的資產，形成了一幕一幕的悲劇，背後的主事人當然是高高在上的皇帝了。而作者更是目睹事件的見證人，反映當時長安大街上的真人真事。

白居易（772－846），字樂天，晚號香山居士。祖籍山西太原，後來遷居下邽（陝西省渭南市臨渭區）。貞元十六年（800）進士，授秘書省校書郎。元和年間任左拾遺及左贊善大夫，因得罪權貴，貶為江州司馬。其後歷任杭州刺史、蘇州刺史。官至刑部尚書。在文學上主張「文章合為時而著，歌詩合為事而作」，是新樂府運動的倡導者。其詩通俗淺白，人人能懂。著《白氏長慶集》。

元和四年（809），白居易在左拾遺任上寫下了《新樂府》五十首，編入「諷諭」三、

四兩卷。聲明這是「為君、為臣、為民、為物、為事而作，不為文而作也」，反映大量的社會問題，做人民的喉舌，為民請命。〈賣炭翁〉屬於第三十二首，小序説：「苦宮市也。」

〈賣炭翁〉依韻式可分六段，分協東、職、寒、屑月、支、職六韻，平入相間。第一、三、五段協平聲的各兩句，屬短韻，主要是變換不同的場景。第二、四、六段協入聲的各四句或六句，相對為長韻，着重刻劃具體的情節。

〈賣炭翁〉按情節的發展可分三幕。第一幕包括第一、二段。首段「賣炭翁，伐薪燒炭南山中」東韻二句，以終南山為場景。賣炭翁砍樹斬柴，在窰子燒炭，工序繁複，跟生活搏鬥，自然辛苦了。第二段職韻四句，摹寫老人的形象，滿臉灰塵，早就被煙火燻黑了，頭髮灰白，「蒼蒼」指黑白相雜的顏色，十根指頭也都變黑。老人辛苦工作，目的很簡單，就是希望通過自己的勞力，能賺一點小錢，謀取衣食。

第二幕包括第三、四段。第三段「可憐身上衣正單，心憂炭賤願天寒」協寒韻二句，賣炭翁衣衫單薄，卻又渴望天氣寒冷，這樣他的炭就會賣得好價錢，為生活掙扎，心裏矛盾。第四段屑月通協四句，天如人願，整夜下雪，一大早拉着牛車入城賣炭，中午才到達南門外，在泥地上歇息一下。

第三幕包括第五、六段。第五段「翩翩兩騎來是誰？黃衣使者白衫兒」支韻二句，以長安南門為背景，有兩個人騎馬來到老人面前，一個穿黃衣的太監，一個穿白衫的「白望」，這些人在市場上左看右看，搶走貨品，不用給錢。第六段再用職韻六句，塑造劇情的高潮。宮使奉皇上口諭，明目張膽地搶炭，無法無天，還叫老人把牛車趕往北方的皇宮裏去。詩中「回車叱牛牽向北」一句，反映了唐代長安城的佈局，市場在南面而皇宮在北邊。杜甫（712－770）〈哀江頭〉詩末句「欲往城南望城北」者，也因為杜甫住在城南，而宮殿卻在城北，所以要多次回頭，暗示眷念遲迴，不忘君國的本意。而白居易的詩句剛好也展示了往北的方向。又詩中「一車炭，千餘斤」，三言兩句，有些版本改作「一車炭重千餘斤」，多了一個「重」字，畫蛇添足，沒有作用，大可不必。還有宮使估價，認為一千餘斤的炭只值「半匹紅紗一丈綾」，就把紗綾綁在牛頭上，算是等價交換。唯一告慰的，賣炭翁的牛好像還沒有被人搶走。情節荒誕，令人憤怒。

按照白居易《新樂府》作法的規定，立意一定要清楚明確，「首句標其目，卒章

顯其志，《詩》三百之義也」。可是白居易在〈賣炭翁〉的結尾並有沒作任何的評論，只是如實報導他在長安大街上親眼所見的末日景象，一切留待讀者自己去評理。你們說，對不對？

白居易〈賣炭翁〉的主題是「苦宮市也」。甚麼叫宮市？根據洪邁（1123－1202）《容齋隨筆》「楊國忠諸使條」的記載，指宮市之事，大概在唐玄宗天寶年間，叫官員操作買賣，隨便開一個價目，就把貨品帶走。錢易（968－1026）《南部新書》說：代宗大曆八年（773）七月，山西男子郇謨，以麻繩綁起頭髮，哭於東市。驚動了皇帝，請他到客館訴冤，請求皇上廢除宮市。可見宮市早就成為擾民的弊政。

韓愈（768－824）《順宗實錄》也記載了宮市害人的慘況。德宗貞元十三年（797），宮市變本加厲，有時太監連朝廷文書都沒有，就派幾百個「白望」的人，在長安東市都會、西市利人這兩個最熱鬧的地方，查看商人的貨品，合意的隨時就用幾百錢物換取價值幾千錢物的貨品，有時更用一堆染成紅色紫色的舊衣破布來交換，甚至還要額外收取「進奉門戶」，指進入宮門的帶路錢；「腳價錢」，指搬運費。很多商戶看到他們出市馬上關門，連沽漿賣餅的小販都不敢做買賣了。韓愈還記載了一個故事，說有個農夫用驢子運柴，結果被太監盯上了，連驢子都被帶走，送到皇宮裏頭，只是給他幾尺的絹作交易。農夫大哭大鬧，說：「我有父母妻子，待此然後食，今以柴與汝，不取直而歸，汝尚不肯，我有死而已。」激動起來打傷了太監。後來給保安逮住了，查明真相，幸而皇上英明，賞賜他十匹絹作報酬，算是走運了。順宗永貞元年，一度廢除了宮市。可是從白居易詩看來，到憲宗元和四年，宮市還在，已經成了風氣。白居易〈賣炭翁〉是寫實的作品，細膩真切，藝術感染力也很強烈。加上文字淺白，讀起來毫不吃力。同學們，不妨讀讀吧！

✎　**問答題**

1. 「南山」指甚麼山？
   A. 華山　B. 驪山　C. 定軍山　D. 終南山

2. 「蒼蒼」指甚麼顏色？
   A. 灰白　B. 墨綠　C. 黑色　D. 白色

3. 在「賣炭得錢何所營」句中，解釋「營」的意義。
   A. 經營　B. 營業　C. 謀求　D. 營救

4. 在「曉駕炭車輾冰轍」句中，何謂「轍」？
   A. 通往長安的軌道
   B. 車輪輾過壓出的痕跡
   C. 車道
   D. 冰雪滑過的痕跡

5. 在「黃衣使者白衫兒」句中，誰是「白衫兒」？
   A. 白衣天使　B. 刺客　C. 商人　D. 白望

6. 「手把文書口稱敕」句中何謂「敕」？
   A. 口喊「宮市」的意思
   B. 聖旨到
   C. 斥責
   D. 教訓

7. 在「翩翩兩騎來是誰」句中，「騎」字該怎麼讀？
   A. 陰平　B. 陽平　C. 上聲　D. 去聲

8. 在「回車叱牛牽向北」句中，「北」指甚麼地方？
   A. 皇宮　B. 北城門　C. 北斗星　D. 殺掉

9. 韓愈《順宗實錄》裏的農夫靠甚麼動物運柴？
   A. 牛　B. 驢　C. 馬　D. 騾子

10. 在「繫向牛頭充炭直」句中，何謂「直」？
    A. 直接　B. 值得　C. 估值　D. 輪值

答案：1D, 2A, 3C, 4B, 5D, 6A, 7D, 8A, 9B, 10C

白居易　琵琶行

掃碼聽音頻

📋 **原文**

　　元和十年，予左遷九江郡司馬。明年秋，送客湓浦口，聞船中夜彈琵琶者。聽其音，錚錚然有京都聲。問其人，本長安倡女，嘗學琵琶於穆、曹二善才。年長色衰，委身為賈人婦。遂命酒，使快彈數曲。曲罷憫默，自叙少小時歡樂事，今漂淪顦顇，轉徙於江湖間。予出官二年，恬然自安；感斯人言，是夕始覺有遷謫意。因為長句，歌以贈之，凡六百一十二 [六] 言，命曰〈琵琶行〉。

潯陽江頭夜送客。楓葉荻花秋瑟瑟。

主人下馬客在船。舉酒欲飲無管弦。

醉不成歡慘將別。別時茫茫江浸月。忽聞水上琵琶聲，主人忘歸客不發。

尋聲暗問彈者誰。琵琶聲停欲語遲。

移船相近邀相見。添酒回燈重開宴。千呼萬喚始出來，猶抱琵琶半遮面。

轉軸撥弦三兩聲。未成曲調先有情。

弦弦掩抑聲聲思。似訴平生不得意。低眉信手續續彈，說盡心中無限事。

輕攏慢撚抹復挑。初為霓裳後六么。

大弦嘈嘈如急雨。小弦切切如私語。

嘈嘈切切錯雜彈。大珠小珠落玉盤。間關鶯語花底滑，幽咽泉流水下灘。

水泉冷澀弦疑絕。疑絕不通聲暫歇。

別有幽愁暗恨生。此時無聲勝有聲。銀瓶乍破水漿迸，鐵騎突出刀槍鳴。

曲終收撥當心畫。四弦一聲如裂帛。東船西舫悄無言,唯見江心秋月白。

沉吟放撥插弦中。整頓衣裳起斂容。

自言本是京城女。家在蝦蟆陵下住。十三學得琵琶成,名屬教坊第一部。曲罷曾教善才伏,妝成每被秋娘妒。五陵年少爭纏頭,一曲紅綃不知數。鈿頭雲篦擊節碎,血色羅裙翻酒汙。今年歡笑復明年,秋月春風等閒度。弟走從軍阿姨死,暮去朝來顏色故。門前冷落鞍馬稀,老大嫁作商人婦。商人重利輕別離,前月浮梁買茶去。

去來江口守空船。繞船月明江水寒。夜深忽夢少年事,夢啼妝淚紅闌干。

我聞琵琶已歎息。又聞此語重唧唧。同是天涯淪落人,相逢何必曾相識。

我從去年辭帝京。謫居臥病潯陽城。潯陽地僻無音樂,終歲不聞絲竹聲。住近湓江地低濕,黃蘆苦竹繞宅生。其間旦暮聞何物,杜鵑啼血猿哀鳴。春江花朝秋月夜,往往取酒還獨傾。豈無山歌與村笛,嘔啞嘲哳難為聽。今夜聞君琵琶語,如聽仙樂耳暫明。莫辭更坐彈一曲,為君翻作《琵琶行》。

感我此言良久立。卻坐促絃絃轉急。淒淒不似向前聲,滿座重聞皆掩泣。座中泣下誰最多,江州司馬青衫濕。

📖 撰文：黃坤堯

本篇向大家講解的經典是唐代白居易（772-846）的〈琵琶行〉。

〈琵琶行〉以寫實為主,沒有太多的虛構空間。作者藉一曲琵琶的故事,帶出了「同是天涯淪落人,相逢何必曾相識」的感慨,藉他人杯酒,澆自家塊壘,反映仕途上的挫折,寫出自己的心聲。

〈琵琶行〉又題〈琵琶引〉。大概〈琵琶引〉是指序文說的,而詩的本身就一再稱之為〈琵琶行〉。借用樂府題意,基本上也還是七言古詩。全詩八十八句,六百一十六字,序文寫的「凡六百一十二 [六] 言」,或是筆誤所致。〈琵琶行〉換韻十九次,前面兩段兼用二句一韻、四句一韻的;後面三段多用長韻,琵琶娘自述身世,共十八句。而白居易回憶兩年來的個人遭遇,平聲庚青通協,共十六句。結尾六句協入聲緝

韻，現代粵語都唸 -p 尾，急風驟雨，感情激動，聽過琵琶的演奏，主客都哭起來了，感到生命的辛酸。此詩大家讀來順口，有時也不覺得協韻的存在，語句明白，親切自然。不過，如果了解韻部的排列，可能就更容易看出每一韻段的意義所在，推動情節的發展，帶出感傷的氣氛。

〈琵琶引〉小序簡單說明寫作背景。元和十年（815），白居易因得罪權貴，貶為九江郡（江西省九江市）司馬。十一年（816）秋夜，作者四十五歲，在潯浦口江邊送客，聽到船中傳來琵琶的樂曲，知道對方來自京師，因此邀約過船相見。聽琵琶娘講述身世及所遭遇的故事，然後再彈奏幾首樂曲助興，竟然引發作者漂泊江湖的感覺，感同身受，也就寫下這首「長句」送給對方了。

〈琵琶行〉內容豐富，描寫多姿，可以分為五段。第一段五韻，「潯陽江頭夜送客，楓葉荻花秋瑟瑟」，摹寫秋夜的景色，冷落淒清。「醉不成歡慘將別，別時茫茫江浸月」，主人置酒，沒有音樂助興，只有江上的月色相伴。忽然船上傳來琵琶的樂音，一時之間，主客都被這些樂音迷住了，想要追尋來源。然後他們找到了琵琶娘，請她過船一聚，重新鋪排筵席。「千呼萬喚始出來，猶抱琵琶半遮面」，寫出場面的熱鬧，以及大家在寂寞中的期待心情。

第二段八韻，描寫音樂盛宴。「轉軸撥弦三兩聲，未成曲調先有情」，首先是試音的環節，引人入勝，「有情」更令人充滿想像，期待精彩的演出。跟着琵琶娘彈奏自己擅長的樂章，帶出內心的掙扎和壓抑，「似訴平生不得意」，暗藏無限悲哀。「輕攏慢撚抹復挑，初為霓裳後六么」二句欣賞對方彈奏琵琶的指法，有拉攏、揉弦、順手下撥、反手回撥，技巧熟練；而所奏的〈霓裳羽衣曲〉、〈六么〉等都是當時著名的大曲樂章。跟着描寫大弦、小弦的音韻，有時像嘈雜的急雨，有時又像親切的談心，嘈嘈切切聲音交織在一起，就像大珠小珠落在玉盤中跳動，奏出清脆美妙的音響。那婉轉流利的琵琶聲音，像是黃鶯從花叢中輕快的滑動，又像是泉水穿越石灘，遇到了阻礙，凝止不通，而聲音也就慢慢停下來了。同時滋生出愁情幽恨的感覺，就算聲音靜止，也比有聲音時來得動聽。忽然琵琶聲又高亢起來，像是銀瓶破裂，水花四濺；戰馬出陣，刀槍撞擊。曲子彈奏結束的時候，她用撥子向琵琶中心狠然劃過，四條弦線產生布帛撕裂的聲音，立刻停住。「東船西舫悄無言，唯見江心秋月白」，江心一片靜寂，只剩下夜空寧謐的感覺。

　　第三段三韻，琵琶娘沉默了一會兒，把撥子插在弦中，整理衣裝，站起來，現出莊重的神情，說明自己的身世。她是出身長安的女子，住在下馬陵的地方。十三歲就學會了彈奏琵琶，在教坊中首屈一指，名列前茅，往往得到樂師的讚賞，而打扮時髦，也招來其他歌妓的妒恨。五陵年少的富豪子弟，爭着送禮物給她，名貴的紅綃就收了很多。金花鈿頭和銀釵在打拍子時掉落碎裂，而紅裙子也被打翻的酒杯弄髒了。一年年地消磨了青春，連親人都走了，年老色衰，門庭冷落，只好嫁給一位商人。可是商人為了做生意，又得出門去景德鎮買賣茶葉。「去來江口守空船，繞船月明江水寒」，她就在江邊守候空船，只見一船月色，不期然透出了陣陣的寒意。回想年輕時的景象，往往在睡夢中哭醒，而眼淚也縱橫滿臉了。

　　第四段二韻，白居易聽了琵琶彈奏，已經有很多感慨，後來聽到琵琶娘這一番話，就更為傷感。「重唧唧」的「重」字，傳統都讀去聲的，這是一個副詞，訓為「更加」，不是讀陽平聲訓為「重複」的意思。雖然他們過去並不認識，但感同身受，能遇到就好。跟着白居易說：自從去年離開長安以後，來到九江養病，很久沒有聽到音樂。溢江地勢低濕，房子周圍長生滿了黃蘆和苦竹，日夜聽到杜鵑啼叫，猿猴哀鳴。虛度了很多春花秋月的日子，很多時一個人喝悶酒。而這裏的山歌和村笛都是怪難聽的。今夜聽到彈奏琵琶，就像仙樂一樣，通體明亮。請您再彈奏一曲，我會寫一首〈琵琶行〉送您。

　　第五段一韻，琵琶重奏，音調急促，聲音更為蒼涼，跟剛才的演出不同。座中人很多都哭起來了。可是誰的淚水掉得最多呢？恐怕還是那位江州司馬吧，他的青衫都給淚水沾濕了。

　　就這樣，音樂把兩個人的心靈連在一起，也把千古寂寞的心連在一起，雖然大家的經歷並不一樣，可是心意相通，這就叫做共鳴。

✎ **問答題**

1. 「錚錚然有京都聲」，「京都」指現在哪一個城市？
   A. 北京　B. 南京　C. 東京　D. 西安

2. 「嘗學琵琶於穆、曹二善才」，何謂「善才」？
   A. 技藝高妙的樂師　B. 文學奇材
   C. 好的材料　　　　D. 才子佳人

3. 「委身為賈人婦」，何謂「委身」？
   A. 委屈自己　B. 獻身　C. 委託　D. 下嫁

4. 「弦弦掩抑聲聲思，似訴平生不得意」，「思」字怎麼讀？
   A. 陰平　B. 陽平　C. 上聲　D. 去聲

5. 「輕攏慢撚抹復挑。初為霓裳後六么」，「挑」字怎麼讀？
   A. 陰平　B. 陽平　C. 上聲　D. 去聲

6. 「五陵年少爭纏頭」，何謂「纏頭」？
   A. 纏繞歌女　　　B. 賞給歌女的財物
   C. 娶了歌女為妻　D. 結婚時的上頭儀式

7. 「五陵年少爭纏頭」，何謂「五陵」？
   A. 山中的豪宅
   B. 唐太宗昭陵
   C. 長安貴族豪門聚居的地方
   D. 唐高宗、武則天的乾陵

8. 「我聞琵琶已歎息，又聞此語重唧唧」，「重」字的音義怎麼解讀？
   A. 陰平，語助詞
   B. 陽平，訓重複、九重
   C. 上聲，訓輕重之重、舉重
   D. 去聲，訓更加

9. 「夢啼妝淚紅闌干」，何謂「闌干」？
   A. 阻礙前進　B. 圍欄
   C. 縱橫貌　　D. 攔阻干涉

10. 白居易和琵琶娘在哪裏相見？
    A. 湓浦口酒樓　　B. 白居易的船上
    C. 琵琶娘的船上　D. 潯陽江頭

元稹　三遣悲懷

掃碼聽音頻

📑 **原文**

其一

謝公最小偏憐女，自嫁黔婁百事乖。

顧我無衣搜藎篋，泥他沽酒拔金釵。

野蔬充膳甘長藿，落葉添薪仰古槐。

今日俸錢過十萬，與君營奠復營齋。

其二

昔日戲言身後意，今朝皆到眼前來。

衣裳已施行看盡，針線猶存未忍開。

尚想舊情憐婢僕，也曾因夢送錢財。

誠知此恨人人有，貧賤夫妻百事哀。

其三

閒坐悲君亦自悲。百年都是幾多時。

鄧攸無子尋知命，潘岳悼亡猶費詞。

同穴窅冥何所望，他生緣會更難期。

唯將終夜長開眼，報答平生未展眉。

📖 **撰文：黃坤堯**

本篇向大家講解的經典是唐代元稹的〈三遣悲懷〉。

有些版本或題〈遣悲懷三首〉。根據《元稹集》所訂題目，可能分一遣、二遣、三遣之作，而不是一次寫成的。這三首都是歷代悼亡詩中的名作，其中「貧賤夫妻百事哀」更是膾炙人口的名句，寫出尋常百姓的困境和生活的痛苦。

元稹（779－831），字微之，河南（河南省洛陽市）人。北魏宗室鮮卑族拓拔氏的後代。八歲喪父，家庭貧困。貞元九年（793）明經及第，十九年（803）中平判科第四等，署秘書省校書郎。元和四年（809）任監察御史，赴洛陽任職。五年貶江陵士曹參軍。長慶二年（822）二月以工部侍郎官至同中書門下平章事，短暫做過四個月的宰相。六月出為同州刺史。宦海浮沉，後來大致平順，太和五年（831）卒於武昌任所。終年五十三歲。著《元氏長慶集》。

貞元十九年，元稹與韋叢（783－809）結婚。韋叢又名韋蕙叢，她是太子賓客韋夏卿（743－806）的幼女。元和四年七月九日卒於洛陽，十月十三日葬於咸陽，終年二十七歲。七年來共同生活，生下五名子女，最後只能留下一名四歲的女兒，名叫保子（806－？）。當時元稹分務東台，須在洛陽主持政務，以未能親自護送妻子靈柩回鄉安葬為憾。〈三遣悲懷〉大約分別作於當年冬天十一、十二月之間，三遣可能更是寫於元和五年（810）貶官江陵之時。這三首詩用典較多，以古喻今，同時也有很多憶述夫妻恩愛的細節，加上悠悠不盡的思念，感情真摯，富有生活實感，自然容易觸動讀者的思緒，引發共鳴了。

其一首聯開篇用典，「謝公最小偏憐女，自嫁黔婁百事乖」，謝公，指謝奕（309－358），而謝道韞則是著名的才女，嫁與平庸的王凝之（344－399），只能説是政治婚姻，天意弄人了。黔婁，春秋時齊國的高士，家貧，不求仕進，也就是自喻為沒有出息的丈夫。這裏通過用典，説明韋叢是韋夏卿最鍾愛的女兒，出身官宦世家，嬌生慣養。結婚初期，夫婦二人一度跟隨韋夏卿住在洛陽的履信坊宅，生活優悠。三年後丈人去世，加上母親逝世，守喪三年，生活拮据，有時還得靠白居易（772－846）資助費用，所以詩中説妻子一嫁給自己這個窮人之後，就諸事不順了。中間二聯專寫生活情趣，「藎篋」指竹草編織的衣箱，「泥」字讀去聲，有甜言蜜語，慫恿的意思。妻子憐憫丈夫，從衣箱中檢出好的衣服給他，有時還要講好話讓妻子賣掉金釵買酒喝。「長藿」是

豆葉，有時就是他們一家的主食，而古槐樹落葉很多，撿起來可以充當柴火。四句寫盡窮困與艱辛，也是苦中作樂的體驗。末聯忽然轉筆，「今日俸錢過十萬，與君營奠復營齋」，現在收入較為豐裕，可是佳人不在，就算充作奢華的祭禮，這又有甚麼用呢？前後對比強烈，說明我們只能把握當下。俸錢十萬只是表示夠多的虛數，不必斤斤計較元稹官職的收入。

其二寫妻子生前早已談到生死的問題，沒想到現在竟然應驗了。中間二聯寫妻子待人以誠。「衣裳已施行看盡，針線猶存未忍開」，「施」字讀去聲，平仄合律，意為施捨。「行看」，意為馬上，很快。衣服剩下來的都送給有需要的人，只是妻子的針線包還不忍心打開，想留作紀念。「尚想舊情憐婢僕，也曾因夢送錢財」，有時想起妻子善待婢女僕人，希望也要像她一樣，關心下人。甚至夢中說起要幫助的人，也就把錢送過去了。「送錢財」一句或有歧義，過去多解為妻子缺錢，要燒些冥錢到地府給她。唯此首特別強調妻子樂善好施，救急扶危，送錢助人，燒紙錢作用不大，未必是韋叢的心意。末聯「誠知此恨人人有，貧賤夫妻百事哀」，其中「恨」字解貧窮匱乏的經驗人人都有，可是貧賤夫妻遇到的困難特別多，說來難免哀傷了。

其三分享兩人的內心世界，說秘密話。人生百年很快就過去了。「鄧攸無子尋知命，潘岳悼亡猶費詞」，鄧攸（？－326）在逃亡路上捨棄自己親生的兒子，卻去搶救弟弟的兒子，怕弟弟沒有後代。結果「天道無知，使鄧伯道無兒」。當時元稹只有一個女兒，長大後嫁與韋絢（796－？）。後來生下一子，名荊（811－821），也沒有養大。直至大和三年（829）冬，始再得一子，名道護。潘岳（247－300）以〈悼亡詩〉三首為世所稱，現在元稹再寫悼詩好像並沒有甚麼意義。夫妻同穴葬在一起，固然不敢有太多指望。他生再續前緣，說起來就更渺茫了。末聯「唯將終夜長開眼，報答平生未展眉」，好像鰥魚一樣，整夜不合眼的在想您，七年夫妻，生前未能過上開心的日子，展顏歡笑，希望現在能有所補償，與思念同在，報答您。

為甚麼〈三遣悲懷〉能成為悼亡詩中的名篇呢？主要在於情真意切，每一首都有具體的內容。例如第一首寫早年的貧困生活，但夫妻恩愛，也就可以抵抗環境的壓力，不以為苦。第二首寫妻子善良的本性，樂於助人，反映貧賤夫妻的典型生活，不以為忤。第三首反思兩人生活上的遺憾，對於古人來說，沒有兒子自然難過，但夫妻的感情還是長在長存的。我們明白生活的辛酸是必然的，躲不開的，特別是貧賤夫

妻，很多事情都不由人意安排，無可奈何的。在困難的日子中，無悔無怨，更能顯出婚姻的誠意，值得珍惜。

　　不過，為了生活上的照應，兩年後，元和六年（811）春，元稹在江陵（湖北省荊州市江陵縣）納妾安氏（？－814），生二女一子，幾歲時都先後去世。元和十一年（816）春在涪州（重慶市涪陵區）娶繼室裴淑，生三女一子。元稹死後，就沒有太多的記載了。

✎ 問答題

1. 「自嫁黔婁百事乖」，解釋「乖」字的含意。
   A. 乖張　B. 乖巧　C. 違背　D. 聽話

2. 「謝公最小偏憐女」，解釋「憐」字的含意。
   A. 憐愛　B. 可憐　C. 憐憫　D. 同情

3. 「泥他沽酒拔金釵」，何謂「泥」？
   A. 泥土　B. 説好話　C. 買賣　D. 拘泥

4. 「衣裳已施行看盡」，指出「施」字的讀音。
   A. 陰平　B. 陽平　C. 上聲　D. 去聲

5. 「誠知此恨人人有」，甚麼叫「恨」？
   A. 愁恨　B. 怨恨　C. 愛恨　D. 困境

6. 在「尚想舊情憐婢僕，也曾因夢送錢財」一聯中，表現了妻子甚麼樣的性格？
   A. 關懷別人　B. 關心丈夫
   C. 關心財富　D. 關心自己

7. 「鄧攸無子尋知命」，何謂「知命」？
   A. 五十而知天命　　B. 命中注定
   C. 掌握自己的命運　D. 命令

8. 「潘岳悼亡猶費詞」，何謂「費詞」？
   A. 浪費筆墨　B. 浪費金錢
   C. 稿費　　　D. 用心寫好作品

9. 〈三遣悲懷〉的書寫對象是誰？
   A. 韋叢　B. 安仙嬪
   C. 裴淑　D. 謝道韞

10. 詩中的「謝公」是誰？
   A. 謝靈運　B. 謝奕
   C. 謝安　　D. 謝玄

答案：1C，2A，3B，4D，5D，6A，7B，8A，9A，10B

李商隱　無題

原文

相見時難別亦難。東風無力百花殘。

春蠶到死絲方盡，蠟炬成灰淚始乾。

曉鏡但愁雲鬢改，夜吟應覺月光寒。

蓬山此去無多路，青鳥殷勤為探看。

撰文：黃坤堯

本篇向大家講解的經典是唐代李商隱〈無題〉。

李商隱喜歡寫〈無題〉詩，詩集中有十七首，很多都是佳作，令人愛不釋手。現在所選的一首，如果要另擬一個題目，簡單的就採用前面兩個字，可以名為「相見」，看來也很切題，因為這首詩所要表達的，就是見面的問題。如果要在李商隱〈無題〉詩中選出最動人、最迷人的詩句，應該非這首莫屬。「春蠶到死絲方盡，蠟炬成灰淚始乾」二句，就算不作任何解釋，大家都能聽懂明白，迷惑了世間上很多的癡男怨女，至死無悔，就是願意為愛情付出一切。

李商隱（約 813－約 858），字義山，號玉谿生，懷州海內（河南省焦作市沁陽市）人。祖父遷居滎陽（鄭州市滎陽市）。文宗太和三年（829），以文采見知於令狐楚（766－837），引為幕府巡官。開成二年（837）經令狐綯（795－872）的推薦，登進士第。翌年獲涇源（甘肅省平涼市涇川縣）節度使王茂元（？－843）任為書記，並將女兒許配給他。從此處於牛李黨爭的夾縫中，說他忘恩負義，遭到冷落排擠，仕途坎坷，潦倒終身。著《李義山詩集》。詩作曲折晦澀，惝恍迷離，糾纏於愛情與政治之間，反映內心的苦悶，意象翩飛，想像優美。死後歸葬家鄉。現存焦作市博愛縣、沁陽市及鄭州市滎陽市三處的墓地，每年都有很多人前往拜祭。

　　李商隱的〈無題〉詩很多都是情詩，這首也不例外。首聯「相見時難別亦難，東風無力百花殘」，開宗明義就立刻指出一個進退兩難的局面，想見面固然並不容易，到要走時，更是難捨難離，總是沒有足夠的時間，愛恨纏綿，很自然就是寫出大家初戀的感覺。第二句揭出「難」處所在，原來春天已經到了盡頭，護花無力，暗示有一股不可抗拒的外部壓力，令兩個人要忍痛分手。很自然會觸動青年人的痛處。

　　頷聯「春蠶到死絲方盡，蠟炬成灰淚始乾」對仗，分別用兩組意象來表達，相互補充，反映雙方對愛情的執著與堅持。春蠶吐絲，自然要付出生命的代價，「絲」與「思」同音諧聲，有一種借代作用，吐出相思之情，綿綿不盡。蠟炬成灰，則意旨相關，象徵別恨，直到眼淚流乾了，才會為愛情畫上美麗的句號。兩句合起來說，就是始終不渝，刻畫堅貞的意志。

　　頸聯，在律詩中又叫腹聯，「曉鏡但愁雲鬢改，夜吟應覺月光寒」，筆鋒一轉，換了一幅鏡前月下的畫面。清晨攬鏡自照，很怕看到黑亮的頭髮失去光澤，暗示青春消逝，一天一天地過去，難以挽回。晚上望月吟詩，孤冷淒清，只能感受月光下陣陣的寒意，得不到溫暖，表達孤獨的感覺。至於兩個副詞「但」、「應」的運用，設身處地，猜測對方的心境，保重身體，更顯得細心體貼，蘊藉婉約。兩句猜想對方早晚的狀況，何嘗又不是寫自己呢？心意相通，無分彼此。讀者感同身受，好像自己也有同樣的想法。香草美人，若有所待。

　　末聯飛渡千山，乞求一聚。「蓬山此去無多路，青鳥殷勤為探看」，可是前路重重阻隔，又怎能親訪仙人的居所呢？蓬山是傳說中渤海之東的五山之一，自是神仙住所。而青鳥則是西王母的使者，通風報信。兩個人距離很遠，有時又很近，期盼得到對方的訊息，回應首句的主題，渴望「相見」。末句「看」字協上平十四寒韻，讀陰平聲，誤讀去聲會導至音韻不諧，必須小心。

　　這是一首情詩，寫出初戀的感覺，似有還無，疑真疑幻，肯定沒有問題。那麼，這首詩在甚麼時候寫呢？過去一直沒有記載，無法編年。不過，開成元年（836），李商隱二十四歲，在考中進士之前，奉母遷居濟源（河南省焦作市濟源市），也就是祖輩故鄉的西南邊地方，學仙玉陽東，而玉溪就在懷州玉陽山下，自號玉溪生。這裏原是唐睿宗女兒玉真公主的修道場，後來成了皇家道觀。玉陽山有兩座道觀，玉陽觀在東峰，靈都觀在西峰。靈都觀裏有一位姓宋的女道士，她是侍奉公主的宮女，隨公主入

道，又稱女冠。李商隱大概愛上了這位女冠，幽期密約，度過了一些歡樂的日子，難免也帶來分離的痛苦，相思別恨，惘然若失。後來被人發現了，李商隱被趕下山，而宋氏則遣送回宮，可能還做了守陵的宮女。詩中一再提到的「蓬山」，其實就是玉陽山的西峰。過去學者做了很多考證工作，可供參考。

　　此外，也有學者認為這首詩是李商隱後期的作品。宣宗大中五年（851），李商隱從徐州回京，向宰相令狐綯陳情，請求援引。李商隱不認為自己親近李黨，反而跟令狐父子關係密切。但外間人卻指李商隱入王茂元幕，娶王氏女（？－851），都跟李黨有關，自是負恩的行為，使李商隱深受冤屈，不勝愁苦。所以入京後寫了很多〈無題〉詩，帶出政治寓意，希望令狐綯能看到。「蓬山」指翰林院，希望對方能把自己引進翰林院，而令狐綯久久不肯見他，相思成灰，或感絕望。詩中「春蠶到死絲方盡，蠟炬成灰淚始乾」二句表明心跡，一片忠誠，至死方休。後來得補太學博士，正六品上，官階稍有提高。究竟這首詩有沒有改變令狐綯對作者的成見呢？也就說不清楚了。一首詩可作多方面的詮釋，究竟是情詩，還是一首政治諷諭詩呢？我們盡量指出各種不同的可能，至於該怎樣理解，最好還是由同學親自判斷了。通過閱讀，說出自己的感覺。

✎ **問答題**

1. 傳說中的「蓬山」在哪裏？
   A. 蓬萊仙境　B. 玉陽山
   C. 渤海神山　D. 日本海

2. 「春蠶到死絲方盡」，指出「絲」字的詞義。
   A. 蠶絲　B. 思念　C. 相思　D. 思想

3. 「相見時難別亦難」，李商隱最想見的人是誰？
   A. 情人　B. 母親　C. 令狐楚　D. 妻子

4. 何謂「無題」？為甚麼不設定題目？
   A. 朦朧詩作法
   B. 懶得出題目
   C. 內容豐富，包羅萬有
   D. 留給讀者詮釋的空間

5. 「曉鏡但愁雲鬢改」，何謂「雲鬢」？
   A. 雲端的想像　B. 像烏雲似的頭髮
   C. 顏色亮麗　　D. 青春倩影

6. 「青鳥殷勤為探看」，何謂「青鳥」？
   A. 青春小鳥　B. 青衣小鳥
   C. 神鳥　　　D. 翡翠

7. 在「青鳥殷勤為探看」句中，解釋「為」的語義。
   A. 無為　　　B. 為甚麼
   C. 有所作為　D. 幫忙

8. 在「青鳥殷勤為探看」句中，解釋「探看」的語義。
   A. 試試看　　　　B. 採擇樣本
   C. 看看有甚麼好幫忙　D. 邀約佳人

9. 「東風無力百花殘」一句，作者要傳遞甚麼訊息？
   A. 分手的訊息　　B. 環境惡化
   C. 外邊的壓力很大　D. 死亡的訊息

10. 在「蠟炬成灰淚始乾」句中，指出「始」字的含意。
    A. 開始　B. 始終　C. 才會　D. 原始狀態

第六章

唐代散文

李白　春夜宴桃李園序

掃碼聽音頻

原文

夫天地者，萬物之逆旅。光陰者，百代之過客。而浮生若夢，為歡幾何？古人秉燭夜遊，良有以也。

況陽春召我以煙景，大塊假我以文章。會桃李之芳園，序天倫之樂事。群季俊秀，皆為惠連。吾人詠歌，獨慚康樂。幽賞未已，高談轉清。開瓊筵以坐花，飛羽觴而醉月。不有佳詠，何伸雅懷。如詩不成，罰依金谷酒數。

撰文：曹順祥

本篇向大家講解的經典是唐代李白的散文〈春夜宴桃李園序〉。

聽說有不少人從來不看書籍文集的「序」，認為是可有可無，浪費時間。為何不直接讀原文？「序」有何意義？

現在要談的，就是詩集的「序」，作者是鼎鼎大名的大詩人李白。

李白（701－762），字太白，號青蓮居士，唐朝浪漫詩人，被後人譽為「詩仙」。祖籍隴西成紀，出生於西域碎葉城，四歲再隨父遷至劍南道綿州。李白存世詩文千餘篇，有《李太白集》傳世。762年病逝，享年六十一歲。其墓在今安徽當塗，四川江油、湖北安陸有紀念館。

本文又名〈春夜宴從弟桃花園序〉。此序約於開元二十一年（733）前後作於安陸。桃花園，疑在安陸兆山桃花巖。從弟，即堂弟。當時李白三十三歲，在政治上不得意，本文見出李白對人生的看法：「浮生若夢，為歡幾何」，頗有些茫然，但如聯繫「不有佳詠，何伸雅懷」，精神仍是樂觀的。

文章第一段指出：天地，是萬物的旅舍；光陰，也只是古往今來匆匆的過客罷了。《古詩十九首》其三也說：「人生天地間，忽如遠行客。」李白以「逆旅」比喻天地，

以「過客」比喻時間，歲月催人，光陰轉瞬即逝，確是古今至理！

接着說「浮生若夢，為歡幾何」。比曹操（155 年－220）的名篇〈短歌行〉：「對酒當歌，人生幾何！譬如朝露，去日苦多。」更多了一些哲理。莊子夢為蝴蝶的典故，叫古人明白，如果人生是一場夢，夢中的歡樂不僅是短暫的，更是虛幻的。因此，李白直接指出：漂泊不定的人生，就如一場虛幻的夢境，歡愉快樂的日子能有多少？於是，很自然地，想起古人夜間手持着蠟燭四處遊樂，李白認為這樣的行為很有道理！這也讓人想起《古詩十九首》其十五：「晝短苦夜長，何不秉燭遊。」以及曹丕（187－226）《與吳質書》：「少壯真當努力，年一過往，何可攀援！古人思秉燭夜遊，良有以也。」李白用典十分自然，瞬間引起了讀者的共鳴！

文章第二段從「況陽春召我以煙景」至「獨慚康樂」是第一部分。寫春景和眾人聚會：「況陽春召我以煙景，大塊假我以文章。會桃李之芳園，序天倫之樂事。」況且溫暖的春天，那豔麗朦朧的景色正召喚着我們，大自然把錦繡風光賜予我們。大家相聚在桃李芬芳的花園中，暢敘兄弟之間快樂的往事。

「群季俊秀，皆為惠連。吾人詠歌，獨慚康樂。」各賢弟都聰慧過人，人人都有謝惠連的才情；大家吟詩歌唱，唯獨我做的詩自愧不如謝靈運。惠連是誰？原來謝惠連（407－433）是陳郡陽夏（今河南太康）人，家在會稽（今浙江紹興）。南朝劉宋文學家。謝惠連是謝安（320－385）幼弟謝鐵（生卒年不詳）之曾孫，謝靈運（385－433）之族弟。惠連「幼而聰敏，年十歲即能屬文」，「輕薄不為父方明所知」，深得謝靈運的賞識，謝靈運「見其新文，每曰：『張華重生，不能易也』」。十分賞識惠連的才華。因此，「群季俊秀，皆為惠連。」是讚揚諸從弟皆有文才。

「吾人詠歌，獨慚康樂。」是說自己，是謙詞，認為不如謝康樂。謝康樂，即謝靈運，陳郡陽夏縣（今河南省周口市太康縣）人，南北朝著名詩人，主要成就在於山水詩。自謝靈運始，山水詩乃成中國文學的一大流派。謝靈運封康樂公，稱謝康樂、謝公，與同族後輩另一位著名詩人謝朓分別被稱為「大謝」及「小謝」。謝靈運曾説：「天下才共一石，曹子建獨得八斗，我得一斗，自古及今共用一斗。」（〈釋常談〉）

以上寫聚會之人，下面才開始寫宴會。「幽賞未已」至「罰依金谷酒數」，是文章第二段的第二部分。

「幽賞未已，高談轉清。開瓊筵以坐花，飛羽觴而醉月。」意思是：靜賞春夜美景

的興致未盡，縱情談論又轉向了清言雅語。擺開筵席，在花叢坐賞名花；酒杯頻傳，醉倒在迷人的月色之中。坐花、醉月，表現了桃園夜宴的熱鬧盛況。

「不有佳詠，何伸雅懷。」意思是：沒有好詩，怎能抒發高雅的情懷？此處點出了夜宴目的。「如詩不成，罰依谷酒數。」意思是：假如有人作詩不成，就按照當年石崇在金谷園宴客賦詩的先例，罰酒三杯吧！晉人石崇在金谷園宴遊，〈金谷詩序〉云：「遂各賦詩，以敘中懷，或不能者，罰酒三斗。」此後「金谷酒數」成為罰酒三杯的風雅之語。李白以此督促勉勵作結。

雖然李白與諸從弟的《桃園詩集》今已無存，但此文千餘年來傳誦不衰。

本篇一百一十七字，事景情理俱備。特別是「浮生若夢，為歡幾何？」的一句反問，思考的竟是整個看似漫長，卻是匆匆來去的短暫人生！

李白是個性情中人，本篇充分表現出他的性格特點：因悟浮生若夢，為歡幾何，而秉燭夜遊，可見其多情而善感。「會桃李之芳園，序天倫之樂事」，見其友愛兄弟。「開瓊筵以坐花，飛羽觴而醉月。不有佳詠，何伸雅懷。如詩不成，罰依金谷酒數。」更是豪邁灑脱、熱情奔放！

本篇語言運用出色。修辭方面，「浮生若夢，為歡幾何？」是反問。「況陽春召我以煙景」是擬人。「會桃李之芳園，序天倫之樂事」是對偶。又如「開瓊筵以坐花，飛羽觴而醉月」，開、坐、飛、醉，用字精煉，充滿動感，充分地勾畫出當時歡樂的情景，令人一見難忘！

余誠《重訂古文釋義新編》卷七：「通篇着意在一『夜』字。開首從天地光陰迅速及人生至短説起。見及時行樂者，不妨夜遊，發論極其高曠，卻已緊照題中夜宴意，是無時不可夜宴矣。下緊以『況』字轉出春來，而春有煙景之召，大塊之假，夜宴更何容已耶。於是敘地敘人敘宴之樂，而以詩酒作結。妙無一字不細貼，無一字不新雋，自是錦心繡口之文。」評論相當精彩！

當天的詩集早已遺失在茫茫人海之中，而此〈春夜宴桃李園序〉獨存世上，且成為名篇。時也？命也？不得而知！下次看書之前，各位同學不妨花幾分鐘時間，讀一讀書前的「序」，也許有意想不到的收穫呢！

✎　問答題

1. 「古人秉燭夜遊」的「秉」是甚麼意思？
   A. 掌握　B. 拿着　C. 主持　D. 量詞

2. 「大塊假我以文章」的「假」是甚麼意思？
   A. 不真實　B. 給予　C. 借用　D. 推斷

3. 「飛羽觴而醉月」的「觴」是甚麼意思？
   A. 扇子　B. 酒杯　C. 茶具　D. 水壺

4. 「何伸雅懷」的「伸」是甚麼意思？
   A. 舒展　B. 伸訴　C. 不屈　D. 陳述

5. 本文曾經提及哪些活動？
   ① 樂聚倫常　② 席間賞花
   ③ 泛舟觀月　④ 賦詩吟詠
   A. 1、2、3　B. 2、3、4
   C. 1、2、4　D. 1、3、4

6. 「而浮生若夢，為歡幾何？」是甚麼修辭手法？
   A. 反襯　B. 對偶　C. 比喻　D. 對比

7. 「況陽春召我以煙景」是甚麼修辭手法？
   A. 擬人　B. 比喻　C. 誇張　D. 擬物

8. 「會桃李之芳園，序天倫之樂事」是甚麼修辭手法？
   A. 對偶　B. 對比　C. 比擬　D. 比喻

9. 「群季俊秀，皆為惠連。吾人詠歌，獨慚康樂」是甚麼修辭手法？
   A. 比喻　B. 對比　C. 用典　D. 擬人

10. 「夫天地者，萬物之逆旅」的「逆旅」是甚麼意思？
    A. 逆境　B. 背叛　C. 旅行　D. 旅舍

韓愈　馬説

掃碼聽音頻

📑 原文

世有伯樂，然後有千里馬。千里馬常有，而伯樂不常有。故雖有名馬，祇辱於奴隸人之手，駢死於槽櫪之間，不以千里稱也。

馬之千里者，一食或盡粟一石。食馬者，不知其能千里而食也。是馬也，雖有千里之能，食不飽，力不足，才美不外見，且欲與常馬等不可得，安求其能千里也？

策之不以其道，食之不能盡其材，鳴之而不能通其意，執策而臨之，曰：「天下無馬！」嗚呼！其真無馬邪？其真不知馬也！

📖 撰文：招祥麒

本篇向大家講解的經典是唐代韓愈的一篇散文〈馬説〉。

韓愈（768－824），字退之，河陽（河南孟州市）人，生於長安。祖籍昌黎，世稱「昌黎先生」；晚年任吏部侍郎，又稱韓吏部。幼年孤苦，勤奮力學，二十五歲中進士。德宗（李适，742－805）貞元十九年（803）擔任監察御史期間，因上書〈御史台上論天旱人飢狀〉而得罪國戚京兆尹李實（生卒年不詳），被貶為連州陽山（今廣東陽山縣）令。赦還後，任國子博士、刑部侍郎等職。憲宗（李純，778－820）元和十四年（819），又因作〈諫迎佛骨表〉諫阻天子迎佛骨，幾乎招來殺身之禍，被貶為潮州（今廣東潮州市）刺史。死後謚曰「文」，世稱「韓文公」。有《昌黎先生集》傳世。

韓愈是唐代傑出的散文家、詩人，是中唐時期「古文運動」的倡導者，位居唐宋八大家之首。他的散文創作，內容豐富，體裁多樣，風格剛健雄深，富有獨創性。

本文選自《韓昌黎全集 · 雜説》，寫作年代不詳。〈馬説〉是《雜説》四篇的第四篇。「説」為古代論説文的一種體裁，其作用是解釋義理，可以通過敘事、寫人、詠物來論述道理，表達作者獨到的個人見解。本文説的「馬」，主要指千里馬，作者以馬為

喻並進行解說，嘲諷在位者不能選賢任能，導致人才忍遭埋沒的現實。

全文分為三段。第一段開宗明義，直接點明伯樂對千里馬的命運有決定作用，並慨歎現世伯樂罕見，千里馬不被發現。作者開門見山地提出了「世有伯樂，然後有千里馬」的論點，這裏說伯樂先於千里馬是很有道理的，因為千里馬要靠伯樂去發現，只有遇上真正「知馬」的主人，千里馬才能發揮所長，成為名副其實的千里馬。這就說明伯樂的有無，關係着千里馬的命運。作者提出論點以後，然後筆鋒一轉，又指出「千里馬常有，而伯樂不常有」此一表面上似與首句矛盾的現象，讓讀者再起懸念。作者含蓄地表明當時的時代沒有伯樂。既然世無伯樂，社會上沒有知馬善用的人，千里馬也就無從自見和獲得賞識，結果，千里馬就不成千里馬了。這一段最後得出結論：「故雖有名馬，祗辱於奴隸人之手，駢死於槽櫪之間，不以千里稱也。」千里馬，比喻賢能之士，伯樂，比喻重視人才的當權者。作者託物寓意，寥寥數語，便把黑暗社會摧殘人才的罪惡揭露出來。這段有力地說明「世無伯樂，則無千里馬」的道理，也就從反面證明「世有伯樂，然後有千里馬」的論點。

第二段補充說明千里馬被埋沒的原因，並從「飼馬之道」反面論證伯樂的重要。作者以「馬之千里者，一食或盡粟一石」，誇張地說明千里馬食量之大，強調千里馬因為這樣才能遠較一般的馬高，所以，其所需亦自然與眾不同，可惜飼馬者「不知其能千里」，未能按其習性妥善照顧，不供給足夠的食物，也就是說統治者根本不懂得人才的重要，不予提供必需的條件。最後，千里馬「食不飽，力不足，才美不外見」，連普通馬的表現也做不到，更不用說要日行千里了。同理，人才遭到輕視，甚至備受屈辱和壓抑，其本領也就無從發揮出來。

最後一段總結全文，諷刺「食馬者」的淺薄無知，抒發作者懷才不遇、有志難伸的憤懣與不平，並重申全文主旨：天下並非無馬，惜飼馬者並不知馬。「策之不以其道，食之不能盡其材，鳴之而不能通其意」這開首的排比句的三個「不」字，有力地揭露身居高位的統治者壓制及扼殺人才，本來在他們面前的正是一匹千里馬，但因他們「策之」、「食之」、「鳴之」的方法和態度都不對，終使千里馬無從施展所長。可是統治者卻粗暴地聲稱天下沒有人才，這種武斷的腔調，實在令人憤慨！「執策而臨之，曰：『天下無馬』」一句，將統治者一副可憎的面目和醜態活靈活現地寫出。最後，作者故意用略帶輕蔑的語氣歎道：「嗚呼！其真無馬邪？其真不知馬也！」以反問的口吻

來表示肯定的意思，讀來更覺諷刺與辛辣，亦留給讀者無限的反思。天下不是沒有人才，而是缺少愛惜人才、認識人才的人，導致人才被摧殘、被埋沒了。這句再次回到首段提出的「世有伯樂，然後有千里馬」的論點上去，收束有力。

〈馬說〉是一篇說理文，短小精悍，其寫作特色如下：

一、通篇運用比喻，說理深刻而含蓄。文中的千里馬，比喻有才能而不得志的賢士；伯樂，比喻重視並善於發現人才的當權者；食馬者，比喻摧殘人才的統治者。吳楚材（1655－1719）、吳調侯（生卒年不詳）《古文觀止》總評說：「此篇以馬取喻，謂英雄豪傑，必遇知己者，尊之以高爵，養之以厚，任之以重權，斯可展布其材。否則英雄豪傑，已埋沒多矣。而但謂天下無才，然耶？否耶？甚矣，知遇之難其人也。」這種託物寓意的手法，為韓文的一大特色。

二、以反論正，論點突出。本文論證問題運用了反證法，一開頭提出了「世有伯樂，然後有千里馬」的論點，但下面作者並沒有從正面講伯樂如何重要、如何決定千里馬命運的道理，而是通過反覆闡述世無伯樂，則無千里馬的道理，從反面證明了「世有伯樂，然後有千里馬」的論點，效果奇佳。

三、語言簡練、氣勢雄渾。〈馬說〉全文不足二百字，但內容絕不貧乏和單調，這是由於行文簡明扼要，變化多端的效果；加上作者善用排比、反問等修辭，頓使文章波瀾起伏，抑揚反覆。讀者高聲朗誦，自然會感受到氣勢雄渾的特色。

🖊 問答題

1. 韓愈是「唐宋古文八大家」之首，尚有哪一位屬唐代的古文大家？
   A. 李白　B. 杜甫　C. 白居易　D. 柳宗元

2. 下列哪項不是「千里馬」的特點？
   A. 食量多於普通的馬
   B. 與普通的馬訓練方式不同
   C. 外貌與普通的馬有明顯差別
   D. 比普通的馬跑得更快

3. 「千里馬」最大的不幸是甚麼？
   A. 祇辱於奴隸人之手，駢死於槽櫪之間
   B. 食馬者，不知其能千里而食也
   C. 食不飽，力不足
   D. 執策而臨之，曰：「天下無馬！」

4. 「一食或盡粟一石」是運用了哪種修辭手法？
   A. 雙關　B. 映襯　C. 誇張　D. 比喻

5. 「策之不以其道，食之不能盡其材，鳴之而不能通其意，執策而臨之，曰：『天下無馬！』」先後出現兩次「策」字的詞性分別是甚麼？
   A. 名詞；動詞　B. 動詞；名詞
   C. 動詞；動詞　D. 名詞；名詞

6. 「策之不以其道，食之不能盡其材，鳴之而不能通其意」是運用哪種修辭手法？
   A. 誇張　B. 排比　C. 頂真　D. 比擬

7. 作者認為「千里馬」無法展現日行千里之能，最主要在於執策者哪方面的問題？
   A. 訓練無方　　B. 食之不飽
   C. 不通馬鳴之意　D. 不知馬也

8. 下列哪幾項，是作者希望統治者做的？
   　1 識別人才　2 善待人才
   　3 量才而為　4 重用人才
   A. 1、2、3　B. 1、2、4
   C. 1、3、4　D. 2、3、4

9. 作者在文中藉「千里馬」不遇「伯樂」而有的遭遇，寄寓他怎樣的思想情感？
   A. 懷才不遇，空有壯志而無從實踐的憤懣與不平
   B. 環視天下，感人才凋零而歎息
   C. 在上位者食不飽，力不足，才華無從表現
   D. 小人當道，晉升無門

10. 下列哪一項不是〈馬說〉的寫作特色？
    A. 寄情於物，敍述清晰
    B. 託物寓意，說理深刻
    C. 論點突出，反證有力
    D. 行文簡練，氣勢雄渾

答案：1D, 2C, 3A, 4C, 5B, 6B, 7D, 8B, 9A, 10A

韓愈　師説

掃碼聽音頻

📑 原文

　　古之學者必有師。師者，所以傳道、受業、解惑也。人非生而知之者，孰能無惑？惑而不從師，其為惑也，終不解矣。生乎吾前，其聞道也，固先乎吾，吾從而師之。生乎吾後，其聞道也，亦先乎吾，吾從而師之。吾師道也，夫庸知其年之先後生於吾乎？是故無貴無賤，無長無少，道之所存，師之所存也。

　　嗟乎！師道之不傳也久矣，欲人之無惑也難矣。古之聖人，其出人也遠矣，猶且從師而問焉。今之眾人，其下聖人也亦遠矣，而恥學於師。是故聖益聖，愚益愚，聖人之所以為聖，愚人之所以為愚，其皆出於此乎？愛其子，擇師而教之，於其身也，則恥師焉，惑矣！彼童子之師，授之書而習其句讀者，非吾所謂傳其道、解其惑者也。句讀之不知，惑之不解，或師焉，或不焉，小學而大遺，吾未見其明也。

　　巫醫、樂師、百工之人，不恥相師；士大夫之族，曰師、曰弟子云者，則群聚而笑之。問之，則曰：「彼與彼年相若也，道相似也。」位卑則足羞，官盛則近諛。嗚呼！師道之不復可知矣。巫醫、樂師、百工之人，君子不齒，今其智乃反不能及，其可怪也歟！聖人無常師，孔子師郯子、萇弘、師襄、老聃。郯子之徒，其賢不及孔子。孔子曰：「三人行，必有我師。」是故弟子不必不如師，師不必賢於弟子，聞道有先後，術業有專攻，如是而已。

　　李氏子蟠，年十七，好古文，六藝經傳，皆通習之。不拘於時，學於余，余嘉其能行古道，作師説以貽之。

📖 撰文：賴慶芳

　　本篇向大家講解的經典是唐代韓愈的〈師説〉，了解韓愈對老師的看法。

　　韓愈（768－825），字退之。《舊唐書》説他是「昌黎人」，人稱「韓昌黎」。他

的七世祖是韓茂（406－456），有功勳於後魏而封安定王。父親韓仲卿（？－770）是武昌縣令，因有美政而縣人刻石歌頌其德行。韓愈三歲成為孤兒，隨伯兄韓會（738－779）貶官嶺表。韓會卒亡後，嫂鄭氏鞠育他。韓愈自知讀書，每日記數千百言，盡能通《詩》、《書》、《禮》、《易》、《樂》、《春秋》六經及百家之學。

韓愈於貞元八年（792）二十四歲考得進士，曾任節度使的推官，因他操行端正，鯁言無所忌而獲調遷為監察御史。然而，他上疏極論宮市的禍害，觸怒唐德宗而被貶陽山令。因他愛護百姓，百姓生子多以他的姓氏為名字。元和初年，曾任國子博士，後改調河南令。因才高而數度被罷黜，他寫了〈進學解〉自諭，執政者看見其文章，認為他是奇才，經考核下得以晉升為中書舍人。

元和十四年（819），唐憲宗遣使者往鳳翔迎佛骨，王族公卿士人皆奔走，一邊膜拜一邊歌頌佛的功德，韓愈認為不妥，呈上諫表——〈論佛骨表〉。唐憲宗大怒，將他的論表給宰相看，要他以死謝罪。裴度（765－839）、崔群（772－832）極力維護他。皇帝說：「韓愈說我奉迎佛骨太過分，猶且可寬恕；至於說東漢奉佛以後，天子皆壽命短促，這話多荒謬怪誕！韓愈作為人臣，狂妄如此，固然不可赦免！」於是朝野皆驚懼，即使皇親國戚諸權貴亦為韓愈說情，他還是被貶為潮州刺史。到任後他上表，陳情哀切，輾轉召拜為國子祭酒、御史大夫等職。長慶四年卒，時年五十七，獲贈禮部尚書之銜。

韓愈個性明銳，提拔後進，士子其後往往知名。大凡經韓愈指導的，人皆稱「韓門弟子」。韓愈官位顯貴，才稍為婉謝遣走；大凡內外親人，若無可依靠者，為他們嫁遣孤女而撫恤其家。嫂嫂鄭氏喪亡，韓愈為她服喪期以回報其養育之恩。韓愈文章能卓然獨立，成一家言。他與柳宗元（773－819）倡導古文運動，在文學史上影響巨大，今有《昌黎先生集》傳世。《唐才子傳》讚美他：「才名冠世，繼道德之統」，是「一代文宗」。

〈師說〉是第一篇專門論述老師的文章。中國歷代秉承尊師重道的傳統。所謂「天、地、君、親、師」，老師是排在國君和父母之後，可見其受尊敬程度。老師是傳達道理、講授學業的文明使者，沒有老師，薪火無法傳遞下去。韓愈對魏晉以來從師為恥的風氣深感不滿，指出老師起着「傳道、受業、解惑」的重要作用。

若按韓愈的論點而言，全文可以分作七個小段，每一小段有一重點：第一小段以

「古之學者必有師」領全文。第二小段論道之所在是師之所存，老師無貴賤，無長少。第三小段論聖者愈聖、愚者益愚以及師道不傳之因。第四小段論小學而大遺。第五小段則論君子不及百工之智之因。第六小段舉例說明聖人無常師。第七小段作者寫〈師說〉的原因。

然而，按內容及結構來看，此文可綜合成四大段落。

第一大段是全文精華所在，韓愈點出了三個重點：一，古代學習的人必定有老師；二，老師的責任是傳授道理，講授學業，解答疑惑；三，為師者無貴無賤無長無幼，有道理就有師道。想不到生於唐代的韓愈已有此劃時代的卓見，其論點至今仍為教育界所重視。然而，韓愈其時所說的「傳道」是專指儒家之道，是以仁、義、道、德為中心的修身、齊家、治國、平天下的道理。「受業」的「受」同「授」。授業乃指儒家之經典，是其時廣為人知的作品。因時代的限制，唐代的韓愈自然不知現代有如此多學科，也不知世界有如此多中外經典名著。

韓愈首先點出古代學者一定有老師，老師就是傳授道理、講授學業、解答疑惑的人。此處的「學者」指的是學習的人，有別於現代泛指「從事學術研究的知識分子」之意。因為人不是生下來就懂得道理知識，誰能沒有疑惑？若果有疑惑而不跟隨老師學習，那些疑難問題，始終得不到解決。其次作者指出：出生在我們之前的人，只要他懂得的道理比我們早，我們就拜他為師，向他學習；出生在我們之後的人，他懂得的道理若果比我們早，我們也拜他為師向他學習。在文言之中，「吾、予、余」是「我」的意思，而「汝、爾、君」很多時是指「你」的意思。「庸知」即是「難道要知道」之意。韓愈以反詰句式提出：我們向老師學習道理，難道要知道他的生年比我們早或晚嗎？作者認為不論那人是尊貴或貧賤，是年長或年幼，只要有道理存在的地方，老師就存在——「道之所存，師之所存」。

第二大段作者點出師道不傳的原因——人們恥學於師、小學而大遺。

第一個原因是人們恥學於師——作者感慨在唐代的拜師求學之道已久不傳了，若要想人們沒有疑難也就難了。他認為古代的聖人超越一般人很遠，尚且拜師求學問。現今的普通人低於聖人很遠，卻羞恥於拜師學習，以致聖明的人愈見聖明，愚蠢的人更見愚蠢。聖人之所以成為聖人，愚人之所以成為愚人，作者推斷原因大概出在這裏——羞恥於拜師學習。

第二個原因是小學而大遺——作者指出父母愛護孩子，選擇老師教導孩子，至於自己本身，則恥於從師學習，令他感到困惑不解。韓愈指出那些孩子的老師，教導孩子句讀，不是他所說的傳授道理、解答疑惑的人。不懂得「句讀」，不能解答疑惑；前者不知道就拜師求學，後者疑惑不解卻不跟老師學習。這是學習小的方面，大的方面卻遺棄不學，韓愈不認為他們會明白道理。

「句讀」是指甚麼？古代文章沒有標點符號，故文篇往往通篇皆文字；「句讀」就是指學會看懂全文，懂得斷句分章而讀。「小學而大遺」中的「小學」一詞，現代一般泛指小孩子讀書的學校，亦專指文字學研究，此處則有第三種意思——細小不重要的東西就學習。

第三大段以正反之例指出士大夫的智慧不及百工的原因，又以聖人無常師來勸勉讀書人。此段可以劃分成兩個層次。

層次一，點出士大夫不及百工的原因。「巫醫」專指將巫術與疾病醫治混在一起的人，人們稱之為巫醫。「百工之人」則泛指各種手工業者，可解作各種工匠。「也歟」是助語詞。韓愈說：巫師、樂師及各種工匠，不以互相學習為羞恥，反而士大夫一族聽到有人喚對方為「老師」、「弟子」，就聚在一起取笑他們。問士大夫為何取笑別人？他們回答：「他們年齡相當，懂得的道理也差不多！」唐代士大夫之族認為：人們年齡差不多，懂得的道理也差不多，若喚對方為老師或弟子，是十分可笑的事。韓愈指出士大夫之族不拜師學習的原因，源於心理障礙——拜地位低微的人為老師，會感到羞恥；拜地位高崇的人，則感覺近乎阿諛奉承。他感歎拜師求學的風尚因此不能恢復！巫醫、樂師、各種工匠是君子不屑的階層，今日君子的智慧反而不及百工，實在令人感到奇怪！韓愈其實已用反面例子點明士大夫智慧不如百工的原因——士大夫之族不肯拜師學習。

層次二，以正面例子說明聖人拜師學習而且沒有固定的老師。韓愈舉孔子為例，說明聖人沒有固定的老師。因為甚麼聖人無固定的老師呢？因聖人會向不同的老師學習。孔子曾向郯子（前 6 世紀）、萇弘（？－前 492 年）、師襄（前 6 世紀）、老聃（前 604 ？－前 531 ？）四人學習。

據《左傳・昭公十七年》所記，郯子是春秋郯國國君，孔子曾向他請教上古少暭氏以鳥名作官名之事。萇弘是東周大夫，精通天文術數、音律樂理；《孔子家語》記錄

孔子曾向萇弘請教音律。師襄是魯國的樂師，人稱襄子；據《史記·孔子世家》所述，孔子曾向襄子學習鼓琴。老聃即老子，曾任周史官，著有《道德經》（又稱《老子》）一經典名著，《史記·老子韓非列傳》記載孔子曾向老聃請教禮。韓愈認為郯子等人，其賢明不及孔子，但孔子虛心學習，認為「三人行必有我師」。

《論語·述而篇》：「三人行，必有我師焉，擇其善者而從之，其不善者而改之。」意思是：三人一起同行走路，其中一定有人可以成為我可效法的老師，我選取他們的美善之點來學習、不美善之點加以糾正。韓愈在段末闡述破格觀點：弟子不一定不如老師，老師不一定賢明於弟子，各人懂得的道理有先後，學問技藝各有專長而已。這觀點符合現代社會思維，卻想不到在一千多年前的韓愈竟能提出如此突破傳統觀念的論點！在我看來，韓愈是一個超越時代的創新思想家。這篇文章很多新穎觀點，至 21 世紀的今天也不是所有人能做到。

第四大段是最短的一段，作者點出撰寫此文的原因。有個年輕人叫李蟠，今年十七歲，喜好古文，一一學習六藝——《詩》、《書》、《禮》、《易》、《樂》、《春秋》的經文和傳文。他不受制於當時的風尚，向韓愈學習，韓愈因此嘉許他能奉行古道，作〈師說〉贈送他。而受韓愈指點的李蟠（803 年在世），於貞元十九年（803）考中進士。

「傳道」是甚麼意思？有學者相信：以韓愈的角度而言，「傳道」是指弘揚以儒家經典為核心的正統思想。韓愈以傳此「道」為己任，而學者認為對道的理解是解讀〈師說〉的重要鑰匙。「受業」也是傳授儒家學問課業；「解惑」則是指解答人們在學習儒家經典時遇到的疑惑。三者皆沒有超出儒家範疇，因此韓愈說：「授之書而習其句讀者，非吾所謂傳其道、解其惑者也。」區分了兩者的不同，實際上點明了文章的核心。

學者之言不無道理，然而韓愈一開始指明：「人非生而知之者，孰能無惑？惑而不從師，其為惑也，終不解矣。」他所述的似乎是人生的道理，非僅僅指儒家學說。何況作者舉的例子之中有百工之人，讚賞他們能夠從師學習，百工以手工業謀生，非以究讀儒家經典務求晉身仕途為目標。加之作者所舉的聖賢無常師之中，孔子曾學音律與彈琴，亦非儒家之學說。

本文的藝術手法：一、運用偶句。「道之所存，師之所存」，「位卑則足羞，官盛則近諛」，「聞道有先後，術業有專攻」。二、運用語典。「三人行，必有我師」出自《論語·述而篇》。三、前後呼應。「孔子師郯子、萇弘、師襄、老聃」回應「古之學者必

有師」。四、對比運用：「巫醫、樂師、百工之人，不恥相師」與「士大夫之族，曰師、曰弟子云者，則群聚而笑之」形成強烈對比。

後世評者對此文十分讚賞，例如宋代呂祖謙（1137－1181）：「此篇最是結得段段有力」；元代程端禮（1271－1345）：「此篇有詩人諷諭法，讀之自知師道不可廢」；清朝儲欣（1631－1706）：「以眼前事指點化誨，使人易知」。又如清代學者林雲銘（1628－1697）：「其行文錯縱變化，反覆引證，似無段落可尋，一氣之，只覺意味無窮」；曾國藩（1811－1872）：「『傳道』，謂修己治人之道；『授業』，謂古文六藝之業；『解惑』謂解此二者之惑。」

各位同學，你們可否像韓愈所述，在遇到疑問之時虛心拜師求學，不講求所選老師年紀的長幼、家世的富貴貧賤呢？

✎ 問答題

1. 韓愈因何事觸怒唐德宗而被貶陽山令？
   A. 上疏論宮市　　　　B. 諫迎佛骨
   C. 寫〈進學解〉自諭　D. 云天子壽命短促

2. 韓愈多少歲便成為孤兒要跟隨伯兄韓會生活？
   A. 三歲　B. 四歲　C. 五歲　D. 六歲

3. 以下哪一項不是作者所述的「師者」之職責？
   A. 傳道　B. 授之書而習其句讀者
   C. 授業　D. 解惑

4. 就韓愈所述的「師者」，以下哪一項不正確？
   A. 有疑惑而從師，疑惑可解開。
   B. 聞道先於吾
   C. 無貴賤長少
   D. 教授句讀之人

5. 從文中所述，以下哪一項是從師學習之道失傳原因之一？
   A. 士大夫之族有感位卑則足羞，官盛則近諛。
   B. 童子之老師，教習句讀。
   C. 聖賢人無固定老師造成。
   D. 巫醫、樂師、百工之族稱呼對方為老師、弟子。

6. 以下哪一項不是作者申論的從師學習好處之一？
   A. 人不會生而無疑惑，從師學習可解除疑惑。
   B. 聖人之所以作為聖人，愚人之所以為愚人。
   C. 三人行必有我師，可改正自己不足的地方。
   D. 從師學習者聖益聖，不從師學習者愚益愚。

7. 以下哪一項是文中所列做老師該有的年齡條件？
   A. 生乎吾前　　　B. 生乎吾後
   C. 無長無少之分　D. 彼此年紀相若

8. 士大夫之族聽到別人曰師曰弟子而群聚取笑他們。以下哪一項不是箇中主因？
   A. 士大夫之族認為他們年齡相若
   B. 士夫夫之族認為他們所識之道相似
   C. 巫醫、樂師、百工之人素為君子所不齒
   D. 士大夫自身不恥拜師學習

9. 孔子曾跟從不同的人學習，以下哪一位不在文中所述之列？
   A. 李耳　B. 墨子　C. 萇弘　D. 襄子

10. 以下哪一項不是韓愈所述的弟子與老師的關係？
    A. 弟子不一定不如老師
    B. 老師不一定賢明於弟子
    C. 老師與弟子彼此聞道有先後，術業有專攻
    D. 弟子必須跟從年長的老師通習六藝經傳

答案：1A, 2B, 3D, 4A, 5B, 6B, 7C, 8C, 9B, 10D

劉禹錫　陋室銘

掃碼聽音頻

📃 原文

　　山不在高，有仙則名。水不在深，有龍則靈。斯是陋室，惟吾德馨。苔痕上階綠，草色入簾青。談笑有鴻儒，往來無白丁。可以調素琴，閱金經。無絲竹之亂耳，無案牘之勞形。南陽諸葛廬，西蜀子雲亭。孔子云：何陋之有？

📖 撰文：曹順祥

　　本篇向大家講解的經典是唐代劉禹錫的名作《陋室銘》。

　　香港寸金尺土，不少人以「陋室」來形容自己的住處，深水埗「劏房」就是國際知名的「陋室」。你可知道，一千三百年前已有人寫出了《陋室銘》？一位住在「陋室」的大文豪，獨對陋室，到底是何種滋味？這位陋室主人，就是寫出了「東邊日出西邊雨，道是無晴卻有晴」（〈竹枝詞〉）的劉禹錫。

　　劉禹錫（772－842），河南洛陽人，字夢得。曾任監察御史，政治上主張革新，是王叔文派政治革新活動的中心人物。永貞革新失敗被貶為朗州司馬（今湖南常德）。劉禹錫是唐代中晚期著名詩人，有「詩豪」之稱。詩文俱佳，與柳宗元並稱「劉柳」，與韋應物、白居易合稱「三傑」，並與白居易合稱「劉白」，有《陋室銘》、〈竹枝詞〉、〈楊柳枝詞〉、〈烏衣巷〉等名篇。

　　劉禹錫因參加過政治革新而得罪了權貴，被貶至安徽和州縣。知縣故意刁難，先安排他在城南面江而居，再從縣城南門遷到縣城北門，面積由原來的三間減少到一間半。後來又把他調到縣城中部，給他只能容下一床、一桌、一椅的小屋。半年間搬了三次家，面積愈來愈小。劉禹錫寫下這篇《陋室銘》，刻在石碑上，立在門前。銘是古代一種刻於金石上的押韻文體，多用於歌功頌德與警戒自己。

　　按文章結構，可劃分為三個層次。

第一層次:「山不在高,有仙則名。水不在深,有龍則靈。斯是陋室,惟吾德馨。」

此段指出:山不在乎有多高,只要有仙人在此,就自然有了名聲;水也不在乎有多深,只要有龍在此,就自然有了靈氣。這雖然是簡陋的房屋,只因為我的品德美好,而自然聲名遠揚。馨,是香氣,在此用以比喻流傳久遠的道德名聲。

第二層次:「苔痕上階綠,草色入簾青。談笑有鴻儒,往來無白丁。可以調素琴,閱金經。無絲竹之亂耳,無案牘之勞形。」

青苔默默地爬滿了台階,眼前一片碧綠;草色青青映入了窗簾,室內一片青蔥。平日與我談笑風生的,都是挺有學問的讀書人;平日與我交往的朋友,沒有一個是平民百姓。此處的「鴻儒」,指學識淵博的讀書人;「白丁」可以指無功名的平民,也指沒有甚麼文化水平的一般人。閒來無事,我會彈奏沒有彩繪雕飾素琴,或者隨意閱覽一下佛經(或指《金剛經》)。這兒既沒有音樂來擾亂我的聽覺,也沒有任何公文來讓我勞神傷身。「絲竹」是弦樂器與竹管樂器的總稱,在此泛指音樂。「亂耳」,是擾亂聽覺。「勞形」,是使身體勞累。此處巧妙地用芬芳香氣形容其高尚的品德,突出了陋室主人所追求的,並不是榮華富貴(無絲竹之亂耳),也不是功名利祿(無案牘之勞形),而是心潔、趣雅和德馨。

第三層次:「南陽諸葛廬,西蜀子雲亭。孔子云:何陋之有?」

我的陋室,就如同隱居南陽(今湖北省襄陽縣)時諸葛亮的茅廬,也如同成都揚子雲的草堂。揚雄是西漢文學家,蜀郡成都人。西蜀,指今四川。子雲亭,指揚雄的住所。孔子說:「有甚麼簡陋的呢?」《論語·子罕》:「子曰:『君子居之,何陋之有?』」即「有何陋」,這是個反問句,是「有甚麼簡陋的呢」的意思。本文以「何陋之有」作為全文的總結,原來此句出自《論語·子罕》,原句是「君子居之,何陋之有?」作者為何刻意省略了前一句,只截取了後一句?是否有暗含着以「君子」自居的意思?這樣既可留給讀者更多思考的空間,也同時突出了自己高尚的志趣與抱負。

本文結構嚴密,層次井然。第一層次,作者以山中之仙、水中之龍,引出陋室因為自己的高尚品德而馨香四溢。第二層次:簡略介紹陋室四周環境,以及自己在陋室中高雅的活動。第三層次:作者用南陽諸葛廬與西蜀子雲亭來比喻自己的陋室。

文章結尾,以孔子的話結束全文,含蓄地表達了作者以君子自況的高雅情趣,「呼

應」了文章開頭的「惟吾德馨」。

開篇通過「山」、「水」、「仙」、「龍」引出「陋室」，「山不在高，有仙則名。水不在深，有龍則靈」運用了「比喻」手法，藉山不在乎高、水不在乎深來表現深刻的人生哲理。比喻可將抽象的事物具體化，深奧的道理也有了具體的形象，突出了作者志行高潔的情操。同時，又用「青苔」和「野草」來比喻自己獨立的人格。作者藉諸葛亮的草廬、揚子雲的玄亭作類比，引出自己的陋室，以及二人作為自己的楷模，既暗示自己欲以古代賢人以自況的理想，同時也暗示了自己當下的「陋室」不「陋」。如果再仔細推敲，不難發現，人稱「臥龍」的諸葛亮曾隱居隆中，以待明主劉備「三顧草廬」；揚雄也輕視功名富貴，潛心修學。諸葛亮是政治家，揚雄是文學家，兩位古代的名士，又何嘗不是作者心中理想人格的典範？

本文巧於用典，藉「諸葛廬」、「子雲亭」以自況，增強文章的可信性和說服力。修辭手法上，本文運用了不少排比、對偶句。排比句磅礴的文勢，如「山不在高，有仙則名。水不在深，有龍則靈。斯是陋室，惟吾德馨」文氣暢通，確立了一種駢體文的格局。中間的對偶句，如「苔痕上階綠，草色入簾青。談笑有鴻儒，往來無白丁」描寫兼敘事，言簡意賅，富有節奏感。

總之，本文通過描繪和歌頌陋室，表達了作者潔身自好、安貧樂道的品格，以及不與世俗同流合污的品德情操。本篇用「託物言志」、「借物抒情」的方式寫作。山水的平凡，因仙龍而充滿靈秀，那麼自己的陋室自然也可藉助道德高尚之士，以傳揚芬芳。

如此，大文豪劉禹錫尚且不以陋室為「陋」，那麼，現代人對於物質的定義，以及物欲的追求，是否應該重新反思？

✎ 問答題

1. 「斯是陋室，惟吾德馨」，是甚麼修辭手法？
   A. 誇張　B. 反問　C. 比喻　D. 對比

2. 「苔痕上階綠，草色入簾青」，是甚麼修辭手法？
   A. 對偶　B. 對比　C. 誇張　D. 比喻

3. 「南陽諸葛廬，西蜀子雲亭」，是甚麼修辭手法？
   1 對比　2 對偶　3 用典　4 暗喻
   A. 1、2　B. 2、3　C. 3、4　D. 1、4

4. 本文在寫作上主要用了哪種抒情手法？
   A. 借事抒情　　B. 借景抒情
   C. 借物抒情　　D. 直接抒情

5. 本文的體裁是「銘」，以下哪一項不是「銘」的文體特色？
   A. 內容：以頌揚功德或提出勸戒為主。
   B. 篇幅：短小，文字簡潔。
   C. 句式：句式沒有規限。
   D. 押韻：隔句押韻，必須一韻到底。

6. 「無絲竹之亂耳」，「絲竹」是甚麼意思？
   A. 蠶絲　B. 竹器　C. 樂器　D. 編織

7. 「西蜀子雲亭」，是指哪位歷史人物？
   A. 李白　B. 杜甫　C. 揚雄　D. 趙雲

8. 「何陋之有」，是甚麼修辭手法？
   1 誇張　2 暗喻　3 引用　4 反問
   A. 1、2　B. 2、3　C. 3、4　D. 1、4

9. 對於本文主旨的描述，以下何者不正確？
   A. 本文認為簡陋居室會因主人的高潔品性揚名。
   B. 本文表現了作者潔身自好、孤芳自賞的個性。
   C. 本文隱含不與世俗權貴同流合污的思想情趣。
   D. 本文作者欲效法諸葛亮隱居隆中，離開官場。

10. 銘文最後引用孔子名言，這是甚麼寫作手法？
    A. 開門見山　B. 承上啟下
    C. 首尾呼應　D. 下筆立論

答案：1C, 2A, 3B, 4C, 5D, 6C, 7C, 8D, 9B, 10C

柳宗元　始得西山宴遊記

掃碼聽音頻

原文

　　自余為僇人，居是州，恆惴慄。其隙也，則施施而行，漫漫而遊。日與其徒上高山，入深林，窮迴谿，幽泉怪石，無遠不到。到則披草而坐，傾壺而醉。醉則更相枕以臥，臥而夢。意有所極，夢亦同趣。覺而起，起而歸。以為凡是州之山水有異態者，皆我有也，而未始知西山之怪特。

　　今年九月二十八日，因坐法華西亭，望西山，始指異之。遂命僕過湘江，緣染溪，斫榛莽，焚茅茷，窮山之高而止。攀援而登，箕踞而遨，則凡數州之土壤，皆在衽席之下。其高下之勢，岈然洼然，若垤若穴，尺寸千里，攢蹙累積，莫得遯隱。縈青繚白，外與天際，四望如一。然後知是山之特立，不與培塿為類。悠悠乎與灝氣俱，而莫得其涯；洋洋乎與造物者遊，而不知其所窮。引觴滿酌，頹然就醉，不知日之入。蒼然暮色，自遠而至，至無所見，而猶不欲歸。心凝形釋，與萬化冥合。然後知吾嚮之未始遊，遊於是乎始。故為之文以志。是歲元和四年也。

撰文：招祥麒

　　本篇向大家講解的經典是唐代柳宗元（773－819）「永州八記」的第一篇〈始得西山宴遊記〉。

　　柳宗元，字子厚，河東解縣（今山西永濟）人，世稱柳河東。少有才名。德宗（李适，742－805）貞元九年（793）二十一歲，進士及第，貞元十四年（798）二十六歲，考取博學鴻詞科，授集賢殿書院正字、藍田尉、監察御史里行等官職。順宗（李誦，761－806）時，他和劉禹錫（772－842）等人參加了王叔文（753－806）等革新政治的活動，官拜禮部員外郎，王叔文失敗後，貶永州司馬（今湖南永州）。他在永州長達十年，母親去世，政治失意，身體日衰，遂沉潛於讀書，寄情於山水。其文集中

五百四十多篇詩文，即有三百一十七篇作於永州，「永州八記」即此時之作。憲宗（李純，778－820）元和十年（815），下詔回京。因武元衡（758－815）的排擠，又不復重用，再貶柳州（今廣西柳州）刺史。元和十四年（819），大赦召還，詔書仍未至，病逝柳州。終年四十七歲。有《柳河東集》傳世。

柳宗元於元和元年（806）貶至永州。藉山水之景色，澆胸中塊壘。所寫的「永州八記」，前四篇寫於元和四年（809）秋，遊西山後之作；後四篇則是元和七年（812）秋，遊袁家渴、石渠、石澗、小石城山後作。〈始得西山宴遊記〉居八記之首，記尋得西山勝景始末，為以後數記張本。

西山，位於永州城西，高僅 168 米，較之永州內超過 1500 米高的 30 座高山，實在小巫見大巫。然而柳宗元登上西山，感慨平生，興懷寄寓，以目遊與神遊結合、寫實與寫意並用的方法，遂成千古奇文。茅坤（1512－1601）曰：「五嶺以南，多名山削壁，清泉怪石，子厚與山川適兩相遭，非子厚之困且久，不能以搜巖穴之奇，非巖穴之怪且幽，亦無以發子厚之文。」人以地靈，地以人傳，此實詩人不幸而西山有幸矣。

本文立意佈局，都緊扣文題「始得」二字。「始」，開始；「得」，原義獲得，引申為發現。「始得」可能有三個意思：一，這篇遊記是「永州八記」的第一篇，所以用「始得」作為八篇的開頭；二，更重要的在於作者遊覽永州並不是從遊西山開始的。在遊西山之前，他曾經到過一些地方，並且也寫過一些記遊的文章。如遊西山之前，他曾遊過「法華寺」，並在那裏建造了一個西亭，還寫了一篇〈永州法華寺新作西亭記〉。但柳宗元覺得只有在遊覽了西山之後，他才算真正的發現了永州山水的特別之處。並且在遊覽過程中，獲得了一種獨特的感受。這種感受是他過去遊覽的時候，從來沒有的，給他非常深刻的印象。所以他就把遊覽西山看成是遊覽永州山水的真正起點。那麼「始得」這兩個字就非常鄭重地標明遊覽西山以前的和這次遊覽西山的分界；三，從心境上看，此遊破解了作者被貶永州後「恆惴慄」的心情，取得了「心凝形釋，與萬化冥合」的感受；從遊覽本身看，這之前，因心境鬱悶，出遊並無太多樂趣，從這裏才開始真正的遊覽。

柳宗元貶謫到永州之後，並未擺脫「罪謗交積，群疑當道」的處境，原先相識的故舊大臣都不敢與他通音問，他孤身待罪南荒，時時擔心被進一步迫害，心情一直很苦悶。元和四年，突然接到父親的故交、時任京兆尹的許孟容（743－818）來信，受到

莫大的鼓舞。使他萌發出「復起為人」的希望。這一年，他修建了法華寺西亭，也在這一年，他開始了不同往昔的遊覽山水活動，發現了一處又一處的自然勝景，寫下了一篇又一篇的山水遊記。〈始得西山宴遊記〉就是柳宗元這一思想歷程的生動寫照，也是他自覺探求自然美的發端之作。

　　全文分兩段，首段寫在永州遊山的心情及對西山「怪特」的總評。作者自稱為「僇人」，並以「恆惴慄」三字表達自己被貶後的心情，既抑鬱苦悶，又擔心會一再遭受政治迫害，於是藉遊山玩水以排解內心的憂憤，消磨時日。「施施而行，漫漫而遊」，既表明作者隨意漫遊，又反映他的無所事事。作者於公務之暇，便結伴遊山，日子一久，幾乎走遍了永州名勝。「到則披草而坐……起而歸」一節，寫出作者隨意而遊，一醉方休的心態，突顯其內心的苦悶和行動的無聊。「凡是州之山水有異態者，皆我有也，而未始知西山之怪特」數句，承上啟下，巧妙而自然地把文章引入「始得西山宴遊」的主題。

　　第二段正面描寫發現西山，宴遊西山的情景和感受。先記敘始得西山的時間、地點和經過。「始指異之」，既以「始」展開，而「異之」又與上文「怪特」相呼應。由於受西山之「異」吸引，於是命僕人帶路，沿途斫莽焚茅，直到山的最高處而止。這種果斷的行動，與過去漫無目的「施施而行」大異其趣。居高臨下，數州的土壤皆在其下。「岈然洼然，若垤若穴」二句，反襯西山之高；又用「尺寸」與「千里」構成強烈的對照，千里範圍的景物，都聚攏在眼底，仿如在尺寸之幅內。「外與天際，四望如一」，有了這種體驗，然後始知西山之特立，一覽眾山小了。面對如此奇特的景象，一種從未有過的感受油然而生：「悠悠乎與顥氣俱，而莫得其涯；洋洋乎與造物者遊，而不知其所窮。」繼而「心凝形釋，與萬化冥合」，達到忘我的境界。「然後知吾嚮之未始遊，遊於是乎始」，連用二「始」字，反覆強調宴遊西山是個新的開始，作者發現了永州山水的自然美，並從中獲得豁然開朗的感悟。

　　總觀全文，結構精妙為一大特色。文題〈始得西山宴遊記〉，已用「始」字標題；第一段寫「未始知」西山之前的景況，以「始」劃分界線。第二段寫發現西山，用「始指異之」；遊賞了西山，說「然後知吾嚮之未始遊，遊於是乎始」，這用兩個「始」字作結。可見這個「始」字，是文眼所在，貫串全文，至關重要。

　　其次，作者善用多種修辭手法，如襯托、對比、頂真等。文章以永州眾山來襯托

西山，突出它的「特立」，又寫初遊眾山，尚懷被貶後的鬱結之情，及遊西山，感受到與大自然冥合，心境豁然開朗，對比強烈。文中「無遠不到。到則披草而坐，傾壺而醉。醉則更相枕以臥，臥而夢。意有所極，夢亦同趣。覺而起，起而歸」一節，運用頂真手法，產生循環連貫的效果。

而最為重要的，是作者寄情於景，託物言志的藝術技巧。本文寫景敘事，都含有豐富的感情色彩。如寫西山的「特立」，正是作者蔑視世俗，遺世獨立的寫照。在作者眼中，他與西山有三點相似之處：一是同病相憐：西山如此高峻卻人跡罕至，一如作者有高才而被放逐；二是惺惺相惜：西山不被人賞識卻依然傲然挺立，一如作者慘遭貶謫而依然保持自己獨立的人格；三是寵辱皆忘：登高望遠，自身的這點遭際在廣袤的天地之間根本算不了甚麼，他沉浸在自然景象與自我的妙合之中，而進入物我交融的境界。

✏ 問答題

1. 柳宗元被貶永州，長達多少年？
   A. 四年　B. 六年　C. 八年　D. 十年

2. 下列哪一項不是對文題中「始得」二字的正確描寫？
   A.〈始得西山宴遊記〉是「永州八記」的第一篇，柳宗元所以用「始得」作為八篇的開頭
   B. 柳宗元覺得遊西山之後，才算真正的發現了永州山水的特別之處
   C. 柳宗元遊覽西山之前，心境鬱悶，遊西山才開始感受遊覽的樂趣
   D. 柳宗元被貶永州四年後，始接到父親的故交的問候信

3. 「到則披草而坐，傾壺而醉。醉則更相枕以臥，臥而夢。意有所極，夢亦同趣。覺而起，起而歸」是運用了哪種修辭手法？
   A. 頂真　B. 層遞　C. 借代　D. 比喻

4. 作者在哪一季節登上西山？
   A. 春　B. 夏　C. 秋　D. 冬

5. 下列哪項不是作者描寫西山「特立」的句子？
   A. 遂命僕過湘江，緣染溪，斫榛莽，焚茅茷，窮山之高而止
   B. 攀援而登，箕踞而遨，則凡數州之土壤，皆在衽席之下
   C. 其高下之勢，岈然洼然，若垤若穴，尺寸千里，攢蹙累積，莫得遯隱
   D. 縈青繚白，外與天際，四望如一

6. 「縈青繚白」用了哪些修辭手法寫成？
   1 借代　2 倒裝　3 誇張　4 擬人
   A. 1、2　B. 2、3　C. 3、4　D. 1、4

7. 「蒼然暮色，自遠而至，至無所見，而猶不欲歸」中哪句含有主觀情感？
   A. 蒼然暮色　B. 自遠而至
   C. 至無所見　D. 而猶不欲歸

8. 「蒼然暮色，自遠而至，至無所見，而猶不欲歸」中前後兩個「至」字的詞性是甚麼？
   A. 動詞；動詞　B. 動詞；副詞
   C. 動詞；助詞　D. 副詞；動詞

9. 下列哪一項，最能寄託作者的高潔品格？
   A. 其高下之勢，岈然洼然，若垤若穴
   B. 尺寸千里，攢蹙累積，莫得遯隱
   C. 然後知是山之特立，不與培塿為類
   D. 悠悠乎與顥氣俱，而莫得其涯；洋洋乎與造物者遊，而不知其所窮

10. 下列哪一項不是〈始得西山宴遊記〉的寫作特色？
    A. 寄情於景，託物言志
    B. 善用頂真、對比、襯托等修辭手法
    C. 客觀描寫，步移有法
    D. 設題精妙，結構嚴謹

第七章

宋代詩詞賦

柳永　雨霖鈴·寒蟬悽切

掃碼聽音頻

原文

寒蟬悽切，對長亭晚，驟雨初歇。都門帳飲無緒，留戀處，蘭舟催發。執手相看淚眼，竟無語凝噎。念去去，千里煙波，暮靄沉沉楚天闊。

多情自古傷離別，更那堪冷落清秋節！今宵酒醒何處？楊柳岸，曉風殘月。此去經年，應是良辰好景虛設。便縱有千種風情，更與何人說？

撰文：曹順祥

本篇向大家講解的經典是北宋詞人柳永的〈雨霖鈴·寒蟬悽切〉。

離別，似乎是個永恆的主題。對於交通阻隔的古人來說，離別可能就是永訣。即使 21 世紀的今天，交通和通訊發達，但在機場送別的一刻，傷感流淚恐怕也在所難免的吧！

〈雨霖鈴〉，詞牌名。據《明皇雜錄》說：「安史之亂時，唐玄宗避地蜀中，於棧道雨中聞鈴音，起悼念楊貴妃之思」，「採其聲為《雨霖鈴》曲，以寄恨焉」。可知此詞是柳永取唐時舊曲翻製。王灼《碧雞漫志》卷五說：「今雙調《雨霖鈴慢》，頗極哀怨，真本曲遺聲。」而雙調慢詞〈雨霖鈴〉應以柳永此詞為最早的作品。

柳永（987－1053），原名三變，字景莊，後改名永，改字耆卿，福建崇安人，籍貫山西永濟，排行第七，時人或稱柳七而不直稱其名，以屯田員外郎致仕，故又稱柳屯田。北宋著名詞人，相傳「凡有井水飲處，即能歌柳詞」。他少年時到汴京應試，由於擅長詞曲，熟悉了許多歌妓，並替她們填詞作曲。當時有人舉薦他，仁宗批了四個字：「且去填詞」。深受打擊之後，柳永便自稱「奉旨填詞柳三變」，在汴京、蘇州、杭州一帶，流連坊曲，而這位精通音律的詞人，才創作出大量慢詞，而〈雨霖鈴·寒蟬悽切〉就是當中的表表者。其詞主要描寫男女之情與羈旅行役，善於融情入景和運

用鋪敍手法。柳永作品輯為《樂章集》，現存詞二百餘首，對宋詞的發展甚有貢獻。

　　宋代以前，古詩、近體詩早已產生不少優秀作品，而「詞」作為新興的詩體，發展至北宋，柳永大量創作慢詞，並以鋪敍手法寫離別之情，本詞堪稱抒寫別情的千古名篇，也是柳詞和「婉約詞」的代表作。當中以「今宵酒醒何處？楊柳岸，曉風殘月」數句最為膾炙人口。

　　詞的上片寫人即將離別。黃昏時分，在送別的長亭，陣雨剛停之際，聽蟬聲悽切。點出了送別的時間、地點和景物，同時為詞定下了「離別」的調子。

　　離別的酒，除了苦味，還是苦味！「無緒」的表白，不是更能襯托「留戀」之深切？離別的客船，不會為誰停留，故催促着客人快快登船。於是兩人即便是如何不忍離別，但又不得不離別。心頭千言萬語，執手相看之際，淚眼如泉，竟哽咽得無法訴說！

　　「都門帳飲無緒，留戀處，蘭舟催發。」寫臨別的心情，欲飲無緒，一「留」一「催」，突出了心中的矛盾。「執手」、「相看」、「無語」，人物的情態盡現，叫人傷心魂斷。

　　「念去去，千里煙波，暮靄沉沉楚天闊。」「去去」二字相疊，無非想表達行程之遙遠不盡，加上「千里煙波」，以及那低沉沉的「暮靄」，水天的界限也瞬間模糊起來了。遼闊的楚天啊！無邊無際。離別的空間與內心的悲痛早已混而為一。這一切「景」語，無非就是「情」語！（案：王國維（1877－1927）《人間詞話刪稿》：「昔人論詩詞，有景語、情語之別，不知一切景語，皆情語也。」）

　　詞的下片以一「念」字帶起。詞人想像別後路途遙遠，暗寓前程未卜之憂慮，景中含情。三句本是「實寫」離別之所見，而作者用「千里」、「沉沉」、「闊」，眼前之景已無限擴展，完全越出了目所能及的範圍之外。因此，這是「實景虛寫」，既呼應了前面「留戀處，蘭舟催發」「無語凝噎」之悲切，又自然過渡至下片「多情自古傷離別，更那堪冷落清秋節」，明白地點出「傷離別」的主題。

　　下片以「情語」起筆。首句點明自古離別乃人生之苦，而在接近清秋節的離別，更使人倍添傷感。同時，「多情自古傷離別」一句，彷彿把個人當下的離情，聯想到古今人物的離情莫不如此。「傷離別」又何止自己一人？這似乎在開解自己，卻又馬上說：「更那堪冷落清秋節！」即面對如斯景物、想起古人的別情，大概江淹（444－505）

的名句:「黯然銷魂者,惟別而已矣!」(《別賦》)以至李商隱(約 813-約 858)「相見時難別亦難」(《無題》),這些對離別所作刻骨銘心的描述,可能都跟作者的當下的思緒統統連結起來,擴充了本詞的內涵。

詞人臨別在即,確是萬般愁緒。上片固然是當前之所見,是目前真實的經歷,所以都是實景、實情。而將來乃屬未知之事,故屬虛寫。「今宵酒醒何處?楊柳岸,曉風殘月。」前一句以「設問」的形式,想像明天酒醒的時候,客船會到了哪裏?這三句其實是寫「別後之想像」,這樣「由實入虛」,思想的空間、感情的容量因而無限擴大,別情的深度、廣度和力度,也彷彿可以無限延伸。

同時,這種悵然若失之情,雖然屬於未來,卻反而更加深了當下別情的酸楚。正因為臨別時依依不捨,才進一步「設想」未來究竟酒醒何處!大概未來在「楊柳岸,曉風殘月」之中,又定必多番回味昔日的「千種風情」吧!

因此,「今宵酒醒何處?楊柳岸,曉風殘月。」景,固然是虛景;情,卻是實情。這個「推想」讓作者幾如親歷其境了!如此,這三句充分表現了詞人在清秋離別的複雜心情!如此虛景、實情,留下了不少「空白」,這充滿想像的空間,能讓萬千讀者,自然地結合生活之中一切離愁別緒,各自去補充和完成詞人的所見、所思、所感。

「此去經年,應是良辰好景虛設。便縱有千種風情,更與何人說?」此去數載,不知何時才能再見,縱然有想像中的這般良辰美景,假如沒有了「你」,那一切美景也只是形同虛設吧!「我」心頭便是有萬般風情,又能向誰訴說呢?此處歎息後會難期,風情無法傾訴的悽苦!

總之,〈雨霖鈴〉這首詞是作者離開汴京(當時為北宋首都)時的作品,全詞起伏跌宕,是宋元時期流行的「宋金十大曲」之一。

以下談談本詞的結構和寫作技巧。

結構上,先寫離別之前,重在勾勒環境氣氛;次寫離別一刻,重在描寫人物情態;再寫別後的想像,重在刻劃人物心理。三個層次,層層深入地從不同層面,將古今的離情別緒融貫其中,令人歎為觀止。

技巧上,全詞以白描手法落筆,沒有運用任何典故。下片把想像與現實結合,構思新穎、巧妙,擴大了別情的時間與空間。全詞通過層層鋪敍,細緻描述離別的惆悵和苦悶,寫得深刻、動人!

　　前人論詞，常有「雅俗之辨」，故柳永的詞一向被評為「俗曲」。此詞上片中的「執手相看淚眼」等語，雖然平白如話，卻真切動人。詞本來就是通過聲音來傳情達意的新詩體，因此「淺近俚俗」亦無可厚非。本詞精彩之處，尤在下片虛實相間，情景相生的寫法。可見，本詞即使與最著名的「雅詞」相提並論，也是毫不遜色的！

✎ 問答題

1. 本文的體裁是「詞」，以下哪一項不是「詞」的特色？
   A. 詞分上下兩片，上片言情，下片說理
   B. 前人論詞，常有「雅俗之辨」
   C. 詞是通過聲音來傳情達意的新詩體
   D. 昔人論詩詞，有景語、情語之別

2. 對於柳永〈雨霖鈴〉的描述，以下何者不正確？
   A. 〈雨霖鈴〉是詞牌的名稱
   B. 〈雨霖鈴〉樂聲頗為哀怨
   C. 〈雨霖鈴〉因悼念越國美女西施而作
   D. 〈雨霖鈴〉以柳永此詞為最早的作品

3. 對於柳永其人及其作品的描述，以下何者不正確？
   A. 柳永作品被輯為《樂章集》，存詞二百多首
   B. 柳永因為排行第七，時人稱他為「柳七」
   C. 「且去填詞」是宋徽宗對柳永的批示
   D. 〈雨霖鈴·寒蟬悽切〉是慢詞當中的表表者

4. 對於柳永《雨霖鈴》的描述，以下何者不正確？
   A. 以白描手法落筆，平白如話，語言真切動人
   B. 善於運用典故，精煉含蓄，餘味無窮
   C. 上片刻劃人物心理，下片虛實相間，情景相生
   D. 通過層層鋪敍，細緻描述離別的惆悵苦悶

5. 「更那堪冷落清秋節」，清秋節是甚麼意思？
   1 上墳掃墓、插柳、踏青的清明節
   2 寒食節和上已節
   3 泛指蕭瑟冷落的秋季
   4 農曆九月九日重陽節
   A. 1、2　B. 2、3　C. 3、4　D. 1、4

6. 「都門帳飲無緒」，「無緒」是甚麼意思？
   A. 毫無頭緒　B. 心情不好
   C. 不想說話　D. 沒有想法

7. 「暮靄沉沉楚天闊」，「楚天」是甚麼意思？
   A. 古時楚國的地方　B. 戰國時七雄之一
   C. 酸辛痛苦的地方　D. 泛指南方的天空

8. 「寒蟬悽切，對長亭晚」，「長亭」是甚麼地方？
   1 旅館或客棧　2 歌樓或青樓
   3 送別的地方　4 休歇的亭舍
   A. 1、2　B. 2、3　C. 3、4　D. 1、4

9. 「蘭舟催發」的「蘭舟」是甚麼意思？
   1 一般船隻的美稱
   2 形態如蘭花的小舟
   3 以蘭花裝飾的小舟
   4 木蘭樹所造的船隻
   A. 1、2　B. 2、3　C. 3、4　D. 1、4

10. 本詞屬於宋詞哪個派別的作品？
    A. 格律派　B. 婉約派
    C. 豪放派　D. 浪漫派

蘇軾　和子由澠池懷舊

📄 原文

　　人生到處知何似，應似飛鴻踏雪泥。泥上偶然留指爪，鴻飛那復計東西。老僧已死成新塔，壞壁無由見舊題。往日崎嶇還記否，路長人困蹇驢嘶。

📖 撰文：招祥麒

　　本篇向大家講解的經典是宋代大文豪蘇軾（1037－1101）的一首詩〈和子由澠池懷舊〉。

　　蘇軾，字子瞻，號東坡居士。眉州眉山（今屬四川）人。北宋大文學家，他的詩、詞、散文都有成就，亦擅書法和繪畫，影響深遠。他的詩，與黃庭堅（1045－1105）並稱「蘇黃」；詞與辛棄疾（1140－1207）並稱「蘇辛」，文章更與父親蘇洵（字明允，1009－1066）和弟弟蘇轍（字子由，1039－1112）同列「唐宋八大家」。

　　宋仁宗（趙禎，1010－1063）嘉祐二年（1057），蘇軾與弟弟同舉進士。神宗（趙頊，1048－1085）時，在鳳翔（今陝西寶雞市鳳翔縣）、杭州（今浙江省會）、密州（今山東諸城）、徐州（今屬江蘇）、湖州（今屬浙江）等地任官。神宗元豐三年（1080），因「烏台詩案」，被貶黃州（今湖北黃岡），為團練副使。元豐七年（1084）離黃州。宋哲宗（趙煦，1077－1100）即位，回朝任禮部郎中、中書舍人、翰林學士，元祐四年（1089）拜龍圖閣學士，曾出任杭州、潁州（今安徽阜陽）、定州（今河北定縣）等知州，官至禮部尚書。紹聖元年（1094），又因「譏謗前朝」，貶謫至惠州（今屬廣東）、儋州（今屬海南島）。徽宗（趙佶，1082－1135）時獲大赦北還，第二年病死常州（今屬江蘇），終年六十四歲。謚文忠。著有《東坡全集》及《東坡樂府》。

　　宋仁宗嘉祐元年（1056）蘇洵帶領蘇軾、蘇轍至京應考，途中路過澠池縣（今河南澠池縣西），在奉閒和尚（生卒年不詳）的僧寺投宿，並題詩壁上。嘉祐六年（1061）

冬，蘇軾赴鳳翔任官，弟蘇轍送他，到了鄭州（今河南省會）分手。蘇軾到了澠池時，接到蘇轍寄來一首七言律詩〈懷澠池寄子瞻兄〉，詩云：「相攜話別鄭原上，共道長途怕雪泥。歸騎還尋大梁陌，行人已度古崤西。曾為縣吏民知否？舊宿僧房壁共題。遙想獨遊佳味少，無言騅馬但鳴嘶。」蘇軾即依其原韻作了此詩。

蘇轍原詩的基調是懷舊，因為他曾被任命為澠池縣的主簿，後來和兄軾隨父同往京城應試，又經過這裏，有訪僧留題之事。所以在詩裏寫道：「曾為縣吏民知否？舊宿僧房壁共題。」他覺得，這些經歷真是充滿了偶然。如果說與澠池沒有緣分，為何總是與它發生關聯？如果說與澠池有緣分，為何又無法駐足時間稍長些？這就是蘇轍詩中的感慨。

蘇軾這首詩既然是和詩，所以第二、四、六、八句用的韻腳「泥」、「西」、「題」、「嘶」與蘇轍原詩相同。

第一、二句「人生到處知何似？應似飛鴻踏雪泥」一問一答，破空而來，落想神奇。蘇轍原詩的前兩句「相攜話別鄭原上，共道長途怕雪泥」是寫實的，作者卻用虛擬回應，指出人生經歷過的種種，不過像飛鴻踏過雪泥。作者把人生到處比喻為「飛鴻踏雪泥」，這個從來沒有人用過的比喻，生動、新穎地將他對人生的感悟寄寓而出。當日兄弟二人分手，也正像飛鴻一樣，來去匆匆、無有定所，於是一種深沉濃烈的離情別緒和漂泊感便油然而生。

第三、四句頷聯「泥上偶然留指爪，鴻飛那復計東西」，是對前兩句比喻的進一步補充闡釋，說明人生只不過是一場蹤跡無定的旅程，當飛鴻遠去之後，除了在雪泥上偶然留下幾處爪痕之外，又有誰會管牠是要向東還是往西呢？飛鴻從踏過的雪泥上飛走，留下的指爪印跡也很快因冰雪消融而不見，讓人懷疑所有的一切是否真的存在過，其實人生也就是如此，既短暫，也難測。

這四句不但理趣十足，從寫作手法上來看，也頗有特色：第一句結尾是「知何似」，下句開頭即以「應似」承接，而結尾是「泥」字，第三句即以「泥」字開頭。第二句出現的「飛鴻」，在第四句又以「鴻飛」開頭，皆起到環環相扣的作用。「應似」與「何似」、「泥上」與「雪泥」、「鴻飛」與「飛鴻」等詞，重章錯落，讀來音韻和諧，節奏流暢。三、四句頷聯本應對仗，作者在此不求工而自工，文意承上直說，本身也帶有承接關係，文字飄逸，內涵豐富，行文有氣勢。紀昀（1724－1805）評說：「前四

句單行入律，唐人舊格；而意境恣逸，則東坡之本色」，實是知音者的説話。

第五、六句頸聯「老僧已死成新塔，壞壁無由見舊題」，蘇軾兄弟與奉閒和尚接觸，是五年前的事，短短五年，彈指一揮間，卻是僧已死、壁已壞！僧人死後不用墓葬，一般是火化後造一小塔以藏骨灰，所以説「成新塔」。如果説前四句是發表議論，那這兩句就是寫實。老僧、新塔、壞壁、舊題這些意象既是懷舊，又表示時間流逝、人事變遷的感慨。相隔五年，「老僧」和「舊題」已成追憶，人生竟然如此短促和無常，正如飛鴻踏過雪泥，偶然留下一些爪痕，很快便消逝無影無蹤一樣。

第七、八句「往日崎嶇還記否，路長人困蹇驢嘶」，作者在此兩句自注：「往歲馬死於二陵，騎驢至澠池。」這是針對蘇轍原詩「遙想獨遊佳味少，無言騅馬但鳴嘶」而引發的往事追溯。作者問弟弟可曾記得當年第一次由蜀入京，路過二陵（指西陵和北陵，是澠池縣西崤山的兩座大山，為陝西、河南間的交通要道）時，原乘的馬累死了，於是改乘驢子，在崎嶇道路上跋涉，路又長，人又困頓，那匹跛足的老驢也累得不斷地仰頭嘶鳴。作者這一回顧，固然有抒發對人生動盪無常的感慨，但其間也表示兄弟二人，風雨同行，頂風冒雪、奮然前行，為理想而奮鬥的積極精神。

整首詩，前四句議論說理，後四句記敘抒情，將兄弟離合的情誼昇華為對人生境況的思考，饒富理趣。同時，詩中意象優美，既有濃郁的詩情，又含蓄蘊藉，發人深省，説理而不落理障；這種理趣增加了詩歌的厚重感，耐人尋味。加上運筆自然，不受格律的束縛，不求工而自工，所以能成為七律名篇。

🖎 問答題

1. 下列何者不屬於「唐宋八大家」？
   A. 蘇洵　B. 王安石　C. 黃庭堅　D. 曾鞏

2. 「人生到處知何似」是用了哪種修辭手法？
   A. 比喻　B. 設問　C. 擬物　D. 擬人

3. 「人生到處知何似，應似飛鴻踏雪泥。泥上偶然留指爪，鴻飛那復計東西！」所表現的人生態度與下列哪一項最近似？
   A. 苦辛何慮思，天命信可疑
   B. 晝短苦夜長，何不秉燭遊
   C. 心似白雲常自在，意如流水任東西
   D. 先天下之憂而憂，後天下之樂而樂

4. 詩中的老僧奉閒的寺廟在甚麼地方？
   A. 眉山　B. 澠池　C. 鄭州　D. 汴京

5. 「壞壁無由見舊題」的「由」意思是甚麼？
   A. 機會　B. 經過　C. 原因　D. 憑藉

6. 下列哪兩句是用對偶修辭寫成的？
   1 人生到處知何似，應似飛鴻踏雪泥
   2 泥上偶然留指爪，鴻飛那復計東西
   3 老僧已死成新塔，壞壁無由見舊題
   4 往日崎嶇還記否，路長人困蹇驢嘶
   A. 1、2　B. 1、3　C. 2、3　D. 3、4

7. 「路長人困蹇驢嘶」的「驢」與下列何字的讀音相同？
   1 盧　2 雷　3 羅
   A. 只讀 1　B. 只讀 2
   C. 只讀 3　D. 讀 1、2 均可

8. 「路長人困蹇驢嘶」的「蹇」意思是？
   A. 遲鈍　B. 跛腳　C. 傲慢　D. 瘦弱

9. 下列哪一項不是「和詩」的特色？
   A. 和詩與原作的體裁要相同
   B. 用韻上，和詩與原作要有一定的關聯
   C. 內容上，和詩要呼應原作的內容
   D. 和詩的平仄格律須依足原作

10. 下列哪一項不是〈和子由澠池懷舊〉的寫作特色？
    A. 比喻說理，落想新奇
    B. 單行入律，意境恣逸
    C. 意象優美，詩情濃郁
    D. 以景寓情，悲痛不已

蘇軾　水調歌頭・明月幾時有（並序）

掃碼聽音頻

📖 原文

丙辰中秋，歡飲達旦，大醉，作此篇，兼懷子由。

明月幾時有？把酒問青天。不知天上宮闕，今夕是何年。我欲乘風歸去，又恐瓊樓玉宇，高處不勝寒。起舞弄清影，何似在人間！

轉朱閣，低綺戶，照無眠。不應有恨，何事長向別時圓？人有悲歡離合，月有陰晴圓缺，此事古難全。但願人長久，千里共嬋娟。

📖 撰文：招祥麒

本篇向大家講解的經典是宋代大文豪蘇軾的一首詞〈水調歌頭・明月幾時有〉（並序）。

蘇軾（1037－1101），字子瞻，號東坡居士。四川眉山人。北宋大文學家，他的詩、詞、散文都有成就，亦擅書法和繪畫，影響深遠。他的詩，與黃庭堅（1045－1105）齊名，並稱「蘇黃」；詞與辛棄疾（1140－1207）並稱「蘇辛」，文章更與父親蘇洵（1009－1066）和弟弟蘇轍（1039－1112）同列「唐宋八大家」。

宋仁宗嘉祐二年（1057），蘇軾與弟弟同舉進士，神宗（趙頊，1048－1085）時，在鳳翔（今陝西寶雞市鳳翔縣）、杭州（今浙江省會）、密州（今山東諸城）、徐州（今屬江蘇）、湖州（今屬浙江）等地任官。神宗元豐三年（1080），因「烏台詩案」，被貶黃州（今湖北黃岡），為團練副使。元豐七年（1084）離黃州。宋哲宗（趙煦，1077－1100）即位，回朝任禮部郎中、中書舍人、翰林學士，元祐四年（1089）拜龍圖閣學士，曾出知杭州、潁州（今安徽阜陽）、定州（今河北定縣）等，官至禮部尚書。紹聖元年（1094），又因「譏謗前朝」，貶謫至惠州（今屬廣東）、儋州（今屬海南島）。

徽宗（趙佶，1082－1135）時獲大赦北還，第二年病死常州（今屬江蘇），終年六十四歲。謚文忠。著有《東坡全集》及《東坡樂府》。

〈水調歌頭〉，屬於詞牌的名稱，相傳隋煬帝開汴河時曾製〈水調〉，到唐代，有人演為大曲。大曲有散序、中序、入破三部分。「歌頭」是中序的第一章。

這首詞作於宋神宗熙寧九年（1076），亦即農曆丙辰年的中秋節。當時蘇軾在密州（今山東諸城）任太守。詞前的小序交代了寫作的過程：「丙辰中秋，歡飲達旦，大醉，作此篇，兼懷子由。」蘇軾兄弟情誼甚篤，他與蘇轍在潁州分別後寫了一首〈潁州初別子由〉的詩：「咫尺不相見，實與千里同，人生無離別，誰知恩愛重。」這時候，兩兄弟六年不見，想念之情，自然非常深。蘇軾原任杭州通判，因蘇轍在濟南掌書記，特地請求北徙，但到了密州，地理上的距離雖然縮短，但兄弟仍是無緣相會，面對中秋圓月，歡飲大醉後的落寞，自然興起懷人之思。究其實，卻是一種對官場失意和宦途險惡體驗的昇華與總結。

蘇軾的〈水調歌頭〉，向來被視為中秋詞中最好的作品。詞分上、下兩片。上片藉詠月抒發內心出世與入世的思想矛盾。詞人落筆奇特，極富浪漫色彩。首二句「明月幾時有？把酒問青天」，用了李白（701－762）〈把酒問月〉「青天有月來幾時？我今停杯一問之」的意思，像是追溯明月的起源、宇宙的開始。凡發出問題，有不知而問的，也有明知故問的。詞人接下的兩句，並無就前問作答，相反進一步設疑，「天上宮闕」承「明月」，「今夕是何年」承「幾時有」，使疑問愈趨深邃，益發令人思考。詞人的問題就如屈原（前339?－前278）〈天問〉一樣得不到回應，因而產生「我欲乘風歸去」的衝動，想探個究竟。李白被賀知章（約659－約744）稱為「謫仙人」，詞人於此有自比的意思。宋人蔡絛（生卒年不詳）的《鐵圍山叢談》說：「東坡公昔與客遊金山，適中秋夕，天宇四垂，一碧無際，加江流澒湧，俄月色如畫，遂共登金山山頂之妙高臺，命（袁）綯歌其〈水調歌頭〉曰：『明月幾時有，把酒問青天。』歌罷，坡為起舞，而顧問曰：『此便是神仙矣。』」

從詞人的想像中，既有神仙之感，當然能御風回歸天上，看看人間「今夕」又是天上的何年？詞人這種脫離人世、超越自然的奇想，一方面來自他對宇宙奧秘的好奇，更主要的是來自對現實人間的不滿。人世間有如此多的不如意事，迫使詞人幻想擺脫人世，飛往瓊樓玉宇過那逍遙自在的神仙生活。畢竟，詞人不同李白，李白一旦

幻想起來，便能忘懷現實「遊仙」而去，詞人相對是現實的，他害怕「高處不勝寒」，不適合人居住，倒不如在人間起舞，自弄清影。就這樣，詞人營造了一種似人間而又非人間的意境，和一種既醉欲醒、徘徊於現實與理想的感覺，既矛盾，而又統一。這不單揭示出詞人本身的心路歷程，也是他面對蕭殺的政治氛圍，而能在失意中表現出人所不能的豁達。詞人這種表達方法，贏得很多詩人、詞人仿效。

詞的下片寫望月懷人，即兼懷子由，同時感念人生的悲歡離合。前三句「轉朱閣，低綺戶，照無眠」，看似寫月，實是寫月下徘徊良久的無眠之人。「轉」、「低」、「照」，三個動詞精確地描繪明月的移動過程。「不應有恨，何事長向別時圓」，詞人以質問的口氣，抒發佳節思親的心情。然而，詞人是曠達的，他能於痛苦的思念中自我解脫，「人有悲歡離合，月有陰晴圓缺，此事古難全」，正是自我解脫之詞，也撫慰着千古以來離人的心。結尾兩句，更是給人以希望的祝福，「但願人長久」，是要突破時間的局限，「千里共嬋娟」，是要突破空間的阻隔，表現出詞人已將對弟弟的愛和祝福，提高到對人生、對世人的愛和祝福。這種博大的精神境界，自然產生極大的魅力，感人肺腑，扣人心弦。

全詞以詠月貫穿始終，把描寫、抒情、議論串聯成有機的整體。上片由嚮往月宮、超塵出世起，以留戀人間結；下片由憂離怨別起，以寬解離別結。心理的變化，曲折細膩。陳廷焯（1853－1892）《白雨齋詞話》說：「詞至東坡，一洗綺羅香澤之態，寄慨無端，別有天地。」細讀本詞，自有深刻體會。

全詞設景清麗雄闊，結構嚴謹而跌宕有致。詞人在上、下片各用了一個「月」字，但描寫、抒情、議論無不因「月」而展開，而且下筆遒勁，境界開闊，於豪邁放曠之外，別有空靈飄逸的神韻。胡仔（1110－1170）在他的《苕溪漁隱叢話》中說：「中秋詞自東坡〈水調歌頭〉出，餘詞盡廢。」胡仔的評語已有八百多年，詠中秋的作品依然以東坡的〈水調歌頭〉最為家傳戶曉！

歷代讀書人都喜歡朗誦、吟唱這篇作品，甚至有音樂家配以樂調，讓歌手如鄧麗君（1953－1995）、王菲（1969－）等演唱，效果也是非常好的。

✎ **問答題**

1. 北宋文壇上被稱為「三蘇」的是哪三位？
   1 蘇武　2 蘇洵　3 蘇軾　4 蘇轍
   A. 1、2、3　B. 1、2、4
   C. 1、3、4　D. 2、3、4

2. 蘇軾的〈水調歌頭〉是在哪年的中秋寫的？
   A. 宋神宗熙寧七年（1074）
   B. 宋神宗熙寧八年（1075）
   C. 宋神宗熙寧九年（1076）
   D. 宋神宗熙寧十年（1077）

3. 本詞之前有一小序，其作用是甚麼？
   A. 介紹本詞寫作的緣由
   B. 簡單説明本詞的內容
   C. 幫助讀者理解詞的主題
   D. 意在引起讀者注意

4. 朗讀下列詞句，哪一項的節奏劃分不正確？
   A. 明月 / 幾時有，把酒 / 問青天
   B. 不知 / 天上宮闕，今夕 / 是何年
   C. 起舞 / 弄清影，何似 / 在人間
   D. 不 / 應有恨，何事 / 長向 / 別 / 時圓

5. 「起舞弄清影」的「影」，是指甚麼？
   A. 月的光影　B. 詞人的身影
   C. 樹影　　　D. 雲影

6. 「轉朱閣，低綺戶，照無眠」運用了哪種修辭手法？
   A. 借代　B. 排比　C. 誇張　D. 比喻

7. 整首詞，其中運用對偶及對比修辭手法寫成的句子是哪句？
   A. 明月幾時有？把酒問青天。
   B. 起舞弄清影，何似在人間！
   C. 人有悲歡離合，月有陰晴圓缺。
   D. 但願人長久，千里共嬋娟。

8. 下列各項，哪一項對本詞的判斷錯誤？
   A. 詞的上片刻畫出一個空靈澄澈的境界
   B. 詞的上片寫出了作者寂寞的心情及對美好生活的嚮往與追求
   C. 詞的下片表達了作者曠達豪邁的情懷
   D. 詞的下片以「人有悲歡離合，月有陰晴圓缺，此事古難全」點明主旨

9. 整首詞所抒發的感情有哪些？
   1 思念故鄉　2 追念前事
   3 懷念親人　4 有志難伸
   A. 1、2　B. 2、3　C. 3、4　D. 1、4

10. 下列哪一項不是本詞的寫作特色？
    A. 想像豐富，富浪漫色彩
    B. 詩境豪放而闊大
    C. 以月貫穿始終，把描寫、抒情、議論聯成有機的整體
    D. 悲時哀亂，寄意鮮明

答案：1D、2C、3A、4D、5B、6B、7C、8D、9C、10D

蘇軾　念奴嬌・赤壁懷古

掃碼聽音頻

📖 原文

大江東去，浪淘盡、千古風流人物。故壘西邊，人道是、三國周郎赤壁。亂石穿空，驚濤拍岸，捲起千堆雪。江山如畫，一時多少豪傑！

遙想公瑾當年，小喬初嫁了，雄姿英發。羽扇綸巾，談笑間、檣櫓灰飛煙滅。故國神遊，多情應笑我，早生華髮。人間如夢，一尊還酹江月。

📖 撰文：賴慶芳

本篇向大家講解的經典是宋代蘇軾〈念奴嬌・赤壁懷古〉，與詞人一起走進三國時代。

蘇軾（1037－1101）字子瞻，四川眉州眉山（今成都西南、樂山以北）人，父親蘇洵（1009－1066）、弟弟蘇轍（1039－1112）、母親程氏皆知書識禮之人。宋仁宗嘉祐二年（1057），蘇軾與弟弟同時登進士第，轟動京城。蘇軾應考禮部試，主考官歐陽修（1007－1072）擢置他為第二，曾云：「吾當避此人出一頭地。」蘇軾累官至端明殿翰林侍讀兩學士；他才華洋溢，與其父親蘇洵、弟弟蘇轍三父子以詩文著名於世，世稱「三蘇」。他又與歐陽修、王安石（1021－1086）、曾鞏（1019－1083），以及唐代韓愈（768－824）、柳宗元（773－819）等人，為後世合稱作「唐宋古文八大家」。

宋神宗元豐二年（1079），四十四歲的蘇軾經歷「烏台詩案」，幾近沒命。1080 年元月他被貶謫黃州（今湖北黃岡），出任黃州團練副使（據悉此官在宋代乃從八品的閒官，無實職與權力）。元豐五年（1082）與友人乘舟遊黃州城外的赤壁，遙想三國英雄豪傑，寫了〈赤壁賦〉抒發情懷；而〈念奴嬌・赤壁懷古〉一詞大概亦寫於這段時期。

赤壁位處長江沿岸，在今蒲圻縣（已更名赤壁市）西北烏林──即湖北省嘉魚縣東北、長江南岸，是周瑜（175－210）大破曹操（155－220）軍隊的地方。此戰之後形

成魏、蜀 、吳三國鼎立之勢,揭開三國時代序幕。東坡所遊黃州城外「赤壁」,其實叫赤鼻磯,在今湖北黃崗縣,因東坡之詩文而聞名,被稱為「文赤壁」。

〈念奴嬌〉又名〈酹江月〉、〈百字令〉,因全詞共計一百字,上片四十九字,下片五十一字。蘇東坡這首〈念奴嬌〉盡數三國時代英雄周瑜,終結於人生如夢的慨歎。

起首三句「大江東去,浪淘盡、千古風流人物」氣勢磅礴、豪氣萬千。浩大的江水滾滾向東流去,滔滔的巨浪淘盡千古風流人物。

詞人由大江東流的浪濤想起千古以來的英雄人物,再由浪濤延伸至陸上的舊營壘。他看到西面的舊營壘,好奇那是甚麼地方?問了當地人,才有接着三句「故壘西邊,人道是、三國周郎赤壁」三句,點出「赤壁懷古」的主題——人們説那是三國時代周瑜迎戰曹軍的赤壁。「三國周郎赤壁」這句不但點出主題是「赤壁」,也呼應下片「公瑾當年」一句。周瑜字公瑾,廿四歲獲封中郎將,光芒四射,吳中一帶人們皆稱呼他為「周郎」。

就「故壘西邊」一句,蘇軾該是從其所居之所而言。蘇軾被貶黃州,得朋友送贈數十畝營地,號曰「東坡」。他築室及躬耕其中,自號「東坡居士」。按此説,蘇東坡所居之處正對着西邊。此外,黃州的西邊是夏口,對岸是武昌。蘇軾在黃州時曾撰〈答秦太虛書〉一文:「所居對岸武昌,山水佳絕。」〈前赤壁賦〉亦有:「西望夏口,東望武昌……此非曹孟德之困於周郎者乎?」為此才有「故壘西邊」之説,以「故」字點出已是過去的歷史,也呼應下片的「故國」。

接着三句精彩描述赤壁的景色:「亂石穿空,驚濤拍岸,捲起千堆雪」——凌亂而陡峭的巨石穿破天空,驚濤駭浪拍打着岸邊,濺起的浪花好似捲起千萬堆疊而起的白雪。這三句表現了海岸的驚濤駭浪狀態,卻富有象徵意義——令人聯想赤壁之戰的激烈、兇險和悲壯——巨浪擊打岸邊巖石,亂石穿破雲天,仿如兩軍的對壘,敵軍來勢洶洶,戰場波濤洶湧,悲壯變幻的戰役,仿如巨浪激起千層飛濺的浪花。「千堆雪」三字以浪花比喻為白雪,沒有本體及比喻詞,屬於借喻手法,詞人生動地描繪出浪花的顏色與飛濺狀態。「亂石穿空」一版本作「亂石崩雲」,同樣刻劃那些巨石高聳,直衝青天令天上白雲崩毀。

上片詞人由眼前的滾滾流動的江水、秀麗的山嶺,想起沉埋其中的歷史人物。由江上轉往陸上的舊日壁壘,得知是周瑜於赤壁迎戰之所,點出「赤壁」一主題,焦點

式刻劃江上的驚濤駭浪、岸上峭壁的巨石，表面上寫景，實乃以澎湃之景象徵赤戰之戰之激烈。末兩句「江山如畫，一時多少豪傑」由激昂的語調轉為平靜——壯麗的江山如畫一般，一時之間湧現多少英雄豪傑！最後由激烈的動態轉向靜態，總結美好的江山如畫卷，詞人感慨在這段時間出現了數之不盡的英雄豪傑。「江山如畫」是明喻手法，以江川山河之景比喻為一幅畫，形象化的點出江山之美麗吸引。

下片首句承接上片末句「一時多少豪傑」而來。三國有甚麼「英雄豪傑」？

蘇軾那刻敬慕的是周瑜，為此說：遙想周公瑾當年春風得意，絕色美女小喬（約183－210年在世）剛嫁了給他，他雄姿颯颯。據晉朝陳壽（233－297）《三國志》所述，周瑜「長壯有姿貌」，是一個有才有貌的將領。他二十四歲成為中郎將，統領步兵二千，騎兵五十，英姿凜凜，因此蘇軾說他是「雄姿英發」。不久，又娶小喬為妻，春風得意。

接着三句「羽扇綸巾，談笑間、檣櫓灰飛煙滅」力陳周瑜之將才，深化「雄姿英發」的形象——他手拿羽扇、頭戴綸巾，在談笑之間，將敵人的戰船盡燒成灰燼、滅為煙塵，是一代英雄豪傑。「檣」指桅杆、「櫓」指船槳，以船的局部特徵借代全船，此處指曹操的戰船。史書《三國志》詳細記錄赤壁之戰，周瑜與部下黃蓋使用火燒連環船之策，大敗曹軍。然而，小說《三國演義》將此之功勞轉給諸葛亮。「羽扇綸巾」是描述周瑜的儒雅——搖着羽毛製的扇，戴着青絲製的頭巾。「綸巾」是用青絲編成的一種頭巾，傳說是諸葛亮創製，又稱「諸葛巾」。《三國演義》特以「羽扇綸巾」描寫諸葛亮，因小說廣泛流傳，其形象深入民心，人們多以為是述諸葛亮。

「故國神遊，多情應笑我，早生華髮。」由過去的歷史回到現在，詞人云：在舊日的國家戰場，我今日神遊其中，才回到現實來，人們應取笑我多情善感，以致早生白髮。蘇軾是否多情？一、他遊赤壁而思念千古英雄人物，念念不忘三國時代的豪傑，是多情之人。二、他由英雄人物而感慨人生如夢，是一善感之人。

全詞總結於末兩句：「人間如夢，一尊還酹江月。」三國激烈的赤壁之戰、叱咤風雲的英雄人物、國色天香的美人，一切如夢般消散。人間各種紛爭轉眼已成過去，仿如造夢一般如幻似真，姑且將一杯酒祭奠江上明月。

為何詞人有「人間如夢」的感歎？因為經歷了「烏台詩案」幾個月的牢獄之苦，蘇東坡以為必死無疑，慶幸獲赦免，卻被貶黃州，人生仿如隔世。適逢農曆七月十五

日之後，明月高掛，也奠祭天上的明月、沉埋江中的歷史豪傑。

這首詞成為千古名作，歷代為人歌讚。明朝楊慎（1488－1559）更將蘇東坡的〈念奴嬌·赤壁懷古〉以及〈前赤壁賦〉融合成新詞著名的〈臨江仙〉：

「滾滾長江東逝水，浪花淘盡英雄。是非成敗轉頭空，青山依舊在，幾度夕陽紅。白髮漁樵江渚上，慣看秋月春風。一壺濁酒喜相逢，古今多少事，都付笑談中。」此詞可謂是向蘇軾致敬的最佳作品，後來更成為《三國演義》電視劇的主題曲。

✎　問答題

1. 誰說「吾當避此人出一頭地」？
   A. 蘇洵　B. 蘇轍　C. 歐陽修　D. 王安石

2. 蘇軾與友人何年乘舟遊黃州城外的赤壁？
   A. 元豐四年（1081）　B. 元豐五年（1082）
   C. 元豐六年（1083）　D. 元豐七年（1084）

3. 〈念奴嬌〉又叫作甚麼？
   A. 卜算子　B. 朝中措
   C. 臨江仙　D. 百字令

4. 〈念奴嬌〉詞云：「三國周郎赤壁」，人們何以稱呼「周瑜」為「周郎」？
   A. 因周瑜姓周，名瑜，字郎
   B. 因他曾獲封中郎將
   C. 因他是年輕男子
   D. 因不知他的名字

5. 「亂石穿空，驚濤拍岸，捲起千堆雪」三句中的「千堆雪」是喻指甚麼？
   A. 霜雪　B. 浪花　C. 巨石　D. 山嶺

6. 以下哪一詞句運用了明喻手法？
   A. 驚濤拍岸　B. 捲起千堆雪
   C. 江山如畫　D. 浪花淘盡英雄

7. 以下哪一句運用了借代的藝術手法？
   A. 雄姿英發　　B. 小喬初嫁了
   C. 檣櫓灰飛煙滅　D. 一尊還酹江月

8. 「火燒連環船」是誰的計謀？
   A. 劉備　　B. 諸葛亮、周瑜
   C. 周瑜、黃蓋　D. 孫權

9. 〈念奴嬌〉所寫的「羽扇綸巾」是誰人的穿戴？
   A. 諸葛亮　B. 周瑜　C. 魯肅　D. 曹操

10. 「滾滾長江東逝水，浪花淘盡英雄」是明朝哪位詞人融化蘇軾詞賦之作？
    A. 楊慎　B. 李夢陽　C. 何景明　D. 康海

答案：1C, 2B, 3D, 4B, 5B, 6C, 7C, 8C, 9B, 10A

蘇軾　江城子・乙卯正月二十日夜記夢

📑 原文

十年生死兩茫茫，不思量，自難忘。千里孤墳，無處話淒涼。縱使相逢應不識，塵滿面，鬢如霜。

夜來幽夢忽還鄉，小軒窗，正梳妝。相顧無言，惟有淚千行。料得年年腸斷處，明月夜，短松岡。

📖 撰文：曹順祥

本篇向大家講解的經典是北宋時期蘇軾的名作〈江城子・乙卯正月二十日夜記夢〉。

在人類歷史上，中華民族絕對是個多情的民族。我們為了對已死者表示哀悼，創造出獨立的文體——祭文；為了表達對死者的無盡思念，我們的詩壇裏又先後出現了「悼亡詩」和「悼亡詞」。而蘇軾的〈江城子・乙卯正月二十日夜記夢〉就是千古傳誦的「悼亡詞」。

從《詩經》開始，就已經出現「悼亡詩」，悼亡詩寫得最有名的有西晉的潘岳（247－300）：「望廬思其人，入室想所歷。幃屏無髣髴，翰墨有餘跡。流芳未及歇，遺掛猶在壁。」讀之者莫不動容！而蘇軾則是首創用詞寫「悼亡」這個歷來屬於詩的題材，不僅擴大了詞的題材，而且〈江城子〉用平聲韻，三、四、五、七言句子錯綜地間用、迭用，呈現出近體詩難以傳達的複雜感情，將夫妻之間的情感表達得細膩委婉。

蘇軾（1037－1101），眉州眉山（今四川省眉山市）人，北宋時著名的文學家、政治家、藝術家。字子瞻，一字和仲，號東坡居士。嘉祐二年進士，累官至端明殿學士兼翰林學士、禮部尚書。其散文、詩、詞、賦均有成就，其詞「以詩入詞」，首開詞壇「豪放」一派，一洗晚唐、五代以來綺靡的「西崑體」餘風。後世與南宋辛棄疾並稱「蘇辛」。

〈江城子〉是詞牌名。本詞小序「乙卯正月二十日夜記夢」，乙卯即北宋神宗熙寧

八年（1075），當時蘇軾出任密州（今山東諸城）知州，為悼念亡妻王弗而作此詞。王弗十六歲嫁予當時十九歲的蘇軾，廿七歲不幸染病早逝。蘇父曾囑其曰：「婦從汝於艱難，不可忘也。」（見《亡妻王氏墓誌銘》）。由此可知，王弗是個賢良淑德的好妻子。

本詞分為三個層次，緊扣「記夢」二字，分別是夢前所思、夢中相會、夢後感慨。

上片是夢前所思。時間上，是十年生死，早已陰陽阻隔。此詞寫於亡妻死後已經十年之久；空間上，是千里孤墳，故無從弔祭。這對昔日的少年夫妻，早已陰陽隔絕，永遠無法相見，這是何等傷痛？即使不去思念，也實在無法忘懷啊！亡妻的形象也時時縈繞腦際！由此更見出夫妻之情深。

遙想千里孤墳，想訴説，而又無從訴説，悲痛之情可謂無以復加！王弗先葬於汴京（今河南開封），次年歸葬於四川彭山縣祖塋，與當時蘇軾身處的密州，相隔何止千里？確是滿腔淒涼，無處傾訴！

假使相逢，也大概認不出我來了！也許是太思念妻子的緣故，以致作者設想了一個與妻子「忽然」相逢的情景。按照常理，這個與妻子忽然相逢的情景，該是欣喜若狂的吧？可是，詞人竟然認為妻子會認不出自己！試想，一對恩愛的少年夫妻，即使十年不見，又怎可能認不出對方呢？這個不合情理的原因，竟然是由於「塵滿面，鬢如霜」。從妻子過身到現在，十年之間作者經歷了甚麼？妻子恐怕是無法知道的。此外，當時的蘇軾才不過四十歲，卻已鬢髮如霜。與其說這是「誇張」的寫法，倒不如說十年來的坎坷遭遇，確令作者容貌蒼老了不少！

總而言之，上片承接對妻子的思念而來，為下片「記夢」作了鋪墊。

下片寫「記夢」，又可分為三個層次：先寫夢中回鄉，再寫夢中相會，最後寫別後思念。

夜來幽夢，忽然還鄉，是寫夢中回鄉，夢中美麗的妻子正在臨窗梳妝。一個「忽」字，蘇軾既驚且喜的表情，躍然紙上，有畫龍點睛之妙！「小軒窗，正梳妝」，一方面是夢境，另一方面，又何嘗不是昔日夫妻生活的美好回憶？那時候的蘇軾，風華正茂，仕途順遂，一片光明；王弗年輕貌美，侍親甚孝，二人恩愛情深。這是天下間何等幸福！每天清晨，年青的蘇軾看着愛妻對鏡梳妝，此情此景是多麼難忘的啊！

讀到此處，大家不要忘記，這個幸福的生活片段，是承上片極盡悲苦的心境，作突如其來的轉折。如此，才更顯出感情跌宕、委曲婉轉。

　　可是，在既驚且喜之後，卻又有千言萬語，不知從何説起。表面是「無言」，骨子裏更有無窮無盡的話語，藏於心底。無言而有淚，已教人傷感，何況淚如泉湧的男兒，竟是大文豪蘇東坡啊！既然人間有悲歡離合，有禍福順逆，更有訴不盡的離情別緒，都只能化成千行熱淚。這又是多麼無奈的事情啊！

　　最後三句，「料得年年腸斷處，明月夜，短松岡。」寫別後對亡妻的無盡思念。設想未來，年復年，日復日，讓人禁不住傷心落淚之處，恐怕只有在這悽冷的月色，灑落在遍佈短松、滿眼荒涼的小山岡上吧！

　　本詞之所以能名垂千古，跟它在結構和作法兩方面的特色不無關係。

　　全詞結構嚴密，上片八句寫夢前，下片前五句寫夢中，最後三句寫夢後。全詞緊扣「記夢」來開展。

　　沈雄（生卒年不詳，約清世祖順治年間人）《柳塘詞話》認為：「起句言景者多，言情者少，敍事者更少。」此詞起句是「十年生死兩茫茫」，兼敍事和抒情，並為全詞定下了傷悼的感情基調。本詞筆勢搖曳跌宕，例如明明是思念對方，卻説「不思量」，從而帶出「自難忘」；明明是彼此生死相隔，與「千里」的地域距離無關，卻偏要説「無處話淒涼」；明明已在夢中相見，應該是盡訴心中情的時候，卻又「相顧無言」。這是「分合頓挫」的寫作手法。而「小軒窗，正梳妝」既是夢境，也是昔日夫妻生活的美好回憶，是「虛中帶實」的寫法。孤墳、月夜、松岡，是實有之物，卻藉回憶與想像而來；夢境，本是虛幻的，卻呈現昔日真實的生活片段。這是「虛實結合」的寫法。

　　此外，「料得年年腸斷處，明月夜，短松岡。」到底是寫妻子懷念自己而腸斷，還是自己因思念妻子而腸斷？如果結合詞的開首來理解，「十年生死兩茫茫」是結合死者和生者兩邊説的，那麼，結尾三句應是同時兼具自己思念亡妻，和亡妻思念自己兩個方面吧！

　　詞以悼亡，當然要寫人物。「塵滿面，鬢如霜」，是肖像描寫。「小軒窗，正梳妝」是行動描寫。前者寫自己，後者寫亡妻，語言精煉準確，剪材恰到好處。蘇軾用最簡練的筆墨，描畫出鮮明生動的人物形象。文字精煉樸素，不加渲染，用的是簡樸的敍述和白描手法。

　　晚唐和北宋的詞，在當時文人心目中，只視為「詩餘」「小道」，只用於酒樓歌席上歌妓的歌唱，難登大雅之堂。有人甚至稱詞為「謔浪遊戲」〔胡寅（1098－1156）《酒邊詞序》〕，也有人認為填詞是玩物喪志〔如有人勸晏幾道（1038－1110）「捐有餘之才，

補不足之德」，不要寫詞。見《邵氏聞見錄》卷十九〕。北宋中期以後，與蘇軾同時期的詞家，對於詞的創作自覺更為成熟，「以詩為詞」是觀念上的革新，即以作詩的嚴謹態度填詞，突破了「詞為豔科」的局限，賦予詞體不同於以往的嶄新面貌。

　　本詞用分合頓挫、虛實結合、敘述白描等多種表現方法，表達作者懷念亡妻的感情，使人讀後無不為之歎惜，無不為之動容！北宋詩人陳師道（1053－1101）認為〈江城子〉「有聲當徹天，有淚當徹泉」。可謂當之無愧！

✐ 問答題

1. 〈江城子〉作於哪一年？
   A. 宋神宗熙寧二年　B. 宋神宗熙寧四年
   C. 宋神宗熙寧六年　D. 宋神宗熙寧八年

2. 蘇軾當時出任哪個地方的長官？
   A. 杭州　B. 密州　C. 黃州　D. 儋州

3. 〈江城子〉追憶哪位死去十年的妾？
   A. 王弗　B. 王宛　C. 王閏之　D. 王朝雲

4. 詞中「短松岡」所指為何？
   A. 居住舊地　B. 妻子墓地
   C. 遊玩場地　D. 話別之地

5. 本詞結構上有何特色？
   A. 以景語起筆，以情語結尾
   B. 以情語起筆，以敘事結尾
   C. 以敘事起筆，以景語結尾
   D. 以景語起筆，以敘事結尾

6. 本詞緊扣「記夢」二字，以下何者不正確？
   A. 夢前所思　B. 夢中相會
   C. 夢中分離　D. 夢後感慨

7. 「塵滿面，鬢如霜」，是哪一種人物描寫手法？
   A. 語言描寫　B. 行動描寫
   C. 心理描寫　D. 肖像描寫

8. 「小軒窗，正梳妝」，是哪一種人物描寫手法？
   A. 語言描寫　B. 行動描寫
   C. 心理描寫　D. 肖像描寫

9. 〈江城子〉在內容上是一首：
   A. 惜別詞　B. 悼亡詞
   C. 詠物詞　D. 懷古詞

10. 「婦從汝於艱難，不可忘也」，這句話是誰說的？
    A. 蘇軾　B. 蘇洵　C. 蘇轍　D. 蘇秦

答案：1D, 2B, 3A, 4B, 5C, 6C, 7D, 8B, 9B, 10B

蘇軾　前赤壁賦

掃碼聽音頻

📖 原文

　　壬戌之秋，七月既望，蘇子與客泛舟，遊於赤壁之下。清風徐來，水波不興。舉酒屬客，誦「明月」之詩，歌「窈窕」之章。少焉，月出於東山之上，徘徊於斗、牛之間。白露橫江，水光接天。縱一葦之所如，凌萬頃之茫然。浩浩乎如馮（古通憑）虛御風，而不知其所止；飄飄乎如遺世獨立，羽化而登仙。

　　於是飲酒樂甚，扣舷而歌之。歌曰：「桂棹兮蘭槳，擊空明兮泝流光渺渺兮予懷，望美人兮天一方。」客有吹洞簫者，倚歌而和之。其聲嗚嗚然，如怨如慕，如泣如訴，餘音裊裊，不絕如縷，舞幽壑之潛蛟，泣孤舟之嫠婦。

　　蘇子愀然正襟危坐，而問客曰：「何為其然也？」客曰：「『月明星稀，烏鵲南飛』，此非曹孟德之詩乎？西望夏口，東望武昌，山川相繆（古同繚），鬱乎蒼蒼，此非曹孟德之困於周郎者乎？方其破荊州，下江陵，順流而東也，舳艫千里，旌旗蔽空，釃酒臨江，橫槊賦詩，固一世之雄也，而今安在哉？況吾與子漁樵於江渚之上，侶魚蝦而友麋鹿；駕一葉之扁舟，舉匏樽以相屬。寄蜉蝣於天地，渺滄海之一粟。哀吾生之須臾，羨長江之無窮。挾飛仙以遨遊，抱明月而長終。知不可乎驟得，託遺響於悲風。」

　　蘇子曰：「客亦知夫水與月乎？逝者如斯，而未嘗往也；盈虛者如彼，而卒莫消長也。蓋將自其變者而觀之，則天地曾不能以一瞬；自其不變者而觀之，則物與我皆無盡也，而又何羨乎！且夫天地之間，物各有主；苟非吾之所有，雖一毫而莫取。惟江上之清風，與山間之明月，耳得之而為聲，目遇之而成色，取之無禁，用之不竭，是造物者之無盡藏也，而吾與子之所共適。

　　客喜而笑，洗盞更酌，餚核既盡，杯盤狼藉。相與枕藉乎舟中，不知東方之既白。

📖 **撰文：賴慶芳**

本篇向大家講解的經典是宋代蘇東坡〈前赤壁賦〉。

蘇東坡（蘇軾，1037－1101）的人生哲學，從這篇〈前赤壁賦〉可見一斑，亦對現代的我們有所啟迪。首先，作者寫此賦之時經歷了生死，明白生命的長短可由一己之改變角度而得以體悟。其次，此賦表現作者對身外物之輕看，對大自然風月之欣賞。其三，作者提出物各有主，非屬己之物而莫取一毫。與此同時，這篇賦佐證了蘇東坡受儒、釋、道三家思想的影響。

這篇賦的創作背景是怎樣的？

此賦的創作背景，源於蘇軾在文中闡釋個人的人生哲學而起，其寫作則始於烏台詩案。宋神宗（趙頊，1048－1085）元豐二年（1079），王安石（1021－1086）被罷相後，何正臣（1041？－1100）等人摘取蘇軾〈湖州到任謝表〉及〈杭州紀事詩〉用語，指其毀謗朝廷，於湖州逮捕他，並下御史台獄，極欲致其死地，史稱「烏台詩案」。蘇東坡是年四十三歲。御史台乃專責審核官員操守之部門。為何叫「烏台」？據聞因御史府內遍植柏樹，又稱「柏台」；柏樹上常有烏鴉棲息築巢，乃稱「烏台」。東坡於湖州被逮捕入御史台獄後，自知必死，寫了兩首〈獄中寄子由〉絕命詩，向弟弟蘇轍（1039－1112）道別。其中四句云：「是處青山可埋骨，他年夜雨獨傷神。與君世世為兄弟，又結來生未了因。」意思是：這裏有青蒼山嶺可以埋葬我的骸骨，他日你在夜雨之中沒有我在旁，就要獨自神傷；我願與你生生世世也做兄弟，並在來生締結今世未了的兄弟情緣。四句表現的手足之情，讀後無不令人唏噓。據悉是年太后病重，臨終遺言不可冤枉無辜，神宗亦愛才，案件拖至年底，蘇軾幸得免獄，卻被貶黃州。

公元1080年元月被貶謫黃州（今湖北黃岡），出任黃州團練副使。元豐五年（1082），東坡四十六虛歲，偕同友人乘舟遊黃州城外之赤壁，遙想三國英雄豪傑，發思古幽情，想到自己仕途坎坷，不禁感歎人世盛衰消長，作〈前赤壁賦〉，藉三國典故，抒發胸臆。

赤壁位在長江沿岸，是曹操（155－220）戰敗之地，赤壁一戰形成了魏、蜀、吳三國鼎立之勢，揭開三國時代的序幕。

建安十二年（207），曹操自江陵追擊劉備（161－223），劉備求救於孫權（182－252）。孫權的將領周瑜（175－210）領兵三萬迎拒。周瑜及部將黃蓋（？－222？）使

用火攻，東南風急，火勢猛烈，盡燒北船，操軍大敗，石壁變赤。現在湖北長江沿岸至少有四處稱為「赤壁」，何者為確實的古戰場？答案眾說紛紜，但東坡所遊並非赤壁之戰所在地。他所遊黃州城外之赤壁，叫赤鼻磯（在今湖北黃崗縣），被稱為「文赤壁」。周瑜破曹操之赤壁，今相信在蒲圻縣（已更名赤壁市）西北烏林（在湖北嘉魚縣東北長江南岸），被稱為「武赤壁」。

〈前赤壁賦〉第一段寫出遊覽之時、地、人、情景。

壬戌（即神宗元豐五年）七月十六日，蘇東坡和客人在赤壁下面的江上遊覽。清風吹送，水面無波浪。蘇軾為客人斟酒勸進，朗誦「明月」詩篇，歌唱「窈窕」一章。「七月既望」是何日？「既」是已過之意。「望」指每月之十五。即是七月過了十五日，一般認為乃指七月十六日。然而，公元 1082 壬戌年的七月是大月，月圓多在十六日，故有學者認為七月既望當指七月十七日。「明月」之詩、「窈窕」之章何所指？「明月」之詩，是指《詩經·陳風》的〈月出〉篇。「窈窕」之章，是指〈月出〉裏的「月出皎兮」一章。詩中有「舒窈糾兮」之句，所以這樣說。學者多認為二句皆出自《詩經》，但最近有認為前者可能指曹操〈短歌行〉，後者則指《詩經·關雎》。

蘇東坡與客人遊覽之時，四周恬靜，月亮東升，在斗牛星宿之間徘徊；白露籠罩江面，水光天色連成一片。蘇子與客人任憑小船在水波上自由漂流，越過一望無際的廣闊江面，感覺就仿如寄身虛空之中，乘風而行又不知會飄飛何處，有點遠離塵世之感，又仿如「羽化而登仙」——長了翅膀化作神仙般飛升。「登仙」二字早在先秦時代已出現，《楚辭》就有「羨往世之登仙」之句。《漢書》記載黃帝（前 2717？－前 2599？）建華蓋以登仙，王莽（前 45－23）亦效法，建九重華蓋以求登仙。從蘇軾之言可見：一，蘇子有遺世獨立之思，而其本人確亦遺世獨立。二，羽化登仙之思乃其幾近亡命之後，故此出現對人之終極去向之思。

第二段承接第一段遊江而來，主要寫蘇軾的歌唱及客人的簫聲。

蘇子暢飲後敲着船邊唱起歌。歌詞大意是：「桂木的棹啊蘭木的槳；擊打着澄澈空明的江水啊，追溯着灑滿了月光的流水；遠茫茫啊是我的情懷，想望的美人啊在天的一方。」客人吹洞簫和應。簫聲淒美，如怨如慕、如泣如訴，餘音悠揚不絕。作者以誇張手法描寫簫聲的淒美動聽：能讓潛藏深淵的蛟龍感動起舞，令孤獨小舟上的寡婦為之飲泣。歌詞中提及的「棹」是「櫂」的異體字，搖船用具。前推曰槳，在船邊；

後推曰棹，在船尾。「流光」指月在水中，水動月亦動，似光在流動，實乃水在流動。

這段衍生兩個問題：蘇東坡有否忘記朝廷？就「渺渺兮予懷，望美人兮天一方」二句，有評論者云：「美人，喻在朝君子。先生眷眷不忘朝廷之意。」美人，本指形貌美麗的人，此處指作者思慕的人。早於先秦時代，有以「美人」指男性，亦有以「美人」暗喻君主。「蛟」是屬龍類，無角的叫「蛟」，古人相信池魚滿三千六百條，蛟便來為長官。

「客有洞簫者」的客人是誰？吳匏菴（1435－1504）詩：「有客吹簫楊世昌。」蘇軾詩亦云：「楊生自言識音律，洞簫入手清且哀。」客人該是楊世昌（約 11 世紀在世），他是綿竹武都山道士，字子京，善畫山水，能彈琴，懂星象，由廬山來看望蘇東坡。

第三段是全篇的重要轉折，客人述説悲傷的原因。

蘇軾問客人為甚麼會如此悲傷？客人唸曹操〈短歌行〉詩句，感慨的指出這是曹操受困於周瑜的地方。其時曹操順着長江而下，戰船連接千里，旗幟遮蔽天空。他對江水斟酒行觴，橫握長矛詠詩，是一代梟雄，如今又在哪裏呢？客人所説的是漢獻帝建安十三年（208）的歷史事跡：劉琮（？－262）率眾投降曹操，操軍不戰而佔領荊州、江陵。同年，周瑜率三萬吳軍，於赤壁擊潰曹操號稱八十萬之大軍，阻止其南下攻伐的野心，終成三國鼎立之勢。人生在世建功立業，如周瑜、曹操，但一代梟雄如曹操而今在嗎？叱咤風雲的三國人物今何在？一代梟雄況且不在，何況我們只是平凡的百姓？

客人感慨自己只是平民百姓，在江邊沙洲打漁砍柴，以魚蝦為伴，與麋鹿為友，駕小船舉杯對飲，將如蜉蝣般短暫的生命寄託在天地之間，羨慕長江的無窮無盡，夢想能與神仙遨遊，與明月終老。因知心願不能達，故在悲涼的秋風中寄託感傷的情懷。客人表現的感慨共有四項：

一、人生短暫，人如蜉蝣般寄存於天地，朝生暮死，感傷人生之須臾短暫。

二、人的渺小，人於天地間渺少得仿如滄海之中的一小米粒。

三、長壽不得，只可羨慕長江的無窮無盡。

四、求道不得，欲挾持飛仙以遨遊天地，抱持明月而長終，卻知道不可以短暫之內獲得。

第四段闡述蘇軾的人生哲理，以豁達之思開解客人。

　　蘇軾就地取材，提出月與江水的狀況。江水不停流逝，始終未曾消失；月亮一會兒圓一會兒缺，始終沒有增減。蘇子安慰客人不必羨慕長江的久遠而感傷人生的短暫。「逝者如斯」源自《論語》：「逝者如斯夫！不舍晝夜。」兩句喻時光或事情的消逝如河水流逝般迅速。孔子曾在河邊感歎：消逝的時光像河水一樣呀，日夜不停地流逝。

　　「自其變者而觀之，則天地曾不能以一瞬；自其不變者而觀之，則物與我皆無盡也」該如何詮釋？客人追求恆久生命，想與飛仙、明月看齊。蘇東坡指出：若從變的角度而看，天地萬物不能保持一刻相同；若從不變的角度而看，則萬物與我皆是無窮無盡。此可謂道家的人生哲學，且源於《莊子》。《莊子》引孔子（前 551－前 479）語云：「自其異者視之，肝膽楚越也；自其同者視之，萬物皆一也。」大意是：從事物不同的角度去看，體內的肝與膽如楚國與越國般遙遠；從事物相同的角度去看，萬物都是相同一致的。

　　蘇軾又提出：天地之間的萬物，各有主宰，非己所擁有，一毫也不要拿取。

　　「物各有主」何所指？「物主」一詞源於《隋書》——張虔威（約 581－619 年在世）拾得一囊袋而等物主來取之。佛家有「世界主」之詞，指世界之主，謂每一世界各有其主。蘇軾認為萬物各有其主，若非你我擁有，一毫也不要取。爵祿、財富等方面皆物各有主。若非己之所有，不要取之，取之會付出代價。只有山間的清風、明月，可以人人共享。李白（701－762）〈襄陽歌〉有云：「清風朗月不用一錢買。」蘇軾指出：江上清風、山間明月等大自然景色，取之不禁、用之不竭，是造物者的無窮寶藏，是我們可以共同享用。「無盡藏」則乃佛家語，本指佛德廣大無邊，用於萬物，無窮無盡。後泛指事物之取用無窮者。

　　結段述客人聽了蘇子之言而鬱結心情得以紓解。蘇軾與客人洗過酒杯，重新斟酒再飲，直至菜餚果品吃盡，互相挨着睡臥至天亮。清人金聖歎（1608－1661）：「遊赤壁，受用現今無邊風月……特借洞簫鳴咽，忽然從曹公發議，然後接口一句喝倒，痛陳其胸前一片空闊了悟，妙甚！」

　　蘇東坡以散文方法作賦。此文乃屬韻，文從首至尾多次換韻。作者採用主客答問方式闡述個人思想。第一段的偶句共有七組十四句；全文對偶句共計二十一組四十四句，散文句五十四句。全文用比喻寫小船行於江水之飄然浩蕩；以明喻手法書寫洞簫之嗚嗚聲；以排比寫曹操領兵南下橫槊賦詩的形象；以擬人手法寫月之移動；以借代

寫「明月之詩、窈窕之章」。以蜉蝣與天地、滄海與一粟對比人生之短暫與渺小。以設問帶出水與月的問題;以反問肯定「曹孟德之詩」與「困於周郎」之赤壁;以誇張手法寫簫聲之凄美,令潛藏深淵之蛟龍起舞,令獨坐孤舟之寡婦飲泣。

　　《宋史》記載宋仁宗(趙禎,1010－1063)初讀蘇軾及蘇轍的制策文章時,歡喜地說:「朕今日為子孫得兩宰相矣。」宋神宗尤愛蘇軾的文章,讀之而忘記進食,稱之為「天下奇才」。明代楊慎(1488－1559)將三國英雄事跡及蘇東坡〈前赤壁賦〉融為一體,寫成著名的〈臨江仙．滾滾長江東逝水〉一詞。

✎　**問答題**

1. 何正臣等人摘取蘇軾詩歌用語，指其毀謗
   朝廷，於湖州逮捕他，史稱甚麼？
   A. 御史台獄　　B. 烏台詩案
   C. 湖州謝表獄　D. 杭州紀事詩案

2. 蘇東坡何年遊赤壁而寫下此篇千古傳誦的
   〈前赤壁賦〉？
   A. 1080 年　B. 1081 年
   C. 1082 年　D. 1083 年

3. 蘇軾在獄中寫了兩首絕命詩，向親人道
   別，以下哪一項不正確？
   A. 詩中有「是處青山可埋骨，他年夜雨獨
   　　傷神」之句
   B. 向父親蘇洵道別
   C. 詩題〈獄中寄子由〉
   D. 詩人以為必死

4. 就蘇東坡所遊赤壁，以下哪一項不正確？
   A. 在黃州城外　B. 叫赤鼻磯的地方
   C. 即武赤壁　　D. 位處今湖北黃崗縣

5. 就「七月既望」的「既望」兩字，大多相
   信是指哪一日？
   A. 十五日　B. 十六日
   C. 十七日　D. 三十日

6. 以下哪一項不是客人表現的感慨？
   A. 人生短暫，如蜉蝣般寄存於天地。
   B. 人的渺小，渺少如滄海中的小米粒。
   C. 長壽不得，只可羨慕長江的無窮無盡。
   D. 挾飛仙以邀遊天地，抱持明月而長終。

7. 以下哪一句是在賦中使用的設問手法？
   A. 客亦知乎水與月乎？
   B. 此非曹孟德之詩乎？
   C. 此非曹孟德之困於周郎者乎？
   D. 而今安在哉？

8. 蘇軾「變」與「不變」的觀點始於哪一部
   典籍的思想？
   A.《老子》　B.《莊子》
   C.《孟子》　D.《論語》

9. 就〈前赤壁賦〉所述的「清風明月」而言，
   以下哪一項是不正確的？
   A. 兩者物各有主　　B. 兩者目遇之成色
   C. 兩者是用之不竭　D. 兩者是取之無禁

10. 賦中「釃酒臨江，橫槊賦詩，固一世之
    雄」描述的是誰？
    A. 曹操　B. 周瑜　C. 蘇轍　D. 楊世昌

秦觀　鵲橋仙‧纖雲弄巧

掃碼聽音頻

📄 原文

纖雲弄巧，飛星傳恨，銀漢迢迢暗度。金風玉露一相逢，便勝卻人間無數。

柔情似水，佳期如夢，忍顧鵲橋歸路。兩情若是久長時，又豈在朝朝暮暮！

📖 撰文：賴慶芳

本篇向大家講解的經典是宋代秦觀的詞〈鵲橋仙〉，看他筆下的愛情故事。

秦觀（1049－1100），字少游，揚州高郵（即今江蘇高郵縣）人。公元 1085 年進士及第。他與晁補之（1053－1110）、張耒（1054－1114）、黃庭堅（1045－1105）因出於蘇東坡門下，被稱為「蘇門四學士」。其詞作清新婉麗，格調清雅，深得人們喜愛。

在文學裏有一個三難新郎的故事，新郎正是秦少游。據說秦觀娶蘇小妹為妻，被三次刁難。蘇小妹的父親蘇洵（1009－1066）思想開明，為女兒選擇夫婿，讓每名求婚者撰文一篇，交由女兒批閱，讓女兒自行選擇。蘇小妹看了秦少游文章後，寫了評論：「不與三蘇同時，當是橫行一世。」結果，蘇洵將女兒許配秦少游。成婚當日，小妹有意刁難。先來兩難是詩謎，最後一難出對聯：「閉門推出窗前月」。秦觀怕對得平凡，不能顯示己之才華，會為新娘子看不起，故此坐在庭院池旁苦苦思索。蘇東坡過來查看情況時，知是妹妹有心刁難，悄悄拾起一塊小石投入池水。秦少游忽聽一石落水聲，見池中月影散亂，立刻對出下聯：「投石衝開水底天」，終順利過關。然而，此乃文學故事，正史沒記載。其妻亦非蘇姓之女。

〈鵲橋仙〉又名〈鵲橋仙令〉、〈憶人人〉、〈金風玉露相逢曲〉、〈廣寒秋〉等。這首詞以牛郎織女相會於鵲橋的傳說為主題，述寫愛情。牛郎織女相會之日亦稱作「乞巧節」，《荊楚歲時記》云：「七月七日世謂織女牽牛聚會之日，是夕陳瓜果於庭中以乞巧。」上片述相會之喜悅，下片記述離別之苦澀，以兩人若是長久相愛，不必在意朝

夕相聚作終結。

有關這首詞的創作，有學者認為秦觀在宋哲宗紹聖四年（1097）寫於湘南郴州，是寫給長沙一位倡籍女子，後世稱為「義倡」。據南宋洪邁（1123－1202）《夷堅志補》所述：秦觀路經長沙，認識善於唱歌的義倡，她特別喜歡秦觀的詞作。義倡得知眼前人就是日夕傾慕的秦學士，驚訝異常，恭敬侍奉。兩人繾綣數日，秦觀更答應後會有期，卻在分別後數年亡於藤縣（今廣西壯族自治區內）。義倡夜夢秦觀來告別，查察源由，得知噩耗之後，行數百里弔喪，悲慟而死。

然而，也有各種說法：一說詞人在外，寫給妻子徐文美（11世紀），創作年份不詳。二說秦觀於1079年到越州（現今的紹興）省親時，寫給一名人稱「越豔」的官妓。三云作者於1090年為蔡州營妓婁琬（11世紀）、陶心兒（11世紀）而寫。四推斷是寫給蘇東坡年輕侍妾王朝雲（1063－1096），因詞人引用了宋玉（約前298－約前222）〈高唐賦〉典故。〈高唐賦〉述巫山神女「旦為朝雲，暮為行雨」，暗合「朝雲」的名字。剛巧秦觀於1090年寫了一首〈南歌子・贈東坡侍妾朝雲〉，詞中有一句「空使蘭台公子賦高唐」。各種說法為這首〈鵲橋仙〉增添了不少浪漫與懸念，卻可肯定詞中所述的兩情相聚，是詞人自身的經歷。

上片首三句說：纖細輕盈的雲霞在天上巧妙展現不同的姿態，天上飛過的流星傳達着相思的怨恨。

「弄巧」一詞令人想起織女的巧手織布，詞人或許故意用此「巧」字，以暗點七夕「乞巧節」。漢代《古詩十九首》詩云：「迢迢牽牛星，皎皎河漢女。纖纖擢素手，札札弄機杼。終日不成章，泣涕零如雨。河漢清且淺，相去復幾許？盈盈一水間，脈脈不得語。」詩中的「牽牛星」代表牛郎，他與意中人織女分隔兩處，心中自然有怨恨。為此，有人認為秦觀這詞中的「飛星」是指牛郎星。「銀漢迢迢暗度」本指牛郎織女悄悄渡過遙遠的星河相會。「迢迢」形容相隔之遙；「銀漢」即銀河、星河，但詞人卻藉此刻劃男女情人之間相隔遙遠，滿懷相思，暗渡阻隔相會的情景。

次兩句述：秋風白露之中的一次相逢，勝過人世間癡男怨女的無數相聚。「金風玉露一相逢」化用了唐代李商隱〈辛未七夕〉詩句：「由來碧落銀河畔，可要金風玉露時。」「一相逢」三字也回應了起首的「恨」字。何以有「恨」？因相思而不能見所致，也因為一年只能聚一次而來。儘管如此，已勝過人間無數癡男怨女。

「金風玉露一相逢,便勝卻人間無數」兩句為末句「兩情若是久長時,又豈在朝朝暮暮」埋下伏線。「金風玉露」寫的明顯是秋季,但牛郎織女相逢之日是農曆七月七日;此日在現代雖然還是炎熱之夏天,在唐宋時期已是秋天的季節了。

何解一次相聚會「勝卻人間無數」?下片解釋了原因。

下片起首兩句點明原因:「柔情似水,佳期如夢。」牛郎織女一年一度的相聚,兩人的情意仿如流水般溫柔,情意溫婉纏綿。兩人之相聚,柔情萬千,溫柔的情感令人不捨分離。相會的佳期卻如夢一般虛幻,一夕相聚而散,下次相聚不知何時?為此,彼此不忍再看那鵲橋的返歸之路。「忍顧」是指「怎忍回望」或「不忍回顧」,兩字盡道情人難得相聚,依依不捨再次分離的狀況。不論是牛郎織女或世間相會的情人,也不願回首看返歸之路,一看到那路就會想起要回去,內心勾起要再次分離的傷感。

然而,分離始終不可避免,詞人因而點出愛情的真諦:兩人的情感若果是久長的話,又何需在乎日日夜夜相見?「朝朝暮暮」一詞源自〈高唐賦〉巫山神女之言:「朝朝暮暮,陽台之下。」原指巫山神女日夕在陽台之下的變化,這裏藉指真正長久的愛情不必日夜相聚,即使分隔兩地,兩人心意相通,情誼不變。《草堂詩餘》評:「按七夕歌,以雙星會少別多為恨,少游此詞謂兩情若是久長,不在朝朝暮暮,所謂化臭腐為神奇,寧不醒人心目?」「雙星」即牛郎、織女星。評者指出詞句一反前人寫牛郎織女怨恨的調子,化腐朽為神奇。

就藝術技巧而言,這首詞煉字煉句,字字精彩,句句精要,也運用不少修辭手法——

「纖雲弄巧,飛星傳恨」用了擬人法,詞人將人類的活動能力賦予雲霞與飛星,描述雲霞的變化如同在「弄巧」一樣,而星宿的飛越流動仿如傳達了怨恨。

「柔情似水,佳期如夢」用了明喻手法,詞人將情感比作水般柔和,將相見佳期比作夢一般短暫、虛幻而不可預測。本體是「柔情」、「佳期」,比喻詞是「似、如」,喻體是「水」、「夢」,營造了浪漫而富有詩意的氣氛。

此外,詞人更運用了不少語典,足見其學識之廣博。例如「銀漢迢迢暗度」中「迢迢」二字源自《古詩十九首》「迢迢牽牛星」一句;「金風玉露一相逢」中「金風玉露」四字化用李商隱〈辛未七夕〉詩句;而「又豈在朝朝暮暮」的「朝朝暮暮」一詞源自宋玉〈高唐賦〉。

　　這首詞之妙處是妙在寫景中有情，如「纖雲弄巧，飛星傳恨」；寫情之中又有景，如「柔情似水」；敘述之中有議論，如敘述牛郎織女之相會，卻得出論點：「兩情若是久長時，又豈在朝朝暮暮」，故千古為人傳頌。不論這首詞為誰而寫，詞中的哲理可以應用於每個人身上，而且恆久不衰。

✎　問答題

1. 以下哪一位不是與秦觀並稱的「蘇門四學士」？
   A. 晁補之　B. 張耒
   C. 周邦彥　D. 黃庭堅

2. 在文學故事中，秦觀在新婚之夜被誰三次刁難？
   A. 蘇小小　B. 王朝雲
   C. 蘇小妹　D. 徐文美

3. 以下哪一項不是〈鵲橋仙〉的別名？
   A. 鵲橋仙令　B. 金風玉露相逢曲
   C. 廣寒秋　　D. 蝶戀花

4. 學者相信〈鵲橋仙〉是秦觀寫給長沙哪一名女子？
   A. 越豔　B. 義倡　C. 婁宛　D. 陶心兒

5. 〈鵲橋仙〉「金風玉露一相逢」化用誰人的詩句？
   A. 李商隱　B. 白居易
   C. 杜審言　D. 劉禹錫

6. 「銀漢迢迢暗度」一句的本意是指以下哪兩個人？
   A. 牛郎、織女　B. 秦觀、徐文美
   C. 秦觀、義倡　D. 蘇軾、朝雲

7. 詞中哪一句是化用宋玉〈高唐賦〉？
   A. 纖雲弄巧　　　B. 柔情似水
   C. 便勝卻人間無數　D. 又豈在朝朝暮暮

8. 以下哪一項是「忍顧」兩字在詞中的意思？
   A. 忍着照顧　B. 怎忍回顧
   C. 忍心回頭　D. 忍耐回顧

9. 以下哪一項不是〈鵲橋仙〉所用的修辭手法？
   A. 比喻　B. 擬人　C. 典故　D. 排比

10. 「兩情若是久長時，又豈在朝朝暮暮」一句帶出了甚麼訊息？
    A. 愛情若是長久，不必日夕相對。
    B. 愛情若是長久，需要朝夕相處。
    C. 兩人情誼久長，豈能無朝夕相處。
    D. 兩人情誼久長，莫不會朝夕相處。

答案：1C, 2C, 3D, 4B, 5A, 6A, 7D, 8B, 9D, 10A

周邦彥　西河·金陵懷古

掃碼聽音頻

📑 原文

佳麗地，南朝盛事誰記？山圍故國遶清江，髻鬟對起。怒濤寂寞打孤城，風檣遙度天際。

斷崖樹，猶倒倚，莫愁艇子曾繫。空餘舊跡鬱蒼蒼，霧沉半壘。夜深月過女牆來，傷心東望淮水。

酒旗戲鼓甚處市？想依稀、王謝鄰里。燕子不知何世，向尋常巷陌人家，相對如說興亡，斜陽裏。

📖 撰文：招祥麒

本篇向大家講解的經典是北宋大詞人周邦彥（1056－1121）的一篇名作《西河·金陵懷古》。

周邦彥，字美成，晚年自號清真居士。浙江錢塘（今浙江杭州市）人。北宋詞人。少年落魄不羈，後在太學讀書。元豐六年（1083），時二十八歲，因獻〈汴京賦〉而被宋神宗（趙頊，1048－1085）賞識，自太學諸生擢為太學正。哲宗（趙煦，1077－1100）時任廬州（今安徽合肥）教授、知溧水縣（今江蘇縣名）、國子主簿、秘書省正字。徽宗（趙佶，1082－1135）時仕途較平坦，先後為校書郎、考功員外郎、衛尉宗正少卿兼儀禮局檢討等職。徽宗頒佈大晟樂，召為大晟府提舉，為朝廷制禮作樂。晚年再轉州府，曾知隆德府（今山西長治）、順昌府（今安徽阜陽）、明州（今浙江鄞縣）、處州（今浙江麗水）等地。最後任南京鴻慶宮提舉，卒於齋廳，年六十六。

周邦彥詩、文、書法兼擅，而以詞的成就最大。他精通音律，創製不少新詞調，格律嚴整。今存詞一百八十餘首，有《片玉詞》、《清真詞》、《美成長短句》等不同名目版本。他的詞承接柳永（987－1053）而多變化，多寫男女之情和羈旅離愁，市井氣

少而宮廷氣多，而且長於鋪敘，言情體物，窮極工巧，又善於熔鑄前人詩句，辭藻華美，音律和諧，具有渾厚、典麗、縝密的特色，是婉約派和格律派的集大成者，對宋詞以至於元、明、清及近代詞的發展，都有巨大的影響。沈義父（約 1237－1243 年前後在世）《樂府指迷》説：「凡作詞當以清真為主，蓋清真最為知音，且無一點市井氣，下字運意，皆有法度，往往自唐、宋諸賢詩句中來，而不用經史中生硬字面，此所以冠絕也。」

〈西河〉，是詞調的名稱。王灼（1105－1160）《碧雞漫志》記載唐大曆初，有樂工取古〈西河長命女〉加減節奏而成新聲。又稱它入大石調，聲調奇古。周邦彥《清真集》標明這一闋〈西河〉入大石調，共一百零五字。分三疊，第一、二疊各四仄韻，第三疊五仄韻。

本題為「金陵懷古」，當作於金陵（今南京）。近人羅慷烈（1918－2009）説是周邦彥作於溧水任內（1093－1096），屬中年的作品。周邦彥於哲宗元祐八年（1093）知溧水縣，至紹聖三年（1096），前後任職四年。由於當時朝廷對地方官吏限制不嚴，周氏閒時出遊，不止於溧水一地。今存建康、江寧、茅山、琴川等地方志，均載有周氏作品。本詞收錄在《建康志·樂府》內，亦可印證羅慷烈的説法可信。

周邦彥的詞多寫愛情、羈旅生活，懷古之詞極少。本詞撫今追昔，抒寫朝代興亡、人間滄桑之感，且以檃括古樂府〈莫愁樂〉及唐人劉禹錫（772－842）〈石頭城〉、〈烏衣巷〉詩意而成，別具一格，與王安石（1021－1086）〈桂枝香·金陵懷古〉堪稱雙璧。

全首詞分作三片：上片起調至「風檣遙度天際」，寫金陵山川形勝；中片由「斷崖樹」至「傷心東望淮水」，寫金陵古跡並發出憑弔；下片由「酒旗戲鼓甚處市」至末尾，寫眼前景物及朝代更替的興亡之感。

上片開首兩句扣緊題目，為全詞的「總綱」，以「佳麗地」橫空發端，點出題目「金陵」二字，接下「南朝盛事誰記」一句，照應題目「懷古」二字；兩句一揚一抑，前句將金陵推上了歷史所賦予的令人豔羨的地位，後句帶出歷史興亡的無限蒼涼之感。詞人接下來並無交待「南朝盛事」的史實，純以寫景説情。「山圍」四句檃括劉禹錫〈石頭城〉「山圍故國周遭在，潮打空城寂寞回」詩意，寫金陵有山圍、江邊的雄偉屏障，而清江兩岸亦奇峰秀麗，只可惜人事變遷，孤城寥落；詞人將「寂寞」的感受轉向「怒

濤」，説怒濤寂寞而拍打孤城，這種擬人化的效果，大大加強了「物猶如此，人何以堪」的感覺。此時，征帆遠去，就更為眼前景色，塗上一層淒然冷漠的色調。

中片起兩句「斷崖樹，猶倒倚」亦突兀，斷崖倒樹，觸目荒涼，着一「猶」字，更添滄桑感；而此乃「莫愁艇子曾繫」的地方。詞人巧妙化用南朝樂府〈莫愁樂〉「莫愁在何處？莫愁石城西。艇子打雙槳，催送莫愁來」，呼應上片「南朝盛事」。當年莫愁女在這裏笙歌鼓舞；如今卻「空餘舊跡鬱蒼蒼，霧沉半壘」，這種物是人非的情景，令人感觸。詞人再用劉禹錫〈石頭城〉「淮水東邊舊時月，夜深還過女牆來」的詩境，寫出月影移動，詞人獨立蒼茫，東望淮水，不禁呼出撼人肺腑的「傷心」二字。

下片開始，又與中片末的冷寂氣氛不同，「酒旗戲鼓甚處市」，既呼應上片「佳麗地」，也具體地回應昔時盛事，如酒簾飄飄，樂鼓咚咚的一片喧鬧景象。如今的情景，已大不如前。「想依稀」以下數句，詞人化用了劉禹錫〈烏衣巷〉「舊時王謝堂前燕，飛入尋常百姓家」的詩境，以特寫鏡頭，寫燕子從望族的高堂，飛向普通街巷的人家，在夕陽的餘暉裏，相對呢喃。燕子無知之物，自然「不知何世」，牠的呢喃之聲，亦本無深意，然而在詞人聽來，竟有極大的震撼與觸動，勾起古城盛衰之感，由人及物，則燕語呢喃，亦「如説興亡」了。

全詞懷古傷今，將現實和幻想交織，景色虛實並舉，疏密遠近相間，意境開闊，又善於融化古人詩句，一如己出，寫來疏蕩而悲涼，氣韻沉雄，與王安石〈桂枝香〉堪稱雙璧，為懷古詞中的佳作。

今天的南京，屬江蘇省會，是政治文化的名城，也是江南的學術重鎮。大家如有機會親臨，自然可以發思古之幽情，朗誦一下無數相關的文學作品，也可體驗當前的繁華昌盛。

✎　問答題

1. 下列哪項是〈西河‧金陵懷古〉的正確描述？
   1 是周邦彥中年的作品
   2 詞分上下兩片，上片寫景，下片抒情
   3 大量化用唐人詩句，別具一格
   4 按詞譜填寫，有平仄格律限制。
   A. 1、2、3　B. 1、2、4
   C. 1、3、4　D. 2、3、4

2. 詞的首句「佳麗地」是指甚麼地方？
   A. 長安　B. 洛陽　C. 金陵　D. 廣州

3. 「髻鬟對起」用的是甚麼修辭？
   A. 擬物　B. 比喻　C. 借代　D. 用典

4. 「怒濤寂寞打孤城」用了哪種修辭手法？
   A. 倒裝　B. 比喻　C. 擬人　D. 擬物

5. 「夜深月過女牆來」的「女牆」是甚麼意思？
   A. 女子修築的城牆　B. 城牆上的女子
   C. 閨房　　　　　　D. 城牆上的矮牆

6. 「燕子不知何世，向尋常巷陌人家，相對如說興亡」運用了哪種修辭手法？
   A. 比喻　B. 擬人　C. 層遞　D. 呼告

7. 下列哪一項不是本詞描寫的景色？
   A. 陡峭的山崖上，老樹仍斜倚地生長
   B. 江霧沉沉，籠罩舊時營壘
   C. 夜月的清輝越過女牆，灑在秦淮河上
   D. 燕子匆忙南飛，訴說旅途辛苦

8. 下列各項，何者不是表達物是人非的感慨？
   A. 怒濤寂寞打孤城，風檣遙度天際。
   B. 斷崖樹，猶倒倚，莫愁艇子曾繫。
   C. 空餘舊跡鬱蒼蒼，霧沉半壘。
   D. 燕子不知何世，向尋常巷陌人家，相對如說興亡，斜陽裏。

9. 整首詞所抒發的有哪些情感？
   1 物是人非　2 古城盛衰
   3 歷史興亡　4 厭倦官場
   A. 1、2、3　B. 2、3、4
   C. 1、3、4　D. 1、2、4

10. 下列哪一項不是本詞的寫作特色？
    A. 將現實和想像交織，意境開闊
    B. 善於融化古人詩句，一如己出
    C. 景色虛實並舉，疏密遠近相間
    D. 借古諷今，寄託深遠

答案：1C、2C、3B、4C、5D、6B、7D、8A、9A、10D

李清照　醉花陰‧薄霧濃雲愁永晝

掃碼聽音頻

📑 **原文**

薄霧濃雲愁永晝，瑞腦銷金獸。佳節又重陽，玉枕紗廚，半夜涼初透。

東籬把酒黃昏後，有暗香盈袖。莫道不銷魂，簾捲西風，人比黃花瘦！

📖 **撰文：賴慶芳**

本篇向大家講解的經典是宋代才女李清照的〈醉花陰〉。

對於這名宋代首屈一指的才女，你認識多少？

李清照（1084－1156？）號「易安居士」，濟南（今屬山東歷城附近）人。父親是禮部員外郎李格非（1076 年進士）。李清照自幼富才華，十八歲嫁給金石家趙明誠（1081－1129），夫妻二人感情甚篤。

關於李清照有一個有趣的故事。據說趙明誠有一次夢見十二個字：「言與司合，安上已脫，芝芙草拔」，醒後清楚記得，但想來想去也不明白其意，於是告訴父親趙挺之（1040－1107）。趙挺之聽後，為兒子將此十二個字拆出了「詞女之夫」四字。果然，趙明誠後來娶了至今首屈一指的女詞人李清照。

關於〈醉花陰〉也有一個有趣的故事。《瑯環記》記載：李清照寫了這首詞後，寄給夫婿趙明誠。趙明誠得妻子李清照寄來此詞，非常欣賞，又欲勝過妻子，於是寫了很多首〈醉花陰〉，夾雜李清照此詞，合共五十首，再拿給好朋友陸德夫（約 1080－1130 年在世）品評。陸氏品評後，認為有三句佳絕：「莫道不消魂，簾捲西風，人比黃花瘦。」正是李清照所寫！趙明誠不得不佩服妻子的才情。他仿寫的四十九首詞亦不及妻子一首，可見這首壓倒鬚眉的詞作十分值得閱讀。

〈醉花陰〉寫於南渡之前，是李清照的代表作之一。全詞寫重陽節獨居懷人之思，女詞人思念遠行在外的丈夫，含蓄流露相思離別之情。

上片首句「薄霧濃雲愁永晝」表面上因為天氣而感到「愁」，實乃丈夫趙明誠不在身邊。一「愁」字點出了作者因思念丈夫而產生的愁緒。愁緒無法排遣，只有藉助瑞腦香的燃點以解愁悶，故有「瑞腦銷金獸」之句。

「瑞腦」是一種熏香名，又稱龍腦。《格致鏡原》記述：萬物之香無出其右。在銅鑄的獸形香爐燃點瑞腦香，可令一室清香，同時亦可銷減「薄霧濃雲」的沉悶天氣。然而，「愁」之真正來源乃「佳節又重陽」。所謂「每逢佳節倍思親」，在重陽佳節，詞人獨自留守閨中，丈夫不在旁。接着兩句述寫此愁苦：「玉枕紗櫥，半夜涼初透」點出秋夜清涼，詞人孤枕空帳，無人相伴，暗示對丈夫思念之情。這兩句直述夜晚情況，卻暗寫詞人相思之苦，半夜難入眠。「玉枕」乃玉製或白瓷製的枕頭，「紗櫥」即防蚊蠅的紗帳，周邦彥（1056－1121）〈浣溪沙〉就有「薄薄紗櫥望似空」之句。

下片兩句「東籬把酒黃昏後，有暗香盈袖」，藉陶淵明（365－427）〈飲酒〉詩，敘述作者獨自把酒賞菊，菊花之幽香滿袖。「東籬把酒」運用陶潛（陶淵明）之事跡及詩句，既是事典，亦是語典。陶潛〈飲酒詩〉云：「采菊東籬下，悠然見南山，山氣日夕佳，飛鳥相與還。」而「東籬」因此亦成為詠菊典故。《歲時廣記》記載：陶潛本性嗜酒，因家貧不能常得酒。重陽九月九日無酒，於宅院籬笆旁畔的菊花叢中，摘取花朵而坐，惆悵望遠。一會兒見身穿白衣的江州太守送酒來，於是即席斟酌，二人同醉而歸。

李清照在詞中化用《古詩十九首・庭中有奇樹》：「馨香盈懷袖，路遠莫致之」詩句，含蓄表達自己的思念之情——欲將菊花幽香寄贈，可惜路遠莫能及。〈庭中有奇樹〉一詩寫一個遊子在庭院之中見到奇異的樹，樹上開滿花朵。他攀折其中盛開的枝條，想送贈心中思念的人，可惜花香盈滿衣袖，路遠而不能達。李清照將「馨香盈懷袖」一句轉化成「有暗香盈袖」，表達的正是因路遠未能送幽香，相思卻無限。

最後三句「莫道不銷魂，簾捲西風，人比黃花瘦」乃全詞之精華，歷代為人激賞。「莫道不」是雙重否定的肯定句，意思是：不要說不。詞人說：不要說不令人黯然銷魂，西風捲起竹簾，人比菊花還要清瘦。「銷魂」是指人的魂魄離開軀體，是人過度悲傷和感動時的精神狀態。詞人沒有點明甚麼令她銷魂，卻藉江淹（444－505）〈別賦〉：「黯然銷魂者，唯別而已！」婉轉傳達了沒有明言之意——與夫婿分隔兩地的相思之苦，令她黯然銷魂。

「簾捲西風」是倒裝句，倒客為主。原句該是：西風捲簾。詞人以倒裝之法令句子變得更有藝術吸引力。李清照寫的景是秋風吹起竹簾，偏偏寫成竹簾捲起西風。秋風吹起窗簾，詞人發覺自己比屋外的菊花還要清瘦。竹簾本屬死物，詞人以「捲」字，賦予它人的活動能力，運用了擬人手法。

「人比黃花瘦」一句將思念之情推向高峰。詞人的「瘦」是因相思而來，相思因離別所致，因此「瘦」與「愁」皆因「離別」、「相思」所致。「人比黃花瘦」乃警句，「瘦」字是句眼，它呼應首句，首句點出「愁」字，末句總結「愁」的結果是「瘦」。清代沈祥龍説：「黃花比瘦，言情之善者。」又云：「古人名句末字必清雋響亮，如『人比黃花瘦』之『瘦』字。」

全詞沒有説明「離別」、「相思」之苦，只説「愁永晝」、「佳節又重陽」、「半夜涼初透」、「人比黃花瘦」，婉轉的表達詞人相思之情，離別之苦，甚至因思念遠行在外的丈夫而消瘦。李清照乃大家閨秀，寫情婉轉，而作者又擅長寫詞，故全詞雖無一字説相思，卻句句不離相思。

這詞有何藝術特色？

整首詞主要敍寫女詞人於重陽佳節前後的閨中活動情況。詞人採用「人比黃花瘦」的比喻手法，清新中帶誇張，力訴相思造成的後果，因而成為千古名句。詞中運用三個典故：陶淵明〈飲酒〉、《古詩十九首》、江淹〈別賦〉。清代學者陳廷焯（1853－1892）評此詞：「無一字不秀雅。深情苦調，元人詞曲往往宗之。」許寶善（1732－1804）則説：「幽細淒清，聲情雙絕。」

現代學者唐圭璋（1901－1990）云：「此首情深詞苦，古今共賞……因花瘦而觸及己瘦，傷感之至。尤妙在『莫道』二字喚起，與方回（1227－1307）之『試問閒愁知幾許』句，正同妙也。」

✎　問答題

1. 以下哪一項不是李清照丈夫趙明誠發夢看
   見的字句？
   A. 言與司合　B. 安上已脫
   C. 芝芙草拔　D. 詞女之夫

2. 趙明誠寫了多少首〈醉花陰〉以求勝於妻
   子？
   A. 47 首　B. 48 首　C. 49 首　D. 50 首

3. 陸德夫品評〈醉花陰〉後，稱讚哪幾句佳
   絕？
   A. 薄霧濃雲愁永晝，瑞腦銷金獸。
   B. 東籬把酒黃昏後，有暗香盈袖。
   C. 佳節又重陽，玉枕紗廚，半夜涼初透。
   D. 莫道不銷魂，簾捲西風，人比黃花瘦。

4. 詞人「薄霧濃雲愁永晝」的「愁」字表面
   乃天氣所致，事實是甚麼原因？
   A. 天氣煩悶而燃點瑞腦香
   B. 重陽佳節而賞菊
   C. 重陽佳節而丈夫不在身邊
   D. 天氣煩悶而人比黃花瘦

5. 以下哪一項能精準點出「金獸」二字在詞
   中的意思？
   A. 獸形香爐　B. 金色獸飾
   C. 香薰一種　D. 詞曲名字

6. 「玉枕紗櫥，半夜涼初透」的「紗櫥」是指
   甚麼？
   A. 屏障　B. 紗帳　C. 櫥櫃　D. 紗窗

7. 「有暗香盈袖」暗用了哪一個典故？
   A. 陶淵明〈飲酒〉詩
   B.《古詩十九首・庭中有奇樹》
   C.《古詩十九首・行行重行行》
   D. 王維〈九月九日憶山東兄弟〉

8. 「東籬把酒黃昏後」的「東籬」與以下哪一
   種花有關？
   A. 菊花　B. 牡丹　C. 芍藥　D. 桂花

9. 以下有關「銷魂」二字不正確的是？
   A. 使用典故：江淹〈別賦〉
   B. 意思是指人的魂魄離開軀體
   C. 是指人過度悲傷和感動時的精神狀態
   D. 詞人因賞菊而銷魂

10. 末句云「人比黃花瘦」，以下哪一句不正
    確？
    A. 相思因離別所致
    B. 此乃警句，以「人」字為句眼
    C. 總結愁的結果是瘦
    D. 黃花乃指菊花

答案：1D, 2C, 3D, 4C, 5A, 6B, 7B, 8A, 9D, 10B

李清照　聲聲慢・秋情

掃碼聽音頻

原文

尋尋覓覓，冷冷清清，悽悽慘慘戚戚。乍暖還寒時候，最難將息。三杯兩盞淡酒，怎敵他、晚來風急？雁過也，正傷心，卻是舊時相識。

滿地黃花堆積。憔悴損，如今有誰堪摘？守着窗兒，獨自怎生得黑？梧桐更兼細雨，到黃昏、點點滴滴。這次第，怎一個愁字了得！

撰文：賴慶芳

本篇向大家講解的經典是宋代李清照名傳千古的詞〈聲聲慢〉。

李清照（1084－1156？）號「易安居士」，濟南（今屬山東歷城附近）人。父親乃禮部員外郎李格非（1076 年進士），著有《禮記精義》一書，與廖正一（1079 年進士）、李禧（約 11 世紀）、董榮（約 11 世紀）合稱為「蘇門後四學士」。母親乃狀元王拱（1012－1085）孫女，知書善文。李清照自幼有才華，十八歲嫁給廿一歲的金石學家趙明誠（1081－1129）為妻。

詞又名「曲子詞」，因詞是唱曲子時用的歌詞；詞又稱作「詩餘」，是詩歌的餘緒。文人按詞牌而填寫，例如這首詞的詞牌名叫〈聲聲慢〉，李清照就按詞牌的平仄押韻要求填寫而成。詞依字數多寡分為小令、中調和長調，這首詞共九十七字，屬於長調——大凡九十一字或以上的詞作。〈聲聲慢〉分為兩段，叫雙調。詞又依照節拍分成不同的樂段，叫作「令」、「引」、「近」、「慢」，這首詞是屬於「慢」——人多稱為「慢詞」，據悉是慢曲子的一種。

這首詞大概寫於詞人南渡之後。公元 1127 年，因金兵入侵，宋徽宗（趙佶，1082－1135）、欽宗（趙桓，1100－1161）被擄，北宋滅亡，宋人南遷。趙明誠位於青州的家園據聞有十餘屋書冊，全部因兵變被焚毀，國破家亡。其時，趙明誠奔母喪，

先南下金陵，後李清照載十五車金石書冊前往會合，因路途遙遠，途中丟失不少。公元 1129 年，趙明誠因病逝世，李清照在悲傷中安葬丈夫，之後因金兵再度入侵，她過着顛沛流離的生活。詞人經歷國破家亡，夫婿病亡，生活孤苦伶仃，在孀居之中百般滋味湧心頭，寫下這首千古名作〈聲聲慢〉。

全詞描述女詞人的孤寂悲苦。起首三句「尋尋覓覓，冷冷清清，悽悽慘慘戚戚」先聲奪人，連下七組疊字，共十四言表達詞人心境狀況。清代梁紹壬（1792－？）《兩般秋雨庵隨筆》評：「李易安詞『尋尋覓覓，冷冷清清，悽悽慘慘戚戚』，連下十四疊句，則出奇制勝，匪夷所思矣。」在內容方面，層層遞進，由外在環境至內在心理狀況。詞人在廣闊的環境之下四周尋找，再縮小範圍的仔細尋覓。

究竟詞人想尋覓甚麼？她沒有明言。然而，從詞的創作背景中可推斷，她南下是與夫婿會合，尋覓的是她的丈夫。國破家亡後，她尋覓的可能是一個「家」——安身之所。但尋覓的結果是：她發現四周是「冷冷清清」一片冷清寂靜。末三組疊詞反映詞人尋覓之後的狀況與心情，可劃分成三個層次。第一層次是「悽悽」，詞人感覺悽涼苦澀；第二層次是「慘慘」，詞人感到悲慘傷痛；之後就是「戚戚」，是心中有戚戚然的絞痛，詞人的情感是一層比一層的悲痛——傷痛由悽涼至悲慘，由悲慘至內心絞痛。

上片表現詞人因天氣而難以將息的淒苦，遇見雁群的傷悲——詞人「尋尋覓覓」，在尋覓之後只見「冷冷清清」，於是引起內心的悽慘悲戚之感。在驟暖而仍然寒冷之時，最難好好休息。「乍暖還寒時候」指的是秋天天氣時而乍現溫暖，實際卻是寒冷的狀況。因為寒冷而難以休息，故此起來飲兩三杯淡淡的酒。

詞人何以飲淡酒？可以推斷是天氣寒冷，詞人欲藉以溫暖身子，也驅趕內心的悲戚。然而，三杯兩盞的淡酒又怎敵得過傍晚時分急襲的寒風？「怎敵他」是指「怎抵擋得住」之意。「晚來風急」有版本作「曉來風急」，故此亦有人譯作「早上風急」。詞人舉頭看見一群秋雁飛過，正在傷心之時，卻遇見舊日的相識。昔日相識的雁兒，更令詞人心傷。為何呢？昔日女詞人在閨中，以雁字託相思，傾訴對夫婿趙明誠的思念，如今夫婿已亡故，獨自一人，相思無可託寄。舊時相識的雁，反而勾起詞人舊日情懷，令她心裏更感苦澀。

下片述寫詞人在閨中的孤獨愁苦。庭院的園中菊花堆積滿地，已經憔悴折損，現在還有誰人來採摘呢？昔日菊花盛開，與夫婿可採摘共賞；夫婿遠遊，詞人還可賞

菊,向夫婿訴説菊花的肥瘦,一如〈醉花陰〉所述「人比黃花瘦」。如今菊花滿園,已經開始凋零,還有誰人會來採摘?夫婿不在,自己亦已無心賞菊。詞人守在窗邊,看着憔悴損折的菊花,想着獨自一人怎能熬至天黑之時?「梧桐更兼細雨」一句以大自然之景寄寓己之情懷——秋日的梧桐樹,在風中蕭蕭本已令人心碎,更何況遇上連綿細雨。雨打梧桐,令人心碎。直至黃昏時分,那點點滴滴的聲音,聲聲入於詞人耳朵。這般情景,怎能用一個愁字來表達得了!「次第」是「光景、情形」之意,乃唐宋時代文人普遍使用之詞。

李清照在此詞所用的藝術手法,歷代為人激賞。

首先,以生動口語入詞:「乍暖還寒時候,最難將息。」表達天氣的時暖時寒,難以休息。「怎敵他、晚來風急?」寫出三兩杯淡酒難以抵擋晚上吹來的急風。「雁過也,正傷心」,直述雁群飛過,正遇己傷心之時。詞人以口語入詞,既富宋代生活氣息又不失典雅。

其二,巧用暗喻手法:「雁過也……卻是舊時相識」,以飛雁比喻為舊日相識的朋友。「雁」,是本體;「相識」是喻體。「相識」一般指彼此認識的人,雁飛而過不可能與詞人相識。此詞同時運用了擬人法,將雁比擬為她認識的人,雁也認識她,故此是「相識」。

其三,化用前人語典:「梧桐更兼細雨」,化用了唐代白居易(772–846)〈長恨歌〉「秋雨梧桐葉落時」一句。白居易詩云:「芙蓉如面柳如眉,對此如何不淚垂?春風桃李花開日,秋雨梧桐葉落時。西宮南內多秋草,落葉滿階紅不掃。」寫唐玄宗失去楊貴妃之後在宮中的孤寂情景。李清照化用此詩句以表達自己內心的悲苦——她的心情仿如昔日失去至愛的唐明皇,獨餘綿綿長恨。

其四,字詞精煉:起首七組疊詞是前無古人,後無來者的精煉句子。此十四字之所以名留千古,除了上述的內容特質之外,其藝術技巧超卓。「尋尋覓覓,冷冷清清,悽悽慘慘戚戚」七組疊詞有視覺之美及聲韻之美,後人難以模仿。宋代張端義(約1179–1235年在世)《貴耳集》評論:「煉句精巧則易,平淡入調者難。」指出李清照能以平常之語入詞而又精巧美妙。他又説:「本朝非無能詞之士,未曾有一下十四疊字者。」不但宋代文人難以做到,至今千年也未有人能及。文人能寫詞,但未有能夠連下十四疊字的能耐。宋代文士羅大經(1196–1252?)《鶴林玉露》更説:「起頭連疊七

字。以一婦人，乃能創意出奇如此！」

　　上片七組疊詞之後，下片又有兩組疊詞——「點點滴滴」。在九十多字的詞之中要運用十八個疊字，非一般人能辦到。明朝茅映（生卒年不詳）《詞的》評：「連用十四疊字，後又四疊字，情景婉絕，真是絕唱！」此外，李清照這首詞押仄聲韻，且全押入聲韻。因入聲韻字不多，能入於詞的字幾乎已為她所用，後世更難再寫第二首比她優勝的〈聲聲慢〉，「絕唱」之譽當之無愧。

✎　問答題

1. 李清照的名號是甚麼？
   A. 易安居士　　B. 青蓮居士
   C. 稼軒居士　　D. 幽棲居士

2. 以下哪一項關於〈聲聲慢〉的陳述是不正確的？
   A. 它屬慢詞　　　　B. 它是雙疊
   C. 它共計九十七字　D. 它是中調

3. 公元 1129 年之後，李清照何以過着顛沛流離的生活？
   A. 因運送書冊　B. 因金兵入侵
   C. 因安葬夫婿　D. 因孤苦伶仃

4. 以下哪一項不是讚賞李清照「尋尋覓覓，冷冷清清，悽悽慘慘戚戚」七組疊詞？
   A. 出奇制勝，匪夷所思
   B. 創意出奇如此
   C. 情景婉絕，真是絕唱
   D. 春風桃李花開日

5. 「乍暖還寒時候」描述的是甚麼季節？
   A. 春天　B. 夏天　C. 秋天　D. 冬天

6. 以下哪一項是「怎敵他」三字在詞中的意思？
   A. 怎能與他敵對　B. 怎抵擋得住
   C. 怎能對抗　　　D. 怎麼以他為敵

7. 以下哪一項不是詞中「次第」二字的意思？
   A. 光景　B. 情形　C. 情景　D. 序次

8. 李清照「梧桐更兼細雨」一句化用了誰人的詩句「秋雨梧桐葉落時」？
   A. 李白　B. 白居易　C. 杜甫　D. 李商隱

9. 以下哪一項不是〈聲聲慢〉的藝術特點？
   A. 以口語入詞　B. 巧用比喻手法
   C. 字詞精煉　　D. 運用白居易事典

10. 明朝茅映何以稱〈聲聲慢〉為「絕唱」？
    A. 因創意新奇
    B. 因連下七組再用四疊詞
    C. 因無詞人幽絕淒美之思
    D. 因前無古人而後無來者

答案：1A, 2D, 3B, 4D, 5C, 6B, 7D, 8B, 9D, 10B

岳飛　滿江紅·怒髮衝冠

掃碼聽音頻

📖 原文

　　怒髮衝冠，憑欄處、瀟瀟雨歇。抬望眼，仰天長嘯，壯懷激烈。三十功名塵與土，八千里路雲和月。莫等閒、白了少年頭，空悲切。

　　靖康恥，猶未雪。臣子恨，何時滅！駕長車，踏破賀蘭山缺。壯志飢餐胡虜肉，笑談渴飲匈奴血。待從頭、收拾舊山河，朝天闕。

📖 撰文：曹順祥

　　本篇向大家講解的經典是南宋岳飛的〈滿江紅〉。

　　「莫等閒、白了少年頭，空悲切。」是我中六考大學前老師出的中文作文題目。當時就知道是岳飛〈滿江紅〉詞中的名句。今天，執筆寫這份講稿時，不期然想起那身穿白衣白褲和黑皮鞋的青蔥歲月。如今，在風中飄散的，早已經不是當年的滿頭黑髮……

　　〈滿江紅〉是詞牌的名稱。九十三字，上片四仄韻，下片五仄韻。聲情激越，宜抒發豪情壯語，表現慷慨激昂的情懷。

　　岳飛（1103－1142），字鵬舉，宋相州湯陰（今河南省安陽市湯陰縣）人，抗金名將，又有「民族英雄」稱號。岳飛從南宋建炎二年（1128）到紹興十一年（1141年）十餘年間，率領岳家軍與金軍進行過數百次大小戰鬥。後宋高宗（1107－1187）以十二道金字牌下令退兵，岳飛被迫班師。在紹興和議中，岳飛遭受秦檜（1091－1155）等人誣陷，被捕入獄，終以「莫須有」的謀反罪名處死。岳飛被宋高宗下令殺害，死後多年，宋孝宗（1127－1194）為其平反，追諡武穆，追封鄂王，故後人稱呼岳武穆、武穆王。元朝修《宋史》記載：岳飛治軍以身作則，賞罰分明，紀律嚴整，又能體恤部屬，敵方女真人讚歎為「撼山易，撼岳家軍難」。

　　按篇中有「三十功名」之句，估計作於三十二歲左右，即紹興四年（1134），岳飛擢任清遠軍節度使、湖北荊襄潭州制置使。

　　詞作上片，從「怒髮衝冠」至「莫等閒、白了少年頭，空悲切。」

　　上片的第一部分：「怒髮衝冠，憑欄處、瀟瀟雨歇。抬望眼，仰天長嘯，壯懷激烈。」瀟瀟雨聲剛剛停止，岳飛獨自倚着高樓，正憑欄遠望。他仰天放聲長嘯，一片報國之丹心，急切盼望早日實現奮發圖強的志願。詞的起筆，充滿凌雲壯志，有氣吞山河之勢，寫來氣勢磅礴，總領了全篇的氣氛！

　　「怒髮衝冠」，當然不是一般的憤怒，而是異常憤怒。以致頭髮豎起，把冠帽也頂起來了。這是作者的理想與現實發生激烈矛盾的結果。這固然是藝術上的「誇張」，是高度概括了兩個非常經典的故事——藺相如的「完璧歸趙」和荊軻刺秦王。

　　《史記》曾兩次寫「怒髮」：一處是〈廉頗藺相如列傳〉，記藺相如手持和氏璧玉倚柱時「怒髮上衝冠」，當廷怒斥秦王；另一處是〈刺客列傳〉，荊軻以身犯險，冒死行刺秦王，眾人送別時「士皆瞋目，髮盡上指冠」。藺相如不畏虎狼之國，荊軻為太子丹報仇雪恨！兩次的情境，都面對強權暴君，生死只懸於一線之間。

　　可以想像，詞人面對投降派的不抵抗政策，真是義憤填膺。岳飛之怒，是由於金兵屢犯中原，燒殺虜掠無所不為的滔天罪行所致；岳飛之嘯，是有志難伸，報國無門的悲憤之嘯；岳飛之懷，是精忠報國的壯志襟懷！一連數句，生動地塑造了這位千古獨一無二的英雄形象。

　　上片的第二部分：「三十功名塵與土，八千里路雲和月。莫等閒、白了少年頭，空悲切。」三十多年來，自己雖已建立功名，但如同塵土。「功名」應該是指岳飛擢任清遠軍節度使、湖北荊襄潭州制置使。當時岳飛三十二歲，「三十」是約數。岳飛曾言「誓將直節報君仇」，「不問登壇萬戶侯」，功名不過是滾滾塵土，微不足道。須知道，詞人夢寐以求的事，並非封侯拜相，而是抗敵救國、收復錦繡河山啊！因此，接着說「八千里路雲和月」，詞人不分陰晴，轉戰南北八千里，日日夜夜為收復中原而戰鬥。「切勿輕讓光陰虛度啊！頭髮變白了卻一事無成，那時候，即使悲傷痛悔，也是徒然了。」這既是岳飛的自勵之辭，也是對抗金將領的鞭策。雖然與「少壯不努力，老大徒傷悲」的意思相近，但此處的詞情極為沉痛，字字擲地有聲！

　　詞的下片，從「靖康恥」至「朝天闕」。詞人對侵略者充滿憤慨，抒發重整山河

的抱負。

首先是「靖康恥，猶未雪。臣子恨，何時滅！」四句，「靖康恥」指「靖康之難」，北宋首都被攻破，徽宗、欽宗二帝被擄北去，身為國家臣子的憤恨，何時才能泯滅！四句句式短促，節奏明快，一氣呵成；四句中不獨前兩句與後兩句都是對句，詞意更有遞進和深化。

由於未雪前恥，所以詞人要「駕長車，踏破賀蘭山缺」。長車，即古代的戰車；賀蘭山，在今寧夏回族自治區的西北。此處「賀蘭山」乃泛指，借代邊塞險關要塞，藉以抒發抗金的雄圖壯志。「壯志飢餐胡虜肉，笑談渴飲匈奴血」，以極其誇張的手法，「飢餐」、「渴飲」，暢其情、盡其勢，充分表達了對敵人的憤恨之情。此處胡虜、匈奴是對北方外族入侵者的蔑稱，含有貶義。最後，以「待從頭、收拾舊山河，朝天闕」收結，連年艱苦的征戰，收復山河的宏願，既表達戰勝的決心和信心，也表達對國家的忠誠。此處用「收拾舊山河，朝天闕」來表達凱旋歸來，完成統一大業，並以朝見天子作結。當中的「山河」、「天闕」，是借代的手法，山河指國家，天闕是皇宮，這裏指皇帝。「朝」是拜見，表示對皇帝、對國家忠心。

詞的上片，抒發了國恥未雪之恨；詞的下片，表現對收復河山的決心和信心。

〈滿江紅〉能成為名篇，除了一股浩然正氣，出色的寫作技巧也值得學習。

首先是化用典故。「怒髮衝冠」暗中引用了《史記》兩個典故，正如王國維（1877－1927）《人間詞話》說：「借古人之境界，為我之境界」，而且增加詞句之含蓄與典雅，委婉表意，令內容更為充實。

其次，用語精煉。「三十功名塵與土，八千里路雲和月。」前者概括了岳飛半生的征戰生活，後者概括了壯美山河和收復中原的宏願！「靖康恥，猶未雪」概括了國家之無盡屈辱，「臣子恨，何時滅」概括了萬千百姓的心聲！

再者，借景抒情。在「怒髮衝冠」之後，如果刪去了「憑欄處、瀟瀟雨歇」七字，詞的感染力將會大大削弱，後面激盪澎湃的感情也無從說起了。「塵與土」、「雲和月」寫軍旅生涯，此處「景」與「情」的高度形象化，達到了情景交融的效果。

人物形象方面，「仰天長嘯，壯懷激烈」，英雄的憤懣不平，豪邁的氣概，已經躍然紙上。及至「壯志飢餐胡虜肉，笑談渴飲匈奴血」，又是何等豪情壯語！「笑談」尤其突出岳飛戰鬥不屈的精神，氣吞斗牛，而無絲毫懼色！

用韻上，全篇皆用入聲韻。上片「歇、烈、月、切」押韻，下片「雪、滅、缺、血、闕」押韻。入聲韻最適合表現決絕的語氣，此詞「壯懷激烈」的詞意，聲情配合得當，效果相得益彰。此外，下片的三字句，「靖康恥，猶未雪。臣子恨，何時滅！」承上片的短語而來，節奏比上片更快，充分表達詞人壯士抒懷，滿腔激昂之情。

三十九年，以「人生」來說委實太短。還來不及「白了少年頭」，岳飛在還年青之時便被害致死。可是，對於頂天立地的真英雄、大英雄來說，岳飛又不折不扣地活了九百多年！

✎　問答題

1. 「待從頭、收拾舊山河，朝天闕。」是甚麼修辭手法？

   A. 暗喻　B. 借代　C. 誇張　D. 排比

2. 「怒髮衝冠，憑欄處、瀟瀟雨歇。」是甚麼修辭手法？

   ① 引用　② 借代　③ 誇張　④ 對比

   A. 1、2　B. 2、3　C. 3、4　D. 1、3

3. 承上題，「怒髮衝冠」的典故來自哪一部歷史書？

   A.《左傳》　B.《史記》
   C.《漢書》　D.《三國志》

4. 「壯志飢餐胡虜肉，笑談渴飲匈奴血。」是甚麼修辭手法？

   ① 對比　② 對偶　③ 誇張　④ 呼告

   A. 1、2　B. 2、3　C. 3、4　D. 1、3

5. 以下哪一項是對〈滿江紅〉的正確描述？

   A. 詞題　B. 詞牌　C. 詞序　D. 曲牌

6. 「憑欄處、瀟瀟雨歇。」是甚麼寫作手法？

   A. 借事抒情　B. 借景抒情
   C. 借物抒情　D. 借事說理

7. 對本篇用韻的描述，以下何者正確？

   A. 上片平聲韻，下片入聲韻
   B. 上片入聲韻，下片平聲韻
   C. 全篇皆平聲韻
   D. 全篇皆入聲韻

8. 本篇中「靖康恥」是指甚麼歷史事件？

   A. 靖康變法　B. 靖康之難
   C. 靖康民變　D. 靖康改制

9. 「駕長車，踏破賀蘭山缺。」是甚麼修辭手法？

   A. 借喻　B. 暗喻　C. 借代　D. 對比

10. 在詞義的運用上，本篇「胡虜」、「匈奴」二詞屬於哪一類？

    A. 褒義詞　B. 貶義詞
    C. 中性詞　D. 關聯詞

答案：1B, 2D, 3B, 4B, 5B, 6B, 7D, 8B, 9C, 10B

陸游　釵頭鳳・紅酥手

掃碼聽音頻

📑 原文

紅酥手，黃縢酒，滿城春色宮牆柳。東風惡，歡情薄。一懷愁緒，幾年離索。錯、錯、錯。

春如舊，人空瘦，淚痕紅浥鮫綃透。桃花落，閒池閣。山盟雖在，錦書難託。莫、莫、莫！

📖 撰文：曹順祥

本篇向大家講解的經典是南宋詞人陸游的名作〈釵頭鳳・紅酥手〉。

有人說：人皆有死。死亡既是每個人必經的過程，所以面對死亡也毋須畏懼。而人間有情，正因為有情，所以有時候「生離」比「死別」更令人傷痛！〈釵頭鳳・紅酥手〉所講述的就是一個催人淚下的愛情故事。

此詞作者是陸游。陸游（1125－1210），字務觀，號放翁，越州山陰（今浙江紹興）人，南宋詩人、詞人。後人每以陸游為南宋詩人之冠。陸游自言「六十年間萬首詩」，是中國歷史上自作詩留存最多的詩人。

〈釵頭鳳・紅酥手〉描寫了詞人與原配唐氏（一說為唐琬）的愛情悲劇。陸游與原配夫人唐氏結婚以後，是一對情投意合的恩愛夫妻。同學們，讀到此處請注意，周密《齊東野語》說：「陸務觀初娶唐氏，閎之女也，於其母為姑姪。」但也有人認為陸游和他的原配夫人唐氏根本不存在甚麼姑表關係。最早記述〈釵頭鳳〉詞這件事的是南宋陳鵠的《耆舊續聞》，以及其後劉克莊的《後村詩話》，但陳、劉二氏在其著錄中均未言及陸、唐是姑表關係。

詞中繼續講述，陸母竟對兒媳產生了厭惡感，最終更逼迫陸游休棄妻子。唐氏後來無奈改嫁予「同郡宗子」趙士程（？－1173？）。

　　幾年以後，一個春日，陸游與偕夫同遊的唐氏竟不期而遇，地點是山陰城南禹跡寺附近的沈園。唐氏安排酒餚送予陸游，陸游遂乘醉吟賦這首詞，並親筆題寫於園壁之上。不久之後，唐氏抑鬱而終，陸游的這首詞也就成了他與唐氏愛情悲劇的斷腸詞。

　　詞的上片，通過回憶昔日的婚姻生活，感歎被迫分離的痛苦之情。「紅酥手，黃縢酒，滿城春色宮牆柳」不僅寫出了唐氏昔日為詞人殷勤把盞時的動態，同時也是唐氏本人的概括。而唐氏紅潤的手臂，黃封酒〔注：夏承燾（1900－1986）認為：「黃縢酒，即黃封酒，一種官釀的酒。亦省稱「黃縢」〕，以及碧綠的柳色等，畫面充滿明麗和諧的色彩感。這個人物描寫的效果，無疑是具體而形象地表現出這對恩愛夫妻昔日的美滿幸福。「滿城春色宮牆柳」，再為我們勾勒出一個廣闊而深遠的背景，也點明了他們是在共賞春色。既是寫眼前之景，又是對當年往事的回憶。

　　「東風惡，歡情薄。一懷愁緒，幾年離索」，這一句是全詞的關鍵所在，是造成愛情悲劇的癥結，也是寫詞人被迫與唐氏離異後的痛苦心情。上一層寫春景春情，無限美好，到這裏突然一轉。東風既可給萬物帶來勃勃的生機，同時也會帶來破壞，即後面的「桃花落，閒池閣」，春花爛漫，竟慘被東風摧殘。如聯繫作者生平，無疑就是一段美滿姻緣被迫拆散。「一懷愁緒，幾年離索」敘寫幾年來的離別生活，帶給他們的只是滿腔愁怨，突出了恩愛夫妻被迫分離的悲痛！接下來，「錯、錯、錯」，一連三個「錯」字，感情極為沉痛。一字比一字沉重，激憤的感情可謂一瀉無餘。我們不禁要問：這到底是誰錯了呢？是自己嗎？是唐氏？是命運？是人為？還是婚姻制度？詞人沒有明說，也不便於明說，一切都似乎留給了讀者來思考！

　　「春如舊，人空瘦，淚痕紅浥鮫綃透」，下片的前三句承接上文而來，進一步描寫詞人而今眼中看到的唐氏。以前的唐氏，該是肌膚紅潤，煥發着青春活力的吧？如今慘遭無情摧殘，人憔悴了，也消瘦了。「空」、「瘦」二字，加上「淚痕」，讓人不難想像，眼中的「故人」與自己同樣飽受相思之苦！此處表面寫對方，同時也在寫自己。「空」字也點出那是無補於實際的自我消磨！

　　「淚痕紅浥鮫綃透」用了細節描寫的手法，沒直接寫淚流滿面，通過一個「透」字，不僅可以想見其流淚之多，亦彷彿見其相思之苦。

　　「桃花落，閒池閣。山盟雖在，錦書難託」，筆鋒一轉，寫桃花零落，池閣閒置。桃花飄落滿地，人去樓空，池閣無人。一「落」一「閒」，真是百般無奈！可以想像，

昔日的恩愛夫妻，應是經常在庭園攜手漫步、形影不離的吧？愛妻曾經像桃花一樣美麗，被無情的東風摧殘，折磨得憔悴消瘦了，而詞人的心境，不也像「閒池閣」一樣孤寂冷落嗎？

「山盟雖在，錦書難託」，是承接上片的「東風惡」而來，如今咫尺天涯，縱有千言萬語、縱有別離相思之苦，此刻只能長埋心中。情如山石，癡心不改，似是自我剖白，但一切已經無從挽回，明明是相愛，卻又不能去愛；明知道不能去愛，卻又無論如何也斬不斷這萬縷情絲！

最後詞人一連用了三個歎詞：「莫、莫、莫！」是莫再相思？莫再悲傷？莫再怨恨？莫再回憶？……這一切一切，似乎都留給讀者去細細思量！可謂字字是血，聲聲是淚！

陸游寫了〈釵頭鳳〉一詞後，唐氏看了非常傷感，後來也和了一首：

世情薄，人情惡，雨送黃昏花易落。曉風乾，淚痕殘。欲箋心事，獨語斜欄。難！難！難！

人成各，今非昨，病魂常似鞦韆索。角聲寒，夜闌珊。怕人詢問，咽淚裝歡。瞞！瞞！瞞！

不久，唐琬也鬱鬱而終。此後陸游輾轉於江淮川蜀，依然無法釋懷。直至陸游六十七歲時，重遊沈園，看到當年題寫〈釵頭鳳〉的破壁，他又寫了一首詩：

楓葉初丹槲葉黃，河陽愁鬢怯新霜。林亭感舊空回首，泉路憑誰說斷腸。壞壁醉題塵漠漠，斷雲幽夢事茫茫。年來妄念消除盡，回首禪龕一炷香。

就在陸游去世的前一年，他最後一次來到沈園，寫下了「沈家園裏花如錦，半是當年識放翁。也信美人終作土，不堪幽夢太匆匆。」沈園因此成為千古名園。

本詞在結構和作法兩方面均非常出色，值得我們學習。

本詞是記述了詞人與唐氏被迫分開後，在禹跡寺南沈園的一次偶然相遇的情景，全詞情感真摯，通過敘寫夫妻恩愛、家母相迫、勞燕分飛、沈園邂逅的情景，抒發了怨恨愁苦、難以言狀的悽楚之情。

這首詞由始至終均圍繞着沈園這一特定的空間來敘寫。本詞結構嚴謹，上片由追

昔到思今，以「東風惡」為轉折點；下片回到現實，以「春如舊」與上片「滿城春色」句相呼應，以「桃花落，閒池閣」與上片「東風惡」句相照應，不同時間、不同場景，通過想像加以整合，呈現於讀者眼前。

全詞多用對比的手法，如上片情景的描寫，夫妻昔日共同生活時的美好情景與被迫離異後重逢的悽楚心境，形成感情的強烈對比。詞中突出「幾年離索」給唐氏帶來的折磨和痛苦，通過人物的對比，上片寫「紅酥手」，下片寫「人空瘦」，「故人」形象鮮明突出。加上「錯、錯、錯」和「莫、莫、莫」先後兩次的感歎，讀來如泣如訴！

讀完此詞，你是否同情陸游和唐氏？對「生離」和「死別」，以至「愛情」和「婚姻」，是否又有另一番體會？

✎ 問答題

1. 陸游是哪個朝代的詞人？
   A. 漢代　B. 唐代　C. 北宋　D. 南宋

2. 唐氏與陸游見面時，已改嫁給誰？
   A. 趙匡胤　B. 趙士程
   C. 趙子龍　D. 趙少康

3. 「東風惡，歡情薄」，「東風」是指甚麼事情？
   A. 兄弟之間的爭執　B. 陸母迫二人分離
   C. 父子之間的反目　D. 朋友之間的糾紛

4. 「淚痕紅浥鮫綃透」，用了甚麼寫作手法？
   A. 語言描寫　B. 細節描寫
   C. 動作描寫　D. 心理描寫

5. 〈釵頭鳳〉的寫作對象是誰？
   A. 李琬　B. 唐琬　C. 張琬　D. 黃琬

6. 下片「春如舊」與上片「滿城春色」是甚麼關係？
   A. 對比　B. 過渡　C. 呼應　D. 總結

7. 〈釵頭鳳〉上片寫「紅酥手」，下片寫「人空瘦」，這是甚麼手法？
   A. 事件對比　B. 人物對比
   C. 襯托手法　D. 象徵手法

8. 對於〈釵頭鳳〉的描述，以下何者正確？
   1 上片追昔到思今　2 上片寫離別情景
   3 下片回到現實　　4 下片回憶過去
   A. 1、3　B. 2、4　C. 2、3　D. 1、4

9. 陸游在以下哪一個地方的園壁上親筆題字？
   A. 桃園　B. 李園　C. 沈園　D. 朱園

10. 〈釵頭鳳〉一詞的主題是甚麼？
    A. 朋友之情　B. 兄弟之情
    C. 夫妻之情　D. 家國之情

陸游　沈園二首

掃碼聽音頻

📑 原文

其一

城上斜陽畫角哀，沈園非復舊池台。

傷心橋下春波綠，曾是驚鴻照影來。

其二

夢斷香消四十年，沈園柳老不吹綿。

此身行作稽山土，猶弔遺蹤一泫然。

📖 撰文：招祥麒

　　本篇向大家講解的經典是南宋愛國詩人陸游（1125－1210）七言絕詩〈沈園〉二首。

　　陸游，字務觀，越州山陰（今浙江紹興）人，生當民族矛盾尖銳，國勢十分危迫的南宋時期，是南宋前期愛國詩壇的代表人物。在我國文學史上，是繼屈原（前339？－前278）、杜甫（721－770）之後，又一偉大的愛國詩人。

　　陸游自幼好學，十七八歲時便有了詩名；二十九歲赴臨安參加進士考試，因喜歡談論抗金復國被秦檜（？－1155）除名了。秦檜死後，三十四歲時才開始做官；不久，又因主張用兵抗金而被罷官。四十六歲入蜀，在抗戰前線生活了一段時間，有一段「鐵馬冰河」的經歷。在任職四川制置使范成大（1126－1193）幕府期間，他常常借酒澆愁，排遣他報國無門的苦悶，酒後又不注意細節，被人譏為「頹放」，他乾脆就自號「放翁」。五十四歲離開蜀地東歸，做了幾任地方官，以「嘲詠弄月」被罷官。六十六歲以後，絕大部分時期都是在他山陰老家度過。八十六歲時抱着沒能看到國家統一的

遺恨與世長辭，留下絕筆詩〈示兒〉。

沈園，舊址在今浙江省紹興市禹跡寺南。陸游二十歲左右與表妹唐琬（1128－1156）結婚，感情很好，因不容於陸母，被迫離婚。後唐氏改嫁趙士程（？－1173？），陸游亦另娶王氏。紹興二十五年（1155），三十歲的陸游在沈園與唐琬偶然相遇，彼此傷感。陸游題〈釵頭鳳〉一詞於壁，詞曰：「紅酥手，黃滕酒，滿城春色宮牆柳。東風惡，歡情薄。一懷愁緒，幾年離索。錯、錯、錯。　春如舊，人空瘦，淚痕紅浥鮫綃透。桃花落，閒池閣。山盟雖在，錦書難託。莫、莫、莫！」唐氏見後亦奉和一首，詞曰：「世情薄，人情惡，雨送黃昏花易落。曉風乾，淚痕殘。欲箋心事，獨語斜闌。難！難！難！　人成各，今非昨，病魂常似鞦韆索。角聲寒，夜闌珊。怕人尋問，咽淚裝歡。瞞！瞞！瞞！」從此鬱鬱寡歡，不久便抱恨而死。

沈園的見面，給陸游留下了終身的痛苦，對唐琬的思念伴隨着他的一生。寧宗（趙擴，1168－1224）慶元五年（1199）春，陸游七十五歲重遊沈園，仍然感到和唐琬最後一次見面還像是昨天的事情一樣，記憶猶新。只是園已三易其主，亭台池閣已衰敗。當年那首〈釵頭鳳〉，經風吹雨蝕，字跡斑駁已經難以辨認了。舊地重遊，不免觸景傷情，回憶起四十年前的傷心往事，寫下了這兩首〈沈園〉詩。

第一首詩寫回憶沈園相逢之事，從現在寫到過去。「城上斜陽畫角哀」，詩人一下筆，即表現出沉重的心情。詩人舉目遠望，太陽已經西斜，對於一位七十五歲的老人，更添遲暮之感。這時候，不知從那裏傳來畫角的聲音，就更顯得哀切了。畫角，即彩繪的軍用號角，古時用以發號施令或振氣壯威，其聲高亢雄壯。「沈園非復舊池台」，非復，即不復或不復是的意思。詩人於光宗（趙惇，1147－1200）紹熙三年（1192年）六十七歲時所寫的〈禹跡寺南有沈氏小園序〉，其中記述：「禹跡寺南有沈氏小園，四十年前（按：實為三十七年）嘗題小詞壁間，偶復一到，園已三易主，讀之悵然。」此時七年又過，詩人眼中所見的池台景物，比之四十多年前更是面目全非了。「傷心橋下春波綠，曾是驚鴻照影來」兩句，語意緊連，沈園中那座橋和橋下泛綠的春水，勾起了詩人對往事的傷心回憶和聯想。「曾是」，說明那是過去的事。那時候，同樣是春波蕩漾，綠波反照着唐琬那輕盈倩影的風采，像曹植（192－232）〈洛神賦〉中「翩若驚鴻」的仙子一樣，飄然而來。現在詩人再看不到那輕盈的倩影了，那池上的空橋，自然令詩人傷心了。這首詩通過對沈園景物的描寫，表達對已死的前妻的深沉懷念與

愛戀之情。詩人看見那座橋就想起了當年的傷心事；記憶裏還留下「驚鴻倩影」這美好的印象，但這一切都成追不可及的回憶，詩人又怎能不表現出無限悲哀與傷感呢？

第二首詩寫詩人對愛情的堅貞不渝，從過去又想到現在。首句「夢斷香消四十年」，寫唐琬離世已四十多年和詩人對她的思念。「夢斷」，是感慨思念之苦；「香消」，是比喻愛人之死；「四十」乃取其整數。「沈園柳老不吹綿」，沈園裏的柳樹都已經衰老了，雖然是春天，已沒有柳絮飛起的現象。綿，指柳絮，春天柳樹的種子藉助表面上的白色絨毛，到處飛舞。詩人從柳樹的衰老，自然也想到自己的衰老。「此身行作稽山土」，是對「柳老」含意的進一步說明。此身，詩人自謂；行作，即將作；稽山，指會稽山。句意是：我很快將化作會稽山上的一抔黃土，即很快去世了。「猶弔遺蹤一泫然」，猶弔，即仍弔，一個「猶」字用得精妙，說明儘管自己將不久於人世，但對唐氏眷念之情卻永不泯滅；遺蹤，即沈園舊地；泫然，即傷心落淚。這句是說，我已經快要入土了，今天仍然忘不了舊情，來這裏憑弔一下舊地，不禁使我悲傷難忍潸然淚下。

陸游被譽為「愛國詩人」，詩歌大多展現雄渾奔放風格。由於他一生鍾情於唐琬，也寫下頗多深婉纏綿的愛情名篇，以上兩首詩便是，論其寫作特色，有以下三點：

一、以景抒情。詩人能觸景生情，緣情造景，使情景融合，取得和諧統一的效果。如在第一首詩中，詩人通過園景和周圍景色的描寫，表達他對唐琬的懷念和自己的哀傷；又如第二首描寫柳老不吹綿，而寄託自己衰老的心情，流露深沉哀婉之思。

二、用典恰當。詩人回憶唐琬的美態，恰當地運用曹植〈洛神賦〉「翩若驚鴻」的典故，使詩境的營造顯得更美，亦取得含蓄蘊藉的效果。

三、落句精彩。兩首詩前面三句的描寫都是為第四句作鋪墊的。第一首「曾是驚鴻照影來」和第二首「猶弔遺蹤一泫然」，令讀者回味無窮。當然，如果沒有前三句的鋪墊和蓄勢，也未能突出第四句的效果。所以在詩歌的創作上，是值得借鑒的。

✎ 問答題

1. 陸游是哪個朝代的愛國詩人？
   A. 唐　B. 宋　C. 元　D. 明

2. 沈園位於哪裏？
   A. 山東　B. 山陰　C. 深圳　D. 廣州

3. 〈沈園〉二首屬哪種體裁的詩歌？
   A. 五言絕句　B. 七言絕句
   C. 五言律詩　D. 七言律詩

4. 陸游在〈沈園〉二首所思念的人是誰？
   A. 洛神　B. 其妻王氏
   C. 唐琬　D. 宋寧宗

5. 下面哪一句最能表現出詩人的年紀？
   A. 沈園非復舊池台　B. 夢斷香消四十年
   C. 沈園柳老不吹綿　D. 此身行作稽山土

6. 下列各項，何者的敘述最為正確？
   A. 「城上斜陽畫角哀」：斜陽照着城樓，畫
      眉鳥隨着號角的聲響悲鳴
   B. 「曾是驚鴻照影來」：當年輕盈的倩影，
      曾映照在春日的水波上
   C. 「沈園柳老不吹綿」：已經衰老的柳樹，
      又怎能了解我的愁緒
   D. 「猶弔遺蹤一泫然」：看到沈園的遺跡，
      昔日的情景仍在目前

7. 「曾是驚鴻照影來」用了哪種修辭手法？
   1 擬人　2 比喻　3 借代　4 用典
   A. 1、2　B. 1、3　C. 2、4　D. 3、4

8. 哪些句子是說明兩首詩是以春天為寫作背
   景的？
   1 城上斜陽畫角哀
   2 傷心橋下春波綠
   3 沈園柳老不吹綿
   4 猶弔遺蹤一泫然
   A. 1、2　B. 1、3　C. 2、3　D. 3、4

9. 「猶弔遺蹤一泫然」中「泫」的讀音是哪
   個？
   A. 玄　B. 遠　C. 願　D. 月

10. 下列哪些是〈沈園〉二首的寫作特色？
    1 以景託情　2 用典恰當
    3 比喻出色　4 鋪墊有法
    A. 1、2、3　B. 1、2、4
    C. 2、3、4　D. 以上皆是

答案：1B, 2B, 3B, 4C, 5D, 6B, 7C, 8C, 9B, 10D

辛棄疾　青玉案・元夕

掃碼聽音頻

📄 原文

東風夜放花千樹，更吹落、星如雨。寶馬雕車香滿路。鳳簫聲動，玉壺光轉，一夜魚龍舞。

蛾兒雪柳黃金縷，笑語盈盈暗香去。眾裏尋他千百度；驀然回首，那人卻在、燈火闌珊處。

📖 撰文：招祥麒

本篇向大家講解的經典是南宋大詞人辛棄疾（1140－1207）的一篇名作〈青玉案・元夕〉。

辛棄疾，字幼安，原字坦夫，自號稼軒居士，山東東路濟南府歷城縣（今山東濟南市歷城區港街道四風閘村）人，宋高宗紹興十年（1140）生。南渡後，家於江西上饒，復徙鉛山，其後裔遂為鉛山人。棄疾生時，山東已陷於金，年二十三，率義軍數千人渡江歸宋。歷官江西、福建提點刑獄，湖北、湖南轉運副使，湖北、湖南、江西、福建、浙東安撫使，大理少卿，兵部侍郎等職，以龍圖閣待制致仕。中間兩遭落職，晦跡林泉，陶情歌酒者，前後二十年。寧宗開禧三年（1207）六十八歲卒。

〈青玉案・元夕〉這首詞寫於正月十五日元宵燈節，並有寓意。編入四卷本《稼軒詞》的甲集裏，甲集編於淳熙十五年（1188），可知這詞必作於淳熙十五年之前。淳熙十五年，作者四十九歲，他被迫退休於江西上饒已經六七年。本詞以元夕繁華熱鬧的場面作為背景，描繪在遊人中一個孤高、淡泊、自甘寂寞的女子形像。這個女子不一定實有其人，只是詞人一種情意的寄託，理想的化身。「那人」的形像，何嘗不是作者自己人格的寫照？梁啟超（1873－1929）說這詞：「自憐幽獨，傷心人別有懷抱。」〔梁令嫻（1893－1966）《藝蘅館詞選》丙卷引〕這是很可信的評語。

　　這首詞分上、下兩片。上片描繪元夕繁華熱鬧的景象。「東風夜放花千樹」，一落筆即以比喻法寫彩燈的繁多豔麗，好像被東風一下吹開的千樹萬樹的花朵。「更吹落、星如雨」，形容風吹燈火晃動之狀，好像萬點繁星如雨點般吹落到人間。吳自牧（宋人，生卒年不詳）《夢粱錄》「元宵」條：「諸營班院於法不得與夜遊，各以竹竿出燈毬於半空，遠睇若飛星。」亦以星喻燈，同具特色。接下寫人們紛紛出來觀燈的盛況，「寶馬雕車香滿路」，寫富貴人家男男女女出遊的情景，他們乘坐着裝飾華麗的車馬來來往往，充滿豪華氣派，由於車馬接連不斷，衣香鬢影，使得滿街香噴噴。這些平時深居高樓大院的人已爭相出動，其他階層的人蜂擁而至，也就可想而知了。「鳳簫聲動，玉壺光轉，一夜魚龍舞」三句，用「動」、「轉」、「舞」三個動態詞，描繪人們歡度元宵的熱鬧情景：美妙的簫聲四起，光耀奪目的玉壺燈在閃耀，藝人一整夜狂熱地表演着各式各樣的魚龍百戲。由魚龍燈的飛舞，看出表演者的落力，更可推想周圍觀賞人的熱烈投入之狀。

　　詞的上片主要寫景，用濃麗的筆墨，極力渲染元夕燈節之夜繁華熱鬧的場面。下片筆調一轉，以白描的手法，勾勒出一位詞人渴求的與眾不同的女子形象。這位女子出場之前，詞人先寫一群女子：「蛾兒雪柳黃金縷，笑語盈盈暗香去」，這群戴着鬧蛾兒，插着雪柳，鬢邊垂下鵝黃色的柳絲的士女們，也在元夕燈節結伴而遊，她們打扮入時，經過詞人的身邊，飄散出一股像梅花那樣淡幽幽的香氣。這群士女中，自有令人欣賞之處。這時，詞人也許在一霎眼間發現士女群中一位清麗脫俗的女子，也許那群士女中根本沒有他愛慕的對象，他唯有在「眾裏」焦急地找來找去，不知找了多少遍，依然見不到她的蹤影。「驀然回首，那人卻在、燈火闌珊處」三句，是說當詞人正感到絕望的時候，偶爾回過頭來，忽然發現她就站在那燈火稀落的僻靜之處。這個意外的發現，給詞人帶來無比歡快之情，也給讀者以深深的回味。人們都追逐繁華熱鬧之處，她卻與眾不同，喜歡獨自一人走到偏僻冷落的地方，原來詞人所追慕的這位美人，竟是一位不慕繁華、自甘寂寞的獨特人物。

　　作者描寫「那人」的手法是很高明的，從她的出現，或根本從未出現，詞人通過寥寥幾筆的映襯，就把她的性格展現出來。揭示「那人」性格三句，詞人沒有描畫她的面容、體態、服飾，只是把「那人」安放在「燈火闌珊處」出現，通過前面所見的士女群映襯，及此時清幽環境的烘托，「那人」幽獨的性格便凸顯出來，給人鮮明深刻

的印象。

　　自屈原（前 339？－前 278）開始，詩人都喜歡用香草美人寄寓政治懷抱。辛棄疾這首詞，無疑胎息自〈離騷〉。東漢王逸為〈離騷〉作的序中說：「〈離騷〉之文，依《詩》取興，引類譬喻。故善鳥香草，以配忠貞；惡禽臭物，以比讒佞；靈修美人，以媲於君；宓妃佚女，以譬賢臣。」屈原的「求女」是以虛構的靈魂神遊天上的，他心目中的「美女」，可能是自己的理想，也可能是「賢君」、「賢臣」。辛棄疾利用整首詞構築一個藝術意境，含而不蓄地表達自己的心志，他能以近取譬，以元宵燈節所見進行藝術創造，並以此寄託一己懷抱。他尋找的「那人」，是他個人理想的化身，還是能旋乾轉坤的「賢君」、「賢臣」，值得尋味。可能在辛棄疾的心中，面對國家的內憂外患，則「個人理想」與「賢君」、「賢臣」是融合起來了。因為在當時的環境下，能達致個人理想，必要有「賢君」的支持；國家出現賢君，才會「親賢臣，遠小人」，使賢臣得以大展抱負。

　　杜甫（712－770）有一首〈佳人〉詩：「絕代有佳人，幽居在空谷。自云良家子，零落依草木。關中昔喪敗，兄弟遭殺戮。官高何足論？不得收骨肉。世情惡衰歇，萬事隨轉燭。夫婿輕薄兒，新人美如玉。合昏尚知時，鴛鴦不獨宿。但見新人笑，那聞舊人哭？在山泉水清，出山泉水濁。侍婢賣珠回，牽蘿補茅屋。摘花不插髮，採柏動盈掬。天寒翠袖薄，日暮倚修竹。」杜甫是把「佳人」放在冷落的「空谷」背景下來塑造。辛棄疾這首〈青玉案〉，則把「那人」放在火樹銀花的元宵佳節極其熱鬧的背景下來塑造。背景有冷熱的不同，而美人的高標則是一致。這也是這首詞可注意的藝術手法。

　　在宋詞發展婉約與豪放兩派並進的道路上，辛棄疾一般被稱為豪放派詞人。他的詞，慷慨悲壯，筆力沉雄。但作為宋詞大家，辛詞的藝術風格多樣，豪放與婉約兼擅。這首〈青玉案〉，正反映辛詞清麗婉約的一面。作者以比興手法託物寄意，用筆細密，柔婉之中又隱然有清剛之氣。由於詞的章法起伏跌宕，意境含蓄深遠，纖濃之外別具高格，朗誦的時候毫無軟弱的感覺，依然顯露出辛詞的雄豪本色。

✏️ 問答題

1. 辛棄疾〈青玉案〉是寫農曆哪一天晚上的盛況？
   A. 正月初一日　B. 正月初八日
   C. 正月十五日　D. 八月十五日

2. 「東風夜放花千樹」的「花千樹」說明甚麼？
   A. 樹上開着千朵花
   B. 無數樹都開了花
   C. 花燈之多如千樹開花
   D. 每株樹都掛了花燈

3. 「鳳簫聲動，玉壺光轉」運用了哪種修辭手法？
   A. 擬物　B. 借代　C. 襯托　D. 對偶

4. 「玉壺光轉」的「玉壺」，在詞中可比喻甚麼？
   1. 明月　2. 綵燈　3. 馬車　4. 雜技
   A. 1、2　B. 1、3　C. 2、3　D. 1、4

5. 「蛾兒雪柳黃金縷」運用了哪種修辭手法？
   A. 比喻　B. 借代　C. 層遞　D. 襯托

6. 「笑語盈盈暗香去」的「盈盈」可解作甚麼？
   1 形容香氣撲鼻
   2 形容士女們儀態嬌美
   3 形容聲音輕盈悅耳
   4 形容笑聲說話速度輕快
   A. 1、2　B. 1、3　C. 2、3　D. 3、4

7. 「眾裏尋他千百度」的「度」意思是甚麼？
   A. 方法　B. 處所　C. 尺　D. 遍

8. 下列哪一項是本詞的正確描述？
   A. 詞人以元旦夜為背景抒情寫意。
   B. 「更吹落，星如雨」寫滿天星星被強風吹落，像下雨般灑落。
   C. 「蛾兒雪柳黃金縷，笑語盈盈暗香去」表達詞人對觀燈士女的愛慕。
   D. 「驀然回首，那人卻在、燈火闌珊處」寫詞人所追慕的，是一位不慕繁華、自甘寂寞的獨特人物。

9. 詞中的「那人」，是詞人追慕的對象，其實可以象徵甚麼？
   1 美人　2 詞人理想的化身
   3 賢臣　4 賢君
   A. 1、2、3　B. 1、3、4
   C. 2、3、4　D. 1、3、4

10. 下列哪一項不是〈青玉案〉的寫作特色？
    A. 以比興手法託物寄意，用筆細密
    B. 章法起伏跌宕，意境含蓄深遠
    C. 善用映襯手法，通過士女群烘托詞人追尋的「那人」
    D. 寥寥幾筆，已將中秋綵燈的繁多豔麗的情景描繪出來

答案：1C、2C、3D、4A、5B、6C、7D、8D、9C、10D

辛棄疾　水龍吟‧登建康賞心亭

掃碼聽音頻

📖 原文

楚天千里清秋，水隨天去秋無際。遙岑遠目，獻愁供恨，玉簪螺髻。落日樓頭，斷鴻聲裏，江南遊子。把吳鈎看了，欄干拍遍，無人會，登臨意。

休說鱸魚堪鱠，盡西風季鷹歸未？求田問舍，怕應羞見，劉郎才氣。可惜流年，憂愁風雨，樹猶如此！倩何人喚取，紅巾翠袖，搵英雄淚？

📖 撰文：曹順祥

本篇向大家講解的經典是南宋詞人辛棄疾的名作〈水龍吟‧登建康賞心亭〉。

大家可曾聽過「英雄有淚不輕彈」這句話？可是，英雄畢竟也是人，也難免有流淚的一刻！試想想，一個人如果有家歸不得，該是何等傷痛？如果國家都破亡了，像無根的花果飄零四散，這種亡國破家、泣血椎心之痛，又有誰能體會？

在漫天烽火之中，辛棄疾曾率領士兵突破金兵追擊，終於南歸，以為藉南宋政權之力，可以收復北方故土，重建大宋王朝。他也許沒想到，自己的壯志竟是一場空，空有一腔熱血，卻無力正乾坤。懷着這樣鬱悶的心情，他登上建康（即今江蘇南京市）的賞心亭，寫下了這千古名篇。

辛棄疾（1140－1207）原字坦夫，改字幼安，別號稼軒，漢族，歷城（今山東濟南）人。辛棄疾出生時，中原已為金兵所佔。二十一歲參加抗金義軍，不久歸南宋。歷任湖北、江西、湖南、福建、浙東安撫使等職。一生力主抗金。曾上〈美芹十論〉與〈九議〉，力陳戰守之策。抗金主張與當政的主和派政見不合，後被彈劾落職，退隱江西帶湖。

此詞是辛棄疾二十九歲那年出任建康府通判，也就是投身抗金、渡江南歸之後所作。

　　詞的上片寫登臨之所見。從賞心亭鳥瞰秦淮河，一片江山美景，遼闊的空間，無際的楚天，大江浩浩蕩蕩、奔流不息，也不知何處是盡頭。「水隨天去秋無際」，景中有無盡情意，以秋天的蕭殺，加深了詞的意境和感情。

　　「愁」之後是「恨」，是山河破碎的家國之恨。「遙岑遠目，獻愁供恨，玉簪螺髻。」「遙岑」就是遠山，「玉簪螺髻」是進一步說遠山像美麗女子頭上螺形的髮髻。本是美好的景物，可想到一片美景背後，長江以北的遠山，遠山背後的黎民百姓，早已淪陷於異族之手，只能「獻愁供恨」！此處用了「倒裝」方式寫作，加上「擬人」手法，由景物聯想到人事，愁和恨就更加具體了。

　　「落日樓頭，斷鴻聲裏，江南遊子。把吳鈎看了，欄干拍遍，無人會，登臨意。」一連七句，如果以朗誦、吟誦方式演繹，必須一口氣連貫讀下來，意思才算完整。「落日樓頭」是點出時間和空間，也讓人聯想到南宋當時的困局，在不思進取、苟且偷安之中，國家早已步入衰敗的殘局。「把吳鈎看了」，正是作者不忘復國的鬥志抱負。詞人的身世，處境孤寂，自己主張北定中原，可是朝中並無支持者；而當時南方的老百姓，也如離群的孤雁。自己空有復國抱負與才學，卻像那遭棄置的寶刀，故難抑胸中的鬱悶。「欄干拍遍」，可是壯志未酬的百般無奈啊！至於「無人會，登臨意」，無疑是詞人孤獨寂寞心情的直接剖白！這一連七句，讀來有散文的流暢和氣勢，而當中兼融敘事、寫景和抒情，抑揚與轉折，又是何等深沉與悲涼！

　　下片承上片的敘事、寫景和抒情而來，帶領讀者穿梭於歷史時空之中，發抒議論。

　　第一個典故：「休說鱸魚堪膾，儘西風季鷹歸未？」《世說新語‧識鑑篇》記載，西晉張翰（字季鷹，生卒年不詳）在洛陽做官，見秋風起，懷念起吳中家鄉的菇菜羹，以及鱸魚膾的味美，故歎息說：「人生貴得適意爾，何能羈宦數千里以要名爵？」最終決定棄官南歸回鄉。詞人在此用了「問句」，反用張翰棄官歸鄉的典故，表示自己不願意像他那樣忘懷國事。表明自己事業未成，不會輕言退隱。

　　第二個典故：「求田問舍，怕應羞見，劉郎才氣。」《三國志‧魏書‧陳登傳》記許汜（生卒年不詳）見陳登（陳元龍，163－201），陳登不與他說話，安排他睡在下床，自己則睡在大床。許汜其後將此事告知劉備（161－223），劉備責怪許汜，指他「求田問舍，言無可采」，並不關心國家大事，故陳登才會如此待他。此處用劉備嘲諷許汜的典故，有兩層意思：一方面指出南宋朝廷有人只顧求田問舍，對國家安危無動於衷；

另一方面，也隱然表示自己做事不是為了個人私利。因此，全句意思是：如果我像許汜那樣只想着購買田地房產，為個人打算，最終只會被劉備那樣有才能的大英雄所恥笑。諷刺了不理國事之士，並批評南宋朝廷只求一時享樂，得勢者苟安江南，即所謂「暖風薰得遊人醉，直把杭州作汴州」〔林升（1123－1189）的〈題臨安邸〉〕。

第三個典故：「可惜流年，憂愁風雨，樹猶如此！」此處用庾信《枯樹賦》引桓溫語：「樹猶如此，人何以堪！」意謂東晉大將桓溫在北伐時途經金城，見從前自己所種植的柳樹已長至十圍，在憂愁風雨之中，慨歎光陰易逝，功業難成，隱然有虛度光陰、時不我予的感歎。

詞的下片共用了三個典故，評價四位歷史人物，藉此表白自己「以天下為己任」的抱負和心志。「倩何人喚取，紅巾翠袖，搵英雄淚？」「倩」是請求的意思（粵語音秤 cing3，普通話音 qiàn）。「紅巾翠袖」，此處指穿紅戴綠的歌女。「搵」，是擦拭的意思（粵語音慍 wan3，普通話音 wèn）。此數句不但寫出了詞人孤獨寂寞之感，同時與上片「無人會，登臨意」作了呼應。而「紅巾翠袖」與「英雄淚」，也構成強烈的對比。流年如水，壯志成灰，不得不流下英雄熱淚。如此慷慨嗚咽，讀之令人心酸！

作者不能實現北定中原的抱負，又找不到知音人，心境苦悶，希望落空，終至英雄熱淚滿襟。此種心境，可同時參看〈青玉案・東風夜放花千樹〉，當有更深體會。

結構上，此詞層次分明，上片即景生情，下片以三個典故抒發情感。詞中的「愁」、「恨」與「落日樓頭，斷鴻聲裏，江南遊子」、「可惜流年，憂愁風雨」遙相呼應。上片結句總結了上片的孤寂悲憤，而上、下片結句也互相呼應。

技巧上，以遠山寫故土為金人所佔，以夕陽西下，孤雁哀鳴，暗示南宋岌岌可危，是典型的「借景抒情」。本無情感的遠山，「獻愁供恨」賦予情感，凸顯作者的愁恨，是「融情入景」的寫法。善用「吳鈎」、「風雨」等象徵手法，使詞作細膩有致。善用典故，使作品典雅含蓄、富有文采。而反用張季鷹之典故，委婉典折，情感細緻動人。「把吳鈎看了」及「搵英雄淚」，藉「行動描寫」突出作者孤寂悲憤的複雜心情。

讀到這裏，眼前彷彿就是這位鐵骨錚錚的熱血男兒，拍遍欄干之後，流下了千古的英雄之淚！

綜合而言，此詞上片，首先藉江景和遠山，寫思念故土之情。再寫國勢危殆如日薄西山，處境孤寂如斷鴻遊子，乃悲憤無奈而拍遍欄杆，總體抒發了孤寂悲憤之情。

下片寫抗敵決心，批評朝廷苟且偷安，並以功業未成、知己難求作結。

以下談談辛棄疾詞的風格特色，及其在宋詞發展史上的意義和影響。

詞本來是抒情的文學，特點是婉約含蓄，五代的〈花間詞〉就崇尚「陰柔之美」，內容大都是兒女之情和閒愁綺怨，以供娛賓遣興之用。至宋代才出現了以蘇軾、辛棄疾為代表的「豪放派」，把個人的性情抱負、學問胸襟都充分表現出來，內容改變了，於是詞風也為之一變。

宋人評價蘇軾「以詩為詞」，是説蘇軾詞擺脱了「豔情」，抒寫了人生志向，其功能向詩看齊。而辛棄疾「以文為詞」，現存六百多首詞作，涵蓋政治，哲理，友情、戀情，田園風光、風俗民情，日常生活、讀書感受等。因此，在內容的擴大，題材的拓寬上，辛棄疾更超越了蘇軾。辛棄疾的詞形成了豪放闊達、高曠開朗的風格，開拓了詞的新境界。與辛棄疾以詞唱和的陳亮（1143－1194）、劉過（1154－1206），以及後來的劉克莊（1187－1269）、劉辰翁（1232－1297）等，形成了南宋中葉以後聲勢浩大的愛國詞派。

藝術風格上，辛棄疾在蘇軾詞瀟灑疏朗、曠達超邁之外，更寫出了雄放開闊的作品。以其豪傑氣概，學養才華，注入個人的性情學問，突破了蘇軾詞的範圍，開拓了慷慨悲歌、激情飛揚的詞風。辛棄疾詞的語言、節奏變化無端，語氣生動，自然流暢；又融匯了詩歌、散文、辭賦、經子典籍和歷史典故，豐富了詞的表現手法，形成了辛詞的獨特風格。

總之，辛詞雖以豪放為主，但又能融會沉鬱、明快、激勵、嫵媚各種風格，兼而有之，開拓了宋詞前所未有的新境界。《四庫全書總目提要》説：「其詞慷慨縱橫，有不可一世之概，於倚聲家為變調，而異軍突起，能於剪紅刻翠之外，屹然別立一宗。」清人陳廷焯（1853－1892）《白雨齋詞話》評論辛棄疾詞：「沉鬱蒼涼，跳躍動盪，古今無此筆力。」由此可見辛棄疾詞在文學發展史上的地位和意義！

✎ 問答題

1. 本詞副題是「登建康賞心亭」,「賞心亭」在甚麼地方?

   A. 建安　B. 長安　C. 建康　D. 建業

2. 「獻愁供恨,玉簪螺髻」是甚麼修辭手法?

   A. 比喻　B. 對比　C. 擬人　D. 襯托

3. 辛棄疾一生,力主對抗哪個國家?

   A. 宋　B. 金　C. 元　D. 遼

4. 以下對本詞結構的分析,何者不正確?

   A. 上片寫登臨所見,抒發激昂的鬥志

   B. 上片即景生情,抒發孤寂悲憤之情

   C. 下片三個典故,批評朝廷苟且偷安

   D. 下片以功業未成、知己難求作結

5. 「落日樓頭」以下,為甚麼適宜一口氣連貫讀下來?

   1 讀來具有散文的流暢和氣勢

   2 當中兼融敍事、寫景和抒情

   3 據詞牌平仄格律,必須如此

   4 抑揚與轉折,情感深沉悲涼

   A. 1、2、3　B. 2、3、4

   C. 1、2、4　D. 1、3、4

6. 以下對本詞寫作特色的描述,何者正確?

   1 借景抒情　2 融情入景

   3 借物抒情　4 託物言志

   A. 1、2　B. 2、3　C. 3、4　D. 1、4

7. 「把吳鈎看了」和「搵英雄淚」,是哪一種人物描寫手法?

   A. 肖像描寫　B. 語言描寫

   C. 行動描寫　D. 心理描寫

8. 「可惜流年,憂愁風雨,樹猶如此!」是甚麼修辭手法?

   A. 誇張　B. 對比　C. 用典　D. 襯托

9. 以下對蘇軾、辛棄疾的描述,何者正確?

   1 蘇軾、辛棄疾是「豪放派」的代表

   2 辛棄疾創作全部是豪放詞

   3 蘇軾「以詩為詞」

   4 辛棄疾「以文為詞」

   A. 1、2、3　B. 2、3、4

   C. 1、2、4　D. 1、3、4

10. 「求田問舍,怕應羞見,劉郎才氣」,「劉郎」是誰?

    A. 劉邦　B. 劉禪　C. 劉備　D. 劉表

姜夔　卜算子‧綠萼更橫枝

掃碼聽音頻

原文

綠萼更橫枝，多少梅花樣。惆悵西村一塢春，開遍無人賞。

細草藉金輿，歲歲長吟想。枝上幺禽一兩聲，猶似宮娥唱。

撰文：賴慶芳

　　本篇向大家講解的經典是宋代姜夔〈卜算子〉詞，深入探索這首詞的深層意思。

　　姜夔（1155－1221）字堯章，號白石道人，饒州鄱陽（江西鄱陽縣）人。父親姜噩（12世紀在世），紹興三十年（1160）進士。姜白石幼年跟隨父親出仕漢陽，十四歲時父親卒亡，他寄居姐丈（姐夫）樓信夫（12世紀在世）、姐姐姜雲（12世紀在世）家近十七八年。廿二歲始有文名，獲蕭德藻（1151年進士）賞識，將侄女嫁給他，其時也已三十二歲（1187年）。姜夔隨蕭德藻居住湖州約十年，至1197年因蕭德藻貧病，姜白石移居杭州，依靠張鑑（生卒年不詳）、張鎡（1151－1221？）及范成大（1126－1193）。范成大更將歌伎小紅送與白石作妾。移居杭州首年，姜白石向朝廷上書〈大樂議〉、〈琴瑟考古圖〉，又書論樂器、樂曲、詩歌之缺失，未獲賞識。兩年後再呈上〈聖宋鐃歌十二章〉，得宋寧宗（趙擴，1168－1224）賞識，免除禮部考試，直接參加殿試，可惜落第。從此過着流浪天涯的生活，沒有官職而布衣終老。逝世時，貧困無以為殮，得其好友吳潛（？－1262）和眾友資助，葬杭州錢塘門外西馬塍山上。因為姜白石富有才華而一生不受重用，故此在〈卜算子〉這首詞中反映了自己的懷才不遇。

　　據聞〈卜算子〉詞牌的名稱取義於賣卜算命者，又稱〈百尺樓〉、〈楚天遙〉、〈眉峰碧〉、〈缺月掛疏桐〉。這首詞屬雙調，上下片各四句，各二十二字，共四十四字，押仄聲韻，歌唱時用仙呂調。姜白石〈卜算子〉一詞寫於宋寧宗開禧三年丁卯（1207），時年五十三虛歲。

　　姜白石用此詞牌賦詠梅花詞八首，此乃第八首。第一首〈卜算子〉有序言云：
「吏部梅花八詠，夔次韻。」好友曾三聘撰寫詠梅詞八首，姜白石和韻而成另外八首。
曾三聘，字無逸，生卒年不詳。寧宗初年，曾三聘曾做過吏部考功郎，掌管官吏的考
課，故被稱為「吏部」。

　　從〈卜算子〉一詞的主旨，可見詞人詠寫梅花的因由。詞的主旨是歌詠西村梅花
展現之春色，藉以思念愛好梅花的江南好友曾三聘，抒發個人情感，表達懷才不遇及
孤寂之情；同時追念昔日的國君，寄寓家國之情。

　　上片起首兩句即點明梅花品種：綠萼、橫枝外，更有各種梅花。綠萼與橫枝是稀
有的梅花，可是即使在西村盛放，還是無人欣賞。在宋代的梅花品評之中，綠萼梅花
名列前茅，范成大《梅譜》曾評：「凡梅花附蒂皆絳紫色，唯此純綠，枝梗亦清高，好
事者比之九疑仙人萼綠華云。」人們將綠萼梅比作九疑山上的仙女萼綠華。就「橫枝」
一詞，姜白石自注：「綠萼、橫枝，皆梅別種。」宋代林逋（967－1028）〈詠梅〉詩：「雪
後園林才半樹，水邊籬落忽橫枝。」詞人為美麗的梅花無人賞而感到惆悵、傷感。

　　西村在哪裏？西村處於孤山後，孤山位於西湖的裏湖與外湖之間，故名孤山。因
多梅花，又名梅嶼。孤山海拔三十八米，為西湖群山最矮的山，也是湖中唯一的天然
島嶼。西村的梅花皆宋孝宗（趙昚,1127－1194，昚音義同慎）葬阜陵時所種植。據聞
宋孝宗及其養父宋高宗（趙構，1107－1187）皆乃好賞梅花的君主。孝宗死後，西村人
種植梅花悼念他，但他死後無人欣賞梅花。姜白石自注：「西村在孤山後，梅皆阜陵時
所種。」作者感傷梅花開遍，無人賞識之作，同時顯示追念往昔之情。

　　塢，泛指四周高而中間低的山地，亦指構築在村外圍作屏障的土堡，此處指「花
塢」──四面如屏的花深處。這句寫詞人感惜西湖孤山後面的西村，那裏的花塢種滿很
多梅花，一片春意。「一塢春」寫的是梅花聚開於塢，春意盎然。梅花是春臨的象徵，
梅花怒放表示春天到來。

　　然而，為何梅花競放而沒人欣賞？是西村偏遠？還是因為沒人知道此處梅花盛
放？其實，梅花的遭遇不正是與作者相同嗎？「開遍無人賞」雖寫梅花，但何嘗不是作
者懷才不遇的寫照？

　　下片四句追憶昔日君主坐着華麗之車輦到這一帶賞梅。「金輿」專指皇帝金碧輝煌
的車輦。金輿壓着細嫩的青草，皇帝年年在此吟賞梅花。可是一切皆成過去，而今只

有梅枝上的小鳥啾啾，叫聲仿似舊日宮娥的歌唱。詞人以「細」字形容綠草，把青草於初春始生，其幼嫩細小的狀態活寫出來。一「金」字則盡寫皇帝的氣派，連外出遊幸的車輦也是金碧輝煌。「歲歲」寫出賞梅年年不斷。然而，這一熱鬧景象卻與今日的冷清形成強烈對比。

「幺禽」中的「幺」字，可作「幺」或「么」，指排行最末、最小；如數字的「一」乃幺。幺禽，即小鳥。姜白石詠梅詞〈疏影〉：「苔枝綴玉，有翠禽小小，枝上同宿」一句突出冷清之景：無人賞梅，只有鳥兒到訪，而且是小鳥。「一兩聲」反襯四周的寧靜。鳥聲本不易聽清楚，何況又是小鳥之聲！偏偏在那處卻清晰可聞，可知其寂靜清冷的程度。

值得一提的是，西村的梅花皆宋孝宗葬阜陵時種，而孝宗與其父高宗乃南宋時期好賞梅的君主。故此，孝宗死後，西村種植梅以悼念之。然而，這一塢梅花自此亦失去賞識之人。詞人是否有意藉此事暗喻賢君不在，美麗的梅花（才士）無人賞識呢？其惆悵之情是流露於字裏行間的。細賞之，白石懷才不遇之感是頗為明顯的。

全詞以寫景為主，情寓景中。以今昔對比，突出梅花無人賞之悲涼。不論如何，燦爛綻放的梅花雖生於僻靜的地方，尚有愛梅的詞人賞識，反觀詞人自己則有誰賞識呢？此詞寫梅花，卻從梅花身上看到作者的影子。

此詞短短的數十字，卻運用了多種獨特藝術表現手法──

上片運用借代手法，「一塢春」借指「一塢梅花」，而「春」字是借代梅花；詞人運用雙聲、疊字令詞富有音律美。「惆悵」聲母相同，乃雙聲（普通話音 chóu chàng，粵語音 cau4 coeng3），令詞句朗讀時更為悅耳。疊字如「歲歲長吟想」之「歲歲」以疊字方式，揭示一年復一年的悠長歲月。

下片詞人以「金輿」借代皇帝，以金碧輝煌的馬車曾墊於幼嫩的青草上，借代皇帝（宋孝宗）曾到訪附近賞花。姜白石又在「幺禽一兩聲，猶似宮娥唱」一句用明喻手法，以幺禽的鳴叫聲，比作宮女的吟唱聲。作者又使用烘托手法，「幺禽一兩聲」一句突顯四周環境的寂靜。因為異常寂靜，儘管只是細小鳥兒的一兩聲鳴叫也可以清楚聽見。此外，詞人使用含蓄描寫手法，以西村梅花開遍無人賞，暗抒己之懷才不遇，無人賞識。詞人以「細草」、「梅花」及「幺禽」婉轉展現初春的景象。因為初春，綠草初長故為「細」嫩；梅花盛開於冬末春初，而鳥兒剛於初春成長。此詞色彩豐富：

「綠萼」與「金輿」展現綠色及金色兩種顏色。「細草」乃青色，「梅花」則主要是白色，亦有紅、黃及粉紅等色。

有關這首詞的賞析，可參考黃兆漢編著《姜白石詞詳注》一書，書中有數篇〈卜算子〉賞析文，乃本人撰寫。有關梅花詞的研究，則可參閱《南宋詠梅詞研究》。各位同學，下次看到梅花盛開，不妨仔細欣賞，慰藉宋代詞人懷才不遇之心。

✎　問答題

1. 姜白石一生「布衣終老」，是甚麼意思？
   A. 一生喜歡穿着布衣　B. 抱着布衣至老
   C. 賣買布衣至年老　　D. 沒有任職官職

2. 〈卜算子〉寫於何時？
   A. 宋寧宗開禧元年（1205）
   B. 宋寧宗開禧二年（1206）
   C. 宋寧宗開禧三年（1207）
   D. 以上三者皆不是

3. 以下哪一項關於曾三聘是不正確的？
   A. 曾三聘字無逸
   B. 他曾做過吏部考功郎
   C. 姜白石稱他為「吏部」
   D. 他掌管官吏

4. 以下哪一項不是《卜算子》的主旨？
   A. 歌詠西村梅花展現之春色
   B. 思念愛好梅花的好友曾三聘
   C. 表達懷才不遇及孤寂之情
   D. 悼念國君的逝世

5. 『綠萼更橫枝』中的綠萼、橫枝指甚麼？
   A. 稀有的梅花品種
   B. 綠色花蕊而橫生
   C. 指綠萼華與橫生的梅花
   D. 花朵在西村盛放

6. 西村的梅花是為誰而種？
   A. 宋高宗　B. 宋孝宗
   C. 宋徽宗　D. 宋欽宗

7. 范成大《梅譜》指出人們將綠萼梅比作以下哪一位仙人？
   A. 何仙姑　　　B. 萼綠華
   C. 藐姑射神人　D. 西王母

8. 以下哪一個數字可以代表「幺」字意思？
   A. 四　B. 三　C. 二　D. 一

9. 『一塢春』運用借代手法，借代了甚麼事物？
   A. 梅花　B. 春天　C. 西村　D. 孤山

10. 『細草藉金輿』一句暗示甚麼意思？
    A. 皇帝的車輿曾經過綠草
    B. 皇帝曾到來賞花朵
    C. 皇帝曾於春天坐車輿到訪賞梅
    D. 大馬車壓着細草

答案：1D, 2C, 3D, 4D, 5A, 6B, 7C, 8D, 9A, 10C

蔣捷　虞美人·少年聽雨歌樓上

掃碼聽音頻

📄 原文

少年聽雨歌樓上，紅燭昏羅帳。壯年聽雨客舟中，江闊雲低、斷雁叫西風。

而今聽雨僧廬下，鬢已星星也！悲歡離合總無情，一任階前、點滴到天明。

📖 撰文：曹順祥

本篇向大家講解的經典是南宋詞人蔣捷的名作〈虞美人·少年聽雨歌樓上〉。

如果你的作文題目是「談人生」，你會怎樣落筆？「人生」這個大課題，可以怎樣概括？據說人生是一部大書，連鼎鼎大名、學貫中西的文壇大師錢鍾書（1910－1998）也不得不承認，「幾篇散文只能算是寫在人生邊上的」，「就是寫過的邊上也還留下好多空白」。（《寫在人生邊上·序》）

在中國文學的詩海詞林中，涉及「人生」的示範作品固然不少，而當中的佼佼者，就是蔣捷的〈虞美人·少年聽雨歌樓上〉。

《孟子·萬章下》云：「頌其詩，讀其書，不知其人可乎？是以論其世也。」孟子（前 372－前 289）的意思是：要想了解作者其人，就要研究他所處的時世，即時代、世事。因此在講解前，先讓大家認識此詞的作者。

蔣捷（1245－1305？），字勝欲，號竹山，陽羨（今江蘇宜興）人，先世為宜興巨族，咸淳十年進士。任官不久，南宋就滅亡了。1267 年，元滅南宋後，他被迫多次遷徙，生活飄泊不定。元朝多次徵召他為官，他都拒絕了。於是，蔣捷的一生就在顛沛流離中度過。

宋元之際的文人，經歷了國破家亡之痛，常懷有濟世之抱負，卻無法無力拯救人民於水深火熱之中，只能藉着詩文來傳達自己憂國憂民、苦悶抑鬱的心情，其中，蔣捷是此時期具有代表性的作家。〈虞美人·聽雨〉更是這一時期創作中的代表作。

　　詞是中國古代詩體的一種，亦稱曲子詞、詩餘、長短句、樂府。始於唐代，在宋代達到頂峰。詞的字數、平仄、用韻等均有嚴格限制。因此，要表達「人生」主題，比起寫作散文更加困難。

　　「曲子詞」在隋末、唐初至五代時期，流傳於民間。這種曲子可以填詞歌唱，所填的歌詞就被稱作曲子詞。因為先有曲調，所以依調譜來填製歌詞，故作詞也稱為「倚聲」「填詞」。宋初，慢慢形成了相對固定的格律，演變為宋詞。

　　著名詞學家葉嘉瑩《南宋名家詞講錄》認為：詞初興時本是配合音樂來歌唱的歌辭，可稱作「曲子詞」，後來文人雅士也開始寫歌辭，以為遊樂、飲宴之用，這是「詩客」的「曲子詞」。這種小詞往往給人以言外的感受和聯想，即有相關語境的雙重意蘊，這是它的妙處。

　　每首詞都有「詞牌」，也就是詞調的名稱。作一首詞必先選用一個詞調，然後按它對字句和聲韻的要求填上詞句，這樣才協音合律，便於歌唱，所以作詞叫「填詞」。〈虞美人〉是「詞牌」名，亦稱〈玉壺冰〉、〈憶柳曲〉、〈虞美人令〉、〈一江春水〉、〈巫山十二峰〉等。以雙調五十六字為正體，前後段各四句，兩仄韻、兩平韻。

　　按字數，詞分為小令、中調、長調三類，一般五十八字以下者為「小令」，因此，〈虞美人〉屬於宋詞中的「小令」。

　　關於「虞美人」名稱的來源，有不同說法。一說虞美人是項羽的姬妾虞姬，漢兵圍項羽於垓下，項羽悲歌慷慨，虞姬以歌和之。二說是草名，別稱麗春花、錦被花，花有紅、紫、白等色。傳說此花聞〈虞美人〉曲便花枝舞動。

　　從上可知，〈虞美人〉既是詞牌，詞牌是填詞用的曲調名。詞和詞牌的關係，就像今天的西曲中詞、日曲中詞。歷來不少古代文人都據此詞牌填詞，而當中最廣為傳誦的，應該就是李煜的〈虞美人·春花秋月何時了〉。

　　有的詞牌原來就是詞的題目，如〈漁歌子〉就是寫漁父的。但是後人所寫的詞牌與內容無關，因此後人就在詞牌之外另注明詞題。正如本篇蔣捷的〈虞美人〉，詞題是「聽雨」，內容上似乎跟虞姬已經沒有任何關係了。

　　總之，「詞牌」主導格律而不主導內容，主導內容的是「詞題」，例如〈念奴嬌〉的「赤壁懷古」、〈聲聲慢〉中的「秋情」、〈青玉案〉中的「元夕」便是表達內容的「詞題」。

本詞在結構上分為上下兩片。從「少年聽雨歌樓上」至「斷雁叫西風」是上片；從「而今聽雨僧廬下」至「一任階前、點滴到天明」是下片。

〈虞美人‧聽雨〉以短短五十六字的小令，竟概括出少年、壯年和晚年的人生經歷和感受，「給人以言外的感和聯想」，言簡意賅，令人歎服！本詞巧妙地選擇以「聽雨」來貫穿全詞。聽雨只是極尋常的生活瑣事，跟「人生」到底有何聯繫？

古典詩詞，一般可以通過「時間」、「空間」(地點) 和「虛實」三方面來進行分析。

首先，我們試以「時間」、「空間」(地點) 來分析此詞。

上片首句，「少年聽雨歌樓上，紅燭昏羅帳。」聽雨的時間是人生的少年時期，地點是歌樓，景物是紅燭和羅帳。「昏」字把這些景物聯繫起來。「壯年聽雨客舟中，江闊雲低、斷雁叫西風。」聽雨的時間是人生的壯年時期，地點是客舟，景物是江闊雲低。淒厲的西風中，只聽得幾聲斷雁的哀鳴。

下片首句「而今聽雨僧廬下，鬢已星星也！」時間是「而今」，地點是僧廬，是人生的暮年時期。此處沒有對景物作細緻的描寫，而景物已隨着不同讀者的記憶，自然而然地呈現。我們彷彿看見一個白髮蒼蒼的老人，飽經人生苦難，蜷縮於冰冷的僧廬下……下片末句「悲歡離合總無情，一任階前、點滴到天明。」總結作者一生，並抒發體會。撫今追昔，感慨萬千。如今階前點滴，跟上片通過回憶，把少年的憧憬、壯年的哀傷，以至晚年的孤獨淒涼，瞬間又全部聯繫起來。而人生的體會，終得出了「悲歡離合總無情」的結論。

接着，我們從「虛實」的角度來分析。詩詞的內容，包括事、景、情、理四方面。「事」和「景」是較為具體的、實在的；「情」和「理」是較為抽象 (虛) 的。

詞的上片先寫少年聽雨，輕歌曼舞、風流倜儻的少年，無憂無慮地嬉笑玩樂，取而代之的，是以船為家、飄泊不定的流亡生涯。這是「事」和「景」，是「實」的部分。通過「客舟」二字，似乎看見了南宋滅亡前國家風雲變色。風雨中失群的孤雁，斷續悽切的鳴叫，讓人聯想到詞人羈旅漂泊的生涯，增加了悲涼的色調，也襯托出詞人內心的孤獨悵惘。這是「情」的部分，是虛的。

詞的下片由「回憶」轉入現實。鬢已星星的老人，聽雨僧廬下，讓人聯想到詞人晚年孤苦伶仃的生活，滲透着無限的悽愴。老人思緒萬千，詞人不便說破，讀者自可結合自己的生活體驗，作合理的補充，呈現「言有盡而意無窮」的效果。〔宋‧嚴羽 (生

卒年不詳）《滄浪詩話‧詩辨》〕這是「情」的部分，也是「虛」的。結尾「悲歡離合總無情」，既是作者對人生處世態度的總概括，也是對歷史興亡的反思與沉澱。這是「情」和「理」的綜合，也是「虛」的。

以上通過事、景的敘事描寫，透出情、理的體會感悟，這種虛實相生的寫法，讓讀者浮想聯翩，詞的主旨不言而喻，讓人再三回味。

下面總結此詞的寫作特色，從結構和作法修辭兩方面分析。

結構上，本詞層次脈絡井然有序。以「聽雨」為主線索，按時間順序，上片感懷已逝的歲月，下片慨歎目前的境況。從歌樓中少年寫到客舟中壯年，再寫到鬢已星星的老年，表達了青春易逝，漂泊苦悶，孤獨寂寞的人生體會。

詞的上片寫「少年」與「壯年」生涯，突出意象，而不着議論；下片單寫「而今」聽雨，夾敘夾議。用「鬢已星星也」點明「而今」年歲，而「星星」之鬢，暗示愁苦滿懷。「悲歡離合總無情」句，是對一生經歷的總概括，更是對人生的反思和議論。「一任階前、點滴到天明」，是意味深長的內心獨白。飽經風霜的作者，追憶一生經歷，慨歎中似蘊藏着無限的惆悵！

作法上，「少年聽雨」畫面的歡樂，與「壯年聽雨」的憂愁，突出如今「僧廬聽雨」的處境淒涼，是反襯的寫法。再者，本詞以「白描」手法，簡筆勾勒「紅燭昏羅帳」和「聽雨客舟中」的畫面，概括寫出無憂無慮的青春歲月，再聯繫壯年遇上兵荒馬亂的旅恨離愁。「而今」之後特寫、細寫「僧廬」之冷寂，與「鬢髮」之斑白，透露出晚年歷盡離亂後憔悴枯槁的身心。此處分別用了細節描寫和比喻手法。

此外，詞人滿腔孤寂，聽雨直到天明，「任」字是內心獨白。似乎告訴我們：命運既然無情，那末一夜聽雨，人生的悲歡離合和家國的興亡成敗，也應盡在其中了。這是「以景結情」（情景交融）的手法。

劉勰（約 465－521）《文心雕龍‧物色》云：「是以詩人感物，聯類不窮。……並以少總多，情貌無遺矣。」詩人用極為精煉的語言，概括了豐富的內容，把事物的情態狀貌表現無遺。〈虞美人‧少年聽雨歌樓上〉運用「時空」、「虛實」的藝術手法，概括複雜多變的人生。通過三幅畫卷：歌樓夜雨圖，江舟秋雨圖，僧廬聽雨圖，分別構成了少年風流、壯年飄零、晚年孤寂的人生長卷，透視了社會從穩定到動盪不安，以至劫後荒涼的演變軌跡。

走筆至此，當知本詞已為「人生」這部大書補上了精彩的一筆。在廣闊無垠的天地之中，它為我們勾勒出人生逆旅中幾幅精緻的景象，讓我們時刻反思人生的意義。此詞能夠成為宋詞園圃中一株奇葩，也是實至名歸的吧！

✎ 問答題

1. 〈虞美人〉作者是哪個朝代的人物？
   A. 唐末宋初　B. 兩宋之間
   C. 宋元之際　D. 元末明初

2. 以下哪一項並非詞的別名？
   A. 小曲　B. 詩餘　C. 長短句　D. 曲子詞

3. 詞這種文體在哪些方面有嚴格的要求？
   　1 字數　2 平仄　3 用韻　4 主題
   A. 1、2、3　B. 2、3、4
   C. 1、3、4　D. 1、2、4

4. 對於〈虞美人〉的描述，何者正確？
   A. 詞題名，以單調五十六字為正體
   B. 詞牌名，以雙調五十六字為正體
   C. 曲牌名，以單調五十六字為正體
   D. 曲調名，以雙調五十六字為正體

5. 按字數分類，〈虞美人〉屬於以下哪一項？
   A. 小令　B. 中調　C. 單調　D. 長調

6. 以下對本詞的描述，何者正確？
   　1 按時間順序展開，以「聽雨」來貫穿全詞
   　2 概括出少年、壯年和晚年的人生經歷

   　3 「悲歡離合總無情」句，是對一生經歷的總概括
   　4 上片感懷已逝的歲月，下片概歎目前的境況。
   A. 1、2、3　B. 2、3、4
   C. 1、3、4　D. 以上皆是

7. 本詞寫「少年聽雨」的歡樂，「壯年聽雨」的憂愁，突出「僧廬聽雨」的淒涼，這是哪一種寫作手法？
   A. 過渡　B. 對比　C. 反襯　D. 呼告

8. 「鬢已星星也」，用了甚麼修辭手法？
   A. 誇張　B. 借代　C. 擬物　D. 比喻

9. 本詞概括複雜多變的人生。包括以下哪些畫卷？
   　1 風雪聽雨圖　2 歌樓夜雨圖
   　3 江舟秋雨圖　4 僧廬聽雨圖
   A. 1、2、3　B. 2、3、4
   C. 1、3、4　D. 1、2、4

10. 「斷雁叫西風」，「斷雁」是甚麼意思？
   A. 受傷的雁　B. 死去的雁
   C. 病中的雁　D. 失群的雁

附
（南唐）李煜　虞美人·春花秋月何時了

掃碼聽音頻

📖 原文

春花秋月何時了？往事知多少！小樓昨夜又東風，故國不堪回首月明中！

雕闌玉砌應猶在，只是朱顏改。問君能有幾多愁？恰似一江春水向東流！

📖 撰文：招祥麒

本篇向大家講解的經典是南唐李煜（937－978）的一首詞〈虞美人·春花秋月何時了〉。

李煜，徐州（今屬江蘇）人，初名從嘉，字重光，號鍾山隱士、鍾峰隱者、白蓮居士、蓮峰居士等。南唐中主李璟（916－961）的第六子，也是南唐的亡國之君，史稱南唐後主。他繼位時，南唐已奉宋正朔，國勢衰落。公元 975 年，宋軍攻破金陵，他肉袒出降，被俘往開封，封為違命侯，備受凌辱。最後被毒死。

李煜在文學藝術方面很有天賦，尤其熟諳音律，在詞的創作方面，堪稱五代之冠。他的詞，以亡國為界，可以分為前後兩期。前期多寫宮廷享樂生活，注重感官描寫，風格綺靡；後期則題材擴大，內涵豐富，意境深遠，將亡國之悲提升為人生的普遍感喟，有着深刻的藝術表現力，語言亦自然清新。李煜的詞對後世有着重要的影響，王國維（1877－1927）在《人間詞話》裏將其譽為從「伶工之詞」向「士大夫之詞」過渡的重要代表。

〈虞美人〉，是以唐代教坊曲用作詞調。北宋張君房（生卒年不詳）《脞說》以為此調起於項羽（前 232－前 202）〈虞兮之歌〉。南宋王灼（1081－1162 年後）在《碧雞漫志》卷四中反駁說：「予謂後世以此命名可也，曲起於當時非也。」這首詞作於太平興國三年（978），當時，李煜被囚禁在開封已經幾年了。據說，七月七日那天，他撫

今追昔，命以前的宮妓作樂，就寫下了這首詞。這首詞流傳到外面後，由於裏面有着懷念故國的情緒，觸怒了宋太宗（趙光義，939－997），不久遭毒死。

全首詞脈絡非常清晰。上片起首兩句「春花秋月何時了？往事知多少」，作者以悲憤已極的口吻，質問老天：春天開的花和秋天明的月，甚麼時候完結。「春花秋月」，在這裏既指極美的自然景物，也是快樂與幸福的象徵，象徵過去的美好時光，更隱含過去的幸福不可重現之意。它與「何時了」三字相連，道出帝王生活已一去不復還，再美的「春花秋月」也不過是殘酷的折磨罷了。作者的本意當然不是針對大自然，而是由於看到春花秋月，就會聯想起以往歡樂的事，只要他這麼一想，便對現實的生活，更感淒涼與無奈。

「小樓昨夜又東風，故國不堪回首月明中」句，承前而來，來一個物是人非的對比。「東風」意味着春天，加一個「又」字，表示經歷被囚的日子甚久；在往日的春天，作為君王，曾有過多少美好時光。東風是永恆不變的，然而作者的國家卻已破亡，「不堪回首」了。明月可以傳遞人的相思，明月當然也可以傳遞眷戀故國的情懷，眼前依舊是月明之夜，可是一切都今非昔比了。

下片接着上片的脈絡而來。前句「雕闌玉砌應猶在，只是朱顏改」寫得具體，從「往事」、「故國」，集中在「雕闌玉砌」和「朱顏」上，前者是以部分代整體，指皇宮；後者可以指宮女（從史實來看，確實有宮女隨李煜一起，被押送到汴京），也可以指自己。作者推想，「雕闌玉砌」應該還在，可是，和「雕闌玉砌」相關的人，卻已經是「朱顏改」了，這正體現出物是人非的深深悵惘之情。我們也許會問，作者與宮女被幽禁畢竟只有三年，三年的時光如何令到「朱顏改」呢？因無盡的屈辱而導致容顏憔悴，是不難想像的，更有學者推想，作者之意，可能心中是指「山河改」，但不敢直言而已。

這篇作品最有藝術魅力的部分，就是末二句：「問君能有幾多愁？恰似一江春水向東流！」作者將前面不斷積聚的情感一齊歸結，表現出浩蕩無邊的愁懷，如大江東流一般，無窮無盡。全篇以問天始，以問己結，在自然流暢的抒情中，也有着嚴整的章法。

以水喻愁，前人已有嘗試，如唐代劉禹錫（772－842）的〈竹枝詞〉中就有「水流無限似儂愁」的描寫，但是，作者的這個比喻顯然更加出色。中國的地形是西部高而東部低，江水浩蕩，向東奔流。這是一個永遠無法改變的事實，也是一個無休無止

的存在。因此，用這樣一種情形來比喻愁之無窮無盡，比喻愁之洶湧澎湃，一下子就能引發聯想。同時，末二句一問一答，更容易打動讀者。這個比喻能夠引起天下後世普遍的共鳴，並不是偶然的。

　　全詞以明淨、凝練、優美、清新的語言，運用比喻、象徵、對比、設問等多種修辭手法，高度地概括和淋漓盡致地表達真情實感。難怪前人讚譽李煜的詞是「血淚之歌」。顯然，這首詞是經過精心構思的，通篇一氣盤旋，波濤起伏，又圍繞一個中心思想，結合成和諧的藝術整體。在李煜之前，還沒有任何作家能在結構藝術方面達到這樣高的成就，所以王國維說：「唐五代之詞，有句而無篇。南宋名家之詞，有篇而無句。有篇有句，惟李後主降宋後之作及永叔、子瞻、少游、美成、稼軒數人而已。」（《人間詞話刪稿》）可見李煜的藝術成就具有超越時代的意義。當然，更主要的還是因為他感之深，故能發之深，是感情本身起着決定性的作用。王國維《人間詞話》說：「後主之詞，真所謂以血書者也。宋道君皇帝（徽宗）〈燕山亭〉詞亦略似之。然道君不過自道身世之戚，後主則儼然有釋迦、基督擔荷人類罪惡之意，其大小固不同矣。」李煜被毒死，跟他寫這首詞有關，這真是用血寫的。李煜寫的詞，不尚雕飾，明麗如畫的白描手法寫成，不論是敘述事實、描寫景物、刻畫情態，都能曲盡其妙；特別在抒情方面，或事中有情，或景中有情，當情到深處，情景融合而昇華入於理境，由個人的感慨，而表出人世間的相同感慨，於是其情其理，已非李煜個人自己，而由他個人自己，擔荷着千秋萬世人類之苦。這正是王國維所指的「儼有釋迦、基督擔荷人類罪惡之意」。讀者多加體會，當自己偶有失意而生出愁怨不快的情緒時，吟詠一下李煜的詞，相對他的愁怨，自然獲得稍寬稍解的療效。

✎ 問答題

1. 李煜是在怎樣的情況下寫作〈虞美人〉？
   A. 當太子時，受禮教約束，回想昔日生活的自由自在，不禁愁懷滿胸
   B. 成為南唐國主後，飽受北宋強大壓力，終日惶恐不安
   C. 肉袒出降，被宋軍押赴開封途中，感前途未卜，憂傷不已
   D. 被囚軟禁三年，撫今追昔，無限傷感

2. 「春花秋月何時了」的「了」意思是甚麼？
   A. 完結　B. 明白　C. 快速　D. 知曉

3. 以下哪一項，不是本詞的內容？
   A. 故國之思　B. 物是人非
   C. 借酒澆愁　D. 亡國之悲

4. 「春花秋月何時了，往事知多少」，既有「春花」，又有「秋月」，究竟詞人描寫的是甚麼季節？
   A. 春　B. 秋　C. 春和秋　D. 一年四季

5. 「故國不堪回首月明中」的「故國」是指哪裏？
   A. 東吳　B. 南唐　C. 西蜀　D. 北燕

6. 「雕闌玉砌應猶在，只是朱顏改」兩句，表達怎樣的感情？
   A. 無限愁苦與悲痛　B. 嗟歎與後悔
   C. 感慨物是人非　D. 緬懷昔日

7. 「雕闌玉砌應猶在」的「猶」意思是甚麼？
   A. 同　B. 謀略　C. 還、仍舊　D. 尚且

8. 李煜寫作〈虞美人〉，善用對比手法。下列哪組詞句不是用對比手法寫成？
   A. 春花秋月何時了？往事知多少
   B. 小樓昨夜又東風，故國不堪回首月明中
   C. 雕闌玉砌應猶在，只是朱顏改
   D. 問君能有幾多愁？恰似一江春水向東流

9. 「恰似一江春水向東流」運用了甚麼修辭手法？
   A. 比喻　B. 借代　C. 擬人　D. 誇張

10. 下列哪一項不是〈虞美人〉的寫作特色？
    A. 善用問句　B. 善用對偶
    C. 善用對比　D. 善用比喻

附
（金）元好問　摸魚兒・恨人間情是何物

掃碼聽音頻

📖 原文

乙丑歲赴試并州，道逢捕雁者云：「今旦獲一雁，殺之矣。其脫網者悲鳴不能去，竟自投於地而死。」予因買得之，葬之汾水之上，累石為識，號曰雁丘。時同行者多為賦詩，予亦有〈雁丘辭〉。舊所作無宮商，今改定之。

恨人間、情是何物，直教生死相許。天南地北雙飛客，老翅幾回寒暑。歡樂趣。離別苦。是中更有癡兒女。君應有語。渺萬里層雲，千山暮景，隻影為誰去？

橫汾路。寂寞當年簫鼓。荒煙依舊平楚。招魂楚些何嗟及，山鬼自啼風雨。天也妒。未信與。鶯兒燕子俱黃土。千秋萬古。為留待騷人，狂歌痛飲，來訪雁丘處。

📖 撰文：黃坤堯

本篇向大家講解的經典是金末蒙古（相當於南宋時代）元好問的〈摸魚兒〉。

相信很多人都聽過「問世間情是何物」的歌詞，同時也很想尋求答案，究竟甚麼是愛情呢？這一句出自金朝元好問的〈摸魚兒〉。北宋靖康之難以後，金朝奪取了宋朝淮河以北的半壁江山，同時中國也分裂成金朝、南宋的對峙局面。

元好問（1190－1257），字裕之，號遺山。太原秀容（今山西省忻州市）人。他是北魏鮮卑族拓拔氏的後代，姓元氏。七歲能詩，稱為神童。十四歲受業於名儒郝天挺（1161－1217）門下，淹通經傳百家。興定五年（1221）進士，正大元年（1224）中博學宏詞科，授儒林郎。正大八年（1231）入京任國史院編修、吏部員外郎。第二年入翰林，知制誥。蒙古鐵騎攻佔汴京（今河南省開封市），元好問被俘，羈管聊城（今山東省聊城市）。金朝亡國後不再做官，遊歷天下，專心著述，從事講學及教育工作。蒙古

憲宗七年九月卒於獲鹿（今河北省石家莊市鹿泉區）寓舍。著《遺山先生文集》、《遺山樂府》。編纂《中州集》、《中州樂府》等，關心文獻，保存國粹。元好問是宋金對峙時期北方文壇盟主，也是詩詞大家。

〈摸魚兒〉是北宋中期的流行詞調。詞調是樂曲的名字，與歌曲內容沒有必然的關係。晁補之（1053－1110）詞有「買陂塘、旋栽楊柳」句，改名〈買陂塘〉，又叫〈邁陂塘〉、〈賣陂塘〉。《詞譜》列〈摸魚兒〉九體，字數、韻數不同，可是就缺了元好問這一體。元好問詞雙調一百十六字。前段十一句，協「許」、「暑」、「趣」、「苦」、「女」、「語」、「去」七仄韻；後段十二句，協「路」、「鼓」、「楚」、「雨」、「妒」、「與」、「土」、「古」、「處」九仄韻。《詞林正韻》第四部的上去聲，一韻到底。大概用韻較密，而宋詞較疏，有些區別。

〈摸魚兒〉「雁丘辭」有兩個版本。早期刊本都題〈摸魚兒〉，後代流傳的選本或歌曲則多題〈邁陂塘〉，二者同調異名，可以互用。可是題〈邁陂塘〉的在文本上字句有些改動，後代讀者比較容易接受。例如：

恨人間、情是何物。／問世間、情是何物。

是中更有癡兒女。／就中更有癡兒女。

千山暮景，隻影為誰去？／千山暮雪，隻影向誰去？

山鬼自啼風雨。／山鬼暗啼風雨。

大概〈摸魚兒〉原作「恨人間」、「是中」、「暮景」、「為誰去」、「自啼」五處，而〈邁陂塘〉流通的版本則改作「問世間」、「就中」、「暮雪」、「向誰去」、「暗啼」。後者的文意直白了當，反映群眾的智慧，使名作愈改愈好。

〈摸魚兒〉有詞序，大意是說金章宗泰和五年乙丑（1205）八月，元好問十六歲，去并州太原應試。聽說有人捕殺了一隻雁，而另一隻就衝飛下來撞地殉情而死。因此作者就把兩隻雁買下來，葬在汾水邊上，題名「雁丘」，大約在太原市陽曲縣西汾水邊上。當時朋友都寫詩記錄此事，而元好問寫詞，這是初試啼聲之作，起步很高。大約十年後，元好問又把「雁丘」故事譜入曲中，甚至改名〈邁陂塘〉，主要反映了金國在蒙古鐵騎的蹂躪下，社會殘破的景象。哀怨纏綿，借物寄意，有點黍離麥秀的悲感，藉着愛情，隱約也就寄寓了家國的滄桑。〈遺山自題樂府引〉說：「歲甲午，予所錄《遺山新樂府》成。十月五日太原元好問裕之題。」甲午年（1234）金朝亡國，當時除了編

輯《遺山樂府》，可能連〈摸魚兒〉小序也是在編集時補加上去的，撰於亡國之後。

〈摸魚兒〉分為兩段。前段首句原作「恨人間」的，充滿怨憤不平之氣。後來改作「問世間」，用問話振起，強調愛情能使人生死與共，讓大家陶醉於美麗的想像當中，減少怨恨，也就唱得鬧哄哄了。跟着摹寫雙雁天南地北，比翼翱翔，飽歷風霜，記不清楚已經度過多少個寒暑了。有相愛的欣悅，有離別的愁苦，就像一般的癡男怨女。當然，大雁該有牠殉情的原因。萬里長空，雲意沉沉；千山暮靄，風雪茫茫，剩下自己淒涼孤獨的身影，又誰可相依呢？

後段寫雙雁要在汾水邊上安息。作者刻意以漢武帝（劉徹，前 156－前 87）〈秋風辭〉當年巡遊汾水時的場景作對比，「泛樓船兮濟汾河。橫中流兮揚素波。簫鼓鳴兮發棹歌。」坐上樓船橫渡汾河，簫鼓聲喧，十分熱鬧。可是現在荒煙瀰漫，遠樹鬱鬱蒼蒼，剩下一片荒涼。「楚些」就是楚歌、楚辭。再讀〈招魂〉也無法把雁魂召喚回來，〈山鬼〉只能在淒風苦雨中哭泣哀號。難道連上天都妒忌雙雁嗎？作者深信雙雁不會像鶯兒、燕子一般長埋黃土。千秋萬世，永垂不朽。總有很多騷人墨客，狂歌痛飲的，來這裏憑弔雁丘的墓地。

前段全以白描手法鋪寫大雁的殉情故事，後段就多用典故渲染一股荒寒的氣氛。可以説是一首愛情的悲歌，幾百年來感動了很多讀者。〈摸魚兒〉是元好問婉約詞的代表作，歷來評價很高。張炎（1248－1320？）《詞源》盛稱「雁丘」之作：「妙在摹寫情態，立意高遠。」其中「生死相許」的承諾把愛情寫出更高的格調。不過，如果在人生不同的階段回望，特別是絲竹中年之後，碰上改朝換代，此詞可能還有愴懷故國，寄意言外的作用。讀者不妨多方面思考，可能還有其他不同的詮釋，豐富作品的意涵，釋放解讀空間。

✎ 問答題

1. 「累石為識」的語譯是甚麼？
   - A. 積累石塊，讓大家記住。
   - B. 堆起石塊，為雁塚作標誌。
   - C. 背負石頭，感到累的滋味。
   - D. 堆起石頭，插上旗幟，以便識別。

2. 在「直教生死相許」句中，解釋「直」字的語意。
   - A. 特也，但也　B. 一直
   - C. 直接　　　　D. 正直

3. 在「直教生死相許」句中，指出「教」字的訓釋。
   - A. 教導　B. 教訓　C. 任教　D. 使也

4. 在「直教生死相許」句中，怎樣理解「許」字？
   - A. 許諾　B. 許多　C. 稱許　D. 幾許

5. 「橫汾路」中「橫」字何解？
   - A. 縱橫　B. 橫豎
   - C. 橫渡　D. 橫加攔阻

6. 在「荒煙依舊平楚」句中，何謂「平楚」？
   - A. 平定荊楚　B. 遠樹平林
   - C. 平平無奇　D. 叢林隱約

7. 「是中更有癡兒女」，選擇「是中」的現代語譯。
   - A. 就在中間　　B. 於此、這裏
   - C. 就是成功了　D. 成就

8. 「是中更有癡兒女」，解釋「是」的詞性。
   - A. 人稱代詞　B. 判斷詞
   - C. 副詞　　　D. 指示代詞

9. 在「招魂楚些何嗟及」句中，「些」字的解釋為何？
   - A. 一些　B. 方言　C. 歌曲　D. 些微

10. 「山鬼自啼風雨」，「山鬼」指稱甚麼對象？
    - A. 鬼怪作祟　　B. 山中的友人
    - C. 死去的雙雁　D. 山神

答案：1B, 2A, 3D, 4A, 5C, 6B, 7B, 8D, 9C, 10D

第八章

宋代散文

范仲淹　岳陽樓記

掃碼聽音頻

📄 原文

慶曆四年春，滕子京謫守巴陵郡。越明年，政通人和，百廢具興。乃重修岳陽樓，增其舊制，刻唐賢、今人詩賦於其上，屬予作文以記之。

予觀夫巴陵勝狀，在洞庭一湖。銜遠山，吞長江，浩浩湯湯，橫無際涯；朝暉夕陰，氣象萬千。此則岳陽樓之大觀也，前人之述備矣。然則北通巫峽，南極瀟湘，遷客騷人，多會於此，覽物之情，得無異乎？

若夫霪雨霏霏，連月不開，陰風怒號，濁浪排空；日星隱曜，山嶽潛形；商旅不行，檣傾楫摧；薄暮冥冥，虎嘯猿啼。登斯樓也，則有去國懷鄉，憂讒畏譏，滿目蕭然，感極而悲者矣。

至若春和景明，波瀾不驚，上下天光，一碧萬頃；沙鷗翔集，錦鱗游泳；岸芷汀蘭，郁郁青青。而或長煙一空，皓月千里，浮光躍金，靜影沉璧，漁歌互答，此樂何極！登斯樓也，則有心曠神怡，寵辱偕忘，把酒臨風，其喜洋洋者矣。

嗟夫！予嘗求古仁人之心，或異二者之為。何哉？不以物喜，不以己悲。居廟堂之高，則憂其民；處江湖之遠，則憂其君。是進亦憂，退亦憂。然則何時而樂耶？其必曰：「先天下之憂而憂，後天下之樂而樂」歟！噫！微斯人，吾誰與歸？時六年九月十五日。

📖 撰文：招祥麒

本篇向大家講解的經典是宋代范仲淹（989－1052）的〈岳陽樓記〉。

范仲淹，字希文。其先邠州（今陝西彬州）人，後遷蘇州吳縣（今江蘇省蘇州市）人。北宋著名政治家、文學家。兩歲時喪父，因母親改嫁朱氏，改名朱說。二十一歲時，在山東淄博就讀於長白山醴泉寺，生活清苦，每日只熬一鍋粥，待冷凝後分為四

份，早晚拌以虀菜（醬菜）各吃兩份。二十三歲時，他知道了自己的身世，便辭別母親，隻身到睢陽（今河南商丘睢陽區）應天府書院求學，五年的艱苦學習中，未曾解衣就枕。真宗（趙恆，968－1022）大中祥符八年（1015），二十七歲舉進士第，任廣德軍司理參軍，改為集慶（今安徽亳縣）節度使推官，恢復姓范。歷任右司諫、吏部員外郎、知州、樞密副使、參知政事等職。一生為官清廉，關心國計民生及邊防設施。仁宗（趙禎，1010－1063）慶曆三年（1043），奏陳十事：「明黜陟、抑僥倖、精貢舉、擇官長、均公田、厚農桑、修武備、減徭役、覃恩信、重命令」，推動改革，史稱「慶曆革新」。惜為守舊大臣呂夷簡（979－1088）所阻，新政受挫，乃自請離京。歷任邠州、鄧州（今河南鄧縣）、杭州、青州（今山東益都）等地方長官。皇祐四年（1052）改任潁州（今安徽阜陽）知州，上任途中逝世。年六十四。贈兵部尚書，諡文正。著有《范文正公集》。

范仲淹的創作在北宋詩文革新運動中起了一定的積極作用。他的散文，以政疏和書信居多，陳述時政，邏輯嚴密、說服力強。詩作內容廣泛，或言志感懷，或關注民生，或記遊山水，語意淳真，手法多樣。他又擅長填詞，文學地位甚高。

岳陽樓是岳陽城西門城樓，位於洞庭湖畔，與黃鶴樓、滕王閣並稱江南三大名樓。據傳岳陽樓始為三國吳將魯肅（172－217）訓練水師所建的閱兵台。唐開元四年（716），在閱兵台原址上修建一座樓閣，始定名為岳陽樓。歷來不少詩人如孟浩然（689－740）、李白（701－762）、杜甫（712－770）、白居易（772－846）、黃庭堅（1045－1105）、陸游（1125－1201）等，都曾登樓賦詩。

本文寫於宋仁宗慶曆六年（1046），是范仲淹應好友岳州太守滕子京（990－1047）之請，為重修岳陽樓撰寫的。滕子京和范仲淹是同科進士，共事多年，政見一致，私交很深，慶曆四年（1044）因事而貶放岳州，他到岳州後兩年的時間內便取得了良好的政績，並且重修了岳陽樓，修書邀請時在鄧州的范仲淹寫一篇文章記述此事。

「記」是一種文體，可以寫景、敘事、抒情或議論。本文所記，四者兼而有之，但目的是為了抒發作者的情懷和政治抱負。

全文共分五段：

第一段由開頭至「作文以記之」，記述寫作〈岳陽樓記〉的緣起。先從滕子京被貶的時間、地點寫起。接着寫他謫守岳陽後的政績，雖只用了「政通人和，百廢具興」

八個字，已足反映他是好官，有才能，又能為百姓出力，也暗示朝廷對他的貶謫是錯誤而不公平的。「乃重修岳陽樓」，用一個「乃」字承上啟下，表明重修岳陽樓是有了政績以後的事情。而對於重修岳陽樓的情況，只簡略提到擴大規模和刻詩賦於其上這兩點。最後一句「屬予作文以記之」交待作「記」的原因。

第二段由「予觀夫巴陵勝狀」到「得無異乎」。分兩層，第一層總說「巴陵勝狀，在洞庭一湖」，然後寫在岳陽樓所見：「銜遠山，吞長江，浩浩湯湯，橫無際涯；朝暉夕陰，氣象萬千。」作者用一個「銜」字和一個「吞」字，便清楚表明了洞庭湖和遠山及長江的關係，用字極其精煉；再加上下面所寫「浩浩湯湯，橫無際涯」，就把那種煙波浩淼的宏偉景象描繪出來。第二層說明着意要寫的問題是人們在岳陽樓「覽物之情」的不同。作者用「然則」二字一轉，從第一層着重景物描寫過渡到寫人。既然岳州是交通要道，被貶的官吏和文人大半都會聚集於此，那麼登臨岳陽樓，難道不會引起他們不同的感情嗎？因此，「覽物之情，得無異乎」既是承上，又領起下面要寫的第三段和第四段。

第三段由「若夫淫雨霏霏」至「感極而悲者矣」，寫覽物而悲者。先着力寫出陰雨連綿時洞庭湖陰森可怖的景象與氣氛，同時也令人聯想到陰暗昏沉的政治氛圍。接着，作者由景及情，引出「去國懷鄉，憂讒畏譏」的被貶之人，不由觸景生情，滿目凄涼，「感極而悲」。

第四段由「至若春和景明」至「其喜洋洋者矣」，寫覽物而喜者。着力寫洞庭湖晴朗天氣的景象：春光明媚，沙鷗成群，在月光如銀的晚上，遠處不時傳來一串串悠揚的漁歌。這時登臨岳陽樓，自是「心曠神怡，寵辱偕忘」，好不喜氣洋洋。

第五段由「嗟夫」至末尾，說出在悲、喜以外的一種更高的境界：「不以物喜，不以己悲」，並託古人立言：「先天下之憂而憂，後天下之樂而樂」，點明全篇主旨。「嗟夫」是一歎詞，表明作者要發表看法了。「或異二者之為」，這是作者的思考，他認識到「古仁人」與「遷客騷人」心境的不同。然後用「何哉」設問，自問自答，既引發讀者思考，又可正面闡述。作者指古仁人「不以物喜，不以己悲」，不會因外物影響或個人問題而產生喜與悲的情感反應，這跟遷客騷人那種覽物之情迥然有別。接着，作者指出，他們並不是沒有憂愁，只是不在意個人的進退，而是憂其民，憂其君，「是進亦憂，退亦憂」。那麼，作為一個人，他們甚麼時候才快樂呢？他們的快樂與憂愁是一

種甚麼樣的關係呢？那就是「先天下之憂而憂，後天下之樂而樂」。這是全文的文眼所在，表明作者願意把國家利益置於個人利益之上，不計個人得失，始終以天下為己任。這種意志高昂而執着的歷史責任感，在中華歷史長河中，不知激勵了多少志士仁人，犧牲小我，為完成大我而努力奮鬥。

本文向被稱為范仲淹的名篇，寫作技巧方面甚具特色：

第一、結構嚴謹，構思精妙。文章開頭寫重修岳陽樓的背景和作記的緣由，總起全文，然後寫岳陽樓的大觀、洞庭湖上的不同景象和登樓者覽物而生的兩種不同感受，最後藉「古仁人之心」以抒發自己的正面見解和政治抱負。全文由事入景，由景生情，由情化理，並在段與段之間，段首或段末用關聯詞起承上啟下作用，頓使全篇渾然一體，脈絡清晰。

第二、以景寓情，情景交融。作者注意選擇適當的景物，寄託相應的情感，例如，表現愁苦之情，就用令人引起陰森感覺的「虎嘯」和催人淚下的「猿啼」；要表現快樂之情，就寫「沙鷗翔集，錦鱗游泳」，不說喜而使人喜上眉梢。

第三、運用對比，增強感染力。例如，寫洞庭的景色，以及由景色引起的感情，全部用對比手法。寫天氣，一陰一晴；寫湖面，一是「濁浪排空」，一是「波瀾不驚」；寫人的活動，一是「商旅不行」，一是「漁歌互答」。這樣形成鮮明的對比，取得很好的藝術效果。

第四、騈散結合，自成一格。作者把騈文擅用的對偶句結合散行句式，甚至有些地方還注意押韻，使文章讀起來抑揚頓挫，而富有音樂感。

✎ **問答題**

1. 下列哪幾處屬於「江南三大名樓」？
   1 黃鶴樓　2 岳陽樓
   3 鸛雀樓　4 滕王閣
   A. 1、2、3　B. 1、2、4
   C. 2、3、4　D. 1、3、4

2. 為甚麼范仲淹寫這篇〈岳陽樓記〉？
   A. 因為岳陽樓既已重修，自然要寫一篇「記」
   B. 他作為滕子京的上司，有責任寫這篇「記」
   C. 滕子京在岳陽樓刻上唐賢、今人詩賦，他既屬「今人」，就寫這篇「記」
   D. 他是應滕子京的邀請，於是動筆而寫

3. 〈岳陽樓記〉是在甚麼時候寫的？
   A. 慶曆四年春　B. 慶曆四年秋
   C. 慶曆六年春　D. 慶曆六年秋

4. 下列哪項是讚揚滕子京的讚揚？
   A. 政通人和，百廢具興
   B. 增其舊制，刻唐賢、今人詩賦於其上
   C. 不以物喜，不以己悲
   D. 先天下之憂而憂，後天下之樂而樂

5. 作者認為岳州的美景在甚麼地方？
   A. 岳陽樓　B. 長江　C. 洞庭湖　D. 巫峽

6. 下列各項，哪些是運用對偶修辭寫成的？
   1 銜遠山，吞長江
   2 日星隱曜，山嶽潛形
   3 上下天光，一碧萬頃
   4 居廟堂之高，則憂其民；處江湖之遠，則憂其君
   A. 1、2、3　B. 1、2、4
   C. 2、3、4　D. 1、3、4

7. 下列哪些話，何者是作者概括遷客騷人的悲喜之情？
   1 覽物之情，得無異乎
   2 去國懷鄉，憂讒畏譏
   3 心曠神怡，寵辱偕忘
   4 予嘗求古仁人之心，或異二者之為
   A. 1、2　B. 1、3　C. 2、3　D. 1、4

8. 文中「或異二者之為」，其中「二者」指誰？
   A. 范仲淹、滕子京　B. 唐賢、今人
   C. 遷客、騷人　　　D. 仕進者、退隱者

9. 「微斯人，吾誰與歸」中的「斯人」指誰？
   A. 遷客　B. 騷人　C. 滕子京　D. 古仁人

10. 下列哪一項不是〈岳陽樓記〉的寫作特色？
    A. 結構嚴謹，構思巧妙
    B. 駢散結合，對比清晰
    C. 論點突出，反證有力
    D. 以景寓情，情景交融

答案：1B, 2D, 3D, 4A, 5C, 6B, 7C, 8C, 9D, 10C

歐陽修　醉翁亭記

掃碼聽音頻

📖 **原文**

　　環滁皆山也。其西南諸峰，林壑尤美，望之蔚然而深秀者，瑯琊也。山行六七里，漸聞水聲潺潺而瀉出於兩峰之間者，釀泉也。峰迴路轉，有亭翼然臨於泉上者，醉翁亭也。作亭者誰？山之僧智仙也。名之者誰？太守自謂也。太守與客來飲於此，飲少輒醉，而年又最高，故自號曰「醉翁」也。醉翁之意不在酒，在乎山水之間也。山水之樂，得之心而寓之酒也。

　　若夫日出而林霏開，雲歸而巖穴暝，晦明變化者，山間之朝暮也。野芳發而幽香，佳木秀而繁陰，風霜高潔，水落而石出者，山間之四時也。朝而往，暮而歸，四時之景不同，而樂亦無窮也。

　　至於負者歌於塗，行者休於樹，前者呼，後者應，傴僂提攜，往來而不絕者，滁人遊也。臨溪而漁，溪深而魚肥。釀泉為酒，泉香而酒洌；山餚野蔌，雜然而前陳者，太守宴也。宴酣之樂，非絲非竹，射者中，弈者勝，觥籌交錯，起坐而喧譁者，眾賓歡也。蒼顏白髮，頹然乎其間者，太守醉也。

　　已而夕陽在山，人影散亂，太守歸而賓客從也。樹林陰翳，鳴聲上下，遊人去而禽鳥樂也。然而禽鳥知山林之樂，而不知人之樂；人知從太守遊而樂，而不知太守之樂其樂也。醉能同其樂，醒能述以文者，太守也。太守謂誰？廬陵歐陽修也。

📖 **撰文：賴慶芳**

　　本篇向大家講解的經典是宋代歐陽修（1007－1072）的〈醉翁亭記〉。

　　作者用了十個「樂」字，你知道他有哪些「樂」嗎？他對大自然看法如何？

　　公元1046年，歐陽修被貶為滁州太守，翌年撰此篇山水遊記，其時四十歲。文章以「樂」為主旨，有山水之樂與宴酣之樂，禽鳥之樂與人之樂，賓客之樂與太守之樂，

而貫通全文之樂，就是醉翁──作者。歐修陽欲樂而借酒避愁，同樂而異趣，在眾賓客歡樂之中頹倒其中，乃「醉翁之意」所在。文章描述與客人開懷暢飲，作者歡快之情與內心深處之抑鬱形成明暗對比。滁州自然風光秀麗，反映和平安定的環境，揭示歐陽修對百姓與大自然共融、人人安居樂業之冀望。

第一段交代醉翁亭的位置、命名及景色。

起段總寫滁州瑯琊山的自然環境之美，有山巒、林木、泉水、亭子，以景為主，以人──山僧、遊人、醉翁、賓客為點綴，再帶出要旨：「醉翁之意不在酒，在乎山水之間」、「得之心而寓之酒」之樂。究竟山林之間有何樂？

歐陽修看大自然之視點如何？他先述全景「環滁皆山」，再述「西南諸峰」之遠景，然後拉至近景──瑯琊山「蔚然深秀」的樹林，特寫「水聲潺潺」之釀泉，再集中焦點──醉翁亭。所寫之景由遠至近，使用類似柳宗元（773－819）之步移法，層層深入山間，終達醉翁亭，引人入勝。作者運用高、低、遠、近多種寫景角度──有闊大之全景、有遠景、近景、特寫、焦點，富於寫景變化之能事。

第二段側重寫醉翁亭四周朝夕與四時之景。朝早是「日出而林霏開」，夕暮是「雲歸而巖穴暝」，朝夕山間晦明變化。春天是野芳盛放，夏季佳木繁茂，秋冬風霜高潔，水落石出。四時之景不同，而山林之樂趣亦無窮。樂，既是遊人之樂，亦是太守之樂。

第三段主要描述滁州遊人的活動狀況。

此段由景至人，作者以不同角度寫遊人之樂，暗示滁州的昇平──先總寫滁州遊人，如負者、行者、前者、後者，再近寫傴僂之老人及提攜之小孩，特寫眾賓客之射者、弈者、宴飲者，焦點集中於蒼顏白髮的太守自己。「射者中」乃指古代飲宴的投壺遊藝，見錄於《禮記》。人們以箭投壺中，投中者勝，勝者斟酒給負者飲。滁州人之樂，展示太守能與民同樂，太守親和而民政得治。

結段述說太守之樂及點出撰文者。

歐陽修乃永豐人，但先世為「廬陵大族」，故其籍貫亦述廬陵──今江西吉安市。日落之時，眾人隨太守而歸。作者以禽鳥之樂襯托遊人之樂，以遊人之樂襯托太守之樂。醉能同其樂，醒能述文以記，就是大守。全文共出現十個「樂」字，以「樂」貫穿全文，包括禽鳥之樂、遊人之樂、賓客之樂、太守之樂。

歐陽修云：「醉翁之意不在酒，在乎山水之間。」山林究竟有何樂？太守是否

真樂？

　　滁州遊人之樂，源於山林。眾賓之樂，源於宴飲、弈射，以及可跟從太守遊覽。禽鳥之樂，源於遊人散去清靜不受打擾。太守之樂，則源於三點：一、觀賞山林美景之樂；二、與賓客共宴之樂。三、因賓客之樂而樂。正如歐陽修於〈豐樂亭記〉一文指出：能與民共樂，是作為太守之事務。

　　歐陽修描述之樂可分作三個層次。第一層次是禽鳥因人去而樂，禽鳥知山林之樂而不知人之樂。第二層次是遊人知山林之樂，賓客知宴飲之樂、從太守遊之樂，卻不知太守之樂。第三層次是太守因眾人樂而樂——能與民同樂而樂。既然如此樂，何以太守頹然醉倒？此中有原因。

　　然而，太守是否真樂？

　　《宋史》記載歐陽修為人正直，勸諫皇帝不要罷免賢臣：認為有正義之士在朝，令奸邪之人有所忌憚；有謀略之臣不用，會是敵國的福氣。他因此招來邪黨之忌恨，以其外甥張氏之案誣衊他，他在公元 1046 年被貶至滁州。後來改遷至揚州、穎州、商丘、南京，直至 1054 年才獲召回京師。他在外多年，以至頭髮斑白，宋仁宗（趙禎，1010－1063）見之亦憐惜。若他真的感到快樂，不會頹乎醉倒賓客之中；四十歲而自號「醉翁」，疑是借酒澆愁。因受污衊而被貶滁州，歐陽修心裏其實十分難受。《宋史》記載他經歷多次被詆毀後，欲辭官歸隱，皇帝以詔書嘉許他，不讓他辭官。

　　據此文所述，大自然給予我們甚麼？

　　一、山林景色。大自然給予人類環境之美，如林壑之美、蔚然深秀、水聲潺潺。有朝夕景色，如山間朝暮晦明變化、日出林霏開、雲歸巖穴暝。又有四時之景，如野芳發而幽香、佳木秀而繁陰、風霜高潔而水落石出。

　　二、山林之樂。上山之樂，如負者歌於途、行者休於樹、前呼後應；如讓人臨溪而漁、釀泉為酒；山中宴飲遊玩之樂，如射者中、弈者勝。

　　三、飲食。山泉可以釀酒，如泉香、酒洌；山間野味肉食——山餚；山林提供野菜——野蔌。大自然予人樂趣 ——供給人飲食、美景共賞、遊宴之所，讓人避災難，啟迪人生。

　　大自然喜歡人類的打擾嗎？

　　人類能給大自然的最好禮物乃勿打擾其生活，勿佔據其領域，勿殘害自然界的生

命。歐陽修云:「遊人去而禽鳥樂」。人類對山林禽鳥之最大貢獻或回饋,就是不要打擾牠們。若非必要,人類不該侵佔禽鳥走獸領域,擾其生活常態。人們更不應污染大自然的世界,將美好的四時山林化為灰燼或垃圾染缸。〈醉翁亭記〉云:「朝而往,暮而歸,四時之景不同,而樂亦無窮也。」

這篇文章運用了甚麼藝術手法?

歐陽修以精煉生動的語言,駢散結合,長短錯落。有散文之自由清暢,亦有駢賦之工整雅麗,且富有詩意的内在韻律。《古文觀止》評云:「逐層脫卸,逐步頓跌,句句是記山水,卻句句是記亭,句句是記太守。似散非散,似排非排,文家之創調也。」

通篇使用說明句式,以二十一個虛字——「也」字作解答,又反覆運用同一個虛詞「也」字,達至往復迴環的效果。

全文寫景以多重角度述寫。有遠、近、高、低、動、靜之景,亦有全景、特寫、焦點等;作者又以多角度描述滁州遊人——負者、行者、前者、後者、老者、幼者、賓客、射者、弈者、飲者、太守。

又運用步移法描寫四周環境——先綜觀滁州,見四周皆山嶺,向西南望而見山巒諸峰,其中有樹林深秀的瑯琊山,山行六七里而聞潺潺水聲,得見釀泉,峰迴路轉而續行,仰望可見泉上之高亭,最終抵達醉翁亭。此種手法類似柳宗元山水遊記之步移法。

此文厲害之處何在?

朱弁(1085-1144)《曲洧舊聞》記載,此文一出,家家戶戶傳閱,以令當時之紙張昂貴:「〈醉翁亭記〉初成,天下莫不傳誦,家至戶到,當時為之紙貴。」《滁陽郡志》甚至記載此文成石刻後,遠近爭傳,山僧疲於模打,碑石用盡後,只能取僧堂的甎子來用,拓本於過關時可以免稅。

✎　**問答題**

1. 歐陽修〈醉翁亭記〉寫於哪一年？
   A. 1046 年　　B. 1047 年
   C. 1048 年　　D. 1049 年

2. 作者所述的醉翁亭在哪裏？
   A. 滁州城內　　B. 西南諸峰
   C. 瑯琊山上　　D. 釀泉旁邊

3. 以下哪那一項不是〈醉翁亭記〉所述太守
   與賓客宴遊的活動？
   A. 弈者勝、射者中　　B. 臨溪而漁
   C. 負者歌於塗　　　　D. 釀泉為酒

4. 以下哪一項是作者所見的夕暮景色？
   A. 雲歸而巖穴暝　　B. 野芳發而幽香
   C. 佳木秀而繁陰　　D. 水落而石出者

5. 大自然給予人們很多美好東西，哪一項
   〈醉翁亭記〉沒提及？
   A. 山林美景　　B. 山餚野菜
   C. 宴遊場所　　D. 釀酒之法

6. 以下哪一項非太守歐陽修之樂？
   A. 觀賞山林美景之樂　　B. 與賓客共宴之樂
   C. 因禽鳥之樂而樂　　　　D. 因賓客之樂而樂

7. 據歐陽修所述，禽鳥之樂是因為甚麼？
   A. 負者歌於塗　　B. 行者休於樹
   C. 遊人盡散去　　D. 前者呼、後者應

8. 歐陽修自號醉翁，其時幾多歲？
   A. 三十　　B. 四十　　C. 五十　　D. 六十

9. 作者以多角度描寫滁州景色，以下哪一項
   不太正確？
   A. 遠近描述　　B. 高低角度
   C. 動靜刻劃　　D. 不著焦點

10. 哪本書記錄〈醉翁亭記〉寫成之後，天下
    傳誦至家家戶戶，令當時紙張為之變貴？
    A.《曲洧舊聞》　　B.《滁陽郡志》
    C.《宋史》　　　　D.《新五代史》

答案：1B, 2C, 3C, 4A, 5D, 6C, 7C, 8B, 9D, 10A

歐陽修　賣油翁

掃碼聽音頻

📑 原文

陳康肅公堯咨善射，當世無雙，公亦以此自矜。嘗射於家圃，有賣油翁釋擔而立，睨之，久而不去。見其發矢十中八九，但微頷之。

康肅問曰：「汝亦知射乎！吾射不亦精乎？」翁曰：「無他，但手熟爾。」康肅忿然曰：「爾安敢輕吾射！」翁曰：「以我酌油知之。」乃取一葫蘆置於地，以錢覆其口，徐以杓酌油瀝之，自錢孔入，而錢不濕。因曰：「我亦無他，惟手熟爾。」康肅笑而遣之。

📖 撰文：曹順祥

本篇向大家講解的經典是宋代歐陽修的名作〈賣油翁〉。

如果想說服別人，最好的方法不是空談道理，而是說一個小故事。為甚麼呢？古人常常將道理寄託在故事之中，這樣可以令事和理二者相融。由於「事」是「理」的依據，可令人印象難忘，故能引發思考，甚至可成功改變人的行為。

〈賣油翁〉就是一個可改變我們思想、行為的小故事。

作者歐陽修（1007－1072），字永叔，號醉翁、六一居士，諡號文忠。籍貫吉州廬陵（今江西省吉安市），生於綿州，北宋時期文學家、史學家、政治家。歷仕仁宗、英宗、神宗三朝，官至翰林學士、樞密副使、參知政事，曾積極參與范仲淹所領導的慶曆新政政治改革。文學方面，為唐宋古文八大家之一。與韓愈（768－824）、柳宗元（773－819）、蘇軾（1037－1101）被後人合稱「千古文章四大家」，也是唐代古文運動的繼承者及推動者，為古文發展貢獻至大。

宋英宗治平四年（1067），歐陽修又遭流言中傷，自請外任，這一卷是在出知亳州時作的。他在《歸田錄》序裏說：「歸田錄者，錄以備閒居之覽也。」

〈賣油翁〉選自《歐陽文忠公文集‧歸田錄》，這是歐陽修所著的別集。

陳堯咨是北宋名臣之一，真宗咸平三年（1000）狀元，歷任通判、考官、知州、知府、安撫使、龍圖閣直學士、尚書工部侍郎等職。陳堯咨性情剛戾，但辦事決斷。為人盛氣凌人，為政「用刑慘急，數有杖死者」。《宋史》記載他知兵善射，「嘗以錢為的，一發貫其中」。本文記載的就是關於他的一個故事，《宋人軼事彙編》也有記載。

故事的開始，是一次偶然的相遇。一個是朝廷高官，一個是平民百姓。身份地位十分懸殊。陳堯咨是當代獨一無二的神箭手，一天在家圃中練習射箭，射箭十中八九，他也因這本領而感到驕傲。

此時，路過的賣油翁放下擔子站着，斜着眼看他，很久仍不離開。對於陳堯咨的箭術，賣油翁只是微微點頭表示稱許。這裏有趣的是，「睨之，久而不去。」「睨」是斜着眼看的意思，含有漫不經意的意思，但賣油翁卻長時間仍沒有離開。由此可見，賣油翁也許一方面認同和肯定陳堯咨的箭術，另一方面卻並未表現出極度欣賞和讚許！因此，這樣的故事「開頭」，無疑是充滿懸念的。這裏以極其精煉的筆墨提出了矛盾，在讀者心中充滿了期待，就自然地引出了下文。讀者也許會問：難道賣油翁是個隱世高手？

故事的第二部分，即文中的第二段。陳康肅問賣油翁：「你也懂得射箭嗎？我的箭術不是很高明嗎？」這句話似乎有點盛氣凌人。也許陳堯咨所期待的，無非是想賣油翁說出「非常好！很棒！很厲害！」之類的話。沒想到，答案竟然是：「無他，但手熟爾。」意思是：你的箭術沒有甚麼奧妙，只不過手法熟練罷了。

賣油翁不回答也罷，這樣的回答，對於大官陳堯咨——當代獨一無二的神箭手而言，無疑是絕大的侮辱。因此，陳堯咨覺得賣油翁輕視他，於是「忿然」地說出「爾安敢輕吾射！」這句話來。

故事至此，原本也沒有甚麼特別之處。試想想，一個小民百姓，哪鬥得過朝廷大官！結局還不是悄然離去？可是，賣油翁竟一聲不響，甚麼都沒有說，只是默默地做了一件小事情：他取來一個葫蘆，置於地上，再用一枚銅錢覆蓋葫蘆口，再用杓子把油一滴一滴慢慢地注入葫蘆中。油從銅錢中的小孔滴進葫蘆之內，銅錢竟然一點也沒有沾濕。「乃取」以下五句，是細節描寫，具體、細緻、生動，讓讀者如見其人，如歷其事。不要小看過這幾句話，假如沒有這個「瀝油」的小情節，前面的「無他，但手熟爾。」以及後面的「我亦無他，惟手熟爾。」就沒有了呼應和聯繫。同時，賣油翁的「立論」就沒有了根據，當然，也就沒有任何說服力了。

　　故事發展至此，當然想知道「結局」。可是結局卻只有一句：康肅笑而遣之。陳堯咨竟然沒有任何回應，眼看要令一眾讀者大失所望了。可是，如果細細想來，這個看似不是結局的「結局」，卻是十分精彩的。

　　試想，賣油翁認為陳堯咨的箭術了得，只因熟能生巧，並進而親身展示酌油穿過錢孔，而錢不濕的本領。不就是以具體行動證明了「無他，但手熟爾。」這句話嗎！由此可以推想，陳堯咨明顯地也衷心佩服賣油翁。這種頗為特殊的惺惺相惜之情，恐怕在當時是無法用「言語」準確地表達的吧！因此，陳堯咨最後「笑而遣之」，就頗為耐人尋味了。

　　陳堯咨終於笑着打發賣油翁走了。當中的「笑」，到底是甚麼意思？是欣賞？佩服？是無奈？是尷尬？只好留待各位去猜想吧！

　　不少同學在寫作文章時長篇大論，不懂剪裁。本文無論寫射箭或酌油，都可以由於手熟而達到爐火純青的境界。因此，重點不在於寫陳堯咨的射箭技術，而是藉陳堯咨「襯托」出賣油翁。所以寫陳堯咨射箭只用了「矢十中八九」五個字，十分簡略。相反，寫「瀝油」用了二十八字，這樣繁簡得當，突出了文章的重點。

　　本文善用語言描寫，突出人物性格和心理。例如陳堯咨問：「汝亦知射乎？吾射不亦精乎？」賣油翁回答：「無他，但手熟爾。」這一問一答，陳堯咨的恃才傲物、賣油翁的從容不迫，已經表露無遺了。

　　這是一篇「借事說理」的好文章，這裏面不但沒有高談闊論，而且道理也十分顯淺。可是，「熟能生巧」這平常的道理，當中的智慧又有多少人能掌握？又有多少人能貫徹始終？本文只簡單記敘賣油翁與陳堯咨的對答，以及賣油翁酌油的經過，把道理明明白白地呈現出來。不獨陳堯咨心服口服，作為讀者，也該有更徹底的反思吧！此外，通過兩個人物的對話，除了讓我們明白，很多看似高深莫測的本領，其實不過是熟能生巧而已；同時，人生而平等，故不應輕視別人，更不應恃才傲物，自視過高。

　　〈賣油翁〉是「借事說理」的經典之作，我們所學到的，又何止「熟能生巧」這個顯淺的道理？這篇文章多年來一直入選內地和香港教材，並非偶然，實在值得同學借鑒學習。

✎　問答題

1. 「陳康肅公堯咨善射」，「善」的意思是甚麼？
   A. 容易　B. 仁愛　C. 擅長　D. 熟悉

2. 「有賣油翁釋擔而立」，「釋」的意思是甚麼？
   A. 放下　B. 解說　C. 消散　D. 赦免

3. 「徐以杓酌油瀝之」，「徐」的意思是甚麼？
   A. 散開　B. 全部
   C. 慢慢地　D. 安閒的樣子

4. 「公亦以此自矜」，「公」的意思是甚麼？
   A. 無私　B. 共同　C. 他　D. 平分

5. 本篇用了哪一種「借事說理」的方法？
   A. 先敘事後說理
   B. 先說理後敘事
   C. 把道理寄寓理在故事中
   D. 藉助故事人物說明道理

6. 這個故事的主旨是甚麼？
   1 熟能生巧的道理
   2 天賦比努力重要
   3 學習應循序漸進
   4 人不要恃才傲物
   A. 1、2　B. 2、3　C. 3、4　D. 1、4

7. 下面對兩人的描述，哪一項不正確？
   A. 陳堯咨是一個驕矜自大的人
   B. 陳堯咨是一個容易動怒的人
   C. 賣油翁是一個不知悔改的人
   D. 賣油翁是一個深藏不露的人

8. 在敘事詳略安排的描述，以下何者不正確？
   1 賣油翁酌油的過程寫得精詳
   2 陳堯咨箭術高明只簡略敘述
   3 賣油翁酌油的過程簡略敘述
   4 陳堯咨箭術的高明寫得精詳
   A. 1、2　B. 2、3　C. 3、4　D. 1、4

9. 「爾安敢輕吾射」，一句用了甚麼修辭手法？
   A. 疑問　B. 反問　C. 誇張　D. 借代

10. 「康肅笑而遣之」，「遣」的意思是甚麼？
    A. 打發　B. 調派　C. 排解　D. 發洩

周敦頤　愛蓮說

掃碼聽音頻

📄 **原文**

　　水陸草木之花，可愛者甚蕃。晉陶淵明獨愛菊。自李唐來，世人盛愛牡丹。予獨愛蓮之出淤泥而不染，濯清漣而不妖，中通外直，不蔓不枝，香遠益清，亭亭靜植，可遠觀而不可褻玩焉。

　　予謂菊，花之隱逸者也。牡丹，花之富貴者也。蓮，花之君子者也。噫！菊之愛，陶後鮮有聞。蓮之愛，同予者何人？牡丹之愛，宜乎眾矣！

📖 **撰文：黃坤堯**

　　本篇向大家講解的經典是宋代周敦頤的〈愛蓮說〉。我們探討〈愛蓮說〉的美學課題，體會理想的人生境界，認真做一位正人君子。

　　周敦頤（1017－1073），字茂叔，晚號濂溪先生。道州營道（湖南省永州市道縣）人。仁宗天聖九年（1031），年十五，喪父，隨母親去京師投靠舅父鄭向（976－1038），二十四歲以舅父蔭子的關係任洪州分寧縣（江西省九江市修水市義寧鎮）主簿，善於斷獄。嘉祐六年（1061），遷國子博士、虔州（江西省贛州市）通判，路經廬山，風景優美，在山下買田，創辦濂溪書堂，設堂講學。熙寧五年（1072）任南康知軍，定居廬山蓮花峰下。在軍衙東側開挖池塘，種植蓮花。終年五十七歲。

　　宋代理學有濂、洛、關、閩四派，周敦頤深於易理，融入佛、道精義，為宋代理學的開山祖。著《太極圖說》、《通書》等，後人編為《周子全書》、《周濂溪先生全集》。

　　〈愛蓮說〉作於仁宗嘉祐八年（1063）五月，周敦頤四十七歲，沈希顏在雩都（江西省贛州市于都縣）善山興建濂溪閣，周敦頤撰〈愛蓮說〉，沈希顏書寫，錢拓刻石。現在九江市廬山市濂溪區紫陽南路有新建愛蓮池、觀蓮亭、愛蓮軒等，曲橋流水，楊柳芙蕖，可供遊客賞玩。附近蓮花鎮周家灣之栗樹嶺有周敦頤墓。

〈愛蓮説〉是一篇議論文，説者，解釋義理，説明個人的觀點。不過，由於作者並非純粹說理，而是採用旁敲側擊，借題發揮，相互映襯，狀物抒懷的手法，以花喻人，寫出不同的性格，多彩多姿。理學家的散文以說理為主，一般流於枯燥，能傳世的古文名篇不多。但〈愛蓮説〉卻有動人的魅力，親切的感覺，文筆簡潔，點到即止，言之有理，令人信服，具有教育意義，意味深長，也就成為一篇優美的散文小品了。

蓮，又稱荷，兼指花葉而言，例如蓮花寶地、荷花仙子、蓮葉何田田、荷葉飯等。舊名芙蕖，花的部分謂之菡萏，又叫芙蓉，例如「菡萏香銷翠葉殘」〔李璟（916－961），〈攤破浣溪沙〉〕、「涉江採芙蓉」（《古詩十九首》其六）等。葉的部分謂之荷，而蓮就多數指種子結實的部分，例如蓮實、蓮子、蓮蓬、蓮房、採蓮、紅蓮、金蓮、蓮蓉月餅等。根部謂之蓮藕，藕斷絲連，「絲」通於「思」，引申為相思之意。蓮心苦，引申也有可憐之意，「蓮子」即「憐子」，我見猶憐，意義相關，在古樂府及吳歌西曲中，都很常見。長期以來，蓮融入我們日常生活及文學作品之中，息息相關，妙用無窮。

周敦頤〈愛蓮説〉分為兩段。首段起句泛論，「水陸草木之花，可愛者甚蕃」，若不經意，振起全篇。「蕃」，繁多。無論生長於陸地，或在水中，草本木本，天地間所有的花，都是值得欣賞的，具有總括意義，暗伏「眾」字，包容眾生，意謂不必強分高下。話雖如此，畢竟各花入各眼，不同的人各有所好尚。在眾花之中，作者以菊花作陪襯，牡丹作反襯，揭出蓮花特有的品質，器度不凡。晉朝陶潛（365－427）「獨愛」菊花，「採菊東籬下，悠然見南山」（〈飲酒〉），表現出高情遠韻，阻隔塵囂。「自李唐來，世人盛愛牡丹」，「盛」，坊間版本多作「甚」。「盛愛」與「獨愛」相對，顯得熱鬧。劉禹錫（772－842）「惟有牡丹真國色，花開時節動京城」（〈賞牡丹〉），牡丹國色天香，嬌豔動人，舉城若狂，自然是世人的「盛愛」了。不過作者就強調自己「獨愛」蓮花，孤獨的意味跟陶潛彷彿相似，而賞玩的對象不同。前面二例只是引子，帶出話題，後面一連七句專寫蓮花的風神。首先「出淤泥而不染」，在淤泥中長大，卻不受世俗污染。「濯清漣而不妖」，在清澈的水波中洗濯一新，卻沒有美豔而不端莊的媚態。「中通外直，不蔓不枝」，寫蓮花心意相通，梗莖端直，沒有細長纏繞的纖條，橫生枝節。「香遠益清，亭亭靜植」，「靜」，通行本作「淨」，具有淨化心靈的意義，自然佳妙。蓮花的香氣傳送遠方，更為清幽，卓然挺立，表現正直。「可遠觀而不可褻玩

焉」，這是作者設定的審美距離，遠遠地賞花，不要挑逗玩弄。面對美的誘惑，例如出水芙蓉，觀賞者要莊重。周敦頤對蓮花表現出敬畏之美，神聖莊嚴，一種自我約制的精神，君子謙謙，威儀穆穆，潔身自愛，不能亂性。此句似花非花，帶着強烈的主觀色彩，蓮花乃是作者心目中的君子形象。

　　第二段以花喻人。周敦頤認為菊花代表隱逸精神，反映避世的態度；牡丹富麗堂皇，深受大眾歡迎；而蓮花則象徵君子氣象，敢於面對現實。最後的結論是，懂得欣賞菊花的，只有陶潛獨享；能夠欣賞蓮花的，除了自己還有誰呢？可是牡丹啊，自然就會有大批的粉絲了。言簡意賅，要言不煩。作者藉着蓮花，宣揚儒者正人君子的形象，道家的隱逸精神可以相互抗衡，卻不是他的選項。至於牡丹，只能丟給大堆的俗世情懷了。前後兩段之間，作者刻意揭出「獨」與「眾」的區別。其實蓮花除了具備君子的氣質，平淡典雅，其實也比喻清淨的佛性，例如蓮華經、志蓮淨苑等，都有淨化塵俗的意義。

　　〈愛蓮說〉語言簡潔，操控自如，行雲流水，手法多樣，把敘述、描寫、議論、抒情融為一體，表達最深刻的思想，樹立蓮花美好的德性和高潔的情操。光風霽月，正是士君子理想人格的呈現。人生的道路很多，只能自我選擇正確。同學們，你又喜歡哪一種花呢？為甚麼？

✎　**問答題**

1. 周敦頤的理學屬於哪一個派系？
   A. 濂派　B. 洛派　C. 關派　D. 閩派

2. 「可愛者甚蕃」，指出「蕃」的詞義。
   A. 外邦人　B. 蕪雜　C. 繁多　D. 愚笨

3. 「予獨愛蓮之出淤泥而不染」，指出「之」
   的詞類及詞義。
   A. 動詞，往也　B. 代詞，彼也
   C. 介詞，在也　D. 助詞，無義

4. 「濯清漣而不妖」，何謂「妖」？
   A. 妖怪　B. 人妖　C. 妖孽　D. 妖媚

5. 「不蔓不枝」，解釋「蔓」的詞義。
   A. 蔓延　B. 蔓精　C. 糾纏　D. 蔓長

6. 「香遠益清」，解釋「益」的詞義。
   A. 有益　B. 更加　C. 增益　D. 送達

7. 「亭亭靜植」，解釋「亭亭」的詞義。
   A. 婷婷，窈窕淑女　B. 優雅的樣子
   C. 直立　　　　　　D. 高大

8. 「可遠觀而不可褻玩焉」，解釋「褻玩」的
   詞義。
   A. 邪惡　B. 玩弄　C. 淫褻　D. 遊戲

9. 「宜乎眾矣」，解釋「宜乎」的詞義。
   A. 當然　B. 適宜　C. 便宜　D. 不宜

10. 文中的隱逸者指的是誰？
    A. 周敦頤　B. 李唐　C. 歐陽修　D. 陶潛

答案：1A, 2C, 3D, 4D, 5C, 6B, 7C, 8B, 9A, 10D

蘇軾　記承天寺夜遊

掃碼聽音頻

📑 原文

　　元豐六年十月十二日夜，解衣欲睡，月色入戶，欣然起行。念無與為樂者，遂至承天寺尋張懷民。懷民亦未寢，相與步於中庭。

　　庭下如積水空明，水中藻、荇交橫，蓋竹柏影也。

　　何夜無月？何處無竹柏？但少閒人如吾兩人者耳。

📖 撰文：曹順祥

　　本篇向大家講解的經典是北宋時代蘇軾的〈記承天寺夜遊〉。

　　誰都有過失眠的經驗。除了在床上輾轉反側，也無非起來看看書，找朋友聊聊天罷了。偉大的文學家，其過人之處，就是善於捕捉生活中平凡的片段，成就不朽名篇。

　　本文作者蘇軾（1037－1101），北宋文學家，字子瞻，號東坡居士。四川人。著有《蘇東坡全集》和《東坡樂府》等。本文選自《東坡志林》卷一。本文寫於宋神宗元豐六年（1083），距離作者被貶到黃州（今湖北黃岡）出任團練副使已經有四年了。元豐二年的「烏台詩案」，御史李定等摘出蘇軾的有關新法的詩句，認為東坡以詩訕謗，將他逮捕入獄，差一點被殺。經數月審問，作者終獲釋出獄，卻被貶謫到黃州任團練副使，那是個有職無權的閒官，不得「簽書公事」。這篇短文，生動地記錄了期間一個生活片段。

　　〈記承天寺夜遊〉只有八十五字，像漫不經意、隨手寫成的日記。

　　第一部分：「元豐六年十月十二日夜，解衣欲睡，月色入戶，欣然起行。念無與為樂者，遂至承天寺尋張懷民。懷民亦未寢，相與步於中庭。」點明夜遊的時間、地點，和夜遊的原因。

　　一個尋常的晚上，月光無端照入他的房間。「欲睡」就是想睡而沒有睡着，怎料被一

片美好的月色打動。「入戶」二字，可以想像一下，這充滿情意的月光，是多麼的溫柔、多麼的可愛！對於百無聊賴，正想解衣就寢的蘇東坡而言，月光仿似久違的知心朋友。作者也許在想：是月光有意找我作伴嗎？於是，滿懷心事的作者就決定「欣然起行」了。從「解衣欲睡」的低沉苦悶，到「欣然起行」的期盼雀躍，見出作者心理的瞬間轉變。

可是，出行也總有個方向吧！當東坡想到「念無與為樂者」，如此良辰美景，當下竟沒有可以同樂之人？何以分享這份喜悅？於是，便動身去不遠的承天寺尋張懷民。當晚，張懷民也還未睡，於是二人來到院子散步。

為甚麼東坡會想起張懷民？文中「遂至」二字，似乎是不加思索。這不正顯示出，張懷民是當下作者唯一的「知己」嗎？文中點明「尋張懷民」，說明只有張懷民可與東坡同樂。

大家當然很想知道，張懷民究竟是甚麼人？原來張懷民是作者的朋友，名夢得，字懷民，清河（今河北清河）人。元豐六年（即本文寫作同一年），遭貶謫到黃州，寄居於承天寺。由此可知，張懷民和蘇軾一樣，同樣是被貶至黃州來的貶官，二人的友誼相當篤厚。

「懷民亦未寢」一句，見出兩人遭遇相同，或者心境也相近？二人「相與步於中庭」，並無言語，可謂甚有默契，心照不宣。「但少閒人如吾兩人者耳」，似乎隱然總結了兩人遭遇雷同，心境相近，志趣也相似，完全是志同道合的好朋友！

第二部分：「庭下如積水空明，水中藻、荇交橫，蓋竹柏影也。」描繪庭院皎潔的月色，以及竹影斑駁，眼前一片幽靜迷人的夜景。

此段大意是：月光灑落在庭院裏，像積滿了清水一樣，清澈而透明，水中的水藻、荇菜，縱橫交錯。仔細一看，才發現原來是竹子和柏樹的影子。試問哪一個夜晚沒有月色？又有哪個地方沒有竹子和柏樹呢？只是缺少像我們一樣清閒的人罷了。

此處沒有一個「月」字，卻無處不是寫月色之美。「積水空明」，比喻庭中清澈透明的月色；「藻、荇交橫」，比喻月下縱橫交錯的竹柏倒影。「積水空明」是多麼澄澈恬靜；「藻、荇交橫」又是多麼搖曳生姿！靜中有動，而愈見其靜！短短三句，創造了一個幽美而詩化的境界，同時，也似乎表達了作者的心境。

竹、柏在當時的環境中，或許是眼中所見，是實寫。而古人認為松、竹、梅是「歲寒三友」；《論語‧子罕》也說：「歲寒，然後知松柏之後凋也。」在中國文學傳統

上，竹、柏常常隱喻堅貞的操守，隱然是東坡自身的寫照。在這個出塵脫俗、詩化的境界之中，也難免讓人有這樣的聯想吧！

第三部分：「何夜無月？何處無竹柏？但少閒人如吾兩人者耳。」作者抒發因眼前月色而產生的感觸，表達了作者安靜閒適的心境。

作者以兩個反問句引人深思：哪一個晚上沒有月亮？哪一個地方沒有竹柏？可是，有此閒情逸致前來欣賞這番景色的，除了他與張懷民外，恐怕就不多了。首先，月光、竹影之美，而世人多不懂欣賞，唯東坡與懷民卻有幸領略。言下之意，是那些宦海浮沉者的悲哀嗎？這是東坡的自嘲？是悠然自得？還是自我安慰？其次，月光、竹影固然常有，而像東坡與懷民這樣的「閒人」，卻是不可多得的。

「閒人」一般指沒有事情要做的人、與事情無關的人。此處大概指具有情趣雅致，能欣賞美景的人。東坡在《臨皋閒題》這篇文章說：「江山風月，本無常主，閒者便是主人。」同時，也很容易讓人想起東坡的名篇《前赤壁賦》：「惟江上之清風，與山間之明月，耳得之而為聲，目遇之而成色，取之無禁，用之不竭。是造物者之無盡藏也，而吾與子之所共適。」從官場上的失意者，變成大自然的擁有者。這個造物者無盡的大寶藏，可以「取之無禁，用之不竭」。我們很想知道：到底是大自然發現了蘇東坡，還是蘇東坡發現了大自然？作為寵辱不驚，進退自如的「閒人」，固然樂得逍遙自在；而作為有名無實的「閒官」，也無法實現儒家「經世濟民」的理想。這到底是自得自豪，還是惆悵悲涼？只好留待讀者去發現和追尋吧！

本篇結構上，起首八句先敘事，中段三句描寫，末段三句議論，事、景、情、理順序展開，且一應俱備。行文轉接自然，筆墨高度凝練。

內容上，通過一個極平凡的生活片段，抒發情懷。一是通過月夜之遊，表現了作者安閒自適的心境；二是感慨世人追名逐利，難免辜負了良辰美景；三是隱然透露出自己無法為朝廷出謀劃策的寂寞苦悶之情。

技巧上，本文運用了精妙的比喻，澄澈的月光比喻積水；交錯相生的荇藻，比喻竹柏倒影，是「虛實相生」的寫法。前者用了「靜態描寫」，後者用了「動態描寫」，可謂靜中有動，動中愈見其靜。因此，這是「虛實、動靜結合」的寫作方法。而前者「月光」是正寫，後者「竹柏」是側寫，共同創造出一個水月莫辨的境界，也隱然透視出作者胸無塵俗的磊落襟懷。

　　明人王聖俞在選輯《蘇長公小品》時説：「文至東坡真是不須作文，只隨事記錄便是文。」本文代表了宋代小品文的最高成就，對明代公安派山水小記，以至清代袁枚、鄭板橋的散文，影響甚大。

✎ 問答題

1. 「念無與為樂者」，「念」是甚麼意思？
   A. 惦記　B. 思念　C. 考慮　D. 誦讀

2. 根據本文的寫作時間，當時作者身在何處？
   A. 惠州　B. 黃州　C. 交州　D. 杭州

3. 張懷民與作者有何共同的經歷？
   A. 同學　B. 兄弟　C. 同鄉　D. 被貶

4. 「解衣欲睡，月色入戶，欣然起行。」一句是甚麼修辭手法？
   A. 擬物　B. 擬人　C. 比喻　D. 對比

5. 「何夜無月？何處無竹柏？但少閒人如吾兩人者耳。」一句是甚麼修辭手法？
   A. 對比　B. 反覆　C. 反問　D. 設問

6. 本篇寫作結構上的順序，哪一項是正確的描述？
   A. 敘事、議論、描寫
   B. 敘事、描寫、議論
   C. 描寫、敘事、議論
   D. 議論、敘事、描寫

7. 以下哪一項不是本文的寫作特點？
   A. 比喻傳神生動　B. 敘事充滿懸念
   C. 虛實動靜結合　D. 語言凝練含蓄

8. 「但少閒人如吾兩人者耳」，「閒人」在文中的意思是甚麼？
   A. 作者當時心境悠閒
   B. 作者做低賤的工作
   C. 作者當時正在失業
   D. 作者當時正值被貶

9. 對於本文內容的描述，以下何者正確？
   1 深刻地表現了作者安閒自適的心境
   2 抒發與張懷民久別重逢的喜悦之情
   3 感慨世人因追名逐利辜負了良辰美景
   4 隱然表達因貶官而生的寂寞苦悶之情
   A. 1、2、3　B. 2、3、4
   C. 1、2、4　D. 1、3、4

10. 「庭下如積水空明，水中藻、荇交橫，蓋竹柏影也。」是甚麼寫作手法？
    A. 靜態描寫　B. 人物描寫
    C. 借景抒情　D. 借物抒情

蘇軾　留侯論

掃碼聽音頻

📋 原文

古之所謂豪傑之士者，必有過人之節。人情有所不能忍者，匹夫見辱，拔劍而起，挺身而鬥，此不足為勇也。天下有大勇者，卒然臨之而不驚，無故加之而不怒。此其所挾持者甚大，而其志甚遠也。

夫子房受書於圯上之老人也，其事甚怪；然亦安知其非秦之世，有隱君子者出而試之。觀其所以微見其意者，皆聖賢相與警戒之義；而世不察，以為鬼物，亦已過矣。且其意不在書。

當韓之亡，秦之方盛也，以刀鋸鼎鑊待天下之士。其平居無罪夷滅者，不可勝數。雖有賁、育，無所復施。夫持法太急者，其鋒不可犯，而其勢未可乘。子房不忍忿忿之心，以匹夫之力而逞於一擊之間；當此之時，子房之不死者，其間不能容髮，蓋亦已危矣。千金之子，不死於盜賊，何者？其身之可愛，而盜賊之不足以死也。子房以蓋世之才，不為伊尹、太公之謀，而特出於荊軻、聶政之計，以僥倖於不死，此圯上老人所為深惜者也。是故倨傲鮮腆而深折之。彼其能有所忍也，然後可以就大事，故曰：「孺子可教也。」

楚莊王伐鄭，鄭伯肉袒牽羊以逆；莊王曰：「其君能下人，必能信用其民矣。」遂舍之。勾踐之困於會稽，而歸臣妾於吳者，三年而不倦。且夫有報人之志，而不能下人者，是匹夫之剛也。夫老人者，以為子房才有餘，而憂其度量之不足，故深折其少年剛銳之氣，使之忍小忿而就大謀。何則？非有生平之素，卒然相遇於草野之間，而命以僕妾之役，油然而不怪者，此固秦皇之所不能驚，而項籍之所不能怒也。

觀夫高祖之所以勝，而項籍之所以敗者，在能忍與不能忍之間而已矣。項籍唯不能忍，是以百戰百勝而輕用其鋒；高祖忍之，養其全鋒而待其弊，此子房教之也。當淮陰破齊而欲自王，高祖發怒，見於詞色。由此觀之，猶有剛強不忍之氣，非子房其誰全之？

太史公疑子房以為魁梧奇偉，而其狀貌乃如婦人女子，不稱其志氣。嗚呼！此其所以為子房歟！

📖 撰文：賴慶芳

本篇向大家講解的經典是宋代才子蘇軾（1037－1101）的〈留侯論〉。

你們知道蘇軾的文章有多優秀嗎？

首先說一說作者及此文的背景。蘇軾字子瞻，宋仁宗時的禮部試，主考歐陽修（1007－1072）擢置他為第二，曾云：「吾當避此人出一頭地。」明代茅坤將蘇軾列入「唐宋古文八大家」之一。清代陳廷焯（1853－1892）云：「人知東坡古詩古文，卓絕百代。」

蘇軾〈留侯論〉輯錄於《東坡先生全集》，撰於北宋仁宗（趙禎，1010－1063）嘉祐六年（1061），蘇軾參加應制考試時所進之策論。其策論計廿五篇，此乃其中之一。過去人們應試不起草，所以文章多數寫得不好。蘇軾撰文會起草，文理就很清晰。我們寫文章之時能效法東坡先起草，會較易寫出好文章。東坡的制策被列入第三等，由宋初開國至其時一百多年，制策被列入第三等的，僅有吳育和蘇軾兩人。

「留侯」是指誰？

留侯是指張良（前 262－前 186），字子房。秦末之時，他協助漢王劉邦在楚漢爭霸之中贏得天下；公元前 201 年（漢六年），獲漢高祖封為留侯。《史記‧留侯世家》述留侯張良的祖先是韓國人。祖父張開地（約前 310－前 296 年在世），為三朝宰相，父親張平（約前 273－前 230 年在世）亦任兩朝宰相。公元前 230 年，秦始皇滅韓。韓國被攻破，張良遣散家僮三百人，其弟死而不葬，以全部家財求刺客行刺秦始皇，為韓國報仇。結果得一力士，打造一百二十斤重鐵椎，趁秦始皇東遊，於博浪沙中狙擊秦皇，誤中副車，以失敗告終。秦皇大怒，大索天下以求刺客。張良更改名姓，匿藏於下邳。於下邳遇圯上老人。

〈留侯論〉全文之旨乃剖析張良之建功立業，非因圯上老人贈書，乃因有豪傑之能忍──忍人所不能忍。此文可反映蘇東坡對典籍的深入研讀，對時事的獨特見解及嶄新審視歷史的角度，以下會逐一講解。

蘇東坡在這篇優秀的文章中，表達了甚麼見解？

文章第一段點出題旨：古代的豪傑之士，必有過人的氣度節操。

作者在文章一開首已拋出十分獨特的見解：古代被稱作豪傑的人，必定有超越人的志節，能忍受常人不能忍的事。此論點引人入勝，令人想知何謂有過人氣度節操？歷史上可有相關的例子？然而，蘇軾指出一個普通人受侮辱，會拔劍而起、挺身而鬥。但作者認為這不算是「勇」，指出天下有「大勇」的人，即使遇到侮辱之事也不會驚慌，遭受無故欺凌也不會憤怒。為甚麼？因為他們心裏有很大的抱負和高遠的志向。

第二段是正式的「起」：作者提出與常人不同之見，力陳老人的深意不在於傳書。

蘇軾於此段開啟有關留侯的話題，內容似與第一段無關。他先引出張良為老人拾履之事，以開展有關留侯的論述。他認為秦代有很多隱居高士，圯上老人透露的都是聖賢警戒的道理，駁斥世人以為老人是鬼怪之說。東坡斥責世人不察才會以為老人家是鬼怪。又提出與常人不同之見——老人見張良，意不在贈書。

第三段是「承」：剖析圯上老人的深意，在於教導張良忍一時之怒氣。

此段「承」接上段而來，作者申述個人見解：因張良之不能忍，老人才深深折服他，使他能忍，以成就大事。公元前 230 年（秦王政十七年）韓國滅亡之後，秦國強盛，且以嚴刑峻法對付天下士子，平素無罪而受誅殺的人多不可數。「刀鋸」是古代刑具，用於割刑、刖形；「鼎鑊」是古代炊具，用於烹刑；「刀鋸、鼎鑊」泛指各種酷刑。楚漢相爭之時，劉邦謀臣酈食其（前 268－前 204）被齊王田廣（？－前 203）處以烹煮之刑。即使有孟賁、夏育等勇士，也無法施展本領。「賁、育」乃指戰國時代勇士孟賁及夏育。據顏師古（581－645）所述：孟賁「水行不避蛟龍，陸行不避豺狼，發怒吐氣，聲響動天。」而夏育亦是猛士。那些執持律法峻急的人，初時鋒芒不可侵犯，末年才有機可乘。張良在秦國強大之時，不能忍忿忿不平之心，以個人之力量，放縱一己意欲而追擊秦王於博浪沙之中，置生死於千鈞一髮之間。張良之所以不死實屬幸運，其間實容不下一髮，危險至極。

蘇軾認為富貴千金子弟，不該死於盜賊手裏。為何這樣說？因生命可貴，死在盜賊手裏不值得。張良以蓋世的才能，該施行伊尹、太公的謀略，而非效法荊軻（？－前 227）、聶政（？－前 397）的行刺計策。據聞伊尹（前 1649？－前 1549？）本乃廚子，屬奴隸籍，胸中有大抱負，故以進飲食之機向商湯分析形勢，深得欣賞，得以脫奴籍，成為商朝宰相。姜太公姜子牙（約前 1128－約前 1015）以直鈎釣魚於渭水，以

求願者上釣，得周文王賞識而拜為老師。

圯上老人十分惋惜張良，才故意倨傲無禮的叫他替自己拾鞋、穿鞋，以深折辱張良。若果他能夠忍受下來，自然可以成就大事，因此才說：「你這年輕人值得教導（孺子可教也）。」蘇東坡解釋圯上老人的深意在於折服張良，令他能忍以成就大事，而非在贈書。

第四段可謂「轉」。作者以歷史人物的例子說明能忍的重要性。

蘇軾列舉能忍的兩個例子：第一例子，楚莊王攻打鄭國，因國君鄭襄公（？－前587）能忍而免於國亡。鄭襄公袒露上身牽羊出城迎接。楚莊王認為一個國君能屈居於人下，必定得到人民的信任與效忠，因此捨棄攻打鄭國。第二例子，越王勾踐（？－前464）以臣子僕役身份事奉吳王夫差（前495－前473年在位）三年而不感倦怠，終得放歸越國。蘇軾認為有報仇之志而不能屈居人下，是普通人的剛勇。

蘇軾認為圯上老人看得出張良才能綽綽有餘，唯憂慮其度量不足，故此深折其剛強鋒銳的少年氣焰，使張良能忍受小憤慨而成就大謀略。為何？若非平生有往來交情，突然在田野之間被命做僕役婢妾的差事，若能表現出安然而不奇怪的，即使秦始皇也不能使他驚恐，項籍（前232－前202）也不能讓他憤怒了。作者暗示這才是真正的大勇，又暗示老人的深意在於磨煉張良的度量，使他能忍。

第五段「承」第四段而來，說明成敗在於能忍與不能忍，深入說明能忍的重要。

作者以楚漢之爭為例，漢高祖劉邦（前256？－前195）之所以獲勝、項籍之所以失敗，原因在於能忍耐與不能忍耐之間。項籍不能忍，雖百戰百勝，卻輕易使用其精銳力量。漢高祖能忍，能蓄養其精銳力量，等待項籍衰敗而反擊。何以高祖能忍？蘇軾認為是張良周全。例子是：淮陰侯韓信（前231－前196）攻破齊國時，想自立為齊王，高祖大發雷霆，怒火形於言辭神色。由此可知高祖有剛強不能忍之氣，蘇軾用反詰句加強語氣：若非張良有誰周全漢高祖（「非子房其誰全之」）？

第六段述張良的形貌，提出人不可貌相的新論。

作者引用太史公馬遷（前145－？）之說，以為張良身材魁梧，想不到其形貌如婦人女子一般，與其志氣不相稱。蘇軾慨歎：此正就是張良。人不可貌相，至今亦然。

總結這篇文章，蘇軾論張良最初一心為韓國覆亡報仇，展現戰國時代之刺客餘風。他的襟懷氣度在遇到圯上老人而獲得啟迪。常人認為圯上老人最大的影響乃贈

書，作者卻認為老人意不在贈書，意在深折張良，讓他深刻明白忍耐的重要。「忍」是一種氣度，張良自從遇到老人後脫胎換骨，從逞一時之勇轉為懂得用智謀，由躁動不忿變為沉穩內斂，後來協助漢王劉邦成功滅秦去楚，報了韓國亡國之仇。「忍」乃張良成功的關鍵，讓他成為蓋世豪傑。

蘇軾在文中點出大勇與小勇之別，張良刺殺秦王只是小勇。張良年少剛銳不能忍，乃得下邳的圯上老人啟迪，學會能忍，最終輔佐劉邦之開國大業，展現大勇。大勇與「匹夫見辱」、「匹夫之力」、「剛強不能忍之氣」成強烈對比。文章以「忍」為脈絡，由張良「不忍忿忿之心」的行刺，至「能有所忍」的拾履，再至「非子房其誰全之」協助高祖稱霸天下。作者逐一印證「忍小忿而就大謀」，「能忍與不能忍」的成敗關鍵。

蘇東坡認為豪傑能忍，再論證「忍」的意義。首先由留侯張良之能忍，得授《素書》，延伸至漢高祖能「忍」得天下。漢高祖因韓信自封齊王而怒不可遏，終因能忍免令漢軍聯盟瓦解，且獲韓信答應借兵，成為平定天下之關鍵。「忍」的力量成就大漢天下。然而，高祖之能忍源於張良，是「子房教之」，而子房能忍，源於圯上老人的教誨。

圯上老人是誰？

《史記·留侯世家》記述張良在下邳遇到圯上老人，老人跌墮鞋履於橋下，叫經過的張良為他拾回：「孺子，下取履！」張良感到愕然，很想打他，但見他年老，強忍內心怒火，下橋替他拾鞋。老人等他取回鞋後說：「履我！」叫張良為他穿鞋。張良已替他取了鞋，也就跪下替他穿着。老人穿好鞋便笑着離開，一句道謝也沒說，張良驚訝地目送他遠去。一會兒老人折回說：「孺子可教矣。」約張良五日後的天亮時分來此處見面。五日後，張良清晨來到，見老人已在。老人怒斥他與老人約會而遲到，叫他五日後早點來。五日後，張良在雞鳴之時便前往，但老人又已在那兒等他了。老人再次怒斥他為何遲到？叫他五日後再來。之後五日，張良半夜便前往，一會兒老人才出現。老人笑說：「當如是。」然後拿出一本書給他說：讀此書可以成為王者的師長。老人又說：十年之後天下會興盛，第十三年在濟北穀城山之下會見到一塊黃石，就是他了。果然十三年後，張良與劉邦經過濟北，見到一塊大黃石，立刻建祠祭祀；後世亦稱老人為「黃石公」。

所贈何書？

圯上老人所贈的書名為《素書》，又名《黃石公素書》，主要教人品德正義、待人

處世之道。張良得書後日夜誦讀，後來用書中所教策略，助劉邦開創漢朝偉業。

　　這篇文章讓我們知道能忍的重要性，凡事要忍小忿以成大謀。

✎　**問答題**

1. 宋代開國百年，制策獲列入第三等的僅有兩人，除了蘇軾還有誰人？
   A. 吳育　B. 蘇轍　C. 歐陽修　D. 曾鞏

2. 留侯張良曾招聘一力士，以重鐵椎狙擊秦始皇於博浪沙，是為了甚麼？
   A. 為其弟報仇　B. 為韓國報仇
   C. 為父祖報仇　D. 為揚名天下

3. 蘇軾認為「古之所謂豪傑之士者，必有過人之節」，意思是古代的豪傑必定有以下哪一項特質？
   A. 有過人的氣度節操　B. 有超越人的膽量
   C. 有過人的能力　　　D. 有超越人的志向

4. 韓信自封為代齊王，高祖發怒，見於詞色。蘇軾認為高祖有以下哪一項特點？
   A. 常人的反應　B. 剛強不忍之氣
   C. 過人的氣節　D. 領導的能力

5. 蘇軾認為「千金之子不死於盜賊」，原因是甚麼？
   A. 千金子性命可貴　B. 死在盜賊手乃不幸
   C. 盜賊之足以死　　D. 千金子有錢可贖命

6. 據〈留侯論〉一文，以下哪一項是大勇？
   A. 見辱之時拔劍而起　B. 挺身而鬥
   C. 無故加之而不怒　　D. 人情有所不能忍

7. 蘇軾認為圯上老人「意不在書」，不是為了傳授著書，而是為了甚麼？
   A. 為令張良替他穿鞋
   B. 為折服張良令他能忍
   C. 為教導張良守時
   D. 為協助他處理大事

8. 太史公驚訝張良的外貌。張良長得怎樣？
   A. 外貌魁梧奇偉　B. 狀貌如婦人女子
   C. 外貌稱其志　　D. 以上三項皆不是

9. 以下哪一位是蘇軾在文中列舉出來能忍的歷史人物？
   A. 鄭襄公　B. 淮陰侯
   C. 楚莊王　D. 項羽

10. 據文中所述，何者不屬「匹夫之剛」？
    A. 不能忍而輕用其鋒
    B. 有少年剛銳之氣
    C. 能忍小忿而就大謀
    D. 有報人之志，而不能下人

答案：1A, 2B, 3A, 4B, 5A, 6C, 7B, 8B, 9A, 10C

附
佚名　岳飛之少年時代

掃碼聽音頻

📑 原文

　　岳飛，字鵬舉，相州湯陰人也。生時，有大禽若鵠，飛鳴室上，因以為名。未彌月，河決內黃，水暴至，母姚氏抱飛坐巨甕中，衝濤乘流而下，及岸，得不死。

　　飛少負氣節，沉厚寡言。天資敏悟，強記書傳，尤好《左氏春秋》及孫吳兵法。家貧，拾薪為燭，誦習達旦，不寐。生有神力，未冠，能挽弓三百斤。學射於周同。同射三矢，皆中的，以示飛；飛引弓一發，破其筈；再發，又中。同大驚，以所愛良弓贈之。飛由是益自練習，盡得同術。

　　未幾，同死，飛悲慟不已。每值朔望，必具酒肉，詣同墓，奠而泣；又引同所贈弓，發三矢，乃酹。父知而義之，撫其背曰：「使汝異日得為時用，其殉國死義乎？」應曰：「惟大人許兒以身報國家，何事不可為？」

📖 撰文：曹順祥

　　本篇向大家講解的經典是〈岳飛之少年時代〉。

　　你是否相信「大難不死，必有後福」？據說古今中外，不少偉人誕生時，也常常出現異象。

　　從前有個孩子，在呱呱落地時，不知哪裏飛來一隻像天鵝般大的鳥，在屋上一邊飛一邊鳴叫，甚是奇怪。當這個人還未滿月時，內黃縣黃河缺堤，死亡是一瞬間的事情。千鈞一髮之際，母親急忙抱着他坐進大甕之中，衝着波浪順流而下，好不容易才撿回了性命。

　　這故事的主角是誰？他就是鼎鼎大名的民族英雄——岳飛。

　　〈岳飛之少年時代〉這篇文章，上世紀七十年代以來，一直被收入香港初中教材。

目前的版本，據考證是根據元代蒙古人脱脱（1314－1355）主修的《宋史》及南宋人章穎（1141－1218）著的《南渡十將傳》中的〈岳飛傳〉改寫而成，改寫者姓名不詳。

岳飛（1103－1142），字鵬舉，宋相州湯陰（今河南省安陽市湯陰縣）人，抗金名將，又有「民族英雄」稱號。岳飛從南宋建炎二年（1128）到紹興十一年（1141）十餘年間，率領岳家軍與金軍進行過數百次大小戰鬥。後宋高宗以十二道金字牌下令退兵，岳飛被迫班師。在紹興和議中，岳飛遭受秦檜等人誣陷，被捕入獄，終以「莫須有」的罪名處死。岳飛被宋高宗下令殺害，死後多年，宋孝宗為其平反，追諡武穆，追封鄂王，故後人稱呼岳武穆、武穆王。元修《宋史》記載：岳飛治軍以身作則，賞罰分明，紀律嚴整，又能體恤部屬，敵方女真人讚歎為「撼山易，撼岳家軍難」。

〈岳飛之少年時代〉記述岳飛少年時代的性格和事跡，可見岳飛少年時代已有為國家不惜犧牲之心志。體裁上，本文屬於傳記，傳記除可全面記述人物的生平事跡，也可以只記敘人物在某一人生階段的經歷。特點是必須以史實為根據，不能胡亂臆測。因此，本篇不僅是對岳飛這位英雄的認識，同時也讓我們明白，立志是成功的關鍵因素。

全文共三段。

第一段，描寫「岳飛」這名字之由來，岳飛幼時的奇特遭遇。

岳飛，表字鵬舉，是相州湯陰縣人。分別列出了岳飛的姓、名、字，籍貫。

岳飛出生時，有一隻像天鵝一樣大的鳥，在屋上一邊飛一邊鳴叫。因此他的家人就用「飛」來作他的名字。「鵬舉」就是「大鵬展翅高飛」的意思。由此可見，岳飛是在父母的期盼中成長的。

未滿月時，內黃縣黃河缺堤，母親抱小岳飛坐進大甕中，衝浪順流而下，到達岸邊，終於撿回性命。生逢亂世，又遇上天災，如此坎坷的命運，讀者一定很想知道，岳飛是如何成就一代民族英雄的呢？

還有，在水災的記述中，為甚麼只提及母親抱着岳飛藏身於巨甕，終而脱險？當時岳飛父親在哪？真正的答案，可能只有岳飛母親才知道。但從文章本身來看，先寫母親的機智和勇敢，與後文父親的教誨，可謂前後呼應，讓讀者對岳飛的父母都有了非常概括精要的認識，一以行動，一是語言，突出父母的性格特點。

本段通過寫岳飛大難不死的經歷，預示岳飛絕對是個不平凡的人物。從而引起下

文生平事跡的敘述。

第二段，述説岳飛的天賦和品格特質，如天資聰敏、生有神力，但依然勤奮學習、力學不倦。故獲得老師周同所厚愛，並將箭法傾囊相授。

岳飛自少便具有志氣和節操，性格沉着、厚重，而不多言。試想想，思考敏捷、領悟力高的少年岳飛，沒有憑藉聰明才智而偷懶，反而擅長記誦書本，而且特別喜愛《左氏春秋》和孫武、吳起的兵法書。

《左氏春秋》，即《左傳》，主要記載了東周前期二百五十四年間各國政治、經濟、軍事、外交和文化方面的重要事件和重要人物，是研究中國先秦歷史很有價值的文獻，也是優秀的散文著作。

《左傳》面對紛紜史實敢於秉筆直書，對歷史人物的褒貶，不虛美、不隱惡，發展了《春秋》筆法，所謂「一字之褒，榮於華袞；一字之貶，嚴於斧鉞」，令後世亂臣賊子有所畏懼。通過對事件程序的生動描述、人物言行舉止的展開描寫，來體現道德評價，對仁、義、禮、德等道德規範的肯定。《左傳》重視民心向背的重大政治作用，體現了「以民為本」的思想。

《孫子兵法·謀攻》：「百戰百勝，非善之善者也；不戰而屈人之兵，善之善者也」。「岳家軍」所向披靡，敵人聞風喪膽，也許是岳飛從中學習了孫吳兵法的用兵之道吧！

岳飛家境貧窮，靠撿拾柴薪才能生火照明，讀書通宵達旦。見出他刻苦用功的品格。他天生氣力很大，未到二十歲，便能拉開三百斤的強弓。可見他天賦也異乎常人。文章再進一步寫他學習射箭，解釋了岳飛能成為一代名將的箇中原因：他的老師是當代神箭手周同，周同連發三箭，都射中紅心。岳飛拉開弓發了一箭，射破了箭靶上的箭尾，再發，又射中。周同先是驚訝，隨後將心愛的好弓送給岳飛。自此以後，岳飛更加努力練習，終於把周同的高超箭術都統統學會了。由此説明，岳飛的成功，固非偶然，並非僥幸，而是天資聰敏，加上後天勤奮力學的結果。

第三段，描述岳飛知恩圖報、尊師重義的優秀品質，並通過父子的對話，展示出少年時代的岳飛已經抱有以身報國的遠大志向。

不久，周同去世，岳飛傷心不已。每逢初一、十五，岳飛必定帶備酒肉，前往周同的墓前奠祭、哭泣，又拉開周同送贈的弓弩，連發三箭，才把酒灑在地上。這段

文字，寫岳飛不忘師恩，是「義」的表現。此處記述施教者傾囊相授，受教者學藝有成，不僅青出於藍，而能感恩戴德，師生情誼早已超越生死，演繹了近乎完美的師生典範！

接着，記述岳飛父親知道此事，稱許岳飛的節義，輕拍他的背說：「假使你將來能夠被當政者重用，你會為國家捐軀，為正義犧牲嗎？」岳飛回答說：「只要父親大人允許我以生命來為國家效力，我還有甚麼事不可以幹呢？」先得父親允許才以身報國，是「孝」；向父親表明自己願為國犧牲，以身報國，是「忠」。

本文通過記述岳飛在少年時代修文習武的事跡，突出他刻苦學習的精神，尊師重道、忠義仁厚的品格，以及盡忠愛國的志向。由此可見，一代民族英雄，無論學問、才藝、品德各方面，都在少年時打下良好基礎，故能有日後偉大的成就。

以下分析本文的寫作特點。

首先，本文的成功在於恰當的選材。作者選取了幾件極具代表性的事件，塑造出文武雙全、尊師重義的人物形象。

歷史上，不少偉大人物的誕生，多有天降異象，或人物歷盡艱難，劫後餘生。如文中記岳飛生時，有大鳥飛鳴室上，未滿月時又洪水暴至，終而脫險。其次，岳飛自年少時已學習《左氏春秋》及孫吳兵法，故能成一代名將。具有苦學的意志者，必成大器，岳飛「家貧，拾薪為燭，誦習達旦，不寐」。天生神力，天資聰敏、勤奮不懈，故能精於武藝。不忘師恩、重情重義，情操高尚，不惜以身許國。

其次，行文簡潔，言簡意賅，全文僅二百多字，岳飛的形象已活現眼前。例如「生有神力」至「盡得同術」一段，只用了六十字，不僅交代了岳飛努力學習，盡得同術的經過，而且岳飛天資聰敏、力學不倦；周同的箭術高明、贈以良弓，二人的師生情誼都交代無遺。

再者，句式方面，本文多用短句，文章簡潔有力。文中再配以五字、六字、七字等不同句式，富於變化。

讀完本文，「大難不死，必有後福」也許有了不同的解釋。因為岳飛最終被宋高宗下令殺害，死後多年，宋孝宗為其平反。九百年來，岳飛的勇武和氣節，成為忠義的典範，深信未來無數個九百年，人類歷史上都會永遠記得這位不折不扣的民族英雄！

如欲了解更多，請勿錯過同樣精彩的一課——岳飛的〈滿江紅〉詞。

✎ 問答題

1. 「衝濤乘流而下，及岸，得不死。」「及」是甚麼意思？
   A. 等到　B. 跟上　C. 趁着　D. 抵達

2. 「飛少負氣節」一句中，「負」是甚麼意思？
   A. 虧欠　B. 具有　C. 背棄　D. 憑恃

3. 「尤好《左氏春秋》及孫吳兵法。」「好」是甚麼意思？
   A. 友愛　B. 優良　C. 喜歡　D. 宜於

4. 「飛由是益自練習」一句中，「益」是甚麼意思？
   A. 增加　B. 更加　C. 好處　D. 有利

5. 「使汝異日得為時用，其殉國死義乎？」「異日」是甚麼意思？
   A. 將來　B. 以前　C. 明天　D. 翌日

6. 「未彌月，河決內黃」一句中，「彌」是甚麼意思？
   A. 填補　B. 遍佈　C. 充滿　D. 更加

7. 「未冠，能挽弓三百斤」一句中，「冠」是甚麼意思？
   A. 在頂上的東西
   B. 古代男子年二十而加冠，即未滿二十歲
   C. 超出眾人的意思
   D. 把帽子戴在頭上

8. 「破其筈」一句中，「筈」是甚麼意思？
   A. 箭頭　B. 箭腹　C. 箭尾　D. 箭靶

9. 「每值朔望」一句中，「朔」是甚麼意思？
   A. 初一　B. 初三　C. 初十　D. 十五

10. 「詣同墓」一句中，「詣」是甚麼意思？
    A. 進見　B. 拜訪　C. 前往　D. 程度

答案：1D, 2B, 3C, 4B, 5A, 6C, 7B, 8C, 9A, 10C

第九章

元代散曲與雜劇

關漢卿　四塊玉・閒適

掃碼聽音頻

原文

南畝耕，東山臥。世態人情經歷多。閒將往事思量過，賢的是他，愚的是我，爭甚麼？

撰文：招祥麒

本篇向大家講解的經典是元代關漢卿（生卒年不詳）的〈四塊玉・閒適〉。

關漢卿約生於元太宗時代（1229－1241），卒於元成宗大德年間（1297－1307），是元代的大作家。關於他的生平事跡，資料所存甚少。鍾嗣成（約1279－約1360）《錄鬼簿》有一簡略至極的介紹：「關漢卿，大都人，太醫院尹，號己齋叟。」此外，熊自得（元人，生卒年不詳）《析津志》說他「生而倜儻，博學能文，滑稽多智，蘊藉風流，為一時之冠」。

關漢卿一生主要從事戲劇創作活動，是當時民間雜劇創作團體「玉京書會」的領導人，他還經常出入於勾欄瓦肆（當時的演劇場），粉墨登場。明代何良俊（1506－1573）將他與馬致遠（1255－1321）、白樸（1226－1306）、鄭光祖（1264－？）合稱為「元曲四大家」。

關漢卿在元代劇作家中產量高倨首位，被公認為「梨園領袖」。據文獻著錄，他著有雜劇六十多種，今存者僅十八種，即：《竇娥冤》、《魯齋郎》、《救風塵》、《望江亭》、《蝴蝶夢》、《金線池》、《謝天香》、《玉鏡台》、《單鞭奪槊》、《單刀會》、《緋衣夢》、《五侯宴》、《哭存孝》、《裴度還帶》、《陳母教子》、《西蜀夢》、《拜月亭》、《詐妮子》。其中若干種，有學者懷疑並非出自他的手筆。

關漢卿的散曲作品現存小令五十六首，套數十三套，題材豐富多樣，語言本色當行，風格疏放活潑，王國維（1877－1927）《宋元戲曲史》評說：「關漢卿一空依傍，自

鑄偉詞，而其言曲盡人情，字字本色，故當為元人第一。」

〈四塊玉〉，屬南呂宮（古代戲曲音樂名詞，宮調之一）常用曲牌。關漢卿的〈四塊玉‧閒適〉是一組小令，共四首，從展示閒適生活的表象，到表達所以追求閒適的胸懷，層層剖白，吐露自己蔑視名利、擺脫世俗的志趣。我選講其中的第四首。題目叫「閒適」，但實際是以「反語見意」的寫法，表示對當時醜惡現實的憤慨。

中國古代讀書人的處世態度，基本上分為入世和出世兩種。得志，與民由之；不得志，獨善其身。大凡有正義感的知識分子，不論入世與出世，總會與現實和世俗產生矛盾。因此，讀書人要保持自己的人格，特立獨行，很多時與流俗反其道而行。在元朝蒙古人統治下，不單有蒙古人、色目人、漢人、南人的嚴格分野，漢民族飽受歧視，而且在「馬上得天下，馬上治天下」的政治氛圍中，讀書人被賤視。相傳當日職業的等級分為：一官、二吏、三僧、四道、五醫、六工、七匠、八娼、九儒、十丐。讀書的儒生，僅高於乞丐，而低於娼優。今天我們讀中國文學史，接觸到的元代文人，大多都事跡不詳，原因正在於此。政治上不容有所作為，只好隱居起來，遠離禍端。

這首曲，作者運用夾敘夾議的方法，通過耕種隱居的生活，寄寓內心對現實的不滿。首兩句「南畝耕，東山臥」，寫歸隱後的田園生活。「南畝耕」，泛指在田野中耕種。《詩經‧小雅‧甫田》：「今適南畝，或耕或耔。」東晉陶淵明（365－427）歸隱田園，寫了幾首〈歸園田居〉詩，其中有「開荒南野際，守拙歸園田」，就是化用《詩經》的句子。作者在這裏是藉陶淵明的歸隱而寫自己的歸隱，然而東漢末年，天下大亂，諸葛亮（181－234）以奇才在南陽躬耕於壟畝之間，作者這裏也可能以諸葛亮自比；「東山臥」，是用東晉謝安（320－385）的典故。謝安亦以奇才，曾隱居會稽東山（今浙江上虞西南），優遊林下，後來又入朝做官，後人常用「東山高臥」比喻高潔之士離俗隱居，這裏借用謝安的行事以自比，形容自己的閒居生活。

究竟作者的閒適生活具體情況怎樣，這首曲沒有指出。但在前三首曲已有充分描述。由於曲詞簡單，我們不妨聽一聽：

第一首：「適意行，安心坐，渴時飲，飢時餐，醉時歌，困來時就向莎茵臥。日月長，天地闊，閒快活！」

第二首：「舊酒投，新醅潑，老瓦盆邊笑呵呵，共山僧野叟閒吟和。他出一對雞，

我出一個鵝，閒快活！」

第三首：「意馬收，心猿鎖，跳出紅塵惡風波，槐陰午夢誰驚破？離了利名場，鑽入安樂窩，閒快活！」

以上三首曲都以「閒快活」作結，非常清楚寫出作者的生活。然而他是心甘情願過這種生活嗎？如果不是「惡風波」，他是不會「跳出紅塵」的。

好了，我們返回第四首的第三句：「世態人情經歷多」，寫歸隱山林的原因。作者的歸隱，是因為看透，也看破了世態人情；著一「多」字，流露對世態炎涼、人情冷暖的厭惡和反感。

接下來第四句「閒將往事思量過」，對前事作一總結，「思量」二字，承上啟下。作者思量所得，竟是跟著最後的三句：「賢的是他，愚的是我，爭甚麼？」作者以揶揄的口吻對當日是非不分、黑白顛倒的現實進行嘲諷和抨擊，有權勢的人可以為非作歹，甚至將為所欲為的醜行自我標榜，説是「賢明正義」；而像作者那樣正直、善良、充滿才華的人卻鬱鬱不得志。一句「爭甚麼」作結，正言反説，揭示當日賢愚不分的現實，意蘊深長，讓人深思。前人評論作曲的結語，所謂「曲尾」，又稱「豹尾」，必須響亮，要含有餘不盡之意。這句「爭甚麼」，便真能達到這樣的效果。

這首曲語言淺白，看似信手拈來，毫不經意。但細細品味，曲詞中我們既看到作者疏放、曠達的胸襟，又聽到他憤世嫉俗的呼叫。由此，我們就會體察到作者表面是吟唱閒適的樂趣，實際上他的內心很不平靜，並不閒適。曲子的字裏行間，掩飾不住作者的悲憤，他經歷過太多的世態人情，思量過太多的不平往事，自己真正想做的，始終都不能如願，乃不得不以閒適的態度自我消解和慰藉。

✎ 問答題

1. 關漢卿被譽為「元曲四大家」之一，其餘三人是誰？
   1 馬致遠　2 張可久
   3 白樸　　4 鄭光祖
   A. 1、2、3　B. 1、2、4
   C. 1、3、4　D. 2、3、4

2. 關漢卿〈四塊玉・閒適〉是一組小令，共有多少首？
   A. 三首　B. 四首　C. 五首　D. 六首

3. 「南畝耕，東山臥」用了兩種修辭手法寫成，哪兩種？
   1 對偶　2 擬物　3 比喻　4 用典
   A. 1、2　B. 2、3　C. 3、4　D. 1、4

4. 「南畝耕」的「畝」的意思是甚麼？
   A. 農地　B. 山丘
   C. 田壟　D. 一百步的土地

5. 「東山臥」的「臥」的意思是甚麼？
   A. 躺下　B. 休息　C. 橫陳　D. 隱居

6. 「南畝耕，東山臥」是用了哪兩位歷史人物的典故？
   1 謝靈運　2 陶潛　3 謝安　4 陶弘景
   A. 1、2　B. 1、3　C. 2、3　D. 3、4

7. 「賢的是他，愚的是我」運用了甚麼修辭手法？
   A. 襯托　B. 對比　C. 用典　D. 雙關

8. 末句「爭甚麼」的意思是甚麼？
   A. 不必爭　　　B. 不想爭
   C. 不知爭甚麼　D. 爭也無用

9. 「爭甚麼」運用了甚麼修辭手法？
   A. 明喻　B. 暗喻　C. 設問　D. 反問

10. 下列哪一項不是〈四塊玉・閒適〉的寫作特色？
    A. 語言精煉，色彩鮮明
    B. 用典而不露痕跡，寄意含蓄
    C. 善用對比、反詰等修辭手法
    D. 收束響亮有力，含有餘不盡之意

關漢卿　感天動地竇娥冤

掃碼聽音頻

原文（節錄）

【耍孩兒】不是我竇娥罰下這等無頭願，委實的冤情不淺；若沒些兒靈聖與世人傳，也不見得湛湛青天。我不要半星熱血紅塵灑，都只在八尺旗鎗素練懸。等他四下裏皆瞧見，這就是咱萇弘化碧，望帝啼鵑。

【二煞】你道是暑氣暄，不是那下雪天；豈不聞飛霜六月因鄒衍？若果有一腔怨氣噴如火，定要感的六出冰花滾似綿，免着我屍骸現。要甚麼素車白馬，斷送出古陌荒阡！

【一煞】你道是天公不可期，人心不可憐，不知皇天也肯從人願。做甚麼三年不見甘霖降，也只為東海曾經孝婦冤；如今輪到你山陽縣。這都是官吏每無心正法，使百姓有口難言。

【煞尾】浮雲為我陰，悲風為我旋，三椿兒誓願明題徧。那其間纔把你箇屈死的冤魂這竇娥顯。

撰文：招祥麒

本篇向大家講解的經典是元曲大家關漢卿所寫的雜劇〈感天動地竇娥冤〉的第三折〈法場〉中的四支曲。

〈法場〉四支曲選自關漢卿所著〈竇娥冤〉雜劇的第三折。〈竇娥冤〉全名為〈感天動地竇娥冤〉，故事演化自「東海孝婦」的傳說，傳說見《漢書·于定國傳》、劉向《説苑·貴德篇》、干寶《搜神記》等，敘説楚州秀才竇天章為了抵債和籌得進京應舉的盤川，忍將七歲女兒端雲抵押給蔡婆作養媳。端雲到蔡家，改名竇娥，十年後成婚，婚後不到兩年丈夫病逝。地痞張驢兒父子企圖霸佔婆媳二人，受到竇娥堅決抗拒。張驢兒串通賽盧醫，想毒死蔡婆，逼竇娥就範，不料反毒死自己父親。縣官受賄對竇娥嚴刑逼供，竇娥不肯屈服，忍受酷刑，據理力爭。縣官又拷打蔡婆，竇娥見婆

婆年老受刑不住，遂屈招罪狀，被判斬刑。臨刑時，竇娥指天立誓，發下三樁誓願，即死後血濺白練、六月飛霜和地方大旱三年，以證明一己之冤，結果逐一應驗。三年後，竇天章任提刑肅政廉訪使來到楚州，覆查此案，竇娥冤案始得昭雪。〈竇娥冤〉結構嚴謹，曲詞樸實，劇情生動，角色形象鮮明，王國維在〈宋元戲曲考〉中認為關漢卿的〈竇娥冤〉和紀君祥的〈趙氏孤兒〉「即列之於世界大悲劇中亦無愧色也」。〈法場〉是第三折最後四支曲，內容就是竇娥臨刑所發的三樁誓願。

第一支曲【耍孩兒】。在曲詞前有一段賓白科介（說白與動作），先已將第一樁誓願內容說得明白，唱段首四句「不是我竇娥罰下這等無頭願，委實的冤情不淺；若沒些兒靈聖與世人傳，也不見得湛湛青天」，曲詞含意簡單但令人感動，反映出一個信念簡單的含冤女子的最後依傍，說的「些兒靈聖」令聽者對「靈聖」即是奇跡的具體內容充滿期待，而「靈聖」的出現，源於「湛湛青天」。這裏的「青天」，不是大自然的天空，而是指最高的主宰「人格天」。「湛湛」，讀作「沉沉」，深藏而厚的意思。「我不要半星熱血紅塵灑，都只在八尺旗鎗素練懸」，竇娥許願被斬首後身體的血液不要濺在地上，而是全飛到八尺旗鎗所懸的白練之上。竇娥的誓願說得很具體，具體的細節令願詞更具震撼力，先是濺血問題，斬刑中隨劊子手手起刀落，刑犯人頭墜地，血濺塵土是必然的，如今要「半星」也不落紅塵，都飛到懸在八尺旗鎗丈二長的白練之上。竇娥的目的是要「等他四下裏皆瞧見，這就是咱萇弘化碧，望帝啼鵑」，她希望所有圍觀的人都看到和知道她是清白無辜的。「萇弘化碧」和「望帝啼鵑」兩個典故直接和間接都和「血」有關，前者指周朝大夫萇弘無罪被殺，他的血過了三年，化為碧玉；後者指周代末年杜宇（號曰望帝）化為杜鵑鳥，叫聲淒厲哀怨，自然想到杜鵑啼血的傳聞了。兩者連繫起竇娥的「血」，所產生的具大迫力，直壓讀者的心頭。

第二支曲【二煞】。唱詞之前也有一段竇娥與劊子手的賓白科介，交代第二樁誓願內容，監斬官對竇娥要「三伏天」（年中最熱日子）下雪表示絕不可能。唱詞首三句「你道是暑氣暄，不是那下雪天；豈不聞飛霜六月因鄒衍？」中首二句是回應監斬官的，並引出鄒衍的故事。戰國時鄒衍蒙冤下獄，仰天而哭，時值盛夏，而天卻下起霜來。接下來，對於炎夏降雪，竇娥唱詞在表達上用了強烈的矛盾對比法：「若果有一腔怨氣噴如火，定要感的六出冰花滾似綿，免着我屍骸現」，當中以灼熱的「如火怨氣」對比「六出冰花」，藝術形象十分突出，且於冰雪的描述是「滾似綿」，如綿絮的

細軟輕薄溫柔，竟又是用作覆蓋掩埋屍骸，令人動容。「要甚麼素車白馬，斷送出古陌荒阡」二句收結，表明以六月雪葬送，正合冤死的葬儀，傳統以「素車白馬」送出「古陌荒阡」的悲況，反顯得不相稱。而且，「雪」是潔白之物，象徵純潔，以此葬送，正好象徵竇娥純潔與無辜的冤屈。

第三支曲【一煞】。作者在曲前寫有竇娥與監斬官的賓白，竇娥說自己委實冤枉，從今以後，這楚州亢旱三年。監斬官回應「那有這等說話」。唱詞開首「你道是天公不可期，人心不可憐，不知皇天也肯從人願」三句，是回答監斬官的，「天公不可期，人心不可憐」，但竇娥自己的信念卻相信「皇天也肯從人願」；「做甚麼三年不見甘霖降，也只為東海曾經孝婦冤；如今輪到你山陽縣」三句，是點出流傳東海孝婦周青蒙冤而死，死後地方亢旱三年的故事，並將目標指向山陽縣。末二句「這都是官吏每無心正法，使百姓有口難言」，用最明白的語言控訴官吏貪暴的黑暗，表達千千萬萬被壓迫者的共同呼聲。

最後一支曲【煞尾】。唱曲前一段之賓白科介，顯示風雲已開始變色，劊子手說：「好冷風也！」竇娥唱出「浮雲為我陰，悲風為我旋，三樁兒誓願明題徧。」願誓已唱盡，風雲正起變，餘下是對唯一親人婆婆說的曲中插白：「婆婆也，直等待雪飛六月，亢旱三年呵」，再唱「那其間纔把你箇屈死的冤魂這竇娥顯」，是對自己含冤屈死，但仍必獲上天憫憐之信念的再肯定，是垂死掙扎而「獲勝」的信念，但也是整段哭訴的餘哀，情緒複雜而感人至深，讓人同聲一哭。

四支曲每段唱詞都是先陳述怨憤心情和想法，然後是誓願內容，再以二三句收結。此中感情和調子都有層次上的變化。並且，第一支至第三支曲又在感情變化上有所遞增，怨氣一層比一層深，誓詞內容也一個比一個規模大和靈異，先是個人身上的血，接著是覆天蓋地的天氣異常變化，跟著是為時三年，影響整個縣的亢旱。最後一支曲，調子漸趨沉吟哀怨，將竇娥在人間的可憐無助，再次突顯，令人唏噓歎息。

作者選用了「萇弘化碧」、「望帝啼鵑」、「六月飛霜」、「素車白馬」、「東海孝婦」等傳說典故，大膽地採用浪漫主義的表現手法。在現實生活中，竇娥的三樁誓願是不可能實現的，作者卻讓在作品中實現了。這並非宣揚迷信，而是採用浪漫主義手法，表現出作者強烈的愛憎，也表現出人民群眾伸冤報仇的願望和正義精神感天動地的巨大力量，從而使作品的思想和藝術都升華到了一個新的高度，充滿激動人心的力量。

✎　**問答題**

1. 下列各項，何者不是對關漢卿的正確描述？
   A. 是「元曲四大家」之一
   B. 風流倜儻，博學能文
   C. 所著雜劇十六種，號稱多產
   D. 經常出入劇場，並參與演出

2. 〈法場〉是選自關漢卿的哪一齣雜劇？
   A.〈單刀會〉　B.〈救風塵〉
   C.〈拜月亭〉　D.〈竇娥冤〉

3. 「不是我竇娥罰下這等無頭願」的「無頭願」是甚麼意思？
   A. 斬頭前的願望　B. 死人的誓願
   C. 沒開頭的誓願　D. 沒頭沒腦的願望

4. 「若沒些兒靈聖與世人傳」的「靈聖」意思是甚麼？
   A. 鬼神　B. 聖賢　C. 奇跡　D. 靈異

5. 「我不要半星熱血紅塵灑」的「半星」意思是甚麼？
   A. 半粒星的大小　　B. 半升，表示頗多
   C. 半點兒，表示極少　D. 中等的星

6. 「這都是官吏每無心正法」的「每」是甚麼意思？
   A. 們　B. 每個　C. 常常　D. 每次

7. 下列哪些句子，不是借用典故寫成的？
   A. 等他四下裏皆瞧見，這就是咱萇弘化碧，望帝啼鵑
   B. 你道是暑氣暄，不是那下雪天；豈不聞飛霜六月因鄒衍
   C. 要甚麼素車白馬，斷送出古陌荒阡
   D. 浮雲為我陰，悲風為我旋，三樁兒誓願明題徧

8. 四支曲的內容最能顯出竇娥的性格如何？
   A. 敢於對抗　B. 軟弱無依
   C. 爽朗活潑　D. 孝順賢良

9. 下列哪一項，不是竇娥在法場上發下的三樁誓願？
   A. 不要半星熱血紅塵灑，都只在八尺旗鎗素練懸
   B. 定要感的六出冰花滾似綿，免着我屍骸現
   C. 三年不見甘霖降，如今輪到你山陽縣
   D. 官吏每無心正法，使百姓有口難言

10. 下列哪一項不是〈法場〉的寫作特色？
    A. 採用神話傳說，加強藝術效果
    B. 宣揚迷信，意圖以鬼神力量改變現狀
    C. 語言樸素，曲詞淺白
    D. 手法浪漫，情感濃烈

白樸　沉醉東風・漁父詞

掃碼聽音頻

📑 原文

黃蘆岸白蘋渡口。綠楊堤紅蓼灘頭。雖無刎頸交，卻有忘機友。點秋江白鷺沙鷗。傲煞人間萬戶侯，不識字煙波釣叟。

📖 撰文：招祥麒

本篇向大家講解的經典是元曲大家白樸的一篇作品〈沉醉東風・漁父詞〉。

白樸（1226－1306），初名恆，字仁甫，後改字太素，號蘭谷。祖籍隩州（今山西曲沃縣），後徙居真定（今河北正定縣），故或謂真定人。出身於官宦之家。父白華（生卒年不詳），為金朝樞密院判官，與元好問（1190－1257）有通家之誼。白樸七歲時遭壬辰（1232）蒙古侵金之難，與父離散，他的母親更為蒙古軍掠奪，賴元好問的提攜，避難山東，寓居聊城。

元、白二家本為中州世契，其情誼遠從唐代元稹、白居易時建立，世代以來投合無間，兩家子弟亦常舉長慶故事，以詩文相往來。元好問待白樸如親生兒子，而白樸親承教誨，向學勤奮，因此養成深厚的文學根柢。元好問曾有贈詩，曰：「元白通家舊，諸郎獨汝賢。」又曰：「通家吾未老，倚杖望高軒。」對白樸的器重與肯定，可見一斑。

金亡後，白樸絕意仕途，力辭徵辟，放浪形骸。其後定居建康（今江蘇南京），與諸遺老往還，過着詩酒優遊的生活。他善於詞曲，以清麗見長，大抵寫歡世、詠景和閨怨，經常寄託故國之思，感慨甚深。著有雜劇〈唐明皇秋夜梧桐雨〉、〈裴少俊牆頭馬上〉等十六種及詞集《天籟集》。散曲今存小令三十七首、套數四支，風格高華婉麗，與關漢卿（生卒年不詳）、馬致遠（1255－1321）、鄭光祖（1264－？）合稱為「元曲四大家」。

〈沉醉東風〉，屬曲調的名稱。曲調，類似今日的歌譜。由於調的名稱只是具有音

律上的意義，與內容並無直接關係，因此作者便在調名之下另加題目。「漁父詞」，顧名思義，是吟詠漁夫生活的歌詞，始於唐代張志和（730？－810？）的五首〈漁父〉詞。漁父泛舟江湖，垂釣捕魚，逍遙自在，自古以來就常被視為順適自然，悠閒超脫的隱者形象的代表。

　　白樸由金入元，自幼遭逢喪亂，在倉皇間失去慈母，自然鬱鬱寡歡，是以放浪形骸，期於適意。這首曲表現出的是消極避世的人生態度，作者藉寫漁夫自由自在、無憂無慮的生活樂趣來表達自己的情懷。「漁父」的形象，既流露這種隱逸思想和與世無爭的高尚品格，也是憤世嫉俗的集中表現。

　　曲詞首二句寫漁父的生活環境。「黃蘆岸白蘋渡口。綠楊堤紅蓼灘頭」，對仗工麗，寫景如畫，「黃蘆岸」、「白蘋渡口」、「綠楊堤」、「紅蓼灘頭」，並列四個詞組，相映成趣，構成一幅宏闊、優美的秋江圖。景色固然是美麗的，但其間卻透露出一種蕭條寂寞的氣氛。

　　三、四句「雖無刎頸交，卻有忘機友」寫人，寫的卻不是主人翁漁父，而先從他的朋友着筆。作者仍用對句，一則說明漁父的生活並不孤單，也襯托出他的志趣高潔。「刎頸交」，謂同生共死，願以性命相許的朋友。語出司馬遷（前145？－？）《史記・廉頗藺相如列傳》：「卒相與歡，為刎頸之交。」「忘機友」，指泯除機詐之心的朋友，典出《列子・黃帝》，說一個喜愛鷗鳥的人，他一到海上，鷗鳥就飛到他身邊來；後來他產生了捉幾隻鷗鳥給他父親來玩的想法，從此鷗鳥就遠遠地離開了他。後人就以「鷗鳥忘機」來表現真正不存機詐的友誼，如李白（701－762）〈下終南山過斛斯山人宿置酒〉：「我醉君復樂，陶然共忘機。」曲的主人翁，雖然沒有生死相許的朋友——事實上，他的生活，悠閒自得，超然世外，也無須與人有這樣的交往——但是卻有毫無機詐之心，真率相待的朋友。

　　第五句「點秋江白鷺沙鷗」，總結前文。「秋江」二字回應首兩句，「白鷺」、「沙鷗」回應三、四句。讀者不禁會問，漁父的「忘機友」是否真有其人，還是眼前的鷗鳥？李白的〈江上吟〉，寫有「仙人有待乘黃鶴，海客無心隨白鷗」，陸龜蒙（？－881）的〈酬裘美夏首病愈見招〉也寫有「除卻伴談秋水外，野鷗何處更忘機」，是人是物，也許由讀者自悟了。值得一提，作者下一「點」字，使境界全出，整個秋景，便由於這一個字，化靜為動了。

　　有了前五句的鋪墊，作者運用「卒章顯志」的方法，在末兩句終於把主人翁推出場：「傲煞人間萬戶侯，不識字煙波釣叟。」「傲煞人間萬戶侯」，指不把富貴看在眼裏，非常鄙視那些達官貴人。「傲」，小看、輕蔑的意思。「煞」，表程度的副詞，包含「極其」的意思。「萬戶侯」，古代貴族的封邑以戶口計算，漢時分封諸侯，大者食邑萬戶，稱萬戶侯；此泛指達官貴人。「煙波釣叟」，唐代張志和（732－774）自稱「煙波釣徒」，後隱居江湖，作者在這裏引用，借指在浩渺的煙波上釣魚的老翁。這位不識字在煙波之上垂釣的漁父，厭惡名利、蔑視官場，過其歸隱的生活。作者通過漁父的形象描繪，實質是表現自己的思想。

　　細味本曲中漁父之「隱」，其實就是遺民之「隱」，是一種無聲的政治抗議、不合作態度。在蒙古鐵騎統治下，知識分子備受壓抑，濟世無門，因而胸中塊壘未消，矛盾鬱悶。漁父那種厭惡名利、蔑視官場，對自由隱逸生活的追求、對淡泊寧靜的嚮往的高潔情懷，隱藏着極為深沉的鬱憤與不平。

　　總言之，本曲語言清麗，音韻和諧，意境開闊，抒懷用鷗鳥忘機的典故，含蓄蘊藉。結尾點題，骨氣凜然。不愧為元曲精品。蔣一葵（明人，生卒年不詳）《堯山堂外紀》説本曲「有味而佳」，讀者低聲吟誦，慢慢咀嚼，自然有所感，有所得。

✎　問答題

1. 白樸被譽為「元曲四大家」之一，其餘三位是誰？
   1 關漢卿　2 張可久
   3 馬致遠　4 鄭光祖
   A. 1、2、3　B. 1、2、4
   C. 1、3、4　D. 2、3、4

2. 下列哪一項不屬於元代曲調的名稱？
   A.〈沉醉東風〉　B.〈慶東原〉
   C.〈四塊玉〉　　D.〈虞美人〉

3. 「黃蘆岸白蘋渡口」的「蘋」應讀作甚麼？
   A. 萍　B. 頻　C. 真　D. 賓

4. 「綠楊堤紅蓼灘頭」的「蓼」應讀作甚麼？
   A. 寥　B. 六　C. 謬　D. 了

5. 「黃蘆岸白蘋渡口。綠楊堤紅蓼灘頭」運用了哪種修辭手法？
   A. 對比　B. 對偶　C. 比喻　D. 相關

6. 「雖無刎頸交，卻有忘機友」運用了哪種修辭手法？
   1 比擬　2 對偶　3 比喻　4 用典
   A. 1、2　B. 1、3　C. 1、4　D. 2、4

7. 「點秋江白鷺沙鷗」的「點」意思是甚麼？
   A. 裝飾　B. 逐個數
   C. 指引　D. 接觸水面即飛離

8. 下面哪一項是「傲煞人間萬戶侯」的準確描寫？
   A. 非常鄙視那些達官貴人
   B. 那些達官貴人擁有萬戶
   C. 那些達官貴人極其驕傲
   D. 嚮往神仙的生活

9. 「傲煞人間萬戶侯，不識字煙波釣叟」表現作者怎樣的情懷？
   A. 蔑視官場，追求隱逸
   B. 懷才不遇，隱居抗議
   C. 濟世無門，矛盾鬱悶
   D. 官場失意，憤懣不平

10. 下列哪一項不是〈沉醉東風・漁父詞〉的寫作特色？
    A. 語言清麗　B. 用典艱深
    C. 對仗工整　D. 寫景如畫

張養浩　山坡羊·潼關懷古

掃碼聽音頻

📄 **原文**

峰巒如聚。波濤如怒。山河表裏潼關路。望西都。意躊躇。傷心秦漢經行處。宮闕
萬間都做了土。興，百姓苦。亡，百姓苦。

📖 **撰文：黃坤堯**

本篇向大家講解的經典是元代張養浩的中呂〈山坡羊·潼關懷古〉。

這是一首元曲作品。作者路過潼關，風光壯麗，形勢險要，思考朝代興亡，得出
「百姓苦」的結論，受害人都是百姓，十分沉痛。

張養浩（1269－1329），字希孟，號雲莊，濟南（今山東省濟南市）人。初為東
平（山東省泰安市東平縣）學正，後遊大都（北京市），不忽木（1255－1300）薦為御
史台掾，復授堂邑縣尹（山東省聊城市堂邑鎮），在官十年，有政績。武宗朝，拜監察
御史，因直諫敢言，批評時政被免職。仁宗即位，復官至禮部尚書，參議中書省事。
英宗至治二年（1322）辭官歸隱，屢召不赴。文宗天曆二年（1329），關中大旱，特拜
陝西行臺中丞，賑饑救災，積勞成疾，到官四月，卒於任所。著《雲莊休居自適小樂
府》、《雲莊集》、《歸田類稿》等。

〈山坡羊〉，宋元時的曲牌名，又名〈山坡裏羊〉、〈蘇武持節〉。南北曲都有，常
用於劇套與散曲小令。北曲屬中呂宮，九句四十三字，協九韻。南曲屬商調，十一句
五十六字，協十一韻。張養浩之作屬北曲，其中起拍、結拍四言兩句及中間的三言兩
句多用對仗。起拍是普通的四言句，一般用 22 音步，例如「峰巒如聚。波濤如怒。」
而結拍則採用一三音步，例如「興，百姓苦。亡，百姓苦。」「興」、「亡」乃主題語，
必須前置，突出重點，引起注視。

此曲句句協韻，平仄通協，末句疊用前韻，皆協《中原音韻》魚模韻。又曲中七

言三句，參照律詩句法，平仄安排比較勻稱。第七句「宮闕萬間都做了土」，原為七言句，其中「了」字屬曲中襯字，可有可無，亦可多加一二字，配合樂曲旋律，自由發揮。北曲中呂〈山坡羊〉的曲風雄闊豪邁，樸實真切，以寫實的筆觸，抒發人間情意。

張養浩〈山坡羊‧潼關懷古〉寫於元文宗天曆二年（1329）己巳，作者六十一歲，已經退休七年。由於害怕宦海風波，多次拒絕朝廷的徵召，不肯復出。可是關中大旱，張養浩獲特拜為陝西行台中丞。乃於赴任途中，路過潼關（陝西省渭南市潼關縣），回望歷史風煙，寫下這首曲子。作者以懷古為題，總結他對歷代興亡的體驗，政權交替，滄桑換世，無論誰領風騷，最後都是百姓受苦，蒼生受罪。

潼關上有華山諸峰，危崖深谷，下臨黃河拐彎，滾滾東流。潼關與山西的風陵渡口（山西省運城市芮城縣）遙相對峙，扼陝、晉、豫三省要衝，為古代入陝門戶，歷代的軍事重地，形勢險要。杜甫（712－770）〈潼關吏〉云：「丈人視要處，窄狹容單車。艱難奮長戟，萬古用一夫。哀哉桃林戰，百萬化為魚。」反映安史之亂時，潼關成了攻守雙方的主戰場，戰況慘烈。

張養浩來到潼關，首先看到周圍山嶺綿延，群峰匯聚；黃河蜿蜒流動，波濤洶湧。首二句「峰巒如聚。波濤如怒」，即以山川氣勢逼人，咆哮匯聚。第三句「山河表裏潼關路」，用典入題。《左傳‧僖公二十八年》謂晉國「表裏山河，必無害也」，說的是外倚大河，內踞叢山，相輔相依，有險可守。此句大筆淋漓，構成了雄渾蒼茫的畫幅，同時也呈現了潼關氣壯山河的主題。

次段「望西都。意躊躇」，遙望長安（陝西省西安市），雖說快要到了，卻令人猶豫不決，心情悵惘。「傷心秦漢經行處。宮闕萬間都做了土」，指出這裏是過去秦漢盛世的必經之路，可惜輝煌熠耀的宮殿樓台都相繼倒塌了，沉埋於泥土堆中。而作者也為此而深感哀傷，思考這些消耗大量民力建設的壯麗都城，究竟有甚麼意義？

末段以興亡兩句激發議論，「興，百姓苦。亡，百姓苦」，無論朝代興衰，做百姓的就最倒霉了。《元史‧張養浩傳》云：「天曆二年，關中大旱，飢民相食，特拜陝西行台中丞。既聞命，即散其家之所有與鄉里貧乏者。登車就道，遇餓者則賑之，死者則葬之。」作者臨危應命，散盡家財，見證生靈塗炭，悲天憫人；開展賑災工作，救急扶危。《元史‧文宗本紀》致和元年（1328）十二月條云：「陝西自泰定二年至是歲不雨，大饑，民相食。」可見陝西自泰定二年（1325）缺雨，接連四年乾旱，災情嚴重。

張養浩面對沉重艱巨的救災工作，壓抑豪強囤積，防止官吏貪污，建議朝廷准予富豪納粟補官，見諸史籍所載，卓有成效。那麼〈山坡羊〉結語所說的，可能就不限於朝代興亡，而在於拯救黎民於水火的信念，身為政府官員，責任重大，甚至指涉更深遠的現實意義，表現出深切的人文關懷，襟懷遠大，意境高遠。

〈山坡羊・潼關懷古〉是張養浩晚年的代表作，到任四月即以勞瘁致死，可能也是臨終前的作品，配合潼關的山川形勝，災民流離載道，探尋百姓遭受深重苦難的原因。此曲概括歷史的滄桑，藉懷古以傷今，顯得沉重，反映元代現實生活的困境。沉鬱蒼涼，悲天憫人，思想深刻，感動人心。

《全元散曲》錄存張養浩的小令一百六十一首，套數二套。或寫山林景物，田園意趣，清麗婉約，閒適自然；或敘仕途險惡，官場黑暗，曠達俊朗，意境開闊。至於抨擊現實、關心時代疾苦之作，感情沉鬱，氣勢雄渾，自亦深具現實意義，顯示散曲創作可作多方面的探索。此外張養浩尤愛寫〈山坡羊〉，其中警世十首、懷古七題九首。懷古系列中包括驪山（二首）、沔池（二首）、北邙山、洛陽、潼關、未央、咸陽七地。朱權（1378－1448）《太和正音譜》稱讚張養浩的作品「玉樹臨風」，丰姿綽約，形象傳神。

✎ 問答題

1. 在「峰巒如聚」句中，解釋「聚」的語義。
   A. 聚會　B. 聚攏；包圍
   C. 聚米　D. 聚觀

2. 指出「波濤如怒」一句的修辭格。
   A. 誇張　B. 比擬　C. 比喻　D. 借代

3. 「山河表裏潼關路」，何謂「表裏」？
   A. 內外　B. 上下　C. 東西　D. 明暗

4. 下面哪一項不合於曲子中「意躊躇」的解釋。
   A. 躊躇滿志　B. 徘徊不前
   C. 惆悵鬱悶　D. 內心不安

5. 「西都」指中國哪一個古都？
   A. 洛陽　B. 汴京　C. 長安　D. 金陵

6. 下面哪一座不是長安的宮闕。
   A. 大明宮　B. 阿房宮
   C. 紫禁城　D. 未央宮

7. 在「興，百姓苦。亡，百姓苦。」句中，指出「興」「亡」二詞的語法功能？
   A. 主題語　B. 主語
   C. 中心語　D. 修飾語

8. 指出元曲「襯字」的特點。
   A. 必須合律　B. 必須協韻
   C. 注意規範　D. 任意增減

9. 查證〈山坡羊〉「潼關懷古」的協韻宜參考哪一本韻書？
   A.《詞林正韻》　B.《洪武正韻》
   C.《廣韻》　　　 D.《中原音韻》

10. 北曲中呂〈山坡羊〉規定曲文有多少字數？
    A. 44 字　B. 43 字
    C. 45 字　D. 不規定字數

第十章

明清詩歌與散文

劉基　賣柑者言

掃碼聽音頻

📑 原文

杭有賣果者，善藏柑，涉寒暑不潰，出之燁然，玉質而金色。置於市，賈十倍，人爭鬻之。予貿得其一，剖之，如有煙撲口鼻；視其中，則乾若敗絮。予怪而問之曰：「若所市於人者，將以實籩豆，奉祭祀、供賓客乎？將衒外以惑愚瞽也？甚矣哉，為欺也。」

賣者笑曰：「吾業是有年矣，吾賴是以食吾軀。吾售之，人取之，未嘗有言，而獨不足子所乎？世之為欺者不寡矣，而獨我也乎？吾子未之思也。今夫佩虎符、坐皋比者，洸洸乎干城之具也，果能授孫、吳之略耶？峨大冠、拖長紳者，昂昂乎廟堂之器也，果能建伊、皋之業耶？盜起而不知禦，民困而不知救，吏奸而不知禁，法斁而不知理，坐糜廩粟而不知恥。觀其坐高堂，騎大馬，醉醇醴而飫肥鮮者，孰不巍巍乎可畏，赫赫乎可象也？又何往而不金玉其外，敗絮其中也哉？今子是之不察，而以察吾柑！」

予默然無以應。退而思其言，類東方生滑稽之流。豈其憤世嫉邪者耶？而託於柑以諷耶？

📖 撰文：黃坤堯

本篇向大家講解的經典是元末明初劉基的〈賣柑者言〉。

相信大家都聽過「金玉其外，敗絮其中」這句話，嚴厲批評那些表面好看，沒有內涵的人，表裏不一，蒙混騙人，形象鮮明，擲地有聲。就是來自這篇文章，值得品味。

劉基（1311－1375），字伯溫，處州青田（浙江省麗水市青田縣）人。元順帝元統元年（1333）舉進士。做過江西高安（宜春市高安市）縣丞、江浙儒學副提舉，沒多久就棄官歸隱。至正二十年（1360）到應天府（江蘇省南京市）做朱元璋（1328－1398）的謀臣，輔助明朝開國，統一天下，封誠意伯。洪武四年（1371）辭官，遭到胡惟庸

（？—1380）的陷害，憂憤而卒。劉基性情剛直，著《誠意伯文集》、《郁離子》等。特別精於天文曆算，能知過去未來，民間流傳的〈燒餅歌〉，據說也是他寫的。

本篇為寓言文體，用說故事的方式帶出人生的道理。〈賣柑者言〉通過一枚爛柑子隱喻貪污腐化的社會。劉基批評元末文臣武將貪財瀆職，弄虛作假的亂象，表現官場的異化和社會的紛亂，託物言志，反映世道人心。

〈賣柑者言〉分為三段。第一段寫杭州有一個賣水果的人，很會為柑子做保鮮工作，經歷一年寒暑都不會變壞，拿出來還是挺堅實的，具有光澤。在市場上擺賣，加價十倍，大家都搶着買。作者也買到一枚柑子，剖開以後，就有股煙味嗆人的口鼻，裏面都乾枯爛透了。於是回去罵他：「你賣給人的柑子，就像供品一樣，用來拜祭先人嗎？還是接待客人？裝模作樣的騙人嗎？太過分了，你是騙子啊！」

第一段有些文言詞語，我們日常比較少用。例如「燁然」，光彩燦爛的樣子；「鬻」，賣；「敗絮」，爛棉花；「怪」，責備；「若」，你，代詞；「實籩豆」，實，裝滿。「籩」是竹籃子，盛載果品；「豆」是木碗，裝滿肉食物品。「籩豆」都是祭祀用的禮器。

第二段小販回應作者的質詢，笑着說：「我這份工作都做了好幾年，我就靠它來養活自己。我賣出了柑子，別人買到了，都沒聽到有意見的，現在就只有先生感到不滿意嗎？世上會騙人的伎倆不少，難道就只有我嗎？先生對這個問題好像從來都沒想過。」

其中「吾賴是以食吾軀」一句比較特別，「食」，粵語音 dzi6；普通話音 sì，解為供養、養活自己，動詞的致使用法。如果讀作一般的食，「食吾軀」很可能就把自己的身軀吃掉了，必須小心。

小販繼續說：「現在握着兵符，坐在虎皮褥子上位的，樣子威武的應該都是保家衛國的將軍，他們能像孫武、吳起般操弄兵法謀略嗎？哪些戴着高大的官帽，綁着長腰帶，高高在上的朝廷重臣，又真能像伊尹、皋陶般有所建樹嗎？盜賊蠭起不懂得防備，民生艱困不懂得救助，官吏作惡不懂得禁止，法制敗壞不懂得處理，就是不斷耗費國庫的米糧都不知道羞恥的。看他們坐在官廳裏面，騎着高大的馬匹，醉飲醇醲美酒，飽嚐佳餚美食，哪一位不是高大威猛的，看起來嚇怕人，顯赫亮麗的，具有高貴的形象呢？他們的所作所為，又何嘗不是外表裝扮得漂亮，而裏面塞滿了爛棉花啊！現在你不去檢舉他們的惡行，卻來查驗我的柑子嗎？」這一段很長的話只是劉基借題

發揮，通過小販痛罵當前社會上層的統治者，沒有能力的人霸佔了官位，有權勢的人壟斷了整個社會的資源，法制不公，分配不均，其他人只有捱窮了。

第二段也用了很多古詞語，例如「虎符」，兵符；「皋比」，虎皮；「洸洸乎」，威武；「孫、吳」，孫武、吳起；「大冠」，官帽；「長紳」，腰帶；「伊、皋」，伊尹、皋陶；「法斁」，法制敗壞；「坐糜廩粟」，「糜」指耗費，「廩粟」就是糧食。看來這位小販也掌握了豐富的古漢語知識，文化水平很高。他沒有怯場認錯，反而更理直氣壯地指斥滿朝的文武大員欺世盜名，通通都是大騙子。外表峨冠長紳，高大威猛，裝模作樣，看起來一表人才，原來都是窩囊廢的貪婪無恥之徒，只是不斷耗費國家的糧餉，做不了甚麼事。通過對比，果販騙的只是小錢，而高官的所作所為才真的是無恥惡行。柑子爛了是小事，而國家社會病了才是大問題啊！不過更嚴重的，就是所有人都認為這是正常的社會現象，沒有甚麼問題。可能大家寧願一起麻木，一起沉淪，都不想首先發聲，帶頭反抗了。

本段的結語「今子是之不察，而以察吾柑」，「是」，代詞，指眾多的社會問題。果販用了反詰語調，冷靜敏銳，作出了有力的反擊，並簡單直接地揭出社會不公義的狀況所在。

第三段結尾是作者的反思，認為果販有點像東方朔（約前 160—前 93）之類詼諧滑稽的人物，用嬉笑怒罵的方式進行諷諫，不滿現實，憎厭邪惡，他就是借用柑子的故事來諷勸世人嗎？

本文借物言志，託喻以諷，作者買到了一個爛柑子，氣沖沖地跑回去跟果販理論，指責對方欺詐。從維護消費者權益來說，作者討回公道，完全是正確的，到了今天的現實社會還是該這樣做的，不然可真的做了冤大頭了。可是果販的回應說現在的政府更爛，大家不管大騙子，卻來罵小騙子，有這個道理嗎？同學們，你認為果販對嗎？如果你在街上碰到這位果販，你會怎樣回應呢？

✎　問答題

1. 「若所市於人者」，解釋「若」的詞義。
   A. 若果　B. 你　C. 相似　D. 他

2. 「予怪而問之曰」，解釋「怪」的詞義。
   A. 奇怪　B. 怪異　C. 責備　D. 驚異

3. 「將衒外以惑愚瞽也」，解釋「衒」的詞義。
   A. 街外　　　　B. 誇耀
   C. 迷惑的樣子　D. 結識

4. 「吾賴是以食吾軀」，解釋「是」的語意。
   A. 是的　B. 正是
   C. 打工　D. 指小販生意

5. 「吾子未之思也」，解釋「之」的詞性及語意。
   A. 動詞，往也
   B. 結構助詞，無義
   C. 代詞，指這些騙人的伎倆
   D. 名詞，指吾子

6. 「坐糜廩粟而不知恥」，解釋「糜」的詞義。
   A. 白吃　B. 糜爛　C. 羈縻　D. 控制

7. 「恍恍乎干城之具也」，何謂「干」？
   A. 盾也　B. 戈也　C. 城廓　D. 攻城

8. 「昂昂乎廟堂之器也」，何謂「廟堂」？
   A. 宗廟、朝廷　B. 廟宇
   C. 神殿　　　　D. 官府

9. 「醉醇醴而飫肥鮮者」，何謂「飫」？
   A. 飲醉　B. 食飽　C. 肥肉　D. 乳豬

10. 「甚矣哉，為欺也」，何謂「甚」？
    A. 甚麼樣子　B. 很厲害啊
    C. 甚麼時候　D. 太過分了

張岱　西湖七月半

掃碼聽音頻

📖 原文

西湖七月半，一無可看，止可看看七月半之人。看七月半之人，以五類看之：其一，樓船簫鼓，峨冠盛筵，燈火優傒，聲光相亂，名為看月而實不見月者，看之。其一，亦船亦樓，名娃閨秀，攜及童孌，笑啼雜之，環坐露台，左右盼望，身在月下而實不看月者，看之。其一，亦船亦聲歌，名妓閒僧，淺斟低唱，弱管輕絲，竹肉相發，亦在月下，亦看月，而欲人看其看月者，看之。其一，不舟不車，不衫不幘，酒醉飯飽，呼群三五，躋入人叢，昭慶、斷橋，嘄呼嘈雜，裝假醉，唱無腔曲，月亦看，看月者亦看，不看月者亦看，而實無一看者，看之。其一，小船輕幌，淨几暖爐，茶鐺旋煮，素瓷靜遞，好友佳人，邀月同坐，或匿影樹下，或逃囂裏湖，看月而人不見其看月之態，亦不作意看月者，看之。

杭人遊湖，已出酉歸，避月如仇。是夕好名，逐隊爭出，多犒門軍酒錢，轎夫擎燎，列俟岸上。一入舟，速舟子急放斷橋，趕入勝會。以故二鼓以前，人聲鼓吹，如沸如撼，如魘如囈，如聾如啞，大船小船一齊湊岸，一無所見，止見篙擊篙，舟觸舟，肩摩肩，面看面而已。少刻興盡，官府席散，皂隸喝道去。轎夫叫船上人，怖以關門，燈籠火把如列星，一一簇擁而去。岸上人亦逐隊趕門，漸稀漸薄，頃刻散盡矣。

吾輩始艤舟近岸。斷橋石磴始涼，席其上，呼客縱飲。此時月如鏡新磨，山復整妝，湖復頮面，向之淺斟低唱者出，匿影樹下者亦出，吾輩往通聲氣，拉與同坐。韻友來，名妓至，杯箸安，竹肉發。月色蒼涼，東方將白，客方散去。吾輩縱舟，酣睡於十里荷花之中，香氣拍人，清夢甚愜。

📖 撰文：曹順祥

本篇向大家講解的經典是明末清初張岱的〈西湖七月半〉。

「水光瀲灩晴方好，山色空濛雨亦奇。欲把西湖比西子，淡妝濃抹總相宜。」蘇軾（1037－1101）的〈飲湖上初晴後雨〉既寫了湖光山色，又寫了晴天雨天的不同風韻，彷彿成了西湖詩的「千古絕唱」。而寫西湖月夜之美的古代散文，當以張岱的〈西湖七月半〉為典範之作。

〈西湖七月半〉作者是明代的散文家張岱（1597－1679）。明代的詩文在前後七子復古主義文學思潮的影響下，顯得了無生氣。其後，公安、竟陵派反對，袁宏道更提出「獨抒性靈，不拘格套」的文學主張。因此，晚明小品大都直抒胸臆，短小精悍。作家不造作、不虛飾，真情實感，皆能自然流露；語言流暢，風格清新流麗。張岱是晚明小品的代表作家，而〈西湖七月半〉又是他的代表作。

張岱，明末清初散文家，字宗子，又字石公，號陶庵，別號蝶庵居士，山陰（今浙江紹興）人。張岱著作甚多，有史書《石匱書》（已亡佚）及文集《陶庵夢憶》、《西湖夢尋》等。

張岱出身仕宦家庭，父祖皆舉進士，但張岱性格孤高傲岸，淡泊功名，無意仕進。早年過着衣食無憂的生活，曾自云：「好美食，好駿馬，好華燈，好煙火，好梨園，好鼓吹，好古董，好花鳥，兼以茶淫橘虐，書蠹詩魔」，頗有紈袴子弟的習氣。

張岱愛好廣泛，是個非常博學的才子，兼通戲曲、音樂、書法、繪畫、篆刻、園林等，喜歡遊山逛水，能彈琴制曲；善品茗，通茶道等。前人說：「吾越有明一代，才人稱徐文長、張陶庵，徐以奇警勝，先生以雄渾勝。」

張岱更擅長創作散文，文章融會了公安派「獨抒性靈」與竟陵派「幽深孤峭」的風格，加上自身的感懷，終成為晚明的小品文大家。崇禎十七年（1644），明亡時，張岱已五十歲，在國破家亡刺激下，避居於浙江剡溪山中，以節氣自重。晚年窮困潦倒，發憤著述，藉以寄託亡國的哀痛。

本文選自他的散文小品集《陶庵夢憶》卷七。這本集子創作於他入清以後。張岱原是大家公子，明亡以後「無所歸止，披髮入山」過着隱居的生活。《陶庵夢憶·自序》說：五十年「繁華靡麗，過眼皆空」。一方面表現了對往日繁華生活的懷念，另一方面流露出國破家亡的悲情！

文章開首，西湖七月半可看之景，僅在五類遊人，觀月情態不同，雅俗亦各不同。第一段，作者逐一描寫看月的五類人物，點出其「看月」和「不看月」的態度，

表現了作者的愛憎之情。包括：

一、達官貴人，「名為看月而實不見月者」，他們無意賞月，庸俗可笑。

二、名娃閨秀，「身在月下而實不看月者」，她們在月下遊戲取樂，也不是看月的。

三、名妓閒僧，「亦在月下，亦看月，而欲人看其看月者」，他們遊湖只為博雅號，沽名釣譽。

四、市井無賴，「月亦看，看月者亦看，不看月者亦看，而實無一看者」，他們衣衫不整，鬧中取樂，俗不可耐。

五、高人雅士，「看月而人不見其看月之態，亦不作意看月者」，他們不歌不唱，只是安靜對月品茗。

第二段，寫杭州人的賞月情態。他們追逐看月之名，實則不懂看月。隱然諷刺一些庸俗之輩遊湖。此段從四個方面落筆：

其一，是寫杭州人遊湖的情況。「杭人遊湖，巳出酉歸，避月如仇」，這些人並無賞月習慣。其二，寫杭州人七月半趕往西湖，只是為了「好名」，湊湊熱鬧。其三，寫遊湖的場面，非常熱鬧。從「聽覺」入手：「人聲鼓吹，如沸如撼，如魘如囈，如聾如啞」；又從視覺入手：「大船小船一齊湊岸，一無所見，止見篙擊篙，舟觸舟，肩摩肩，面看面而已。」其四，寫夜深遊客歸去的情景。其中「岸上人亦逐隊趕門，漸稀漸薄，頃刻散盡矣」一句，隱含作者對遊人的鄙視。

第三段，以「始」引入「看月」的主題。描寫「吾輩」月下縱舟，酣睡於十里荷花之中。內容是寫作者和一眾「雅士」欣賞湖光山色的情景。「此時月如鏡新磨，山復整妝」，景物流麗清雅，與上文的喧鬧繁囂，形成了強烈的對比。「吾輩」二字，明顯表現出一種鄙視塵俗的態度。在前文描述鄙陋人物各種惡俗情態之後，轉而寫自身的「賞月」活動，通過「映襯」，才更見出「看月之妙」和賞月之人的優雅情趣。全文以眾人的無意於看月、不懂得看月，襯托自身和「吾輩」才能盡覽湖山月色之美，具有清高雅潔的情趣！

綜合而言，〈西湖七月半〉是對昔日杭州人七月半遊覽西湖的風尚習慣和生活情景的追憶。通過對人事情景的生動描寫，流露出作者清高自傲的思想和風雅的情懷。

結構上，本篇構想新奇，不落俗套。文章開首「西湖七月半」五字，已概括了地點和時間。但筆鋒一轉，全文力避正面寫「看月」，也不是寫西湖的美景，而將焦點落

在「寫人」上，已令人出乎意料。更妙的是，作者雖然寫「看人」，卻並未離開寫「看月」：在看月之夜，寫各色各樣「看月」或「不看月」之人，卻最終又歸結到寫「看月」上面。

這個結構，顯然是經過作者悉心安排的。本文融敘事、寫景、抒情、議論於一體，可謂兼而有之，充滿了詩情畫意。在敘事、寫人之中，隱含了喜惡愛憎的態度和感受。本文以輕鬆、幽默的筆法，對杭州人俗不可耐的行為，暗含諷刺，從而表現自己高雅的情操。

寫作技巧上，第一段用分類描寫，描述五類看月的人。分別從外貌、衣着、動態行為和心理等不同角度切入，甚具條理，令人印象難忘！文章以「看月」和「不看月」的遊人作對照，形成了強烈的對比，也令文章結構更為緊密！

在修辭手法上，「如沸如撼，如魘如囈，如聾如啞」，比喻聲音的吵耳。「月如鏡新磨」比喻月色皎潔。「山復整妝，湖復頮面」，意思是：山巒重新整理打扮，西湖也重新洗過臉一般。擬人手法的運用，自然而高妙，實在令人歡服！

在句法運用上，本文以「四言」為主，雜以長短句式，四言句如「如沸如撼，如魘如囈，如聾如啞」，節奏感十分強烈。「篙擊篙，舟觸舟，肩摩肩，面看面」，集中寫遊人的擁擠情況，音節抑揚頓挫，鏗鏘有力。

在遣詞用字上，本文也是經過苦心經營的。例如文章首段用了 23 個「看」字，反覆出現的「看」字，曲折婉轉，文意層層遞進。同時，文中也用了「亦」、「不」，分別突出了「五類人」的相異和相同之處，用筆精準，令人歡服！此外，「爭」、「速」、「趕」三個動詞，也充分表達了夜深時分遊人迫切歸家的心情。

讀完這篇文章，忽然想起唐代白居易的〈春題湖上〉：「未能拋得杭州去，一半勾留是此湖。」也許，在「接天蓮葉」「映日荷花」〔宋楊萬里〈曉出淨慈寺送林子方〉：「畢竟西湖六月中，風光不與四時同。接天蓮葉無窮碧，映日荷花別樣紅。」〕之外，西湖的月色更令人目迷心醉！

✎ **問答題**

1. 「如沸如撼，如魘如囈，如聾如啞」，運用了甚麼修辭手法？

   1 對比　2 明喻　3 暗喻　4 排比

   A. 1、2　B. 2、3　C. 3、4　D. 2、4

2. 本文分別寫「看月」和「不看月」的人，運用了甚麼修辭手法？

   A. 襯托　B. 對比　C. 誇張　D. 諷刺

3. 「此時月如鏡新磨，山復整妝，湖復頹面，向之淺斟低唱者出，匿影樹下者亦出，吾輩往通聲氣，拉與同坐。」運用了甚麼修辭手法？

   1 明喻　2 暗喻　3 擬人　4 擬物

   A. 1、2　B. 2、3　C. 3、4　D. 1、3

4. 本文題目是〈西湖七月半〉，點出了甚麼重要訊息？

   1 人物　2 事件　3 地點　4 時間

   A. 1、2　B. 2、3　C. 3、4　D. 1、3

5. 綜合而言，本文主要描述了甚麼內容？

   A. 描述七月半的西湖景色
   B. 描寫七月半的民俗風情
   C. 描寫七月半的月色之美
   D. 描寫七月半的遊人情狀

6. 本文在寫作上包括了以下哪些內容？

   1 敘事　2 寫景　3 抒情　4 議論

   A. 1、2、3　B. 2、3、4
   C. 1、3、4　D. 1、2、3、4

7. 本文第二段寫遊湖的熱鬧場面，主要用了甚麼描寫手法？

   1 聽覺描寫　2 視覺描寫
   3 觸覺描寫　4 嗅覺描寫

   A. 1、2　B. 2、3　C. 3、4　D. 1、3

8. 本文寫杭州人七月半趕往西湖的情貌，突出杭州人甚麼特點？

   A. 好名　B. 好利　C. 好色　D. 好權

9. 本文第二段「岸上人亦逐隊趕門，漸稀漸薄，頃刻散盡矣」，敘寫夜深遊客歸去的情景，表達了作者甚麼態度？

   A. 同情　B. 敬佩　C. 鄙視　D. 仇視

10. 文章末段，在前文描述各種人物情態之後，轉而寫自身的「賞月」活動，突出主旨，運用了甚麼寫作手法？

    A. 誇張　B. 映襯　C. 對比　D. 呼應

張岱　湖心亭看雪

📄 原文

崇禎五年十二月，余住西湖。大雪三日，湖中人鳥聲俱絕。

是日，更定矣，余拏一小舟，擁毳衣爐火，獨往湖心亭看雪。霧凇沆碭，天與雲與山與水，上下一白。湖上影子，惟長堤一痕、湖心亭一點、與余舟一芥、舟中人兩三粒而已。

到亭上，有兩人鋪氈對坐，一童子燒酒，爐正沸。見余大喜，曰：「湖中焉得更有此人？」拉余同飲。余強飲三大白而別。問其姓氏，是金陵人，客此。

及下船，舟子喃喃曰：「莫說相公癡，更有癡似相公者。」

📖 撰文：黃坤堯

各位同學，大家好。今日向大家講解的經典，是明末清初張岱的〈湖心亭看雪〉。

張岱（1597－1680），字宗子，號陶庵、古劍老人等。遠祖系出劍州綿竹（四川省德陽市綿竹市），遷居浙江山陰（紹興市柯橋區）。張岱生於紹興大族，僑寓杭州。祖輩出了好幾位高官名將，家世顯赫，生活富裕，博覽群書，興趣廣泛。明朝亡國後隱居剡溪山村（紹興市嵊州市），撰寫《石匱書》。順治六年己丑（1649）九月，租住快園，生活窮困，還是不斷地寫作。康熙十九年庚申（1680）冬月逝世，八十四歲。臨死前寫了一篇〈自為墓誌銘〉說：「蜀人張岱，陶庵其號也。少為紈綺子弟（花花公子），極愛繁華：好精舍，好美婢，好孌童（年輕美男），好鮮衣，好美食，好駿馬，好華燈，好煙火，好梨園，好鼓吹，好古董，好花鳥，兼以茶淫橘虐（沉迷象棋），書蠹詩魔（讀書吟詩），勞碌半生，皆成夢幻。年至五十，國破家亡，避跡山居。所存者破床碎几（小桌子），折鼎病琴與殘書數帙、缺硯一方而已。布衣蔬食，常至斷炊。回首二十年前，真如隔世。」總結一生兩種不同的生活，過去享受奢華，玩盡天下事物，

現在窮困艱苦，顯出強烈的對比。著有《瑯嬛文集》、《陶庵夢憶》、《西湖夢尋》、《快園道古》等，很多都是回憶以往繁華時興的小品。張岱是明末小品文的代表作家。

〈湖心亭看雪〉選自《陶庵夢憶》卷三，是明亡後撰寫的回憶錄。〈自序〉云：「繁華靡麗，過眼皆空，五十年來，總成一夢。今當黍熟黃粱，車旋蟻（蟻）穴，當作如何消受？遙思往事，憶即書之，持向佛前，一一懺悔。」回憶往日的生活，故國河山，湧出很多清麗鮮活的影像，現在都成妄念，只好真誠懺悔了。

本文篇幅簡短，語言精煉。開篇標明時地，「崇禎五年十二月，余住西湖。」那是 1632 年，作者三十五歲，不過這篇文章並不是當日寫的，而是後來回憶之作，重現舊時代的心靈境界，顯得溫馨美好。當時大雪三日，天寒地凍，湖中一片靜寂，沒有人聲、鳥聲，大自然乾淨潔白，掃除了塵垢，寧謐澄亮。第二段作者選擇在初更時分出發，大概是晚上七點，周圍沒有人，他就是嚮往自由獨立的天地。作者坐上一條小船，穿上暖和的衣服，帶備爐火取暖，獨自前往湖心亭看雪。文中的「獨往」說明張岱審美的意趣，與眾不同。如果結伴同行，喧譁熱鬧，可能就大煞風景了。

跟着摹寫雪景，作者採用映襯的筆法，「霧凇」寫冬夜寒氣如霧，碰上樹枝凝結成白色鬆散的冰晶；「沆碭」是一個疊韻詞，形容周圍大水漫灌，水天一色，浸潤在一片白茫茫的雪景當中，慢慢變得渺小。至於湖上所見，白堤露出一點微痕，湖心亭變成一點微粒，以及自己所乘坐的一葉輕舟，更像是一根小草，漂浮水上，而船上人也剩下兩三粒似的微塵了。「兩三粒」只是一個虛擬的數字，點綴生命的色彩，嚴格來說在本文出鏡的就只有作者跟船工兩人。張岱用心經營數量詞，其中「一點」、「兩三粒」，清晰明確。加上「一痕」，遠望一點微痕；「一芥」，一條小草，都由名詞活用為數量詞，顯得生動活潑。而眼前的景色逐漸縮小，帶領讀者飛上天空，從空中鳥瞰湖心亭，慢慢消失於無常有之中，意境飄逸。

第三段筆鋒一轉，寫登亭所見，原來早有雅人捷足先登。對方兩人擁氈對坐，有一個小孩在旁邊煮酒。童子發現還有人雪夜登亭，忍不住露出驚訝的口吻。然後對方覺得大家喜遇同道，二話不說，馬上請張岱舉杯同飲，增添暖意，其實更顯出人情味。酒喝完了要離開，作者問對方從哪裏來，他們說是來自南京的，剛好路過杭州。話不在多，適可而止。雪夜中在湖上偶遇，簡單幾筆就勾勒出悠揚的神韻，原來這是作者有意營造的一個不俗的世界，也就是不一樣的世界。

末段結束一夜的旅程，船工喃喃自語，從「癡」字下筆，雪夜遊湖，除了覺得作者脾氣怪異之外，原來世上還有其他的怪人。癡人沒有任何算計，活在當下，也就活得自在了。

〈湖心亭看雪〉是一篇晚明小品，着重性靈的表現，探尋趣味，嚮往平淡，孤懷獨往，不同流俗。所謂小品文，就是專指那些形式活潑、內容多樣、篇幅短小的雜感文字。有時夾敘夾議的講述淺近的道理，有時就生動精煉地敘說事情，深入淺出，言近旨遠，講求情趣，注意審美。三十年代林語堂（1895－1976）提倡小品文，主張「以自我為中心，以閒適為格調」、「以閒適之筆調語出性靈」，反映現實，豐富生活的趣味，能給人性靈的啟示和美的享受。本文語文淺白、構思精巧、詩情畫意、寓意深刻。文中「余」字出現了六次，強調作者的主體意識，同時又通過童子及船工簡潔的話語，反映作者獨特的行為和個性，跟現代散文無縫接軌，一脈相承。

〈湖心亭看雪〉可以說是一首散文詩。全文分四段，第一段寫西湖雪後的寧謐境界；第二段就像一幅山水畫，刻劃細緻；第三段在湖心亭上相遇，飲酒而別；最後一段以議論結尾，把「癡」字寫進心中。含蓄蘊藉，縹緲空靈。或者可以改寫為七言絕句。詩云：

蟲鳥聲沉雪夜空。霧淞沆碭芥舟同。
浮三大白湖亭飲，更有癡人勝相公。

我這首詩盡量沿用張岱文章中原有的字詞及意象，立意相近，情調也差不多，遊戲文章，未知同學以為如何？請多指正。

✏ **問答題**

1. 文中「是日」的意義為何？
   A. 正確的日子　B. 就是這一天
   C. 這個太陽　　D. 這一天

2. 「更定矣」指甚麼時候？
   A. 初更時分　B. 更要早日決定
   C. 更改決定　D. 初更過去

3. 「余拏一小舟」，「拏」的釋義為何？
   A. 拿走　　　　　B. 偷走
   C. 划船，雇人撐船　D. 手提

4. 何謂「毳衣」？
   A. 皮草　B. 鳥獸細毛編織成的羽絨
   C. 棉衣　D. 天衣無縫

5. 在「長堤一痕」中，解釋「痕」字的意義。
   A. 痕癢　B. 路徑　C. 一彎淺水　D. 痕跡

6. 「與余舟一芥」，指出「芥」的詞性。
   A. 量詞　　B. 名詞用作量詞
   C. 形容詞　D. 名詞

7. 「舟中人兩三粒而已」，「粒」字的語義為何？
   A. 形容渺小　B. 糖果
   C. 含蓄蘊藉　D. 物理粒子

8. 「拉余同飲」句中，解釋「拉」字的語義。
   A. 拘捕　　　　B. 勉強
   C. 主動熱情的招呼　D. 快速拖手

9. 在「余強飲三大白而別」句中，何謂「大白」？
   A. 白酒　B. 白乾　C. 杯酒　D. 白葡萄酒

10. 「及下船」，何謂「下船」？
    A. 訂船　B. 上船　C. 離船　D. 登船

顧炎武　廉恥

掃碼聽音頻

📖 原文

　　《五代史‧馮道傳》論曰：「禮、義、廉、恥，國之四維；四維不張，國乃滅亡。」善乎，管生之能言也！禮、義，治人之大法；廉、恥，立人之大節。蓋不廉則無所不取，不恥則無所不為。人而如此，則禍敗亂亡，亦無所不至；況為大臣而無所不取，無所不為，則天下其有不亂，國家其有不亡者乎？

　　然而四者之中，恥尤為要，故夫子之論士曰：「行己有恥。」孟子曰：「人不可以無恥。無恥之恥，無恥矣。」又曰：「恥之於人大矣！為機變之巧者，無所用恥焉。」所以然者，人之不廉，而至於悖禮犯義，其原皆生於無恥也。故士大夫之無恥，是謂國恥。

　　吾觀三代以下，世衰道微，棄禮義，捐廉恥，非一朝一夕之故。然而松柏後凋於歲寒，雞鳴不已於風雨，彼眾昏之日，固未嘗無獨醒之人也！

　　頃讀《顏氏家訓》，有云：「齊朝一士夫嘗謂吾曰：『我有一兒，年已十七，頗曉書疏，教其鮮卑語，及彈琵琶，稍欲通解，以此伏事公卿，無不寵愛。』吾時俯而不答。異哉，此人之教子也！若由此業自致卿相，亦不願汝曹為之。」嗟乎！之推不得已而仕於亂世，猶為此言，尚有〈小宛〉詩人之意，彼閹然媚於世者，能無愧哉！

📖 撰文：曹順祥

　　本篇向大家講解的經典是明末清初顧炎武的〈廉恥〉。

　　你們有沒有想過，倘若人人不顧公義，予取予攜；不顧廉恥，無所不為，一旦生活在這樣的社會，是何種滋味？

　　顧炎武（1613－1682），原名絳，字忠清。明亡後改名炎武，字寧人，亦自署蔣山傭。明朝直隸崑山縣（今江蘇崑山）人。明末清初著名的思想家、史學家。與黃宗羲、王夫之並稱「明末清初三大儒」。

　　清兵南下後，顧炎武曾投身於抗清活動，又十次拜謁明陵，遍遊歷山東、河北、陝西、山西各地，與志士豪傑為友，欲收復河山。清廷詔舉博學鴻詞科，要他參與纂修《明史》，都被他一一拒絕。

　　顧亭林治學注重考據，主張經世致用，反對空談，強調博學多聞。重視客觀的調查研究，開一代之新風，提出「君子為學，以明道也，以救世也。徒以詩文而已，所謂彫蟲篆刻，亦何益哉？」又強調做學問必須先立人格：「禮義廉恥，是謂四維」，提倡「國家興亡，匹夫有責」。《日知錄》卷十三：「保天下者，匹夫之賤，與有責焉。」

　　顧炎武學問淵博，在國家典制、郡邑掌故、天文儀象、河漕、兵農及經史百家、音韻訓詁之學等各方面都有研究。晚年治經重考證，開清代「樸學」風氣。其學以博學於文，行己有恥為主，結合學與行、治學與經世為一體。主要作品有《日知錄》《天下郡國利病書》《肇域志》《音學五書》《韻補正》《金石文字記》《亭林詩文集》等。顧炎武的文章皆能言之有物，文風樸實，說理透徹，邏輯性高，說服力強。

　　作者寫作本文時，明朝早已經覆亡，清軍也入主了中原，顧炎武跟不少具有民族氣節的知識分子一樣，走在抗清的道路上。當時，不少知識分子接受了清廷招撫，於是顧炎武藉此文章提出了知恥和堅持民族氣節的觀點。這個寫作背景有助於我們理解作者的用心。

　　本篇按結構分為兩個層次：

　　第一層次：即第一、二段，從「《五代史·馮道傳》論」至「是謂國恥」。大意是：《五代史·馮道傳》中有一段議論：「重視禮法、講求信義、不貪污、懂羞恥，這是立國的四條重要法則；假如這四條法則未能發揚，國家就會有滅亡的危險」。作者認為管仲這句名言講得非常好。因為，「禮義」是治理百姓的基本法規，「廉恥」是培養百姓的根本氣節。如果做人不廉潔，就沒有不敢拿取的東西；如果做人沒羞恥之心，就沒有不敢做的行為。假如人人都這樣，那麼禍害、失敗、動亂、亡國，也就接踵而來了。

　　文章在此論述基礎上，進一步指出：「況為大臣而無所不取，無所不為，則天下其有不亂，國家其有不亡者乎？」意思是：更何況是官員？假如官員也沒有不敢拿的東西，沒有不敢做的行為，那麼天下哪有不亂？國家哪有不亡？

　　此處承上文而來，用了「平提側注」的筆法。上文先並提「禮、義、廉、恥」四維（「四維不張，國乃滅亡」），後側注重點於「廉、恥」（「不廉則無所不取，不恥則

無所不為」）。此處再用「平提側注」的筆法，先並提「廉、恥」，後側注重點於「恥」（「四者之中，恥尤為要」）。

總之，在這四條法則中，作者認為懂得「羞恥」最為重要。作者先後引用孔子和孟子的言論為據。孔子的「行己有恥」即「自己的一舉一動都要懂得羞恥」。再引用了孟子：「人不可以無恥。無恥之恥，無恥矣。」以及「恥之於人大矣！為機變之巧者，無所用恥焉。」意思是：「人不可以沒有羞恥心。能將無恥視為最可恥的事，則終身必能遠離恥辱。」又說：「羞恥感對於人來說是最重要的！只有投機取巧的人，才會無論甚麼時候都不會感到羞恥的！」作者總結此部分，認為：人之所以不廉潔，甚至違背了禮法、觸犯了信義，原因大都出於缺乏羞恥感！因此，士大夫喪失了羞恥感，可以說是國家最大的恥辱！

此部分文章論述了維繫國家存亡的四項法則，即：禮、義、廉、恥。如果不能張揚這四項法則，國家就可能會滅亡了。在這四項法則中，明白甚麼是「恥」最為重要。因為「無恥」是不廉、悖禮、犯義的根源。因此，士大夫不知羞恥，作者認為是國家最大的恥辱。

本文的第二層次：第三、四段，從「吾觀三代以下」至「能無愧哉！」

文章指出，夏、商、周三代以後，社會的世道就衰落了，拋棄禮義，丟掉廉恥，這些並非一朝一夕所形成的。這裏「引用」了名言來加強說理效果。「松柏後凋於歲寒」出自《論語·子罕》。子曰：「歲寒，然後知松柏之後凋也！」意思是說，寒冷的冬天才能見出松柏的堅毅不拔，孔子把松柏比喻成君子在艱難的環境中依舊保持操守。「雞鳴不已於風雨」出自《詩經·鄭風》「風雨如晦，雞鳴不已」。當風雨交加，天色晦暗時，雄雞依然鳴啼不已。以風雨比喻亂世，雄雞比喻忠臣，意思是說忠臣處身亂世，也不顧身家性命，決然說出正直的言論。兩句「借喻」君子在亂世中堅守廉潔的操守，明白「知恥」的重要性，不會隨波逐流。

「彼眾昏之日，固未嘗無獨醒之人也！」意思是：當那些人渾渾噩噩的時候，難道沒有「獨醒之人」？此處巧妙地用渾渾噩噩的眾人，反襯「獨醒之人」的可貴！

接着，作者自言不久前讀了《顏氏家訓》，書中提及：「齊朝有一個讀書人，曾經這樣對我說：『我有一個十七歲的兒子，能通曉一些書籍的解釋，我教他學習鮮卑族語，以及學習彈奏琵琶。當稍為學會了，就憑這些本領去侍候王公大臣，沒有誰不對

他寵愛有加的。』我當時低頭不答。此人的教子方法真奇怪！如果靠這樣的方法能位至卿相，我也不希望你們這樣做！」

由此，作者感歎說：當年顏之推在亂世中沒有其他辦法，只好出來做官，仍然講了這樣有骨氣的話，真有點像〈小宛〉詩作者一般的氣節；而那些像太監一般向世俗獻媚討好的人，如果與他們相比，能不感到羞愧嗎！

〈小宛〉是《詩經‧小雅》的篇名。根據〈詩序〉：「小宛，大夫刺宣王也。」或亦指為傷時之詩。作者論述當時世道日衰，人民背棄禮、義、廉、恥，並非一朝一夕所形成的。即使在世人渾渾噩噩的時候，也有獨自清醒的人。與這些人相比，那些丟棄了人格，卻甘心情願向世俗獻媚討好的人，應當是羞愧難容的！與此主題相關的文章，可以同時參考《孟子‧齊人有一妻一妾》。

結構上，首段以《五代史‧馮道傳》起筆，五代是史上極紛亂的時期，而馮道歷任四朝十君的作為，任職宰相二十年，還厚顏自稱「長樂老人」，頗受後人非議。文章以「平提側注」的筆法，以「四者之中，恥尤為要」確立論題。

第二段以「士大夫之無恥，是謂國恥」來深化論題。第三段以「吾觀……，固未嘗無獨醒之人」一句，承上啟下，第四段以「嗟呼！……能無愧哉！」總結上文，批判當時的社會風氣。

綜合而言，本文雖是讀書筆記，卻有個人一得之見。文章重點突出，條理清晰，筆調簡潔、明快，而充滿力量。文中所論，皆能針對當世社會問題，有感而發。作法上，又善於引用古事、古語，加強了論證，說服力強。其中以「無恥」的馮道與「知恥」的顏之推作「對比」，效果鮮明深刻，令人難忘！全文在議論中充滿警世的言詞，突出其憂國憂民的心志。

時至今日，「棄禮義，捐廉恥，非一朝一夕之故」這句話仍然深具反思的意義！松柏後凋，雞鳴不已，在歲寒的風雨之中，舉目四望，像顧炎武這樣的「獨醒之人」，確實是少數！

✎　問答題

1. 「則天下其有不亂，國家其有不亡者乎」，用了甚麼修辭手法？
   A. 設問　B. 反問　C. 對比　D. 對偶

2. 孟子曰：「人不可以無恥。無恥之恥，無恥矣。」用了甚麼修辭手法？
   　1 引用　2 雙關　3 頂真　4 比喻
   A. 1、2　B. 2、3　C. 1、3　D. 2、4

3. 「然而松柏後凋於歲寒，雞鳴不已於風雨。」用了甚麼修辭手法？
   　1 明喻　2 借喻　3 引用　4 對比
   A. 1、2　B. 2、3　C. 1、3　D. 2、4

4. 「彼眾昏之日，固未嘗無獨醒之人也！」用了甚麼修辭手法？
   A. 對比　B. 誇張　C. 反襯　D. 比喻

5. 第四段，記載《顏氏家訓》一則故事，用了甚麼論證方法？
   A. 比喻論證　B. 對比論證
   C. 因果論證　D. 舉例論證

6. 對於「齊朝一士夫」，作者抱持甚麼態度？
   A. 敬佩　B. 理解　C. 欣賞　D. 批評

7. 本文提及《新五代史》、《管子》、《論語》、《孟子》、《詩經》等言論以加強說服力，是甚麼論證方法？
   A. 對比論證　B. 引用論證
   C. 比喻論證　D. 因果論證

8. 「然而松柏後凋於歲寒，雞鳴不已於風雨，彼眾昏之日，固未嘗無獨醒之人也！」在全文中的作用為何？
   A. 開門見山　B. 前後呼應
   C. 承上啟下　D. 總結全文

9. 〈小宛〉出自哪一本經典？
   A. 詩經　B. 楚辭　C. 論語　D. 孟子

10. 「吾觀三代以下，世衰道微。」「三代」是指甚麼？
    A. 魏蜀吳　B. 夏商周
    C. 隋唐宋　D. 楚燕齊

龔自珍　己亥雜詩（選三首）

掃碼聽音頻

📑 原文

其五

浩蕩離愁白日斜。吟鞭東指即天涯。

落紅不是無情物，化作春泥更護花。

其一〇四

河汾房杜有人疑。名位千秋處士卑。

一事平生無齮齕，但開風氣不為師。

（予平生不蓄門弟子。）

其一二五

九州生氣恃風雷。萬馬齊喑究可哀。

我勸天公重抖擻，不拘一格降人才。

（過鎮江，見賽玉皇及風神、雷神者，禱詞萬數。道士乞撰青詞。）

📖 撰文：黃坤堯

本篇向大家講解的經典是清代龔自珍的〈己亥雜詩〉。

可能大家都聽過「落紅不是無情物，化作春泥更護花」、「但開風氣不為師」、「不拘一格降人才」這些動人的詩句，其實都在這三首作品裏面，值得學習。

龔自珍（1792－1841），字璱人，號定盦，浙江仁和（浙江省杭州市餘杭區）人。生於官宦世家，一門風雅，而段玉裁（1735－1815）更是他的外祖父，親自教導。龔自

珍自幼深受家學熏陶，浸淫於經史之中，精研小學，好尚詩文。嘉慶二十三年（1818）鄉試中舉，二十五年（1820）任內閣中書。可惜直到道光九年（1829）第六次會試，才能考上進士。又以書法欠佳，不列優等，未能進入翰林院。只能做低級官員，職位卑微。

龔自珍博學負才氣，跟從劉逢祿（1776－1829）研習《春秋公羊傳》，主張「經世致用」之學，重視西北輿地，考察政治社會的現實問題。嘉道年間世衰道微，政治腐敗，期望社會改革，解放思想，敢於抨擊時蔽，得罪長官，自然遭受打擊了。龔自珍深明鴉片之禍，支持林則徐（1785－1850）的禁煙政策。道光十九年（1839）辭官南歸。二十一年（1841）秋致書江蘇巡撫梁章鉅（1775－1849），要求積極抗英，保衛上海。八月十二日（1941 年 9 月 26 日）暴卒於丹陽縣署（江蘇省鎮江市丹陽市）。龔自珍開創了新時代的議政風氣，是晚清重要的啟蒙作家，對近代文學影響深遠。

龔自珍〈己亥雜詩〉七絕三百一十五首，寫了大半年的時間。由道光十九年四月二十三日，詩人辭官離開北京開始。五月十二日抵達清江浦（江蘇省淮安市），再南下揚州、鎮江，抵達杭州。八月底回到崑山羽琌別墅（江蘇省蘇州市崑山市）。九月十五日再次北上迎接妻兒，十二月二十六日返抵崑山。〈己亥雜詩〉內容龐雜，記錄了作者的旅途遭遇，自述家世出身，仕宦經歷，師友交遊，生平著述等。很多都是狂言勃發，大聲疾呼，劍氣簫心，激憤昂揚的作品。記錄作者的心路歷程，也是罕見的大型組曲。

第五首「浩蕩離愁白日斜」，意謂在廣闊無邊的離愁別緒中，眼看夕陽西下，難免隱含着個人失落的情懷，其實也象徵了時代艱危，有點像「夕陽無限好，只是近黃昏」〔李商隱（813－858）〈登樂遊原〉〕中窮途末路的壓迫感。「吟鞭東指即天涯」，作者是從北京外城東面的廣渠門出城，所以說是「東指」，而「天涯」即有遠隔之意，跟朝廷愈走愈遠。末二句「落紅不是無情物，化作春泥更護花」表現詩人的奉獻精神。花兒開過了，辭枝飄落，還是要化作春泥，豐富土地的養分，保護樹木，結出果實。表現在不同的生命階段裏，詩人都會持續奮鬥，顯出自信，神情自在。這兩句意象精闢，後來大家都很喜歡引用。

第一〇四首「河汾房杜有人疑，名位千秋處士卑」寫於揚州。「河汾」指隋末的學者王通（584－617），著有《中說》，人稱文中子，在亂世中隱居山西黃河、汾水之

間，教導學生。據說唐朝房玄齡（579－648）、杜如晦（585－630）等很多功臣將相都是他的學生，可是歷史沒有記載，難免受到後世的質疑，有所爭論。大概房、杜位極人臣，名垂千古；而王通沒有官職，地位卑微，不受重視。結語「一事平生無齮齕，但開風氣不為師」，「齮齕」意為咬住，引申有忌恨、傾軋、中傷、誹謗之意。龔自珍在注中指出自己不收門徒，只是從事著述工作，開創一代的學術風氣，卻不敢以當別人的老師自居。大概就像王通一樣，希望從事廣泛的教育工作，當仁不讓，多做點實事，喚醒昏睡的人心，並非渴求個人的知名度，相當自負。

第一二五首路過鎮江，碰上玉皇神誕及拜祭風神、雷神的活動，場面浩大，於是借題發揮，在青詞中大筆一揮，發揚浪漫精神，禱告神明，降福我們的國家。首句「九州生氣恃風雷」，《尚書・禹貢》把中國分為冀、兗、青、徐、揚、荊、豫、梁、雍九州，包括現代河北、山東、江蘇、湖北、湖南、四川各省，也就是中原地區的縮影。「生氣」展現生機蓬勃，有賴於風雷激盪的日子，才能顯出震懾的力量。「萬馬齊喑究可哀」，表示世道沉淪，大家都不敢說話，一片死氣沉沉的樣子，使人失望。結語「我勸天公重抖擻，不拘一格降人才」，奉勸上天重新振作，朝廷不要以所謂資格壓抑賢能，限制各方面的人才。1815 年，龔自珍〈乙丙之際箸議第九〉早已指出清朝貌似治世，實為衰世，人心混混，不敢議論。「左無才相，右無才史，閫無才將，庠序無才士，隴無才民，廛無才工，衢無才商。抑巷無才偷，市無才駔〔經紀人〕，藪澤無才盜；則非但鮮君子也，抑小人甚鮮。」不但缺乏將相、工商之類的人才，甚至連小偷、盜賊、奸商、小人等都不成氣候，奄奄一息，更為「可哀」。期待掃除污濁，打破一切桎梏，呼喚人才輩出，扶持正道。這是充滿激情的話語，從風雷中爆發出來，發出時代的強音，撼動人心。

龔自珍是近代文學的開山祖，九州風雷，驚心動魄，喚醒昏睡中的時代和社會，影響深遠。龔自珍的詩文成就早有定評，〈己亥雜詩〉瑰麗雄奇，氣勢磅礡，哀艷迷離，多姿多采，組成一幅璀璨的時代畫卷。今選錄三首，由「化作春泥更護花」、「但開風氣不為師」到「不拘一格降人才」，結語都是高潮所在，表現詩人精神導向的三重境界，逐步提升，這些雖然只是個人的願望，卻顯出無私奉獻的壯懷，當然也是龔自珍詩迷人的地方，發揮想像，耐人尋味。

✎　問答題

1. 「吟鞭東指即天涯」中，「天涯」指涉甚麼意義？
   A. 家鄉的方向　　B. 天各一方
   C. 天子腳下　　　D. 飄泊無定

2. 「落紅不是無情物」，「無情」的釋義為何？
   A. 沒有感情　　B. 忘掉世情
   C. 歌頌愛情　　D. 忘記親情

3. 「但開風氣不為師」，為甚麼作者不想當老師？
   A. 師心自用
   B. 師者所以傳道，授業，解惑也，責任太大了
   C. 弟子不必不如師，師不必賢於弟子
   D. 渴望開創新局面，需要更多人參與

4. 在「九州生氣恃風雷」中，「九州」指稱現在甚麼地方？
   A. 世界七大洲　　B. 山西河汾地帶
   C. 北京市　　　　D. 中國

5. 在「九州生氣恃風雷」中，「生氣」該怎麼解釋呢？
   A. 一片生機　　B. 憤怒了
   C. 生意旺盛　　D. 和氣生財

6. 「道士乞撰青詞」中，何謂「青詞」？
   A. 一種詩詞體裁
   B. 用硃筆寫於青藤紙上的禱文
   C. 一張綠色的紙
   D. 廟宇的籤文

7. 「不拘一格」有甚麼預設條件嗎？
   A. 要好人，也要壞人　　B. 有才華的好人
   C. 不要拘禁人才　　　　D. 要有一技之長

8. 「我勸天公重抖擻」，「天公」乃上天，具體該指向甚麼對象嗎？
   A. 玉皇大帝　　B. 風神、雷神
   C. 朝廷　　　　D. 九州生氣

9. 「萬馬齊喑」比喻甚麼？
   A. 馬照跑　　　B. 馬匹沒有叫聲
   C. 沒有意見　　D. 人民鉗口不言

10. 龔自珍在鴉片戰爭期間做了些甚麼工作？
    A. 明哲保身，沉默不言。
    B. 不枉人呼蓮幕客，碧紗櫥護阿芙蓉。
    C. 我有陰符三百字，蠟丸難寄惜雄文。
    D. 做了梁章鉅的幕客，協防上海，抗擊英軍。

答案：1B, 2A, 3D, 4D, 5A, 6B, 7A, 8C, 9D, 10C

劉蓉　習慣説

掃碼聽音頻

📑 原文

　　蓉少時，讀書養晦堂之西偏一室；俛而讀，仰而思，思而弗得，輒起，繞室以旋。室有窪徑尺，浸淫日廣，每履之，足苦躓焉。既久而遂安之。

　　一日，父來室中，顧而笑曰：「一室之不治，何以天下國家為？」命童子取土平之。

　　後蓉履其地，蹴然以驚，如土忽隆起者；俯視地，坦然則既平矣！已而復然，又久而後安之。

　　噫！習之中人甚矣哉！足履平地，不與窪適也；及其久而窪者若平，至使久而即乎其故，則反窒焉而不寧，故君子之學貴慎始。

📖 撰文：曹順祥

　　本篇向大家講解的經典是清代劉蓉的古文〈習慣説〉。

　　現代社會，教育是成就未來最重要的「投資」。因此，各種學習方法如雨後春筍，令人目不暇給。然而，甚麼才是行之有效的學習方法呢？且閱讀〈習慣説〉一文，原來古人早就找到了答案！

　　「習慣成自然」，那是人人熟知的道理。養成好習慣，可令人終身受益，也是不少人掛在口邊的一句老話。可是，大多數人只會「知」而不「行」，原因是沒有切身而深刻的體會。

　　〈習慣説〉是清代古文家劉蓉創作的一篇散文，但年代久遠，這篇文章具體的創作時間已無從考證。劉蓉的〈習慣説〉以「學貴慎始」説明養成好習慣對做學問的重要。文章通過自己在生活中的一件小事，用以告誡世人，「治學」之本，首要是養成良好的習慣；相反，壞習慣一旦養成，一輩子將受害無窮。

　　劉蓉（1816－1873），字孟蓉，又作孟容，號霞仙，湘鄉人。咸豐四年（1854），

隨曾國藩在湖北、江西與太平軍作戰。咸豐十一年（1861），駱秉章督師四川，被聘參贊軍事。以知府加三品頂戴，任四川布政使。晚年因討伐捻軍失敗，罷職回鄉。劉蓉擅長詩詞、古文，著有《養晦堂詩文集》、《思辨錄疑義》等。

這篇文章通過作者少年時在書房中讀書的事情，告訴我們一個事實：只要適應了「外物」，也就由不習慣變成了習慣。而習慣形成後，這個「外物」是非優劣，一般人也就不再加以追究了。文章以小見大，見微知著，在日常瑣事之中寄寓深刻的生活哲理，所蘊藏的思想力度，令人畢生難忘！

第一段，敘述清代文學家劉蓉年少時在養晦堂西側一間屋子裏讀書，他低下頭讀書，遇到不懂的地方就仰頭思索，想不出答案便在屋內踱來踱去。這屋有處窪坑，直徑一尺，而且愈來愈大。每次經過，劉蓉都要被絆一下。起初，劉蓉感到很不舒服，日子久了，也就漸漸習慣了。

第二段，敘述有一天父親來到屋子裏，看看那處窪坑，就不禁笑着說：「你連一間屋子都不能治理，憑甚麼能治理好國家呢？」隨後吩咐僕童將窪坑填平了。

第三段，敘述當父親走後，劉蓉每當讀書思索問題時，又自然而然在屋裏來回踱步，當走到原來窪坑處，感覺地面突然凸起了一塊，不禁心裏一驚，覺得這塊地方為何突然高起來了？當他低頭察看時，發現地面卻是完完整整，沒有異樣。從此以後，當劉蓉再踏上這塊地時，依然還有同樣的感覺。如是又過了一段日子，才慢慢適應過來。

第四段，作者感慨地表示：習慣對人的影響確實非常厲害啊！腳踏在平地上，便不能適應坑窪；日子久了，窪地就彷彿變成平地了。及至父親命人把長久以來的窪坑填平，回復到原來的狀態，自己卻認為是阻礙，因而無法適應。因此，君子要做學問，最重要的是「慎始」，即事情在開始時，必需謹慎啊！

這篇文章，採取「先敘事，後說理」的方式，用的是典型的「借事說理」手法。文章之所以成為經典，因為取材是生活中的片段，而這生活中的片段又是那麼親切生動、那麼自然，而帶出的「道理」又是那麼合情合理，令人產生共鳴。末段再點明「學貴慎始」的道理。這樣的道理就更清楚明白和具有說服力了，且讓人終生難忘！

這個小故事，讓劉蓉體悟到「習之中人甚矣哉」，意思是：習慣對人的影響真大啊！以及「學貴慎始」，即君子求學，最重要是開始時要小心謹慎。這樣，我們該同時

思考，既然習慣一旦養成，對人的影響甚大，那麼，如果養成的是「好習慣」，當然是受益終生的；反之，如果養成的是「壞習慣」，當然是為害終生了。依此，文章雖未明言如何摒除陋習，但從父親「果斷」地命童子取土平之，可視為文章的「提示」，即「壞習慣」必須及早戒掉。

此外，本文也是個很好的「家庭教育」案例，不是嗎？良好行為習慣莫不從家庭開始。哪個孩子不是在家裏長大的呢？像劉蓉這麼好學的孩子，尚且如此，其他不好學，甚至好吃懶做、遊手好閒的孩子，情況更加不堪想像了！因此，「言教」固然重要，如劉蓉父親批評說：「一室之不治，何以天下國家為？」「身教」卻更為重要，例如文中的父親坐言起行，指示童僕「取土平之」。一言一行，均為了作孩子的好榜樣。

還有，值得注意的是，文中讀書的「養晦堂」，養晦是「隱居修身以等待時機」的意思，如果與父親「一室之不治，何以天下國家為？」的說話連繫起來的話，這篇文章可以理解為儒家思想主張通過「修身齊家」，以達「治國平天下」的理想人生。

結構上，本篇起承轉合，層次分明。第一段，敍述作者少時讀書，踏在室中窪地上，初時覺得不舒服，後來卻漸漸習慣了。第二段，敍述父親發現室中的窪地，於是命僕人取土填平。第三段，敍述窪地被童子取土填平後，作者初時踏在上面，總覺得不太習慣，後來卻又漸漸習慣了。第四段，說明習慣對人十分重要，因此「為學」最重要的是在開始時小心謹慎。

本文語言簡潔，人物形象栩栩如生，猶在目前。例如父親的一「笑」一「命」，前者是神態描寫；後者是語言描寫，突出了觀察入微、英明果斷、言出必行的父親形象。

技巧上，本篇通過行動描寫，「俛而讀，仰而思，思而弗得，輒起，繞室以旋」，生動地塑造了一個勤於學習、善於思考的讀書人形象。值得注意的是，連這麼好學深思的劉蓉，尚且「一室之不治」，那麼，一眾等而下之、遊手好閒之輩，又將如何？

因此，古人的智慧絕對沒有落後，當各類補習班標榜「學習速成」「考試技巧」時，甚麼才是真正「行之有效」的學習方法呢？〈習慣說〉不是已經提供了具體的答案嗎？

✎　問答題

1. 「每履之，足苦躓焉。」「履」是甚麼意思？
   A. 鞋子　B. 步伐　C. 踐踏　D. 執行

2. 「顧而笑曰」中的「顧」是甚麼意思？
   A. 拜訪　B. 關注　C. 不過　D. 看望

3. 「習之中人甚矣哉」的「中」是甚麼意思？
   A. 中間　B. 內在　C. 擊中　D. 中途

4. 「俛而讀，仰而思，思而弗得，輒起」是甚麼修辭手法？
   1 頂真　2 對偶　3 對比　4 比喻
   A. 1、2　B. 2、3　C. 3、4　D. 1、4

5. 對於〈習慣說〉一文的描述，何者正確？
   1 應該摒除一切陋習
   2 學習必須「慎始」
   3 必須重視家庭教育
   4 言教遠比身教重要。
   A. 1、3、4　B. 2、3、4
   C. 1、2、4　D. 1、2、3

6. 綜合而言，本文運用了哪種寫作技巧？
   A. 借事抒情　B. 借物抒情
   C. 借物說理　D. 借事說理

7. 以下哪一句點出了本文的主旨？
   A. 一室之不治，何以天下國家為？
   B. 習之中人甚矣哉！
   C. 君子之學貴慎始。
   D. 足履平地，不與窪適也。

8. 「俛而讀，仰而思，思而弗得，輒起，繞室以旋」，是哪一種人物描寫方法？
   A. 語言　B. 行動　C. 肖像　D. 心理

9. 「足履平地，不與窪適也；及其久而窪者若平」在文中的作用為何？
   A. 點題　B. 過渡　C. 呼應　D. 總結

10. 「父來室中，顧而笑曰：『一室之不治，何以天下國家為？』」是何種人物描寫方法？
    1 語言描寫　2 行動描寫
    3 肖像描寫　4 心理描寫
    A. 1、2　B. 2、3　C. 3、4　D. 1、3

統　　籌　陳鳴華　周　晟
責任編輯　鄭樂婷　洪永起
校　　對　江蓉甬
書籍設計　CCJUN
排　　版　CCJUN
印　　務　馮政光

書　　　名　香港中小學中華經典詩文多媒體課程——音頻篇
撰文、主講　賴慶芳　黃坤堯　招祥麒　曹順祥
音 頻 製 作　Coby Ho

出　　版　聯合電子出版有限公司
　　　　　香港九龍長沙灣永康街 77 號環薈中心 10 樓 1015 室
　　　　　電話：2597 8400　傳真：3188 9093
　　　　　電郵：suep@suep.com

　　　　　香港中和出版有限公司
　　　　　香港北角英皇道 499 號北角工業大廈 18 樓
　　　　　http://www.hkopenpage.com
　　　　　http://www.facebook.com/hkopenpage
　　　　　http://weibo.com/hkopenpage
　　　　　Email: info@hkopenpage.com

發　　行　香港聯合書刊物流有限公司
　　　　　香港新界荃灣德士古道 220 - 248 號荃灣工業中心 16 樓

印　　刷　美雅印刷製本有限公司
　　　　　香港九龍觀塘榮業街 6 號海濱工業大廈 4 字樓

版　　次　2021 年 7 月香港第一版第 1 次印刷
規　　格　16 開（180 mm×230 mm）
國 際 書 號　ISBN 978-988-8763-37-5